Erellgorh
Geheime Wege

Matthias Teut

Bucht von Eskrin
Nunahzhar
Straße von Akralahr
Belldes-To
hecco-Tia
Grehum
Crem
Arro-Ezhanjotle
helldo-Ta
Fullbor
Akralahr
hochebene Abrinor
Steppe Ilidor
Nehrbor
Abringarth
Tyklahr
Wüste Idoteh
Alter Wald
Ehlesdorn
Arro-Yrdazh
Idomark
Wullutu
Jozh-Yrdazh
Myxa
Athür-Sümpfe
Arroda-Delta

Jukahbajahn
Eskringebirge
Kessel der Fruchtbarkeit
Mütter der Wälder
Gohlannbjahr
Ocka-tang
Ophringebirge
Der heilige Wald
Clutt
Kessel der verlorenen Schätze
Tonda
Arro-pazh
Erellgorh
Tangris
Feld der Gebeine
Ebene von Cambal
Innelles
Elenau
Idsand
Gelder
Nifruh
Meding

Erellgorh – Geheime Wege

Band 2 der Trilogie

www.erellgorh.com

www.facebook.com/Erellgorh

1. Auflage, März 2017

Illustrationen und Covergestaltung: Sören Meding
Lektorat und Satz: Frank Friedrichs
Verlag: DichtFest GbR, Seeweg 3, 19243 Wittendörp – www.dichtfest.de
Druck: BooksFactory, PRINT GROUP Sp. z.o.o., Szczecin, Polen

ISBN: 978-3-946937-01-2

Bibliografische Information der Deutschen Nationalbibliothek:

Die Deutsche Nationalbibliothek verzeichnet diese Publikation in der Deutschen Nationalbibliografie; detaillierte bibliografische Daten sind im Internet über http://dnb.d-nb.de abrufbar.

Matthias Teut

Erellgorh

Geheime Wege

Für meine Eltern

*»Wenn man eine komplizierte Geschichte erzählen will,
muss man nach einer Karte arbeiten,
andernfalls bekommt man die Karte
nachher nie mehr zusammen.«*

J. R. R. Tolkien zugeschrieben

Prolog

Beunruhigt blickte er über die Zinnen des Schlossturms. Im kalten Mondlicht wirkte Tyklahr wie erstarrt. Die gelben Flaggen hingen schlaff von den Wehrtürmen. Tote Leiber, denen alles Leben ausgesaugt war. Semje horchte auf Geräusche. Das Bellen eines Hundes – sonst nichts! Die Königin hatte seine Empfehlungen ignoriert. Keine einzige Patrouille sicherte die Straßen.

Ein wütender Schrei gellte durch die Nacht. Es schepperte und mit einem Jaulen verstummte das Bellen. Stille. Nichts deutete auf die Katastrophe hin, die sich in Akra anbahnte und die zweifellos auch Tykalden überrollen würde. Was musste passieren, damit Königin Tulipa etwas unternahm? Semje schaute auf seine schwieligen Hände. Es steckte noch geronnenes Blut unter den Nägeln.

Am Morgen erst hatte er Tyklahr verlassen. Jetzt war er schon wieder hier. Der Angriff der Gellwicks nördlich der

Stadtgrenze hatte ihn vollkommen überrascht. Sofort hatte er den Bolzen gezogen, der seinen Doka freiließ. Doch ohne Kampfgeschirr – die Klingen auf den Hörnern – war sein Tanz weniger verheerend gewesen. Mehr Arbeit für Semje also. Er hatte den Morgenstern geschwungen und der eiserne Igel hatte seine Ziele gefunden, eine Brust aufgeschlitzt und eine Schulter zerschmettert, ehe er sich in einem Gellwickschädel verkantet hatte. Da erst hatte Semje die Streitäxte ziehen müssen.

Er liebte seine Zwillingsklingen. In Fullbor geschmiedet und in Nehrbor mit Blut getauft. Inzwischen kämpfte er öfter mit dem Morgenstern. Spätestens daran merkte Semje, dass er älter wurde. Er war längst nicht mehr so behände wie zur Zeit der Zwei Kriege. Seine Zwillingsklingen verschafften ihm dieser Tage weniger Reichweite. Auch heute waren ihm die Gellwicks gefährlich nahe gekommen. Wunden an der Flanke und an der Schulter erinnerten ihn daran. Semje befühlte die Stelle seines Wamses, unter der der Verband steckte. Bei der Scharte von Dornhelds Axt – es war wirklich knapp gewesen. Egal! Er zog hoch und spuckte aus. Am Ende hatte er fünf stinkende Kadaver auf seinen Karren geladen und sie der Königin gebracht.

»Majestät, Ihr müsst handeln! Wenn Gellwicks in die Stadt eindringen, ist keiner mehr sicher!«

»So? Muss *ich das?«*

Für seine unbedachte Wortwahl könnte er sich jetzt noch ohrfeigen.

»Natürlich müsst *Ihr nicht. Aber diese elenden Stinker robben sich immer näher an Eure Stadt heran. Ich hab da so etwas im Urin! Als wären sie hinter etwas Bestimmtem her.«*

»Werter Freund, was Ihr im Urin habt, dürft Ihr getrost behalten. Ich bin Euch stets dankbar für unsere ›Handelsbeziehungen‹ und die Informationen, die Ihr mir bringt. Aber das Regieren überlasst bitte mir!«

Das war deutlich gewesen. Trotzdem hatte er einen weiteren Versuch gestartet.

»Dann lasst mich zumindest die Leichen noch mal untersuchen. Vielleicht finde ich Hinweise auf ihre Pläne!«

»Wir *werden das tun! Sorgt Euch nicht. Die Untersuchung ist in guten Händen. Magister Lieburus aus Gelder weilt bei Hofe und wird das sicher gern übernehmen. Ihr dürft euch entfernen!«*

Semje ballte die Fäuste, während er an das Gespräch zurückdachte. Wie oft wollte er sich das noch antun? Schon zu früheren Zeiten hatte er seine Hilfe angeboten, sogar den Elben wertvolle Dienste erwiesen. Doch es wurde ihm stets mit Missachtung gedankt! Er musste endlich seinen eigenen Weg gehen.

Geräusche aus dem Turminneren ließen ihn aufhorchen. Er eilte zur Luke und blickte die Stiegen hinab. Endlich, das Warten war nicht umsonst gewesen. Schnaufend quälte sich sein dürrer Helfer die Stufen herauf. Als er am Rand der Luke auftauchte, packte Semje ihn beim Kragen und zog ihn mit einem Ruck auf die Plattform.

»B-bei den Geb-beinen meiner Mutter. M-müsst Ihr mich so erschrecken?«

Semje sah, wie der knochige Mundschenk zitterte. Die lange, gebogene Nase in dem hohlwangigen Gesicht erinnerte ihn an einen Aasgeier. Einen ziemlich ängstlichen Geier.

»Mir schien, Ihr brauchtet Hilfe. Und außerdem ...«, Semje verlieh seiner Stimme ein dunkles Grollen, »... bin ich nicht sehr geduldig!«

»W-was dachtet ihr denn, w-wie schnell so was geht? D-das ist schließlich kein Spaziergang. Ungesehen in den K-kerker zu gelangen. Und d-dann auch noch diese stinkenden Ka-kadaver. Ihr hättet m-mich zumindest vorwarnen können!«

Der Mundschenk würgte und Semje hieb ihm kameradschaftlich auf den Rücken. Das lange Elend stolperte einen Schritt nach vorn.

»Hast du denn wenigstens etwas gefunden?« Semje griff nach dem Bündel, das der Bedienstete unterm Arm trug.

Doch das Knochengestell sprang behände einen Schritt zurück. »E-erst will ich meinen Lohn haben.«

Semje zog seufzend einen Beutel mit Münzen hervor. Noch einmal senkte er die Stimme. »Du wolltest mir doch kein unehrenhaftes Verhalten unterstellen, oder?«

Der Lange schüttelte den Kopf und Semje warf ihm den Beutel zu. Sein Helfer ließ das Bündel fallen, um das Münzsäckchen zu fangen. Es klirrte, Semje kniff die Augen zusammen. Die Waffen der Gellwicks hatte er alle eingesammelt. Sollten die Stinker unter ihren Kleidern noch Messer gehabt haben? »Was ist da drin?«

Der Mundschenk biss auf eine der Münzen und steckte grinsend das Beutelchen ein.

»Was da drin ist, hab ich gefragt!«

»Ihr m-müsst das schon selbst da rausholen. Ich f-fasse das nicht nochmal an. M-mir wurde ganz anders.« Angst flackerte in seinen Augen. »So k-kalt – so unsagbar kalt. Etwas B-böses steckt da drin.« Ohne ein weiteres Wort machte er sich durch die Luke davon.

Semje starrte ihm hinterher. Etwas Böses? In diesem kleinen Bündel? Entschlossen griff er danach. Er fühlte eine Rundung, ein schwaches Pulsieren. Ein Armreif vielleicht, aber doch nichts Böses. Eher etwas Magisches ... »Mal sehen, was das Knochengestell gebracht hat.«

Er hockte sich hin, den Rücken an der steinernen Brüstung. Hoffentlich reichte der Mondschein, um etwas zu erkennen. »Auch das noch. Zugeknotet!« Grummelnd fing er an, die Bänder aufzuschnüren. Was für eine Fummelei. Seine dicken Finger waren für so etwas einfach nicht gemacht. »Schrundenschwert und Knorzenknüppel!«

Genervt zog er sein Messer aus der Tasche und schlitzte das Bündel auf. Ein geschmiedeter Reif fiel klirrend zwischen die Füße. »Bei den Göttern der Himmelsschmiede – das ist alles?« Semje streckte seine Hand aus und verharrte. Plötzlich glaubte auch er, eine unbestimmte Kälte zu spüren. *Blablablab, was für ein Unsinn. Nachts ist es immer kälter. Hier oben auf dem Turm sowieso.*

Er griff zu und schrie auf vor Schmerzen. Eisige Nadeln bohrten sich in sein Hirn, gruben sich in seine Gedanken wie Maden in totes Fleisch. Er wollte den Reif loslassen, ihn von sich werfen, doch die Finger gehorchten nicht. Qualen tobten in seinem Schädel wie tosende Stürme. Semjes Körper begann zu zittern. Die Kälte kroch in jeden Winkel. *Nein! Das kann nicht wirklich sein.*

Mit aller Macht kämpfte er dagegen an, stemmte seinen Geist gegen die Folter. Er stöhnte, schrie und bäumte sich auf. Die Nadeln zogen sich langsam zurück, doch sein Leib war wie erstarrt. Die Kälte konnte nicht echt sein. Eben war ihm noch warm gewesen. Bei den Essen von Fullbor! Hektisch flog sein Blick über die Turmplatte. Nichts. Kein Eis, kein Schnee, nicht mal ein Sturmbrausen. Wut flammte in ihm auf. Quälend langsam gebot er dem Martyrium Einhalt, trieb Schmerzen und Kälte zurück. Immer noch klammerten sich seine Finger um den Reif, bewegten sich keinen Zoll. Verdammte Höhlenbrut! Was für eine finstere Magie ...?

Dann hörte er die Stimme.

»Wer bist du?«

Semje spürte, wie sich seine Augen weiteten, wie sein Herz einen Schlag aussetzte. So viel Macht!

»Ein Zwerg?«

Die Worte hallten durch seinen Schädel. Er versuchte, sich auf die Beine zu stemmen, und sackte wieder zurück.

»Gib dir keine Mühe, zu entfliehen. Meine Verbindung zu dir ist ausgesprochen stark!«, kicherte die Stimme.

Semje keuchte. Wer konnte so eine unvorstellbare Macht besitzen? »Der Kreh!«

»Ein Höhlenkriecher, der meinen Namen kennt, wie originell. Dein Widerstand hat mich gelockt, aber deine Magie ist mager. Selbst für einen Zwerg. In dir ist nichts von dem, was ich suche.«

Semje spürte, wie die Kälte sich zurückzog. Nein! Er musste mehr erfahren. »Was suchst du?«

Mit Wucht kam die Kälte zurück, eine neue Welle von Schmerz durchflutete seinen Kopf. Die eisige Macht warf ihn auf die Seite, Tränen schossen ihm in die Augen.

»Neugieriger Zwerg – bist du mutig oder lebensmüde? Sollte ich dich kennen?« Die Stimme des Kreh kratzte so grell in Semjes Ohren, dass es ihn aufheulen ließ.

»Nein, nein – ich dachte nur ...«

»Du dachtest? *Du dachtest?* Dass du *mich* ausfragen kannst? Unter die Erde, Geschmeiß!« Die Stimme des Kreh gellte wie ein Orkan durch seinen Kopf. »Und hoffe darauf, dass ich euch Zwerge vergesse, wenn ich die Welt erbeben lasse. Wenn ich die Elben und alle ihre Helfer auslösche!«

Atharu

1

»Au!« Unter Brandans Hemd bewegte sich etwas und er strich behutsam darüber. »Ruhig, Jiga.« Das Frettchen schien mit dem Versteck nicht einverstanden zu sein. Doch Magister Lieburus hatte davor gewarnt, das Tier mit ins Gesundhaus zu nehmen.

»Hier! Halte dir das Reisebündel vor den Bauch. Dann fällt es vielleicht nicht auf.« Atharu reichte ihm die Tasche.

»Ich sag einfach, dass es meine Gedärme sind. Sicher werden wir dann sofort zum obersten Heiler vorgelassen.« Brandan zwinkerte ihm zu.

Die zweiflügelige Tür des Gesundhauses stand offen. Atharu und Brandan traten in eine geräumige Diele. An einem Tisch saß eine Frau in einem hellen Leinenkleid mit weißem Kopftuch. Vor ihr lag ein aufgeschlagenes Buch, doch sie blickte ihnen bereits entgegen. Eine Falte zwischen den Brauen, neigte sie den Kopf abschätzig zur Seite.

»Vöglein bekommt ihr auf dem Markt. Und für Würmer haben wir hier keine Verwendung!«

Atharu schoss das Blut in den Kopf. Die Schwester hatte die Verabschiedung von Fergast und Herbor mit angehört. Die beiden Soldaten aus Gelder hatten Atharu, Brandan und Magister Lieburus nach Tyklahr gebracht. Die zweideutigen Scherze bei ihrer Verabschiedung zielten unter die Gürtellinie. Nichts für weibliche Ohren. Zumal mit Vöglein Frauen gemeint waren. Und der Wurm eines Soldaten …

»Es – äh – tut uns leid, wenn wir, nun …« Himmel, wann war ihm das letzte Mal etwas so unangenehm gewesen?

»Dies ist ein Gesundhaus. Wir helfen Menschen, die krank sind. Mir scheint, für *euer* Leiden braucht es eher ein Freudenhaus. Was wollt ihr also?« Die Stimme der Schwester hallte schrill durch die Diele. Atharu fühlte sich überrollt. Bei Atharpazh, hatte die Haare auf den Zähnen.

»Gute Frau«, begann Brandan, »wir haben doch nur …«

»Ich bin vielleicht eine gute Frau, aber ich bezweifle, dass ihr das beurteilen könnt. Ich werde hier mit *Schwester* angesprochen. Das sollte zu schaffen sein, oder?«

Um der Seelen willen, was geschah hier? Atharu fasste sich an die Stirn. Sie waren durch die halbe Welt gezogen, hatten Kerker, Gellwicks und schlimmste Verletzungen überstanden. Sie hatten mit dem König der Geldermark an einem Tisch gesessen und waren in Begleitung seines Hofmagisters nach Tyklahr gereist – nur, um am Ende vor dieser herrischen Frau einzuknicken? Er atmete tief durch. »Schwester, wir haben einen langen Weg hinter uns und würden gern mit Magister Eldarh sprechen. Könnt Ihr uns sagen, wo wir ihn finden?« Zu seiner eigenen Verwunderung schaffte Atharu es, ruhig und freundlich zu bleiben.

»Der Magister ist ein vielbeschäftigter Mann. Die Menschen kommen von weit her zu ihm. Eben erst musste ich ihn stören. Zwei Frauen, auch nicht von hier.« Ihr Ton wechselte von angriffslustig zu abfällig. »Diese jungen Dinger wirkten ebenso wenig krank wie ihr. Ich denke nicht, dass unser

Magister noch einmal Zeit für so was hat. Kommt besser morgen wieder!«

»Morgen?« Brandan schaute Atharu ungläubig an. »Hat sie morgen gesagt?«

»Ja.« Atharu legte seinem Freund eine Hand auf die Schulter. »Und vielleicht hat sie recht.« Er merkte, wie Brandan sich versteifte, während er ihn zum Eingang zurückschob. Mit den Lippen formte er ein lautloses »Lass mich mal machen!«

»Die Schwester kann ja nicht wissen, wie wichtig die Botschaft von Magister Lieburus aus Gelder ist. Und auch nicht, dass wir noch heute weiter müssen. Wahrscheinlich wird Eldarh nichts dagegen haben, wenn wir die für ihn bestimmte Botschaft im Palast abgeben.« Atharu hatte so laut gesprochen, dass die Schwester jedes Wort verstehen konnte, und sah sich nun entschuldigend um. »Vergebt uns die Störung. Auf welchen Namen können wir uns berufen? Wir müssen ja im Palast Bescheid geben, dass wir hier waren. Schwester ... wie?«

Die Schwester starrte ihn mit hochrotem Kopf an. »Ich habe verstanden. Da!« Sie zeigte auf eine Bank. »Setzt euch und wartet. Aber ich kann nichts versprechen! Und ich weiß auch nicht, wie lange es dauern wird.« Sie stapfte zu einer Tür und verschwand wütend im Seitentrakt. Es dauerte nicht übermäßig lange, bis sie mit einer Frau in gleicher Tracht zurückkehrte.

»Schwester Kessja wird euch zum Magister führen.« Sprach's, setzte sich hinter ihr Buch und nahm sie nicht weiter zur Kenntnis.

Die kleine Schwester lächelte schüchtern. »Wenn Ihr mir folgen mögt?« Sie ging zum hinteren Ende der Diele und öffnete eine Tür. Abwartend blieb sie stehen, um den beiden den Vortritt zu lassen.

Eben wollte Atharu hindurchtreten, als klappernde und knarrende Geräusche seinen Blick zurück zum Eingang lenkten. Ein Handkarren kam vor der Flügeltür zum Stehen.

Offenbar deutete die Schwester sein Zögern anders, denn sie beeilte sich zu erklären, wohin die Tür führte. »Magister

Eldarh bat mich darum, Euch in den Garten zu führen. Er wird sicher gleich kommen. Vielleicht mögt Ihr Euch so lange an den Brunnen setzen?«

Atharu hatte nur mit halbem Ohr zugehört. Irgendetwas irritierte ihn, aber er konnte nicht sagen, was es war. Aus dem Dunkel der Diele heraus war gegen das Licht am Eingang kaum etwas zu erkennen.

»Der Karren bleibt draußen!« Die herrische Schwester trat den Ankommenden energisch entgegen. Es mussten Heranwachsende oder Kinder sein, denn die Schwester überragte sie. »Was wollt ihr, wir geben nichts. Also … oh …«

Mehr hörte Atharu nicht, denn Brandan schob ihn durch die Hintertür in den Innenhof.

Was er dort sah, ließ ihn alles andere sofort vergessen. Vor ihm führte ein farbig gepflasterter Weg in sanft geschwungenem Bogen auf einen Brunnen zu, teilte sich und verlief in unterschiedlichen Richtungen durch einen riesigen Garten. Niedrige Hecken säumten die Pflasterung. Beete präsentierten sich mit üppig wachsenden Blumen und Kräutern. Atharu erkannte Kehlandalilien, Breithornblatt und Ellmächtskraut. Fasziniert bestaunte er die Pflanzungen.

»Ich darf Euch allein lassen?«, hörte er Schwester Kessja fragen.

»Aber ja«, meinte Brandan. »Was meinen Freund angeht, so habt Ihr ihn gerade ins Paradies geführt.«

Atharu lächelte. Fürwahr, sein Herz ging auf beim Anblick dieser Vielfalt. Hier hatte selbst das unscheinbare Sternenmoos einen eigenen gehegten Bereich. Viele Pflanzen, von deren Wirkung Ondara ihm erzählt hatte, erkannte er. Dort stand das heilsame Magenbitterblatt. Und hier gleich noch einmal? Atharu zupfte an einem Blatt, zog die Finger aber rasch zurück. Nein, das war Schwarzmutterkraut. Zum Verwechseln ähnlich, aber mit brennenden Nesseln auf der Blattunterseite. Ein Stück weiter brach er sich ein Dickblatt ab und rieb sich mit dem Pflanzensaft die schmerzenden Finger. Sofort ließ das Brennen nach.

Im mittleren Teil des Gartens wurden die Beete von Hundsrosen dominiert, die jetzt in der Mittagssonne ihren verschwenderischen Duft verströmten.

»Gib Acht, Atharu.« Brandan war am Brunnen stehen geblieben und schüttelte lächelnd den Kopf. »Sonst verschwindest du in irgendwelchen Kräuterbüschen und wir verpassen Magister Eldarh!« Er knöpfte sein Hemd auf und befreite Jiga. Das Frettchen sprang sofort über eine der niedrigen Hecken und wälzte sich in silbrigem Grün.

»Fellblättchen«, meinte Atharu, als er sich zu Brandan stellte und auf das Begleittier seines Freundes schaute. »Gut gegen Flöhe!«

»Jiga hat keine Flöhe!« Brandan klang empört, grinste aber. »Obwohl ...« Er kratzte sich am Kopf, am Bauch, schließlich im Schritt und gluckste, als Atharu die Augen verdrehte. »Was denn? Solche Tierchen suchen sich doch den sichersten Platz, oder?«

Atharu lachte. »Ja, das ist wahrlich der sicherste Platz. Reserviert für eine Frau, die erst noch geboren werden muss.«

Doch Brandan reagierte nicht, sondern starrte mit offenem Mund in eine andere Richtung. »Oder schon geboren ist ...«, stammelte er.

Was brachte Brandan so aus dem Konzept? Atharu schaute sich um und entdeckte eine Gruppe von Rimmpur-Bäumen im hintersten Teil des Gartens. Doch sein Freund hatte sicher keine Ahnung, wie wertvoll sie waren, und erst recht würde er nicht das rotorange Laub der Bäume bewundern.

Er kniff die Augen zusammen. Im lichten Schatten der Zweige standen drei Personen. Ein Mann mit zwei jungen Frauen. Als sie in die Sonne traten, verstand Atharu. Selbst aus der Entfernung sahen die beiden Frauen umwerfend aus. Kastanienbraunes Haar fiel über die Schultern der einen, goldblondes Haar über die der anderen. Unwillkürlich griff er sich in den ungekämmten Schopf. Ihre helle Haarfarbe glich seiner eigenen.

»Sie ist eine Schönheit! So schlank und doch üppig, oder?«

»Ja«, antwortete Atharu. »So aufrecht und …«, er blickte seinen Freund irritiert an. »Üppig?«

»Na, du weißt schon.« Brandan machte eine unbestimmte Geste vor der Brust.

Atharu schaute erneut zu der blonden Schönheit hinüber. »Eher nicht, finde ich. Aber von edler Gestalt.«

»Und das dunkle Haar!«

»Wieso dunkles Haar?«

»Schau!« Brandan packte ihn beim Arm.

Atharu zuckte zusammen. »Was denn?«

»Sie hat sich eine Strähne aus dem Gesicht gestrichen!«, seufzte er.

»Ich glaube, du kannst diesen Garten nicht vertragen. Zu viele Düfte!« Atharu klopfte seinem Freund gegen die Stirn. »Hallo, aufwachen!«

»Muss ich?« Brandan ließ die Schultern sinken.

»Ich denke schon.«

Der Mann am Ende des Gartens hatte sich von den Frauen abgewandt und schritt ihnen entgegen.

»Ich vermute mal, der Mann dort ist Eldarh.« Atharu hatte sich den Magister von Tyklahr älter vorgestellt. Doch der da auf sie zukam, mochte gerade mal fünf Winter mehr zählen als sie selbst. Dennoch war seine Statur schon ein wenig aus der Form geraten. Nicht einmal das weite Leinenhemd über der hellen Hose konnte den Bauch verbergen.

»Yt Zhar ezh tuhn!«

Atharu brauchte einen kurzen Moment. *Friede sei mit dir!* Er hätte es wissen müssen. Auch der Magister in Gelder hatte Iljaitt gesprochen. Allerdings hatte Lieburus die längere, traditionelle Begrüßung der Elben gewählt. Gut, dass Atharu von Ondara auch diese Kurzform gelernt hatte, die, wenn er sich recht erinnerte, aus den Athür stammte.

»E Jigu i jylnuhn!« Und Leben in uns! Atharu legte die Hände übers Herz und deutete eine Verbeugung an.

Der junge Mann tat es ihm gleich und trat dann auf Brandan zu. *»Yt Zhar ezh tuhn!«*

»Äh – ja.« Brandan schaute einigermaßen hilflos drein, fasste sich aber und ahmte Geste und Verbeugung nach.

»Mein Name ist Eldarh! Ich hörte, Ihr kämet im Auftrag des geschätzten Magisters Lieburus. Fühlt Euch willkommen. Umso mehr, da Ihr Iljaitt sprecht.«

Eldarh hatte ein einnehmendes Lächeln. Seine Stimme war für einen Mann etwas hoch, aber nicht unangenehm. Er sah sie nacheinander fragend an. »Wer erweist mir die Ehre?«

»Das ist Brandan, vom Volk der Tangora, Jäger aus Tangris«, stellte Atharu seinen Freund vor.

»Es freut mich, Euch kennenzulernen, Brandan.« Eldarh nickte ihm freundlich zu.

»Ich bin Atharu, ein angehender Heiler aus Tangris.«

Eldarh zog die Brauen hoch. »Das Geheimnis ... Ich nehme an, Ihr kennt die Bedeutung Eures Namens?«

Atharu nickte.

»Aber Tangora? Das wiederum hätte ich nicht gedacht.« Er musterte ihn. »Eure blonden Haare. Und ...«, Eldarh schaute ihm in die Augen, »... blau – wie ungewöhnlich. Aber sei's drum. Ich denke, ich weiß, warum Ihr hier seid!«

»Mir wäre lieb, wenn wir im Geheimen sprechen könnten.« Atharu sah sich im Garten um. Die beiden Schönheiten bei den Rimmpur-Bäumen waren eigentlich zu weit entfernt, um mitzuhören. Doch man konnte nie wissen.

Der Magister folgte seinem Blick. Er legte einen Finger auf die Lippen und bedeutete Atharu und Brandan zu schweigen. Dann schloss er die Augen, summte einen gleichförmigen Ton und begann Iljaitt zu sprechen.

»*Atharpazh, tuhr brian mahjilazh crun yl ezhanjo labrazh jaln yn garri. Jylna zhenbrehl yn garri e jylnuhn brian!*«

Brandan zupfte Atharu am Ärmel. »Was sagt er?«

»Atharpazh, deine magische Kraft durch die Seele ... durch die Seele der Sprache ist ein Geschenk. Wir empfangen dein Geschenk und unsere Kraft.« Atharu nickte zufrieden.

»Unsere Kraft ist doch schon unsere Kraft ...«

»Pst.« Atharu gab seinem Freund einen Klaps.

Eldarh beschrieb mit den Armen einen Kreis um alle drei.

»*Labre e horrezh jaln yn atharu!*«

»Sprechen und Hören sei ein Geheimnis!«, übersetzte Atharu.

Brandan schüttelte verwirrt den Kopf.

»Elbenzauber«, flüsterte Atharu ehrfürchtig und Eldarh nickte lächelnd.

»Ganz nützlich, wie ich finde. Insbesondere in einem Gesundhaus, das häufig überfüllt ist. Wer immer in der Nähe ist oder vorbeikommt, kann lediglich sehen, dass wir sprechen. Aber es wird kein Laut an seine Ohren dringen. Selbst Lippenlesen funktioniert nicht.« Der junge Magister drückte den Rücken durch und lächelte. »Ihr könnt sagen und fragen, was immer Ihr möchtet.«

Atharu war etwas mulmig zumute. Nach allem, was sie erlebt hatten, fiel es ihm nicht leicht, einem Mann zu vertrauen, den er nicht kannte. »Ihr wurdet uns von Lieburus als Nachfolger des Hüters Tian benannt. Daher kann ich mich kurz fassen. Nach Magister Quendus und unserer Urmutter Ondara bin ich jetzt der Hüter eines der Amulett-Bruchstücke. Ich möchte es an Euch weitergeben.«

Eldarh nickte wissend, entgegnete aber nichts.

Brandan stieß Atharu an. »Nun erzähl auch den Rest.«

»Welchen Rest?«

»Du weißt schon. Deine ... Gabe!«

Na prima! »Ich glaube nicht, dass das ...«

Atharu zögerte. Selbst, als die beiden anderen ihn erwartungsvoll anschauten, hielt er das Schweigen beharrlich aus. Der Blick des Magisters bekam etwas Bohrendes.

Dann platzte Brandan damit heraus. »Lieburus geht davon aus, dass er der wiedergeborene Feuer-Scheltar ist!«

Eldarh wurde blass. Er wankte ein wenig, sodass Atharu schon befürchtete, er könnte in Ohnmacht fallen.

»Ich ...«, der Magister schien Schwierigkeiten zu haben, die richtigen Worte zu finden. Er holte Luft und setzte neu an.

»Das wäre ... ein machtvolles Wissen, mit dem Ihr mich beladen habt! Danke für Eure Offenheit. Es ändert – einiges ...« Er machte eine Pause. »Wenn es stimmt, was Ihr sagt!«

»Na, ausgedacht haben wir uns das nicht, so viel sollte mal klar sein.« Brandan schüttelte den Kopf.

»Nein, das meine ich nicht«, beeilte sich Eldarh. »Aber manchmal denkt man und weiß nicht. Dennoch neigen Menschen dazu, sich frühzeitig mitzuteilen.«

Brandan rollte stumm mit den Augen.

Doch ganz unrecht hatte der Magister nicht. Atharu konnte Feuerzauber wirken, ja. Aber war er deshalb gleich ein Scheltar? Endlich nahm er das Bruchstück aus der Tasche und reichte es dem Magister. Für einen Moment hielt er dessen Hand und spürte das Pulsieren des Schmuckstücks.

Eldarhs Augen weiteten sich. »Magister Tian hat versucht, mich auf diesen Tag vorzubereiten. Nun ...«, er seufzte, »... das hat wohl nicht geklappt.«

»Aber Ihr wisst schon, was jetzt zu tun ist, oder?«, meldete Brandan sich zu Wort. »Wir wissen es nämlich nicht.« Er sah Atharu hilfesuchend an.

Doch Eldarh hob beschwichtigend die Hände. »Immer mit der Ruhe. Alles wird sich finden. Ich habe nicht geahnt, dass die Hüter Scheltar sein können. Bis heute jedenfalls nicht!«

»*Die* Hüter? Mehrzahl?«, fragte Atharu. »Sind schon andere Hüter hier? Weitere mögliche Scheltar?« Er wagte kaum zu hoffen. Dann wäre er mit seiner Gabe endlich nicht mehr allein.

»Nicht mehrere. Eine!«, gab Eldarh zu. »Ich bin mir natürlich nicht sicher. Doch nach ihren Erzählungen könnte es sein. Sie ist kurz vor Euch eingetroffen.«

Atharu lachte freudig auf. »Das ist ja großartig. Endlich kann ich mich mit jemandem austauschen, der ist wie ich. Und wir haben die Bruchstücke zusammen!« Er fasste Brandan bei den Schultern und drehte ihn im Kreis. Sein Freund befreite sich aus dem Griff. Ernst blickte er zu den jungen Frauen hinüber.

»Ist es eine von den beiden dort?«

»Ja. Die blonde Schönheit, wenn ihr mir die Wertung erlaubt. Ihr Name ist Selana. Sie kommt aus Akralahr!«

»Atharpazh sei Dank!«, murmelte Brandan und sah mit einem Mal wieder zufrieden aus. Atharu blickte zu Selana hinüber. Sie war nicht nur blond wie er selbst, sie war auch eine Scheltar. Das Leben hielt sonderbare Zufälle bereit.

»Ich stelle Euch einander vor. Dann sollten wir gemeinsam besprechen, was als Nächstes zu tun ist«, meinte Eldarh. Mit einer ausholenden Geste löste er den Zauber.

»*Labre e horrezh fellezh!*«

Sprechen und Hören fließe! Wie einfach, dachte Atharu und freute sich über das jungenhafte Lächeln des Magisters. Er liebte die Magie, so viel stand fest.

»Kommt!« Eldarh führte sie durch den Garten, vorbei an den heckenumsäumten Beeten. Kurz bevor sie die Rimmpur-Bäume erreichten, fing Atharu einen Blick Selanas auf. Er spürte ein Kribbeln im Bauch. Als gäbe es unvermittelt eine Verbindung zwischen ihnen. Irritiert vermied er es, ihr in die Augen zu schauen, als Eldarh sie miteinander bekannt machte.

»Aria!«

Er hörte, wie Brandan den Namen der dunkelhaarigen Schönheit wiederholte. Sein Freund setzte ein gewinnendes Lächeln auf, doch Aria wandte sich mit hochgezogener Braue von ihm ab.

Der Magister bat sie in einen Raum, dessen Tür im Schatten der Bäume kaum zu sehen war. Sein persönliches Arbeitszimmer. An den Wänden hingen Zeichnungen von Körperteilen und Organen. Atharu hatte Ähnliches in Ondaras Schriften gesehen. Mehrere Stühle standen in der Mitte des Raumes, und Eldarh bat sie, Platz zu nehmen.

Eine angespannte Stille breitete sich aus. Atharu verschränkte die Hände im Schoß und schaute unauffällig in die Runde. Brandan saß außergewöhnlich gerade auf seinem Stuhl, den Blick stur auf den Boden gerichtet. *Wie verändert er doch ist, wenn Frauen dabei sind.*

»Wollt Ihr keinen Elbenzauber sprechen, Magister?« Selanas Stimme perlte wie frisches Quellwasser in Atharus Ohren. Er sah zu ihr hinüber, ihre Blicke trafen sich erneut und sofort war das Kribbeln wieder da. Sie lächelte schüchtern.

»Ich hatte gehofft, Ihr fragt nicht«, meinte Eldarh zerknirscht. »Leider reichen meine Kräfte nur für eine kleine Gruppe aus.« Er lächelte schief. »Aber ich kann die Tür schließen. Das dürfte genügen!«

»Männer!«, hörte Atharu Aria flüstern. »Alle gleich. Erst einen auf dicke Hose machen und dann …«

»Sei still!«, zischte Selana ihre Freundin an.

Als der Magister an die Tür trat, flitzte ein kleines, braunes Etwas durch den Spalt und sauste Brandan den Rücken hinauf. Erschrocken sprang er auf, sein Stuhl kippte polternd um. Auch die jungen Frauen waren sofort auf den Beinen. Ehe Atharu reagieren konnte, hatte Aria schon ein Messer gepackt und Selana streckte die Hände vor.

»Nein!« Atharu erkannte, dass sie ihre Magie einsetzen wollte. »Es ist nur …«

»Ein Frettchen?« In Arias Stimme kämpften Verblüffung und Belustigung gegeneinander.

Selana ließ die Arme sinken, Eldarh schüttelte fassungslos den Kopf. Er war blass geworden und massierte seine Schläfen, als würde das bei der Verarbeitung der Situation helfen.

Brandan stellte den Stuhl wieder auf. »Jiga!« Er griff das Frettchen und hielt es vor sich. »Wie oft habe ich dir gesagt, du sollst mich nicht anspringen.« Vorwurfsvoll fuhr er ihr gegen den Strich durchs Fell. »Und schon gar nicht von hinten!«

Mit einem leisen Quieken verkroch sich Jiga unter Brandans Hemd. Atharu warf Aria einen Blick zu. Es interessierte ihn, wie die Frau reagierte, die seinen Freund so durcheinandergebracht hatte. Ihre Miene war schwer zu deuten. Immer noch hatte sie eine Braue hochgezogen, während sie ihn aus den Augenwinkeln beobachtete. Trotzdem sah es aus, als würde ihr die Kombination aus muskelbepacktem Tangorajäger und kleinem Frettchen gefallen.

»Tut mir leid«, brachte Brandan kleinlaut hervor und schaute zu Eldarh hinüber.

»Das muss es nicht. Nicht wirklich.« Eldarh setzte sich. »Im Garten und hier in meinem Arbeitszimmer geht das in Ordnung. Aber achtet darauf, dass Euer Tier nicht in die Krankenzimmer gelangt.« Der Magister hob mahnend die Hand, um seine Worte zu unterstreichen. Doch die gewünschte Strenge mochte Atharu ihm nicht abnehmen. »Frettchen sind als Haustiere eher selten in Tyklahr. Gehört sie Euch schon länger?«

»Gehören? Jiga gehört mir doch nicht«, gab Brandan schroff zurück, fuhr aber etwas milder fort. »Tiere sind eigenständig, so wie wir. Sie ist eine Freundin! Und ich bin dankbar, dass sie meine Begleiterin ist.«

Atharu sah, wie Aria lächelte. Ein Pluspunkt für Brandan. »Tatsächlich haben wir es Jiga zu verdanken, dass wir das Amulett-Bruchstück dabei haben«, fügte er hinzu.

»Dann hätten wir vielleicht auch eine Jiga im Gepäck haben sollen«, meinte Aria.

Atharu blickte sie alarmiert an. »Wie meint Ihr das?«

»Du! Hübscher Blonder.« Aria schaute ihn keck an. »Sag einfach ›du‹. Ich bin nicht so herrschaftlich.«

Selana knuffte sie kopfschüttelnd in die Seite.

»Der Einfachheit halber könnten wir uns grundsätzlich auf die schlichte Anrede verständigen«, meinte Eldarh. »Oder hat jemand Einwände?«

Alle schüttelten den Kopf.

»Dann ist das geklärt, schön!«

»Also gut«, setzte Atharu erneut an. »Dann kann uns jetzt vielleicht jemand sagen, was die Bemerkung von Aria zu bedeuten hat!«

»›Futsch‹ bedeutet das!«

»Aria, bitte.« Selana legte ihrer Freundin eine Hand auf den Arm.

»Na, er hat doch gefragt!« Aria zog ein Gesicht und Selana wandte sich an Atharu und Brandan.

»In der Nacht, bevor wir fliehen mussten, wurde mir das Bruchstück gestohlen! Uns blieb keine Möglichkeit, es zurückzubekommen!«

Das musste ein derber Schlag für Selana gewesen sein. Atharu erinnerte sich an den Tag, als sein eigenes Bruchstück von den Gellwicks geraubt worden war.

»Wenn ihr eine Idee habt, wer es hat oder wo es ist, bekommen wir es bestimmt zurück. Es gibt immer Möglichkeiten!«, sagte Brandan im Brustton der Überzeugung.

Aria rollte mit den Augen. Doch ehe sie etwas sagen konnte, räusperte sich der Magister.

»Ich denke auch nicht, dass wir das Bruchstück verloren geben müssen.« Er schaute vielsagend in die Runde. »Zunächst aber möchte ich euch erzählen, warum ihr hier seid.«

Pitu

2

Die Kopftuchfrau hatte eine herrische Ader, das war klar, sobald sie aus der Eingangsdiele gestürmt kam. »Der Karren bleibt draußen! Was wollt ihr, wir geben nichts!« Dann sah sie Wanda und begriff den Ernst der Lage. Der blutverkrustete Verband zog sofort ihre Aufmerksamkeit auf sich. »Um der Seelen willen, was ist euch zugestoßen?«

»Gellwicks haben uns überfallen, wir sind knapp mit dem Leben davongekommen! Seit Tagen haben wir kaum was gegessen und sind am Verdursten. Der Tante geht es wegen der Wunde sehr schlecht, die Kleine weint sich die Augen wund ...« Pitu musste seinem Ärger Luft verschaffen. »... und im Gesundhaus werden wir abgewiesen, weil die Kopftuchfrau nicht erkennt, wenn jemand in Not Hilfe braucht!«

»Pitu, lass ...« Wanda hob mühsam den Kopf, ließ ihn aber auf das Leinenbündel zurücksinken, das Lysa ihr als notdürftiges Kissen bereitet hatte.

»Ich bin keine Kopftuchfrau, sondern Schwester in diesem Haus!« Die Dielenbewacherin war rot geworden.

»Bitte vergebt ihm.« Wanda hustete. »Wir haben Schlimmes hinter uns.«

Ihre Stimme klang kraftlos. Gestern noch hatte sie endlich gesünder gewirkt. Doch inzwischen ging es ihr deutlich schlechter. Lysa streichelte das grauweiße Haar und summte eine leise Melodie.

»Natürlich, bleibt ganz ruhig. Wir werden Euch helfen.« Erstaunlich, wie fürsorglich der weiße Drache Wanda anschaute. Als die Schwester den Blick Pitu zuwandte, wurde ihre Miene wieder deutlich strenger. »Ich hole eine Mitschwester und dann werden wir uns um eure Tante kümmern. Und ihr beide ...«, sie hob warnend den Zeigefinger, »... werdet in der Zwischenzeit keine Dummheiten anstellen!« Mit energischen Schritten verschwand sie durch eine Seitentür.

»Pitu«, Wanda drehte ihm den Kopf zu, »du solltest etwas freundlicher sein. Denk an Eldarh, er ist nicht nur Heiler, er ist der Magister der Königin.« Sie röchelte und räusperte sich. »Es hilft keinem, wenn du alle gegen dich aufbringst!«

Sie hatte recht. Aber er konnte Ungerechtigkeit nur schwer ertragen. Oder nein, er konnte sie gar nicht ertragen. Der Kopftuchdrache war von vornherein barsch gewesen. Pitu hatte keine Chance gehabt, die Situation zu erklären. Am liebsten hätte er ihr so richtig seine Meinung gesagt. Doch dann sah er in das blasse Gesicht von Tante Wanda und lenkte ein. »Ich bemühe mich, versprochen!«

Wenig später kam der Weißdrache mit einer Mitschwester zurück. Sie hatten ein Bett bei sich, das ähnlich wie ein Karren auf Rädern gerollt wurde. Allerdings waren es vier Räder und sie waren so klein, dass sie nicht über den oberen Rand des Bettes hinausragten. »Meint Ihr, Ihr könnt mit unserer Hilfe auf das Fahrbett hinüberwechseln? Schwester Kessja fährt Euch dann in den Wundraum. Sie wird die Wunde reinigen und das Bein neu verbinden.«

»Ich bleib bei dir, Tante.« Lysa hielt Wandas Hand.

Pitu trat hinzu und strich der Kleinen beruhigend über ihre roten Locken.

»Das geht nicht!«, entgegnete der Weißdrache. »Wenn wir deiner Tante helfen sollen, darf keiner im Weg rumstehen!«

Noch ehe der letzte Satz ganz heraus war, liefen bei Lysa die Tränen in Strömen. Hilflos presste sie ihr Gesicht in Wandas Decke. Ihre Schultern bebten.

»Toll gemacht, Kopftuchfrau!«, zischte Pitu.

Vorsichtig hob er Lysa auf den Arm. Dann trat die Kleinere der Schwestern zu ihm. Ihre sanften, grünen Augen nahmen ihn sofort gefangen und sein Groll gegen die herrische Schwester schmolz dahin. Eine Urda, dachte er verwirrt.

»Ich bin Schwester Kessja.« Sie streichelte Lysas Wange. »Ich nehme an, in den letzten Tagen bist du die Pflegerin deiner Tante gewesen, richtig?«

Lysa nickte.

»Hast du die Idee mit dem Breithornblatt gehabt?«

»Ja«, schniefte Lysa. »Hab ich von der Tante gelernt.«

»Das hast du sehr gut gemacht. Aber ihr habt nicht viele Möglichkeiten gehabt, die Tante mal richtig zu waschen, oder? Euch selbst wohl auch nicht.« Sie warf Pitu einen Seitenblick zu und er spürte, wie ihm das Blut in die Wangen schoss. Unauffällig schnüffelte er an seinem Hemd. Doch die Stimme von Schwester Kessja klang nicht tadelnd. Im Gegensatz zu der des Drachen klang sie sanft und beruhigend. Lysa hatte aufgehört zu weinen.

»Wie ist denn dein Name?«

»Lysa!«

»Ein guter Name. Er klingt nach Kraft und Einfühlungsvermögen. Willst du später einmal Heilerin werden?«

Lysa nickte. »Ich kenne mich schon gut mit Kräutern aus!«

Der Weißdrache stöhnte und verschränkte die Arme vor der Brust. Doch Kessja lächelte Lysa zu. Pitu wurde warm ums Herz. Die kleine Schwester verstand es, mit Kindern umzugehen. Das war nicht jedem gegeben, dachte er und schaute zur herrischen Kopftuchfrau. Sie blickte missbilligend drein und klackte ungeduldig mit dem Fuß. Kessja ließ sich davon nicht aus der Ruhe bringen.

»Dann zeige ich dir nachher das ganze Gesundhaus. Und was wir da alles machen, damit es den Menschen bei uns besser geht. Willst du das?«

Lysa nickte heftig. »Oh ja!«

Was für eine liebenswerte Schwester. Pitu sah fasziniert auf eine rotbraune Haarsträhne, die unter ihrem Kopftuch hervorfiel und sich an den olivbraunen Nacken schmiegte.

»Aber erst einmal helfen wir deiner Tante. Und du bleibst so lange bei dem ...«

Lysa stieß ihn an, er fühlte sich ertappt. Erneut schoss ihm das Blut in den Kopf.

»Urda, Dieb, äh, Pitu«, stammelte er.

Kessja zog die Brauen hoch. Sie stand dicht bei ihm und musste ein wenig zu ihm aufschauen. Ein Duft von Minze ging von ihr aus, Pitus Knie fühlten sich plötzlich weich an.

»Du bleibst also so lange bei Diepitu.«

Pitu seufzte, aber Lysa lachte. Und ihr Lachen strömte wie frisches Wasser über seine Seele.

»Doch nicht Diepitu. Er heißt Pitu!«

»Ach so, Pitu!« Kessja zwinkerte der Kleinen zu.

»Können wir dann?« Der Kopftuchdrache schob das Fahrbett neben den Karren. Die Schwestern halfen Wanda hinüber und verschwanden mit der Tante.

Pitu und Lysa setzten sich auf die Bank. Sie sprachen über die nette Schwester, lästerten über die andere und versuchten, die Wartezeit zu überbrücken. Doch die Zeit verging, und weder die Kleine noch der Drache kam zurück. Irgendwann begann Pitu, in der Diele rastlos auf und ab zu gehen.

»Du machst dir Sorgen, oder?«

Ertappt blieb er stehen. »Unsinn! Wie kommst du darauf?«

»Meinst du, sie können Tante Wanda gesund machen?« Lysa schaute ihn mit großen Augen an.

»Aber natürlich!« Er trat zu ihr und wuschelte durch die roten Locken. »Gerettet hast *du* sie doch schon. Der Rest ist für die Schwestern ein Kinderspiel.«

»Warum läufst du dann immer hin und her?«

Ja, warum eigentlich? Weil ich ungeduldig bin. Pitu kniete sich vor Lysa und sah ihr in die Augen. »Weißt du, ich hab nie gelernt zu warten. Und ich möchte dringend zu diesem Eldarh. Aber ich muss ja da sein, wenn die Schwestern wegen Wanda zurückkommen, und außerdem kann ich dich hier nicht allein lassen.«

»Kannst du wohl. Ich laufe nicht weg. Bestimmt nicht. Ich bleibe hier sitzen und warte auf die nette Schwester und auf dich!« Lysa nickte mit einer ausholenden Kopfbewegung.

Pitu lächelte dankbar. »Weißt du, Lysa, der Magister ist irgendwo hier im Gesundhaus. Ich würde also nicht weit weggehen. Und wenn die Schwester kommt, lässt du dich einfach zur Tante bringen, ja?«

Er war sich nicht sicher, ob er die Kleine wirklich allein lassen sollte. Aber er konnte hier nicht ewig herumsitzen. Er *musste* etwas unternehmen! Immer wieder schwirrten ihm düstere Vorahnungen durch den Kopf. Sein Leben war völlig aus der Bahn geworfen, inzwischen glaubte Pitu selbst daran, dass es einen Grund dafür geben musste. Nicht nur wegen Malins und Wandas Andeutungen, sondern auch, weil zu viele Dinge in zu kurzer Zeit passiert waren. Menschen starben, Gellwicks zogen mordend und plündernd durch die Lande. Sein eigenes Leben hatte unerwartet eine Geschichte bekommen, die zu allem Überfluss mit einer mysteriösen Prophezeiung verbunden war. Sogar sein Talisman sollte auf einmal magisch sein. Eldarh war die Hoffnung, alles aufzuklären, Pitu endlich wieder sein altes Leben zurückzugeben.

»Meinst du, du kannst hier wirklich alleine warten?«

Lysa nickte und er nahm sie dankbar in den Arm.

»Du bist ein tolles Mädchen!« Er sprang auf, lief zur nächstbesten Tür hinüber und blickte sich noch einmal um.

Lysa winkte ihm. »Bis nachher!«

Pitu betrat den Krankenflügel. In der Luft hing ein strenger Kräuterduft, der doch den Geruch von Blut, Fäkalien und Erbrochenem nicht gänzlich überdecken konnte. Mit einem mulmigen Gefühl schlich Pitu den breiten Flur entlang. Manche Türen standen offen, elendiges Stöhnen drang heraus. Ein Fahrbett stand auf dem Flur, darauf lag ein Mann. Sein Unterarm steckte in einem groben Verband, aus dem Blut sickerte. Ein Stück weiter saßen Männer und Frauen auf Stühlen, warteten anscheinend darauf, versorgt zu werden. Einige trugen Verbände; andere hielten sich den Leib und wiegten sich wimmernd vor und zurück. Ein Weißkittel hob den Blick, sah Pitu fragend an. Er nickte und lief entschlossen weiter.

Als ihm zwei Schwestern entgegenkamen, öffnete er kurzerhand eine Tür und schlüpfte hindurch. In dem kleinen Raum standen mehrere Betten. Pitu schloss leise die Tür und blieb unschlüssig stehen. So würde er Eldarh nie finden.

»Papa?«

Im Bett vor sich entdeckte er eine steinalte Frau, die ihn aus milchigen Augen anstarrte.

»Papa? Nimmst du mich mit nach Hause?«

Die Stimme der Alten klang brüchig. Er trat näher ans Bett und die Alte griff nach ihm. »Papa!«

Ein alter Mensch, der zum Kind wurde? Was war mit ihr passiert?

»Zu wem möchtet Ihr?« Eine beleibte Schwester trat hinter einer Trennwand hervor. Die dicke Weiße kam auf ihn zu und musterte ihn von oben bis unten.

Pitu wurde schmerzlich bewusst, wie zerlumpt er in seinen dreckigen Klamotten aussehen musste. »Ich, äh, bin auf der Suche nach Magister Eldarh. Aber ich hab mich wohl in der Tür geirrt.«

»Das glaube ich auch!« Die füllige Schwester baute sich vor ihm auf und verschränkte die Arme über ihrem üppigen Busen. Sie war mindestens einen Kopf größer als Pitu und funkelte ihn misstrauisch an. »Wer hat Euch erlaubt, allein nach dem Magister zu suchen und fremde Zimmer zu betreten?«

Hoppla, die dicke Weiße sah nicht nur misstrauisch aus, sie *war* es auch. Wie kam er aus dieser Nummer wieder heraus? Den Weißdrachen konnte er wohl kaum als Helferin anführen.

Wie hieß die nette Urdaschwester noch? Sein verflixtes Namensgedächtnis! Aber ihre grünen Augen würde er so schnell nicht vergessen. Die dicke Weiße kam noch näher.

»Schwester Kessla, glaube ich. So eine Kleine. Sie war sehr hilfsbereit!« Pitu hoffte, dass der Name stimmte.

»Schwester Kessja meint Ihr? Nun ja, sie ist hilfsbereit, das ist nicht zu bestreiten.« Ihr Züge entspannten sich etwas. Anscheinend hatte er ins Schwarze getroffen.

»Dennoch solltet Ihr auf den Fluren bleiben. Fragt, bevor Ihr wieder in ein Zimmer geht.« Sie legte ihm schwer eine ihrer fleischigen Hände auf die Schulter, öffnete mit der anderen die Tür und schob ihn hinaus auf den Gang.

Das war noch einmal gutgegangen. Aber wie sollte er den Magister finden? So viele Türen!

Plötzlich hörte er aufgebrachte Stimmen am Ende des Flurs. »Da hinten ist er. Er kam mir gleich verdächtig vor.«

Die beiden Schwestern, die ihm eben entgegengekommen waren, wurden unsanft zur Seite geschoben. *Um der Seelen willen. Das ist gar nicht gut!* Der Weißdrache stapfte auf ihn zu, mit rotem Kopf. Pitu drehte sich um und spurtete den Gang entlang. *Wohin?* Er bog um die Ecke und krachte gegen einen Stuhl. Schmerz schoss ihm durchs Schienbein, doch er stürmte weiter. Ein kurzer Blick nach hinten. Der Weißdrache bog um die Ecke. *Die ist schneller, als sie aussieht!* Pitu rannte den Flur hinab und schaffte es gerade noch, einem Fahrbett auszuweichen, das aus einem Zimmer geschoben wurde.

Kurz entschlossen riss er eine Tür auf, sprang hindurch und fand sich in einem Innenhof wieder. Ein Garten ...

Es schepperte hinter ihm, die herrische Schwester schimpfte. Pitu sah sich hektisch um und stürzte auf die nächstbeste Tür zu. Er musste verschwinden, ehe der Weißdrache in den Innenhof kam.

Selana
3

Selana richtete ihre Aufmerksamkeit auf den Magister. Den Verlust des Medaillonbruchstücks zuzugeben, wäre ihr ohne Arias Dazutun schwergefallen. Jetzt war es heraus! Vielleicht hatten Brandan und Eldarh recht, der Verlust musste nicht endgültig sein. Irgendwelche Möglichkeiten gab es immer.

Im nächsten Moment krachte die Tür auf und ein Junge platzte herein. Wieder sprangen alle von ihren Stühlen und Selana streckte reflexartig ihre Arme vor, bereit, einen Angriff abzuwehren. Wie sehr sie schon in der Rolle der Kämpferin steckte, dachte sie erstaunt.

»Hoppla!«, entfuhr es dem Halbwüchsigen, der sich auf den zweiten Blick als junger Mann entpuppte. Ein *kleiner* junger Mann. Vielleicht fünf Fuß groß, aber längst nicht so grobknochig wie ein Zwerg. Eigentlich ein hübscher Bursche.

Gerade wollte er die Tür schließen, als die resolute Schwester aus der Eingangsdiele hereinstolperte. Völlig außer Atem blieb sie mit hochrotem Kopf hinter dem Kleinen stehen. »Entschuldigt ... Magister ... Eldarh! Er ist mir ... entwischt. Er ... er hat sich ... eigenmächtig ... durch sämtliche Türen des Hauses gearbeitet!« Sie holte ein paarmal Luft und packte den Mann bei der Schulter.

»Keine unnötige Vertrautheit!« Der Kleine schüttelte ihre Hände ab. »Und von Arbeit wollen wir gar nicht sprechen.« Im Gegensatz zur Schwester war er kaum außer Atem. Er schaute in die Runde. »Entschuldigt vielmals die Störung, aber ich suche dringend den Magister. Und diese Kopftuchfrau war dabei keine Hilfe.«

Genervt blickte er über die Schulter, Selana hatte den Eindruck, das Gesicht der Schwester würde noch einen Ton röter.

»Magister Eldarh?« Irritiert sah sich der Fremde um und trat auf Atharu zu. Vielleicht, weil er noch ein Stück größer war als die anderen. Oder weil er so aufrecht dastand und dem kleinen Mann ausgesprochen offen und freundlich entgegenblickte. Selana spürte erneut diese Vertrautheit, die sie schon im Garten bemerkt hatte, als sich ihre Blicke zum ersten Mal getroffen hatten.

»Verehrter Magister, könntet Ihr einen Moment Eurer Zeit entbehren? Ich habe ...«

Der unerwartete Besucher stutzte, als Atharu mit einem Handzeichen auf den Mann neben sich wies. »Heute ist nicht mein Tag.« Seufzend trat der Kleine einen Schritt zur Seite.

In dem Moment schritt die Schwester ein. »Vergebt mir, Magister Eldarh. Ich werde den Störenfried hinausbegleiten!«

Erneut fasste sie ihn bei der Schulter. Selana sah, wie sich die Brauen des kleinen Mannes über der Nasenwurzel gefährlich zusammenzogen.

»Jetzt werd ich aber wirklich sauer!«

»Schwester Epressta, lasst nur.« Eldarh wirkte erstaunlich gelassen. »Unser Haus steht allen offen, die Hilfe brauchen.«

»Wie Ihr wünscht. Ich habe es nur gut gemeint!« Epressta stemmte die Fäuste in die Hüften und funkelte den Kleinen an.

»Epressta?«, wisperte Aria. »Mit dem Namen kann man ja nicht normal werden.«

Selana knuffte ihr in die Seite und verkniff sich das Grinsen. Sie schaute zu dem Kleinen, der jetzt recht selbstgefällig dreinblickte.

»Wo war ich gerade? Ach ja: einen Moment Eurer Zeit. Mein Name ist Pitu. Ich komme mit einer Nachricht vom Ältesten der Urda! Prophezeiung und so.« Die letzten Worte flüsterte er Eldarh vielsagend zu. Aber es war so still im Raum, dass es ohnehin jeder hören konnte.

»Um der Seelen willen. Noch einer?« Eldarh sank seufzend auf den Stuhl und winkte die Schwester mit einer schlaffen Geste hinaus. »Ist in Ordnung, Schwester Epressta. Dieser Tag ist einfach anders als andere. Es hat wohl seine Richtigkeit!«

»Bitte, wie Ihr wollt. Aber beklagt Euch später nicht bei mir, wenn es Probleme gibt!«, gab sie schnippisch zurück, stapfte hinaus und ließ die Tür vernehmlich ins Schloss fallen.

Der junge Magister verdrehte die Augen und atmete tief durch, während die anderen sich setzten. Dann stellte er dem Urda die Anwesenden vor und bat ihn, sein Anliegen vorzutragen. Doch so schnell war dieser Pitu nicht dazu bereit.

»Der ehrwürdige Malin hat mir aufgetragen, mich nur Euch anzuvertrauen!« Er schaute den Magister fest an, doch der schüttelte nur müde den Kopf.

»Und ich würde dich im Anschluss bitten, es allen zu erzählen.«

Selana konnte förmlich spüren, wie Eldarhs Geduldsfaden dünner wurde.

»Freund, du bist in einem erlauchten Kreis«, meldete Brandan sich zu Wort. »Alle hier sind Hüter.« Er lächelte Pitu gewinnend an. »Oder Hüter von Hütern.«

Aria lachte. »Das war mal gut gesprochen!«

Brandan sah zu ihr hinüber, doch sie war plötzlich mit ihrem Ärmel beschäftigt. Selana schmunzelte, konzentrierte sich aber wieder auf den Besucher, der nun unruhig im Raum hin und her ging.

»Gut, ich hab's begriffen.« Er blieb stehen. »Mein Vorschlag: Erst erzählt jeder von euch was, dann erzähle ich.«

Eldarh nickte müde. »Ich vertraue auf dein Wort!«

»Das ist mir bewusst.« Pitu rieb sich die Hände, holte einen Stuhl aus der Ecke des Raums und setzte sich in den Kreis.

Gut, dachte Selana, *solange ich nicht anfangen muss*. Glücklicherweise begann Eldarh. Er sprach vom Erbe, das Magister Tian ihm übertragen hatte: Ausschau nach Veränderungen zu halten, um zu erkennen, wann die Zeit der Prophezeiung anbrach. Er war jetzt Mittler zwischen Menschen und Elben. *Deshalb kennt er sich mit Elbenzaubern aus.*

»Die Elbenfürstin höchstselbst hat mir ans Herz gelegt, dass das magische Medaillon neu geschmiedet werden muss.« Stolz tränkte die Stimme des jungen Magisters.

»Mit nur einem Bruchstück wird das wohl nichts. Und wenn du noch so viele Schmiede auffahren könntest«, seufzte Aria.

»Die hiesigen Schmiede wären keine Hilfe«, schaltete Atharu sich ein. »Wenn ich Magister Lieburus richtig verstanden habe, kann das Medaillon allein in Erellgorh neu geschaffen werden.«

Eldarh nickte. »Ja, die Hüter müssen die Bruchstücke zu den Elben nach Erellgorh bringen. Das ist das Ziel!«

Ein Ziel, das mit dem Verlust ihres Bruchstücks in weite Ferne gerückt war. Selana spürte Eldarhs Blick auf sich.

Doch ehe der sich dazu äußern konnte, ergriff Brandan das Wort und erzählte von seiner Reise mit Atharu. Er erklärte, warum er Atharu begleitete, und fasste sich ansonsten sehr kurz. Wahrscheinlich wollte er seinem Freund die entscheidenden Themen überlassen.

Als Aria gleich nach ihm berichtete, hielt sie es genauso. Sie verlor kein Wort über Selanas Auftrag oder die Magie ihrer Freundin.

Selana war froh, dass Atharu als Nächster das Wort ergriff. Er begann mit dem Tod Ondaras und ihrem Vermächtnis an ihn. Die Trauer, die in seinen Worten schwang, ließ ahnen, wie wichtig ihm seine Urmutter gewesen sein musste. Als er beschrieb, wie er sich allein auf den Weg gemacht hatte und sein bester Freund ihm aufgelauert hatte, um ihn zu begleiten, lächelte er dankbar. Dann wurde er ernster und schilderte ausführlich den nächtlichen Überfall der Gellwicks, bei dem ihm das Bruchstück gestohlen worden war.

Gebannt hörte Selana zu, wie er von der Reise nach Gelder und dem Aufenthalt im Kerker erzählte. Sie freute sich über die Hilfe des Königs und ihr schauderte, während er von dem abgebrannten Weiler berichtete und seine Stimme ins Stocken geriet. Dann aber kam er zum Wiedersehen mit Brandan. Wie aufs Stichwort lugte Jiga aus dem Hemd seines Freundes hervor, sobald Atharu davon anfing, wie letztlich das Frettchen das Medaillon gerettet hatte. Ein Lachen ging durch die Runde, als das Tier maunzte und zur Bestätigung ein lautes Fiepen von sich gab.

Dann war Selana an der Reihe, es wurde still im Raum. Bis eben noch hatte sie keine Ahnung gehabt, was sie erzählen sollte. Sie entschied sich, mit dem Brief zu beginnen, in dem ihre Ziehmutter sie gebeten hatte, ihr Bruchstück nach Tyklahr zu bringen. Danach kamen die Worte wie von selbst. Die Situation in Akralahr, die Unwetter und die Flucht der Menschen aus den unteren Vierteln schilderte sie in knappen Worten, denn der Verlust des Bruchstückss war wesentlicher. Doch als sie über Osse sprechen wollte, kamen Erinnerungen an die Oberfläche, die sie bisher verdrängt hatte. Sie stockte, erschüttert darüber, dass Erlebnisse, die so weit zurücklagen, plötzlich Angst und Scham in ihr hervorriefen. Hilfesuchend blickte sie zu Aria, die ihr sofort zur Seite sprang.

»Ich verlier auch immer den Faden, wenn ich an die Wirrungen unserer Reise denke. Da war die Sache mit dem Traum und dem Stein in deiner Tasche, richtig? Ich denke, du solltest von da an erzählen.«

»Ja, der Stein!« Selana atmete dankbar auf. Einzelheiten zu Osse und seinen Übergriffen gehörten nicht hierher. Also berichtete sie von dem dunklen, unheimlichen Schatten, den sie zu spüren geglaubt hatte.

»Schatten?« Eldarh klang alarmiert.

»Verschlafen, wie ich war, dachte ich an einen Jothosbaum. Nur stand da keiner. Aber diese Dunkelheit kam immer näher. Schwärzer als die tiefste Nacht. Ein Gefühl von Kälte und Ohnmacht ... Es machte mir Angst!«

»Das sollte es auch.« Der Magister war blass geworden. »Schatten sind grausame Geschöpfe. Eine dunkle Macht, die ohne Erbarmen alles Leben aussaugt, getrieben von der Gier nach magischer Essenz!« Seine Stimme war nur noch ein Flüstern. »Lange wurden sie nicht mehr gesehen ...«

Selana fröstelte. Eldarh hatte es geschafft, dass ihr die Erinnerung Angst machte. Dabei hatte der Schatten ihnen nicht einmal etwas getan. Warum nicht? »Wenn die Schatten nur von ihrer Gier getrieben werden, hätte er doch angreifen müssen, oder nicht?«

Eldarh nickte bedächtig. »Es sei denn, es gibt eine andere Kraft, die sie lenkt!«

»Das müsste aber eine ziemlich große Kraft sein«, warf Aria ein. »Wer könnte so viel Macht besitzen?«

»Der Kreh!«

Alle Augen richteten sich auf Atharu. Er kannte diesen Namen also auch. Was wusste er über ihn?

»Magister Lieburus hat uns von Fenkorh-Kreh erzählt. Er soll nach der Magie der Scheltar trachten und vielleicht sogar das Grehum missbrauchen.«

Eldarh seufzte. »Die Magie der Elemente – ja, es gab bisher nichts Mächtigeres. Doch man erzählt sich, dass der Kreh der schwarzen Magie anheimgefallen ist. Der Gedanke, er könnte auch nur eines der Elemente mit dunkler Macht heraufbeschwören, lässt mich seinen Namen fürchten. Ich wage nicht, mir auszumalen, was er anrichten könnte, wenn er mit der Kraft des Grehum sogar über die Schatten gebieten könnte!«

Die Worte hingen im Raum wie ein Galgen, der den Tod versprach. Wie Leichenwürmer krochen sie in ihre Ohren, fanden einen Weg in ihre Gedanken, hinterließen Nester aus Angst.

Brandan brach die unheilvolle Atmosphäre im Raum. »Selana und Aria sind am Leben. Das ist die Hauptsache.«

»Genau. Aber nur, weil der Schatten nicht hinter uns, sondern hinter dem Bruchstück her war«, ergänzte Aria. »Dank Osse sind wir beide damit aus dem Schneider.« Sie lehnte sich grinsend in ihrem Stuhl zurück.

Selana war nicht nach Lachen zumute. Ihr war ein beunruhigender Gedanke gekommen: Wenn die Schatten hinter einem Bruchstück her waren – dann sicher auch hinter dem anderen.

»Jedenfalls hatte Selana zu dem Zeitpunkt nur noch den Stein im Gepäck. Das Medaillon muss sich Osse unter den Nagel gerissen haben. Willst du nicht weitererzählen?« Aria stupste sie in die Seite.

»Was? Ja, natürlich.« *Reiß dich zusammen. Wir sind in Tyklahr, beim Magister der Königin. Was soll hier passieren?* »Osse ist der Einzige, der es genommen haben kann.«

»Und somit ist das Bruchstück von Wanda vermutlich längst in Myxa«, ergänzte Aria.

»Wunderbar!« Pitu sprang von seinem Stuhl. »Wenn ich es richtig verstehe, gab es vor euch also andere Hüter, die inzwischen alle tot sind.« Er stockte. »Was mir im Übrigen sehr leidtut.« Der Kleine hatte immerhin den Anstand, kurz innezuhalten. Dann begann er, durch den Raum zu wandern. »Jetzt sind wir hier die neue Runde der Hüter, richtig?«

»Das sagte ich bereits«, meinte Eldarh. »Alle hier sind Teil eines Ganzen. Allerdings ging ich davon aus, dass wir schon vollständig waren, bevor du hier hereingestolpert bist. Und ich kann noch nicht erkennen, womit du diese Runde bereichern willst.«

»Nein. Ihr wart eben nicht vollständig!«, entgegnete Pitu.

Eldarh seufzte. »Dann sag doch endlich, was du zu unserer Vollständigkeit beizutragen hast.«

»Aber das ist es doch gerade!« Pitu blieb stehen. »Wir sind immer noch nicht komplett!«

Jetzt hat er uns. »Wer oder was fehlt denn?«

Selanas Worte fielen mit denen von Atharu zusammen. Sie blickte ihn überrascht an. Zwei Menschen, ein Gedanke. Er lächelte, und ein warmes Gefühl durchströmte sie.

»Ein Mädchen namens Lysa und ihre alte Tante«, fuhr Pitu fort und lächelte gewinnend in die Runde.

Eldarh raufte sich die Haare. »Dann hol sie bitte herein.«

»Genau«, fügte Aria hinzu. »Spann uns nicht unnötig auf die Folter.«

»Das geht leider nicht.«

Der Magister stöhnte.

»Wir müssen zu ihnen. Die alte Wanda liegt verletzt in einem der Krankenzimmer.«

Selana erstarrte, als sie den Namen hörte. Hatte er Wanda gesagt? Konnte es sein, dass er ihre Momm meinte? Der Urda nickte ihr zu. Einen Moment lang war sie unfähig zu reagieren. Dann sprang sie bestürzt auf. »Meine alte Momm? Was ist mit ihr?« Sie wollte zur Tür, doch Pitu stellte sich ihr in den Weg.

»Nein, nein.« Er hob beschwichtigend die Hände. »Sie hat das Gröbste überstanden – glaube ich.«

Eldarh trat an ihnen vorbei und auch alle anderen drängten zur Tür.

Pitu ging in ihrer Mitte fast unter. Er musste wirklich zu jedem hinaufschauen. »Meiner Treu«, stöhnte er, »im Sitzen gefallt ihr mir besser!«

Brandan klopfte ihm zwinkernd auf die Schulter.

Selana hätte schreien mögen. Verstand denn niemand, dass sie auf dem schnellsten Wege zu ihrer alten Momm wollte?

Endlich öffnete Eldarh die Tür. »Lasst uns zu Wanda gehen. Und wie hieß das Mädchen gleich? Lysa? Ich hoffe, die beiden sind die Letzten, die ich heute kennenlernen muss!«

»Ach, eins wäre da noch!«, rief Pitu und drängte sich an den anderen vorbei. »Wenn ich's mir richtig zusammenreime, hat Lysa jetzt das Bruchstück von Wanda. Es sei denn, es gibt noch mehr davon.«

Eldarh packte den Urda bei den Schultern und sah auf einmal hellwach aus. »Wenn das wahr ist …« Er strahlte wie ein Kind am Honigtopf.

»Magister, bringt uns endlich zu Wanda«, mischte Aria sich ein. »Der Bruchstück-Schnickschnack muss warten. Erst mal das Familienwiedersehen!«

Selana warf ihr einen dankbaren Blick zu. Mit klopfendem Herzen folgte sie Pitu und Eldarh in den Krankenflügel.

»Das Knäblein ist zwar nervtötend, aber immerhin hat es gute Nachrichten mitgebracht!«, raunte Aria.

»Das hab ich gehört«, empörte sich der Kleine.

Selana beugte sich zu ihm hinunter und hauchte ihm einen Kuss auf die Wange. »Danke!«

Als sie wenig später von einer Schwester zur Tür von Wandas Zimmer geführt wurden, drängte Pitu sich nach vorn und hob die Hände. »Erst mal nur die Blonden hier. Lysa ist etwas schüchtern.« Er sah den Magister an. »Die Kleine hat einiges durchgemacht. Zu viele Fremde könnten sie verängstigen.« Er drehte sich zu Brandan. »Und zu viele Muskeln auch.«

Der Tangorajäger rollte mit den Augen und verschränkte die Arme.

Eldarh stellte sich neben die Tür. »Ich bleibe hier und passe auf. Falls ihr mich braucht, ruft einfach!« Er öffnete, und Selana trat ein, gefolgt von Pitu und Atharu.

Das Erste, was sie sah, war ein Haarschopf roter Locken. Das musste Lysa sein. Das Mädchen sprang vom Bett und fiel Pitu in die Arme. Erst jetzt entdeckte Selana das Gesicht ihrer Ziehmutter. Wanda war gealtert. Ihre Augen lagen tief in den Höhlen und die Wangen waren eingefallen. Sie sah furchtbar erschöpft aus.

Selana wischte sich eine Träne aus dem Auge, bestürzt von dem Anblick. Ihre Momm wirkte so zerbrechlich. Gerade wollte Selana näher ans Bett treten, als sich eine Hand auf ihre Schulter legte und sie zurückhielt. Irritiert blickte sie sich um.

Atharu starrte an ihr vorbei. Alle Farbe war aus seinem Gesicht gewichen. Er wankte, seine Hand packte fester zu. »Ondara!«

Atharu
4

Seine Hand klammerte sich an das Holz des Bettgestells. Atharu schüttelte den Kopf, wieder und wieder, als müsste er lästige Fliegen vertreiben. Er schaute auf die alte Frau, deren Anblick ihn in die Vergangenheit zurückgeworfen hatte. Es stimmte, sie sah Ondara ähnlich, sehr ähnlich. Und doch wirkte sie anders. Wie eine jüngere Schwester? Egal. Die Art, wie sie dalag, unter dem weißen Leinen, die Augen tief in den Höhlen, erinnerte ihn schmerzlich an die letzte Stunde mit seiner Urmutter.

»Ist alles in Ordnung?« Selanas Stimme perlte in sein Bewusstsein und er straffte sich.

»Ja. Es ist nur, deine Momm hat so viel Ähnlichkeit mit meiner Urmutter.« Er schaute Selana an und versuchte ein Lächeln. »Es ist ... alles gut.«

»Wie schön. Dann können Lysa und ich zu ihr ans Bett.« Pitu drängelte sich an Atharu vorbei und schob die Kleine vor sich her. »Schläft die Tante schon lange so fest?«

»Die Schwestern haben ihr Kräuter gegeben, die müde machen. Aber sie wird wieder ganz gesund, haben sie versprochen.« Lysa hielt sich an einem von Pitus Ärmeln fest und lächelte schüchtern in die Runde. »Wer sind die?«

»Ach so, entschuldige, die kennst du ja noch gar nicht. Das ist Selna, die Ziehtochter der Tante.«

»Selana!«, korrigierte Atharu ihn.

»Sag ich ja. Sie kommt auch aus Akralahr und ist der Tante nachgereist. Und der große – ist ... irgendwas mit A, richtig?« Pitu guckte Atharu etwas verlegen an. »Ach, stellt euch doch einfach selbst vor.«

Selana kniete sich hin und reichte der Kleinen die Hand. »Hallo, ich bin Selana! Und du bist also Lysa.«

Das Mädchen nickte. »Du bist hübsch!«

Ja, dachte Atharu, das ist sie. In diesem Moment trafen sich ihre Blicke erneut. Verblüfft stellte er fest, dass das Kribbeln ausblieb. Trotzdem war da etwas Besonderes zwischen ihnen, das spürte er.

»Und wer ist der Große?« Lysa zeigte mit dem Finger auf ihn. »Ist das dein Bruder?«

Selana lachte, ihr Lachen füllte den Raum mit einem wunderbaren Klang. Doch Lysa legte ihr entschieden die Hand auf den Mund. »Pst. Die Tante muss sich noch gesund schlafen!«

»Oh!« Selana tat verlegen und flüsterte: »Du hast recht. Um deine Frage zu beantworten: Der Große da heißt Atharu und wir sind nicht verwandt. Er kommt aus Tangris, das ist ziemlich weit weg von Akralahr. Wahrscheinlich sehen wir uns einfach ähnlich, weil wir beide blond sind.«

»Hallo Lysa. Freut mich, dich kennenzulernen.« Atharu lächelte der Kleinen zu und reichte Selana die Hand, um ihr aufzuhelfen. In Wahrheit war ihm überhaupt nicht nach Lächeln zumute. Immer wieder schaute er in das Gesicht der fremden Frau und sah Ondara vor sich. »Vielleicht gehen wir zurück zu den anderen. Eldarh wird die Wartezeit sicher zu füllen wissen, bis es Wanda besser geht.« Er wollte seine Zeit nicht hier am Krankenbett verbringen. Die Erinnerung an

Ondara, an ihr Sterben und ihren Tod war mit Macht wieder auf ihn eingestürzt. In diesem Moment wollte er nur aus diesem Zimmer hinaus.

Pitu wuschelte Lysa durchs Haar. »Und, kleine Heilerin, bleibst du bei der Tante und passt auf sie auf?«

Die Kleine nickte und schenkte ihm ein Strahlen.

Atharu war schon an der Tür, als er einen Blick von Selana auffing. »Ich bleibe noch hier. Ich möchte gern da sein, wenn sie aufwacht.«

Er nickte.

»Besprecht euch ruhig. Aria wird mir sowieso alles brühwarm erzählen.« Sie setzte sich ans Bett und Atharu verließ mit Pitu das Zimmer.

Wie versprochen wartete Eldarh vor der Tür. Als er sah, dass sie zu zweit herauskamen, nickte er. »Das habe ich mir gedacht. Aber wir sollten die Zeit auch ohne Selana nutzen. Brandan und Aria habe ich schon zurück in unseren Besprechungsraum geschickt. Schwester Kessja sorgt in der Zwischenzeit für Brot und Wasser.«

»Schwester Kessja? Wie schön.«

Atharu drehte sich zu Pitu, der verlegen zu stottern begann. »W-wie sch-schön dieser Name klingt, meine ich.«

»Zumindest mal ein Name, den du dir merken kannst.«

Der Urda runzelte die Stirn und grinste dann schelmisch zu ihm herauf. »Nur die wichtigen, großer Attu.«

Schwester Kessja hatte in kurzer Zeit ein köstliches Mahl gezaubert, das die Anspannung der vergangenen Tage nach und nach von allen abfallen ließ. Sogar Pitu, der anfänglich misstrauisch und spöttisch gewirkt hatte, schien gelassener. Allerdings hatte er mindestens dreimal nachgefragt, ob Wanda und Lysa auch etwas zu essen bekämen. Atharu hatte ihn daran erinnert, dass Selana ja auch noch da sei und sicher darauf aufpasse.

Glücklicherweise hatte Eldarh ihnen für das Essen viel Zeit eingeräumt, die Atharu hauptsächlich nutzte, um sich mit dem Magister und Aria zu unterhalten, während Pitu bei Brandan saß. Eldarh wusste viel über die Kräuter im Garten zu berichten und war höchst interessiert an der Pflanzenwelt von Akralahr und Tangris. Aria steuerte ihr Wissen über Getreide bei. Da sie als Erntehelferin gearbeitet hatte, wusste sie eine Menge darüber. Für Atharu war kaum etwas Neues dabei. Die Lehre bei Ondara war umfassend gewesen.

Zwischendurch schaute er immer mal wieder zu Brandan hinüber. Wenn Atharu es richtig deutete, war sein Freund mit Pitu nicht wirklich in ein Gespräch vertieft. Stattdessen hatte er ständig etwas für Jiga abgezweigt und unter den Tisch fallen lassen. Irgendwann sah Atharu, dass auch Pitu dem Frettchen etwas zukommen ließ. *Mit Speck fängt man Mäuse.* Vielleicht würde Pitu sich keine Bisse einfangen. Vor allem aber bekam Atharu mit, dass Brandan mehrmals zu Aria hinüberschaute. Sie schien es indes nicht zu bemerken.

Pitu hingegen blickte fortwährend zur Tür. Entweder war er drauf und dran, zu Lysa und Wanda zu gehen, oder, was Atharu eher vermutete, er wartete darauf, dass Schwester Kessja wieder hereinkäme. Als sie tatsächlich durch die Tür trat, ruckte Pitus Kopf herum und seine Miene hellte sich merklich auf. Atharu konnte sich ein Grinsen nicht verkneifen.

Gerade war Eldarh aufgestanden und verkündete, dass er noch einige Punkte besprechen wollte, als Schwester Kessja ihn unterbrach.

»Verzeiht, Magister, vielleicht sollten jetzt alle erst einmal die Möglichkeit bekommen, sich frisch zu machen?« Ihre grünen Augen blickten Eldarh fast ein wenig tadelnd an und die Wangen des jungen Magisters bekamen einen rosa Schimmer.

»Aber ja. Ich ... äh ... wollte gerade dasselbe sagen. Wir sollten noch ein paar Zimmer ...«

»Ist schon geschehen. Wir haben drei Gastkammern unter dem Dach hergerichtet. Ich habe Eure Wünsche vorausgesehen, Magister.«

Eldarh räusperte sich. »Nun denn. Schwester Kessja geleitet euch zu den Waschräumen und zeigt euch eure Kammern.« Er hob einen Finger ans Kinn und fügte hinzu: »Auch die werte Selana, nicht wahr, Schwester Kessja?«

»Da ihre Ziehmutter noch tief und fest schläft, habe ich ihr schon beides gezeigt. Wir haben uns zudem erlaubt, frische Kleidung herauszusuchen, und hoffen, dass sie passt.«

Eldarh warf einen Blick aus dem Fenster. »Meiner Treu, es ist wahrlich spät geworden!«

Kessja geleitete sie durch den Innenhof zur Eingangsdiele. Windlichter mit brennenden Kerzen standen entlang der Wege und Atharu sog genüsslich den Geruch der vielen Kräuter ein, während sie an den Beeten vorbeigingen. Jetzt, am späten Abend, übernahmen andere Pflanzen die Führung im Konzert der Düfte. Statt der Hundsrosen waberte ihnen der süßsaure Geruch der tanzenden Raute entgegen. Atharu hielt nach den sternförmigen weißen Blüten Ausschau, konnte sie im Dunkeln jedoch nicht erkennen. Er hätte gern ein paar Blätter von der euphorisierenden Pflanze gepflückt.

In der Nähe des Brunnens bückte Brandan sich zu einem kleinblättrigen Kraut hinunter. Atharu zog ihn ein Stück weiter und zeigte auf eines, das im flackernden Schein der Windlichter sehr ähnlich aussah. »Hier ist das Fellblättchen. Oder wonach suchtest du?«

»Och, ich wollte nur so interessehalber ... die sind im Dunkeln aber auch verflixt schwer zu unterscheiden.« Brandan riss ein paar Blätter ab und steckte sie ein. Atharu boxte ihm grinsend in die Seite.

»Was? Was ist?«

»Nichts, nichts. Hauptsache, es hilft.«

»Jiga hat keine Flöhe. Das ist nur für den Fall, dass mal ...«

»... jemand vorbeikommt, der welche hat?«, half Atharu ihm.

»Genau. Ich war schon immer hilfsbereit.«

Sie kamen zurück in die Diele. Die zweiflügelige Eingangstür war geschlossen, das Buch auf dem Tisch zugeschlagen und der Platz der herrischen Schwester leer.

Kessja bemerkte ihren Blick und setzte sofort zu einer Erklärung an: »Wir schließen während der abendlichen

Gebetszeit die Türen. Dann bleiben sie bis zum Morgengebet verschlossen. Aber das Ruffenster kann geöffnet werden.« Sie zeigte auf eine kleine Luke, die in den oberen Bereich des linken Flügels eingelassen war. »Eine unserer Mitschwestern wacht in der Nacht über die Kranken.«

»Wenn's der Weißdrache vom Nachmittag ist, braucht man keinen ungebetenen Besuch zu fürchten«, hörte Atharu Pitu wispern.

Zu ihrer Rechten öffnete Schwester Kessja eine Tür, hinter der eine schmale Stiege hinaufführte. Männer und Frauen wurden getrennt untergebracht. Kessja bedeutete nur Aria, ihr zu folgen. Als sie zurückkehrte, führte sie die Männer durch eine gleichartige Tür zur Linken. Sie wies Brandan und Atharu eine gemeinsame Kammer zu und führte Pitu direkt nach nebenan. Dann zeigte sie ihnen den Waschraum am Ende des Gangs, in dem vier große Zuber standen, von denen drei mit dampfendem Wasser gefüllt waren. Ein angenehmer Duft von Kiefernnadeln und Melisse lag in der Luft. Kaum hatte Schwester Kessja den Raum verlassen, riss Brandan sich die Kleider vom Leib. »Ich weiß ja nicht, was ihr macht«, rief er, »aber ich werde da erst wieder rauskommen, wenn ich Frostbeulen habe.«

Atharu zog sein Hemd über den Kopf und schaute zu Pitu. Der Urda lief erst einmal um den Zuber herum, untersuchte das Holz und testete mit der Hand das Wasser.

»Nun mach schon, du wirst dich wohl nicht auflösen!« Brandan saß nackt auf dem Rand seines Zubers und ließ langsam ein Bein ins heiße Wasser gleiten. »Wenn du Angst hast, darfst du auch zu mir reinkommen«, witzelte er und zwinkerte dem Kleinen zu.

»Lass mal, wenn ich in dein Badewasser steige, bin ich anschließend dreckiger als vorher«, spöttelte Pitu und begann sich auszuziehen.

»Punkt für dich!«

Atharu genoss das Bad. Eine Wohltat für die müden Glieder. Das Leben konnte so schön sein. Mit einem dicken Filzlappen wusch er sich gemächlich den Schmutz der Reise vom Körper. Das ölige Wasser umschmeichelte die Haut. Fast wäre er in Meditation versunken, doch dann stimmte Brandan ein zotiges Lied an, das Atharu noch nie im Leben gehört hatte.

Sein Freund grinste über beide Ohren. »Ich habe viel gelernt, während du in Gelder auf der faulen Haut gelegen hast.«

Atharu warf seinen Filzlappen, der Brandan direkt auf den Kopf klatschte.

»Na warte!«

Der Lappen kam zurückgeflogen und Atharu tauchte ab. Als er sich wieder aufrichtete, zeigte Brandan lachend auf Pitu, der den Wurf abbekommen hatte. Atharu duckte sich, als Pitu zurückzielte. Dann standen plötzlich beide in ihren Zubern und feuerten sich die Lappen entgegen. Klatsch! Einer hatte Atharus Stirn erwischt und rutschte über seine Nase ins Wasser.

»Ihr habt es so gewollt!« Gezielt pfefferte er das nasse Teil auf Pitu, fing einen Lappen aus der Luft und schleuderte ihn Brandan entgegen. Sie schrien, pöbelten und überboten sich gegenseitig mit zotigen Sprüchen, wobei Pitu das Wortgefecht für sich entschied. Was für ein Spaß! Zumindest, bis es an der Tür polterte und sie daran erinnert wurden, dass sie in einem Gesundhaus waren. Grinsend tauchten sie ab und augenblicklich kehrte Ruhe ein.

Später, in der Kammer, fiel Atharu zufrieden ins Bett und schlief nur wenig später ein.

Irgendwann schreckte er aus dem Schlaf hoch, er fühlte sich wie benommen. Draußen hörte er Rufe und Schreie. Verschlafen setzte er sich auf die Bettkannte. Im Zimmer war es stockfinster.

»Mann, was ist denn los«, stöhnte Brandan.

Dann hörten sie das Trappen von Pferden. Atharu stand auf, tastete sich zur Dachluke und öffnete sie. Vorsichtig blickte er auf die Straße hinunter.

»He, pass auf!«

»Sei still!«, zischte Atharu, »ich pass schon auf.«

Was ging da auf der Straße vor sich? Vor dem Eingang des Gesundhauses erkannte er zwei Gespanne mit langen Wagen. Männer saßen von ihren Pferden ab und machten sich an der Ladung zu schaffen. Weitere Reiter kamen, das Rumpeln von Karren war zu hören. Der Morgen graute, sie hatten länger geschlafen, als er gedacht hatte.

»Vorsicht! Oh nein!«

Etwas schlüpfte an Atharu vorbei.

»Na prima! Jetzt ist Jiga draußen!« Brandan zog Atharu von der Luke weg und blickte selbst hinaus. »Jiga? Oh! Was machen die ... das kann doch nicht ... sind das alles Leichen?«

Pitu
5

Pitu hatte nach dem Bad und der Lappenschlacht wie ein Stein geschlafen. Doch der Druck auf seiner Blase hatte ihn geweckt, und so war er zum Abort getapert. Jetzt saß er auf der Bettkante, kramte in seinem Bündel und suchte Fludos Pfeife. Er hatte sich geschworen, sie erst in Tyklahr zu rauchen. Da war er jetzt. Und nicht nur das: Auf dem Weg nach Tyklahr hatte er sogar ein Kind und eine alte Frau in Sicherheit gebracht. Er, der Dieb, der bisher nichts anderes fertiggebracht hatte, als sich selbst zu versorgen, hatte Wanda und Lysa gerettet! Pitu lächelte zufrieden, während er kramte. Sein Leben lang war er nur ein Taugenichts gewesen. Dafür, befand er, hatte er es ganz gut hinbekommen.

Er zog die Brauen hoch. Statt der Pfeife förderte er eine Schriftrolle zutage. Ach, du pelzige Dokascheiße! Die Botschaft von Malin. Er hätte sie Eldarh geben sollen. Egal, dafür war morgen noch Zeit. Pitu steckte sie in eine Innentasche der

Hemdjacke, die Schwester Kessja ihm zurechtgelegt hatte. Unweigerlich wurde sein Lächeln breiter.

Und da waren endlich auch Pfeife und Tabaksbeutel. Als er sich auf dem Bett zurücklehnte und nach der Kerzenlampe griff, hörte er Pferde wiehern. Sofort sprang er auf, horchte und setzte sich wieder. Ob er diesen Fluchtimpuls jemals loswürde? Er gehörte doch jetzt zu den Guten. Was immer da draußen los war, es konnte nichts mit ihm zu tun haben. Er wollte nur ungestört diesen Moment genießen. Das Zimmer, für ihn ganz allein, Pfeife und Tabak von Fludo, Hemd und Hosen von Kessja. Versonnen dachte er an ihre sanftgrünen Augen. Beinahe glaubte er, einen Hauch Minze zu riechen.

Dann hörte Pitu auf der Straße Karren oder Wagen heranrumpeln. *Nein.* Er hielt sich die Ohren zu. *Ich muss das nicht wissen. Das geht mich nichts an und kennen tut mich hier auch keiner.* Außer den Menschen, die er heute getroffen hatte. Aber genau genommen kannten auch die ihn nicht. Wanda schon eher, und Lysa natürlich. Aber sonst?

Obwohl, die zwei Riesen waren schon in Ordnung. Er konnte sich durchaus vorstellen, mit Brandan und Atharu Freundschaft zu schließen. Brandan und Atharu? *Gib's doch nicht. Ich hab mir tatsächlich ihre Namen gemerkt. Die kommen auf meine Liste der guten Namen. Velbert, Fludo, Wanda, Lysa, Brandan und Atharu. Hm, da fehlen noch welche.* Nachdenklich klopfte er mit den Fingern auf die Pfeife. Das alles hatte doch eigentlich mit dem Großen am Hafen angefangen. *Pelle.* Nein, natürlich nicht, Pitu musste lachen. *Pelldor. Genau.* Und später in der Sumpfstadt Malin, der Älteste der Urda. *Hoffentlich werden das nicht noch mehr Namen. Dafür ist mein Kopf nicht gemacht.* Sein Lächeln erstarb. *Lillja, meine Mutter.*

Er steckte Pfeife und Tabak wieder ein. Ihm war nicht mehr nach Rauchen. Ausgerechnet der Name seiner Mutter fiel ihm als letzter ein. Aber das war nur natürlich, oder nicht? Bevor er in die Sümpfe gekommen war, hatte er nicht einmal gewusst, dass er eine Mutter hatte. Plötzlich musste er an Lysa denken. Sie hatte auch keine Eltern mehr. Ausgelöscht vom Irrsinn stinkender Gellwicks. Ein weiterer Name kam ihm in den Sinn und sein Magen krampfte sich zusammen. Der Kreh!

Draußen wurden Rufe laut, Pitu hörte, wie jemand heftig gegen die Türen des Gesundhauses pochte. Er sprang auf, um die Dachluke zu öffnen. Genervt rückte er einen Stuhl heran, weil er sie nicht erreichen konnte. Als er endlich hinausschaute, sah er unzählige Männer, die um Wagen und Karren herumstanden. Sie trugen Fackeln in den Händen, die die Szenerie geisterhaft beleuchteten. Wieder das Pochen an den Türen, hitzig, ungeduldig.

»Macht auf, um der Seel'n will'n. Wir ham Verletzte!«

»Tritt doch einfach die Tür ein!«, schrie jemand.

»Genau, dann müssen sie helfen!«, grunzte ein anderer.

Tür eintreten? So weit kommt das noch. Pitu zog sich hastig an und sprintete los. Auf dem Gang begegnete er Atharu, der in der Kammertür stand und mit Brandan sprach.

»Sie wollen die Tür eintreten!«, rief er über die Schulter, schon fast auf der Treppe. Unten angekommen fand er Schwester Kessja, die mit zwei Mitschwestern Licht gemacht hatte, sich aber nicht traute, die Tür zu öffnen.

»Es sind zu viele. Sie werden uns überrennen!«

Pitu merkte, dass Kessja mit dieser Situation überfordert war. »Wo ist der Magister?«

Mittlerweile kamen auch Atharu und Brandan hinzu.

»Er wollte noch kurz weg«, sagte eine der Mitschwestern.

»Weg? Um diese Zeit?« Pitu konnte es nicht fassen. In diesem Haus lagen Kranke und Hilfsbedürftige und der Heiler ging einfach weg?

»In Ordnung, kein Problem!« Atharu hob beschwichtigend die Hände und öffnete energisch das Ruffenster. »Ruhe! Ruhe, um der Seelen willen!«

Seine Stimme erhob sich über die Menge, Pitu kam es vor, als würde der Boden unter ihm vibrieren von der Stimmgewalt, mit der Atharu schrie. Draußen wurde es leiser.

»Seid ihr Hilfesuchende oder randalierender Pöbel?«

Jetzt war es still. Nurmehr das Wiehern und Schnauben einzelner Pferde klang herein. Pitu sah, wie Atharu tief durchatmete. »Wie viele Verletzte sind bei euch?«

»Etwa dreißig«, antwortete eine Stimme.

»Atharpazh, hilf uns!«

Pitu blickte sich um, eine der Schwestern schlug sich die Hand vor den Mund. »Entschuldigt!«

»Da gibt es nichts zu entschuldigen!«

Erst jetzt bemerkte Pitu, dass Aria und Selana aus der Tür zum Frauentrakt getreten waren.

»Wie viele Fahrbetten habt ihr?« Selana nahm die Schwestern zur Seite und ging zum Krankenflügel. Sie nickte Atharu zu und er blickte durch das Ruffenster.

»Wir bereiten hier drinnen alles vor. Schafft die Pferde aus dem Weg und fahrt die Wagen und Karren mit den Verletzten in die Nähe der Tür, damit wir sie nach und nach hereinholen können.« Seine Stimme war jetzt leiser, aber nicht weniger bestimmend.

»Durch ne geschloss'ne Tür? Bin gespannt, wie das geh'n soll!«

Pitu stöhnte. Es gab immer ein paar Deppen, die sich zu Wort melden mussten, ohne hilfreich zu sein. Wie gut, dass Atharu an der Rufklappe stand und nicht er.

»Keine Sorge, wir öffnen gleich die Türen. Alle, die unverletzt sind, treten bitte zurück! Dieser nächtliche Auflauf darf die Schwestern nicht bei ihrer Arbeit stören, noch sollte er die Kranken, die bereits hier sind, ängstigen!«

»Hört, hört!«

»Sei endlich still! Unseren Leuten soll geholfen werden!«

»Ach, aber um euch herzuführ'n, war ich gut genug!«

»Streitet woanders!«

Pitu vernahm mit Interesse, wie die Männer vorm Gesundhaus endlich die Lage erkannten und begannen, sich untereinander zur Vernunft zu bringen.

Atharu schloss das Ruffenster und schaute sich um. »Schwestern, würdet Ihr bitte so viele Fahrbetten bringen wie möglich? Selana, Aria und Pitu, könnt ihr den Schwestern helfen, Platz zu schaffen? Womöglich müssen Kranke umgebettet werden.«

»Zu Befehl, großer Blonder!« Pitu zwinkerte ihm zu und blickte sich nach Kessja um. Wenn er schon helfen würde ... Aus den Augenwinkeln sah er Atharu grinsen. *Endlich mal einer, der mich versteht.*

»Brandan und ich bleiben in der Diele und tragen Sorge, dass keiner der Hilfesuchenden auf dumme Gedanken kommt.«

Es war eine Menge Arbeit. Pitu hatte es sich nicht so aufwendig vorgestellt. Sie mussten Kranke aus mehreren Räumen in anderen Zimmern zusammenschieben und einige der Betroffenen umbetten. Das brauchte alles viel Zeit, manche der Kranken konnten sich kaum bewegen oder hatten starke Schmerzen. Irgendwann bekam Pitu mit, dass eine Schwester Aria und Selana das Lager mit den Wechselmatten zeigte. Sofort packte er mit an, um sie in die frei gewordenen Räume zu legen. Zusammen mit den Betten konnten sie vielleicht dreißig Verletzteunterbringen.

Die ersten Neuankömmlinge wurden in den Flur geschoben. Jetzt galt es darauf zu achten, wer in welches Zimmer kam. Die Schwestern trennten nicht nur nach Mann und Frau, sondern entschieden auch nach Art und Umfang der Verletzungen, was das Ganze natürlich verzögerte. Durch die Fenster fiel längst helles Tageslicht. Pitu schwirrte der Kopf. Er holte Laken und Tücher, half beim Lagern, schob die leeren Rollbetten wieder nach vorn. Wenn die Räume voll wären, dachte er, müssten die Letztenauf dem Gang liegen.

»Oh gut, das brauche ich.« Aria nahm ihm das Fahrbett ab. »Du könntest Kessja zur Hand gehen.« Sie zeigte auf eines der hinteren Zimmer.

Pitu eilte zu ihr und half, einen Greis umzubetten, der glücklicherweise die Tortur verschlief.

»Ich hoffe nur, der Magister kommt bald zurück«, seufzte Kessja und schaute Pitu erschöpft an.

»Hat er gesagt, wo er hinwollte?« Er musste sich zwingen, nicht ständig in ihre wunderschönen Augen zu starren.

Sie zögerte. »Er hat mit Schwester Epressta gesprochen.«

Pitu wurde neugierig. »Aber du hast was gehört?«

»Ja ... nein ... das geht mich nichts an.« Sie drehte sich weg und ging mit schnellen Schritten in den Flur.

»Kommt ihr denn bei so vielen Verletzten ohne ihn zurecht?« Pitu beeilte sich aufzuschließen.

»Ich werde schauen, ob ich Schwester Epressta finde. Sie ist unsere Oberin und wirklich gut, musst du wissen.«

Pitu bemühte sich um eine freundliche Miene, während er an den Weißdrachen dachte. Er konnte sie nicht leiden, doch das durfte jetzt keine Rolle spielen. »Wenn du meinst. Aber was hat der Magister denn nun gesagt? Vielleicht kann ich ihn herholen! Wüsste er nicht am besten, was zu tun wäre? Also nur für den Fall, dass noch mehr Verletzte kommen?«

»Noch mehr Verletzte?« Kessja blieb stehen. »Atharpazh bewahre! Ja, dann ... besser wäre es natürlich ...«

»Du kannst mir vertrauen. Ich hab schon Schlimmeres überstanden, als durch eine fremde Stadt zu laufen. Außerdem bin ich gar nicht das erste Mal in Tyklahr.«

Er lächelte sie an. Für einen magischen Augenblick versank er in ihren Augen. Ein warmes Gefühl durchströmte ihn, das sein Herz tanzen ließ und den Bauch kitzelte. *Und ich werde alles dransetzen, zurückzukommen.*

Kessja senkte verlegen den Blick. »Ich habe gehört, wie er mit der Schwester Epressta sprach. Er wollte für die Überfahrt sorgen. Schon heute oder morgen in der Frühe, das habe ich nicht genau verstanden, sollt ihr alle nach Erellgorh gebracht werden. Zu den Elben! Ich weiß nicht, was das bedeutet, aber er wollte dem Bootsmann am Seelenstieg Bescheid geben.«

»Das ... äh ... hört sich doch ... gut an.« Pitu schluckte. Sie sollten nach Erellgorh? Hatte Malin nicht erzählt, dass seine Eltern auf dem Weg zu den Elben gewesen waren, als sie ums Leben kamen? Ein Grund mehr, diesen Eldarh zu finden. Das musste er ihm ausreden. »Wo finde ich den Seelenstieg?«

»Wenn du aus dem Gesundhaus heraus nach rechts gehst, die nächste Querstraße wieder rechts, kommt nach fünf oder sechs Häusern ein Zwischengang. Der müsste bis zur Mauer am Fluss führen. Es gibt nur wenige Durchlässe in der Stadt. Der Bootsmann darf einen davon nutzen.«

»Ich danke dir.«

Kessja schaute ihm in die Augen und berührte vorsichtig seine Wange. Pitus Mund fühlte sich mit einem Mal ganz trocken an.

»Versprich mir, vorsichtig zu sein!«

Nervös trat er einen Schritt zurück. »Ich verspreche es.« Er würde den Magister finden. Wenn nicht für sich, dann für Kessja.

Pitu eilte in die Eingangshalle, wo nach wie vor viel zu tun war. Noch mehr Verletzte! Atharu und die Schwestern gaben Anweisungen, was zu holen sei und wer als Nächstes dran sei. Pitu hingegen war völlig überfordert von den vielen Menschen und dem Stimmengewirr, das immer wieder von Schmerzensschreien durchbrochen wurde. Und dieser sonderbare Geruch. Wie schaffte Atharu das? Er agierte wie ein Fels in der Brandung. Anschauen, beurteilen, versorgen. In diesem Moment winkte er eine Schwester herbei. Als er ihr Platz machte, sah Pitu in eine rote Masse. Erst auf den zweiten Blick erkannte er weiße Augen, die ihn aus dem rohen Fleisch anstarrten. Entsetzt wendete er sich ab. Ihm wurde übel.

Was war nur passiert? Bei all der Arbeit hatte er noch keinen Gedanken daran verschwendet, wo die vielen Verletzten herkommen mochten. Noch immer standen Karren vor dem Eingang. Mit einer Mischung aus Widerwillen und Neugier schaute er nochmals in das entstellte Gesicht.

Dann flutete die Erinnerung so heftig über ihn, dass er Halt suchen musste. Der Gestank nach verbranntem Fleisch und versengten Haaren war übermächtig. Wanda und Lysa unter dem Karren. Die aufgetürmten Leichen ... Nein!

Er taumelte zurück und fiel beinahe über eine der Schwestern.

»Bitte aufpassen!«

Sie wusch Blut von der Brust eines Mannes. Pitu sah mehrere Schnittwunden. Aus einer davon pulsierte der rote Lebenssaft in großen Schüben heraus.

»Verbandszeug! Ich brauche Verbandszeug, schnell!«

Jemand drängte Pitu zur Seite. Verbrennungen und Schnittwunden! Eine böse Ahnung überkam ihn. Er musste hinaus und endlich nach Eldarh suchen. In diesem Gewühl war er sowieso keine Hilfe. Sein Blick glitt noch einmal über die Menge. Plötzlich entdeckte er Lysa! Sein Herz setzte einen Schlag aus. Die Kleine stand in der Tür zum Krankentrakt und wirkte völlig verstört. Pitu wollte zu ihr. Doch dann sah er, wie Selana heranlief.

»Lysa!« Sie hob die Kleine auf den Arm.

Pitu konnte sehen, wie sich Lysa an die blonde Scheltar schmiegte, und atmete erleichtert auf. Nein, er wurde hier nicht gebraucht. Alles war unter Kontrolle. Nur der Magister des Hauses fehlte. *Aber vielleicht lässt sich das ändern.* Mit diesem Gedanken lief er aus der Tür und schlängelte sich durch die Karren und Pferde davon.

Selana
6

Der Schreck steckte Selana noch in den Gliedern. Rasch war sie mit Lysa durch die Tür in den Krankentrakt gelaufen, damit die Kleine die grausamen Wunden und Entstellungen nicht mit ansehen musste. »Was machst du hier?«

»Die Tante ist aufgewacht und ich wollte jemanden holen. War aber keiner da.« Die Kleine sah nach links und rechts, während Selana sie auf dem Arm den Flur entlang trug.

»Schau nicht hin. Die bekommen alle gleich Hilfe.«

Der Gang war ziemlich voll, inzwischen waren Schwestern aus den Hinterhäusern herbeigeeilt, wuschen Wunden und bereiteten Kräuterumschläge. Gerade kamen die beiden an einem Fahrbett vorbei, auf dem ein Mann mit üblen Verbrennungen lag. Eine Schwester versuchte, verkohlte Stofffetzen aus den Wunden an Schulter und Arm zu zupfen, der Verletzte schrie erbärmlich auf.

Selana drehte sich mit Lysa weg. Sie sollte das nicht sehen. »Halt dir die Ohren zu!«

Die Kleine gehorchte sofort. Ihre Augen hatte sie fest zugekniffen und stoisch summte sie irgendwelche Töne, die vielleicht ein Lied sein sollten.

Nach einer weiteren Zwischentür ließen Lärm und Gestank endlich nach. Wie gut, dass Wandas Zimmer so weit hinten lag. Hier würde ihre alte Momm nicht übermäßig gestört. Vor der Tür setzte Selana Lysa ab und kniete sich zu ihr. Sie nahm ihr die Hände von den Ohren und wuschelte durch die roten Locken. Lysa öffnete erst das eine, dann auch das zweite Auge. Selana lächelte.

»Das war bestimmt ein großer Schreck für dich, was?«

Die Kleine nickte und seufzte schwer.

»Manchmal passieren schlimme Dinge, und dann ist es gut, wenn Menschen da sind, die helfen können. Dafür ist so ein Gesundhaus da, weißt du?«

Lysa nickte wieder und zog die Brauen hoch. »Aber warum passieren da vorne schlimme Dinge?« Sie zeigte in die Richtung, aus der sie gekommen waren.

»Aber nein, nicht da vorn. Das war woanders. Die Menschen wurden hierhergebracht, damit ihnen geholfen wird.«

»Sie haben aber geschrien. Als würde man sie quälen.«

»Helfen tut eben manchmal auch weh. Zumindest zuerst. Morgen werden wir kaum noch solche Schmerzensschreie hören. Wart's nur ab.«

»Ich will auch mal Heilerin werden«, stellte Lysa fest. »Die kleine Schwester hat gesagt, ich könnte das schon ziemlich gut.«

Selana schmunzelte. »Das freut mich. Heilerinnen werden immer gebraucht!« Sie stand auf. »Und jetzt gehen wir zu Tante Wanda hinein, ja?«

Als Selana das Zimmer betrat, waren die Augen ihrer Momm geschlossen. Doch Wanda saß jetzt aufrecht im Bett. Dicke Kissen stützten ihren Rücken.

»Sie schläft schon wieder«, flüsterte Lysa.

»Aber nein.« Wandas Stimme war kaum zu hören. Doch der Klang löste in Selana einen Wirbel von Glücksgefühlen aus. »Ich schone nur meine Augen!«

»Schenk mir nur ein Lächeln, dann darfst du weiter schonen.«

Ihre Momm schlug die Augen auf. Einen Lidschlag lang kämpften Verwunderung und Ungläubigkeit gegeneinander. Dann zauberte sich ein Strahlen auf ihr Gesicht. »Selana! Bei Atharpazh, dem Schöpfer und Seelenhüter! Ich bin so froh, dass du hier bist!« Ihre Augen wurden feucht. Unbeholfen versuchte sie, sich aufzurichten.

Mit zwei Schritten war Selana bei ihr, schloss sie in die Arme. Ihr Herz quoll über vor Glück und Dankbarkeit.

Lysa kletterte von der anderen Seite auf das Bett und sah sehr zufrieden aus. »Ich habe nicht verraten, wen ich hole.«

»Das stimmt, du Strolch!«, sagte Wanda und gab Lysa einen Stups auf die Nase.

Selana war selig, ihre alte Momm sah heute viel wohler aus als gestern noch. Die anfänglichen Sorgen verblassten. Endlich waren sie wieder zusammen. Sie freute sich so sehr darauf, ihre Erlebnisse mir ihr teilen zu können.

Bald schon waren sie in ein intensives Gespräch eingetaucht. Sie erzählte von Hemrets Angebot mit der Kammer auf der Burg und grüßte vom Schmied, der wacker in den unteren Viertel Akralahrs aushielt. Ein Wort führte zum nächsten. Erst, als sie über Osse erzählen wollte, stockte Selana und warf einen Blick zu Lysa. Die Kleine war in Wandas Arm eingeschlafen, doch es gab Themen, die besser warten mussten.

Wanda nickte wissend. »Manche Dinge sollten wir erst mal überspringen, denke ich.«

Selana erzählte stattdessen von ihrer Nacht unter dem Jothosbaum und dem beschwerlichen Aufstieg auf die Hochebene. Oft genug wurde ihre Stimme leiser und ihre Blicke sagten mehr, als sie auszusprechen wagte. Zwischenzeitlich hatte Lysa sich auf die Seite gedreht und in Wandas Decke eingemummelt. Sie ließ sich in ihrem Schlummer nicht stören.

Wanda strich ihr vorsichtig über den Kopf, als sie berichtete, wie sie bei der Kleinen Selanas Bruchstück entdeckt hatten. »Ich bin vor Sorge ganz krank geworden. Was hätte dir alles passiert sein können!«

»Jetzt bin ich hier. Gesund und munter!« Selana drückte Wandas Hand. »Atharpazh hat es gut mit mir gemeint, als ich Aria getroffen habe. Ich war von Anfang an nicht allein!« Sie erzählte von Semje und seiner Hilfe. Und endlich kam sie auf Nehrbor und ihre magischen Kräfte zu sprechen, die ihnen das Leben gerettet hatten.

Ihre alte Momm legte die Hand auf Selanas Bauch und schloss die Augen. »Ich habe immer geahnt, dass da etwas ist. Und jetzt spüre ich es ganz deutlich. Aber eine Scheltar?« Sie seufzte. »Ich hätte da sein sollen, um dir zu helfen.«

»Ich hab's hinbekommen.« Selana streichelte Wanda über die Hand. »Viel wichtiger ist, dass wir uns gefunden haben! Und wenn du gesund bist, können wir irgendwann wieder nach Hause.« Sie blickte ihre Momm erwartungsvoll an.

»Nach Hause! Ja, das würde ich gern.« Wanda zögerte. »Du hast aber verstanden, dass nichts mehr sein wird wie vorher, nicht wahr? Spätestens mit dem Zusammentreffen der Hüter rückt das Schicksal der Völker näher. Das Wetter im Westen ist keine Laune der Natur. Die aufziehende Dunkelheit und Kälte, die Akralahr heimgesucht haben, werden sich weiter ausbreiten. Eine dunkle Macht ist am Werk und ich habe einen furchtbaren Verdacht!«

Die besorgniserregenden Worte ihrer Momm hingen bedeutungsschwer im Raum. Selana brauchte einen Moment, um diesen Faden aufzunehmen. Viel lieber hätte sie sich anderen Gedanken zugewendet. Doch sie hatte zu viel erlebt, um sich etwas vorzumachen.

»Magister Eldarh hat einen Namen genannt. Aber ich kann mir nicht vorstellen, dass er die Naturgewalten ...«

Wanda griff nach ihrem Arm. Ihre Augen wurden groß. »Fenkorh-Kreh?« Ihre Stimme, nurmehr ein Raunen, klang auf einmal zittrig und rau.

Selana spürte, wie sich ihr Magen zusammenschnürte. Es war nur ein Name, doch das Gefühl der Bedrohung war elementar. Sie nickte.

»Ich fürchte, er missbraucht eine der heiligen Quellen Jukahbajahns. Schwarze Magie, gespeist aus dem Schoß unserer Welt – unserer Seelen ...« Wanda hustete plötzlich und sank in ihre Kissen. »Das Grehum. Ich fürchte um das Grehum! Ihr müsst nach Erellgorh!«

»Erellgorh?« Selana überlegte, was sie über die Elbenstadt wusste. Als Kind hatte sie gern den Geschichten über die Elben gelauscht. Hatte ihrer alten Momm an den Lippen gehangen, wenn sie von der sagenumwobenen Elbenstadt erzählte. Vom Eiland im Nebelsee, das nur Magiebegabte finden konnten und das für alle anderen in den Nebelschwaden des Sees verborgen blieb. Es hatte immer wie eine Geschichte aus vergangenen Tagen geklungen. Eine Mär aus der Zeit, als Atharpazh die Welt erschaffen hatte.

»Magister Eldarh hat es angedeutet, aber ich konnte es nicht glauben. Eine Reise in die Elbenstadt? Für eine Küchenmagd aus Akralahr?« Sie schaute ihre Momm zweifelnd an.

»Selana, du musst das hinter dir lassen! Dein Leben ist längst ein anderes, und das weißt du. Die Bruchstücke müssen nach Erellgorh. Und mit ihnen die Hüter. Je eher, desto besser!«

»Ich sollte doch nur nach Tyklahr. Mehr hast du in deinem Brief nicht geschrieben. Und ich bin hier. Reicht das nicht?«

»Nun, ich habe auch geschrieben, dass du einmal eine wichtige Aufgabe erfüllen wirst und dass die Welt im Wandel ist.«

»Stimmt. Aber das war schon etwas rätselhaft, findest du nicht?« Sie verzog die Brauen.

Wanda lächelte matt. »Nur für den Fall, dass der Brief in falsche Hände gerät!«

»Warum hast du nicht einfach auf mich gewartet?« Selana konnte nicht verhindern, dass ihre Enttäuschung durchklang. Das Gefühl, verlassen worden zu sein, ohne ein Wort zurückgelassen, blitzte jäh aus einem verborgenen Winkel ihres Herzens hervor. »Dann hättest du den Brief gar nicht schreiben müssen.«

Wanda senkte den Blick, schaute versonnen zur schlafenden Lysa. Als sie Selana wieder ansah, waren ihre Augen feucht. »Manchmal muss man seiner Eingebung folgen. Auch, wenn es einem das Herz zerreißt.«

Selana hoffte, ihre Momm würde noch mehr preisgeben, doch sie schwieg. »Ich versuche, es zu verstehen. Sicher hast du gute Gründe gehabt. Aber meinst du nicht, du solltest sie mir anvertrauen?«

Wanda strich ihr über das blonde Haar. »Alles zu seiner Zeit. Alles zu seiner Zeit.«

Und die war nicht jetzt, erkannte Selana. Daher begann sie, von den jüngsten Ereignissen zu berichten. Von dem blonden Heiler, den sie kennengelernt hatte und dem sie sich so verbunden fühlte.

»Atharu? Hast du Atharu gesagt?« Wanda beugte sich vor.

»Ja, klingt elbisch, nicht wahr? Aber er kommt aus einer Stadt mit dem Namen Tangris. Das liegt irgendwo im Osten.«

Ihre Momm seufzte. »Atharpazh meint es gut mit uns!«

»Wie meinst du das?« Plötzlich erinnerte Selana sich an den Moment, als Atharu an diesem Bett stand und Wanda für eine andere hielt. »Du kennst ihn?«

»Nein, das leider nicht. Viel wichtiger ist, dass ihr euch kennt und gemeinsam nach Erellgorh gelangt. Hat er auch ein Amulettbruchstück bei sich?«

Selana nickte. Ihre Momm wurde immer geheimnisvoller. Es klopfte an der Tür. »Ja?«

Aria steckte den Kopf herein. »Hätte ich mir denken können. Ich wollte nur sichergehen, dass du bei all dem Schlamassel nicht unter die Räder geraten bist.«

Mit einem Mal hatte Selana ein schlechtes Gewissen. »Oh, tut mir leid. Ich habe völlig vergessen, was passiert ist. Ich komme gleich, versprochen.«

Aria nickte und schloss die Tür.

»War das deine neue Freundin?«

»Ja.« Dann hieb sie sich mit der Hand vor die Stirn. »Ich hätte euch einander vorstellen sollen. Verzeih mir.«

»Es gibt wahrlich Wichtigeres.« Ihre Momm hustete. »Von was für einem Schlamassel sprach sie?«

»Stimmt, das weißt du noch gar nicht. Ein Treck mit Verletzten ist angekommen«, berichtete sie, und mit einem Blick auf Lysa senkte sie ihre Stimme zu einem Flüstern. »Wenn du mich fragst, tragen die Verletzungen eine Handschrift. Aber ich hatte bisher keine Zeit, etwas darüber herauszufinden!«

Ihre Momm wurde blass. »So nah sind sie schon? Viel schneller, als ich befürchtet habe.« Wanda ergriff Selanas Arm. »Ihr müsst nach Erellgorh. Wenn es geht, noch heute!«

»Momm, du kannst einem echt Angst machen!«

»Die ist auch angebracht, oh ja. Noch ist nichts gerettet.«

»Nun hör auf mit diesen Rätseln. Wovon sprichst du?« Selanas Herz schlug schneller.

»Die Gellwicks sind vielleicht gar keine Vogelfreien. Dafür sind sie den Bruchstücken zu dicht auf der Spur.«

»Was sollten sie mit ihnen anfangen? Wenn ich Eldarh richtig verstanden habe, kann das Medaillon nur von den Elben neu geschmiedet werden.« Selana forschte im Gesicht ihrer alten Momm.

»Es hat alles mit der Prophezeiung zu tun. Und mit dem Kreh! Eldarh wird es wissen. Und wenn nicht er, dann die Elben. Geh jetzt! Und halte deine Freunde zur Eile an. Wir werden uns wiedersehen.«

Selana schüttelte den Kopf. »Du willst mich nicht ernsthaft wegschicken. Wir haben uns gerade erst wiedergefunden! Wenn, dann kommt ihr beide auch mit.« Sie blickte auf Lysa.

Wanda folgte ihrem Blick. »Auf gar keinen Fall!« Sie griff erneut nach Selanas Arm. »Wir müssen hierbleiben.« Dann ließ sie wieder von ihr ab und brachte ein Lächeln zustande.

Selana ahnte, dass mehr dahintersteckte, als ihre Momm zugab. Sie wusste aber auch, dass Fragen jetzt nicht weiterhalfen.

»Hab Vertrauen zu deiner alten Momm.« Wanda griff ungelenk unter ihre Kissen, suchte einen Moment und förderte ein kleines Leinensäckchen zutage. »Nimm es wieder an dich. Du bist die Hüterin!«

Sie gab es Selana und umschloss ihre Hand. Selana spürte ein leichtes Pulsieren.

»Wir werden uns wiedersehen, das verspreche ich!« Damit streckte Wanda ihr die Arme entgegen, und Selana begriff, dass sie sich verabschieden musste.

»Du hast auf deiner Reise so viel erlebt. Du verstehst, dass es um etwas Größeres, etwas Mächtigeres geht, nicht wahr?«

Selana nickte zögernd, gab ihrer Momm einen Kuss und strich der kleinen Schlafmütze über die Wange. »Grüß Lysa von uns. Und passt gut auf euch auf!«

Der Weg durch die Flure erschien Selana seltsam ruhig. Anscheinend waren alle Verletzten versorgt. Von der Hektik des Morgens war nichts mehr zu spüren. Intensiver Kräuterdunst schwängerte die Luft, milderte aber nur schwach den penetranten Geruch nach Blut und Verbrennungen.

Sie beeilte sich. Hoffentlich konnte sie bald mit Eldarh sprechen. Inzwischen müsste er zurück sein, und sie wollte wissen, was er über all diese Dinge dachte. Auch wenn sie wusste, dass man sich auf Wandas Rat verlassen konnte, hoffte sie darauf, dass der junge Magister Argumente kannte, die einen längeren Aufenthalt in Wandas Nähe zuließen.

An der Tür zur Diele traf sie auf Atharu.

»Entschuldige, ich war bei meiner Momm und habe nicht auf die Zeit geachtet. Sind alle ...«

Atharu hob beruhigend die Hände. »Es ist alles geregelt. Kessja hat Schwester Epressta geholt. Sie ist zwar gewöhnungsbedürftig, aber eine würdige Vertretung für den Magister. Ehe Eldarh zurückkam, hatte sie schon wieder alles unter Kontrolle. Aber es gibt ...«

»Eldarh ist wieder da?« Jetzt fiel Selana Atharu ins Wort. »Oh, wie gut. Da bin ich erleichtert. Die Schwestern waren etwas beunruhigt. Vielleicht ...«

Atharu umfasste ihre Schultern. Selana zuckte zusammen und blickte irritiert in seine Augen. Ein betörendes Blau – einladend wie klares Wasser nach einem heißen Tag. Wie gut seine Nähe tat.

»Eldarh bittet uns in seinen Arbeitsraum. Jetzt! Hast du Brandan gesehen?«

Selana schüttelte den Kopf. Was war nun wieder passiert?

»In Ordnung, ich sehe zu, dass ich ihn finde. Kannst du bitte Aria suchen? Wir treffen uns beim Magister!«

Ein kurzes Lächeln, dann ließ er sie stehen.

Atharu

7

Atharu nahm gleich zwei Stufen auf einmal. Vielleicht war Brandan oben in der Schlafkammer. Fehlanzeige. Auch im Waschraum fand er ihn nicht. Also lief er wieder hinunter in die Diele und durch die Hoftür in den Garten. Irgendwo musste er sein.

»Brandan?« Atharu streckte sich und blickte über die Hecken und Pflanzungen. »Braan-daan!«

Keine Reaktion. Zurück im Krankentrakt fragte er einige Schwestern, doch auch die hatten seinen Freund nicht gesehen.

»Mist!« Der Magister hatte zur Eile angetrieben, aber Brandan war und blieb verschwunden.

Tief durchatmen und ruhig bleiben! Atharu konnte sich vorstellen, dass Brandan nach Jiga suchte. Das Frettchen war durchs Dachfenster gewitscht und seither nicht wieder aufgetaucht. Aber es hatte keinen Sinn, durch die Straßen zu irren. Zum einen kannte Atharu sich nicht aus, zum anderen war Eldarhs Bitte sehr eindringlich gewesen. Also ließ er die weitere Suche sein und ging zum Arbeitsraum des Magisters.

Eldarh empfing ihn an der Tür. Selana und Aria waren schon da. »Brandan? Pitu?«, fragte der Magister.

»Brandan ist wahrscheinlich auf der Suche nach seinem Frettchen. Sie ist heute Morgen durch die Dachluke entwischt. Nur hatten uns die Ereignisse so auf Trab gehalten, dass bisher keine Zeit war, sie zu suchen. Was unseren Kleinen anbelangt, habe ich keine Ahnung.« Atharu schaute zu Selana und Aria, doch die beiden zuckten mit den Schultern.

»Gut, gut«, entgegnete Eldarh. »Was sich nicht ändern lässt, lässt sich nicht ändern. Wir müssen beginnen. Die Zeit läuft uns davon und es ist viel passiert. Nur leider nichts Gutes!« Er spähte kurz in den Innenhof und schloss die Tür.

»Ihr habt die Verletzten gesehen? Ach, was frage ich, ihr habt sie ja versorgt und damit reichlich Arbeit gehabt. Dafür meinen aufrichtigen Dank.« Eldarh ließ sich auf seinen Stuhl sinken. Der junge Magister wirkte erschöpft. »Es handelte sich um Verbrennungen und Schnittwunden unterschiedlicher Größe, nicht wahr?«

»Womit schon mal ein normales Feuer ausscheidet«, stellte Aria nüchtern fest.

»Es ist uns klar, dass gekämpft wurde. Weiß man schon mehr?«, fragte Selana.

»Ja, mehr, als mir lieb wäre. Ein Angriff am nördlichen Stadtrand Tyklahrs. Es ist unfassbar, aber wir sind von Gellwicks angegriffen worden!«

»Heilige Scheiße! Ich hab es doch geahnt.« Aria sackte im Stuhl zusammen.

Atharu war wie vor den Kopf gestoßen. »So weit im Norden? Ich dachte, die wären ein Problem im Süden.«

»Ich habe den Verdacht, die sind überall«, meinte Selana. »Wandas Treck wurde von einer großen Horde angegriffen, die in Myzehren ihr Unwesen treibt!«

»Übergriffe im Westen und im Süden der Geldermark, in Myzehren und jenseits der Hochebene. Jetzt noch in Tykalden. Das sind zu viele!«

»Jeder Gellwick ist einer zu viel!«, knurrte Aria.

»Ich glaube, ich weiß, was Eldarh meint«, entfuhr es Atharu. »Selbst für vier Königreiche sind das zu viele Vogelfreie und Ausgestoßene, richtig?«

Der junge Magister nickte. »Wir haben es hier mit etwas anderem zu tun. Zudem ist bisher kein Fall bekannt, wo Gellwicks sich an Städte herangetraut hätten.« Eldarh fuhr sich durch sein krauses Haar. »Ich war heute früh unterwegs, um für euch die Überfahrt nach Erellgorh zu regeln. Dann hörte ich von Angriffen an der Nordgrenze der Stadt. Und das, nachdem die Hüter mit den magischen Bruchstücken eingetroffen sind? Zu viele Zufälle. Das ließ mir keine Ruhe und ich bin bei Hofe vorstellig geworden. Die Königin hatte kaum Zeit, aber Magister Lieburus aus Gelder war noch da. Er wusste alles aus erster Hand.« Eldarh machte eine Pause und schaute vielsagend in die Runde. »Die Gellwicks haben die Häuser und Herbergen nicht geplündert. Sie haben sie durchsucht! Das ist eine der Besonderheiten.«

»Du willst jetzt nicht sagen, dass diese Kadaver hinter *uns* her sind?« Aria gab ein verächtliches Lachen von sich. »So berühmt sind wir nun auch wieder nicht. Woher sollten diese Stinker von uns wissen?«

»Diese ›Stinker‹, wie du sie nennst, agieren nicht planlos. Lieburus und ich sind überzeugt, dass sie gelenkt werden.«

»Der Kreh!« Selana sog hörbar die Luft ein.

»Fenkorh-Kreh!« Eldarh spie den Namen mehr aus, als dass er ihn sprach. »Der Abtrünnige. Nicht zu glauben, dass er einst Magister des Ordens zu Crem war. Jetzt ist er nur noch gewissenlos und machthungrig!«

»Aber mehr wissen wir nicht, oder? Ein abtrünniges Magisterchen und viele Gerüchte, die sich um ihn ranken. Klingt für mich nicht so, als müsste man große Angst haben«, frotzelte Aria.

»Oh doch, das sollten wir!« Eldarhs Stimme klang so eisig, dass Atharu das Gefühl hatte, die Luft im Raum kühle sich rapide ab.

Das ungläubige Lächeln auf Arias Gesicht erstarb und ihre Mundwinkel zitterten unsicher.

»Dieser Abtrünnige gebietet über eine Macht, die wir uns nicht vorstellen können! Macht durch Frevel, wenn er sie wirklich aus den Säulen des Grehum stiehlt!« Eldarhs Stimme überschlug sich fast. Als er merkte, wie laut er geworden war, verstummte er.

»Der heilige Ort, wo die Magie der Seelen in den Schoß der Erde zurückfließt.« Selanas Stimme klang plötzlich leise und rau. »Nicht auszudenken ...«

Der Magister nickte nur, doch Aria hakte ein. »Wartet mal, das kann nicht stimmen. Ich hab da mal so eine Geschichte aufgeschnappt. Da ging es um die Zwei Kriege und den Schutz der magischen Quellen. Wegen dem Frieden und so. Aber der hat nicht lange gehalten und es kam zum Großen Krieg.« Sie blickte unsicher in die Runde. »Ich hab nicht die geringste Ahnung, ob mein Geschwafel überhaupt Sinn macht. Aber wenn ich unseren Zwergenfreund richtig verstanden hab, ist das alles über sechzig Winter her. Zumindest die Menschen, die dabei waren, müssten alle längst tot sein ...«

»Und doch hast du recht«, entgegnete Atharu. Er war beeindruckt, dass Aria eine so einfache wie scharfsinnige Verknüpfung hergestellt hatte. »Das Grehum als mächtigste der Quellen wird durch eine Kuppel geschützt. Gespeist durch reinste Diamanten und Kristalle, eingelassen in zwölf Säulen, eine für jedes Volk dieser Welt.« Endlich erinnerte er sich wieder an die Erzählungen Ondaras. So oft hatte er ihr gebannt an den Lippen gehangen und dabei alles immer nur für Geschichten gehalten.

»Aber dann ...«, begann Aria, doch Atharu wollte seinen Gedanken noch zu Ende führen.

»Es heißt, kein Mensch kann die Kuppel betreten, es sei denn ...«, plötzlich durchfuhr ihn die Erkenntnis, »es sei denn, er gehörte zu den Ordenshütern und besäße ein magisches Amulett, das von den Völkern der Welt geschmiedet wurde.«

»Aber dann ...«, setzte Aria erneut an, doch diesmal unterbrach sie der Magister.

»In den Schmieden von Erellgorh! Und ja, die Bruchstücke, die ihr gebracht habt, gehören zu einem dieser magischen Amulette.«

Aria sprang auf. »Aber dann haben wir es mit einem Greis zu tun. Dieser Kreh muss schon über achtzig Winter auf dem Buckel haben. Ich meine, das kann doch nicht so schwer sein.«

Selana zog Aria auf ihren Stuhl zurück. »Magie, Aria!«

»Sie verlängert die Lebensspanne«, ergänzte Atharu. Und da war noch etwas. Etwas über die Hüter, das Lieburus erzählt hatte. »Vielleicht ist er sogar viel älter. Zumindest, wenn er einer der ursprünglichen Hüter des Grehum ist.«

Er blickte zu Eldarh, der seinen Blick ernst erwiderte. »Weit über hundert. Und in der ganzen Zeit hat er Kraft gesammelt und seine dunklen Pläne geschmiedet!«

»Dann sind die Bruchstücke die einzige Möglichkeit, dem Kreh Einhalt zu gebieten?« Selanas Stimme war entschlossener geworden.

Erneut nickte Eldarh. »Die Säulen des Grehum müssen fallen. Nur dann kann alle Magie wieder ungehindert in den Schoß der Erde strömen. Und erst, wenn für den Kreh diese magische Quelle versiegt, können wir hoffen, ihn in einem Kampf zu besiegen. Wobei er selbst dann noch sehr mächtig wäre. In seinem Körper hat sich über die Zeiten eine erhebliche Menge Magie angesammelt.«

»Und wahrscheinlich trägt er eigene Steine oder Kristalle bei sich, um weitere Magie zu speichern«, fügte Atharu hinzu.

Ganz leise und vorsichtig wurde die Tür geöffnet und Brandan kam herein. Atharu fing ein zufriedenes Lächeln seines Freundes auf, während Jiga aus dessen Hemd hervorlugte. Bei all den düsteren Erkenntnissen war es beruhigend, dass die zwei sich wiedergefunden hatten. Sein Freund setzte sich still in die Runde und schaute ihn fragend an. Atharu schüttelte den

Kopf. Alle waren in Gedanken versunken, er konnte ihn jetzt unmöglich auf den aktuellen Stand bringen. Er musste es selbst erst einmal verarbeiten. Die furchtbaren Ereignisse führten immer wieder zu einem Namen: Fenkorh-Kreh.

Selana durchbrach die Stille. »Deshalb müssen wir nach Erellgorh. Das Amulett muss neu geschmiedet werden!«

»So ist es. Und die Zeit drängt!« Eldarh fuhr sich durch die Haare. »Der Kreh muss bereits von den Bruchstücken erfahren haben. Anders lässt sich der Angriff auf Tyklahr nicht erklären. Wir wissen von den Opfern, dass die Gellwicks nach Schmuckstücken gefragt haben.«

»Halt, stopp mal«, meldete sich Aria. »Gefragt haben? Diese Stinker lallen doch nur blöde herum. Und ihre Zeichensprache versteht kein Mensch, oder?«

Der junge Magister seufzte, Atharu konnte spüren, wie sehr Eldarh die Erkenntnisse der letzten Stunden zu schaffen machten. »Es hätte mir schon nach eurem Bericht aus Gelder klar sein müssen. Spätestens jetzt aber, wo auch in Tyklahr eine derart große Horde angegriffen hat. Gellwicks sind nicht länger nur die Ausgestoßenen, die sich zusammenrotten, um zu überleben oder sich für das zu rächen, was ihnen widerfahren ist. Wir vermuten, dass sie Söldner des Kreh sind und er einen Weg gefunden hat, sie zu vermehren. Nur das kann erklären, warum es inzwischen so viele sind!«

»Deshalb auch das koordinierte Vorgehen. Deshalb die Rabenvögel«, erinnerte sich Brandan.

Atharu dachte an den Überfall der Gellwicks am Uwentengoa. Er selbst war nur knapp mit dem Leben davongekommen. Bereits damals hatten sie sich gewundert, dass die Gellwicks so zielstrebig unterwegs waren.

»Aber wie kann er Menschen dazu bringen, so etwas zu tun?«, warf Selana ein. »Das sind ja schon ganze Armeen.«

»Wenn der Preis hoch genug ist?«, vermutete Brandan.

»Gehirnwäsche!«, setzte Aria hinzu. »Ist bei Männern nicht schwer. Erzähl ihnen lang genug, was sie hören wollen, und sie fressen dir aus der Hand.«

Selana stieß ihr in die Seite.

»Was denn? Ich hab doch recht. Außerdem neigen Schlappschwänze dazu, sich Stärkeren anzuschließen!« Aria blickte in die Runde. »Wahrscheinlich, damit sie etwas von der Aura der *wirklich* Starken abbekommen.« Ihr Blick blieb kurz bei Brandan hängen, der rot wurde. »Und Schlappschwänze gibt es genug, kannste mir glauben!«, vollendete Aria ihre Rede mit einem wissenden Blick zu Selana.

»So einfach ist es in diesem Fall nicht.« Eldarh hatte eine Hand erhoben und damit signalisiert, dass er weitere Neuigkeiten loswerden musste. »Der Angriff wurde schnell entdeckt und Soldaten Ihrer Majestät haben ihn niedergeschlagen. Etliche Gellwicks wurden getötet, einige wenige sogar lebend festgesetzt. Magister Lieburus hat mir dies hier gegeben.« Eldarh zog ein fleckiges Tuch aus seinem Umhang und warf es auf den Tisch zwischen ihnen. Ein Armreif löste sich daraus und blieb mit leisem Klirren auf der Tischplatte liegen. »Jeder von ihnen trug so einen!«

Alle starrten gebannt auf den Reif. Er war verschmutzt. Eine Art Kruste, bräunlich und ungleichmäßig. Atharu erkannte Runen darunter, mit denen das Metall übersät war. Die Schmiedekunst war grob und schlicht, man konnte kaum von Kunst sprechen. Es wirkte eher, als hätte der Schmied sein Werk hastig vollendet und sich um Haltbarkeit, Zierwert oder gar angenehmes Tragen keine Gedanken gemacht.

»Er sieht klein aus und eng«, meinte Selana. »Der passt höchstens über Kinderhände!« Sie sah fragend in die Runde.

»Aber es waren keine Kinderhände, richtig?« Brandan sah den Magister wissend an. Der nickte bestätigend.

»Daher auch das Blut!« Brandan zeigte auf die Kruste.

»Zu eng für Männerhände. Also erst Hand ab, dann Reif ab!« Arias Stimme klang zufrieden. »Ich hoffe, der Stinker hat noch gelebt, als man ihm den abgenommen hat!«

Magister Eldarh ging nicht darauf ein, und Atharu war ihm dafür dankbar. Viel wichtiger war die Frage, was diese Erkenntnis für Tykalden und Gelder bedeutete.

»Jeder der Gellwicks trug so einen Reif?«, fragte er Eldarh.

»Jeder. Und wir wissen inzwischen von Hunderten Gellwicks, die in Horden unterwegs sind!«

»Hunderte dieser Armreife? Alle mit Runen geschmiedet?« Atharu beugte sich vor, um den Reif in die Hand zu nehmen.

»Nein!«, schrie Eldarh.

Doch im selben Moment berührte Atharu das verkrustete Metall, und ein stechender Schmerz durchzuckte seinen Leib wie eine Lanze aus Eis.

Pitu

8

Erst als Pitu durch die Straßen Tyklahrs streifte, um den Magister zu finden, kam ihm der Gedanke, dass das wohl keine gute Idee wäre. Warum nur war er so überstürzt losgelaufen? Statt sich in den schönen Garten zu setzen und sich bei einer Pfeife die Sonne auf den Bauch scheinen zu lassen, irrte er durch die Gassen und Wege der Stadt. Ja, er war schon einmal hier gewesen. Aber was half das, wenn er sich nicht an die Häuser und Straßen erinnerte? Damals war er fast noch ein Kind gewesen. Nein, er *war* ein Kind gewesen.

Ah, an das grüne Haus mit den gelben Fensterläden glaubte er sich zu erinnern. Genau wie an das braune von vorhin, das mit den grauen Fensterläden. Aber ihm fehlten die Zusammenhänge, um sich wirklich zurechtzufinden. Er hatte keinen blassen Schimmer, wie er den Magister aufspüren sollte. Trotzdem lief er weiter. Und dass er Eldarh finden wollte, war auch nur die halbe Wahrheit. Pitu seufzte.

Wenn er ehrlich war, und es sprach nichts dagegen, mal ehrlich zu sich selbst zu sein, war die Suche nach dem Magister nur ein Vorwand. Natürlich wollte er ihn finden. Je eher Eldarh wieder im Gesundhaus war, umso besser. Aber mehr noch trieb Pitu eine besorgte Neugier: Warum hatten so viele Menschen derart scheußliche Verletzungen erlitten?

Zunächst war Pitu Kessjas Wegbeschreibung gefolgt. Das war er ihr schuldig, wenn er sie schon dazu gebracht hatte, ihm vom Gespräch mit Schwester Epressta zu erzählen. Und tatsächlich hatte er den Bootsmann gefunden. Nur war der Magister längst wieder fort.

»Der ist sehr früh am Morgen da gewesen. Ich wollte grade zur ersten Fahrt aufbrechen.«

Leider wusste der Bootsmann nicht, wohin der Magister im Anschluss gewollt hatte. Aber Pitu hatte so eine Ahnung. War Eldarh nicht ziemlich erstaunt gewesen, dass gleich drei Hüter an einem Tag kamen? Er hatte beinahe ehrfürchtig geklungen, als er erzählte, dass Atharu und Selana Scheltar seien. Und da er der Magister der Königin war, müsste er ihr doch sicher darüber berichten. In Gelder *wohnte* der Magister sogar beim König. Zumindest hatte Pitu Pelle so verstanden.

Pitu grinste, als er an den Hafenobmann dachte. Den hatte er im Hafen von Gelder ganz schön an der Nase herumgeführt. Wahrscheinlich stand der immer noch da und überlegte, wo Pitu geblieben war. Er grinste bei dem Gedanken.

Nun aber zum Palast. Wo mochte die Königin von Tyklahr wohnen? Er konnte sich nicht erinnern, jemals am Schloss gewesen zu sein. Während er darüber nachsann, folgten seine Füße einfach seiner Eingebung. Pitu ließ sich treiben. Mal nach rechts, dann wieder nach links. Tulipa, Königin der Tykalden.

Eigentlich eine dumme Idee, dachte er plötzlich. Man würde ihn wohl kaum zu ihr vorlassen. Andererseits könnte er den Magister vielleicht auf dem Weg dorthin treffen. Zumindest, wenn der nicht zwischenzeitlich ins Gesundhaus zurückgekehrt war. Egal, in jedem Fall könnte Pitu versuchen, herauszufinden, was sich im Norden der Stadt zugetragen hatte. Er ging jetzt langsamer, versuchte, sich den Weg einzuprägen, um später wieder zurückzufinden. Je weiter er kam, desto dümmer fand er die Idee. In seinem Bauch machte sich ein sonderbares Gefühl bemerkbar. Er hatte das schon einmal gespürt.

Abrupt blieb Pitu stehen. Crullmahr? So ein Blödsinn! Diese schlangenartigen Fische, die er in den Athür kennengelernt hatte, würden sich wohl kaum in der Luft zwischen den Häusern hindurchschlängeln oder über das trockene Pflaster kriechen. Langsam ging er weiter. Etwas Beißendes lag in der Luft. Brandgeruch! Eine Patrouille kam ihm entgegen und versperrte die Straße.

»Wohin des Wegs?«, blaffte ihn der Längere der beiden an.

»Ich? Äh ... wieso?« Pitu dachte angestrengt nach, was er antworten sollte. Die Gegenfrage verschaffte ihm zumindest einen Moment Zeit, denn die Wachen hatten anscheinend nicht damit gerechnet.

»Was wieso?«, meinte der Kleinere, dessen Augen immer wieder zu den Häusern zuckten. Die beiden wirkten angespannt. Jetzt bloß keine unnötigen Scherze.

»Nun ... ich dachte, ähm ... es wäre bekannt, dass wir suchen sollen.« Pitu kam eine Idee. »Entschuldigt, man hat euch wohl nicht informiert. Ich erkläre es kurz.« Er setzte eine wichtige Miene auf. »Also, ich komme vom Gesundhaus. Wir haben heute eine Menge Verletzte versorgt. Gar nicht einfach, Verbrennungen, Schnittwunden und so weiter. Ihr kennt das ja.« Er machte eine wegwerfende Handbewegung. »Aber es sollen noch Verwundete in der Gegend sein, die sich zu Nachbarn gerettet haben. Wir gehen daher in die Häuser, die den Brand überstanden haben, um sie zu holen! Ich bin doch auf dem richtigen Weg?«

»Ja, schon, aber ...« Der Längere zögerte.

»Nun lass ihn halt. Das hört sich doch ganz vernünftig an! Und wir sollten auch weitergehen.« Nervös blickte der andere sich um.

»Na gut. Aber sei vorsichtig, es gibt noch Glutnester in den Brandstätten!«

»Keine Sorge, ich werde einen Bogen um sie machen. Habt Dank für die Warnung.«

Pitu schlüpfte an den beiden vorbei. Wenn es nicht so aufregend gewesen wäre, hätte er sich amüsieren können. Lügengeschichten, mit Wahrheit gewürzt, sind die beste Wahl. Er hustete. Der Brandgeruch nahm zu. In seinem Hals kratzte es. Da war mehr in der Luft als nur Qualm. Hier stank es nach verbrannten Haaren und ... anderem ... Schweiß? Urin? Der Druck im Bauch wurde stärker.

Plötzlich fiel ihm ein, was Malin gesagt hatte: *»Crullmahr! Geschöpfe der Finsternis. Sie haben etwas Bedrohliches! Und Magie reagiert auf Bedrohung und Gefahr.«*

Aber wenn es hier keine Crullmahr gab, was dann? Die Gellwicks waren in der Nacht in die Flucht geschlagen worden. Pitu blieb wie angewurzelt stehen. Oder etwa nicht?

Plock! Ein Wurfmesser blieb zitternd neben ihm im Balken eines Hauses stecken.

Zwei Gestalten sprangen auf den Weg. Sie trugen Messergurte um die Hüften, ein übler Gestank ging von ihnen aus, der an verweste Tierkadaver erinnerte. Hektisch sah Pitu sich um. Wo waren die Wachen, wenn man sie brauchte?

»Keiner da, der dir helfen könnte, Kleiner.« Die schrille Stimme des Gellwicks klang blechern und hämisch. Stimme? Egal! Pitu drehte sich um und rannte los.

»Wo wollen wir denn hin?« Eine weitere Stimme – noch ein Gellwick, direkt vor ihm. Pitu sah etwas heranfliegen. Ein Stein traf seine Kniescheibe, der Schmerz ließ ihn der Länge nach hinstürzen. Wimmernd hielt er sich das Bein. Sein Magen schien sich zu verknoten. *Ich muss hier weg!* Er versuchte, wieder auf die Beine zu kommen.

»Gib uns, was du bei dir hast. Dann lassen wir dich schnell sterben.« Wieder diese kalte Stimme, gefolgt von einem Kichern und dem gurgelnden Lachen der Kumpanen.

Pitu hockte auf allen Vieren und starrte die beiden an, die ihm aufgelauert hatten. Sein Knie pochte, der Schmerz trieb ihm Tränen in die Augen. *Nein, das lasse ich nicht zu!* Pitu spürte, wie sich in seinem Inneren etwas löste, wie der Druck im Bauch nachließ und ein warmer Strom durch seinen Körper zog. Was passierte hier?

»Nun mach schon. Wir wissen, dass du was bei dir hast. Wir fühlen das!«

Sein Talisman! Pitu spürte den Stein auf seiner Brust pulsieren. Dann sah er die Gellwicks auf sich zukommen. Nein!

Unvermittelt beschleunigte sich der Strom in seinem Inneren und die Panik schwand. Energie raste in seine Arme, mit einem Mal fühlte er sich überlegen. Instinktiv schlug er mit den Händen aufs Pflaster der Gasse. Genau in diesem Moment schoss die Energie durch jeden einzelnen seiner Finger. Die Straße unter ihm vibrierte. Er konnte sehen, wie die Luft über dem Pflaster zu flirren begann, als würde es vor Hitze dampfen. Ein dumpfes Grollen dröhnte durch den Boden, plötzlich rollte eine Erdwelle auf die Gellwicks zu. Pitu war völlig entgeistert. Was um der Seelen willen ...

Pflastersteine lösten sich und flogen durch die Luft. Er sah Panik in den Augen der Gellwicks. Erde und Steine stoben einer Fontäne gleich gen Himmel. Der Boden unter seinen Angreifern brach ein. Schreiend stürzten sie in die Tiefe. Dann polterten die Pflastersteine zurück, begruben die Gellwicks unter sich und alles war still.

Erschöpft sank Pitu zu Boden und blickte sich um. Der Staub legte sich. Hinter ihm war die Straße unversehrt. Vom dritten Gellwick war nichts mehr zu sehen. Oder doch? Pitu fühlte sich so müde. Sein Blick trübte sich. Mühsam versuchte er, hochzukommen. Schmerz durchzuckte sein Bein und er ließ sich wieder fallen. Dann hörte er die Schritte.

Selana
9

Atharu schrie und begann zu taumeln. Selana sprang auf und trat mit einem schnellen Schritt hinter ihn.

Geistesgegenwärtig fegte Eldarh den Armreif vom Tisch. »Nicht anfassen!«

Die Augen weit aufgerissen, japste Atharu nach Luft. »Wer bist du? Was ist ... nein!« Seine Stimme klang rau, sein Blick war seltsam trübe und nach innen gewandt. Doch nur einen Lidschlag später fasste er sich. Alles schien wieder normal.

»Um der Seelen willen ... Was war das?« Atharu schaute den Magister vorwurfsvoll an.

Eldarh hob den Armreif mit dem Tuch auf und wickelte ihn darin ein. »Runenzauber! Nicht zwingend böse, aber ich hatte eine Ahnung. Die Wahrscheinlichkeit war groß, dass die Gellwicks dunkle Zauberrunen tragen. Und jetzt haben wir den Beweis.« Eldarh schien sich zu freuen. Wie konnte er nur?

»Welchen Beweis?«

Atharus Frage war gut, doch Selana interessierte viel mehr, warum er so heftig auf die Runen reagiert hatte. War das normal?

»Wir kennen die Wirkung dieser Runen nicht. Aber es ist die Aufgabe der Gellwicks, die magischen Bruchstücke zu finden. Die Armreife müssen ihren Trägern also eine Art Signal geben oder eine magische Entladung provozieren, wenn sie auf helle Magie treffen.« Die Stimme des Magisters klang aufgeregt, fast begeistert. Er knetete seine Unterlippe, klatschte dann in die Hände. »Vielleicht lässt es sich folgendermaßen erklären: Die frei werdende Energie kann nicht abgeleitet werden, wenn der Armreif nicht getragen wird. Vermutlich würde er im Normalfall nur vibrieren oder etwas in der Art. Atharus Magie ist so stark, dass es ohne Ableitung zu einer Überladung kam. Die Folge war der Magieblitz, der ihn getroffen hat. Ja, so muss es gewesen sein.«

Selana nickte, obgleich sie keine Ahnung von solchen Dingen hatte. Aber es klang einleuchtend. »Dann ist es wichtig, eine direkte Berührung der Reife zu vermeiden.«

»Kein Problem«, meinte Atharu, »ich für meinen Teil habe auch keinen Bedarf mehr!«

Aria verzog das Gesicht. »Wenn es nach mir geht, vermeiden wir *jede* Berührung mit diesen Stinkern. Nur beim Gedanken an sie könnte ich schon kotzen!«

Unvermittelt fiel Selana ein, was ihre Freundin ihr anvertraut hatte. Mit dem schnodderigen Ton und wie sie auf dem Stuhl saß, zurückgelehnt, die Beine ausgestreckt, die Arme vor der Brust verschränkt, wollte sie lässig wirken. Doch sie konnte Selana nichts vormachen. Gellwicks hatten die Bewohner eines ganzen Dorfes vor Arias Augen abgeschlachtet und schließlich ihre Mutter getötet. Sicher tobten Gefühle in ihr.

»In Ordnung!«, versuchte Selana, das Thema zu wechseln. »Ich denke, das waren für heute genügend Neuigkeiten. Wie soll es jetzt weitergehen, Magister?«

Eldarh war an einen Schrank getreten und hatte einen kleinen Kasten herausgeholt, in den er den Reif einschloss. Er wog ihn nachdenklich in den Händen. Plötzlich übergab er ihn Brandan, der sich sofort kerzengerade aufsetzte und verwundert dreinschaute.

»Vielleicht willst du einstweilen darauf achtgeben? Für so etwas braucht es jemanden, der über wenig Magie verfügt.«

»Wohl eher gar keine, meinst du!«, setzte Brandan hinzu.

Atharu gab seinem Freund einen freundschaftlichen Klaps. »Du hast eine ganz eigene Art von Magie!«

Wie zur Bestätigung bewegte sich das Hemd des Jägers, ein fellbedecktes Köpfchen schob sich heraus, das Atharu vorwurfsvoll anfauchte. Aria lachte, und die anderen fielen ins Lachen ein.

Brandan aber gab Eldarh den Kasten zurück. »Das lassen wir lieber. Ich hab mit Jiga schon genug zu tun. Und bei dir ist das Ding sicher besser aufgehoben.«

»Magister, wann wollen wir los?« Selana dachte an die Mahnung ihrer Momm, sofort nach Erellgorh aufzubrechen, und wurde unruhig. »Ich meine, uns ist allen klar, dass die Bruchstücke schnellstens nach Erellgorh müssen. Keiner von uns weiß, wie viel Zeit uns bleibt. Oder?«

»Das stimmt!« Eldarh wurde ernst. »Wir wissen nicht, was der Kreh plant. Aber er ist bereits dabei, seine Pläne umzusetzen. Zumindest einige davon.« Er stand auf. »Ich habe die Überfahrt organisiert. Doch heute ist es zu spät. Der Nebelsee ist groß und tückisch. Wir hätten im Dunkeln keine Chance, zur Elbeninsel zu gelangen. Gönnt euch ein wenig Schlaf. Schwester Epressta wird uns vor dem Morgengrauen wecken!«

»Na, dann fängt der Tag ja prima an«, wisperte Aria, und Selana grinste.

»Bliebe noch eine Frage.« Brandan schaute in die Runde. »Was ist mit unserem kleinen Freund? Müsste Pitu nicht mit uns kommen? Er ist doch auch ein Hüter, oder?«

»Zumindest hat er es so dargestellt«, entgegnete Eldarh.

»Wobei er es nicht wirklich behauptet hat«, warf Aria ein. »Bevor er etwas über sich preisgeben konnte, waren wir schon auf dem Weg zu Selanas Momm.«

»Stimmt. Im Prinzip wissen wir nicht viel über ihn.« Auch Selana wusste nicht, was sie von ihm halten sollte. Trotzdem war ihr der kleine Urda sympathisch.

»Dabei saßen wir gestern Abend nach dem Essen noch zusammen. Ich habe allerdings kaum mit ihm gesprochen«, gab Atharu zu.

Eldarh sah in die Runde. »Immerhin hat er Wanda und das Mädchen mit dem verloren geglaubten Bruchstück zu uns gebracht. Da steht es ihm schon zu, es so zu formulieren. Aber die Scheltar und ihre Medaillonbruchstücke sind hier!« Er machte eine effektvolle Pause, in der er Selana und Atharu musterte. »Wenn Epressta uns weckt, können wir nicht länger warten!«

Selana beschlich ein ungutes Gefühl. »Warum mag er verschwunden sein?«

»Ach so, das wisst ihr nicht?« Brandan verblüffte alle aufs Neue. »Bevor ich zu euch stieß, traf ich Schwester Kessja. Sie fragte, ob ich Pitu gesehen hätte.«

»Und? Hat sie noch mehr gesagt?«, fragte Atharu ungeduldig.

»Sie hatte ihm gegen Mittag den Weg zum Bootsmann gewiesen, weil er nach dem Magister suchen wollte, als noch mehr Verletzte kamen«, sagte Brandan.

»Aber das ist einen halben Tag her. Er müsste längst zurück sein.« Selana sah den Magister an.

Eldarh war blass geworden. »Ich hätte hier sein sollen. Das Gesundhaus ist meine Verantwortung.«

»Das stimmt«, stellte Atharu nüchtern fest, und Selana hielt erschrocken den Atem an. »Gleichzeitig hast du eine höhere Verantwortung. Auferlegt durch deinen Vorgänger. Du sollst die Hüter empfangen und nach Erellgorh geleiten. So ist es doch?«

Eldarh nickte. »Trotzdem rührt es mein Gewissen, dass Pitu nicht zurück ist.«

»Ich hab den Eindruck, er kann ganz gut auf sich selbst aufpassen.« Brandan klang völlig entspannt. »Ich dachte nur, wegen dieser Hütergeschichte sollte er bei uns sein.«

»Vielleicht sollte er das. Wenn er rechtzeitig zurückkommt, werden wir ihn mitnehmen.« Eldarh straffte sich und atmete tief durch. »Aber wir werden nicht auf ihn warten!« Mit diesen Worten öffnete er die Tür zum Innenhof und entließ sie alle in die Nacht.

In der Schlafkammer sprachen die Freundinnen noch eine Weile über die Entscheidung des Magisters. Selana fühlte sich nicht wohl dabei, den Urda zurückzulassen.

Doch Aria war pragmatischer: »Gestern nach dem Essen saßen Brandan und Pitu den ganzen Abend zusammen. Wenn er sagt, Pitu kann auf sich selber aufpassen, dann ist das so. Ich bin sicher, der Jäger weiß mehr über den Kleinen als wir alle zusammen.«

Hätte Selana den Abend nicht am Bett ihrer alten Momm verbracht, hätte sie Aria vielleicht zustimmen können. Aber so? Unzufrieden fiel sie schließlich in einen traumlosen Schlaf.

Es klopfte lautstark. Unmittelbar darauf flog die Tür auf und krachte an die Wand. Selana schreckte wie ein Katapult hoch.

Schwester Epressta stand im Türrahmen, die Hände in die Seiten gestemmt. »Aufstehen, Abreise. Macht euch fertig.«

Selana keuchte. Ihr Herz trommelte durch den Schreck.

Ein dumpfes Geräusch gegenüber kam von Aria. »Autsch! Verdammte Dokascheiße, muss das sein?« Sie hatte sich zu schnell aufgerichtet und sich den Kopf an der Dachschrägen gestoßen.

Die herrische Schwester ging nicht darauf ein. »Ihr braucht nichts weiter mitzunehmen. Der Magister hat für alles gesorgt. Sogar neue Reiseumhänge warten auf euch.«

Aus dem Gang flutete das Licht der Öllampen herein. Im Gegenlicht konnte Selana das Gesicht von Epressta nicht sehen. Aber es war deutlich rauszuhören, dass ihr die Sonderbehandlung missfiel. Irgendwie konnte man es ihr nicht verdenken. Mit der Ankunft der Hüter war der ganze Rhythmus des Gesundhauses aus dem Ruder gelaufen. Und obgleich das Haus überquoll von Kranken und Verletzten, kümmerte Magister Eldarh sich fast ausschließlich um die Hüter. Sicher waren die Schwestern froh, wenn wieder Ruhe einkehrte. Ohne ein weiteres Wort machte Epressta kehrt und stampfte davon.

»Ich fasse es nicht!« Aria ging zur Tür und blickte ihr hinterher. »Wenn du mich fragst, braucht die dringend jemanden, der es ihr mal richtig besorgt.«

Selana kicherte. »Der arme Mann! Ob der unbeschadet davonkäme?« Sie goss Wasser in die Waschschale.

»Weißdrache eben!«

»Weißdrache?« Selana prustete, einen nassen Waschlappen im Gesicht.

»So nennt Pitu sie. Hab ich gehört, als er mit Brandan sprach.«

Selana nahm sich ein Handtuch. »Hoffentlich ist er inzwischen wieder da. Ich mache mir Sorgen, dass ihm etwas zugestoßen sein könnte.«

»Meinst du, er sollte in Erellgorh dabei sein?« Aria nahm einen Schluck Wasser und gurgelte.

»Ich weiß nicht. Aber ich habe so ein Gefühl, dass mehr an ihm dran ist, als man auf den ersten Blick sehen kann.«

Aria spuckte aus und lachte schelmisch. »Das wäre ihm zu wünschen!«

Nicht lange, und alle hatten sich in der Diele eingefunden. Alle, bis auf Pitu. Er war noch immer nicht da. Selanas Vorschlag, ihn zu suchen, lehnte Eldarh ab. Sie durften keine Zeit mehr verlieren. Selana sah, wie Atharu einen prüfenden Blick in seinen Reisegürtel warf. Das Bruchstück des Amuletts, richtig. Rasch vergewisserte sie sich, dass sie ihres ebenfalls bei sich trug. Diesmal würde sie es nicht aus den Händen geben. Aria schnürte derweil ihren neuen Reiseumhang und Brandan raunte seinem Frettchen etwas zu, bevor er es wieder unter sein Hemd ließ. Dann übernahm Eldarh die Führung, und sie folgten ihm hinaus.

Öllaternen beleuchteten die Straße vorm Gesundhaus. Auch in der Richtung, die sie einschlugen, standen Laternen in größeren Abständen und erhellten den Weg. Selana erinnerte sich, dass es in Akralahr ähnliche Lampen gab. Allerdings nur in den oberen Vierteln, denn es war eine kostspielige Angelegenheit. Nach der ersten Abzweigung, die sie nahmen, war es auch hier vorbei mit den Lampen und es wurde dunkel. Ihre Schritte auf dem Pflaster klangen hohl und ungebührlich laut. Selana hatte den Eindruck, jeden Moment müssten Fensterläden aufklappen und schimpfende Menschen ihrem Ärger Luft verschaffen.

Sie hätte die Stadt gern bei Tage erkundet. Die verschiedenen Farben der Häuser und Fensterläden strahlten Lebensfreude aus. Jetzt war davon leider nichts zu sehen. Sie blickte nach oben und versuchte einzuschätzen, wie lange es noch bis zum Sonnenaufgang dauerte. Doch sie war sich nicht sicher. Das Licht, das um sie schummerte, konnte schon vom heraufziehenden Tag stammen oder noch vom hellen Mond, denn die Nacht war sternenklar.

Selana zog den Reiseumhang fester zusammen. Sie hatte noch nie einen getragen, der sich so gut anfühlte, er war weich wie das Fell einer Katze. Die Wolle musste mehrfach gekämmt und äußerst fein gesponnen sein. Ihr anfängliches Frösteln ob der nächtlichen Kälte ließ nach, während Eldarh sie durch die Straßen und Gassen führte.

Sie bogen in einen schmalen Gang, an dessen Ende das flackernde Licht von Fackeln zu sehen war. Hier konnten kaum zwei Menschen nebeneinander gehen, so eng war der Durchgang. Eldarh und Atharu gingen voraus, gefolgt von Brandan. Aria sah sich zu ihr um, bevor sie zu den anderen aufschloss. Niemand sprach ein Wort. An den Hauswänden tanzten die Schatten ihrer Begleiter.

Endlich erblickte Selana die alte Mauer, die den Fluss von der Stadt trennte. Oder ihn vor der Stadt schützte, wenn man so wollte. Der Durchgang war niedrig, Atharu musste sich bücken, um sich nicht den Kopf zu stoßen. Es dauerte immer einen Moment, bis der Nächste hinterhersteigen konnte, und Selana fragte sich, warum es nicht schneller ging. Sie konnte den Fluss schon hören, das Wasser, das an die Steine schlug. Arro-Ezhanjotäe – der Fluss der Seelen, so nah!

Als sie an der Reihe war, verstand sie das Zögern. Direkt hinter dem Durchgang führte eine steile Treppe zum Fluss, gerade einmal eineinhalb Fuß breit. Direkt daneben ging es zehn oder fünfzehn Fuß steil hinunter. Selana suchte nach einem Handlauf, aber es gab keinen.

»Vorsicht! Die Stufen sind glitschig!«, rief Eldarh ihr zu.

»Ich kann schwimmen«, rief sie zurück und warf einen Blick nach unten. Unter den Stufen umspülte das Wasser kantige Steine und Felsen.

Atharu

10

Schritt für Schritt mit den Händen an der Mauer entlang. Sehr vorsichtig. Wahrscheinlich war Selana freie Höhe nicht gewohnt. Aber sie machte es gut. Nicht jeder konnte in einer Felsenstadt aufwachsen. Atharu schaute zu Brandan hinüber und überlegte, ob sein Freund wohl auch gerade an Tangris denken musste. In ihrer Heimat liefen die Menschen tagtäglich über Wege und Stiege, neben denen es hundert Fuß und mehr in die Tiefe ging.

»Atharu?« Eldarh stieß ihn an und winkte ihn weiter.

Vom Fuß der Treppe führte ein Holzsteg in angenehmer Breite die Mauer entlang. Zwei kleine Fischerboote lagen vertäut an den Holzplanken. Doch Eldarh ging an ihnen vorbei. Atharu schaute nach vorn. In Abständen steckten brennende Fackeln in der Mauer. Der Steg zog sich eine weite Strecke am Fluss hin. Noch einmal wandte Atharu sich zu Selana um, sie war sicher unten angekommen. Er atmete auf.

Während sie weitergingen, streckte Atharu sehnsüchtig die Hand nach den Fackeln aus. Er vermisste das wärmende Prickeln, wenn er die Magie der Flammen in sich aufnahm. Sofort spürte er ein leises Drängen im Bauch, ein Kribbeln in den Fingern. Wie leicht könnte er einen kleinen Feuerball aufsteigen lassen und ein wenig damit spielen. Doch der Magister hatte ihnen eingeschärft, in Tyklahr keine Magie einzusetzen. Und sie hatten es versprochen! Niemand konnte wissen, wie stark die Verbindung der dunklen Runen zu Fenkorh-Kreh war.

Atharus Puls beschleunigte sich, als er an das Berühren des Armreifs dachte. Für einen kurzen Moment hatte eine Stimme seinen Kopf erfüllt. »Wer bist du?«, hatte sie gefragt und sich mit eisiger Kälte in seinen Geist gebohrt. Es hatte ihn unglaubliche Kraft gekostet, das Gefühl der Kälte zurückzudrängen. Das war keine Einbildung gewesen, ausgelöst durch die magische Entladung. Dafür war seine Erinnerung daran zu klar. Für diesen kurzen Moment musste es eine Verbindung gegeben haben. Zwischen ihm und dem Kreh. Atharu fröstelte. Was wusste der Kreh, nachdem er in Atharus Kopf gewesen war? Es war durchaus denkbar, dass der Abtrünnige seine Horden erneut auf Tyklahr losließ, wenn er mehr über die Hüter erfuhr. Wenn er erfuhr, dass sie Scheltar waren.

Noch am Abend hatte Atharu geglaubt, ein magisches Beben zu spüren. Er hatte Selana darauf angesprochen, doch sie hatten beide Eldarhs Anweisung befolgt. Er musste sich geirrt haben.

Vor ihnen tauchte ein weiteres Boot auf. Aber auch an diesem gingen sie vorbei. Als er einen Blick hineinwarf, war er froh. Selbst im Halbdunkel wirkte das Holz morsch. Und im Rumpf stand Wasser.

»Ab hier bitte vorsichtig!«, rief eine Stimme von vorn. »Es fehlen schon einige Planken.«

Atharu gab die Warnung nach hinten weiter und achtete auf jeden Schritt. Als er aufblickte, sah er das Ende des Stegs vor sich. Und nur das. Keinen Eldarh, keinen Bootsmann und auch sonst nichts. Abrupt blieb er stehen. Was war passiert? Er hatte sich nur für einen kleinen Moment zu den anderen umgeschaut und dann auf die Planken konzentriert.

Plötzlich lugte der Kopf des Magisters aus der Wand. Atharu keuchte. Ein kurzer Schreck, ehe er über sich selbst lachen musste. Die Erklärung war einfach: In der Mauer klaffte eine Öffnung, eine Art Tunnel oder Hohlraum. Der Steg führte um die Ecke hinein. *Mit offenen Ohren hättest du das auch am Klang des Wassers gehört*. Unwillkürlich dachte er an den Fährtenleser Kentso, der ihm und Pelldor geholfen hatte, Brandan zu finden. *Das Leben braucht alle Sinne, nicht nur die Augen.*

»Warum gehst du nicht weiter?« Sein Freund klopfte ihm auf die Schulter. Er hatte sich wahrscheinlich nicht täuschen lassen. Tangorajäger.

Die Höhlung, die unter die Mauer führte, reichte aus, um zwei oder drei Boote unterzubringen. Gerade entzündete der Bootsmann eine dicke Stumpenkerze und schob ein Glas darüber. Atharu hielt den Atem an. Was hier vor ihnen vertäut lag, glich keinem der Fischerboote, an denen sie vorbeigekommen waren. Sofort fiel Atharu eine Erzählung seiner Urmutter Ondara ein. Wahrhaftig, das musste eine Elbenbarke sein.

Hinter ihm ertönte ein anerkennender Pfiff. »Das ist mal edel!« Arias Stimme klang aufrichtig begeistert.

»Bitte steigt ein. Wir sollten vor Sonnenaufgang die Stadt passiert haben!«

Atharu nickte dem Bootsmann zu, der das Windlicht vorn an der Barke befestigte, und stieg ein. Das Holz war elfenbeinfarben, gleichmäßig gemasert und wies kaum Knäste auf. Staunend strich er über eine Art Reling, die im Kontrast zur edlen Maserung knorrigen Ästen nachempfunden war. Eine unnachahmliche Schnitzkunst, die hier und da Blätter, Insekten und sogar kleine Nager lebensecht verewigt hatte. Selana trat neben ihn und ließ die Hand über den Kopf einer Zirbelmaus gleiten.

»Was für ein possierliches Tier! Ich glaube, so etwas Niedliches habe ich noch nie gesehen.« Sie kniete sich davor, um in das winzige Gesicht mit den Knopfaugen zu blicken.

»Es gibt sie auch nicht mehr, denke ich. Eine Zirbelmaus in der typischen Erntehaltung.« Atharu kniete sich neben Selana und besah sich das Tier. Der kleine Nager hatte sechs Beine, stand aber auf den vier hinteren und hielt eine Art Nuss zwischen den vorderen Händchen. »Einst pflückten sie die reifen Zapfen der Arben. Man sagt, sie hätten als Dank für jeden Winter, den sie überlebten, einen neuen Baum gepflanzt und Sorge getragen, dass kein Schädling ihm etwas antat.«

Die Barke schwankte, die beiden setzten sich auf eine Bank an der Reling. Etwas fiepte ängstlich, und Atharu hörte, wie Brandan Jiga mit sanften Worten beruhigte. Sein Freund saß mit Aria auf der anderen Seite. Der Bootsmann hatte sich ganz nach hinten gestellt und steuerte die Elbenbarke mit einem übermannslangen Ruder auf den Fluss hinaus. Eldarh saß in seiner unmittelbaren Nähe und schien in seinem Reiseumhang zu versinken.

»Arben? Das sind Bäume, richtig?«

Atharu nickte Selana zu. »Ja. Früher einmal soll es auf der Hochebene Abrinor ganze Wälder von ihnen gegeben haben. Sie konnten tausend Jahre alt werden, sagt man. Und ihr Holz soll einen betörenden Duft verströmt haben.«

»Was ist passiert?« Aria war näher gerückt.

»Die Abrindarh, das Zwergenvolk des Gebirgsschilds, haben sie nach und nach abgeholzt. Zum einen wollten sie ihre Höhlenstädte mit dem duftenden Holz bereichern, zum anderen haben sie aus den Wurzeln Arbenschnaps gebraut. So habe ich es zumindest gelesen.«

»Das ist ihnen zuzutrauen!«, lachte Aria. »Wenn ich an unseren Rotbart denke, der verschmäht sicher keinen Tropfen.«

Selana stimmte in das Lachen ein und Atharu freute sich über den kristallklaren Klang.

»Etwas leiser, bitte!«, meldete sich der Bootsmann von hinten. »Der Magister muss sich konzentrieren.«

Atharu blickte zurück und stellte erst jetzt fest, dass es merklich heller geworden war. Er sah, dass Eldarh nicht einfach nur dahockte. Der Magister hatte die Augen geschlossen, die Stirn war gefurcht vor Konzentration. Seine Hände zogen rudernd kleine Kreise und die Lippen formten lautlose Worte. Er probierte einen Elbenzauber. Doch bevor Atharu weiter darüber nachsinnen konnte, unterbrach Selana seine Gedanken.

»Woher weißt du das alles?«

»Ich hatte eine gute Lehrerin. Wahrscheinlich die beste«, sagte er stolz. »Meine Urmutter Ondara hat mich in der Geschichte der Völker unterrichtet. Sie hat im Laufe ihres Lebens ganze Bücher darüber geschrieben, und ich habe gern in ihren Schriften gelesen.«

»Sagt mal«, unterbrach Brandan sie, »wir fahren doch gegen die Strömung, oder?«

»Schlaues Kerlchen«, stellte Aria schnippisch fest.

»Was das schlaue Kerlchen meint« – Atharu hörte den Ärger in der Stimme seines Freundes – »ist, dass wir dafür reichlich schnell sind. Ich wollte euch nur darauf aufmerksam machen. Aber vertieft euch gern wieder in die Geschichten der Vergangenheit. Ich für meinen Teil freue oder wundere mich über das Hier und Jetzt!«

Atharu sah, wie Aria zu einer Antwort ansetzte. Doch plötzlich verstummte sie. Jetzt merkte er selbst, dass sie immer schneller Fahrt aufnahmen. Die Mauern der Stadt flogen fast vorbei. Besorgt schaute er zum Magister. Dafür der Elbenzauber? Er musste einiges an Kraft verschlingen. Schweißperlen tropften von Eldarhs Stirn, während seine Hände sich unablässig bewegten.

Atharu blickte nach vorn. Man konnte den See schon erahnen. Das Licht der Sonne mühte sich über den Rand des Horizonts, konnte die Dunstschwaden aber noch nicht durchdringen. Besorgt rutschte er nach hinten zu Eldarh. Gab es etwas, das er tun konnte?

»Da vorn sind die Mauern zu Ende!« Selanas Stimme klang alarmiert. Er sah sie näher rücken.

»Bitte vorn bleiben!«, warnte der Bootsmann. »Ihr drei müsst am Bug der Barke bleiben, sonst haben wir zu wenig Gegengewicht!«

Atharu erkannte das Problem im gleichen Moment. Die Barke hob sich mit dem Bug schon aus dem Wasser. Würden sie mehr Längsfläche verlieren, könnte der Bootsmann nicht mehr steuern.

»Die Stadt liegt jetzt hinter uns!«, rief Selana.

»Magister Eldarh! Wir haben es geschafft, Ihr könnt aufhören!« Der Bootsmann klang eindringlich – fast schrill.

Doch Eldarh reagierte nicht. Unablässig bewegten sich seine Lippen, während der Schweiß ihm in Strömen von den Schläfen rann. Die Ufer des Flusses wichen zurück, der Bootsmann konnte nur versuchen, den Kurs zu halten. Direkt auf die Nebelschwaden zu, die, durchtränkt von der Sonne, wie die Pforte in eine andere Welt wirkten.

»Macht irgendwas!«, schrie er jetzt mit panischer Stimme.

Atharu suchte Selanas Blick, sie nickte ihm ermutigend zu. Er wusste nicht, was geschehen würde, wenn er während des Zauberwirkens eingriffe. Aber das Risiko, nichts zu tun, erschien höher. Die Barke schoss in die Nebelwand, sofort war die Luft so feucht, dass kalte Tropfen von ihren Gesichtern perlten. Atharu packte den Magister mit festem Griff bei den Schultern. Fieberhaft dachte er darüber nach, welche Elbenworte er sprechen konnte. Doch im selben Moment riss Eldarh die Augen auf. Seine Lippen schlossen sich, die Hände erstarrten und er sackte lautlos zusammen.

Pitu
11

Ein dumpfer Schmerz an der Schulter ließ Pitu aus seiner Ohnmacht erwachen.

»Pass doch auf! Nicht, dass es noch Ärger gibt!«

Pitu konnte die Stimme nicht zuordnen, um ihn her schwankte alles. Er öffnete die Augen, konnte aber nur verschwommene Schemen erkennen.

»Trag du ihn doch. Du wirst dich wundern, wie schwer der Kleine ist.«

Er kniff die Augen zusammen, versuchte es noch einmal. Unter ihm zogen Pflastersteine vorbei. Er drehte den Kopf ein Stück und sah eine Wand gefährlich dicht vor sich.

»Geh doch einfach weiter in der Mitte der Gasse.«

Das also war des Rätsels Lösung: Pitu hing über der Schulter eines Mannes. Und die Stimmen kannte er auch. Es waren die Wachen, die ihn vorhin aufgehalten hatten. Umpf! Ein Stoß in seinen Bauch. Die Wache hatte ihn neu geschultert. *Na prima!* Er schluckte die Übelkeit hinunter. *Immerhin brauche ich den Weg zurück nicht selbst suchen.* Andererseits hatte er keine Ahnung, wohin sie ihn brachten. Als er sich gerade bemerkbar machen wollte, hörte er Hufgetrappel.

»Pferde! Lauf voraus und halt die Reiter auf. Zur Not konfisziere eins der Tiere, ich will den Mann hier endlich von der Schulter haben.«

Immerhin, nicht mehr ›der Kleine‹, sondern ›der Mann‹. Er hörte die andere Wache vorauslaufen.

»Und Ihr schlaft ruhig weiter«, flüsterte sein Träger.

Pitu riss die Augen auf. Sprach der Lange mit ihm?

»Ich weiß nicht, wer oder was Ihr seid, aber ich trage Euch in friedlicher Absicht und hab auch schon vergessen, was ich gesehen habe.«

Pitus Gedanken überschlugen sich. In friedlicher Absicht? Ja, warum denn nicht? Hier in Tyklahr hatte Pitu sich doch wirklich nichts zuschulden kommen lassen. Zumindest *noch* nicht. Und wieso vergessen, was er gesehen hatte? Was war denn passiert?

»Was habe ich da gesagt? Blöder Sinn. Ich kann nichts vergessen, was ich nicht gesehen habe. Nein, nein. Ich mache hier nur meine Arbeit.« Sein Träger verstummte, die Stimmen vor ihnen wurden lauter.

»Natürlich helfen wir Euch. Ich gehe davon aus, dass wir sowieso den gleichen Weg haben.« Eine tiefe, wohlklingende Stimme. »Wir sind auf dem Weg zum Schloss der Königin.«

»Das trifft sich gut!« Die Erleichterung der Wache war deutlich zu hören. »Wem darf mein Adjutant den Mann übergeben?«

»Gebt ihn mir! Mein Pferd ist kräftig genug und wird das für den Rest der Strecke ohne Probleme hinnehmen!«

Während Pitu etwas umständlich von der Schulter gehoben und über den Sattel gereicht wurde, dachte er über die wohltönende Stimme nach. Wo hatte er so eine Stimme schon mal gehört?

»Nun schau mal einer an!« Was meinte der Reiter?

»Geht es so?« Die Stimme seines Trägers klang verunsichert, Pitu war drauf und dran, die Augen zu öffnen. Was würde geschehen? Der Sattelknauf unter ihm drückte empfindlich in den Bauch und er versuchte, sich unauffällig in eine bessere Position zu bringen. Eine Hand legte sich kraftvoll auf seinen Rücken. Pitu erstarrte.

Das Pferd schnaubte unwillig und sein Reiter brachte es in raschen Trab. Oh Mann, das würde Pitu nicht lange aushalten. Mit jedem Hufschlag bohrte der Knauf sich ihm tiefer in den Magen. Das ging so nicht. Er musste sich bewegen.

»Ho!« Der Reiter zügelte das Pferd und kam zum Halten. »Keine Sorge, mein Freund. Du brauchst nicht länger zu tun, als wärst du noch ohnmächtig!« Kräftige Hände fuhren Pitu unter die Arme und hoben ihn an, als wäre er ein Fliegengewicht. Ehe er sich's versah, saß er im Sattel, einen festen Brustharnisch dicht am Rücken. Der Arm des Soldaten umfasste ihn wie ein Schraubstock.

»Pitu, wenn ich nicht irre!«

Mit einem Ruck drehte Pitu sich aus dem Klammergriff heraus und blickte dem Reiter ins Gesicht. »Das Hafendings aus Gelder – ich fasse es nicht!«

»Ihr dürft Pelldor zu mir sagen, *Meister*!«

»Ja, ja. Ich erinnere mich, Pelle. Wie rührend, dass du mir bis hierher gefolgt bist.« Das konnte nicht sein, oder? Wie hätte der Große ihm folgen sollen? Pitu war dem Obmann im Hafen von Gelder entwischt, indem er sich in einem Sack Pelengobohnen auf die »Prinz Galdir« gerettet hatte. Ein Schiff der Myzehrener, mit dem er zum Zielhafen Akralahr ausgelaufen war. Allerdings war das Schiff nie angekommen, sondern in einem Sturm auf den Riffen vor den Athür zerschellt. Er war mit ein paar üblen Verletzungen davongekommen, doch sein Freund Velbert hatte den Schiffbruch mit dem Leben bezahlt. Pitu schüttelte es bei der Erinnerung.

»Ich muss Euch enttäuschen, *Meister*. Es waren andere Umstände, die mich hierhergeführt haben.« Pelle betonte das Wort »Meister« nicht gerade mit Respekt.

»So, andere Umstände. Dann bist du also in froher Erwartung. Gratuliere. Ich habe eben schon bemerkt, dass du um die Hüften etwas zugenommen hast.«

Pelldor lachte. »Der Punkt geht an Euch!«

»Ich bin ja auch der *Meister*«, entgegnete Pitu belehrend.

»Wo wir so hübsch beieinander sind«, setzte Pelldor nach, »würde ich gern meinen Auftrag von damals zu Ende bringen!«

Pitu wusste gleich, worauf der Hafenobmann aus Gelder hinauswollte. »Du meinst Magister Lieburus, nehme ich an.«

»Oh, ich beglückwünsche Euch. Es gibt also Namen, die in Eurem Kopf haften bleiben!« Pelle konnte ja nicht wissen, dass Pitus Gedächtnis durch die Schilderungen von Atharu und Brandan aufgefrischt worden war.

Pitu entspannte sich. »Immerhin, dann haben wir den gleichen Weg!«

Offenbar glaubte Pelldor ihm kein Wort, der Arm des Hafenobmanns schloss sich fester um ihn. Er konnte es ihm nicht verdenken. Schließlich hatte er ihm damals übel mitgespielt. Immerhin war ihm der feste Griff lieber als der Druck des Sattelknaufs. Es war erleichternd, den Schmerz in der Magengegend los zu sein.

In diesem Moment fiel Pitu alles wieder ein: der Brandgeruch, der Überfall in der Gasse, der Druck in seinem Bauch. Dann das Beben unter seinen Händen. *Sein* Beben? Er erinnerte sich an die Wut, an den Knoten, der immer weiter gewachsen war. Der Druck war so stark gewesen, dass der Knoten schließlich geplatzt war. Bei dem Gedanken an das warme Gefühl, das ihn dabei durchströmt hatte, schauderte er. So viel Energie war durch ihn geflossen und hatte die Erde vor ihm zum Kochen gebracht. Wie gern hätte er jetzt Fludo bei sich gehabt. Er hätte ihm sicher helfen können, das alles einzuordnen. Oder Malin, den Ältesten der Urda.

»Alles in Ordnung?« Pelldor lockerte den Griff.

»Nein«, brummte Pitu, »ganz und gar nicht.«

Für die Größe des Schlosses und das viele Drumherum hatte Pitu keine Augen, als sie endlich ankamen. Auch zu Scherzen mit Pelldor war ihm nicht zumute. Er wollte einfach zum Magister, um endlich mit jemandem über das Erlebte sprechen zu können. Lieburus hatte damals schon nach ihm suchen lassen. Er musste etwas wissen.

Für einen Moment befürchtete er, Pelldor würde ihn direkt Königin Tulipa vorführen. Aber natürlich konnte ein Hafenobmann aus Gelder, mochte er dort auch noch so angesehen sein, nicht einfach der Herrscherin der Tykalden seine Aufwartung machen. Es war schon verwunderlich genug, dass man sie ohne viele Erklärungen ins Schloss einließ und in den Seitentrakt führte.

Pelldor hieß ihn warten und verschwand durch eine schlichte Holztür. Eine Zeit lang stand Pitu vor der Tür und lauschte. Nichts war zu hören. Dann begann er, auf und ab zu gehen. Was sollte er dem Magister sagen? Wie sollte er beginnen? Er rieb sich die Stirn. Diese Sache mit den Gellwicks schoss ihm immer wieder durch den Kopf. Es war einfach nicht zu glauben, dass er selbst das bewirkt hatte. Pitu griff nach seinem Talisman. Der war die einzig mögliche Erklärung.

Er stoppte erneut vor der Tür. Inzwischen wartete er schon eine ganze Zeit. Das musste ein wahrlich ausführlicher Bericht sein, den der Hafenobmann ablieferte. Je länger Pitu hier ausharrte, umso nervöser wurde er. Es gab ja nicht nur seine Fragen. Dieser Lieburus hatte damals etwas von ihm gewollt. Aber was? Wieder begann er hin und her zu laufen. Bei den Seelen, wie lange sollte er denn noch warten?

Auf jeden Fall nahm Pitu sich vor, einen guten Eindruck zu machen und sich nicht die Butter vom Brot nehmen zu lassen. Rasch versuchte er, seine Haare zu bändigen, und zupfte die neuen Kleider zurecht. Erst jetzt fiel ihm auf, wie schmutzig er war – schon wieder. Er klopfte den Dreck der Straße ab. Sand fiel zu Boden und Staub tanzte durch die Luft. Hoppla. Nun, es gab hier sicher jemanden, der das wieder auffegen konnte. Pitu blickte an sich hinunter und strich das Hemd glatt. Was war das? Etwas in der Innentasche ... Fludos Pfeife! Hoffentlich hatte sie den Kampf überstanden. Schnell fingerte er sie heraus und seufzte erleichtert. Die Pfeife war heil. Bei der nächstbesten Gelegenheit würde er sich ein paar tiefe Züge genehmigen. Das war er seinem Freund schuldig. In der anderen Tasche fand er die Schriftrolle von Malin. Pitu wog sie in den Händen. Eigentlich war sie für Eldarh bestimmt. Doch wenn er gleich diesen Lieburus traf ...?

In dem Moment ging die Tür auf, Pelldor gab ihm das Zeichen, hereinzukommen. »Darf ich bitten, Meister der Urda?«, sagte er zwinkernd.

Sehr witzig! Pitu trat zögernd ein. Während der Große die Tür schloss, trat ihnen ein hagerer, alter Mann mit ausgestreckten Armen entgegen. Das schüttere, weiße Haar reichte bis auf die Schultern. Das also war der Hofmagister von Gelder.

»Jys bellzhahn tuhl e tuhr ezhanjo!«

Pitu stöhnte. Schon wieder diese alte Sprache. Wenn er irgendwann mal Zeit hätte, würde er sie wohl lernen müssen. »Ich grüße Euch auch, kann aber kein Ilja...äh...«

»Aber ja, natürlich, natürlich. Verzeih einem alten Mann. Aber komm doch näher. Wir wollen uns setzen, ja? Es spricht sich einfach ruhiger, wenn man sitzt. Spricht sich ruhiger, ja.«

Der Alte wieselte durch den großen Raum in Richtung Fenster, wo ein Tisch mit vier Stühlen auf sie wartete. Dann blieb er stehen und sah sich zu Pitu um. »Wo habe ich nur meine Gedanken. Ich sollte mich vorstellen. Lieburus!« Der Magister machte einen kleinen Diener. »Hofmagister von Gelder und im Auftrag Seiner Majestät in Tykalden!«

Beinahe wäre Pitu ein ›Ach was‹ herausgerutscht, doch er fing sich gerade noch rechtzeitig. »Freut mich. Und ich danke Euch, dass Ihr mich empfangt«, brachte er hervor. *Ein guter erster Satz.* Er ging zum Magister hinüber und setzte sich an den Tisch.

»Der Dank ist natürlich ganz auf meiner Seite, ganz auf meiner Seite. Pelldor hatte dich seinerzeit leider ... nun ... sagen wir: aus den Augen verloren.« Er warf dem Hafenobmann, der an der Tür Stellung bezogen hatte, einen vorwurfsvollen Blick zu und zwinkerte dann verschwörerisch.

Pitu konnte sich ein Grinsen nicht verkneifen und schaute zu Pelle hinüber, der genervt mit den Augen rollte. Wahrscheinlich hatte er sich das in den letzten Wochen häufiger anhören müssen. Fast tat ihm der Große leid.

Lieburus hätte unterschiedlicher zu Eldarh nicht sein können. Er war viel älter und wirkte trotzdem lebendiger. Pitus Nervosität ließ rasch nach.

Der alte Magister ergriff eine Kanne auf dem Tisch und schenkte Pitu ein. »Du magst doch Tee? Er ist aus hiesigen Kräutern. Die Königin höchstselbst hat ihn mir empfohlen, höchstselbst! Eine Rezeptur ihrer Leibköchin, mit Kräutern aus Magister Eldarhs Garten. Ein sehr schöner Garten, sagt man. Ich bin selbst leider noch nicht da gewesen, nein, noch nicht. Aber sicher findet sich noch einmal die Gelegenheit.« Der Magister schenkte sich selbst ein und füllte eine weitere Tasse. »Pelldor, nun steh da nicht herum wie ein grob gehauener Felsblock. Setz dich zu uns!«

Der Hafenobmann trat zu ihnen an den Tisch.

»Und leg dieses Brustkampfdings ab. Es schmeckt mir nicht, wenn ich beim Tee voller Sorge auf die Spuren deines Gemetzels schauen muss.«

Jetzt erst betrachtete Pitu den Brustharnisch genauer. Er war kunstvoll verziert, hatte aber deutliche Schrammen und wies an der oberen linken Seite einen Spalt auf, der von einem Schwert oder einem scharfen Dolch herrühren mochte. Die Rüstung war von dunklen Flecken übersät, und mit einem Mal erkannte Pitu, dass der metallische Geruch nicht allein der Rüstung geschuldet war. Ihn fröstelte.

»Die Sorgen sind durchaus begründet, wie Ihr wisst!«, entgegnete Pelldor. »Und glaubt mir, das Wams unter dem *Brustkampfdings* wollt Ihr auch nicht sehen. Ich ziehe es daher vor, mich zurückzuziehen, um zu baden, wenn ihr erlaubt.«

»Nun gut, nun gut. Natürlich erlaube ich es. Aber nimm zumindest noch einen Keks mit auf den Weg.« Lieburus reichte dem Obmann eine Schale mit Gebäck. »Gute Hafer-Dinkel-Kekse!«

Pelldor hob wie automatisch eine Hand, verharrte aber stirnrunzelnd, als er in die Schale blickte.

»Mein eigenes Rezept«, erklärte Lieburus Pitu. »Ich habe sie extra aus Gelder mitgebracht.«

Pelldor überlegte es sich anders und lehnte dankend ab. Dafür versprach er, später auf einen Tee zurückzukommen. Der Magister hielt derweil Pitu die Schale hin.

»Wenn man wissen will, was schmeckt, muss man probieren. Meine Kekse sind wahrlich köstlich. Ein wenig trocken vielleicht, aber wofür hat man schließlich den Tee erfunden?«

Der Magister stellte die Schale ab, nahm sich einen Keks und tunkte ihn in seine Tasse. Pitu begnügte sich erst einmal mit dem Tee. Pelles Blick war ihm Warnung genug gewesen.

»Der Große, äh, Pell...dor hat mir damals gesagt, Ihr wünschtet mich zu sehen? Warum?«

Erstaunt über sich selbst, so eine direkte Frage zu stellen, hätte Pitu beinahe seinen Tee verschüttet. Egal, es war Zeit, das Gespräch in Gang zu bringen.

Lieburus schaute ihn eine Weile nur an. »Was weißt du über deine Eltern?«, fragte er schließlich.

Pitu erstarrte. »Wie meint Ihr das?«

»Die Frage muss dir ungewöhnlich vorkommen, ja, das muss sie wohl. Vergib mir. Es ist nur ... falls du jemand anderer bist, brauche ich nicht ins Detail zu gehen. Nur ...« Lieburus streckte eine Hand aus und hielt sie vor Pitus Brust. »Ich kann mir nicht denken, dass ich mich irre. Du trägst Magie mit dir, das spüre ich. Ich habe es damals in den Sternen gesehen. Habe gesehen, dass ein Magieträger in die Stadt kam. Und dann habe ich gewartet. Ich war der Überzeugung, dass es ein Hüter sein musste. Und ich bin davon ausgegangen, dass er oder sie wie selbstverständlich den Weg zu mir finden würde. Ja, davon bin ich ausgegangen. Töricht, wie ich war. Zu viel Zeit habe ich verstreichen lassen, ein Narr von einem törichten Alten.« Lieburus fuhr sich durch das schüttere Haar. »Doch erzähl bitte selbst. Du kannst mir vertrauen, und Pelldor im Übrigen auch.«

Pitu hatte das ungute Gefühl, dass Lieburus mehr über ihn wusste als er selbst. Genauso war das schon bei Malin gewesen. Wie vielen solchen Menschen mochte er noch begegnen? »Bis vor Kurzem war ich nur ein Straßenkind. Ein Tagedieb, der von seinen Eltern gar nichts wusste und sich irgendwie durchgeschlagen hat. Doch dann haben sich die Ereignisse überschlagen. Ich floh vor Pelldor, habe als Einziger ein Schiffsunglück überlebt und bin von einem Urda aufgenommen und durch die Sümpfe geführt worden.« Pitu lachte humorlos. »Schlimme Dinge mussten passieren, bis ich in eine Heimat kam, in der ich vorher nie war. Fludo, der Fischer, der mich gesund gepflegt hat, brachte mich zum Ältesten Malin. Seither glaube ich zu wissen, wer meine Eltern waren. Zumindest ist Malin überzeugt von der Geschichte, die er mir erzählt hat.«

Pitu machte eine Pause. Der eben noch fahrig wirkende Alte vermittelte jetzt einen anderen, einen wissenden Eindruck. Lieburus hatte wiederholt genickt, als Pitu seine Geschichte herunterrasselte.

»Meine Eltern hießen demnach Kendolff und Lillja. Urda aus Wullutu!«

Lieburus seufzte schwer. »Und an dem Lederband um deinen Hals trägst du einen schwarzen Stein?«

Pitu nickte. Er bekam plötzlich keinen Ton mehr raus. Warum um der Seelen willen wusste der alte Magister davon? Wenn er jetzt noch sagen würde ... doch das war eher unwahrscheinlich ...

»Ich kannte deine Eltern!«

Selana 12

Der Nebel umfing sie wie ein kalter Kokon. Weißgrauer Dunst, der jede Orientierung nahm. Jedes Geräusch, jeder Ton, den sie machten, schien aufgesaugt zu werden. Verschluckt von Abermillionen kleinster Wassertröpfchen – ein Gefühl absoluter Isolation hinterlassend. Selana zog den Reiseumhang enger, doch das Frösteln blieb.

Sie hatte kein Gefühl dafür, wie viel Zeit inzwischen vergangen war. Der Magister lag in der Mitte der Barke auf einige Decken gebettet, Atharu kümmerte sich rührend um ihn. Er hatte seine Gürteltasche bei sich, aus der er immer wieder Kräuter und kleine Elixierfläschchen holte, um Magister Eldarh etwas einzugeben. Doch der lag noch immer wie tot zwischen ihnen.

Anfänglich hatte Selana auf den Bootsmann gehofft, schließlich war er mit dem Elbenboot vertraut. Außerdem hatte er erzählt, dass er den Magister schon häufiger auf das Eiland im Nebelsee begleitet hatte. Aber er hatte sie angefleht, den Magister zu wecken, weil sie sonst keine Chance hätten, die Elbenstadt zu finden. Jetzt kauerte er am Heck des Bootes und mühte sich schlicht, das Ruder gerade zu halten. Brandan hatte sich nach vorn gesetzt, um sofort Bescheid zu geben, falls etwas in Sicht kam.

Anfänglich hatte Aria ihre typische Ironie sprühen lassen. »Um etwas zu entdecken, wäre *Sehen* eine gute Voraussetzung!«

Doch Brandan hatte sich nicht irritieren lassen. »Es kommt nicht allein auf das Sehen an. Gerade, wenn man blind ist, egal ob durch dichten Nebel oder schwarze Nacht, sind es andere Sinne, die geschärft werden müssen. Hören und Fühlen zum Beispiel.«

Selana hatte sein schüchternes Lächeln gesehen, doch Aria musste natürlich Widerworte zum Besten geben. »Oh, der Jäger kann fühlen. Wozu so viele Muskeln doch gut sind.«

Brandan hatte sich ohne ein Wort umgedreht, während Aria eine Hand vor ihren Mund gelegt und unglücklich dreingeschaut hatte. Sie hatte es nicht so gemeint, da war Selana sich sicher. Aber was half das. *»Du bist der Herr deiner Worte, aber einmal ausgesprochen, beherrschen sie dich!«* Das hatte Wanda immer gemahnt.

Selana ahnte, warum Aria gerade jetzt so ungnädig war. Sie alle waren dieser Situation machtlos ausgeliefert. Und das war ein Gefühl, das ihre Freundin nicht ertragen konnte. Sie war schon einmal ausgeliefert gewesen, und das Gefühl der Angst und Machtlosigkeit musste sie umtreiben wie eine Hatz auf ihren Seelenfrieden. Ein Friede, der auch Selana geraubt worden war, als sie Osses Opfer wurde.

Sie wusste nicht, warum diese Erinnerung gerade jetzt hochkam. Die ganze Zeit hatte sie sie verdrängen können. Hatte sich dem Leben gestellt, ihrer Reise, ihrer Magie, den Kämpfen und den neuen Begegnungen. Sie holte tief Luft. Kühle, frische Luft. Kein stinkender Schweiß, kein pockennarbiges Gesicht über ihr, kein Gewicht auf ihrem Leib. Sie rieb sich die Stirn und seufzte. Könnte sie dieses Erlebnis irgendwann hinter sich lassen? Auf Nimmerwiedersehen im Gedächtnis vergraben? Sie hoffte inbrünstig, dass bessere Zeiten und schönere Erinnerungen kämen, die es auf ewig verbannten.

»Machst du dir Sorgen?« Atharu setzte sich zu ihr auf die Bank. Er flüsterte nur, doch sie konnte trotzdem die Wärme in seiner Stimme spüren, die ihr so vertraut vorkam.

»Du nicht?« Sie schaute ihn aufmerksam an. Er strich sich eine feuchte Strähne aus dem Gesicht.

»Nein. Eldarh wird wieder erwachen, da bin ich sicher. Sein Herz ist stark, es schlägt gleichmäßig, auch sein Atem ist nicht mehr so flach.« Er lächelte. Ein leichtes, aufrichtiges Lächeln.

»Aber wann wird er aufwachen? Hast du eine Idee, wie lange wir schon durch den Nebel irren? Werden wir Erellgorh heute überhaupt noch erreichen? Die Zeit läuft uns davon!«

Hatten sie nicht sowieso schon eine ganze Nacht verloren? Wanda hatte gedrängt, sie sollten gleich aufbrechen. Sie schauten gleichzeitig in den Himmel. Das Licht der Sonne hatte keine Kraft gehabt, den Nebel aufzulösen. Nur ein diffuses Leuchten drang zu ihnen hindurch.

»Ich denke, es wird schon Mittag sein«, schätzte Atharu. Selana hatte nicht die geringste Ahnung, woher er das wissen wollte. »Jetzt, wo der Magister über den Berg ist, sollten wir vielleicht etwas wagen!« Er ergriff ihre Hand.

»Deine Hände sind so warm! Die kannst du mir für den Rest der Fahrt borgen.« Sie lächelte.

»Ich bin der Feuer-Scheltar!«, stellte er knapp fest.

»Ich nur die Scheltar der Luft. Kein Wunder, dass mir kalt ist.«

Atharu grinste. »Und darum geht es. Ich denke, wir sollten unsere Magie einsetzen. Gemeinsam!«

Selana setzte sich auf. »Eldarh hat uns eingeschärft ...«

»... in Tyklahr unsere Magie nicht einzusetzen«, beendete Atharu den Satz. »Aber wir sind nicht mehr in Tyklahr. Und wir müssen die Elben auf uns aufmerksam machen, damit sie uns aus diesem Nebel holen. Ich weiß nicht, wann Eldarh erwachen wird. Aber ich weiß, dass ich nicht die elbischen Worte kenne, die uns nach Erellgorh bringen.«

Selana überlegte. Es stimmte, sie hatten die Stadt lange hinter sich gelassen. Trotzdem hätte sie lieber eine andere Lösung gefunden. Aber welche Alternativen gab es? Atharu hatte recht, es war einen Versuch wert. »In Ordnung, ich bin dabei! Was wollen wir versuchen?«

»Ich habe schon eine ganze Weile darüber nachgedacht. Wir sollten unsere Magie in direkter Folge einsetzen. Du könntest versuchen, über uns eine Lücke in den Nebel zu reißen. Ich würde dann eine Feuerkugel aufsteigen lassen. Über den Nebelschwaden müssten die Elben sie entdecken, oder?«

»Aber auch jeder andere, oder?«, schaltete Aria sich ein.

»Nur werden so viele andere gerade nicht in der Nähe sein!«, antwortete Selana mit fester Stimme und wunderte sich, woher sie diese Gewissheit nahm.

Ohne Einwände abzuwarten, erhob sie sich und suchte einen festen Stand. Das Wasser des Sees war ruhig, die Barke schwankte kaum. Schnell hatte Selana ihren Schwerpunkt gefunden und hob die Arme. Sie sah noch einmal zu Atharu, der sich aufrecht hingesetzt hatte und seine Handflächen zu einer Schale verschränkte. Er nickte ihr zu.

Selana suchte nach ihrer Kraftquelle, und ihr Innerstes rührte sich. Ein Bild kam ihr in den Sinn. Die Knospe einer Bauernrose, die von Tag zu Tag wuchs, eine geheimnisvolle Kugel, erst grün, dann an Farbe gewinnend und schließlich das Geheimnis preisgebend. Eine innere Schönheit, die sich machtvoll nach außen entfaltete. Der Kraftstrom barst aus der Knospe ihrer Macht, pure Energie strömte aus ihrem Innersten. Sie bahnte sich den Weg in ihre Arme und schoß durch die Finger gen Himmel. Eine Entladung, stark wie ein Sturm, fegte die Nebelschwaden zur Seite. Um sie herum rieselten die verdichteten Wassertröpfchen als Regen herab. Sie hielt den Strom ihrer Macht aufrecht, sah, wie er immer höher in den Himmel schoss. Schon wurde es heller und die Sonne schien kurz davor, in diesen feuchten Tunnel einzudringen, um ihn gänzlich aufzureißen.

Doch dann ging es nicht weiter. Der Energiestrom floss stetig, gelangte aber nicht mehr höher. Selana merkte, dass ihre Beine schwach wurden. Viel länger könnte sie ihre Magie nicht aufrechterhalten. Gerade, als sie den Zauber beenden musste, damit nicht alle Kraft aus ihr hinausflösse, stieg eine Kugel feuriger Flammen neben ihr auf.

Atharu hatte einen Feuerball geformt, klein nur, aber er loderte so hell, als wollte er selbst zur Sonne werden. Immer höher stieg er in den Tunnel, den Selanas Magie gebahnt hatte. Doch der Schacht wurde bereits enger. Die Regentropfen um sie herum versiegten.

»Bitte, Atharpazh, bitte!«, flehte Aria leise.

Dann stürzte der Tunnel von den Seiten ein. Atharus Feuerball schimmerte noch durch das Grau. Auch wenn die Sicht schlechter wurde, konnte sie ihn weiterhin sehen. Plötzlich aber erlosch die Feuerkugel, Atharu keuchte erschrocken.

»Nein! Nein, nein, nein!« Aria schlug mit der Faust auf das Holz der Reling.

»Das war knapp!«, raunte Brandan. »Noch ein wenig länger und Jiga wäre völlig ausgeflippt unter meinem Hemd.«

»Das war, das war ...« Der Bootsmann stotterte. »Ich hab so was noch nie gesehen.«

Selana ließ sich neben Atharu auf die Bank fallen. Sie war erschöpft – und enttäuscht. Das Gefühl, die Magie einzusetzen, war so berauschend gewesen! Doch jetzt, wo es vorbei war, war es umso ernüchternder. Vermutlich gingen Atharu ähnliche Gedanken durch den Kopf.

»Das waren sehr mächtige Zauber, richtig?« Der Bootsmann war über die Maßen beeindruckt.

Erst jetzt wurde Selana klar, dass er mit diesem Erlebnis im Gepäck nach Tyklahr zurückreisen würde. »Ihr irrt Euch«, tat sie es möglichst lässig ab. »Es war nur eine Art Wetterzauber. Viel weniger mächtig als die Magie, die Magister Eldarh gewirkt hat.«

Atharu blickte sie erstaunt an, verstand dann aber und nickte bestätigend.

»Aber was seid ihr, dass ihr so etwas könnt?«

»Magister natürlich«, warf Aria ein. »Nichts anderes als auch Eldarh. Nur dass die beiden hier noch üben müssen.

Oder hast du schon mal andere gesehen, die so Magiezeugs wirken können!« Sie zwinkerte Selana zu.

Ihrer Freundin gingen solche Notlügen definitiv besser über die Lippen. Offenbar hatte der Versuch, die Elben auf sie aufmerksam zu machen, Aria aus ihrem Tief geholt.

Aber es war misslungen; Selana blickte enttäuscht in den dichten Nebel.

Atharu legte ihr eine Hand auf die Schulter und lächelte. »Wenn die Elben in der Nähe sind, werden sie es mitbekommen haben!«

»Seid mal still!« Brandans Stimme ließ sie alle erstarren. »Merkt ihr das?«

Selana wusste nicht gleich, worauf er hinauswollte. Doch dann spürte sie einen Ruck. Das Boot beschleunigte. Gleichzeitig nahm das plätschernde Geräusch des Wassers zu.

Brandan beugte sich weiter nach vorn über den Bug und starrte in den Nebel. »Das Wasser wird flacher! Ich glaube, sie haben uns an der Angel!«

Unvermittelt wurde es heller, der Nebel wurde dünner. Da war nicht mehr dieser undurchdringliche Dunst. Nebelschwaden hoben sich voneinander ab, stiegen auf, zogen sich zusammen und verwehten. Schemenhaft zeichneten sich Umrisse ab. Dann verwischten sie wieder in den tanzenden Schwaden. Sonnenstrahlen fielen schräg durch den Dunst und vor ihnen schmolz eine Nebelbank dahin. Runde Felsen tauchten aus dem grauweißen Schleier. Die Elbenbarke verlangsamte ihre Fahrt, das Bild vor ihnen nahm immer mehr Gestalt an. Immer weiter zog sich der Vorhang des Nebels auf.

Blauer Himmel über einer hügeligen grünen Landschaft. Und an der Küste, auf die ihre Barke zuglitt, standen zwei schlanke, hochgewachsene Gestalten. Sie blickten ihnen ernst entgegen.

Atharu sprang als Erster aus dem Boot, und Selana war ihm dankbar dafür. Sie wusste, dass er ganz passabel Iljaitt sprach. Den Gruß würde sie auch hinbekommen, vielleicht ein wenig mehr, aber dann?

»Jys bellzhahn tuhl e tuhr ezhanjo!« (Ich grüße dich und deine Seele.)

»Jyhr adorh jaln tuhr adorh!« (Mein Herz ist dein Herz.)

Die drei standen ein Stück entfernt, Selana las es mehr von den Lippen, als dass sie es hörte. Sie musterte die beiden Elben genauer. Sie hatten etwa Atharus Größe, aber sie wirkten schlanker. Ihre Schultern waren nicht so breit. Ihr Haar, fast weiß mit einem blonden Schimmer, reichte weit über die Schultern. Geflochtene Zöpfe hielten es aus dem Gesicht, ihre Ohren lagen frei. Sofort erkannte Selana, warum immer von Langohren gesprochen wurde. Selbst, wenn die Haare nicht so kunstvoll nach hinten geflochten wären, würden sie vermutlich aus den Haaren herausragen. Doch das störte nicht. Auf eine fremde Art und Weise wirkte es sogar elegant – oder edel. Die beiden sahen sich sehr ähnlich, zumindest aus der Entfernung. Ihre Kleider waren lindgrün und schmiegten sich eng an die wohlproportionierten Körper.

Selana schüttelte den letzten Gedanken ab. So nötig, wie Aria meinte, hatte sie es nicht. Trotzdem glitt ihr Blick noch einmal über die definierten Körper der Männer. Wer hätte da wegsehen können? Schließlich waren dies die ersten Elben, die sie in ihrem Leben sah. Auf jeden Fall mussten die Elbenschneider wahre Meister sein.

Einer der beiden Fremden wirkte hagerer. Und er hielt den Kopf etwas vorgebeugt, ein wenig zur Seite geneigt, als schleppte er die Bürde unzähliger Sorgen mit sich.

Es platschte und sie schreckte zusammen. Brandan war aus dem Boot ins Wasser gesprungen. Es war hier nicht sehr tief und reichte ihm nur bis zu den Hüften.

Der Bootsmann stieg ebenfalls über die Reling. »Wir ziehen das Boot da vorn aufs Ufer, dann können wir den Magister besser herausheben.« Er wies ein Stück nach rechts.

Platsch. Auch Aria war ins Wasser gesprungen. »Zu dritt sollte das besser gehen!«

Selana lächelte. Aria stand mit Brandan in einem steten Wettbewerb. Immerhin hatten sie einen Weg gefunden, miteinander umzugehen. Insofern war die viele Arbeit im Gesundhaus von Vorteil gewesen. Natürlich mochten die beiden sich, das konnte Selana spüren. So Atharpazh es wollte, würden sie es sich irgendwann auch eingestehen. Es konnte sich nur um ein paar Monde handeln.

Atharu hatte die Elben zum Boot geleitet. Die Begrüßung fiel äußerst kurz aus, denn die beiden kümmerten sich sofort um den jungen Magister. Erleichtert stellte Selana fest, dass die beiden nicht nur Iljaitt sprachen. Der Hagere, den Atharu als Fallbihr-Jehlendorh vorgestellt hatte, beugte sich prüfend über den Magister, ließ dann aber dem anderen den Vortritt. Zhanjor-Gehlen, wenn sie sich den Namen richtig gemerkt hatte.

»Freund Gehlen, es ist an Euch. Eine Erschöpfung der Magie kann zu leicht das Seelenband lösen.« Der Hagere wendete sich den anderen zu. »Ist das erst einmal geschehen, richtet auch ein Elbenzauber nichts aus. Dann ist ihm nicht mehr zu helfen.«

Zhanjor-Gehlen kniete neben dem Magister. Selana sah, wie er mit den Augen rollte. »Freund Jehlen, Eure Offenheit ist wie immer nur wenig erbaulich. Denn ist es nicht die Hoffnung, die eine Seele zu halten vermag? Selbst dann, wenn sie schon auf dem letzten Atemzug hinausdrängt?«

»Ich bin der Hoffnungsvollsten einer, wie Ihr wisst. Nur seid Ihr unter Umständen der bessere Heiler«, meinte Fallbihr-Jehlendorh. Er spitzte nachdenklich die Lippen und behielt die leicht schräge Kopfhaltung bei. Drückte das Zweifel aus? Stand es so schlimm um den Magister? Atharu hatte im Boot doch ganz zuversichtlich geklungen.

»Atharpazh sei Dank!«, entgegnete Zhanjor, oder Gehlen, wie ihn sein elbischer Begleiter nannte. Jehlen und Gehlen, das war in jedem Fall einfacher zu merken als die elbischen Doppelnamen.

Gerade beugte Gehlen sich über den Magister und legte die Hände auf dessen Bauch. Als er weitersprach, senkte sich seine Stimme zu einem dunklen Flüstern, Selana ahnte sofort, dass er einen Elbenzauber wirkte.

»Atharpazh garri yl fenn - brian jyhr brian fellezh i tuhl - yt raell ezhanjotäe jaln ezh tuhn!
Brian jyhr brian fellezh i tuhl - yt raell ezhanjotäe jaln ezh tuhn ...«

Atharu übersetzte. »Atharpazh gewähre die Gnade – Kraft meiner Kraft fließe in dich – der Segen der Seelen sei mit dir!« Er seufzte. »Ich hätte selbst darauf kommen können!«

»Ihr kennt diesen Zauber?«, fragte Jehlen.

Selana blickte zu ihm auf. Nach dem Klang seiner Stimme hätte sich seine Stirn in tausend Falten legen müssen. Aber wenn überhaupt, war nur ein winziges Zucken an einer Augenbraue zu erkennen. Ob viele Elben so maskenartige Gesichter hatten? Spätestens jetzt beschloss sie, dass Gehlen ihr sympathischer war. Immerhin hatte der schon einmal mit den Augen gerollt. Außerdem kümmerte er sich um den Magister.

Ein plötzliches Zucken durchfuhr Eldarh. Gehlen schien ungerührt und sprach den Zauber wieder und wieder.

»Brian jyhr brian fellezh i tuhl - yt raell ezhanjotäe jaln ezh tuhn ...«

Ruckartig sog der Magister Luft ein und riss die Augen auf. Gehlen löste seine Hände von Eldarh. »Freund Eldarh, willkommen zurück! Es freut meine Seele, dass Ihr uns noch nicht verlassen habt.«

»Und wahrlich, es stand auf Messers Schneide!«, fügte Jehlen düster hinzu.

Der Magister setzte sich mühsam auf. »Fallbihr-Jehlendorh? Zhanjor-Gehlen? Wo, wie – wir sind da?« Er schaute zu Selana und Atharu. »Wie habt ihr ...?«

»Nun ja«, begann Atharu. »Wir hatten leider keine bessere Idee, als unsere Magie einzusetzen. In der Hoffnung, dass die Elben es sehen würden und uns zu Hilfe kämen.« Er lächelte Jehlen und Gehlen dankbar an. »Und das hat funktioniert!«

»Oh ja, wir haben die Macht Eurer Zauber sofort gespürt«, entgegnete Gehlen.

»Weniger hätte dafür allerdings auch gereicht. Die Fürstin hatte uns ohnehin ausgesendet, um Eure Ankunft zu erwarten«, schaltete sich Jehlen ein und erntete einen genervten

Blick seines Begleiters. Zhanjor-Gehlen hatte Mimik für zwei, stellte Selana fest und musste grinsen.

»Letztlich haben wir aber nichts anderes getan, als hier auf Euch zu warten. Die Barke hat den Weg allein gefunden!« Gehlen schaute Selana in die Augen, sein Blick drang warm in jede Faser ihres Körpers. Irritiert blickte sie zu Boden.

Eldarh knöpfte seinen Ärmel auf und zeigte ihnen einen ziselierten Armreif. »Überreicht von der Elbenfürstin! Es ist ein Schlüssel, um den magischen Nebel durchdringen und nach Erellgorh zurückkehren zu können!«

»Das hätte er auch gleich sagen können«, wisperte Aria, als sie sich an Selana vorbeischob. »Können wir dann mal darüber sprechen, wie es weitergeht? Ich hab nämlich nasse Hosen!« Manchmal hatte Arias Direktheit etwas Verstörendes. Zumindest für die, die den Humor dahinter nicht verstanden.

Jehlen verbeugte sich vor ihrer Freundin. »Fürwahr, Ihr habt recht. Zu schnell fallt ihr Menschen Krankheiten anheim. Und gerade hier, inmitten des Sees, kann das Klima rau sein. Womöglich stehen wir schon zu lange hier und der Keim des Siechens ist bereits in Euch!« Er spitzte die Lippen und tatsächlich zogen sich seine Brauen zusammen. »Sehe ich Schweiß auf Eurer Stirn?«

Aria fühlte ihre Stirn. »Aber nein, ich fühle mich gut, oder?« Sie sah irritiert zu Selana. Dann lachte sie plötzlich und pikte dem Elben in die Brust. »Ah, verstanden. Das war ein Scherz! Wirklich gut. Für einen Moment dachte ich, Ihr meint das ernst.« Sie kicherte und ließ den Elben stehen, während sie auf die Felsen sprang. »Keim des Siechens«, äffte sie Jehlen nach. »Der war gut!«

Jehlen stand da wie erstarrt, die linke Braue hochgezogen, in fragendem Staunen eingefroren. Sein Elbenfreund schritt an ihm vorbei. »Soso, Freund Jehlen. Ein Scherz! Wie schön, dies noch zu erleben.«

Selana verkniff sich das Lachen.

Brandan lief Aria hinterher, öffnete das Hemd und setzte Jiga aufs moosige Gras. Sofort wieselte das Frettchen davon.

Für das Tier musste es die Erfüllung aller Träume sein, sich endlich wieder frei bewegen zu können.

Eldarh stand auf und rief ihnen einen Abschiedsgruß nach.

»Ihr kommt nicht mit?«, fragte Selana erstaunt. Sie hatte fest damit gerechnet, dass Eldarh sie der Elbenfürstin vorstellen, sie zumindest aber mit den Gepflogenheiten in Erellgorh bekannt machen würde. Keiner von ihnen war jemals in einem Elbenreich gewesen.

»Es tut mir leid, ich muss zurück. Das Gesundhaus ist überfüllt. So vieles muss organisiert und bedacht werden. Und dann ist da noch unser junger Urda. Ich möchte da sein, wenn er wieder auftaucht. Selana, du verstehst es sicher am besten. Natürlich möchte ich auch einen Blick auf Wanda und Lysa werfen. Damit ihr euch gesund wiederseht.«

Ja, das verstand sie. Und sogleich gingen ihr sorgenvolle Gedanken durch den Kopf. Hoffentlich gäbe es nicht noch mehr Angriffe. Schon jetzt war im Gesundhaus kein Platz mehr. Ja, es wäre gut, wenn der Magister zur Stelle wäre.

»Ich habe für die Fürstin ein paar Worte verfasst.« Er zog eine Schriftrolle aus der Tasche und gab sie Gehlen. »Bitte überreicht ihr meine Botschaft mit den ehrfurchtsvollsten Grüßen. Es ist inzwischen so viel geschehen. Und ich fürchte, das war erst der Anfang!«

Wenig später sahen sie vom Ufer aus der Elbenbarke nach. Eben noch standen ihnen die Umrisse Eldarhs und des Bootsmanns klar vor Augen, jetzt verschwammen sie bereits hinter den dunstigen Schwaden und verschwanden dann ganz, umhüllt vom magischen Nebel der Elben.

Als Selana sich umwandte, sah sie einen hohen Wald vor sich und stellte sie sich auf einen langen Fußmarsch ein. Doch kaum tauchten sie in den Schatten der Bäume, leuchteten vor ihnen schon wieder einzelne Sonnenstrahlen durch den Hain.

Atharu hatte ein seliges Lächeln auf den Lippen und drehte sich mit ausgebreiteten Armen um sich selbst. »Das sind Arben! Die Bäume, von denen ich dir erzählt habe. Vielleicht werden wir sogar Zirbelmäuse sehen!«

Im selben Moment sprang etwas Kleines an ihnen vorbei. Selana erschrak, ehe sie das Frettchen erkannte, das wie ein Wirbelwind durchs Wäldchen tobte.

Atharu lachte, die blauen Augen strahlten voller Freude. »Ich werde Brandan sagen, dass er Jiga an die Leine nehmen soll. Er wird nicht begeistert sein, aber seine Begleiterin ist eine zu erfolgreiche Jägerin. Nicht auszudenken, wenn ihre Beute womöglich ein Elbengefährte wäre.« Schon lief er weiter, um seinen Freund einzuholen, der direkt hinter den Elben ging.

Selana sog den aromatischen Duft dieser steinalten Bäume ein und ging zu Aria, die an einer besonders knorrigen Arbe lehnte und auf sie wartete.

»Jehlen und Gehlen? So was kann sich echt keiner ausdenken!«

Selana hakte sich bei ihr ein. »Wart's ab. Am Ende bist du froh, dass du dir zumindest diese Namen merken kannst.«

»Wahrscheinlich hast du recht!«

Gemeinsam schlenderten sie durch die Bäume und folgten den anderen, die auf die hellen Sonnenstrahlen vor ihnen zuhielten. Endlich blieben sie stehen und blickten staunend über eine weite Lichtung. An deren Ende stieg das Eiland steil an. Graue Felsen wechselten mit leuchtend grünen Büschen. Einzelne Rimmpur-Bäume zauberten mit ihrem orangenen Laub einen schillernden Kontrast in das märchenhafte Bild.

Zur Kuppe des Hügels aber verwoben sich Stein und Fels mit einer außergewöhnlichen Architektur, wie Selana sie in ihrem Leben noch nie gesehen hatte. Die Stadt Erellgorh!

Atharu

13

Die Lichtung zog sich in geschwungenen Hügeln bis zur Stadt. Eben noch beseelt vom Arbenhain, entdeckte Atharu nun etwas anderes.

»Schau Brandan, Sapindusbäume! Es sind doch Sapindusbäume?« Er lief ein paar Schritte auf Gehlen zu. Dann drehte er sich begeistert im Kreis. Ondara musste all das gesehen haben. Wie sonst hätte sie so lebendig davon erzählen können?

»Sapindusbäume?« Aria lief schräg hinter Brandan und schien interessiert. Zumindest fragte sie sonst selten nach.

Brandan antwortete an Atharus Stelle mit einem schlichten »Jepp«. Jäger!

»Man sagt auch Blasenbaum«, ergänzte Atharu. »In ihren Früchten wohnen Brüter, die auf Federn lautlos durch die Luft gleiten.« Drei dieser großen Bäume standen auf der Lichtung. Atharu fragte Jehlen, ob sie dichter herangehen könnten oder ob die Früchte unbewohnt seien.

»Oh nein, sie sind durchaus bewohnt. Zum vollen Mond ziehen die jüngeren Elben gern für ihre nächtlichen Reigen unter diese Bäume. Ein unnötiger Aufwand, wenn Ihr mich fragt. Der ganze Weg, nur um Federfliegerlichter zu sehen. Wo es in den äußeren Palastgängen Bilder davon gibt.«

»Wie recht Ihr habt, Freund Jehlen«, übernahm Gehlen das Wort. »Und doch sollten unsere Herzen sich an allen Schätzen der Natur erfreuen, nicht wahr?« Er sah Atharu an. »Natürlich können wir ein wenig näher herangehen. In der Sonne sind meist viele der Federflieger unterwegs.«

Schon aus einiger Entfernung schimmerten die gleitenden Federn in der Sonne. So stellte Atharu sich Schneegestöber vor. Doch auch davon hatte er bisher nur erzählen hören und nie selbst welches erlebt. Wenn Ondara von den Sapindusbäumen und ihren winzigen Bewohnern erzählte, hatte er sich die unterschiedlichsten Federn in schillerndsten Farben vorgestellt. Doch sie waren alle weiß oder silbrig, was den Wintereffekt verstärkte. Jehlen und Gehlen hatten sie bis auf etwa hundert Fuß herangeführt und hielten an, damit ihre Besucher Zeit zum Staunen hatten.

Aria kniff die Augen zusammen. »Die sind aber wirklich winzig. Können wir noch näher heran?«

»Sie würden Angst bekommen! Die Kleinen sind nur Elben gewöhnt. Menschen ...«, Jehlen räusperte sich verlegen, »Menschen riechen anders!«

»Nee, klar!« Aria schaute den Elb kritisch an. »Ihr findet jetzt aber nicht, dass wir stinken. Oder meintet Ihr *das* etwa?«

»Nun ja, Freundin ... Aria war Euer Name?«

Sie nickte.

»Freundin Aria, was ich eigentlich meinte, war ...«

Gehlen kam ihm zu Hilfe. »Was Freund Jehlen meinte, ist, dass alle Geschöpfe einen unterschiedlichen Geruch haben. Und Federflieger reagieren auf Gerüche. Wenn sie in Panik geraten, stürzen sie und könnten zertreten werden.«

»Wie schade!« Selena schaute sehnsuchtsvoll zu dem weißen Treiben. Sie hatte eine Hand ausgestreckt, als wollte sie eine der Federn einfangen. Doch natürlich waren sie nicht in Reichweite.

Als sie weitergingen, entdeckte Atharu kleine Pfade, die ihm im teils kniehohen Gras noch nicht aufgefallen waren. Sie zogen sich in leichten Schwüngen der Stadt entgegen.

»Ihr seid sehr aufmerksam, Freund Atharu.« Gehlen hatte seinen Blick bemerkt. »Das sind die Wege der Zirbelmäuse. Sie bringen uns Zapfen.«

Atharu war verblüfft. »Ihr habt sie dressiert?«

Gehlen lächelte. »Oh nein. Es ist eine Laune der Natur oder ein glücklicher Zufall. Die kleinen Nager sind einfach neugierig und tun kaum einen Schritt ohne Zapfen in ihren Pfötchen. Die Elben wiederum verarbeiten Kelbarknollen, deren Schale den Zirbelmäusen noch besser zu schmecken scheint als die Zapfen. Sie holen sich die Schalen und lassen die Zapfen liegen. Ganz ohne Dressur. Wartet ab, Ihr werdet es sehen.«

Atharu sprengte es fast das Herz, so glücklich fühlte er sich. Alles um ihn herum war wie ein wunderbarer Traum. Jeder Baum, jeder Pfad verstärkte die Wirkung alles anderen. Vor den ersten Elbenbauten, die Lichtung stieg hier schon spürbar an, entdeckte er wieder etwas Neues. Felder mit honiggelben Blüten. Dazwischen immer auch erdige Flächen. Während sie näherkamen, erkannte er, dass diese Stellen unregelmäßig und zerfurcht aussahen.

Dann packte Brandan ihn bei der Schulter. »Schau!« Er zeigte auf eine Stelle, in der sich silbriges Fell bewegte. »Ich habe noch nie welche gesehen. Die Jäger nennen sie Wühler.«

Jiga sprang an ihnen vorbei und verharrte, die Nase interessiert in Richtung der Silberfelle ausgerichtet.

»Bitte achtgeben! Frettchen sind hier nicht heimisch und könnten eine Gefahr darstellen«, mahnte Gehlen. »Ihr müsst Euer Begleittier an die Leine nehmen!«

Widerwillig pfiff Brandan, doch Jiga rührte sich nicht. »Nur wegen dieser Wühler? Die würden ihr sowieso nicht schmecken.« Er pfiff erneut. Endlich reagierte sie und sprang auf seinen Arm.

»Kelblinge, Freund Brandan«, sagte Jehlen knapp. Zur Abwechslung kippte sein Kopf mal auf die andere Seite. »Vielleicht nicht schmackhaft, doch von einigen durchaus erwünscht. Wer das Blütenmeer mag, wird sie allerdings kaum leiden können.«

So langsam hatte Atharu den Verdacht, Jehlen fühlte sich in der Rolle des Pessimisten ausgesprochen wohl. Wie gut, dass Gehlen als ausgleichender Charakter bei ihnen war.

»Und doch, Freund Jehlen, müssen wir sie schätzen!«, warf der andere Elb ein. »Die Kelblinge sind auf der Suche nach den tief wachsenden Bringopilzen, ihrer Leibspeise. Die Pilze leben in Gemeinschaft mit unseren Kelbarpflanzen. Bei ihrer Suche wühlen die Kelblinge auch die Knollen an die Oberfläche und wir brauchen sie nur noch aufzuheben.« Der Elb lächelte Atharu zwinkernd an.

»Na, das ist doch mal was!«, rief Aria. »Solche Viecher sollten sich die Akralahner auch anschaffen.«

»Die Furchen allerdings, Freundin Aria ...«, Jehlen hob einen Zeigefinger, »sind tückisch! Schnell kann man beim Sammeln der Knollen umknicken und sich empfindlich verletzen.«

Gehlen rollte mit den Augen. »Freund Jehlen, es ist bewundernswert, wie zielsicher Ihr in jedem und allem stets die kritischen Punkte findet.«

»Habt Dank für die Blumen, Freund Gehlen. Ich bin gern der Beschützer, der auf Gefahren aufmerksam macht und Schlimmeres verhindert!« Sein Mundwinkel zuckte, Atharu fürchtete, Jehlen könnte tatsächlich lächeln. Aber so weit ließ er es dann doch nicht kommen.

Als sie die Felsen erreichten, erkannte Atharu, dass sie an Treppenstufen erinnerten. Durch die ungleichen Höhen und Tiefen wirkte die Anordnung aber so natürlich, dass es ein glücklicher Zufall sein mochte. Andererseits war die zurückhaltende Wildheit dieser Insel, die scheinbare Beliebigkeit ihres Bewuchses, von so tiefer Schönheit geprägt, dass womöglich alles einem großen Plan folgte.

Endlich erreichten sie einen hölzernen Arbenbogen, ähnlich den Schnitzereien der Elbenbarke gearbeitet, und betraten die äußeren Wege zur Stadt. Unter einem Laubendach, das mit kleinblättrigen Pflanzen bewachsen war, führte ein geschwungener Weg bergan. Die geschnitzten Bögen und Geländer bargen überraschende Kunstwerke. Hier und da gab es Statuen, die größeren Wesen nachempfunden waren. So blickte ein hölzerner Prelkbock von einem Felsen auf sie herab. Das einzelne Horn auf der Stirn dieser edlen, aber gedrungenen Tiere erinnerte Atharu immer an Wachswurzeln, die genauso weiß glänzten, wenn man sie schälte. Ein Stück weiter stand ein Baumskrat, ein ebenso liebenswertes wie ängstliches Geschöpf. Mannshoch, mit holzig borkiger Haut und zweigartigen Auswüchsen, konnten sie bei Gefahr mit den Stämmen alter Bäume förmlich verschmelzen. Ondara hatte gerne von diesen Baumwesen erzählt und sie für ihre außergewöhnliche Klugheit gelobt. Atharu hatte leider nie das Glück gehabt, welche zu erleben.

Je weiter Gehlen und Jehlen sie den Weg hinaufführten, umso häufiger ragten Felswände neben ihnen auf. Immer öfter waren dort hohe, spitz zulaufende Fenster eingelassen. Das Glas war längst nicht so trüb, wie Atharu es aus Gelder und Tyklahr in Erinnerung hatte. Trotzdem konnte er nicht hindurchsehen. Es ähnelte einer erstarrten Eisfläche, in der unzählige Luftbläschen vom Frost gefangen sind. Als wollten sie an die Oberfläche und wären kurz davor, daraus emporzusteigen. Schemenhafte Bewegungen dahinter ließen der Fantasie freien Raum. Fand ein Fest statt? Wurde getanzt? Saß man zur Meditation im Kreis? Dann wieder war es dunkel hinter dem wunderbaren Glas. Und dort schillerte plötzlich das Leuchten Hunderter Kerzen.

Andachtiges Schweigen umarmte ihre Seelen, nur das Zirpen von Grillen begleitete ihr Staunen. Bunte Vögel flogen vorbei und hießen sie mit lauten Rufen willkommen, als sie ein großes Tor erreichten.

»Das ist ... wunderschön!« Selanas Stimme war nur ein Flüstern. Aber sie hätte ihre Bewunderung nicht besser zum Ausdruck bringen können.

Das Tor war geschlossen – und auch wieder nicht. Man konnte hindurchsehen, denn es war aus grazil geformten Streben geschmiedet. Als wüchsen die metallenen Stangen wie Gräser empor und die Triebe geheimnisvoller Pflanzen hätten sich in zärtlicher Umarmung verwoben.

Gehlen trat vor und strich übers Metall. *»yl pazh ezhanjo urlon yn polldorh!«* (Die Macht der Seelen öffne das Tor!)

Ohne ein Geräusch glitt das Tor auf und ließ sie in die Stadt.

Aus dem Staunen käme Atharu wohl so schnell nicht wieder heraus. Sein Geist war erfüllt von dieser Pracht, die durch ihre natürlichen Formen so erhaben wirkte. Was von außen den Eindruck ineinander verwobener Bauwerke machte, stellte sich im Inneren der Stadt als Ansammlung unzähliger Felsenkegel heraus, die, mal kleiner und mal größer, als Behausungen dienten. Der ganze Berghügel war die Stadt und die Stadt war der Berg.

»Sandstein«, erläuterte Jehlen. »Leicht zu bearbeiten und sogar mit Schnitzereien zu versehen. Aber auch empfindlich und gefährlich. Wenn man Decken oder Treppen zu schmächtig baut, können sie durchaus zusammenstürzen und womöglich jemanden unter sich begraben.«

Gehlen versicherte ihnen sogleich, dass so etwas noch nie passiert sei. Und Jehlen gab zu bedenken, dass dies den Warnungen von Elben wie ihm zu danken sei. Atharu erhaschte ein Augenrollen Gehlens und sah, wie Aria Selana grinsend anstieß. So mancher Spielmann hatte weniger Unterhaltungswert, das war mal klar.

Ihre elbischen Begleiter führten sie immer tiefer in die Stadt. Manchmal deuteten sie auf Besonderheiten, wie den Brunnen der kühlen Dämpfe, der das Ende einer Gasse in silbrigen Nebel hüllte. Oder das Haus der Berührung, dessen Fenster zum Dach lagen, damit seine Besucher unbeobachtet blieben. Die Wände waren kunstvoll bemalt, sodass sie wie seidene Vorhänge wirkten, aus denen sich dem Betrachter auffordernd Arme und Hände entgegenstreckten.

»Diese Häuser sind immer geöffnet. Als Gäste in Erellgorh könnt auch Ihr jederzeit eintreten. Ihr findet sie überall in der Stadt. Berührung ist wichtig für das Gleichgewicht von Körper und Geist!« Gehlen machte eine einladende Geste, ging aber vorbei.

»Die einzige Gefahr besteht darin, die Zeit zu vergessen«, fügte Jehlen hinzu. »Berührung kann etwas ... nun ... Euphorisches mit sich bringen. Insbesondere, wenn man gänzlich unbekleidet ist, wie es in diesen Häusern Brauch ist.«

Atharu war erstaunt, wie freizügig die Elben waren. In Tangris gab es nicht einmal Freudenhäuser. Die Tangora zogen es vor, sich heimlich für »Berührungen« zu treffen.

Jehlen und Gehlen waren ein gutes Stück vorangeschritten, und er beeilte sich aufzuholen. Vor ihnen öffnete sich ein großer Platz, an dessen Ende ein beeindruckendes Gebäude thronte. Das musste der Palast der Fürstin sein. Größer als alle anderen Behausungen, fügte er sich dennoch wohltuend in das Gesamtbild.

Der größte Unterschied war das Areal vor dem Palast. Atharu fühlte sich an den üppigen Garten des Gesundhauses von Tyklahr erinnert. Allerdings war offensichtlich, dass hier die Schönheit der Blüten im Vordergrund stand. Malven, Lilien, Rosen und unzählige weitere Blumen strahlten ihnen in harmonischen Farben entgegen. Bänke standen entlang der samtig grünen Wege. Moos, erkannte Atharu verblüfft. *Die Elben wandeln auf Moospfaden*.

Überall standen, saßen, gingen Elben. Einzeln, zu zweit oder in kleinen Gruppen. Die meisten trugen weite Gewänder in hellen, schimmernden Farben. Sie trugen das lange Haar mal offen, mal kunstvoll geflochten. Und sie waren barfuß! Atharu musste zweimal schauen, doch es stimmte. Die Elben liefen hier mit nackten Füßen. Gerade zogen Gehlen und Jehlen ihre Lederfüßlinge aus und stellten sie unter eine Bank. Mit einem höflichen Nicken bedeuteten sie ihnen, es genauso zu tun. Aria grummelte unwillig. Sie trug Schuhe mit hohem, geschnürtem Schaft. Mühsam fummelte sie sich aus den Dingern heraus. Brandan schaffte es, stehend und mit Jiga auf dem Arm, sich seiner Ledersohlen mit dem jeweils anderen Fuß zu entledigen.

Als Atharu seine nackten Füße aufs Moos setzte, lächelte er. Kein Schuh der Welt hätte sich jemals so gut anfühlen können. Neben der Bank, unter der ihre Schuhe standen, fiel ihm ein Obelisk auf. Als er den Blick über den Garten gleiten ließ, sah er viele weitere. Auf einigen saßen große, bunt gefiederte Vögel. Atharu konnte sich an keine Erzählung erinnern, in denen von so prachtvoll gefärbten Vögeln die Rede war.

»Aras«, sagte Gehlen, der die Frage wieder geahnt hatte. »Sie sind äußerst schlau und können sehr alt werden. Natürlich währt ihr Leben nicht so lang wie das unsere, aber sie können lange Lebensabschnitte begleiten und sind bei uns Elben deshalb besonders geschätzt.«

»Und sie haben offenbar das Glück, dass sie nicht an die Leine müssen!« Brandan war noch immer nicht versöhnt. Er hatte auf Jehlens Drängen die Kordel seines Hemds zur Leine umfunktioniert. Immerhin hatte Jiga sich mit dem Band um ihren Hals abgefunden. Zumindest gab sie keinen Ton von sich.

»Das ist wahr, Freund Brandan. Ich kann Euren Ärger verstehen«, schaltete Jehlen sich ein. »Aber unsere Begleiter und Eure Begleiterin würden sich nicht vertragen. Die Aras könnten panisch reagieren, unsere Brüder und Schwestern in Unruhe geraten und sich vielleicht verletzen ...«

»... die Blumen im Garten knicken, das Moos der Wege aufwühlen, in Streit geraten, bis aufs Blut kämpfen und das Elbenreich in Schutt und Asche legen, ich hab verstanden!«

Atharu wurde blass. So zynisch hatte er Brandan noch nicht erlebt. Aria gluckste. Sie fand das natürlich lustig. Doch Atharu blickte unsicher von Jehlen zu Gehlen, in der Hoffnung, dass sie diesen Lapsus verzeihen würden.

Jehlen legte seinen Kopf langsam von einer auf die andere Seite und zog die linke Braue bedenklich hoch. Er spitzte die

Lippen und holte Luft, doch Gehlen legte ihm eine Hand auf die Schulter. »Habt Dank für Eure Offenheit, Freund Brandan. Vielleicht wäre es aber gut, uns besser kennenzulernen, ehe Ihr Euer Herz so großzügig auf der Zunge tragt.«

Brandan wurde rot. War nur zu hoffen, dass er jetzt merkte, wie ungehobelt er sich verhalten hatte. Sie waren hier Gäste und sollten sich an die Bräuche und Gepflogenheiten ihrer Gastgeber halten. Eigentlich eine Selbstverständlichkeit.

Sein Freund senkte den Blick. Er schlang sich die Leine um die Hand, behielt das Frettchen aber auf dem Arm. Ihre elbischen Begleiter nickten wohlwollend und führten sie durch den Garten zum Palast.

Im Inneren des Fürstensitzes erwartete sie eine eigentümliche Stille. Alles im Palast schien aus Holz zu bestehen, die Decken, die Wände und auch der Boden, der sich angenehm warm unter den Füßen anfühlte. Atharu strich mit den Händen über die Maserung der Vertäfelungen und bewunderte die Intarsienbilder, an denen sie vorbeigingen.

»Die Natur spendet uns Holz in den verschiedensten Farben. Es ist eine hohe Kunst, die richtigen Hölzer für solche Bildwerke zusammenzutragen«, schwärmte Gehlen.

»Freund Gehlen hat recht. Aber um so feine Strukturen zu schaffen, braucht es extrem scharfe Messer. Nicht jeder sollte das probieren, denn Verletzungen sind nur zu wahrscheinlich!«

»Ist das nicht anstrengend?« Aria schaute Jehlen von der Seite an. »Immerzu besorgt sein? Gibt es eigentlich irgendwas, das Ihr genießen könnt?«

Wohl eher nicht, dachte Atharu.

»Den Schlaf in meiner Behausung. Ja, ich denke, den kann ich genießen. Gänzlich ohne Sorgen.« Er zog einen Mundwinkel hoch. Wahrscheinlich das ausgelassenste Lachen, das sie je von ihm zu Gesicht bekämen.

Sie kamen ans Ende eines langen Ganges und blieben vor einer schlichten Tür stehen.

Gehlen sah sie an. »Fürstin Hilja-Mehlen-Ellanjah erwartet Euch! Noch vor der zeremoniellen Begrüßung ist eine tiefe

Verbeugung wünschenswert, verbunden mit einem Kniefall. Das wäre ein gebührlicher Ausdruck Eures Respekts. Die erste Ansprache und Begrüßung steht der Herrscherin zu. Hernach sprecht Ihr sie mit Fürstin oder Fürstin Mehlen-Ellanjah an. Ich denke, es war hilfreich, Euch das zu sagen?«

Zhanjor-Gehlen lächelte in die Runde. Alle nickten und schauten zu Jehlen. Es schien inzwischen klar, dass nichts ohne Entgegnung blieb.

Doch zur Verwunderung der Gruppe sagte Fallbihr-Jehlendorh nichts. Er öffnete nur die Tür und schritt hindurch. Sie folgten ihm.

Pitu
14

»Nein!« Pitu sprang auf. »Ich will das nicht hören. Plötzlich will alle Welt meine Eltern gekannt haben. Nur ich, ich kannte sie nicht!« Er blickte sich nach irgendetwas um, an dem er seine Wut auslassen könnte. Gleichzeitig fühlte er den Knoten geballter Energie in sich.

»Nimm den!« Lieburus wies auf den leeren Stuhl neben sich. »Wenn Pelldor kommt, kann er einen neuen holen.«

»Bitte?« Pitu schaute ihn fassungslos an. »Das meint Ihr nicht ernst.«

»Oh doch, nur zu, nur zu. Wenn mich meine Ahnungen nicht täuschen – und das tun sie leider selten, sehr selten –, erkläre ich der Königin lieber einen kaputten Stuhl als den zerstörten Gebäudeteil ihres Schlosses.« Die Augen des Magisters wurden schmal. »Du spürst Energie in dir, richtig? Geballte Energie! Und wenn du wütend bist, drängt sie hinaus. Ist es nicht so?« Der Alte neigte fragend den Kopf.

Pitus Wut indes verrauchte. Er beugte sich über den Tisch. »Ihr wisst etwas darüber? Also darüber, dass ich diese Fähigkeiten habe?«

Lieburus beugte sich ihm entgegen, es schien Pitu, als drängen die graublauen Augen des alten Magisters bis in sein Innerstes vor.

Die helle Stimme des Alten wurde leiser, das leichte Knarzen verlieh ihr etwas Eindringliches, Beschwörendes. »Ich habe es gespürt. Die magische Entladung heute. Natürlich konnte ich nicht wissen, wer es war. Ich fürchtete, einer der Scheltar wäre unvorsichtig geworden. Aber als Pelldor dich zu mir brachte und von den Umständen berichtete, habe ich es geahnt.« Lieburus setzte sich auf und griff nach der Teekanne. »Ich darf dir nachschenken, nehme ich an?«

Pitu nickte und griff nach der Tasse.

»Es macht Durst, wenn man sich verausgabt. Die wenigsten wissen, dass Trinken ein einfaches Mittel ist, wieder Kraft zu schöpfen. Aber du wirst es dir merken. Wirst du doch?«

Pitu hatte die Tasse geleert und nickte heftig.

»Was ist es gewesen? Was ist genau passiert, als deine Energie sich den Weg nach außen bahnte?« Lieburus rieb sein Kinn zwischen Daumen und Zeigefinger. Seine Augen waren weit vor Begierde, mehr zu erfahren.

»Ich wurde von Gellwicks überfallen. Sie wollten meinen Stein. Sie sagten das zwar nicht direkt, aber ich bin mir sicher!«

»Was sagten sie denn?«

Pitu überlegte. »Gib uns, was du bei dir hast, dann lassen wir dich schnell sterben!«

Lieburus nickte bedächtig. »Wie Magister Eldarh und ich befürchtet haben: Die Gellwicks haben es auf die magischen Bruchstücke abgesehen. Und nicht nur das. Sie können sie aufspüren.« Plötzlich kicherte er und stand auf. »Aber dass das auch ihnen selbst gefährlich werden kann, hat ihnen wohl niemand verraten.«

Er erhob sich und wieselte ein paarmal händereibend hin und her. Dann blieb er wieder stehen und schaute Pitu amüsiert an. »Auch kleine Siege dürfen gefeiert werden, nicht wahr?« Er nickte Pitu begierig zu. »Und dann?«

»Ich war wütend, und der Knoten in meinem Inneren platzte, so wie Ihr es eben geschildert habt. Ich hatte meine Hände auf dem Boden, etwa so.« Pitu stand auf, legte die Handflächen auf den Tisch und stützte sich schwer auf die hölzerne Platte. »Dann floss, oder nein – sie schoss, genau – die Energie schoss in den Boden.«

Er schloss die Augen und kehrte in Gedanken zurück. Plötzlich sah er alles wieder vor sich und konnte dem Magister haarklein berichten. Er beschrieb die Gasse, wie die Pflastersteine aussahen, wie sie vibrierten, als kochte die Erde unter ihnen. Und wie sie schließlich in einer Art Explosion auseinanderstoben! In einer Fontäne brauner Erdklumpen in die Luft sprengten, um kurz darauf wieder herabzustürzen und die Gellwicks unter sich zu begraben. Wie gut, dass die Erinnerung noch so frisch war. Dass er nichts vergessen hatte und dem Magister alles erzählen konnte. In froher Erwartung schaute er Lieburus an.

Der war blass geworden, sank zurück auf den Stuhl und fuhr sich mit einer Hand über die Stirn.

Was soll man davon halten? »Was ist? Geht es Euch nicht gut? Hab ich was Falsches gesagt? Aber es ist alles wahr. Es ist wirklich so passiert!«

Lieburus legte die Fingerspitzen aneinander und verbarg sein Gesicht dahinter.

»Ich kann es schwören! Bei den Seelen meiner Eltern!«

»Oh nein, oh nein. Das ist nicht nötig, gewiss nicht nötig. Du hast mich falsch gedeutet. Ich glaube dir. Ja, das tue ich. Ich muss nur ein wenig – nachdenken.«

Plötzlich klopfte es an der Tür. Pitu wäre vor Schreck beinahe das Herz stehen geblieben.

»Komm nur herein, Pelldor!«

Die Tür öffnete sich und tatsächlich trat Pelle ein. Er hatte leichte Kleider angezogen, sodass Pitu zum ersten Mal erkannte, was für ein durchtrainierter Mann der Hafenobmann war. Mit dem würde er sich nicht messen wollen, so viel war sicher!

»Ich hoffe, ich störe nicht?« Pelldor schaute mit hochgezogenen Brauen zum Magister, der ein wenig zusammengesunken hinter seinen Händen hervorlugte.

»Aber keineswegs, keineswegs. Du kommst zur rechten Zeit, möchte ich sagen. Trag doch bitte Sorge, dass Pitu gut untergebracht ist. Und, ach ja, was zu essen wäre auch gut!«

Pitu verstand gar nichts mehr. Eben waren sie dabei gewesen, über das einschneidende Erlebnis zu sprechen. Er hatte gehofft, endlich etwas über seine Kräfte zu erfahren. »Aber wollen wir nicht, ich dachte, wegen der Magie und ... meinen Eltern. Ihr habt noch nicht gesagt, woher Ihr sie kanntet.«

»Das stimmt.« Wieder diese leise Stimme mit dem leichten Knarzen darin. »Aber alles zu seiner Zeit. Morgen ist auch noch ein Tag.«

Wie Pitu es geschafft hatte, einzuschlafen, wusste er nicht. Lange gingen ihm die Erlebnisse durch den Kopf. Er hörte Velberts Stimme in sich. Der hatte ihm geraten, mit Lieburus zu sprechen. *Ich hab's getan, Velbert.* Während seine Gedanken weiter abdrifteten, in die Sümpfe, zu seinem Freund Fludo und dem Ältesten Malin, schlief er schließlich ein.

Pelldor weckte Pitu im Morgengrauen. Seltsamerweise gingen sie nicht zum Zimmer des Magisters, sondern in den Schlosspark. Der Große lief mit ausholenden Schritten voran und Pitu musste sich sputen, um mitzuhalten.

»Wohin, zum Dokahorn, hetzt du mich so früh morgens?«

»Zum Frühstück«, kam die knappe Antwort.

Pitu sah von der Seite, wie Pelldors Grübchen sich vertieften. »Du grinst, ich hab's gesehen!«, schnaufte er. »Macht es dir Spaß, mir die Vorteile langer Beine zu demonstrieren?«

Pelldor verlangsamte seinen Schritt. »Ihr irrt, *Meister*! Ich freue mich über etwas anderes.«

»Nun hör schon auf mit diesem ewigen ›Meister‹!« Inzwischen tat es Pitu leid, dass er Pelle diese Anrede aufgezwungen hatte. »Wir kämpfen auf derselben Seite. Da sollten wir so was wie Freunde sein, nicht?«

»Wie Ihr wünscht, *Meister*!«

Pitu verdrehte die Augen. Doch Pelldor schlug ihm kameradschaftlich auf die Schulter. »Wenn ich Pitu sagen darf, darfst du mich auch Pell-dor nennen!«

»Mach ich doch schon die ganze Zeit.«

»Nein, tust du nicht. Du nennst mich Pelle! Zumindest, wenn du direkt mit mir sprichst!«

»In Ordnung, Pelle!« Pitu duckte sich, als der Soldat zum Schlag ausholte. »Ab jetzt Pell-dor!«

»Das wollte ich dir auch geraten haben, *Meister*!«

Sie lachten.

Lieburus erwartete sie in einem abgelegenen Teil des Parks. Am Rande einer großen Lichtung war eine Frühstückstafel aufgebaut, die eines Königs würdig gewesen wäre. Zumindest nahm Pitu das an. Der alte Magister bot ihnen Plätze an und die drei speisten fürstlich. Als sie satt waren, wischte sich Pitu den Mund ab und klopfte genüsslich auf seinen Bauch.

Unvermittelt knüpfte Lieburus an die Unterhaltung des Vortages an. »Ich sagte, ich kannte deine Eltern. Und das stimmt. Ich traf sie seinerzeit auf dem Weg nach Tyklahr. Ja, so war es. Ein seltsamer Zufall, dass ich dich nun in ebendieser Stadt wiedersehe!«

»Wiedersehe? Wie meint Ihr das?«

»Das ist ein trauriges Kapitel. Eine Geschichte, bei der ich mir all die Jahre oft vorgeworfen habe, falsch gehandelt zu haben, und mich fragte, was gewesen wäre, *wenn* … Versprich mir, sie anzuhören, ohne zu hart mit mir ins Gericht zu gehen. Denn das Schicksal gibt uns nur begrenzte Möglichkeiten. Und rückblickend … nun, rückblickend erscheint uns immer alles so viel einfacher!«

Pitu blickte in die graublauen Augen des Magisters und glaubte, darin die Last von Jahrzehnten zu spüren. Auf sein Nicken begann der Alte zu erzählen.

»Ich war also auf dem Weg nach Tyklahr, als ich deine Eltern traf. Ich weiß es noch wie heute. Es war früh am Morgen und es versprach, ein schöner, sonniger Tag zu werden. Hätte ich gewusst, wie dicht ich am Fluss war, hätte ich noch am Abend versucht, ihn zu überqueren. So aber erreichte ich das Ufer erst am Morgen. Bis dahin ging ich davon aus, ich wäre allein. Doch ein Wandererpaar wartete bereits am Anleger auf den Fährmann. Deine Eltern! Der Fährmann ließ sich Zeit. Später, als er seine Entschuldigungen stammelte, erfuhren wir, dass er die Nacht durchgezecht hatte, weil ihm die Frau davongelaufen war. Vielleicht wäre alles anders gekommen, wenn er uns früher übergesetzt hätte. So aber hatte ich zumindest das Vergnügen, die Ehre, möchte ich sagen, deine Eltern kennenzulernen. Damals habe ich auch dich zum ersten Mal gesehen. Gerade ein paar Monate warst du alt. Aber es war schon da zu erahnen, dass du etwas Besonderes bist. Und das nicht nur, weil deine Mutter es mir immer wieder versicherte.« Lieburus' Stimme wurde weich. »Sie hat dich so geliebt, Pitu. Nie wieder habe ich eine so tiefe Liebe spüren dürfen, wie deine Eltern sie für dich empfanden. Wenige Monate nur. Was konnte ein so kleiner Junge in der kurzen Zeit schon vollbracht haben? Und doch war dein Vater stolz auf dich, als hättest du bereits die ganze Welt gerettet!«

Pitu merkte, wie ihm eine Träne über die Wange lief, und wischte sie rasch mit dem Ärmel weg.

»Damals waren die Zeiten noch sicherer und ich um einiges jünger. Darum reiste ich ohne Begleitung. Die Kriege lagen schon viele Jahre zurück, und auch deine Eltern waren allein unterwegs. Lillja glaubte zu wissen, dass es eine sichere Reise würde, denn sie hatte gesehen, dass ihr kleiner Sohn am Nebelsee den Segen der Elben empfangen würde. Über dieser Vorfreude war ihr entgangen, was die Sterne nicht gezeigt hatten. Auch mir wurde es erst später klar. Vielleicht hätte ich mich nicht ablenken lassen dürfen, indem ich dich auf den Arm nahm. Doch es war so verlockend, nur einmal ein Baby zu halten. Dein Lächeln hatte mich bezaubert und die Welt für einen Moment ausgeblendet.

Schließlich hatte der Fährmann uns übergesetzt. Wir zogen noch ein Stück gemeinsam weiter. Ich führte mein Pferd am Zügel, deine Mutter trug dich in einem Tuch vor der Brust und dein Vater euer Reisegepäck über der Schulter. Es war nicht mehr weit bis Tyklahr, als Lillja sich gen Osten wandte. Sie wollte ans Ufer des Nebelsees. Der Segen der Elben! Wie wahrscheinlich war es, diesseits des Sees auf Elben zu treffen? Ich hätte auch das wissen sollen. Doch ich war ebenso beseelt wie deine Eltern, die alles Glück der Welt in den Armen trugen. Eine Weile blickte ich ihnen nach, und dann plötzlich ...«

Der Magister zupfte ein Tuch aus dem Ärmel. »Ein kalter Schauer überlief mich. Doch ich konnte ihn nicht einordnen, sondern führte mein Pferd weiter. Gerade, als ich aufsteigen wollte, um die letzten Meilen zur Stadt zu reiten, hörte ich die Schreie! Nie mehr werde ich die verzweifelte Stimme deiner Mutter vergessen. Immerhin kann ich sagen, dass ich nicht zögerte. Sofort zügelte ich mein Pferd und kehrte um, bin ihnen nachgeritten. Mein Herz raste, eine böse Vorahnung überkam mich. Das Drohen deines Vaters, den verzweifelten Mut in seiner Stimme höre ich noch heute. Es hallt in meinem Kopf nach! Ich holte sie ein, aber ich habe nicht erkannt, was da vor sich ging.

Du lagst neben dem Weg, in einem hohlen Baumstumpf auf weiches Moos gebettet. Ein Stück weiter stand deine Mutter, mit ausgebreiteten Armen etwas abwehrend, das ich nicht ausmachen konnte. Dein Vater stand vor ihr, einen langen Ast in der Hand, den er durch die Luft wirbelte. Er schrie voller Zorn und Panik. Sofort sprang ich ab und eilte zu Lillja. Ich spürte etwas Dunkles, eine grausame Präsenz. Aber noch immer konnte ich nichts erkennen. Ich fragte sie, was um der Seelen willen los sei. Ihre schmalen Schultern, das Weiß in ihren Augen, als sie endlich zu mir aufsah. ›Lieburus‹, rief sie mit zitternder Stimme, ›nehmt ihn mit. Nehmt unseren kleinen Pitu mit. Mit dem Pferd habt Ihr eine Chance!‹«

Der Magister wischte sich mit dem Tuch die Augen. Seine Stimme wurde immer leiser. Pitu schluckte schwer. Er sah den Schmerz in Lieburus' Gesicht, die Last der Erinnerung, die er all die Jahre getragen hatte.

»Vielleicht kann ich helfen, dachte ich noch. Doch das konnte ich nicht. Als der Schrei deines Vaters in den Himmel gellte, sah ich den Schatten, der sich über ihn beugte. Sie spiegeln ihre Umgebung und sind deshalb kaum zu sehen. Doch man spürt ihre Kälte, wenn sie einem so nahe sind. Er saugte alles Leben aus deinem Vater. Ich war starr vor Angst und ich konnte nichts tun.«

Dem Magister liefen Tränen über die Wangen, ärgerlich wischte er sie mit dem Tuch fort. »Dann hat deine Mutter mir eine Ohrfeige versetzt und mich angeschrien. Ich solle ihr Kind retten oder wir würden alle sterben. Sie könnte mit auf das Pferd, bot ich an, doch ich wusste, dass es nicht reichen würde. Lillja zog ein Lederband vom Hals und gab es mir. Sofort spürte ich das Pulsieren des schwarzen Steins. ›Pitu soll es tragen und uns in Ehren halten! Immer. Nun reitet, reitet wie der Wind. Ich kann Euch nur wenig Zeit verschaffen.‹ Das waren ihre letzten Worte.«

Lieburus' wässriger Blick fand Pitus Augen. »Sie war so tapfer. Während ich dich in die Arme nahm und auf mein Pferd stieg, trat sie dem Schatten mit ausgebreiteten Armen entgegen. Ich sah, wie er von deinem Vater abließ, wie sich die Schemen der Spiegelung emporstreckten und Lillja zuwandten, höre noch die alten Worte, mit denen sie einen Elbenzauber sprach. Sie war nur eine Seherin. Aber sie legte all ihre Magie in diese Worte, damit der Schatten deinen Stein aus dem Sinn bekam und ich dich retten konnte. Hätte ich nicht dort bleiben müssen?«

Pelldor legte behutsam eine Hand auf den Arm des Magisters. »Ihr müsst damit Euren Frieden machen. Pitu lebt. *Das* ist wichtig.«

Lieburus schnäuzte sich. »Aber auch das wäre beinahe anders gekommen.«

»Ist es aber nicht!« Die Worte fielen Pitu schwer. Der Tod seiner Eltern trieb eine Welle von Trauer durch seinen Körper. Nach all den Jahren drohte der Verlust ihn zu übermannen. Ein Leben allein, ohne Schutz, ohne Trost, ohne Nähe. Endlich kannte er die ganze Geschichte.

Mühsam fasste er sich. Er verstand, wie sehr die Ereignisse den Magister immer noch mitnahmen. »Ihr habt mein Leben gerettet. Der Tod meiner Eltern war nicht umsonst!« Das hörte sich tröstend an, oder nicht?

Lieburus lächelte dankbar. »Du hast die Augen deiner Mutter und die Stimme deines Vaters.«

Pelldor zog die Hand zurück und schaute nach der Sonne. »Magister, es wird schon Mittag und es gibt einiges zu tun. Könnt Ihr Euch für den Rest der Geschichte kürzer fassen?«

»Aber ja, natürlich.« Der Alte straffte sich, setzte sich aufrechter in den Stuhl.

»Die Geschichte geht noch weiter?«

»Es bleibt nicht mehr viel, was ich berichten kann. Ich brachte dich in ein Waisenhaus. Leider nicht das beste, wie ich später feststellen musste. Aber ich war mit einem Wickelkind im Arm überfordert. Du fingst an zu schreien und ich hatte nichts, was ich dir geben konnte. Deshalb bin ich nicht zum Fluss der Seelen und über die Brücke geritten, sondern habe mich schon auf der myzehrischen Seite zum erstbesten Waisenhaus durchgefragt. Vielleicht hätte ich ...«

»Magister! Hätte, wäre, könnte – das ist mühsam und ändert doch nichts.« Pelldor hatte recht.

»Natürlich, natürlich! Das Waisenhaus auf der myzehrischen Seite war etwas heruntergekommen. Aber die Waisenmutter, die mir öffnete, schien freundlich. Sie strahlte, als sie dich sah. Und in ihren Armen hörtest du sofort auf zu schreien. Das war für mich ein gutes Zeichen. Hernach schrieb ich Briefe und bekam auch Antwort. Alles war gut und ich ließ regelmäßig einige Silberlinge bringen. Nach einigen Jahren kam ich selbst wieder nach Tyklahr. Doch es gab im Waisenhaus keinen Pitu mehr. Ältere Jungen hatten sich mit der Kasse davongemacht und alle anderen Kinder mussten unter dem Zorn der Waisenmutter leiden. Auch du. Eines Tages, bei einem Marktbesuch, bist du weggelaufen, wurde mir berichtet. Seither habe ich nichts mehr von dir gehört. Erst als ich in den Sternen die Zeichen des Steins deutete, war ich sicher, dass du noch lebst und auch dein Talisman nicht verloren ist.«

Pitu stand auf und ging zu Lieburus. »Ich bin dankbar für Eure Offenheit. Auch wenn ich mir eine bessere Geschichte gewünscht hätte, tut es gut, eine Vergangenheit zu haben.«

Es fiel ihm schwer, die Gefühle im Zaum zu halten. Und er war sich nicht sicher, ob er meinte, was er sagte. Aber der Magister rührte ihn, seine schonungslose Ehrlichkeit verdiente Respekt. »Die Namen meiner Eltern kannte ich vom Ältesten der Urda. Doch erst jetzt sind aus den Namen wirklich Eltern geworden.« *Ja, so ist es!*

Der Magister erhob sich. »Darf ein alter Mann dich in die Arme schließen?« Er breitete die Arme aus.

Pitu ließ es zu. Es fühlte sich seltsam an, väterlich, beruhigend – vielleicht ein wenig so, wie ein Zuhause sich anfühlen musste. Er dachte an die Athür, an Wullutu und Malin.

Natürlich! Rasch löste er sich von Lieburus und zog die Schriftrolle des Ältesten aus der Hemdtasche. »Ich hätte sie Eldarh geben sollen, aber irgendwie ist es nicht dazu gekommen. Und Ihr seid ja auch ein Magister.«

»Ich danke dir für dein Vertrauen!« Lieburus nahm die Rolle entgegen und steckte sie in den Umhang.

»Wollt Ihr sie nicht lesen?«

»Später, später! Höchste Zeit, dass wir uns um etwas anderes kümmern.« Er wies auf die weite Lichtung.

Pitu konnte nichts Besonderes entdecken. »Was meint Ihr?« Er sah sich fragend um. »Gibt es was, das ich sehen sollte?«

»Das«, entgegnete Lieburus, »ist dein Spielfeld. Hier und jetzt sollst du mir zeigen, was in dir steckt!«

Selana
15

Das war sie also, die Fürstin der Elben in Erellgorh. Hilja-Mehlen-Ellanjah, Tochter Fellen-Kehlandas, jener Herrscherin, die in den dunklen Zeiten der Kriege unermüdlich am Frieden der Völker gearbeitet hatte. Selbst eine Hüterin, war sie schon im Großen Krieg die rechte Hand ihrer berühmten Mutter gewesen. Ihr goldblondes Haar war von Zöpfen durchzogen, die silbrig schimmerten und der hochaufgesteckten Frisur eine edle Erhabenheit verliehen. Das Kleid erinnerte Selana an den magischen Nebel. Kühl und glänzend umschmeichelte es ihre Schultern. Der Ausschnitt war tief, die makellose Haut schillerte in silbrigem Weiß.

Jetzt, da Selana hier war, kam ihr alles unwirklich vor. Ein nicht endender Traum. Ihre gefahrvolle Reise, das Entdecken der eigenen magischen Kräfte und die Überfahrt nach Erellgorh, um mit Fürstin Mehlen-Ellanjah eine Unterredung zu führen. Sie war erschöpft. Überfordert von den vielen Eindrücken, bedrückt von Sorgen um Wanda, um den Magister und auch um den kleinen Pitu. Es war gut, dass Eldarh zurückgefahren war. Sie hatte Vertrauen in ihn und wusste, er würde sich in Tyklahr um alles kümmern.

Die Begrüßung der Fürstin war genauso verlaufen, wie Gehlen es empfohlen hatte. Selana hatte hinter der Tür einen Thronsaal erwartet, doch es war ein schlichter, wenn auch großzügiger Raum, der eher einem Ratszimmer glich. Mehlen-Ellanjah saß an einer runden Tafel auf einem hohen Lehnstuhl. Hinter ihr der einzige Schmuck des Raumes: große, kunstvoll bemalte Paravents. In schlichterer Ausführung kannte Selana so etwas aus dem Schloss in Akralahr. Doch hier waren die Farben leuchtender, die Bilder beeindruckender. Ein imposantes Gebäude mit einer runden Kuppel dominierte das Bild. Ein Garten umgrenzte den kolossalen Bau, und zwölf Wappen prangten farbenprächtig im oberen Viertel der Stellwand.

Ein Moment der Bewunderung war ihnen vergönnt, ehe die Fürstin sie mit einer Geste aufforderte, Platz zu nehmen. Erst jetzt fiel Selana der aufwendig gearbeitete Ring auf, den Mehlen-Ellanjah an der rechten Hand trug. Ein winziger Kristall und eine geschliffene Schneckenmuschel, in breites Gold gefasst. Bestimmt hatte er eine Bedeutung.

Jehlen übergab der Fürstin die Schriftrolle des Magisters, und während sie las, wurden ihnen frisches Quellwasser und warmes Brot mit einem süßlichen Aufstrich gereicht.

»Mmm, köstlich!« Selana schlug sich die Hand vor den Mund. »Entschuldigung!« Das erste Wort gebührte doch der Fürstin, oder wie war das? Sie versuchte, ihre Begeisterung für sich zu behalten. Erst jetzt merkte sie, wie hungrig sie war, und sie musste sich zurückhalten, um nicht zu schlingen.

»Jothoscreme«, flüsterte Gehlen. »Lasst es Euch schmecken.«

Auch die anderen griffen beherzt zu. Der Geschmack des süßen Aufstrichs war unvergleichlich. Doch das viele Brot verstärkte ihre Müdigkeit. Selana schüttelte unauffällig den Kopf und mahnte sich zur Aufmerksamkeit.

Plötzlich spürte sie den Blick der Fürstin auf sich.

»Ich habe es in den Sternen gesehen. Und doch konnte ich nicht sicher sein.« Das hochgesteckte Haar Mehlen-Ellanjahs verlieh ihren Zügen Strenge. Sie sah ihr tief in die Augen, Selana fühlte sich seltsam nackt. »Ihr alle bringt Hoffnung. Und so klingen auch die Zeilen, die Eldarh mir schrieb.«

Die Fürstin legte die Schriftrolle in eine Schale. Auf ein Fingerschnippen züngelten Flammen über die Botschaft und sie verging. Ein beinahe unmerkliches Nicken, sofort kamen zwei Elben, um die Tafel abzuräumen.

Mehlen-Ellanjah erhob sich, umrundete den Tisch und stellte sich hinter Aria. Ihre rechte Hand berührte kaum das kastanienbraune Haar, als Selana ein magisches Pulsieren spürte. »Aria aus Akralahr, ein junges Leben, so viel Schmerz und Leid schon erfahren. Du hast dich bewährt, deine Bestimmung gefunden. Geh hin und ruh dich aus. Es warten dieser Tage noch weitere Aufgaben auf dich!«

Eine Träne lief über Arias Wangen. Und doch sah sie nicht traurig aus. Sie erhob sich und ging zur Tür, wo Gehlen sie erwartete.

»Brandan«, die Hand der Fürstin schwebte über ihm, »Jäger der Tangora, kraftvoll und mutig, Freund der Tiere. Auch du und deine kleine Begleiterin habt eure Bestimmung gefunden und euch bewährt. Geht hin und ruht für die Mühen, die noch vor euch liegen!«

Brandan erhob sich, ging ohne ein Wort, mit einem Ausdruck tiefer Zufriedenheit im Gesicht. Diese sonderbare Prozedur war Selana unheimlich. Eine Sehnsucht nach Ruhe und Schlaf überkam sie. Vielleicht würde sie gleich selbst schlafwandlerisch und beseelt den Raum verlassen.

Als sie die Hand der Fürstin auf ihrem Haar spürte, passierte jedoch gar nichts. Mehlen-Ellanjah schwieg. Ebenso verhielt es sich bei Atharu. Dann glitt die Elbenfürstin zurück auf ihren Stuhl. *Natürlich geht sie*. Aber durch ihre anmutigen Bewegungen und das lange Gewand wirkten ihre Schritte schwebend.

»Atharu der Tangora, Feuer-Scheltar, Spross aus der Linie Ondaras, dein Weg ist vorhergesagt. Große Verantwortung ruht auf deinen Schultern. Und ebenso auf dir, Selana aus Akralahr, Luft-Scheltar, Spross aus der Linie Ondaras.«

Die Stimme Mehlen-Ellanjahs war sanft, melancholisch. Und doch klang alles so gewichtig, so unwiderruflich. Dabei war Selana so müde und ...

Sie stutzte. Der letzte Satz ... Spross aus der Linie Ondaras. Ihr Blick ging zu Atharu, der ebenso verwirrt schien. Beide setzten gleichzeitig zu einer Frage an.

Doch ein Nicken der Fürstin ließ sie innehalten. »Bis hierher verborgen. Selbst Bruder und Schwester nicht gewahr? Ihr seid die Zwillinge, die getrennt wurden und wieder vereint sein müssen.«

»Nein!« Impulsiv schritt Selana ein. Das war zu viel. Ja, ihre Begegnung mit Atharu hatte etwas in ihr ausgelöst. Und ja, sie hatte eine tiefe Verbundenheit gespürt. Vielleicht waren sie sich sogar ähnlich. Aber Geschwister? Sie kamen aus völlig verschiedenen Regionen. Selena massierte ihre Schläfen und schaute Atharu zweifelnd an.

Seine blauen Augen blickten ebenso überrascht, er strich sich wiederholt durchs blonde Haar. Sie *waren* sich ähnlich, sehr ähnlich sogar. Plötzlich stand Selana die Szene im Krankenzimmer vor Augen. Atharu hatte gedacht, Wanda wäre jemand anderes. Und Wanda? Hatte sie nicht auch Andeutungen gemacht? Aber sie hätte es ihr doch sagen können! Nein, für lange Erklärungen war keine Zeit gewesen. Wanda wollte sie nicht vom eigentlichen Plan ablenken. Ihr war es wichtiger gewesen, dass sie nach Erellgorh reisten, ehe womöglich ein weiterer Angriff der Gellwicks erfolgt wäre.

»Ich war sicher, ihr wüsstet es. Spürt in euch hinein, ihr werdet es erkennen.« Die Stimme der Elbenfürstin war zu einem Flüstern abgesunken, fast nur ein Hauch.

Atharu lächelte Selana an und sie erwiderte es. Ja, sie spürte die Verbundenheit zwischen ihnen. Sie hatte einen Bruder! Das war mehr, als sie erhoffen konnte, oder nicht?

Selana spürte den prüfenden Blick der Fürstin und nickte. »Ja, Ihr habt Recht. Als wir uns begegnet sind, habe ich es schon gefühlt. Aber ich konnte es nicht einordnen.«

Atharu nickte. »Auch ich hatte so ein Gefühl, das ich jedoch nicht verstand. Es machte mich anfänglich unruhig und nervös. Aber jetzt ergibt es einen Sinn.«

»Dann ist es gut«, sagte die Fürstin. »Denn Wichtiges liegt vor euch. Magister Eldarh hat mir geschrieben, was ihr seid und was ihr wisst. Nun ist es an mir, für euch den letzten Vorhang zu öffnen!«

»Die Prophezeiung?« Selana wagte kaum zu hoffen. So oft hatte sie geglaubt, mehr darüber zu erfahren, und immer wieder war sie enttäuscht worden.

»Das einzige Geheimnis, das uns kein Magister enthüllen konnte. Auch ich möchte es wissen«, bestärkte Atharu.

Die Elbenfürstin nickte bedächtig und schloss die Augen. Eine Stille senkte sich über den Raum, die so vollkommen war, dass Selana nur mehr ihren Herzschlag hörte.

Dann begann Mehlen-Ellanjah. »Einer wird wiederkehren, Düsternis zu verbreiten. Leid und Tod sind seine Späher, Frost und Eis seine Begleiter. Wenn das Land erkaltet und die Vögel ziehen, wenn die Seelen rufen und die Mächte erstarken, müssen die Säulen der Macht fallen und die letzte Schlacht wird geschlagen – ein Kampf der Elemente, der Verbundenen und des Einsamen!«

Selana sog diese Worte in sich auf, versuchte, sie in ihren Gedanken einzufangen und den tieferen Sinn zu begreifen. Und sie wartete. Wartete, was noch gesagt werden musste. Doch Mehlen-Ellanjah schwieg. Atharu stützte den Kopf in die Hände, einer Statue gleich in Reglosigkeit erstarrt.

Endlich sprach die Fürstin weiter, doch statt etwas zu erklären, wiederholte sie die Prophezeiung Wort für Wort: »Einer wird wiederkehren, Düsternis zu verbreiten. Leid und Tod sind seine Späher, Frost und Eis seine Begleiter. Wenn das Land erkaltet und die Vögel ziehen, wenn die Seelen rufen und die Mächte erstarken, müssen die Säulen der

Macht fallen und die letzte Schlacht wird geschlagen – ein Kampf der Elemente, der Verbundenen und des Einsamen!«

Mehlen-Ellanjah schaute sie durchdringend an und schwieg erneut. Atharu war noch immer in Gedanken versunken und Selana schloss ihre Augen. Es half, dem Drang, etwas sagen zu müssen, zu widerstehen.

Als Erstes kam ihr in den Sinn, dass in der Prophezeiung gar nicht von den Medaillonbruchstücken die Rede war. Beinahe hätte sie das hinterfragt. Doch sie wollte vor der Elbenfürstin nicht voreilig erscheinen. Sie war jetzt eine Hüterin, eine Scheltar. Sicher erwartete Mehlen-Ellanjah, dass sie zunächst versuchte, den Sinn hinter der Prophezeiung zu ergründen.

Also gut: »Einer wird wiederkehren, Düsternis zu verbreiten«, damit war der Kreh gemeint! Sie erschauderte beim Gedanken an diesen Namen. »Leid und Tod sind seine Späher«, die Gellwicks – wahrscheinlich. »Frost und Eis seine Begleiter«? Das war schon schwerer. Frost gehörte nicht zu den Elementen, da war Selana sich sicher. Was noch? Ach ja: »Wenn das Land erkaltet und die Vögel ziehen«. Nun, wenn Frost und Eis im Spiel waren, erkaltete das Land zwangsläufig. War das zu einfach gedacht?

Prophezeiung – aber ja! Es ging darum, Zeichen zu deuten. Ungewöhnliches damit in Zusammenhang zu bringen. Ihre alte Momm hatte es gewusst und die Wetterkapriolen in Akralahr richtig gedeutet. Deshalb die Eile! Selana war froh, ein Puzzleteil an die richtige Stelle gerückt zu haben. Und dann? »Wenn die Seelen rufen und die Mächte erstarken«, dazu fiel ihr nichts ein. Welche Seelen? Und welche Mächte? Vielleicht die Macht des Kreh oder seiner Gellwicks? Oder ihre Mächte. Die Magie der Scheltar? Eine gute Frage, die sie sich trauen mochte, einer Elbenfürstin zu stellen.

Aber erst einmal zu Ende denken. »Die Säulen der Macht müssen fallen«, damit waren bestimmt die zwölf Säulen des Grehum gemeint. Zumindest das schien einfach zu deuten. Einen letzten Satz gab es noch, irgendetwas mit »Schlacht«.

Ach ja, »die letzte Schlacht wird geschlagen – ein Kampf der Elemente, der Verbundenen und des Einsamen«. Das könnte ein Hinweis auf Atharu und sie selbst sein. Die Elemente Feuer und Luft, ihre Verbundenheit als Geschwister. Zwillinge, hatte die Fürstin gesagt. Und der Einsame musste der Kreh sein. Selana schluckte. Es würde eine letzte Schlacht geben und sie beide mussten sie schlagen? Sie spürte Gewissheit im Bauch, sie würden in den Krieg ziehen. Das hieß: töten! Das Blut wich ihr aus den Gliedern. Mit offenem Mund starrte sie die Elbenfürstin an. Mehlen-Ellanjah nickte kaum merklich und schaute dann zu Atharu.

Er hob im selben Moment den Kopf, seine Augen funkelten. »Ich bin Heiler, der Erbe Ondaras. Wie kann ich ...? Bitte sagt mir, dass ich die Prophezeiung falsch deute. Dass ich – wir – nicht in die Schlacht ziehen müssen, um zu töten!«

Atharu blickte die Fürstin hilflos an, dann schaute er zu Selana und ergriff ihre Hand. Er schüttelte den Kopf, doch ihr fiel nichts ein, was sie sagen konnte.

»Nein, es muss einen anderen Weg geben!«

Mit diesem Gedanken warf ihr Bruder für sie beide einen Rettungsanker aus. Selana klammerte sich sofort daran, um nicht von der Erkenntnis aufs offene Meer hinausgezogen zu werden, unfähig, je wieder Land zu sehen.

»Es ist eine Prophezeiung!« Die Stimme der Elbin klang sanft und beruhigend. »Sie gibt Hinweise auf das Mögliche! Sie hilft uns, vorbereitet zu sein. Ihr habt sie gedeutet. Womöglich hat Atharpazh in seiner Weisheit mehr Deutungsmöglichkeiten zugelassen, als wir bisher kennen. Doch welche auch immer wir finden mögen, wir dürfen uns vor keiner Möglichkeit verschließen, wenn wir verhindern wollen, dass die Welt in den Abgrund stürzt!«

Selanas Herz pochte immer stärker in ihrer Brust. Die Welt vor dem Abgrund retten? Die ganze Welt? »Bitte, nennt uns eine andere Deutung. Mein Herz zerspringt sonst!«

Der Blick der Elbenfürstin war warm, Trost schwang in ihrer Stimme. »Wir wissen nicht, ob die Schlacht und der Kampf eins sind. Und wir wissen nicht, wie das Ende des Einsamen aussehen wird. Doch wir wissen, dass es gilt, zusammenzustehen. Denn die Schlacht naht!«

»Und was ist mit den Medaillonbruchstücken? Davon sagt die Prophezeiung nichts.« Selana griff in die Tasche und schob ihr Fragment der Fürstin entgegen. Diese Frage hatte sie eigentlich nicht stellen wollen. Aber es war die Chance, das Bruchstück loszuwerden, das ihr bislang nichts als Sorgen beschert hatte. Es nicht mehr hüten zu müssen, wäre eine Erleichterung.

Atharu legte sein Bruchstück daneben. Mehlen-Ellanjah berührte die beiden Metallteile fast zärtlich und schob sie einander entgegen. »Nach über sechzig Wintern findet sich, was einmal eins war«, raunte die Elbenfürstin. »Jetzt fehlt nur noch das letzte Teil!«

Selana entdeckte den Spalt, der fingerbreit in der Oberseite des Medaillons klaffte.

Atharu

16

»Und was sagst du dazu?« Brandan schob Atharu durch eine Tür. »Wenn dir *das* nicht gefällt, weiß ich auch nicht.«

Nach der Unterredung mit der Elbenfürstin hatte Jehlen Atharu in den Raum gebracht, den er sich mit Brandan teilen sollte. Raum war allerdings untertrieben. Es war ein kleines Sandsteinjuwel, das direkt an den Palast der Fürstin grenzte und über einen eigenen Innenhof verfügte, in dem Jiga nach Herzenslust herumtollen konnte. Atharu hatte sich ungeduldig von seinem Freund herumführen lassen, am liebsten hätte er ihm sofort von der Prophezeiung erzählt.

Doch Brandans Begeisterung war nicht zu stoppen. Er pfiff nach Jiga und sie kam sofort herangetrappelt. Geschmeidig nahm er sie auf den Arm, um sie Atharu entgegenzustrecken. »Und? Hat sich der blonde Mann schon bei dir bedankt, dass wir soooo ein großes Haus bekommen haben?«

Als das Frettchen fauchte, wich Atharu einen Schritt zurück. Pflichtschuldig machte er einen Diener und grinste Jiga an. »Wir stehen erneut in deiner Schuld, kleine, tollwütige Bestie!«

»Na hör mal!« Brandan tat erbost und setzte seine Begleiterin auf den Boden.

Atharu nahm den Freund bei den Schultern und drückte ihn auf einen Stuhl. »Jetzt bin ich dran. Du kannst mir nicht erzählen, dass du nicht neugierig bist.« Dann sprudelte alles aus ihm heraus. Die Eröffnung der Elbenfürstin, dass Selana und er Geschwister waren. Die Prophezeiung, er schaffte es sogar, sie fast wörtlich wiederzugeben. Und das Medaillon. Brandan hing ihm förmlich an den Lippen.

»Als ich sie auf das fehlende Bruchstück ansprach, gab sie zu, dass es an einem geheimen Ort verwahrt ist. Wenn ich sie recht verstanden habe, irgendwo in Tykalden. In Erellgorh glaubte sie es nicht in Sicherheit. Zu viele waren damals zum Nebelsee gepilgert, um ihr Beileid auszusprechen und sich gleichzeitig einzuschmeicheln.«

»Beileid?« Brandan schaute ihn fragend an.

»Ihre Mutter, Fürstin Fellen-Kehlanda, ist unmittelbar nach dem Großen Krieg gestorben.«

»Ach, damals schon, verstehe«, sinnierte Brandan. »Neue Macht – neue Freunde. Nicht unbedingt eine gute Konstellation.« Er grinste schief. »Aber Selana deine Schwester ... da wäre ich nun wirklich nicht drauf gekommen.«

Atharu stöhnte. »Wieso kommst du gerade darüber nicht hinweg?«

»Das passt dir doch eigentlich auch nicht in den Kram, oder?« Brandan setzte diesen staunend-fragenden Grinseblick auf, den Atharu nur allzu gut kannte.

»Was meinst du denn damit? Nein – sag es besser nicht!«

»Ich hab da so ein unbestimmtes Knistern zwischen euch wahrgenommen. Mir kannst du nichts vormachen, Liebe auf den ersten Blick, richtig?«

»Damit kennst du dich jetzt ja gut aus!«

»Hmm, aber leider unerwidert.« Brandan seufzte schwer.

»Das wird sie nicht durchhalten. Wenn du erst mal deinen Jägercharme voll ausspielst, wird sie dir verfallen.«

»Meinst du?« Die Augen seines Freundes weiteten sich.

»Zumindest, wenn du dich hin und wieder mal wäschst. Nicht jede Frau steht auf Muskeln, die nach Frettchen stinken!«

Brandan boxte ihm in die Seite und er lachte. Einen Augenblick balgten sie herum. Dann setzte Atharu sich abrupt auf. Das Kämpfen erinnerte ihn an die Prophezeiung.

»Wie siehst du das eigentlich? Mit der Prophezeiung, der Schlacht und allem?«

Brandan wurde ernst. »Ich halte es mit den Worten der Elbenfürstin. So gut wie möglich vorbereitet sein und es auf sich zukommen lassen. Ich kenne mich mit Prophezeiungen nicht aus, aber unter Umständen habt ihr noch nicht *alles* gedeutet. Warum sich also grämen, wenn vielleicht irgendwann Dinge auftauchen, die keiner vorhersehen kann?«

Atharu seufzte. Warten war seine Sache nicht. Brandan war da anders veranlagt. Er packte das Problem an, wenn es da war, nicht vorher. Eben ein Jäger, der eine Raubkatze erst angreift, wenn sie in Wurfweite ist.

»Ab morgen werden wir jedenfalls vorbereitet. Selana und ich werden in Magie und Kontrolle unterwiesen. Jehlen holt mich schon zum Sonnenaufgang ab!«

»Nur dich?«

»Selana wird von Gehlen abgeholt.«

»Nur euch? Und was ist mit uns? Aria und mir?«

Atharu zuckte mit den Schultern. »Ich habe keine Ahnung. Aber so, wie ich die Elben einschätze, werden sie sich auch für euch etwas überlegt haben.«

»Das möchte ich ihnen auch raten!«

In der Nacht schlief Atharu wie ein Stein. Mehlen-Ellanjah hatte ihnen Kräutertee bringen lassen, der wahrscheinlich das Seine dazu beigetragen hatte.

Als sie geweckt wurden, fühlte er sich trotz aller Gedanken und Sorgen gut erholt. Erneut gab es Tee.

Brandan nippte daran und lachte. »Der hat es aber in sich. Stellt sich die Frage, ob mehr Kraut oder mehr Wasser drin ist!«

In der Tat war der Tee äußerst stark und weckte die Lebensgeister. Eine große Schale mit Früchten und zwei Teller Elbenbrot gab es dazu. Selbst für Jiga wurde etwas gebracht, das wie Hackfleisch aussah. Das Frettchen roch zunächst etwas widerwillig daran, doch nach dem ersten Happs schlang es alles hinunter, als gäbe es kein Morgen.

Kaum war Atharu fertig, kam Jehlen, um ihn abzuholen.

»Holt mich auch jemand ab?«, fragte Brandan sofort.

»Ich weiß es nicht, Freund Brandan. Aber es liegt sicher im Bereich des Möglichen.« Jehlen spitzte die Lippen und neigte den Kopf auf seine eigentümliche Weise. »Vielleicht ist es aber auch Eure Aufgabe, Euch in Geduld zu üben! In dem Fall würde wohl niemand kommen.«

»Geduld? Habt Ihr ›Geduld üben‹ gesagt? Ich bin ein Jäger! Wer hat mehr Geduld?« Brandan schien alles andere als amüsiert.

»Dann wiederum ist es ein Leichtes für Euch, abzuwarten.«

Der Punkt ging an Jehlen. Atharu verkniff sich ein Grinsen. Der Elb hatte also doch Humor.

Jehlen führte ihn über helle Sandsteinwege, die von edlen, hochgezogenen Fenstern gesäumt waren. Vorbei an Parkanlagen mit Wasserspielen und Bänken zum Verweilen. Auch ein Haus der Berührung fiel Atharu ins Auge, von den Wänden streckten sich ihm aus gemalten Vorhängen Arme und Hände entgegen. Nach Gehlens Schilderungen musste ein Besuch ein besonderes Erlebnis sein. Am liebsten hätte er das sofort ausprobiert. Doch Jehlen ging vorbei, ohne auch nur einen Blick in die Richtung zu werfen.

Atharu prägte sich den Weg ein, um sich auch ohne Jehlen zurechtzufinden. Sie waren eine Weile unterwegs, bis sie zu hölzernen Bauten kamen. Obwohl sie aufwendige Schnitzereien besaßen, erschienen sie sonst eher zweckmäßig.

»Die Akademie der Elbenkrieger«, erläuterte Jehlen. »Sie diente lange Zeit nur der Körperertüchtigung unserer Jüngsten, aber die Zeiten ändern sich!«

»Was soll das heißen?« Elben hatten offenbar die Angewohnheit, in ihren Aussagen etwas unbestimmt zu bleiben.

»Die Fürstin hat die Aufstellung einer Elbenarmee verfügt. Seit einigen Wochen streckt das blutige Banner erneut seine Finger nach Erellgorh aus!« Jehlen klang unbeteiligt, doch seine Lippen waren schmal geworden.

»Das blutige Banner?«

»Oh, Ihr kennt diesen Ausdruck natürlich nicht. Das Banner des Feindes ist gemeint. Ein Feind, der uns in den Krieg zwingen will!«

Plötzlich hörte Atharu den Klang von Metall auf Metall. Nur wenige Bauten weiter sah er sie. Die Elbenkrieger! In strahlendes Gold gerüstet, über den Schultern Umhänge in dunkel schillerndem Blau. Dutzende von Kämpfern bewegten sich in unbestimmtem Gleichklang. Als würden Trommeln den Takt vorgeben. Die Energie, die aus ihren Bewegungen sprach, war faszinierend. Die Präzision, mit der ihre glänzenden Schwerter zwischen ihnen tanzten und in rasendem Tempo aufeinanderprallten, war gleichermaßen erschreckend. Ihre Schritte waren leichtfüßig, ihre Bewegungen geschmeidig. Er suchte nach einem Vergleich, doch es wollte ihm nichts einfallen.

»Freund Atharu? Unsere Zeit verrinnt wie der Sand in Euren Menschenuhren!« Jehlens Miene ließ keinen Rückschluss auf Ungeduld zu, aber solche Bilder zu bemühen, zeugte nicht von Gleichmut.

Atharu schloss zu ihm auf und hielt mit ihm Schritt. Ob er Jehlen irgendwann besser kennenlernen würde? Gab es eine Chance, dass der Elb mehr von sich preisgab? Gern hätte Atharu ihm Fragen gestellt, doch ihm fiel nichts Gescheites ein. Die Neuigkeiten des gestrigen Tages waren zu umfassend. Und Fragen zu seinem Leben, seinen Wünschen oder Träumen wären zu persönlich. Diese Themen passten auch gar nicht zu Jehlen. Während Atharu noch überlegte, blieb sein elbischer Begleiter plötzlich stehen. Vor ihnen lag ein runder Platz, von einer mannshohen Mauer umgeben.

»Eine Arena der Mächte«, erklärte Jehlen. »Hier lernen wir, Magie zu beherrschen. Für heute bin ich dein Lehrer, Freund Atharu.« Er verbeugte sich, Atharu tat es ihm gleich.

»Ihr kennt Euch mit Feuerzaubern aus?«

»Das würde ich sagen, ja. Es sollte genügen, den Weg des Feuers zu weisen, meinte die Fürstin. Selbst einem Menschen.« Er spitzte die Lippen und neigte den Kopf zur Seite.

»Ihr habt Zweifel daran?«, bohrte Atharu nach.

»Mir fehlt die Vorstellungskraft einer Fürstin, fürchte ich. Doch lass uns erst einmal beginnen. Was kannst du bereits? Führ es mir vor, bitte!«

Atharu berichtete von den Anfängen seiner Magie. Von der Kraft, die er aus den Flammen ziehen konnte, und der heilenden Wirkung des Feuers, die er über die Haut aufgenommen hatte. Er sprach über seine Meditation und die Kräuter, die er nutzte.

»Menschen meinen immer, sie bräuchten ein Hilfsmittel. Komm, wir setzen uns in die Mitte der Arena.« Jehlen setzte sich in den Sand. »Ich denke nicht, dass wir einen schnellen Erfolg erwarten können, aber sei's drum. Achte auf mich und versuche, es mir gleichzutun!«

»Hat Euch schon mal jemand gesagt, dass Ihr eine unnachahmliche Art habt, Menschen zu motivieren?« Atharu schüttelte den Kopf und setzte sich dazu. »Wenn Ihr so weitermacht, könnte ich auf die Idee kommen, dass Ihr mir gar nichts zutraut!«

»Ist das so offensichtlich? Nun, das tut mir leid. Aber du bist nur ein Mensch. An den Scheltar glaube ich erst, wenn ich ihn sehe.«

Atharu schluckte seinen aufkeimenden Ärger hinunter. Er nickte hölzern und starrte Jehlen an. Was würde er anders machen? Anders, nicht besser. Er könnte Ondara nicht das Wasser reichen. Sie war Atharus Lehrerin gewesen. Mit ihr hatte er Nächte hindurch geübt. Sie war die Urmutter der Tangora. Jehlen war nur ... ein Elb. *Ganz ruhig bleiben. Er ist, wie er ist. Er meint es nicht persönlich.*

Der Elb schloss die Augen, seine Gesichtszüge entspannten sich sofort. »Es kommt auf die Atmung an. Der Atem ist das Zentrum deines Seins. Alles kommt und geht mit ihm. Konzentriere dich darauf.«

»Ich weiß!«

»Pst!«

Atharu atmete. Wie Ondara es ihn gelehrt hatte. Und er spürte, wie sich langsam die Ruhe einstellte, die er so liebte.

»Dein Atem strömt in deine Lungen und in deinen Körper. Er verschafft dir Zeit und Kraft. Erst mit ihm bist du alles, ohne ihn bist du nichts!«

Jehlens Stimme hatte etwas Sanftes, Bewunderndes. Vielleicht war es die Ruhe, die der hagere Elb ausstrahlte. Oder die wahre Erkenntnis, dass alles mit der Atmung einherging. Atharu spürte nicht nur den zentralen Punkt seiner Energie, sondern auch das Geflecht, das von ihm ausging und den Körper durchzog. Er öffnete die Augen und schaute den Elb mit hochgezogenen Brauen an.

»Ah, eine erste Erkenntnis. Wie angenehm!« Jehlen verzog einen Mundwinkel, Atharu gab sich Mühe, es als Freude zu deuten und nicht als Überheblichkeit.

Konzentriere dich! Er streckte die Hand aus, kanalisierte seine Macht und lenkte sie in den Arm. Ein Feuerball barst aus seiner Handfläche, Atharu ließ ihn darüber schweben. Er war der Feuer-Scheltar, daran sollte Jehlen keinen Zweifel haben.

Der Elb zog eine Braue hoch. »Immerhin, kleinere Zauber gehen bereits.« Er hob nun selbst die Hand, und einen Lidschlag später tanzte eine feurige Kugel darauf.

Atharu keuchte. »Wie ist das möglich? Ich dachte, *ich* bin der Scheltar.« Sein Feuerball zerbarst und die Funken sanken zu Boden.

»Viele haben schon vieles gedacht! Das beweist nichts. Elben können lernen, Elemente zu beherrschen. Es braucht die Anziehungskraft zu dem Element, das deinem Innersten am nächsten ist. Mit ein wenig Talent kann das auch ein magiebegabter Mensch.«

»Aber die Heilung durch die Flammen, die Energie aus den Fackeln. Lieburus meinte doch ...« Nein, er konnte sich nicht geirrt haben, Jehlen war es, der sich irrte.

»Scheltar sein ist mehr als das! Es geht nicht nur ums Beherrschen eines Elements. Es geht um Macht, sehr viel Macht!« Jehlen donnerte die Worte förmlich heraus. Der Gefühlsausbruch überrollte Atharu. »Aber was noch viel wichtiger ist: Es geht um Weisheit! Es geht darum, alles zu begreifen. In die Dinge hineinzublicken, das Innerste zu durchschauen. Sein und Nichtsein, Frieden, Krieg, Liebe, Hoffnung!«

Atharu spürte Verbitterung in den Worten. Was hatte dazu geführt? Plötzlich bekam er eine Ahnung, glaubte zu wissen, was geschehen war. »Ihr solltet es sein, nicht wahr?« Ein schlichter Satz, und doch bedeutete er alles.

Jehlen schnellte hoch und schrie: »Ja, ich sollte es sein.« Er breitete die Arme aus, Feuerbälle stoben aus seinen Händen, umkreisten ihn in wildem Tempo. »Es ist mein Element, ich trainiere seit unzähligen Leben. Ich weiß alles darüber!«

Dann war Atharu gekommen, ein einfacher, dummer Mensch, dem diese Gabe zugefallen war und der nichts darüber wusste. Er sprang auf. Die Augen des Elbs funkelten ihn an, während die Feuerbälle sich in irren Kreisen zusammenzogen und zu gefährlich großen Kugeln verschmolzen.

Doch Atharu wurde ganz ruhig. Er begriff, was hier vor sich ging, empfand die Trauer, die hinter dem Ausbruch verborgen lag. Das Feuer machte ihm keine Angst. Er spürte die Natur der Flammen, die Seele seines Elements, und breitete die Arme aus. Seine Finger schnippten und kleine Funken stoben in die Luft. Er starrte auf den feurigen Kreis und hob die Hände. Sofort verlangsamte sich der Wirbel um Jehlen, die Augen des Elbs weiteten sich.

»Ich verstehe.« Atharu beschrieb mit den Armen einen Kreis und verschränkte die Finger zu einer Schale. Die Feuerkugeln wurden langsamer, strebten auf ihn zu und vergingen in seinen Händen. Jehlen sank zu Boden, verbarg das Gesicht.

Atharu legte tröstend eine Hand auf die Schulter des Trauernden. Denn es war Trauer, nicht mehr und nicht weniger. Trauer um den Verlust einer Hoffnung. »Ihr seid viel mehr als nur Feuer. Ihr seid Fallbihr-Jehlendorh, Elb aus Erellgorh, Freund des Gehlen, Vertrauter der Fürstin und mein Mentor!«

Der Hagere schaute ihn an, vorsichtig, fragend. »Du willst mich als Mentor? Nachdem ich mich so vergessen habe?«

»Jetzt gerade. Denn erst jetzt konnte ich Euch wirklich sehen. Ihr habt mir einen Blick in Euer Inneres geschenkt!«

»Unfreiwillig, wie ich sagen muss.« Langsam fand die Stimme des Elbs in gewohnte Gewässer zurück.

»Emotionen sind es, die uns fühlen lassen. Und es beruhigt mich, dass es bei Elben ähnlich ist!«

»Nun, vielleicht etwas komplexer. Aber ja, alles, was wir kanalisieren können, ist letztendlich Gefühl. Positives und Negatives!«

Atharu setzte sich und nahm seine Rolle ein. Er war der Schüler, Jehlen der Mentor. Jetzt wusste er, dass er viel von ihm lernen konnte. »Was ist das mächtigere Gefühl? Hass oder Liebe?«

»Vielleicht hast du die Antwort bemerkt, als wir ... als wir eben *übten*!« Jehlen betonte das letzte Wort, und Atharu war klar, dass der Ausbruch des Elbs zwischen ihnen bleiben sollte. Ein Geheimnis, das sie ab heute verband. Er nickte.

»Hass oder Wut lässt Magie explodieren. Alles Negative ist eine Quelle, die impulsiv ist und der eine ungeheure Zerstörungsmacht innewohnt. Doch sie ist endlich, sie verraucht so plötzlich, wie sie gekommen ist. Wenn man mit Hass zaubert, muss man seine Wut stetig nähren oder aber unerschöpfliche Quellen haben!«

»Gilt das auch für ...«

»Für den Kreh!« Jehlen würgte den Namen voller Ekel heraus, und Atharu spürte die Kälte, die er in ihm auslöste.

»Der Kreh hasst aus tiefstem Herzen. Mit jeder Niederlage, die er im Leben hinnehmen musste, wuchs dieser Hass.

Seine Wut auf alles und jeden, der ihm Magie streitig macht, ist grenzenlos.«

»Niederlagen? Das bedeutet, man kann ihn besiegen?«

»Wir! Wir hätten ihn besiegen können. Damals, als sich der Rauch des Krieges noch nicht gelegt hatte. Als einige von uns mahnend zum Grehum zeigten. Doch dieser Tage ...« Jehlen schüttelte den Kopf, und Atharu kroch ein Gefühl der Machtlosigkeit über den Rücken. Sein Mentor fixierte ihn. »Wenn der Kreh wirklich das Grehum missbraucht, sich von der Magie der Seelen nährt, kann er die Welt ins Chaos stürzen!«

»Aber die Prophezeiung ...« Atharu fühlte sich wie gelähmt. »Selana und ich, wir haben doch eine Chance, oder?«

Die Miene seines Mentors war wie versteinert. Fast glaubte Atharu, Jehlen bliebe ihm eine Antwort schuldig. Doch dann seufzte der Elb. »Wo eine Prophezeiung ist, gibt es immer eine Hoffnung, so sagt man. Wir sollten unsere Zeit nutzen, um bestmöglich vorbereitet zu sein.«

Hoffnung, dachte Atharu, wie groß oder klein sie auch war, mochte alles zum Guten wenden. Selbst gegen die unbändige Wut und den unermesslichen Hass des Kreh. Sie müssten ihm etwas entgegensetzen.

Das brachte Atharu zu einer weiteren Frage. »Wir haben über Wut und Hass gesprochen. Aber Magie funktioniert doch auch ohne das. Was ist mit Liebe?«

»Die Liebe ist eine stille Macht. Du kannst mit ihr wirkungsvolle Zauber kanalisieren, nur eben weniger explosiv. Sie wirkt anders, sucht oft einen unerwarteten Weg. Einen versöhnenden vielleicht!«

»Kann ich mich eigentlich entscheiden? Oder sind es die Gefühle, die meine Magie bestimmen? Ich meine, ich möchte Frieden und würde entsprechend handeln wollen. Aber manchmal bin ich auch wütend und zornig. Was, wenn ich aus einem Impuls heraus handele?«

Jehlen nickte bedächtig. »Deshalb sind wir hier. Es geht um Kontrolle! Denn je öfter du mit Zorn im Bauch zauberst, dich von Hass leiten lässt, umso negativer wird deine Macht geprägt. Und irgendwann ...«, er machte eine effektvolle Pause und Atharu wusste, was kommen würde, »irgendwann überwiegt das Dunkle! Denn aus der schwarzen Magie gibt es kein Zurück!«

Pitu
17

Während Lieburus ihn auf die Mitte der Lichtung führte, verfolgte Pitu, wie Pelldor die Stühle nahm und sie in einem weiten Bogen verteilte. *Zeigen, was in mir steckt?* »Ihr wollt meine Magie sehen ... Ihr glaubt mir also?«

»Aber ja, aber ja. Warum sollte ich nicht? Ich sagte doch, ich habe die magische Entladung bis ins Schloss gespürt!«

Pitu rieb seine Hände an den Hosen. Sie waren feucht vor Aufregung. »Wisst Ihr denn, wie das geht? Ich meine, Ihr wollt mich doch nicht irgendwie wütend machen, damit ich diese Sache wiederholen kann?«

Lieburus war stehen geblieben. »Oh nein, Wut ist kein guter Berater für den Einsatz von Magie. Oft der erste Auslöser, um sie ans Tageslicht zu holen. Aber nicht hilfreich, um sie gezielt einzusetzen, nein, nicht hilfreich. Ich werde versuchen, dich zu unterweisen. Es gibt durchaus magische Fähigkeiten, über die ich selbst verfüge. Oh ja.«

Er strich sich mit der Außenseite der Finger erst links, dann rechts über die Ärmel. »Ja, so ist es. Ah, warte!« Er bückte sich, pflückte eine Blütenknospe. »Das Wichtigste ist Konzentration! Verbanne alle unnötigen Gedanken aus deinem Kopf und konzentriere dich auf das, was du tun willst.«

Lieburus hielt die Knospe vor sich und richtete die freie Hand auf sie. Eine Weile passierte nichts, doch dann welkte sie dahin und hing schlaff über seine Finger. »Oh!«

»Wie habt Ihr das gemacht? Ich habe Euch gar keinen Zauberspruch sagen hören?« Pitu war beeindruckt.

»Nein, nein, so sollte es gar nicht sein. Verflixt und dreimal genäht. Warte – einen Moment noch!«

Pitu sah, wie Lieburus konzentriert die Augen zusammenkniff und seine freie Hand über die welke Pflanze hielt. Und wirklich, die Knospe regte sich, erst langsam, dann schneller richtete der Stängel sich wieder auf. Die Farbe kehrte zurück, die Knospe wurde prall, öffnete sich und erblühte in ganzer Pracht. Stolz nickte der alte Magister ihm zu.

Eine Biene schwirrte heran, vor Schreck ließ Lieburus die Blüte fallen. Pitu hörte ein leises Lachen und sah zu Pelldor.

»Das habe ich gehört!«, rief Lieburus ihm zu.

»Wunderbar!«, staunte Pitu, »wirklich beeindruckend.«

Lieburus winkte verlegen ab. »Ein magischer Trick, den ich einmal von den Elben lernte, nichts weiter.«

»Und was soll ich jetzt machen?« Pitu rieb sich die Hände.

»In dich hineinspüren! Erinnere dich an dein Bauchgefühl. An den warmen Strom, der durch deinen Körper zog. Konzentriere dich auf deine magische Quelle. Ein Druck, Ball oder Knoten? Welchen Ausdruck du auch immer findest, das ist der Punkt, in dem deine Macht sich zentriert.«

Pitu schloss die Augen. Er spürte ... nichts.

»Schärfe deine Sinne!« Lieburus musste es ihm angesehen haben. »Es kann helfen, wenn du dich erst einmal für das öffnest, was um dich herum ist. Dann kommt die nötige Gelassenheit von ganz allein. Du brauchst nichts zu erzwingen. Lass dir Zeit und du wirst spüren, was in dir ist!«

Pitu wurde schwummrig. Vor lauter Konzentration hatte er das Atmen vergessen. Luft holen – schlichte, frische Luft. Das tat gut. Und jetzt? *Meine Sinne schärfen. Nur welche?* Egal, nicht aufgeben. Einfach weiteratmen und den frischen Duft der Gräser genießen. Den Duft der Blüten, die ihren honigsüßen Nektar für die unzähligen Insekten bereithielten. Natürlich – das war es! Er konnte riechen und hören. Das Summen der Bienen, das Schwirren Hunderter Flügel, als ein Vogelschwarm über die Lichtung flog. Alles um ihn herum lebte, duftete und klang!

Ein seliges Lächeln schlich sich in sein Gesicht. Er spürte die Sonne auf der Haut. So bewusst wie nie zuvor nahm er ihr Brennen wahr, die Macht, die in ihren Strahlen steckte. Dann eine leichte Brise. Ein Windhauch nur, der Erleichterung versprach, doch die Hitze nicht vertreiben konnte. Eine Fliege setzte sich auf seinen Arm, eine Mücke sirrte dicht an seinem Ohr. Und endlich begriff Pitu, wie das alles zu ihm führen konnte. Die Klänge der Natur, die Empfindungen durch Berührung, durch Wärme – alles floss in seinen Körper, strömte in sein Innerstes. Nährte die Quelle seiner Magie. Zentrierte sie und machte sie verfügbar, wann immer ihn danach dürstete. Pitu schlug die Augen auf und blickte in Lieburus' stolzes Gesicht.

»Du hast sie gefunden, deine Magie. Richtig?«

Pitu nickte. »Ja, ich denke schon. Und jetzt? Was soll ich damit machen?«

»Jetzt, mein Lieber, kommen die Stühle zum Zuge.« Der Magister rieb sich die Hände und wies auf die Lichtung, auf der Pelldor die schlichten Möbelstücke verteilt hatte. »Wenn ich es richtig deute, bist du ein Erdmagier. Das bedeutet, dass sich deine Kräfte in der Erde am stärksten entfalten. Daher auch das kochende Pflaster!«

Lieburus wieselte aufgeregt um ihn herum, während er weitersprach. »Ich habe in der letzten Nacht die Bibliothek der Königin aufgesucht, weil ich nicht sicher war, ob ich alles richtig in Erinnerung hatte. Doch leider gibt es hier keine

Bücher dazu. Deshalb kramte ich in meinem Gedächtnis. Ich habe darüber gelesen, ja, darüber gelesen. Erdmagie ist eine der schwersten Magiearten, denn die Erde ist so unterschiedlich. Mal dünn und trocken, mal fett und lehmig, mal steinig und schwer. Dann wieder belegt, verstellt, bebaut. Es kommt auf die richtige Dosierung an, die Dosierung, ja, so ist es wohl!«

Der Alte blieb vor Pitu stehen und raufte sich die Haare. »Ich hätte gern viel mehr zu erzählen, aber ich denke, du musst es einfach probieren.«

Pitu nickte verwirrt. »Ja gern! Aber was denn?«

»Oh, such dir einen Stuhl aus und tu irgendetwas mit ihm. Stoße ihn um, zum Beispiel, oder begrabe ihn. Aber mach es von hier aus. Oh ja, von hier aus, mit deiner Magie!«

Lieburus hielt sich mit beiden Händen das Gesicht, fuhr sich durchs weiße Haar und verschränkte schließlich die Arme vor der Brust. »Nun denn, ich bin still. Ich schaue nur, staune und bin still. Mucksmäuschenstill.«

Pitu nickte versonnen, horchte in sich hinein, kniete nieder.

»Oh ja, das sieht schon gut aus. Ach so, ich bin ja still«, hörte er Lieburus vor sich hin wispern.

Der Alte war viel aufgeregter als er selbst. Doch das irritierte Pitu nicht. Nicht mehr. Er visierte einen der Stühle an und legte entschlossen die Hände auf die Erde, während er seine Quelle öffnete und die Energie fließen ließ. Der Boden unter seinen Händen vibrierte. Entschieden drückte Pitu fester zu. Und plötzlich schob sich eine Welle über die Lichtung. Fasziniert sah er, wie die kleinen Verwerfungen sich in Richtung Stuhl bewegten. Als kröche eine Meute Ratten unter einem Teppich. Er reckte sich, um besser zu sehen. Unglaublich! Die Bodenwellen ähnelten dem Wasser eines Brunnens, wenn man seine Hände hineintauchte.

Pitu stand auf und strahlte den Magister an. »Es funktioniert!«

»Das wird sich zeigen, wird sich zeigen!« Lieburus wies in Richtung Stuhl.

Pitu hieb sich mit einer Hand vor die Stirn. Vor lauter Begeisterung hatte er völlig vergessen, was er vollbringen sollte. Er hatte die Verbindung zum Boden gelöst, wodurch natürlich auch die Erdbewegungen aufgehört hatten. Aber nein! Erstaunt sog er die Luft ein. Nein, so war es nicht. Wie im Wasser liefen die Wellen weiter. Doch sie wurden schwächer, ehe sie den Stuhl erreichten. Die Rattenmeute hatte sich zerstreut, keine Lust mehr, weiterzulaufen, sie blieb einfach unter dem Teppich liegen, um zu schlafen.

»Dokadreck, verschleimter!«, fluchte Pitu.

»Nun, ich fände es mit den Worten ›schon sehr gut‹ besser beschrieben.« Der Alte gluckste amüsiert.

»Wieso? Meine Erd-Dings-Geschichte ist ja wohl direkt vor dem Ziel verhungert, oder etwa nicht?«

»Um es mit meinen Worten zu beschreiben ...«, Pelldor trat zu ihnen, »alle Achtung! So was habe ich noch nie gesehen und es hat mir eine Gänsehaut gemacht.«

Pitu blickte ihn unsicher an. Erlaubte er sich einen Scherz? Das war eine harmlose kleine Bodenwelle gewesen, die nicht einmal einen Stuhl zum Kippeln gebracht hatte.

Der Hafenobmann legte eine seiner Pranken auf Pitus Schulter. »Darf ich dich daran erinnern, wie oft du diesen Zauber schon bewusst und willentlich hervorgerufen hast?«

Pitu stutzte. Das verpasste Ziel hatte ihn so gewurmt, dass er den Erfolg bei der Sache gar nicht gesehen hatte. Erdwellen, von ihm selbst ausgelöst, ganz gezielt und einfach so, ohne Hilfe. Er strahlte. »Ich versuch es gleich noch mal, ja?«

»Oh ja!«, lachte Lieburus. »Noch einmal und noch einmal, und dann noch einmal! Das ist der Weg, ist der Weg.« Die Hände des Magisters wogten auf und ab, während er sprach, als gälte es, einen Instrumentenchor zu dirigieren.

Pitu konnte nicht anders, er mochte diesen Alten, der mal tiefsinnig und weise wirkte und dann wieder fahrig und verrückt. »Auf geht's!«, rief er beherzt und hockte sich erneut hin.

So übte er. Zweimal, dreimal, viermal – schließlich zählte er nicht mehr. Pelldor hatte irgendwann für Lieburus einen der Stühle an den Rand der Lichtung gestellt, denn der Magister wurde des Stehens müde und brauchte Schatten.

Doch er blieb bei Pitu. Immer wieder stellte er Fragen. Wie er den Druck ausgeübt habe, was er über das Ziel gedacht habe und ob er das Ergebnis seines Zaubers bereits vorher im Kopf habe sehen können. Er ließ ihn dies und jenes probieren. Immer neue Aufgaben fielen ihm ein, sodass die Lichtung zusehends eine andere Gestalt bekam. Wollte der Stuhl die ersten Male nicht umfallen, so jagte Pitu später Furchen in die Wiese, die sogar noch an den Stühlen vorbeirauschten. Ein andermal fiel ein Stuhl um und stellte sich durch eine nachfolgende Welle wieder auf.

»Ich denke, das können wir nicht gelten lassen! Nein, das geht nicht.« Pelldors tiefe Stimme klang amüsiert und der Magister klatschte begeistert in die Hände.

Zwischendurch sorgte der Hüne für frisches Obst und Getränke.

»Wasser erfrischt die Quelle«, meinte Lieburus. Das klang so einfach, dass man selbst darauf hätte kommen müssen.

Pitu übte weiter. Einmal versank ein Stuhl in einer Fontäne aus Erdbrocken, ähnlich wie es den Gellwicks ergangen war. Und ein weiteres Mal stob einer der Stühle mitsamt der Erdkrume in die Luft. Lieburus passte genau auf und half Pitu, verschiedene Möglichkeiten auszuloten. Mit beiden Händen, mit einer Hand, mit den Fingern oder der ganzen Handfläche. Geschlagen, getastet oder gedrückt. Alles hatte Auswirkungen auf den Magiestrom, den Pitu in den Boden leitete.

Der Nachmittag verging wie im Flug und die Lichtung wie unter einem Pflug. Am Ende glich sie einer Kraterlandschaft. Als der Magister Pitu Einhalt gebot, erkannte dieser, dass lediglich der kleine Fleck um ihn herum und der Tisch mit Lieburus' Sitzplatz noch an die idyllische Lichtung erinnerten. Pitu stieg über die aufgeworfenen Erdkrumen zu seinem Lehrer, der nachdenklich auf die zerpflügte Erde starrte.

»Die Königin wird nicht begeistert sein, oder?« Eben noch euphorisch von seinen Erfolgen, fühlte Pitu sich ob der Zerstörung gar nicht mehr gut. »Ob wir wohl großen Ärger bekommen?«

»Wie?« Der Alte sah ihn fragend an.

Anscheinend hatte Pitu den nachdenklichen Blick falsch gedeutet. Es ging dem Magister nicht um dieses Schlachtfeld zerfurchter und umgepflügter Erdhaufen. Pitu schnappte sich ein Glas und schwang sich auf die Tischkante. Was blieb ihm übrig? Auf dem einzig heilen Stuhl saß der Magister.

»Wo ist Pelldor eigentlich hingegangen? Er ist schon eine ganze Weile weg.« Pitu nahm einen großen Schluck aus dem Glas. Einfaches, frisches Wasser. Köstlich!

»Er spricht mit dem obersten Befehlshaber der Tykalden!« Lieburus stand auf. »Und wir müssen jetzt auch zurück zum Schloss. Ich werde versuchen, ihre Durchlaucht Tulipa zu sprechen. Es wird Zeit. Und du musst baden, oh ja.«

Pitu blickte an sich hinunter. Richtig, er musste in jedem Fall ein Bad nehmen! Einige Male war die Erde direkt um ihn herumgespritzt, wie Sahne, die zu heftig geschlagen wurde. Erde und Lehm klebten an seiner Kleidung, in den Haaren. Als er sich mit der Hand über den Kopf fuhr, rieselte es in sein Glas. Er kippte den Rest Wasser weg. Dann sah er, dass der Magister schon losstiefelte. Er sprang vom Tisch und beeilte sich hinterherzukommen.

»Ist was passiert? Von wegen oberster Befehlshaber und so?«

»Passiert? Ja, so kann man das sagen. Die Ereignisse überschlagen sich! Manchmal hängen die erfreulichen mit den weniger erfreulichen Dingen enger zusammen, als vielleicht gut ist. Ja, sie hängen zusammen, das ist nicht zu bestreiten.« Lieburus hatte wieder diesen unbestimmten Ton, von dem Pitu inzwischen wusste, dass der Inhalt bedeutungsvoller war als die Worte oder der Klang seiner Stimme.

»Ihr sprecht schon wieder in Rätseln mit mir. Was ist erfreulich? Und was unerfreulich?«

»Oh, entschuldige bitte!« Lieburus blieb stehen. »Ich dachte, ich hätte es schon erwähnt. Deine große magische Entladung gestern. Wegen der Gellwicks. Ich hatte gesagt, wie deutlich ich sie gespürt habe? Ich wusste natürlich nicht, wessen Magie die massiven Schwingungen verursacht hat.«

Pitu nickte. Ja, er konnte sich daran erinnern. »Das sagtet Ihr. Aber was bedeutet das?«

»Nun, das muss dir klar sein, Pitu! Es wird nicht unbeobachtet geblieben sein. Deine Magie hat nicht nur die Aufmerksamkeit der Gellwicks auf dich, sondern auch die Aufmerksamkeit ihres Anführers auf Tyklahr gelenkt.«

Pitu wurde blass. Aber ja! Wie konnte er das vergessen? Wenn schon sein Stein allein die Gellwicks auf den Plan rief, was musste dann eine Explosion magischer Energie bewirken!

»Erfreulich ist, dass du den Zugang zu deiner Magie gefunden hast«, beschwichtigte Lieburus. »Unerfreulich ist, dass der Feind es sicher mitbekommen hat.«

»Aber dann hätten wir nicht den ganzen Tag üben dürfen! Das waren doch alles magische Entladungen. Alles Schwingungen, die der Feind mitbekommt, oder?«

Lieburus nickte bedächtig. »Das wiederum war eine Möglichkeit, die wir nutzen konnten, *weil* der Feind gewarnt ist. Und es war wichtig, äußerst wichtig denke ich.«

»Aber wenn der Feind gewarnt ist, wenn er von meinem Stein und den magischen Entladungen weiß, wird er Tyklahr dann nicht erneut angreifen?« Furcht kroch in Pitus Eingeweide, als er die ganze Tragweite der Geschehnisse begriff.

Lieburus fasste ihn bei den Schultern. »Mach dir nicht zu viele Sorgen. Die Lage ist ernst, sehr ernst, möchte ich sagen.« Eine tiefe Falte zog sich zwischen seine Brauen. »Aber es gibt doch etwas Erfreuliches.« Der Magister grinste. »Der Kreh wird schon vermuten, dass wir einen Scheltar hier haben. Aber er kann nicht wissen, dass wir drei haben!«

Selana
18

Gehlen lief mit langen Schritten durch die Arena und verteilte die Speere, die am Eingang gelegen hatten. Für einen kurzen Moment musste Selana an Atharu denken. Sie wusste, dass er zur selben Zeit in einer anderen Arena unterwiesen wurde. Gehlen hatte erzählt, dass es fünf Arenen in den Außenbereichen der Stadt gab, eine für jedes Element. Ob Atharu heute von Jehlen ähnliche Dinge gelernt und erfahren hatte? Sie konnte sich den pessimistischen Elben nicht als Mentor vorstellen und war froh, dass Gehlen sie unterwiesen hatte.

Gerade kam er wieder mit diesem geheimnisvollen Lächeln auf sie zu. Seine Augen hatten die Angewohnheit, sich zu weiten, wenn er sie anblickte. Als wollten sie ihr etwas Unausgesprochenes zurufen. Dann hoben sich seine Mundwinkel und zauberten winzige Grübchen auf die Wangen.

»Die letzte Übung, Freundin Selana. Wollen wir noch einmal zusammenfassen, was du gelernt hast?«

»Gern.« Sie überlegte kurz und begann aufzuzählen: »Mein Atem ist Anfang und Ende meiner Macht. Hass oder Liebe sind ihr Antrieb. Doch um nicht zur dunklen Seite gezogen zu werden, dürfen Wut und Zorn nicht mein Impuls sein. Ich soll mich nicht von Hass leiten lassen. Wasser hilft, wenn ich mich durch Zauber erschöpft habe.«

Sie überlegte. Es war ein langer Tag gewesen, mit jeder Übungseinheit hatte Gehlen ihr etwas Neues beigebracht. »Hände und Füße, Finger und Zehen sind die Dirigenten meiner Magie.«

Das hatte sie besonders erstaunt. Sie wäre nie auf die Idee gekommen, eine Windharpune aus ihrem Fuß loszulassen. Gehlen hatte sie sich auf den Boden legen lassen, Arme und Beine von sich gestreckt. Dann hatte er einen Kreis um sie gezogen. Ehe sie wieder aufstehen durfte, sollte sie einen runden Stein unter ihren Körper schieben – dorthin, wo sie die Quelle ihrer Macht spürte. Als sie aufstand, lag der Stein exakt im Zentrum des Kreises.

»Die Entfernung ist gleich. Aber dein Geist entscheidet, welchen Weg deine Magie nimmt!« Er hatte ihr zugenickt, als würde er eine Bestätigung erwarten.

»Deshalb lauft Ihr ohne Schuhe?« Sofort war ihr der Zusammenhang klar gewesen.

Gehlen hatte gelächelt. »Wenn wir unsere Magie zum Guten verwenden wollen, mit ihr den Unseren und allem Natürlichen dienen wollen, müssen wir spüren können, was uns umgibt! Das eine geht nicht ohne das andere. Und ja, deshalb laufen wir barfuß!«

Wo war sie stehen geblieben? *Die Dirigenten meiner Magie, richtig*. »Magie braucht einen Zweck, damit sie fließen kann.«

»Was passiert sonst?« Ihr Mentor sah sie fragend an.

»Sonst zerfällt sie beim Verlassen meines Körpers und sickert in den Boden, ohne etwas bewirkt zu haben.«

»Und was noch?«, bohrte Gehlen nach.

Selana überlegte. Dann grinste sie. »Wenn es ein zu großer magischer Impuls ist, haut es mich von den Füßen!«

Er lachte über dieses Bild. Ein schönes Lachen. Markant und einnehmend. Wie sein Blick, seine Grübchen ... Mit einem Mal wurde ihr bewusst, dass Gehlen nicht nur Elb und Mentor, sondern auch ein Mann war. Ein attraktiver und geheimnisvoller Mann, der sie schon den ganzen Tag immer wieder mit seinem Lächeln durcheinandergebracht hatte. »Weiter!«

Konzentrier dich! »Ich ... äh ... muss das Ziel kennen! Denn wenn mein Geist nicht weiß, was und wo das Ziel ist, kann meine Magie es nicht erreichen und zerfällt ebenfalls.«

Das war das Schwierigste gewesen. Gehlen hatte drei Gegenstände dabeigehabt: einen Ring, ein Messer und einen Kamm. Solange sie sah, welchen Gegenstand er in die Arena warf, hatte sie diesen mit einem Strom aus Luft einfangen und umherwirbeln können. Sogar mit geschlossenen Augen war es ihr gelungen. Doch wenn Gehlen im Geheimen wählte, konnte sie ihre Macht nicht aktivieren. Deshalb war es wichtig, stets alle Sinne zu nutzen, um die Natur des Ziels zu begreifen. Unzählige Male hatten sie geübt, bis sie es endlich geschafft hatte. Sie hatte sich den Klang eingeprägt, den die unterschiedlichen Dinge von sich gaben, wenn sie zu Boden fielen. Durch das Geräusch hatte sie außerdem gewusst, wo in etwa das Ziel aufgetroffen war.

»Ich denke, das waren alle Regeln, richtig?«

»Sehr gut«, lobte Gehlen. »Das Letzte für heute ist bereits der Ausblick auf morgen. Aber du kannst es einmal probieren, wenn du möchtest.« Das Strahlen in seinen Augen ließ nur eine Antwort zu.

»Wo wir schon mal da sind.« Selanas Herz machte einen Sprung. Ein Ausblick auf morgen! Sie wären also auch morgen zusammen. Hilflos versuchte sie, ein allzu beseeltes Lächeln zu vermeiden.

Gehlen sah sie fragend an. Für einen Lidschlag spürte sie Irritation. Dann erklärte er die nächste Regel. »Magie nimmt jeden Weg, den der Geist aufgibt!« Er holte den kleinen Ball aus der Tasche, mit dem er sie heute früh schon verblüfft hatte, als er ihr gezeigt hatte, dass er ebenfalls Luftmagie beherrschte. Fasziniert hatte sie zugesehen, wie er den Ball von seiner Handfläche hatte emporsteigen lassen. Aber dass es sich um Luftmagie gehandelt hatte, hatte sie erst begriffen, als er ein wenig Sand in die Handfläche nahm und ihn aufwirbeln ließ. Selana erinnerte sich sofort an den Tag, als auf ihrer Hand das erste Mal Sandkörner getanzt hatten. Sie war mit Aria auf der Hochebene Abrinor nach Tyklahr unterwegs gewesen. Es kam ihr vor, als läge es ewig zurück.

»Wenn ich mir für meine Magie einen Weg genau vorstellen kann«, holte Gehlen sie ins Hier und Jetzt zurück, »dann wird sie diesen Weg auch nehmen!« Er streckte seine Hand, und der Ball hob sich wie von Zauberhand. Er rollte durch die Luft auf Selana zu, umkreiste sie und kehrte zurück auf die Hand des Elbs. Sie hatte nur einen leichten Hauch des Luftstroms gespürt, der den Ball getragen hatte.

»Und jetzt du!« Gehlen reichte ihr den Ball. Sie nahm ihn, streckte die Hand aus und ließ ihn ohne Probleme aufsteigen. Der Ball rollte auf Gehlen zu, an ihm vorbei, strebte seitlich hinter ihn und – fiel zu Boden. Enttäuscht ließ Selana den Arm sinken. »Was habe ich anders gemacht? Habe ich irgendetwas vergessen?«

»Das, Freundin Selana, ist eine Denkaufgabe, die ich dir für den heutigen Abend schenke.« Ihr Mentor hob den Ball auf, steckte Ring, Messer und Kamm wieder ein und ging zum Ausgang der Arena.

»Und die Speere?« Sie folgte ihm.

»Die sind für morgen. Auch darüber mag dein Geist in deinen Träumen nachsinnen.« Er warf ihr ein Lächeln zu.

Ein bisschen blumig spricht er schon. Aber irgendwie charmant.

Auf dem Weg zurück bedankte sie sich bei ihm. »Ich glaube, ich habe noch nie in so kurzer Zeit so viel von jemandem gelernt!« Sie meinte das vollkommen ernst, war sich aber nicht sicher, ob es vielleicht zu euphorisch herüberkam.

»Der Dank gebührt dir. Du bist das erste Menschenkind, das mich beseelt den Tag beschließen lässt.«

Das sollte sicher ein Kompliment sein. Doch das Wort »Menschenkind« versetzte Selana einen Stich. Sie war kein Kind mehr. Konnte er sie nicht als Frau sehen? Im nächsten Moment schalt sie sich für diesen Gedanken. Was war nur mit ihr los? Er war ihr Mentor. Und ein Elb noch dazu. Seine Lebensspanne war im Vergleich zu ihrer unendlich. Insofern traf das Wort wohl doch zu.

Als sie den Platz vorm Schloss erreichten, war es schon dunkel. Hunderte Laternen erleuchteten den Garten, in dem auch jetzt noch viele Elben lustwandelten. Die Luft war erfüllt mit ihren hellen Stimmen.

Während die beiden den Hauptweg entlanggingen, entdeckte Gehlen plötzlich jemanden und bog auf einen Seitenweg ab. »Wir haben einen weiteren Gast aus den Menschenreichen. Ich stelle euch vor, wenn es dir recht ist, Freundin Selana.«

Er wartete ihre Antwort nicht ab, sondern zog sie einfach weiter. Vor einem der vielen Obelisken, auf dem ein cremefarbener Ara saß, stand eine hagere Gestalt in einem mattgrauen Umhang. Als die Gestalt sich umwandte, erblickte Selana einen älteren Mann, von dessen Nasenflügeln sich tiefe Furchen fast senkrecht nach unten zogen.

»Seid gegrüßt! Ich möchte Euch eine Besucherin aus den Menschenreichen vorstellen. Das ist Selana aus Akralahr, eine der Hüterinnen. Und das, Freundin Selana, ist der Älteste Teehl aus Tangris!«

Selana begrüßte den Ältesten mit einer leichten Verbeugung und legte eine Hand auf ihr Herz.

Teehl tat es ihr gleich. »Ich bin erfreut, Euch kennenzulernen, werte Selana!«

Der Klang seiner Stimme jagte ihr einen Schauer über den Rücken. Sie hatte etwas Schnarrendes. Und der Blick aus den kleinen Augen, die engstehend über der langen, nach unten gebogenen Nase lagen, tat das seinige dazu. Der arme Mann war nicht von der Natur bevorzugt worden. Selana wollte mit ihrem Urteil über ihn nachsichtig sein. Wie schnell konnte man jemanden nur wegen des Äußeren falsch einschätzen.

»Ganz meinerseits«, log sie. »Ihr seid mit der Geschichte der Hüter vertraut?« Sie warf Gehlen einen kurzen Blick zu, denn sie war nicht damit einverstanden, dass er das bei der Vorstellung sofort preisgegeben hatte.

»Aber ja«, schnarrte Teehl, »ich war ein Freund der ehrwürdigen Ondara von Tangris. Sie war selbst eine Hüterin. Doch ich denke, dies ist an Atharu ...«

Ein klitzekleines Zögern, sofort war Selana hellwach.

»Ich weiß natürlich, dass sie es an ihn weitergegeben hat.« Er lächelte sie an und wies dann auf den Ara. »Ganz erstaunliche Geschöpfe, nicht wahr? Ich wünschte, unsere Felsenstadt hätte ähnlich schmückende Begleiter.«

»Vielleicht schließt Ihr mit einem Ara-Pärchen Freundschaft, dann würde es Euch unter Umständen nach Hause begleiten.« Gehlen sagte es leicht dahin, doch Selana glaubte zu spüren, dass er plötzlich nachdenklich wurde. »Verzeiht, Freund Teehl, es ist spät. Ich geleite Selana in ihr Haus. Sicher gibt es morgen noch Zeit für ein Gespräch.«

Sie nickten sich freundlich zu und Selana atmete erleichtert auf, als sie außer Hörweite waren.

»Ist er allein hier? Was will er?«, fragte sie ohne Umschweife. Sie wollte nicht misstrauisch sein, wo er doch ein Freund Ondaras war. Doch die Worte waren aus dem Gehege ihrer Zähne gesprungen wie aufgeschreckte Hühner. »Ich meine ... so einen weiten Weg auf sich zu nehmen, in dem Alter«, versuchte sie hilflos, es abzumildern. *Oje, ich rede mich um Kopf und Kragen. Was geht es mich überhaupt an.* Sie blieb stehen und schaute verlegen drein.

Der Elb sah sie prüfend an, doch sein Blick war freundlich. »Ich könnte sagen, was der Älteste mir erzählt hat. Aber Worte sind Worte und Taten sind Taten. Was wissen wir, was wir nicht sehen? Der Tag heute, Freundin Selana, hat mich vieles über dich gelehrt. Deine Auffassungsgabe, dein Geschick und deine Intuition haben meine Seele gestreichelt. Darum wiegt dein Urteil nun schwerer für mich als gestern. Zhanjor-Gehlen wird aufmerksam sein, das verspreche ich dir.«

Sein Gesicht blieb nahezu unbewegt, doch seine Augen hatten wieder dieses irritierende Pulsieren. Selana musste sich in Acht nehmen, um nicht inmitten der goldenen Sprenkel zu versinken.

Atharu

19

Die Schlafstatt war nicht zu weich und nicht zu fest. Atharu streckte sich genüsslich aus. Es war schon dunkel gewesen, als Jehlen ihn die letzten Zauber probieren ließ. Schade, dass solche Tage enden mussten. Wenn es nach ihm gegangen wäre, hätte ihr Aufenthalt in der Arena die ganze Nacht dauern können. Im Dunkeln waren Feuerzauber unvergleichlich, berauschend und viel intensiver! Doch Jehlen hatte gemeint, dass Atharus Aufnahmefähigkeit nachlasse und der Nutzen hinter dem Einsatz zurückbleibe.

So traf Atharu immerhin Brandan noch wach an. Als er seinem Freund voller Stolz die Regeln der Magie vorbetete, gähnte der jedoch laut.

»Verstanden, ich bin still. Aber bevor du hier gleich wegdämmerst, erzähl mir zumindest ein wenig von deinem Tag. Oder schläfst du gleich ein?«

»Ich muss dich nicht daran erinnern, wer von uns die größere Schlafmütze ist, oder?« Brandan gluckste. »Jiga, wer ist die größte Schlafmütze?«

Atharu stöhnte. »Nicht schon wieder die alte Leier!« Nur zu gern zog sein Freund ihn damit auf, dass er in Gelder einige Tage ohne Bewusstsein herumgelegen hatte.

Atharu schwang sich auf die Bettkante. »Nun erzähl endlich, oder muss ich es dir aus der Nase ziehen? Verheilt ist sie doch wieder, oder?« Beim letzten Satz hielt Atharu sich die Nase zu, um Brandan an den Beginn ihrer Reise zu erinnern. War das wirklich erst ein paar Wochen her?

Auch der Jäger presste seine Finger auf die Nase. »Ich glaube, du bist mir was schuldig«, näselte er. »Es schmerzt immer noch ein wenig.«

»Du Armer. Ich tippe auf gekränkte Eitelkeit.« Atharu zwinkerte. »Aber was viel wichtiger ist: Hast du Aria heute gesehen?«

»Gesehen?« Brandan zog das Hemd über den Kopf und zeigte Atharu seinen Rücken. Ein roter Striemen prangte auf dem rechten Schulterblatt.

»Autsch! Das sieht schmerzhaft aus. Was hast du ihr getan?«

»Danke! Sehr mitfühlend von dir.« Brandan drehte sich um, die Unterlippe schmollend vorgeschoben. »Ich dachte, es ist offensichtlich, dass sie *mir* etwas angetan hat.«

»Ich bedaure dich, wenn ich mal viiiel Zeit habe.«

Brandan grinste. »Jetzt aber im Ernst. Aria sieht nicht nur gut aus, sondern ist auch stark und ziemlich schnell. Mit dem Schwert kann sie zwar noch nicht so gut umgehen, aber mit dem Kampfstab ist sie mir echt überlegen.«

»Mit dem Schwert? Dem Kampfstab?« Atharu seufzte. Immer wieder schaffte Brandan es, eine Flut von Fragezeichen auszulösen. Beiläufig ließ er Informationen fallen, die man sich ohne interessierte Nachfragen nicht zusammenreimen konnte. Ob er seine Geschichten jemals ohne diese Spielerei preisgeben würde?

»Also gut, ich will dich nicht dumm sterben lassen. Wir sind in Kampfkunst unterwiesen worden. Zusammen! Anscheinend brauchen Hüter schlagkräftige Begleiter. Ich hab ja schon immer gedacht, man soll sich nicht allein auf Magie verlassen.«

»Ihr wurdet in der Kampfkunst der Elben unterwiesen? Das hört sich aufregend an. Ein ganzer Tag mit Aria. Konntest du das aushalten? Ich meine natürlich das Kämpfen.« Wieder zwinkerte er seinem Freund schelmisch zu.

»Wir waren nie allein, wenn du das meinst. Eine Elbenkriegerin hat uns unterwiesen und wich nicht von unserer Seite. Ihlinn-Saldanah ist ihr Name.«

»Eine Kriegerin?«

»Die Elben trennen Aufgaben wohl nicht nach Geschlechtern. Eine Gabe ist eine Gabe, egal, wer sie besitzt, meint Ihlinn. Sie weiß über unsere Bräuche ziemlich gut Bescheid. Hat vieles verglichen und kein Blatt vor den Mund genommen.« Brandan schwenkte eine Schnur, und Jiga versuchte hineinzubeißen. »Im Doppelpack können Frauen echt überzeugend sein. Jedenfalls bin ich jetzt über die geistige Rückständigkeit von uns Männern im Bilde. Wie überzeugt ich bin, muss ich ja nicht sagen. Autsch!« Jiga war hochgesprungen und hatte mit der Schnur auch seinen Finger geschnappt.

»Und was habt ihr sonst noch gemacht?«

Brandan überließ Jiga das Band und streckte sich auf dem Bett aus. »Wir sollten zeigen, was wir am besten können.«

»Dann hast du den Bogen oder die Armbrust gewählt, stimmt's?«

Brandan nickte. »Sie hat diverse Ziele aufgestellt und war überrascht, als ich sie alle traf.«

»Und Aria?« Atharu war gespannt, ob die junge Frau aus Akralahr irgendwelche Waffen beherrschte.

Brandan lachte. »Sie hat Ihlinn-Saldanah um eine Schleuder gebeten. Du hättest das Gesicht der Kriegerin sehen sollen. Ich glaube, das war das Einzige, was sie über Menschen noch nicht wusste.« Brandan verstellte die Stimme: »Erklärt mir, Freundin Aria, was für eine Waffe ist das?«

Atharu stellte sich vor, wie Jehlen wohl dreingeschaut hätte, und lachte. »Und was hat sie dann gemacht?«

»Aria meinte, ihr würden auch einfache, kleine Steine reichen. Und Mann, was soll ich dir sagen, sie wirft so unvergleichlich gut, wie sie aussieht. Sie hat alle Ziele getroffen, die nicht weiter als fünfzig Fuß entfernt waren. Selbst die kleinen! Und damit meine ich Scheiben, die kleiner als meine Hand waren!« Brandan hob die Hände, was Jiga als Aufforderung zu springen verstand. »Uff! Hinterhältige Bestie.« Er krümmte sich, als sie mitten auf seinem Bauch landete, und scheuchte sie wieder vom Bett. »Die meiste Zeit haben wir heute Schwertkampf trainiert. Die elbischen Klingen sind leichter als unsere und lassen sich besser führen. Aber die Sache an sich wird nicht die meine, fürchte ich.« Er gähnte.

Atharu mochte sich Brandan nicht als Schwertkämpfer vorstellen. Überhaupt wollte er sich nicht ausmalen, dass sein Freund jemandem eine Waffe in den Leib bohren müsste. Ihm lief ein Schauer über den Rücken. *Lass uns diesen Weg nicht betreten, Atharpazh!*

Brandan erzählte noch eine Weile, aber seine Stimme wurde immer leiser. Er nuschelte etwas wie »Kampftechnik und Offenbarung« und schlief darüber ein.

Atharu blieb mit seinen Gedanken zurück. Es war den Elben hoch anzurechnen, dass sie so viel Mühe investierten, um aus ihnen passable Scheltar und Kämpfer zu machen. Anscheinend sollten die Unterweisungen morgen weitergehen. Dabei hatten Eldarh und die Fürstin zur Eile gemahnt.

Könnte das Medaillon überhaupt neu geschmiedet werden, obwohl ein letztes Bruchstück fehlte? Die magischen Schmieden von Erellgorh! Als Lieburus über sie gesprochen hatte, war seine Stimme von Ehrfurcht erfüllt gewesen. In den Tiefen unter dem Elbenpalast der Stadt Erellgorh! Wann würden sie die Schmieden zu Gesicht bekommen? Fragen ohne Antworten.

Müdigkeit überkam ihn. Teile der Prophezeiung waberten durch seinen Kopf. Kälte, Seelen, verbundene Elemente und einsame Elemente ... Inmitten dieser Gedanken schlief er ein.

Als er von Brandan geweckt wurde, hatte er die vielen Fragen vergessen. Er freute sich nur darauf, mehr über seine Magie zu erfahren und Kontrolle zu lernen, wie Jehlen es nannte.

Kaum hatten sie ihr Frühstück mehr verschlungen als gegessen, da stand Jehlen vor der Tür. Diesmal jedoch holte er sie beide ab. Und es ging auch nicht zur Arena der Mächte, sondern geradewegs in den Palast.

»Die Elbenfürstin erwartet uns. Doch vorher möchte euch noch ein Freund begrüßen. Kein guter Zeitpunkt, wo andere Probleme drängen. Eilen wir uns also, hier entlang, bitte!« Er führte sie in einen Nebentrakt, vorbei an vielen Türen, blieb endlich vor einer stehen. Sie war nur angelehnt und jemand rief durch den Spalt heraus.

»Freund Jehlen, seid Ihr es?« Die Stimme kam Atharu seltsam bekannt vor. »Habt Ihr meine Freunde aus Tangris dabei?«

Das Schnarren in der Stimme war unverkennbar. Brandan packte Atharu am Arm und blickte ihn alarmiert an. Dann schwang die Tür auf und der Älteste Teehl stand vor ihnen.

»Atharu, Brandan!« Der knochige Tangora kam mit ausgebreiteten Armen auf sie zu, sein Lächeln hatte etwas Verstörendes. Es entblößte schiefe Zähne, die vom vielen Rauchen des Schilaskrauts ganz gelb waren.

Das Blattgrün dieser Rübenart, die an den Ufern des Jiguelazh gedieh, wurde von einigen Unverbesserlichen getrocknet und zu Rauchkraut verarbeitet. Die penetranten Dünste hatten angeblich eine bewusstseinserweiternde Wirkung. Ondara hatte Atharu andere Kräuter empfohlen und vorm Gebrauch des Schilaskrauts gewarnt. Spätestens nach einem Blick in Teehls Mund war er ihr dankbar dafür.

Atharu hatte ihn tatsächlich bisher nie lächeln sehen. Ihm fiel auf, dass der Älteste ihnen immer noch die Arme entgegenstreckte. »Ältester Teehl! Was für eine ... Überraschung!« Er vermied eine Berührung, verbeugte sich aber respektvoll.

Wie war Teehl hierhergekommen? Und warum? Brandan schüttelte die Hand des Ältesten. Sein Vater war Ratsmitglied, vielleicht machte es ihm deshalb nichts aus. Teehl klopfte mit seiner freien Hand freundschaftlich auf Brandans Schulter und machte dann eine einladende Geste.

»Setzt euch doch, wir haben noch einen Moment Zeit, nicht wahr, Freund Jehlen?«

Ehe Atharu einen Einwand hervorbringen konnte, sah er, wie der Elb nickte. Trotzdem wäre er am liebsten sofort geflüchtet. Er mochte den Ältesten nicht. Dafür hatte er noch zu gut in Erinnerung, wie Teehl den Rat manipuliert hatte, um seiner Mutter und ihm Ondaras Nachlass zu entreißen. Sie war nicht einmal gestorben, als der Älteste schon mit seiner Verfügung vorsprach. Nun, er würde gute Miene zum bösen Spiel machen. Immerhin müsste Teehl vernünftige Antworten finden, solange Jehlen dabei war.

»Wir sind wirklich sehr überrascht, ich denke, ich kann da für uns beide sprechen.« Atharu schaute kurz zu Brandan, der wortlos nickte. »Mir war nicht bewusst, dass Ihr ein Freund der Elben seid. Was führt Euch den weiten Weg nach Erellgorh, wenn ich fragen darf? Ich nehme nicht an, dass Ihr unseretwegen hier seid.«

Jehlen hatte sich auf einen Stuhl an die Wand gesetzt. Offensichtlich wollte er die Tangora in ihrem Wiedersehen nicht stören. Doch Atharu erkannte in seinem Gesicht ein aufrichtiges Interesse.

»Natürlich darfst du fragen. Tatsächlich ist es meine erste Reise nach Erellgorh. Wenngleich ich sagen darf, dass alle Tangora Elbenfreunde sind oder sein sollten. Hat doch unsere Urmutter, ihre Seele möge ewigen Frieden finden, uns von ihren Wundern und ihrer Weisheit berichtet.«

Der Älteste sprach bedächtig, als kostete er jedes Wort aus. Allerdings hatte er die Angewohnheit, mit seiner schnarrenden Stimme an manchen Stellen lauter und sogleich wieder leise zu werden. Das machte das Zuhören anstrengend. »In der Tat habe ich aber für *euch* die beschwerliche Reise auf mich genommen. Oder, genauer gesagt, deinetwegen!«

»Das kann gar nicht sein«, entgegnete Atharu knapp, beschloss aber, noch etwas zu ergänzen, um nicht respektlos zu wirken. »Als ich Tangris verließ, wusste ich selbst nicht, dass ich hierherkommen würde.«

Teehl nickte wissend. »Weil du dies nicht kennst.« Er nahm ein Pergament vom Tisch und reichte es ihm.

Atharu war das Blatt bislang nicht aufgefallen. Als er jetzt aber Ondaras Schrift darauf erkannte, spürte er sofort einen Kloß im Hals.

»Deine Urmutter hat diesen Brief an dich geschrieben. Vergib mir, dass ich ihn gelesen habe. Aber als du und Brandan spurlos verschwunden seid, hat der Rat sich Sorgen gemacht. Immerhin bist du einer unserer wenigen Heiler und der erwählte Schüler der Ondara! Damit wirst du quasi zum geistigen Zentrum der Tangora. Niemand weiß mehr über die Geheimnisse unseres Volkes als du. Es muss dir doch klar gewesen sein, wie wichtig du für uns alle bist?«

Atharu hielt das Pergament in den Händen, spürte die trockene, raue Oberfläche zwischen den Fingern und fühlte sich wie der kleine Junge, der er noch vor einigen Jahren gewesen war. Gemaßregelt für eine Unachtsamkeit, für seine Gedankenlosigkeit. Noch schlimmer: Der Älteste hatte recht.

»Das war mir nicht bewusst«, gab er zu. »Ich wollte nur ihren letzten Wunsch erfüllen.«

»Und hast dich dafür bei Nacht und Nebel fortgeschlichen«, sagte Teehl mit vorwurfsvollem Ton.

Atharu blickte ihn betroffen an, doch schon schnarrte die Stimme weiter. »Aber ich kann es verstehen und habe es dem Rat erklärt.« Er machte eine kurze Pause, ehe er fortfuhr. »Als Ältester musste ich versuchen herauszufinden, wo wir dich finden können, damit dir jemand dein Erbe, deine Verantwortung erklärt! Deshalb habe ich im Nachlass unserer verehrten Urmutter nach einem Hinweis gesucht – und ihn gefunden. Ich denke, sie hat diesen Brief für den Fall geschrieben, dass sie vor ihrem Tod nicht mehr mit dir sprechen kann.«

Teehl erhob sich. »Aber lies den Brief später in Ruhe. Vorerst wollen wir Fürstin Hilja-Mehlen-Ellanjah nicht warten lassen.« Er wandte sich Jehlen zu. »Habt Dank, Freund Jehlen, es war gut, dass wir noch vor der Audienz Zeit für das Wiedersehen hatten.«

Während sein Mentor sie durch den Palast führte, schwieg Atharu. Am liebsten hätte er den Brief sofort gelesen. Und er hätte gern Zeit gehabt, mit Brandan unter vier Augen zu sprechen. Damals hatte er Teehl unlautere Machenschaften unterstellt, nicht zuletzt, weil Brandan ihn gewarnt hatte. Auch Atharus Mutter hatte berichtet, dass Teehl hinter den magischen Artefakten Ondaras her gewesen sei.

Atharu spürte das warme Metall am Knöchel, den Armreif seiner Urmutter, den seine Mutter ihm gegeben hatte, damit Teehl ihn nicht bekäme. Er hatte schon lange nicht mehr daran gedacht. Vertraut wie ein Teil seines Körpers, begleitete er jeden Schritt, den er machte. Hin und wieder fühlte er, wie die Magie darin pulsierte. Die Vorstellung, Teehl würde deswegen bis nach Erellgorh reisen, erschien absurd. Der Älteste klang ernsthaft besorgt. Und als Oberster des Rats trug er wirklich eine große Verantwortung. Hatte er womöglich recht? Kam dem Nachfolger Ondaras, der Urmutter der Tangora, nicht eine besondere Verantwortung zu? Eine Verantwortung, die Atharu durch sein Verschwinden mit Füßen getreten hatte?

»Atharu«, flüsterte Brandan dicht neben ihm, »lass dich nicht irritieren. Denk an Lieburus' Worte!«

Teehl ging direkt vor ihnen und verlangsamte seine Schritte. Hatte er die Worte gehört? Brandans Hinweis war richtig: Atharu musste sich zusammenreißen, jetzt war keine Zeit, sich von Gefühlen und Zweifeln leiten zu lassen! Lieburus hatte Atharu die eigentliche Verantwortung klargemacht. Seine Bestimmung! Und Magister Eldarh hatte das erneut bestätigt. Selbst wenn Teehl aus Sicht der Tangora recht hatte – Atharu war jetzt Hüter und Feuer-Scheltar.

Er straffte sich und atmete tief durch. *Der Atem ist Anfang und Ende meiner Macht. Ich habe die Kontrolle!*

Vor dem Raum der Elbenfürstin wartete Gehlen mit Selana und Aria. Wie schön, dass sie bei der Audienz wieder alle zusammen wären. Was würde Mehlen-Ellanjah ihnen diesmal enthüllen? Gehlen öffnete die Tür und trat zur Seite – der Stuhl der Fürstin war leer.

Pitu
20

Lieburus tippelte bereits weiter, doch Pitu stand noch immer am selben Fleck. Drei Scheltar? Unsinnigerweise zählte er mit den Fingern bis drei. Als ob er das nicht im Kopf könnte. Blödsinn, es waren zwei Scheltar, Atharu und Selana. Er lief Lieburus nach. »Ihr sagtet eben drei, aber es sind nur zwei!«

Der Magister schüttelte den Kopf, als Pitu ihn einholte. »Ts, ts, ts. Hast du es noch immer nicht begriffen?«

Pitu blieb stehen. Jäh durchzuckte es ihn. *Er meint mich!* »Aber – ich bin doch nur ...« Er lief weiter. »Magister!«

Lieburus hob den Zeigefinger, ohne seine Schritte zu verlangsamen. »Du bist der Erd-Scheltar. Das ist kein Punkt, den es zu diskutieren gilt. Finde dich damit ab. Ansonsten musst du dir schon etwas sehr Raffiniertes einfallen lassen, um die verwüstete Lichtung zu erklären!« Er kicherte. »Es sind doch nur zwei«, äffte er Pitu nach. »Meiner Treu, wie putzig ist das, wie putzig!«

Am Seitenflügel des Schlosses wartete Pelldor auf sie. Er war schwer gerüstet, trug den elfenbeinfarbenen Umhang der Geldermark. Sein Schwert hing in einer bronzenen Scheide um die Taille. Edelsteine schmückten Knauf und Klingenschulter.

Als Pitu durch die Lippen pfiff, erntete er einen strengen Blick. Überhaupt war Pelldors Miene sehr ernst. In knappen Worten berichtete er von der Audienz bei der Königin. Dort hatte er von Prawahn, dem obersten Befehlshaber der Tykalden, beunruhigende Nachrichten über die Gellwicks erfahren.

Pitu erstarrte. Sofort rannen Bilder durch seinen Kopf. Er war wieder allein in der Gasse. Er spürte die Angst. Eine weitere Erinnerung kroch in sein Gedächtnis: verbrannte Karren und verkohlte Leichen.

Plötzlich wankte Lieburus neben ihm. Pelldor war mit einem Schritt bei ihm, um ihn zu stützen. Der alte Magister wirkte blass und müde.

»Das hört sich gar nicht gut an, gar nicht gut. Bringt mich erst einmal in meine Gemächer. Ich fürchte, ich muss mich setzen, bevor ich dir weiter zuhören kann.«

Als der Alte sich wenig später in seinen Stuhl fallen ließ, gab er Pelldor einen erschöpften Wink. »Nun sprich schon. Ich bin auf alles gefasst, hoffe ich, auf alles gefasst.«

»Das ist auch notwendig! Es sind wahrlich keine guten Nachrichten.« Pelldor seufzte schwer. »Nach dem Angriff vorgestern haben die Soldaten der Königin die Gellwicks aus der Stadt getrieben. Zumindest die meisten von ihnen.« Er warf Pitu einen Blick zu. »Ich habe Ihrer Durchlaucht von deinen Angreifern erzählt. Sie lässt das Viertel noch mal durchsuchen.« Als Lieburus zu einer Frage ansetzte, hob er die Hand. »Und ich habe natürlich nicht erzählt, wie Pitu überleben konnte. Vielmehr habe ich dankbar berichtet, dass zwei ihrer Wachen zur Stelle waren und ihn gerettet haben.«

»Sehr gut! Ich weiß, dass auf dich Verlass ist! Ja, das weiß ich.«

Pitu musste trotzdem einhaken. »Wieso darf die Königin das mit meiner Magie nicht wissen? Ich meine, sie ist die Königin! Und außerdem habe ich ihren Schlosspark zerstört!«

Der Magister seufzte. »Zu gegebener Zeit werde ich sie ins Bild setzen. Aber in dieser Situation könnte sie es als falsche Hoffnung begreifen. Und der Oberbefehlshaber könnte auf die Idee kommen, du wärst nützlich für ihre Streitkräfte!«

»Wie jetzt?« Pitu wurde flau im Magen. »Sie würden ... ich müsste ... kämpfen?«

Lieburus beugte sich zu ihm vor. »Es weiß ja niemand von deiner Macht. Lass uns erst Pelldors Bericht anhören, ja?«

»Prawahns Männer haben an die fünfzig Gellwicks vor sich hergetrieben«, fuhr der Obmann fort. »Der Befehlshaber hat eine Hundertschaft ausgesandt, um sie auszulöschen oder wenigstens bis zur schwarzen Festung zu treiben. Dort soll der Abschaum sich mit ihnen herumschlagen, der die Festung seit Jahren besetzt hält und Reisenden zu hohe Zölle abpresst. So war zumindest der Plan. Prawahn sollte sicherstellen, dass Tyklahr keinen weiteren Angriff zu befürchten hat.« Pelldor machte eine bedeutsame Pause, die ahnen ließ, dass das dicke Ende noch käme. »Sie trieben die Gellwicks auch über die große Brücke, immer weiter auf die Festung zu. Kurz bevor sie die hohen Tore von Nehrbor erreicht hatten, öffneten sich die stählernen Pforten. Nur leider verschwanden die Gellwicks nicht dahinter. Und sie wurden auch nicht angegriffen. Nein, es strömten mindestens hundert Kämpfer heraus und gingen, vereint mit den Gellwicks, zum Gegenangriff über!«

Lieburus gab einen heiseren Ton von sich und hielt sich die Stirn. »Der Feind ist so viel weiter, als wir dachten. Wir haben die Zeichen zu spät gedeutet. Uns läuft die Zeit davon.« Er hämmerte mit der knöchernen Faust auf sein Haupt. »Denk nach, du alter Narr. Denk nach!«

»Der Feind, Ihr sprecht immer von *dem* Feind. Wen genau meint Ihr damit?« Pitu kramte in seinem Gedächtnis. Atharu hatte einen Namen genannt, das wusste er.

Erstaunt sah ihn der Magister an. »Du weißt nichts über den Kreh?«

»Der Kreh!« Pitu wurde blass. Plötzlich erinnerte er sich an das, was Eldarh gesagt hatte. Über den Kreh, der der schwarzen Magie anheimgefallen war. Das alles hatte äußerst beunruhigend geklungen.

Pelldor erhob sich. »Magister, die Zeit drängt. Ich muss Fergast und Herbor Bescheid geben. Bald ist es Nacht!«

Lieburus nickte und ließ den Obmann gehen.

»Fergast und Herbor?«

»Zwei von Pelldors Getreuen. Überaus vertrauenswert!« Der Magister lächelte verhalten. »Es wird dich freuen, zu hören, dass sie sich um deine verwüstete Lichtung kümmern. Pelldor und meine Wenigkeit hatten uns für den Fall des Falles schon etwas überlegt.«

Zumindest eine Sorge weniger. »Wie wollen die beiden das alles wieder herrichten? In einer Nacht?«

»Nun, ›herrichten‹ ist nicht das richtige Wort. ›Verschlimmbessern‹ trifft es eher.«

Lieburus gluckste und Pitu kam sich dumm vor. Er hatte keinen Schimmer, was der Magister meinen könnte.

»Sie haben Scheggdahl-Pilze in die zerpflügte Erde gestreut. Viele Pilze, soweit ich das mitbekommen habe. Weiß der Himmel, wo sie die aufgetrieben haben.«

Pitu verstand noch immer nicht. »Pilze? Wie soll das helfen?«

»Nun, sie haben außerdem eine Rotte Wildschweine eingefangen, die sie auf die Lichtung treiben wollen. Für die Schweine gibt es heute Nacht ein Festmahl und für die Gärtner der Königin eine gute Erklärung. Falls sie sich jemals in diesen abgelegenen Winkel des Parks verirren.«

»Ihr denkt wirklich an alles, oder?« Pitu war beeindruckt. Natürlich konnte niemand mal eben eine verwüstete Lichtung wieder hübsch machen. Die Idee mit den Wildschweinen war genial. Sie würden auf der Suche nach ihrer Leibspeise alles noch einmal zerfurchen und deutliche Spuren hinterlassen.

»Ach, wäre es nur so, wäre es nur so«, antwortete Lieburus. »Wenigstens bemühe ich mich, das kann ich wohl sagen, ja!« Er winkte Pitu näher heran. Seine Augen weiteten sich. »Es gibt Dinge, die sich auch meiner Vorstellungskraft entziehen. Dinge, denen zu lange niemand auf den Grund gegangen ist. Wir haben verbohrt auf die Zeichen gewartet. Dabei hätte uns klar sein müssen, dass etwas oder jemand dorthin führen musste. Denn solche Zeichen folgen nur auf schwarze Magie!«

Pitu fröstelte. Ein Gefühl der Bedrohung kroch in seine Gedanken. »Der Kreh?«

»Davon bin ich überzeugt. Auch wenn er sich verborgen hält. Gerade das ist es, was mich ängstigt. Du musst wissen, mit wem die Welt es zu tun hat. Mit wem du es zu tun hast.« Lieburus massierte sich die Schläfen. »Ich dachte, du wüsstest schon alles. Mein alter Kopf! Es waren Atharu und Brandan, denen ich es erzählt habe. Doch wundert es mich, dass Magister Eldarh nicht über ihn gesprochen hat. Er muss euch doch vor dem Kreh gewarnt haben!«

»Ehrlich gesagt, dafür war nicht viel Zeit. Es ging vor allem um die Reise der Hüter und die magischen Bruchstücke. Aber ich kann mich daran erinnern, dass Magister Eldarh auf ihn zu sprechen kam. Sofort lag eine Anspannung in der Luft. Irgendwie waren alle wie gelähmt, als der Name fiel.« Pitu fuhr sich mit der Hand über die Brust. Er fühlte auch jetzt noch die Bedrohung, die von dem Namen ausging. »Selana hatte von einem Schatten erzählt, und Eldarh war ziemlich blass geworden. Der Gedanke schien ihn umzutreiben, dass der Kreh was mit den Schatten zu tun haben könnte.«

Lieburus Hand krallte sich in seinen Arm. »Bist du sicher?« Der Alte sackte in sich zusammen und ließ ihn los. »Bei den Seelen. Nicht auszudenken ... Warum hat Eldarh mir nichts von dem Verdacht erzählt?« Seine Stimme wurde immer leiser, als spräche er nur noch zu sich selbst. »Habe ich ihn zu sehr mit *meinen* Erkenntnissen überrollt? Er war so aufmerksam, so begierig ...« Lieburus verstummte.

Einen Moment lang wartete Pitu, doch der Alte starrte nur glasig vor sich hin. Als wäre sein Blick der Welt entrückt.

»Geht es Euch gut? Kann ich irgendwas tun?«

Plötzlich richteten sich die Augen des Magisters wieder klar und scharf auf ihn. »Oh ja, das will ich meinen. Aber erst einmal erzähle ich dir von Fenkorh-Kreh. Dem Gefallenen. Dem abtrünnigen Magister des Ordens!«

Pitu wusste nicht mehr, wie er es geschafft hatte, in den Schlaf zu finden, als Pelldor ihn am Morgen weckte. Lange hatte er wach gelegen, über die vielen Ereignisse und Neuigkeiten nachgedacht. Unterschiedlichste Gefühle tobten ihm noch immer durch den Kopf. Die Begeisterung über seine Magie knickte vor der Verantwortung ein, die mit dieser Gabe einherging.

Er dachte an die Menschen, die er kennengelernt und lieb gewonnen hatte. An Wanda, Lysa, die beiden Scheltar – und an Kessja. Doch die Freude darüber wurde durch das Wissen um die Gellwicks und die Schatten hinweggefegt. Das Gefühl der Bedrohung hatte sich in seinem Kopf eingenistet. Er war dankbar, dass er Lieburus kennengelernt hatte und schockiert vom Ausmaß der Bedrohung, das der Magister ihm offenbart hatte! Pitu tastete nach Fludos Pfeife. Sie war noch da. Seufzend griff er nach dem schwarzen Stein, den er um den Hals trug. Das Erbe seiner Eltern!

Doch das tröstende Gefühl, das diese beiden Schätze ihm sonst bescherten, konnte das Wissen um den Kreh und dessen Gier nach Macht nicht tilgen. Als Lieburus ihm vom Grehum erzählt hatte, dem heiligen Ort, an dem die Seelen in den Schoß Jukahbajahns zurückkehrten, hatte Pitu begriffen, warum die Prophezeiung so wichtig war. *Die Säulen der Macht müssen fallen!* Mit diesem Satz mussten die Säulen des Grehum gemeint sein. Und natürlich ergab es einen Sinn, dem Kreh diese Quelle der Macht zu entreißen.

Pitu wurde klar, dass er selbst dabei eine Rolle spielen musste. Er war jetzt einer der Scheltar! Atharpazh musste einen über den Durst getrunken haben, dass ihm so etwas Absurdes einfiel. Pitu sah sich immer noch als nichtsnutzigen Straßenköter. Ein Dieb und Taschenspieler. Er dachte an seine Eltern, die Hoffnung seiner Mutter auf den Segen der Elben, den sie für Pitu erträumt hatte. Ein neues Gefühl – eines, das seine Brust einschnürte und ihm den Atem raubte. *Deine Eltern wären stolz auf dich!* Das waren Lieburus' Worte gewesen. Aber auf was? Die Magie hatte er sich nicht verdient. Sie war ihm auferlegt worden. Er hatte nicht darum gebeten.

Und sein Leben vorher? Welche Eltern wären stolz darauf, dass ihr Kind andere bestahl, belog und betrog? Und jetzt sollte er einer der wenigen Menschen sein, die die Welt retten sollten? Er, ein Meister im Verstecken und Weglaufen? Nein, das konnte er nicht schaffen. Das war zu viel Verantwortung. Warum erkannte Lieburus das nicht? Pitu hatte es ihm erklärt, ihm offen und schonungslos von seinem Leben berichtet, damit der Alte verstand, warum er der Falsche war. Doch der Magister hatte ihn angelächelt und gemeint: »Genau deshalb bist du der Richtige! Atharpazh hat dein Schicksal in die Sterne geschrieben, noch bevor du geboren warst!«

Na prima, ein abgekartetes Spiel. Doch da habt ihr euch alle geschnitten. Ihr könnt alles für mich planen, aber ich entscheide, wohin mich meine Füße tragen!

Er rieb sich die Müdigkeit aus den Augen. Wenn es nach Lieburus ging, sollte er mit den anderen Scheltar nach Erellgorh reisen. Dazu musste er zurück ins Gesundhaus. Das war ihm recht, er wollte nach Wanda und Lysa schauen. Die beiden waren ihm wichtiger als alle Erellgorhs der Welt. Vielleicht hätte sogar Kessja ein wenig Zeit für ihn übrig. Doch was danach geschehen würde, stand in den Sternen. Oder nicht ...

Die Stimmung beim Frühstück war gedrückt. Der Magister und sein Obmann sprachen über die Angriffe der Gellwicks. Ein Bote der Königin hatte Neuigkeiten von den Kämpfen gebracht. Demnach hatte Prawahn von Tyklahr sich mit seinen Männern diesseits der Schlucht verschanzt und die Gellwicks hatten sich in die schwarze Festung zurückgezogen. Der oberste Befehlshaber fürchtete wohl, das sei nur die Ruhe vor dem Sturm. Pelldor war der gleichen Meinung.

Pitu wollte am liebsten gar nichts davon hören. Für ihn war es wichtiger, die Überfahrt nach Erellgorh zu vermeiden.

Er wollte mit den Elben nichts zu schaffen haben. Sie hatten bereits seine Eltern in die Irre geführt.

Lieburus musste ihm den Widerstand angesehen haben, denn er hieß Pelldor, ihn zu begleiten. *Warum nicht? Der Große wollte mich schon einmal von A nach B bringen.* Endlich stahl sich wieder ein Lächeln auf Pitus Gesicht.

Nachdem sie sich verabschiedet hatten, wurde er von Pelldor zum Gesundhaus geleitet. Damit nicht genug, der Magister hatte der Königin auch noch zwei Wachen abgeschwatzt. Weil sein Obmann sich angeblich in der Stadt nicht so gut auskannte. Blieb die Frage, warum er dann überhaupt mit sollte. Auch dafür hatte Lieburus einen Grund genannt: »Pelldor überbringt einen persönlichen Brief von mir und bringt die Antwort hoffentlich gleich mit zurück.«

Der Weg zum Gesundhaus war weit, doch ein Gespräch wollte sich nicht einstellen. Die Wachen verunsicherten Pitu. Er wusste nicht, was für ihre Ohren bestimmt sein durfte und was nicht. Immerhin fand er eine Umschreibung für die Lichtung. Die ganze Strecke schweigend hinter sich zu bringen, wäre einfach zu langweilig.

»Ich hab gehört, in der Stadt sollen Wildschweine ihr Unwesen treiben? Jemand erzählte von einem Garten, der völlig durchpflügt sei. Ist da was dran?«

Pelldor lächelte. »Oh ja. Einige meiner Männer haben einen solchen Garten gesehen – völlig ruiniert. Die Tiere waren natürlich über alle Berge. Aber es herrscht kein Zweifel, dass es Wildschweine waren. Der Geruch hängt sicher noch Tage in der Luft.«

Atharpazh sei Dank. Dieser Plan war aufgegangen. Eigentlich war Pelldor ganz in Ordnung. Ein wenig zu groß und zu breit, aber das Herz am rechten Fleck.

»Ich kann mir vorstellen«, sagte Pelldor leise, »dass es nicht einfach war. Ich meine, sich in den Straßen einer Stadt durchzuschlagen – von klein auf.«

Pitu sah zu den Wachen vor ihnen. Völlig sinnlos natürlich, was hätte er entdecken wollen? Ob ihre Ohren vielleicht vor Neugier nach hinten klappten? Letztlich musste er nicht mehr preisgeben, als er für richtig hielt. Er senkte den Blick. »Nicht immer, nein«, antwortete er knapp.

»Hattest du ... Freunde? Gibt es so was unter ...«, Pelldor zögerte, »unter deinesgleichen?«

Pitu war ihm dankbar, dass er so vage blieb. »Nein, ich hatte keine Freunde. Und wahrscheinlich gibt es das auch eher selten. Zweckgemeinschaften, ja, die findet man. Aber das war nicht so meins.«

»Ein einsames Leben!«

»Einfacher, würde ich sagen.« Was wollte der Große? Um eine Freundschaft aufzubauen, fehlte nun wirklich die Zeit. Sobald sie beim Gesundhaus ankämen, würde Pitu nach Erellgorh abreisen oder zumindest so tun. Und Pelldor würde zurück ins Schloss gehen. Morgen schon sollten er und seine Männer Lieburus nach Gelder zurückbringen.

Als sie das Gesundhaus erreichten, standen die Torflügel weit offen. Eine alte Bekannte saß hinterm Tisch.

»Nicht die schon wieder!«, murmelte Pitu und setzte ein gestellt freundliches Lächeln auf. »Schwester Pressa, wie schön, Euch zu sehen!«

Der Kopf der Schwester schnellte in die Höhe, ihre Augen funkelten. »Schwester *Epressta,* wenn ich bitten darf.« Dann sah sie Pelldor in seinem bronzenen Harnisch mit dem elfenbeinfarbenen Umhang und ihre Miene hellte sich sichtbar auf. »Oh, Besuch aus dem Schloss? Ich freue mich, Euch begrüßen zu dürfen. Womit kann ich dienen?«

Pelldor schenkte ihr ein strahlendes Lächeln, und Pitu kam sich plötzlich klein und hässlich vor. Wie konnte man so ein Lächeln aufs Gesicht zaubern? Wo hatte er das geübt?

»Schwester Epressta, sicher könnt Ihr mir weiterhelfen. Vielleicht helft Ihr aber vorerst meinem Begleiter? Dann kann ich in Ruhe erläutern, worum es geht.« Pelldor legte die Hand auf Pitus Schulter, um damit seinen Wunsch zu bekräftigen.

Geschmeidig, geschmeidig! Pitu lächelte Schwester Epressta so breit an, wie er konnte.

»Aber gern, Herr ... äh?« Schwester Epressta war noch immer im Bann des Herzensbrechers.

Genau, Herzensbrecher, so würde Pitu ihn in Zukunft nennen. »Pelle« hatte er sich längst abgewöhnt, und einfach nur »Großer« war langweilig.

»Pelldor von Tergrys ist mein Name. Ich komme im Auftrag des Hofmagisters von Gelder und repräsentiere die Streitkräfte König Serons. Natürlich nur außerhalb der Geldermark.« Er lächelte, das Grübchen auf seiner Wange zwinkerte der Schwester entgegen, als wollte es sie verlocken, hineinzutauchen wie in einen Jungbrunnen. »Aber sagt bitte Pelldor zu mir. Ich denke, Ihr nehmt hier eine nicht weniger wichtige Stellung ein.«

Der Kopftuchdrache errötete, ihre Hände wanderten verlegen zu ihrer Haube. Nur war da keine Haarsträhne, die in Ordnung gebracht werden musste. Ein bisschen widerwillig, so schien es Pitu, wandte sie sich ihm mit einem gequälten Lächeln zu. »Wie kann ich helfen?«

Befriedigt genoss er diesen Moment der Unterwerfung. »Ich würde gern die Tante, also Wanda, und Lysa besuchen. Ist das wohl möglich?« Er zwinkerte ihr zu und freute sich an dem noch kräftigeren Rot, das ihr jetzt in die Wangen schoss. Ihre Augen wurden schmaler, aber sie bewahrte Haltung.

»Die ehrenwerte Wanda ist im Garten.« Sie wies zur hinteren Tür der Diele. »Ich denke, der Weg ist bekannt.«

Presse vermied es eindeutig, ihn direkt anzureden. Um nichts in der Welt wollte sie die Höflichkeitsform nutzen. In Gegenwart von Pelldor wollte sie aber auch nicht mit einem *Du* auf seine Ebene hinabsteigen. Pitu überlegte, ob er sie noch ein wenig piesacken sollte, doch der Herzensbrecher stieß ihn an und räusperte sich.

Enttäuscht nickte Pitu dem Drachen zu und wandte sich an Pelldor. Statt Presse zu ärgern, musste er sich also vom Großen verabschieden. »Danke für die Begleitung und alles andere. Und natürlich auch für die Pilze und so.«

Er drückte dem Herzensbrecher die Hand. Ein kurzer Abschied. Alles war gesagt. Einen Moment zögerte Pitu, ehe er durch die Tür in den Garten trat, doch er blickte nicht zurück. Wahrscheinlich würden sie sich ohnehin nicht wiedersehen. Die Zukunft war zu ungewiss, da war es besser, einander so schnell wie möglich zu vergessen. Außerdem hatte er in den letzten Wochen schon zu viele Abschiede erlebt.

Im Innenhof des Gesundhauses überkam ihn sofort ein wohliges Gefühl. Könnte er wählen, wäre so ein Fleck Erde sein Zuhause. Hier waren zwei entscheidende Dinge erfüllt: Es war wohnlich und es war draußen! Nicht, dass er die Kammern der letzten Tage mit ihren weichen Betten missen wollte. Aber er war es von Kindesbeinen an gewohnt, mehr draußen als drinnen zu sein. Ein eigener Garten als Wohnstatt, das wäre sein Traum. Und mit einem Jothosbaum als Schlafstätte die absolute Erfüllung.

Er musste an Fludo denken, der ihm vom heiligen Jothoshain in den Sümpfen erzählt hatte. Urige Gewächse, denen man nachsagte, sie könnten böse Geister abschrecken. Einstmals, so hatte der Fischer erzählt, hatte man Waffen und Schilde aus ihrem Holz gefertigt, um gegen Geschöpfe der Dunkelheit zu bestehen. Doch das war lange her. Jothoswälder gab es nicht mehr. Nur noch den heiligen Hain in den Athür. Ob er einmal dort hinkommen würde? Und ob er Fludo je wiedersähe?

Pitu griff in seine Hemdtasche und suchte nach der Pfeife. Vielleicht wäre heute endlich die Zeit dafür. Er schritt den gepflasterten Weg entlang und ließ den Blick über den Garten gleiten. Die Tante saß beim Brunnen, Pitu steuerte auf sie zu.

Sie winkte ihm. »Pitu!«

»Tante Wanda! Äh, ich meine ehrwürdige Wanda.« Pitu wurde rot. Auf keinen Fall wollte er respektlos sein. Sie war ihm nur einfach so vertraut geworden in der Zeit, die er mit ihr und Lysa verbracht hatte.

»Tante Wanda höre ich viel lieber als *ehrwürdige* Wanda.« Sie lächelte. »Wir haben doch eine gemeinsame Geschichte, nicht wahr?«

Pitu nickte und setzte sich zu ihr.

»Aber wieso bist du hier? Du solltest in Erellgorh sein, nicht wahr?«

Für einen Moment überlegte er, was Wanda über die ganze Sache wusste. Dann fiel ihm ein, dass auch sie eine Hüterin gewesen war. Zumindest, bis sie diese Aufgabe an Selana übergeben hatte. Demnach müsste sie zumindest all das wissen, was er inzwischen auch erfahren hatte.

Erst jetzt fiel ihm auf, was ihre Frage genau bedeutete. »Die anderen sind schon abgereist?«

»Das sind sie. Und ich dachte, du wärst bei ihnen.«

Pitu schüttelte den Kopf. »Die letzten Tage hielten einige Überraschungen für mich bereit.« Er zögerte kurz, ehe er ihr alles erzählte. Von seiner Suche nach Eldarh, der Begegnung mit den Gellwicks und der Zeit bei Magister Lieburus. Wanda war eine geduldige Zuhörerin und unterbrach ihn kein einziges Mal. Er sah Interesse in ihren Augen, manchmal Bestürzung und manchmal Verwunderung. »Magister Lieburus möchte, dass ich so schnell wie möglich nach Erellgorh reise.«

»Aber du möchtest das nicht.« Es war keine Frage, sie stellte es einfach fest.

»Nein. Für mich geht das alles viel zu schnell! Ich bin noch nicht so weit. Ich kann nicht den Retter der Welt spielen, während in mir Dieb und Taschenspieler noch das Sagen haben.«

Wanda schaute ihm in die Augen und nickte bedächtig. »*Du* entscheidest, wer in dir das Sagen hat. Das weißt du, nicht wahr?«

Er nickte.

»Du musst nicht den Retter der Welt spielen.« Sie schüttelte den Kopf. »Du wirst es sein – oder auch nicht.«

Pitu wartete darauf, dass sie noch etwas sagen würde. Dass sie ihn drängen oder mit guten Argumenten überzeugen wollte. Doch sie sagte nichts weiter. Sie lehnte sich zurück und schloss die Augen. Ein Lächeln umspielte ihre Lippen.

»Du lächelst? Bist du nicht enttäuscht? Ich meine, sollte ich nicht aus tausend Gründen zu den Elben, die du mir jetzt alle aufzählen möchtest?«

»Versuche mich nicht.« Wanda blinzelte ihn an und grinste verschmitzt. Dann wurde sie ernst. »Ich habe keinen Einfluss auf den Lauf der Welt, Pitu. Und die Seelen wissen, dass ich das in jungen Jahren lange Zeit geglaubt habe. Am allerwenigsten habe ich das Recht, in das Schicksal von Menschen einzugreifen, indem ich sie überrede oder nötige. Auch das habe ich zur Genüge versucht!« Sie zwinkerte. »Das ist vielleicht das Schönste am Älterwerden.«

Pitu hob die Brauen. Worauf wollte sie hinaus?

»Ich meine die Erkenntnis, dass man andere nicht ändern kann. Man kann nur sich selbst ändern, oder aber seine Sicht auf die Dinge. Das verschafft mir eine Gelassenheit, die ich in jungen Jahren nie kannte, aber gern gehabt hätte.« Sie blickte ihm in die Augen. »Es ist *deine* Entscheidung. Und Atharpazh allein weiß, wohin dein Schicksal dich führt.«

Sie schwiegen eine Weile und Pitu ließ die Worte dankbar in sich nachklingen. Er fühlte sich angenommen und akzeptiert. *Ein guter Moment!* Er griff nach Fludos Pfeife.

»Oh, es stört dich doch nicht?«

»Aber nein.« Wanda lachte. »Auch das ist deine ...«

»... Entscheidung«, beendete Pitu den Satz. »Ich denke, ich verstehe.« Grinsend zog er den Tabak aus der Tasche. »Wo ist eigentlich Lysa? Ich hatte gehofft, sie zu sehen.«

»Hast du sie vermisst?«

Die Frage überraschte ihn. »Nun ja, vielleicht nicht direkt. Es passiert dieser Tage so viel, was mich ablenkt. Aber ich wäre enttäuscht, wenn ich sie nicht wiedersehen würde oder sie mich womöglich nicht mehr erkennen würde. Ich meine, Kinder wachsen so schnell und vergessen auch, nicht?«

Ungeschickt hantierte er mit dem Tabaksbeutel, während Wandas Blick in die Ferne schweifte.

»Auch Lysa wächst. Oder vielmehr: Sie reift.« Sie blickte zum Himmel. »Es ist Mittag vorbei. Sie hilft den Schwestern immer bei den Verbänden. Zumindest bei den Wunden, die nicht zu arg sind und gut verheilen. Meist kommt sie dann und wartet mit mir zusammen auf Schwester Kessja. Die beiden haben sich wunderbar angefreundet.«

Pitus Herz stolperte. »Kessja?« In den letzten zwei Tagen hatte er versucht, nicht an sie zu denken. Sie war so anders als er, sie beide würden nie ... Er schüttelte den Kopf. *Nun hör schon auf!* Er versuchte, gleichgültig dreinzuschauen, als er sich im Hof umsah.

»Heute war Kessja früher mit ihrer Arbeit fertig. Du hast sie verpasst.«

»Oh!«

»Sie werden am Fluss sein, denke ich. Ich kann dir den Weg beschreiben, falls du sie sehen willst.«

Pitu wurde rot und fühlte sich ertappt.

»Lysa, meine ich«, kam Wanda ihm zu Hilfe. »Sicher sind sie wieder bei dem einzigen Zugang in der Nähe. Es dürfte der Durchgang zum Fischersteg sein, von dem du selbst erzählt hast.«

»Dort, wo ich Magister Eldarh gesucht habe?« Pitu steckte Tabak und Pfeife wieder ein.

»Ich denke schon.«

»Dann weiß ich Bescheid.« Er sprang auf. »Wir sehen uns später, in Ordnung?«

»Aber ja.« Wanda lachte. »Nun geh schon!«

Pitu eilte zur Tür. Hatte Wanda noch etwas gewispert, so etwas wie »junge Liebe«? Nein, er musste sich verhört haben. Das wäre nun wirklich völlig aus der Luft gegriffen.

Selana 21

Es war ein sonderbares Gefühl, den Raum der Fürstin zu betreten, ohne dass sie selbst anwesend war. Niemand sagte einen Ton. Gehlen und Jehlen gingen auf die Tafel zu und umrundeten sie, die Gefährten folgten den Elben.

Selana schaute zu Aria. Gestern noch hatte sie sich erneut über die Namen der Elben lustig gemacht. Besonders Jehlen hatte sie aufs Korn genommen. Mit näselnder Stimme hatte sie seinen Pessimismus nachgeäfft. Heute war sie angespannt, ging still hinterher und warf scheele Blicke auf den Ältesten Teehl. Selana hatte ihr von der abendlichen Begegnung erzählt und ihre Freundin war sofort hellhörig geworden. Sie würde ihn skeptisch im Auge behalten, so viel war sicher.

Die beiden Elben bedeuteten ihnen, zu folgen, und traten auf den bemalten Paravent zu, den Selana schon vorgestern bewundert hatte. Um welches Gebäude es sich darauf wohl handeln mochte?

»Tondaborgen, richtig?«, fragte Atharu.

Sein Mentor nickte. »Das Erbe unserer Fürstinmutter Fellen-Kehlanda!«

Ihr Bruder besaß ein beeindruckendes Wissen. Er musste in Tangris eine exzellente Ausbildung erhalten haben. Selana sagte der Name Tondaborgen nichts. Hoffentlich würde sie später mehr darüber erfahren.

Als Gehlen und Jehlen sie um den langgestreckten Paravent herumführten, staunte sie. Sie standen vor einer breiten Treppe, deren Stufen sich von beiden Seiten, einer Wendeltreppe gleich, umeinanderwanden. Auch hier war der Handlauf mit faszinierenden Schnitzereien verziert, die die Natur als Vorbild hatten.

Mit klopfendem Herzen folgte sie den anderen hinunter in den Schoß von Erellgorh. Immer tiefer stiegen sie, bis die Stufen endlich in einen Gang mündeten, der in sanftem Gefälle weiter hinabführte. Anders als in den oberen Bereichen des Palastes beleuchteten hier nur wenige Feuerlampen den Weg. Es kam ihr vor, als würden sie in Dunkelheit versinken. Immer weiter abwärts.

»Wie tief geht das denn noch?«, flüsterte Aria.

»Keine Ahnung«, raunte sie zurück.

Jäh wurde der Gang flacher und breiter, öffnete sich. Vor ihnen drängten sich unzählige Laternen dicht an dicht unter einer hochgewölbten Decke. Gleißendes Licht fiel auf ein gewaltiges Tor. Fünf aufwendig gearbeitete Flügel, in deren Mitte eine schlichte Tür eingelassen war.

Goldgerüstete Wachen standen zu beiden Seiten. Selana zuckte zusammen, als sie plötzlich Haltung annahmen. Wie ein Mann stampften sie ihre Stiefel auf den Boden, laut hallte das Klirren ihrer Waffen. Aria erstarrte, der Älteste Teehl wich ängstlich zurück.

Dann trat die Fürstin durch die Tür. Ihr Kleid changierte in Purpur und Violett. Mit jeder Bewegung schillerten Reflexe darauf. Das goldblonde Haar, in dem silbrige Strähnen schimmerten, war zu einer Krone geflochten und unterstrich ihre würdevolle Haltung. Anmutig legte sie die Hand aufs Herz.

»Hinter diesen Toren gelangt ihr zum Heiligsten der Elamarh«, begann sie ohne Umschweife. »Tief im Schoß der Erde hüten wir die magischen Schmieden von Erellgorh!« Sie wies auf die Torflügel. »Verbunden mit den fünf Elementen: Feuer, Wasser, Luft, Erde und Holz. Ein Torflügel für jedes, als Symbol der Verbundenheit mit dem Sein und dem Werden.«

Hilja-Mehlen-Ellanjah trat durch die Tür, auf ein Zeichen Jehlens folgten sie ihr in stillem Staunen. Hinter den Toren erwartete sie eine Halle, deren Wände mit verschlungenen Ornamenten geschmückt waren. Fasziniert erkannte Selana, dass sie die fünf Elemente in einer Vielzahl von Formen umrankten.

Der imposante Raum verjüngte sich nahtlos zu einem Gang, der sie nochmals tiefer in den Berg führte. Warme Luft strömte ihnen entgegen, Selana ahnte, dass sie gleich am Ziel sein mussten. Endlich mündete der Gang in ein Gewölbe. Eine gewaltige Felsengrotte, wie Selana sie sich nie hätte vorstellen können. Von schmiedeeisernen Lüstern waberte feuriges Licht. Die Umrisse eines großen Beckens waren schemenhaft zu erkennen.

Die Fürstin hieß sie warten. Sobald Mehlen-Ellanjah ihre Arme hob, erklang ein leiser Singsang, kaum mehr als eine Ahnung melodischer Beschwörungen. Und es wurde licht. Kleine Punkte erst, die wie Sterne am Gewölbehimmel funkelten, dann immer größer und intensiver leuchteten, bis die magischen Schmieden in hellem Licht erstrahlten. Erst jetzt offenbarten sich die hohen Säulen, die wie mächtige Bäume der Felsendecke entgegenstrebten und mit ihren Kronen das Gewölbe stützten.

Vor ihnen zog ein kunstvoll ummauertes Becken Selanas Interesse auf sich. Eine dampfende, graue Masse bewegte sich darin, von der eine unsagbare Hitze ausging. Um das Becken herum standen ziselierte Ambosse, die nichts gemein hatten mit den plumpen Eisenblöcken in den Schmieden von Akralahr. Feinste Schriftzeichen glaubte Selana zu erkennen. Seitlich der Ambosse befanden sich kleinere Becken, durch Rinnen miteinander verbunden. Soweit sie es sehen konnte, waren sie alle leer.

»Alter Dokareiter!«, wisperte Aria »Wenn das mal kein Hingucker ist!«

Brandan trat an eine der Baumsäulen heran und bewunderte die Rinde. »Es sieht aus wie Holz, aber es fühlt sich an wie Stein.«

»Die magischen Schmieden von Erellgorh. Habt Dank, Fürstin, dass ich dies erleben darf!«, schnarrte die Stimme Teehls, und Selana spürte eine Aufrichtigkeit in seinen Worten, die sie gestern nicht wahrgenommen hatte.

Sie blickte sich zu ihrem Bruder um. Atharu stand etwas abseits und starrte mit offenem Mund auf einen Amboss. Oder nein, er schaute daran vorbei. Dann entdeckte Selana, was ihn so in den Bann zog: Vier helle Portale schimmerten im Hintergrund der Schmieden. Im Schatten hoher Felsnischen waren die Strukturen darauf nur schemenhaft zu erkennen. Schnitzereien vielleicht. Von hier konnte sie nicht ausmachen, was sie darstellten. Wo mochten die Portale hinführen? Gab es noch weitere Gänge und tiefere Ebenen?

Die Elbenfürstin trat an Atharu vorbei. »Wer hierhergeführt wird, genießt das Vertrauen der Elamarh. Ein Vertrauen, das verdient wurde oder noch verdient werden muss. Ein Pakt, der euch an uns bindet und uns an euch. Wisset, dass dieses Vertrauen niemals gebrochen werden darf.« Ihre Stimme hatte sich sonderbar erhoben, füllte das Gewölbe und hallte in Selanas Ohren.

Die Fürstin sprach nicht laut im eigentlichen Sinne, aber eindringlich und beherrschend. »Ihr seid die Hüter und ihre Begleiter. Durch euer Geschick wird das eine Medaillon, das geblieben ist, neu geschmiedet!«

Sie gab Gehlen ein Zeichen und er trat vor. »Ihr kennt Schmieden aus euren Städten und Dörfern. Die Esse mit Blasebalg und Rauchfang. Sie unterscheiden sich von dem, was ihr hier seht. Es ist wichtig, das zu verstehen. In Erellgorh gibt es nur die Esse, gespeist durch das magische Feuer der Erde. Die Luft sickert mit dem Tau des Nebels durch die Poren der Gesteine und sammelt sich in den Kronen der steinernen Bäume. Ihre Wurzeln aber ziehen den Rauch in den Felsengrund. Unsere Ahnen haben ein Wunderwerk der Magie geschaffen, das es zu hüten gilt.« Gehlen trat auf eines der Becken zu und umfasste den Rand. »Neben der Esse dürften euch die Härtebecken bekannt sein. Auch hier gibt es einen unsichtbaren Unterschied. Magische Werkstücke müssen mit den fünf Elementen vereint werden. Nur dann können sich ihre magischen Eigenschaften entfalten und sie erhalten ihre Seele!«

Die fünf Elemente! Es dreht sich immer um sie. Wanda hatte ihr schon früh von ihnen erzählt, ihr erklärt, dass alles auf sie zurückzuführen sei. Doch erst jetzt begriff Selana die Zusammenhänge.

»Nur das reinste aller Erze hält der Hitze dieser Esse stand, ohne zu verglühen. Und nur die reinsten der Elemente stützen die Magie. Beides wird gebraucht, um die Zauber der Schmieden zu beschwören. Die reinsten Gaben der Welt.« Gehlen verstummte ehrfürchtig und senkte den Kopf, als Mehlen-Ellanjah wieder das Wort ergriff.

»In den Zeiten der Anfänge, als die Elben noch eines Hauses waren und keine anderen Völker unter dem Himmel wandelten, suchten und fanden unsere Ahnen die reinsten Quellen der Welt. Das Feuer aus dem Schoße Jukahbajahns, die Luft über dem Nebelsee, das Wasser des Jiguelazh, das Holz aus Golannbjahr, die Erde aus dem Delta des Uwentengoa. Und Erz aus den Gruben von Eskrin. Doch es waren beschwerliche Wege, die Gaben des Schöpfers nach Erellgorh zu bringen. Zu den Zeiten gab es keine Straßen. Und niemals versklavten Elben Tiere, um auf ihren Rücken zu reiten. Auch heute noch sind wir stolz darauf, unsere Ziele auf den eigenen Füßen zu erreichen. Denn wir arbeiten mit den Kräften, die uns gegeben sind!«

Die Fürstin schritt auf eines der Portale zu und bedeutete ihnen zu folgen. Auf ihren Wink wurde es heller.

Selana spürte die Unruhe ihres Bruders, als die Portale deutlicher zu sehen waren. Ihm lagen Fragen auf der Zunge, das war offensichtlich. Doch er blieb stumm, sein Blick starr auf das nächstliegende Portal gerichtet, in dessen Bogen aufwendige Steinmetzarbeiten die Formen wunderbarer Pflanzen- und Tiermotive wiedergaben. Verschiedenste Blatt- und Blütenformen, ineinander verschlungen, nur durchbrochen von fein gearbeiteten Tierskulpturen. Sie wirkten so lebensecht, dass Selana den Eindruck hatte, jeden Moment müssten die Vögel davonfliegen oder die Eidechsen weghuschen. Als wäre das Leben nur für einen kurzen Moment zu Stein erstarrt.

Die Bögen waren vollkommen. Einzig edle Türblätter könnten sie noch komplettieren. Doch welche Funktion sollten diese haben? Hinter den Portalbögen erblickte Selana nur die Felswand. Es war kein Gang zu sehen, den sie hätten verschließen können. Sonderbar!

Die Fürstin erlaubte ihnen, näher zu kommen. Zögerlich traten sie heran und bewunderten die meisterhafte Arbeit. Finger strichen sanft darüber, folgten den Formen und Linien. Aria kniete vor den Früchten steinerner Zweige und schien sie am liebsten pflücken zu wollen. So echt, so appetitlich, so wunderbar. Selana strich über eine Zirbelmaus und dachte an den Arbenhain, durch den sie gekommen waren. Sofort glaubte sie, den Duft der Bäume zu riechen. Und in dem Moment war es ihr klar: Die Portale waren mehr als Bögen ohne Türblätter. Mehr als meisterhafte Monumente oder Füllungen kalter Felsnischen. Sie waren magisch!

»Du hast es erkannt, Selana-Scheltar!« Die Stimme der Fürstin umschmeichelte ihre Seele und wärmte ihr Herz. »Das«, Mehlen-Ellanjah wies in einer weiten Geste über die Portale, »ist das größte Geheimnis der Elben. Etwas, das kein Außenstehender je erfahren hat, noch je erfahren darf!«

Selana spürte einen Strom unstillbarer Erregung. Sie war kurz davor, es zu begreifen, das spürte sie. Wenn die Elbenfürstin es nicht gleich erklärte, müsste sie platzen.

»Und warum dann ausgerechnet wir?« Aria hielt sich sofort die Hand vor den Mund. »Entschuldigung.«

Doch die Fürstin lächelte. Statt zu antworten, schaute sie mit ihrem melancholischen und zugleich stechenden Blick in die Runde, um schließlich an Atharu haften zu bleiben.

»Weil wir die Hüter sind«, flüsterte er. »Und weil wir Scheltar sind!« Er blickte Selana an.

»Ich sehe hier mindestens drei, die keine Scheltar sind.« Aria schaute zu Brandan, dann zu Teehl.

Der Älteste stand immer noch vor einem der Bögen. »Ich erkenne es wieder«, schnarrte er. »Es ist der Türbogen Ondaras!«

»Genau!«, meldete Brandan sich zu Wort. »Ich wusste, ich hab das schon mal gesehen. Aber irgendwie dachte ich dabei an Gelder.« Er raufte sich die Haare, schien sich nicht sicher zu sein.

»Tangris, Gelder, Erellgorh, Golannbjahr und, wenn ich vermuten darf, auch Crem?« Atharu sah die Fürstin an.

Sie nickte. »Du sprichst weise, Atharu-Scheltar, Spross aus der Linie Ondaras! Dies sind die magischen Portale unserer Ahnen. Die geheimen Wege der Elemente, um die Schmieden von Erellgorh mit Leben zu erwecken.«

»Bedeutet das, dass man hindurchtreten kann? Ich meine, dass man mit ihnen reisen kann?« Die Frage entschlüpfte Selana, ehe sie darüber nachgedacht hatte, wie unwahrscheinlich das war. Mit nur einem Schritt Hunderte von Meilen überbrücken? Das schien selbst für die mächtigen Ahnen der Elbenvölker zu groß. Doch zu ihrer Verblüffung nickte die Fürstin.

»Das Vermächtnis unserer Ahnen ist der größte Zauber, der jemals in Stein gearbeitet wurde. Und nur mächtige Kräfte vermögen ihn zu aktivieren.«

Teehls Miene verdunkelte sich. »Braucht es etwa die Mächte eines Scheltar?«, schnarrte seine Frage durch den Raum.

Selana sah, dass Gehlen aufmerksam eine Braue hob. Sie war sich fast sicher, dass er auch die Enttäuschung herausgehört hatte, die in der unliebsamen Stimme des Ältesten mitschwang. Oder bildete sie sich das nur ein? Welche Gedanken mochten den alten Tangora getrieben haben, als er die Macht der Portale begriffen hatte?

»Die Macht eines Scheltar ist groß, aber nicht groß genug, um die Portale auf beiden Seiten zu öffnen und ein Hindurchtreten zu ermöglichen. Dafür, Freund Teehl, braucht es zwei Scheltar!« Mehlen-Ellanjah neigte ihren Kopf und lächelte. Doch das Lächeln erreichte nicht ihre Augen.

Selana versuchte, aus der Fürstin schlau zu werden, ihre Haltung zu ergründen. Sie spürte die Weisheit in ihren Worten und war gleichzeitig irritiert von der kühlen Distanz. Ihre Bewegungen waren fließend, ihre Mimik indes kontrolliert und starr. Alles fügte sich, passte zusammen und wirkte dennoch künstlich. Könnte man sie jemals durchschauen?

»Aber ja!« Atharu fasste sich an den Kopf. »Eine Bündelung der Magie – eine Verbundenheit der Mächte!« Er strahlte Selana an und sie vergaß ihre Überlegungen. Seine Stimme klang aufgeregt, sie wusste sofort, was er dachte: Gemeinsam könnten sie die Portale öffnen.

Atharu

22

Das Geräusch ihrer Füße auf dem Boden des Felsengangs erinnerte Atharu an das Tappen von Kinderfüßen. Die Kinder in Tangris liefen im Sommer barfuß, weil sie gern zum Wasserfall kletterten und ihre Zehen ins kühle Nass hielten. Oft waren sie danach zu Ondara gekommen. Atharu berührte die Felswand; erst jetzt merkte er, wie sehr er Tangris vermisste. Versonnen dachte er an frühere Tage, an denen er den anderen in den Raum seiner Urmutter gefolgt war. »Ondara, erzählst du eine Geschichte? Bitte! Von Elben oder Zwergen. Und von Zauberern!« Ondara hatte dem Drängen fast immer nachgegeben. Hatte von den Orden der Magister berichtet, von Tondaborgen geschwärmt, sogar etwas über die magischen Schmieden verraten. Allein von dem, was da noch in den Tiefen unter der Elbenstadt verborgen lag, hatte sie nicht erzählt. Hatte sie von den Portalen gewusst? Und hätte sie es ihm offenbart, wenn sie länger gelebt hätte?

»Ihr habt es in der Hand, ihr zwei.« Teehls Stimme klang leise, fast flüsternd, und doch erschrak Atharu. Der Älteste hatte auf ihn gewartet. Ob jemand das bemerkt hatte?

»Was meint Ihr damit?« Atharu war seine Nähe unangenehm. Eine schwache Note von Pelstarblüten stieg ihm in die Nase. Offenbar stand es mit dem Ältesten nicht zum Besten, wenn er ein Heilkraut zum Abführen kaute.

»Nichts, nichts. Ich freue mich nur für euch beide. Ihr habt eine Macht, die ihresgleichen sucht. Um Gutes zu tun, meine ich natürlich. Und vielleicht könnte ich mir den weiten Weg zurück nach Tangris sparen. So ihr mir ein Portal öffnen würdet.«

In jedem Fall war die Versuchung groß, den Ältesten wieder loszuwerden! Sofort verurteilte Atharu sich für diesen garstigen Gedanken. »Ich denke, die Elbenfürstin wird noch einiges darüber sagen, wie wir unsere *Gabe«*, Atharu vermied es bewusst, von Macht zu sprechen, »am besten nutzen!«

»Ein wahres Wort, Atharu-Scheltar!«, schnarrte der Alte und beschleunigte seine Schritte wieder.

Atharu tastete nach Ondaras Brief. Er konnte es kaum erwarten, ihre Nachricht zu lesen. Eigentlich sollte er Teehl dafür dankbar sein, dass er den weiten Weg auf sich genommen hatte, um ihm ihre Zeilen zu überbringen. Doch er traute dem Ältesten einfach nicht über den Weg. Das fühlte sich alles wie ein Vorwand an. Er hatte Ondara regelmäßig gesehen. Warum sollte sie ihm geschrieben haben? Außerdem war ihm die Vorstellung zuwider, dass Teehl den Brief vor ihm gelesen hatte. Bei allem Guten, was dem Ältesten unter Umständen angerechnet werden konnte, zu oft übertrat er die unsichtbare Grenze familiärer oder persönlicher Belange.

Als sie endlich wieder am Ratstisch der Elbenfürstin versammelt waren, kamen sie auf die Portale zu sprechen.

Brandan war es, der die erste Frage stellte: »Wenn ich die Erzählungen von Magister Lieburus richtig erinnere, hat es schon lange Zeit keine Scheltar mehr gegeben. Wann wurden die Portale denn das letzte Mal durchschritten? Ich meine, vielleicht funktionieren sie gar nicht mehr. Wer kann das wissen?«

»Eine weise Frage, Brandan, Jäger der Tangora.« Die Augen der Fürstin verengten sich nur einen Hauch, und doch fühlte es sich an, als würde sie einem im selben Moment bis ins Mark schauen.

Atharu hatte diesen Blick schon einige Male beobachtet. Scharfsinnig, durchdringend, immer ein wenig melancholisch. Ein Schauer lief ihm über den Rücken, während Mehlen-Ellanjah langsam jeden in der Runde musterte. Dann nahm sie den Gedanken auf und erzählte von der letzten Scheltar.

»Mijah-Glajurdah, die Fürstin der Mütter der Wälder, ist die letzte Scheltar der Elben. Sie vermag das Portal von ihrer Seite zu öffnen.«

»Es reicht also auch ein Scheltar?« Teehls Stimme schnarrte unangenehm dazwischen.

Atharu war erschrocken über die Respektlosigkeit, mit der er die Fürstin unterbrochen hatte. Immerhin schien der Älteste es selbst zu bemerken und entschuldigte sich.

Doch Mehlen-Ellanjah ließ sich nicht irritieren und fuhr fort: »Eine einseitige Öffnung ermöglicht zu sehen und zu sprechen. So erfahren wir von den Sorgen der anderen, tauschen unsere Deutungen der Sterne und stimmen uns ab in diesen Zeiten der Veränderungen. Morgen, wenn der volle Mond am Himmel steht, werden wir uns treffen.« Die Fürstin blickte Atharu und seine Schwester an. »Ich wünsche eure Begleitung, denn es ist eine einzigartige Gelegenheit der Scheltar, miteinander zu sprechen. Über die Portale und über die Mächte der Elemente!«

Nach einem längeren Moment der Stille meldete Brandan sich erneut zu Wort. »Das mit den Portalen hab ich verstanden, denke ich. Was mich aber interessiert, ist, wann das Medaillon neu geschmiedet wird. Das ist doch dringend, oder nicht?«

Atharu wurde erneut bewusst, wie wichtig sein Freund für ihn war. Brandan war derjenige, der sie immer wieder zu den Punkten zurückbrachte, die neben allen magischen Veränderungen Richtung und Ziel ausmachten.

Die Fürstin nickte Gehlen zu, der wie Jehlen bislang schweigend an ihrer Seite gesessen hatte.

»Das letzte Bruchstück ist noch nicht angekommen. Vertraute der Fürstin sind auf dem Weg hierher und sollten es unbeschadet überbringen.«

»Ein wichtiges Unterfangen«, merkte Jehlen an, als müsste er ein Gleichgewicht der Worte herstellen, »dessen Ausgang jedoch nicht gewiss ist – in diesen Zeiten!«

Gehlen hob eine Braue. »Zu Recht habt Ihr Bedenken, Freund Jehlen. Doch immerhin sprechen wir von den Leibwächtern der Fürstin. Kriegern, die schon der Fürstinmutter Fellen-Kehlanda gedient haben!«

Jehlen spitzte die Lippen, als setzte er zu einer Erwiderung an, doch Mehlen-Ellanjah erhob sich, und sofort standen auch ihre Berater in einer fließenden, beinahe synchronen Bewegung auf.

»Wir sehen uns, wenn der volle Mond am Himmel steht!«

Ein durchdringender Blick noch, dann wandte sie sich mit einem sanften Lächeln ab. Ihr Kleid wehte in schillernden Reflexen, umschmeichelte eine Taille, die Atharu für einen Moment die Fürstin in ihr vergessen ließ. Sie war so schön, so geheimnisvoll, so verstörend. Ein Gefühl von Ehrfurcht erfüllte ihn, während er Mehlen-Ellanjah nachblickte. Gehlen und Jehlen bedeuteten ihnen, ebenfalls den Ratsaal zu verlassen.

Draußen wartete eine Elbin in goldenem Brustharnisch auf sie. Atharu vermutete in ihr die Kriegerin, von der Brandan erzählt hatte. Der Tag würde also weitere Lektionen für seinen Freund bereithalten. Und blaue Flecken.

»Pass auf deine Schulter auf!« Er zwinkerte ihm zu.

Doch Brandan hatte sich schon Aria zugewendet.

Atharu freute sich auf den Nachmittag mit seinem Mentor. Schon der gestrige Tag hatte ihm mehr Selbstsicherheit verliehen, und er war sicher, dass er seine magischen Fähigkeiten bis zum Abend noch besser beherrschen würde. Das Gefühl der Macht über das Feuer berauschte ihn.

In Tangris war er immer nur der Schüler Ondaras gewesen. Natürlich wurde er als angehender Heiler und Gelehrter akzeptiert. Aber im Stillen hatte er Brandan um die Gemeinschaft der Jäger beneidet. Sie waren die Männer, die das Volk der Tangora mit Nahrung versorgten, die für ihr Land kämpften und denen die Kinder ehrfürchtig nachblickten. »Wenn ich groß bin, werde ich auch Jäger!« Diesen Satz hatte er oft genug gehört. Wahrscheinlich gab es keinen Jungen auf der Welt, der lieber Heiler werden wollte, um dann zusammen mit den Kräuterfrauen nach den Alten und Kranken zu sehen.

Ja, die Frauen waren nett, einige sahen sogar recht gut aus – aber ihre Art, zu kommunizieren, grenzte manchmal an Folter. Ausschweifende Unterhaltungen über alles und jeden. Gemeinsam am Feuer sitzen und gedankenversunken in die Flammen starren, das ging mit ihnen nicht. Sie redeten ohne Unterlass. Manchmal hatte er sich gefragt, ob sie wohl im Schlaf weiterredeten.

Ganz anders die Jäger. Das Wesentliche wurde in knappen Worten ausgetauscht, lockere Sprüche sorgten für Stimmung, der Rest funktionierte über Gestik und Mimik. Großartig. Atharu hatte versucht, so zu sein wie sie. Hatte sich bei Klettertouren im Ophringebirge verausgabt und war Meilen um Meilen am Ufer des Jiguelazh gelaufen, nur um mithalten zu können. Einige Male hatte er sogar die Unterweisungen Ondaras versäumt, wenn Brandan ihn zu einem der legendären Jägerfeste mitgenommen hatte. Er hatte Spaß gehabt, doch nie das Gefühl, wirklich dazuzugehören. Jetzt hatte er endlich gefunden, was er vermisst hatte. Stärke, Macht und Gemeinschaft.

Es war spät am Tag, Atharu hatte sich bislang recht gut geschlagen. Jehlen hatte ihm abverlangt, alle Regeln der Magie vorzubeten und zu demonstrieren. »Der Atem ist Anfang und Ende deiner Kraft«, »Hände und Füße sind die Dirigenten deiner Macht« und »Magie braucht einen Zweck«. Das war ihm gestern schon klar gewesen, auch wenn das mit den Füßen nicht hatte klappen wollen. Aus seinen Zehen waren nur träge Feuerblasen hervorgeploppt und sofort zerstoben. Immerhin hatte er Jehlen damit einige Male zum Lachen gebracht.

Zu Atharus Freude war sein Mentor in diesen Momenten wie verwandelt, die skeptische Miene wie weggewischt. Deutliche Fortschritte hatte Atharu mit den Händen erzielen können. Er schaffte es jetzt, ein Dutzend Feuerbälle gleichzeitig in die Luft zu schleudern, helle Signalschweife in den Himmel zu malen und sogar Feuerlanzen zu werfen! Für Letztere hatte Jehlen ihn besonders gelobt, weil sie zu den schwereren Zaubern gehörten, die nicht einmal jeder Feuer-Scheltar der vergangenen Jahrhunderte beherrscht hatte. Feuerlanzen drangen in jegliche Körper und in alles, was brennbar war! Wie ein scharfes Schwert, das in einen ungeschützten Leib fährt, unerbittlich und grausam.

Doch damit hörten seine Erfolge auch schon auf. Die letzten beiden Regeln, »Ich muss mein Ziel kennen« und »Die Magie nimmt jeden Weg, den ich mir vorstellen kann«, konnte er sich zwar merken, sie aber nicht annähernd umsetzen. So sehr Atharu glaubte, die Wege zu den vorgegebenen Zielen zu kennen, immer wieder zerstoben die Flammenzauber zu hohlen Funken.

Jetzt sollte er eine Feuerkugel hinter Jehlens Rücken und in einer Schlangenlinie um drei Speere leiten, um am Schluss einen Fetzen Stoff in Flammen aufgehen zu lassen. Der Haken an der Sache war nur, dass er nichts davon sehen konnte, weil sein Mentor davorstand.

»Du hast die Speere vorher gesehen, hast ihre Abstände mit Schritten bemessen und weißt somit alles, was du wissen musst. Vertraue deinem Geist und lass dich nicht ablenken.« Jehlen ließ den Kopf nachdenklich von einer Seite auf die andere kippen und spitzte die Lippen. »Wenn es dir hilft, folge der Linie mit den Händen. So etwa.« Er hob eine Hand und wand sie durch die Luft. Es wirkte etwas weibisch, wie Atharu fand. Brandan hätte sicher seinen Spaß daran und würde ihn nur zu gerne damit aufziehen. Nein, es musste ohne derlei Bewegungen gehen.

»Ich versuche es noch mal wie eben!« Es wäre doch gelacht, wenn er es nicht ohne dieses mädchenhafte Winken hinbekäme. Atharu konzentrierte sich auf den Weg der Flammenkugel und zeichnete ihn in Gedanken nach. Dann hob er entschlossen die rechte Hand, als hielte er einen Apfel, machte eine kurze Drehbewegung und ließ einen Feuerball hervorspringen. Die züngelnden Flammen tanzten vor seinen Augen, sein Herz lachte bei dem Anblick. Bekäme er je genug davon? Er bündelte seine mentalen Kräfte, versuchte, alles Unwichtige auszuschließen. Ganz sein mit der Aufgabe!

Aus einem Impuls heraus schloss er die Augen. Im selben Augenblick spürte er – deutlicher als zuvor – die Hitze seiner Magie. Sein Geist tauchte ein in die züngelnden Flammen. Nie war er der Natur des Feuers so nahe gewesen. Er fühlte die tiefe Verbundenheit und lenkte die Flammenkugel selbstbewusst auf Jehlen zu. In einem Anflug von Übermut ließ er sie einige Male um seinen Mentor herumsausen. Dann leitete er den Feuerball in eleganten Bögen um die Speere und ließ den Fetzen Stoff in Flammen aufgehen.

»Grandios!« Jehlen klatschte in die Hände. »Ungewöhnlich, aber grandios!«

Atharu grinste über beide Ohren.

»Noch einmal, Freund Atharu.« Sein Mentor warf ihm einen weiteren Stofffetzen zu und Atharu machte sich auf den Weg, ihn am letzten Speer zu befestigen.

Als er an seinen Platz zurückkehrte, sah er aus dem Augenwinkel jemanden am Eingang der Arena stehen. Eine hagere Gestalt in mattem Grau. Als er genauer hinschauen wollte, huschte die Person davon. Teehl? Nein, was sollte der hier wollen.

»Ist etwas, Freund Atharu?« Jehlen schaute ihn mit gewohnt schräger Miene an.

»Mir war gerade, als hätte ich unseren Ältesten gesehen. Aber wahrscheinlich habe ich mich geirrt.« Atharu winkte ab.

Er hatte nicht das Recht, Teehl mit Verdächtigungen in Verruf zu bringen. »Was sollte er hier draußen wollen?«

»Das wäre fürwahr ungewöhnlich. So weit vom Palast entfernt. Gleichwohl, es ist ihm nicht untersagt, umherzugehen.« Jehlen spitzte nachdenklich die Lippen.

»Aber es gibt doch bestimmt Orte, die ihr besonders hütet, heilige Orte, die allein Elben vorbehalten sind, oder nicht?«

»Gewiss, solche Orte gibt es. Doch du brauchst keine Angst zu haben, Freund Atharu, unsere Heiligtümer sind vor fremden Augen und Ohren geschützt.«

»Dann ist es gut!«, seufzte Atharu erleichtert. Doch Teehl ging ihm nicht mehr aus dem Kopf; er brauchte drei Versuche, ehe ein weiterer Stofffetzen brannte.

Als er am späten Abend mit Brandan zusammensaß und sie sich über ihren Tag austauschten, fragte Atharu ihn nach seiner Meinung. »Was, denkst du, könnte der Älteste gewollt haben? Vorausgesetzt, er war es wirklich.«

»Die Frage ist, was er überhaupt hier will. Ich kann nicht glauben, dass er nur für einen Brief den ganzen Weg nach Erellgorh auf sich genommen hat. Und das ohne Begleitung!«

Der Brief! Den hätte Atharu beinahe vergessen. »Da sagst du was. Ich habe ihn noch gar nicht gelesen.« Er holte ihn aus der Tasche, überflog ihn kurz und las dann vor. »Atharu ... wenn die Seelen rufen ... Elemente ... Verbundene und Einsame ... Atharu ... Tangris und Erellgorh ... Reisen!« Verwirrt starrte er auf das Pergament.

»Das ist alles? Mehr steht da nicht drauf?«

Er schüttelte den Kopf.

»Gut, immerhin ist die Verbindung nachvollziehbar. Atharu, Tangris, Erellgorh und Reise. Trotzdem glaube ich nicht, dass das der Grund für Teehls Besuch ist.« Brandan kratzte sich den Kopf. »Ah, vielleicht brauchte er den Brief, um die Elben von seinen guten Absichten zu überzeugen.«

Atharu starrte auf die wenigen Zeilen. »Bleibt trotzdem die Frage, was Ondara damit gemeint haben könnte. Es ist ihre

Handschrift. Warum hat sie mir den Brief nicht selbst gegeben? Oder geben lassen? Meine Mutter hätte ihn aufbewahren können.« Er überlegte. »Nein, das passt nicht zu ihr. Auch nicht diese einzelnen Wörter mit den großen Lücken dazwischen. Es muss etwas anderes damit auf sich haben.«

»Auf jeden Fall irgendwas von wegen Prophezeiung.« Brandan klopfte auf sein Bett, und Jiga sprang zu ihm. Er zwinkerte ihr zu. »Oder was meinst du, mein Mädchen? Seelen rufen – Elemente – Verbundene und Einsame? Das kommt uns doch bekannt vor.«

Atharu nickte. »Damit hast du wohl recht. Aber so bekannt es uns auch vorkommt, wir hatten uns noch auf keine Deutung geeinigt, oder?«

»Nein. Aber manche Dinge gehen über unsere Vorstellungskraft. Ich zum Beispiel werde nie verstehen, wie ein gewöhnlicher Mensch wie du im Inneren so viel Magie haben kann, dass Feuerbälle aus seinen Fingern springen. Das wird für mich auf ewig ein Geheimnis bleiben!« Jiga schnappte nach Brandans Hand. »Au! Schon gut. Für Jiga also auch!«

In diesem Moment verstand Atharu. Er nahm das Pergament und untersuchte es von allen Seiten. Dann las er noch einmal und hieb sich mit der Hand auf die Stirn. »Ich bin so dumm!«

»Wenn du meinst? Einem Scheltar wollen wir nicht widersprechen.« Brandan grinste und Atharu gab ihm ebenfalls einen Klaps auf die Stirn. Jiga fauchte, doch er ignorierte sie.

»Das ist gar kein Brief!«

»Aber es steht doch dein Name drauf.« Brandan schaute verwirrt drein.

»Eben nicht. Da steht ›Atharu‹. In der alten Sprache ist es das Wort für Geheimnis. Ondara hat sich wahrscheinlich Notizen zur Prophezeiung gemacht. Fragen vielleicht oder Vermutungen. Offenbar hat sie auch einen Zusammenhang zwischen Tangris und Erellgorh gesehen. Unter Umständen ahnte sie sogar, dass ihr Türbogen ein Portal war. In jedem Fall wird sie gewusst haben, dass Magie von ihm ausgeht.«

Erregt von dieser Erkenntnis rieb Atharu sich die Stirn, während er hin und her lief. »Ich hätte es selbst spüren müssen. Da war immer ein leichtes Pulsieren in der Luft. Aber ich dachte, das hatte mit Ondara zu tun.«

Brandan stand jetzt auch auf. »Unsere oberste Altmutter hat also Geheimnisse aufgeschrieben, die sie lösen wollte. Aber warum hat sie nicht weitergeschrieben?« Er folgte Atharu durch den Raum. »Es erscheint mir ziemlich kurz für eine ihrer Schriften, oder nicht?«

»Ja, darin wäre sie ausführlicher und klarer gewesen. So sicher, wie die Seelen wandern. Wo immer Teehl diese Seite hergeholt hat, gibt es weitere davon. Ohne Zweifel.«

»Womit wir wieder bei Teehl wären«, setzte Brandan hinzu.

»Ja. Wir müssen herausbekommen, was er vorhat!«

»Ich hab eine Idee.« Brandan lächelte vielsagend. »Wir werden ihn überwachen. Aria und ihr Lieblingsjäger, meine ich.« Er zwinkerte verschmitzt. »Wär doch gelacht, wenn wir nicht herausfinden, was der Alte hier ausheckt!«

Pitu

23

Den Weg zum Bootssteg hatte Pitu sofort wiedergefunden. Er war so schnell gelaufen, dass sein Herz galoppierte wie ein Steppenpferd, das vor einem Rudel Gibbos flüchtete. Auf keinen Fall wollte er Lysa und Kessja verpassen. In Gedanken sah er sich schon mit den beiden in der Abendsonne auf dem Steg sitzen und Fische beobachten.

Doch als er auf den Durchgang zulief, sah er nur Kessja dort sitzen, an die Mauer gelehnt. Sie hatte ihre Schwesternhaube abgenommen. Die Sonne warf helle Strahlen in die Gasse und zauberte glänzende Reflexe auf ihr dunkles Haar. Sie schien die Wärme zu genießen.

»Kessja?« Er ging langsamer, unsicher, wie er ein Gespräch beginnen sollte.

»Oh, Pitu.« Behände stand sie auf und mühte sich, ihre Haube schnell wieder aufzusetzen.

»Ich wollte dich nicht stören.«

»Unsinn, du störst doch nicht.« Kessja zupfte ihre Kopfbedeckung zurecht und schob einige widerspenstige Strähnen darunter. »Im Gegenteil, ich bin froh, dich zu sehen!« Ihre samtgrünen Augen strahlten ihn an. »Ich habe mir Sorgen gemacht. Also, *wir* haben uns Sorgen gemacht. Magister Eldarh ist schon längst zurück und du warst wie vom Erdboden verschluckt.« Ihr Blick wurde ernst. »Mach das nie wieder. Oder schick zumindest eine Nachricht!«

Sie hatte sich um ihn gesorgt. Ihn vielleicht sogar vermisst! Er konnte es kaum glauben, aber es fühlte sich gut an.

»Lysa war nicht davon abzubringen, dich zu suchen. Deshalb bin ich mit ihr hierhergekommen.«

»Heute erst?« Pitu zwinkerte ihr keck zu.

»Heute *auch*!« Sie knuffte ihn in die Seite, das Steppenpferd trabte wieder an.

Was war bloß los mit ihm? Verlegen trat er einen Schritt zurück. »Äh – wo ist die Kleine überhaupt?«

Kessja zeigte zum Durchgang. »Seit drei Tagen will sie nur noch hierher. Aber schau selbst.«

Sie zog ihn zum Mauergang und er trat vor, um einen Blick hindurchzuwerfen. Eine steile Treppe führte zu einem tief liegenden Holzsteg, der sich an der Felswand entlangzog. Ein Stück weiter sah er Lysa, die still ins Wasser starrte. Pitu schaute Kessja fragend an, dann wieder zu der Kleinen. »Was macht sie da?«

»Nichts weiter. Sie sitzt einfach da, stundenlang. Manchmal spricht sie, aber das ist auch schon alles.« Kessja zuckte mit den Schultern. »Am ersten Tag habe ich noch den Narren gemimt und versucht, mit ihr zu spielen. Fische zählen oder Versteckspielen in den Booten. Ich habe sogar so getan, als würde ich angeln und hätte einen Mordsbrocken am Haken.«

Sie tat, als hielte sie einen widerspenstigen Stock in der Hand und zöge mit Leibeskräften. Pitu musste grinsen. Kessja kam aus dem Gleichgewicht und kippte in seine Arme. Da war er wieder, dieser betörende Duft nach Minze, der ihm ein Kribbeln über die Haut jagte. Er hielt sie fest. Länger, als es nötig gewesen wäre. Betört und beseelt von ihrer Nähe. Doch schon im nächsten Moment war er überfordert und bekam ein schlechtes Gewissen. Er fühlte sich wie ein Unhold, der eine Frau berührt hatte, ohne um Erlaubnis zu fragen. Er kannte sie so gut wie gar nicht. Vorsichtig schob er sie von sich und kam sich wie ein absoluter Idiot vor.

»Oh.« Sie senkte den Blick und schwang unschlüssig die Arme, als wüsste sie nicht, wohin mit ihnen. Schließlich verschränkte sie sie hinter dem Rücken. »Nun, äh, jedenfalls hat das alles nicht geholfen.«

Der magische Moment war vorbei. Pitu hätte sich in den Hintern beißen können. Doch er tat, als wäre nichts gewesen. Damit war er schon immer gut gefahren. »Und dann?« Er machte einen Schritt in den Durchgang auf die Treppe zu. Bloß nicht in ihre grünen Augen schauen. In diese schönen, leuchtenden Augen. »Ich meine, wie war es, wenn du sie wieder zurückbringen musstest?«

Kessja räusperte sich. »Kein Problem. Nach einer gewissen Zeit steht sie von selbst auf, nimmt mich bei der Hand und wir gehen.«

»Einfach so?«

»Einfach so!«

Pitu schüttelte den Kopf. Nichts in dieser Welt war einfach, aber auch gar nichts. Er versuchte, sich auf Lysa zu konzentrieren. »Erzählt sie was? Ich meine, direkt danach, auf dem Nachhauseweg?«

Wie alt war die Kleine? Sieben oder acht Winter? In diesem Moment drehte Lysa sich zu ihm um und strahlte sofort übers ganze Gesicht. Ein Blick noch zum Fluss, dann lief sie ihm entgegen.

»Ja«, sagte Kessja, »sie spricht über ... Dinge. Hör es dir am besten selbst an!«

»Pitu, Pitu!« Lysa stürmte die Stufen mit der Leichtigkeit eines Lannpinns herauf. Flink und geschmeidig.

Pitu trat durch den Mauergang zurück, um Platz für die stürmische Begrüßung zu haben. Sie sprang in seine Arme, und er drehte sich mit ihr im Kreis. Als er zum Stehen kam, wankte er spielerisch hin und her. »Du hast zu viel Temperament, oder ich bin einfach zu schwach.«

Er fing einen lächelnden Blick Kessjas auf. Sie war ihm anscheinend nicht böse wegen eben. Er hatte eigentlich auch nichts getan. Eine harmlose Umarmung, nicht einmal ein Kuss. *Eben, du Tümpel. Nicht mal das!* Wie sich ihre Lippen wohl anfühlen mochten?

Pitu schüttelte den Gedanken ab und wuschelte Lysa durch die roten Locken. »Und? Alles klar?«

Die Kleine nickte. »Ich wusste, dass du wiederkommst!« In ihrer Stimme schwang eine Bestimmtheit mit, die keinen Zweifel zuließ. Plötzlich legte sie ihre Hand auf seine Brust und schließlich auf seinen Bauch.

Er war irritiert, aber sie lächelte. »Du hast sie gefunden, richtig? Ich habe gespürt, wie die Stadt vibrierte. Und die Seelen haben es mir auch gesagt.«

Pitu wusste sofort, was Lysa meinte. Die Ereignisse der letzten Tage, seine Magie und das Training mit Lieburus. Aber wie konnte die Kleine davon wissen? Wie konnte sie magische Schwingungen mit ihm in Verbindung bringen? »Seelen haben es dir gesagt?« Er verstand gar nichts mehr.

»Jepp«, antwortete Lysa grinsend.

Pitu warf Kessja einen unsicheren Blick zu. Sie lächelte schief und zuckte mit den Schultern. »Kommt ihr zwei, wir gehen zurück, bevor es dunkel wird. Ihr könnt euch ja auf dem Weg noch austauschen.«

Lysa begann sofort zu erzählen. Es sprudelte nur so aus ihr heraus. Sie berichtete von neuen Freunden und schwärmte von den vielen Dingen, die sie gelernt hatte. »Zuerst war es ein wenig unheimlich. Ich konnte sie nicht mal sehen, nur hören. Aber mit der Zeit hab ich gelernt, wie ich gucken muss. Jetzt sehe ich sie. Zumindest ein bisschen. Sie sind ja nur Schemen. Mehr wie Nebel, oder so. Und das mit dem Verstehen hat auch gedauert. Mich haben sie sofort verstanden, während ich anfangs nur so ein Zischen im Ohr hatte.«

Sie kicherte. »Inzwischen klappt das richtig gut. Und weil sie so viel wissen, hab ich nach dir gefragt. Das war aber zuerst komisch. Sie sagten immer: ›Spürst du das?‹ – ›Spürst du das nicht?‹ Echt mühsam. Wie soll ich denn wissen, was die mit ›das‹ meinen. Dann hab ich plötzlich was gespürt. Was ganz *Großes*. Eine magische Welle oder so. Hier in der Stadt, da war ich ganz sicher. Schließlich haben sie mir erzählt, dass du es gewesen sein könntest. In dem Moment wusste ich endlich, nach was ich suchen musste.«

»Halt, stopp mal!« Sie waren vor dem Gesundhaus angekommen und Pitu blieb stehen. »Was meinst du damit? Wo hast du was gesucht?«

Auch Kessja schaute Lysa besorgt an. »Du bist doch nicht allein durch die Straßen gezogen?«

»Würde ich nie machen!« Lysa setzte eine belehrende Miene auf. »Das geht nämlich ganz anders. Die Seelen haben es mir beigebracht. Es funktioniert eigentlich von überall. Ich kann das sogar vom Brunnen aus.« Ein leises, grummelndes Geräusch unterbrach Lysa und sie fasste sich kichernd auf den Bauch. »Ich glaube, ich hab Hunger. Wer zuerst bei Tante Wanda ist!«, rief sie und rannte los.

Kessja und Pitu sahen sich kopfschüttelnd an, liefen aber sofort hinterher. Immer darauf bedacht, der Kleinen ein wenig Vorsprung zu lassen.

Am späten Abend saßen Pitu und Kessja mit Wanda zusammen. Tante Wanda, wie er sie jetzt nennen durfte. Sie hatte die beiden gebeten, ihr erst von Lysa zu berichten, wenn die Kleine im Bett wäre.

»Sollten wir nicht Eldarh dazuholen? Wo ist er überhaupt? Ich hatte gar keine Gelegenheit, mich zu entschuldigen. Dafür, dass ich so lange verschwunden war.«

Wandas Miene wurde ernst. »Seit seiner Rückkehr ist Magister Eldarh ... nun ... verändert, denke ich!«

Kessja nickte und sah mit einem Mal betroffen aus. »Wir bekommen ihn kaum zu Gesicht. Meist schließt er sich in seinem Zimmer ein. Die ganze Arbeit im Gesundhaus macht Schwester Epressta für ihn!«

Die nun wieder! Pitu unterdrückte ein Stöhnen. Dann kam ihm ein beunruhigender Gedanke. »Es ist doch hoffentlich nichts Schlimmes passiert? Ich meine, die anderen sind doch wohlbehalten in Erellgorh angekommen, oder nicht?« Pitu schaute zu Tante Wanda, die unruhig ihre Hände im Schoß knetete. »Gibt es da noch was, das ich wissen sollte?«

»Ja, ich denke schon«, begann Wanda leise. »Weißt du, ich habe keine Fähigkeiten wie die Magister der Orden oder wie die Elben. Aber ich kann Magie spüren, wenn sie in meiner Nähe ist. So, wie ich sie bei dir gespürt habe, als du vor dem Karren gestanden hast, unter dem Lysa und ich uns versteckten. Es ist eine Art Pulsieren. Als wäre da ein zweiter Herzschlag, der meinen antreiben will oder unterstützt! Eigentlich ein angenehmes Gefühl!« Sie seufzte.

»Und das hast du auch bei ihm gespürt? Jetzt, nachdem er zurückgekehrt ist?« Pitu griff nach ihrer Hand. »Nun sag schon,Tante Wanda!« Kurz blickte er zu Kessja und fügte hinzu: »Wir können Schwester Kessja vertrauen.«

»Aber das weiß ich doch.« Wanda lächelte und schüttelte den Kopf. »Ich bin mir nur wegen Magister Eldarh unsicher und möchte euch keine Angst machen.«

»Das war jetzt genau der richtige Satz, um mich noch mehr zu beunruhigen!« Kessja verschränkte schützend die Arme vor sich.

Wanda straffte sich. »Ich saß gerade im Garten, da vorn, unter den Rimmpur-Bäumen, als unser Magister zurückkehrte. Er kam durch den Hof gelaufen und hätte mich beinahe übersehen. Als ich ihn grüßte, blieb er wie angewurzelt stehen und fasste sich erschrocken ans Herz. Er fühlte sich ertappt, dachte ich noch. Seine Reaktion verwunderte mich.«

»Was war denn noch?«, hakte Pitu nach.

»Es war, was er antwortete, als ich ihn grüßte. Er sagte: ›Was wollt Ihr von mir?‹ Ich meine, er hätte zurückgrüßen können oder mir zurufen, dass er keine Zeit habe. Aber er blieb stehen und fragte recht ruppig, was ich von ihm wolle. Fast im selben Moment spürte ich es: Ein starkes Pulsieren ging von ihm aus.«

Pitus Blick ging zu Kessja, doch die zuckte mit den Schultern. »Ich fürchte, mir fehlt diese Gabe. Allerdings fühle ich mich in seiner Nähe in letzter Zeit sehr unwohl. Keine Ahnung, warum.«

Dann schaute Pitu Wanda forschend an. »Und du hast das vorher nie bei ihm gespürt?«

Wanda schüttelte den Kopf. »Zumindest nicht in solcher Stärke, da bin ich sicher. Es wäre mir aufgefallen.« Sie fasste sich ans Herz, und Pitu wusste sofort, dass da noch etwas war. »Das Pulsieren, das ich gespürt habe«, fuhr sie mit rauer Stimme fort, »arbeitete gegen die Natur. Es war kein Gefühl, das sich mit meinem Herzschlag in Einklang bringen ließ. Es war anders – störend!«

»Vielleicht hat es gar nichts zu bedeuten«, warf Kessja ein. »Ich meine, es war eben ein bisschen viel. Selbst für einen Magister.«

»Wer weiß.« Wanda wirkte müde. »Sicher ist es gut, ihm gegenüber nichts zu erwähnen und so zu tun, als wäre alles in bester Ordnung.«

»Nun, dazu werde ich morgen wohl die Gelegenheit haben«, stellte Pitu fest und blickte die beiden schief an. »Ich kann schließlich kaum wieder ankommen, mir von Schwester Epressta eine Kammer geben lassen, essen, trinken und alles, ohne den Hausherrn zu begrüßen.«

»Das stimmt. Und du könntest dabei unauffällig in Erfahrung bringen, welche Neuigkeiten der große Mann aus Gelder gebracht hat. Sie haben sich zwar nur kurz unterhalten, aber ein wenig neugierig bin ich schon.« Wanda lächelte.

»Du meinst Pelldor. Er ist der Vertraute von Magister Lieburus und sollte einen Brief von ihm überbringen. Außer den Neuigkeiten über die Gellwicks fällt mir nichts ein, was noch darin stehen könnte. Der alte Magister aus Gelder ist allerdings manchmal etwas geheimnisvoll. Es gibt Dinge, die er nicht einmal Königin Tulipa verraten würde, hat er gesagt.«

Pitu sah seine Nenn-Tante vielsagend an. Er vertraute Kessja zwar, aber er wollte sie nicht mit dem Wissen belasten, dass ausgerechnet er selbst jetzt ein Scheltar war. Und überhaupt wusste er nicht, ob sie schon jemals etwas von den Scheltar gehört hatte.

Wanda nickte. »Frag ihn einfach, du wirst sehen, wie er reagiert.«

Pitu grinste. Ja, das würde er tun. Und er würde etwas erzählen müssen, das sein langes Fortbleiben erklärte. Möglichst, ohne ein einziges Wort über seine Magie verlauten zu lassen. Ganz im Sinne von Lieburus. Das war er ihm schuldig, nach allem, was er für ihn getan hatte. Pitu vertraute ihm und war froh, dass er ihm Malins Schriftrolle gegeben hatte. Bei dem alten Magister war sie sicher besser aufgehoben.

Selana
24

Tanzende Staubkörner glitzerten im Licht der aufgehenden Sonne. Träge Stille lag im Raum.

»Wenn wir noch länger hierbleiben, gewöhne ich mich daran.« Selana öffnete das Fenster zum Hof, und sofort schwängerte der Duft sommerlicher Blüten die Luft. Vögel zwitscherten, das Plätschern des Brunnens zauberte ein Gefühl fortwährender Frische in ihre Gedanken.

»Oh ja!« Aria streckte sich und verzog das Gesicht.

»Auch Muskelkater?« Vorsichtig dehnte Selana sich. Gehlen hatte sie gestern wirklich gefordert. Bis vor einigen Wochen waren ihre Hauptaufgaben Rübenschälen und Brotteigkneten gewesen. Jetzt lernte sie von Gehlen neben der Kontrolle ihrer Magie noch die Schritte einer Kampftechnik, bei der man neben Armen und Händen auch die Füße einsetzte. Dabei musste sie ein Bein heben, anwinkeln und mit einer seitlichen Drehung gleichzeitig nach oben und vorn stoßen. Gehlen erzählte ihr, dass die Elben das schon als Kinder trainierten. Es schärfe die Sinne und das Körperbewusstsein. Bei Selana schärfte es nur die Erkenntnis, dass sie von beidem bisher nichts besaß. Immerhin hatte sie bis zum Abend den Dreh wenigstens mit dem rechten Bein raus.

Es ging nicht darum, direkt auf das Ziel zu treffen, sondern durch einen Fußstoß einen Blitz aus komprimierter Luft aufs Ziel abzugeben. Von Blitz konnte allerdings kaum die Rede sein. Zumindest hatten sich die Fähnchen, die Gehlen aufgestellt hatte, ein wenig bewegt. Die ersten drei ... Zehn Speere mit Wimpeln standen vor ihr. Und ihr Luftzauber sollte bis zum letzten reichen. Einhundert Fuß entfernt!

»Immerhin machen der Jäger und ich heute eine Pause.« Aria grinste ihre Freundin vergnügt an.

»Sein Name ist Brandan«, erinnerte Selana sie.

»Ja, ja. Aber wir wollen nicht gleich zu vertraut werden. Womöglich bildet der Muskelprotz sich noch was drauf ein.«

»Starke Muskeln in einem sehr ansehnlichen Körper, wenn ich es mit meinen Worten sagen darf.« Selana zwinkerte ihrer Freundin vielsagend zu. »So wie ich das sehe, ist dir das nicht entgangen.«

Aria verdrehte die Augen. »Mannsbild halt. Für mich ist er der Jäger. Und wenn er sich tumb anstellt, nenn ich ihn immer ›Frettchenversteher‹.« Ihr ansteckendes Lachen keckerte durch den Raum.

Sie liefen hinaus zum Brunnen und zogen ihre Hemden aus. Das kühle Wasser trieb ihnen die letzte Müdigkeit aus den Gliedern.

Selana griff ein Leinentuch und trocknete sich ab. »Auf jeden Fall hoffe ich, dass ihr den freien Tag nutzt und was Gescheites in Erfahrung bringt!«

»Wir werden diesem Teehl unauffällig auf den Zahn fühlen, wenn du das meinst. Ich bin sicher, heute Abend wissen wir mehr.« So fröhlich und unbeschwert hatte Aria lange nicht geklungen. Aber es war eine ernste Sache, dem Ältesten der Tangora hinterherzuspionieren.

»Seid bitte vorsichtig! Wenn er wirklich etwas im Schilde führt, könnte es gefährlich werden.«

»Wird schon! Mein Frettchenversteher und ich sind zusammen unschlagbar.«

»Nun ist er schon *dein* Frettchenversteher?«

Aria stutzte und ein Hauch von Rot färbte ihre Wangen. »Das habe ich natürlich nie gesagt. Vergiss das sofort!«

»Ich versuch's!« *Aber nicht ernsthaft.* Warum auch? Aria war verliebt. Das merkte man ihr auf hundert Fuß gegen den Wind an. Sollte sie selbst ruhig glauben, es wäre ein Geheimnis.

Der Tag verlief ähnlich wie der gestrige. Erst musste sie auf Gehlens Wunsch die Regeln der Magie wiederholen, dann ein paar leichte Übungen machen. Kleine Wirbel aus Sand und schwebende Bälle. Natürlich brauchte sie die Bälle nicht wirklich, um ihre Magie zu kontrollieren. Aber Gehlen konnte sonst kaum sehen, wie gleichmäßig ihre Windzauber waren. Auch so eine Sache, über die sie mit Gehlen länger diskutiert hatte. Sie war die Luft-Scheltar, also war Luft das Element ihrer Macht. Aber das Wort ›Wind‹ gefiel ihr besser. Es drückte für sie viel mehr aus. Der Wind hatte sie schon immer begleitet. Sie dachte an das wohlige Gefühl, wenn sie, eingewickelt in eine warme Decke, auf ihrem Bett lag und er sanft an den Fensterläden ruckelte oder leise durch die Tür pfiff. Er hatte furchtsame Gefühle geweckt, wenn er sich zu einem Sturm erhoben, Äste von den Bäumen gerissen oder sie gänzlich entwurzelt hatte. Wind brachte das Laub zum Flüstern und zum Klagen. Er ließ die Vögel über den Himmel gleiten und half den Schiffen, auf volle Fahrt zu gehen. »Romantische Bilder, Freundin Selana«, hatte Gehlen gesagt, »aber am Ende ist es immer die Luft, die um uns ist!« Dann hatte sie es mit Arias Worten versucht: »Luft-Scheltar, wie hört sich das denn an? Als hätte ich ständig Blähungen!« Sie hatten sich beide ausschütten müssen vor Lachen. Überzeugt war ihr Mentor zwar immer noch nicht, doch Selana nannte sich ab dem Zeitpunkt »die Scheltar des Windes«.

Und sie hatte sich vorgenommen, Gehlen zu beweisen, wie angemessen dieser Name war. Noch in der Nacht hatte ihr Unterbewusstsein nach den Möglichkeiten ihrer Macht gesucht. Und in ihren morgendlichen Träumen, die sie im Übergang vom Schlafen zum Wachsein begleiteten, hatte sie die Lösung vor Augen. Sie glaubte zu wissen, wie sie ihre Magie besser lenken könnte. Das Beherrschen ihrer Kräfte beruhte auf Atmung. Es kam darauf an, wohin sie atmete. Würde sie tief in ihren Körper atmen, könnte die Energie viel leichter in die Beine strahlen. Allein mit dem Atem könnte sie den Strom ihrer Macht mehr in die rechte oder die linke Körperhälfte leiten. Alles war möglich, wenn sie ihren Atem führte.

»Ich möchte etwas probieren«, verkündete sie. »Würdet Ihr ein wenig zurücktreten? Bitte!«

Gehlen schaute sie fragend an, neigte dann aber das Haupt und trat ergeben zurück. Sein Verhalten ihr gegenüber war überaus respektvoll. Vielleicht lag es an ihrem Talent oder an den Gesprächen, die sie zwischen den Übungen führten. Gestern schon hatte Gehlen angemerkt, dass Selana eine würdige Scheltar sei, auch wenn sie nicht aus den Häusern der Elben kam. Gleich, so hoffte sie, wäre er noch stolzer auf sie. Sie verteilte vier Bälle im Sand, Spielgefährten für den Zauber, den sie entfesseln wollte. Dann schloss sie die Augen. Es musste einfach gelingen.

Selana konzentrierte sich auf ihre Atmung. Ein und aus. Ein und aus. Dann tiefer. Sie spürte die Quelle ihrer Macht im Zentrum ihres Seins. Fühlte, wie der Atem sich leiten ließ. Mehr links, mehr rechts oder tief in den Bauch.

Plötzlich wusste sie, dass es gelingen würde. Sie hob den rechten Fuß, ganz kurz nur, und stieß ihn zurück auf den Boden. Ein Strom von Energie floss aus den Zehen, einer der Bälle stieg hoch. Dann hob sie den rechten Arm und spreizte mit einem winzigen Ruck die Finger. Sofort floss ihre Macht, sank in einem Wirbel gen Boden und sog einen weiteren Ball in die Luft. Der linke Arm – ein dritter Ball. Dann ihr linker Fuß, und der letzte ihrer Spielgefährten erhob sich.

Selana öffnete die Augen, ein Strahlen glitt über ihr Gesicht. Sie verlagerte das Gewicht, änderte die Stellung der Füße und schwang die Arme in weitem Bogen. Es war ganz leicht, beinahe wie ein Tanz. Die Bälle folgten ihr und Selana atmete, tiefer und immer stärker. Ihre runden Gefährten wirbelten durch die Luft, sogen den trockenen Sand empor und hüllten Selana in einen grauen Schleier. Der Wirbel stieg höher, umgab sie wie der hohle Stamm einer mächtigen Eiche, der sich flirrend den Vögeln entgegenstreckte. Immer höher – ein Turm aus Sand und Wind, der die Wolken zu durchstoßen suchte.

Welche Freude, endlich die Kontrolle zu spüren, jede Regel, die Gehlen sie gelehrt hatte, leben zu können! Selana lachte laut auf, warf mit einem Ruck der Arme den Wirbel vor sich und sprang nach hinten heraus. Jetzt erst erkannte sie die Größe der gewaltigen Windhose, die sie dirigierte. Sie ließ sie an der Arenawand entlangfegen. Die Speere hatte ihr Sturm hinweggefegt, sie waren nicht mehr zu sehen. Doch Selana spürte sie. Fühlte, wie sie im Wind ihres Zaubers tanzten. Verborgen im Schleier des Sandes. Auf einen Wink raste die Windhose noch einmal auf die Arenawand zu. Dann, mit einer letzten energischen Abwärtsbewegung ihrer Arme, ließ sie den Sturm in sich zusammenfallen.

Ihr Atem ging schnell, ihr Herz schlug wild. Aber sie fühlte sich stark und glücklich. Vor ihr, an der Außenwand der Arena, steckten die Speere und formten ein großes W.

Selana schaute sich um. Elbenkrieger waren am Eingang der Arena zusammengekommen. Ihr Sturm hatte sie aufgeschreckt und herbeieilen lassen.

Gehlen starrte sie mit offenem Mund an. Dann fasste er sich und rief: »Selana, Scheltar des Windes!« Er kniete nieder und senkte sein Haupt.

Ihr Lächeln verebbte. Das war es nicht, was sie gewollt hatte. Er sollte es nur verstehen und stolz auf sie sein. Doch auch alle anderen knieten nieder.

»Selana, Scheltar des Windes!«

Der Ruf erklang aus den vielen Kehlen, und ein Schauer durchlief sie. In diesem Moment erkannte sie, dass ihr altes Leben vergangen war. Sie ging Gehlen entgegen und bat ihn, sich zu erheben.

Mit glänzenden Augen sah er sie an. »Die Unterweisung ist beendet. Ihr habt die Kontrolle gefunden, Selana-Scheltar!«

»Beendet?« Warum? Er war doch ihr Mentor!

»Ihr seid eine wahre Scheltar, Verkörperung eines der Elemente! Schaffenskraft Atharpazhs. Und ich bin Zhanjor-Gehlen, Euer ergebener Diener!«

Es klang wie ein Abschied. Selana merkte, wie sich alles in ihr zusammenzog. Gehlen war ihr so vertraut geworden. Seine Stimme, seine Haltung, alles an ihm erschien ihr so gut, so wohltuend und richtig! Sie folgte seinem Blick, der auf die Speere gerichtet war.

»W wie Wind.« Er schaute sie an, doch sein Blick währte nur kurz. »Darf ich Euch zum Palast geleiten?«

»Ich denke, ich werde noch verweilen. Ein Moment der Stille wird mir guttun!« Sie meinte es nicht abweisend, und er würde es nicht so aufnehmen, das wusste sie.

Gehlen senkte das Haupt und ging. Selana blieb zurück. Allein mit sich und ihren Gedanken. Wie weitermachen? Die Macht war eine Gabe, die es für das Gute einzusetzen galt. Doch sie war auch eine Bürde, eine ungeheure Verantwortung. Was müsste sie mit dieser Macht tun, um das Dunkel aus der Welt zu treiben? Um den Kreh zu stürzen? Jäh überrollte sie das erdrückende Wissen um die ungeheure Macht des Abtrünnigen. Die Erinnerung an die Gellwicks, an den Schatten. Hier und jetzt war nichts davon real. Und doch löschte allein sein Name das Gefühl von Sicherheit. Tilgte jede Freude und pflanzte Samen der Angst. Sie blickte in das Blau des Himmels und seufzte.

Der Kampf der Elemente, der Verbundenen und des Einsamen. Wenn sie nur wüsste, was mit der Prophezeiung wirklich gemeint war. Die Stärke musste auf der Seite der Verbundenen liegen, oder nicht? Sie hatte ihren Bruder. Einen Scheltar, mit dem sie mehr verband als die Macht ihrer Magie. Der Gedanke tröstete und half ihr, die Last der Verantwortung weniger schwerzunehmen.

»Selana!«

Aria? Hatte sie richtig gehört? Sofort sprang sie auf und eilte zum Ausgang der Arena.

»Selana!« Aria stürmte ihr entgegen, völlig außer Atem. »Atharpazh sei Dank! Bin ich froh, ... dass ich ... dich gefunden hab. Du musst mitkommen. Dringend!« Ihre Freundin stützte sich japsend auf ihre Oberschenkel und blickte dann irritiert in die Arena. »Ist dein Training schon beendet?«

»Ja«, antwortete Selana ohne ein weiteres Wort.

»Umso besser.« Ihre Freundin richtete sich auf. »Da geht irgendwas vor mit diesem Teehl. Brandan und ich haben kein gutes Gefühl dabei!« Das Drängen in ihrer Stimme alarmierte Selana. »Bitte sieh es dir an. Schnell!«

Aria lief sofort los, und Selana folgte ihr. Ihre Freundin schien sich auszukennen. Ohne zu zögern, lief sie an den Mauern der Arena entlang, bog nach rechts in einen Felsengang und schließlich links in einen Waldweg, der glücklicherweise mit weichen Nadeln bedeckt war. Sonst hätte Selana mit Arias Tempo nicht mithalten können. Sie war noch nicht daran gewöhnt, barfuß zu rennen. Plötzlich bremste ihre Freundin, denn nun ging es steil bergab. Armdicke Wurzeln zogen sich über den Weg, die zwar Halt boten, aber gleichzeitig Stolperfallen waren.

»Gib acht auf die Wurzeln!«, kam es unnötigerweise von vorn, nachdem Selana bereits etliche übersprungen hatte.

Weiter unten kam Brandan ihnen entgegen, warnend einen Finger auf die Lippen gelegt. Sie blieben stehen und warteten auf ihn.

»Ist er noch in der Nähe?«, flüsterte Aria, als er sie erreichte.

Selana sah sich um. Wo waren sie überhaupt?

»Ja, er hat wohl einen Platz gefunden, der ihm zusagt.« Brandan forderte sie mit einer Handbewegung auf, ihm zu folgen. Dieses Mal langsam, fast schleichend.

»Platz gefunden?« Selana hielt Aria am Arm fest. Irgendetwas musste Aria ihr erzählen – und zwar, bevor sie dem Ältesten womöglich gegenübertraten.

»Ach, du weißt ja noch nicht Bescheid. Also hier die Kurzform: Wir sind Teehl wie geplant den ganzen Vormittag gefolgt. Er schien ziellos umherzuschlendern und die Pflanzen und Tiere zu studieren. Aber Brandan hat gemeint, dass ehrliches Interesse anders aussieht. Zum Beispiel hätte er mal ein Blatt abreißen und daran riechen können. Jedenfalls haben wir den Eindruck gewonnen, dass er nach einem abgeschiedenen Platz sucht, wo ihn keiner sieht. Und das möglichst am Ufer des Nebelsees!«

Aria wollte weiter, doch Selana hielt sie erneut fest. Brandan drehte sich zu ihnen um und formte ein unhörbares »Was ist los?« mit den Lippen.

»Und was denkt ihr, was wir gleich machen sollen? Ihn schnappen, fesseln und im See versenken?«

»Na, das wäre schon mal ein Anfang!« Aria grinste schief. »Ich weiß es auch nicht. Aber falls er etwas tut, was verdächtig ist, könntest du vielleicht einen kleinen Sturm schicken, oder etwas in der Art.«

»Falls!« Selana war ja selbst dafür gewesen, dem Ältesten auf den Zahn zu fühlen. Doch sie brauchten gute Beweise, um die Freundschaft der Elben nicht zu verspielen, indem sie ihren Gast überfielen! Natürlich hatte Aria recht. Teehls Verhalten war auffällig. Sie folgte den beiden den Hang hinunter. Durch die Stämme der hohen Nadelbäume sah sie ein helles Schimmern. Der Nebelsee.

Brandan schlich geduckt weiter, sie folgten ihm. Dann hockte er sich hin und wies nach vorn. Da war der Älteste – direkt am Ufer des Sees. Er kauerte auf einem flachen Stein, wirkte blass und abwesend. Immer wieder wiegte er sich vor und zurück, schüttelte den Kopf und sah in den Himmel. Dann nahm er Wasser in die hohlen Hände und ließ es über seinen Kopf laufen. Das stumpfe Haar klebte am kantigen Schädel, er wirkte unheimlich gealtert.

Endlich schien er einen Entschluss gefasst zu haben und stand auf. Sie duckten sich. Doch der Älteste machte keine Anstalten, fortzugehen. Er nestelte an seiner Kutte und zog sie schließlich über den Kopf.

»Boah, bitte nicht ausziehen.« Aria schüttelte sich und schloss die Augen.

Doch was Selana sah, ließ sie erstarren. Der Älteste trug am Oberarm einen Armreif. Wunde Haut und blutendes Fleisch umgrenzten ihn. Der Reif war viel zu eng.

Teehl legte seine Hand darauf und stimmte einen leisen Singsang an. Iljaitt vermutlich. Selana schlich dichter heran. Brandan wollte sie zurückhalten, doch sie schüttelte seine Hand ab. Eine böse Vorahnung überkam sie. Dann erkannte sie die dunklen Runen. Ein Armreif wie der, den Eldarh ihnen gezeigt hatte. Womöglich konnte der Älteste mit Gellwicks in Kontakt treten. Oder – Selana stockte der Atem – oder mit dem Kreh selbst!

Das durfte sie nicht zulassen. Ihre Hand schoss vor und ihre Finger öffneten sich mit einem Ruck. Die Luft zog sich blitzartig zusammen und raste auf den Ältesten zu. Selana lenkte die Druckwelle im Zickzack um die Bäume. Gerade hob Teehl die Arme zum Himmel, als ihr Geschoss ihn erreichte. Der Reif blitzte, es gab einen Knall und Selana verlor das Gleichgewicht. Sie stürzte zu Boden, in ihrem Kopf nur noch Schmerz – dann nichts mehr.

Atharu

25

Den ganzen Vormittag schon war Atharu nicht bei der Sache gewesen. Immer wieder hatte er an Brandan und Aria denken müssen. Der Älteste war ein kluger Mann. Es würde nicht leicht werden, ihm auf die Schliche zu kommen. Wenn er überhaupt etwas im Schilde führte. Vielleicht war auch alles ein großer Irrtum und er war wirklich der besorgte Mann, der er zu sein vorgab.

Als Jehlen zum Eingang der Arena zurückging und sich mit verschränkten Armen an die Wand lehnte, merkte Atharu, wie respektlos sein Verhalten war. Die Elben hatten sie aufgenommen und taten alles, um ihnen zu helfen. Um *ihm* zu helfen! Jehlen war ein ausgezeichneter Lehrer und konnte sich sicher Besseres vorstellen, als einen unaufmerksamen Möchtegern-Scheltar zu unterweisen.

Atharu trat zu ihm und kniete nieder. »Es tut mir leid, Freund Jehlen! Ich bin mit meinen Gedanken nicht bei der Sache. Es gibt so viele Dinge, die mich beschäftigen.«

»Und diese Dinge, die dich beschäftigen, kannst du sie hier und jetzt beeinflussen?« Jehlen schaute ihn fragend an.

»Nein.«

»*Was* kannst du hier und jetzt beeinflussen?«

»Den Fortschritt meiner Ausbildung. Die Kontrolle meiner Magie.« Atharu senkte den Kopf.

»Vergiss die Dinge nicht, die dich beschäftigen; aber verorte sie in eine Zeit, in der du dich ihnen mit ungeteilter Aufmerksamkeit widmen kannst. Wenn du das vollbracht hast, schließ die Tür in deinem Kopf und kümmere dich um das Hier und Jetzt! Denn auch einen Feuer-Scheltar kann der Tod ereilen – schneller, als die Fülle seiner Magie es ahnen ließe!« Er sprach die Worte ohne Zorn, dennoch saß der Treffer.

Ohne ein weiteres Wort schritt Jehlen in die Mitte der Arena zurück. Atharu folgte ihm und konzentrierte sich auf sein Training. Einmal nur ließ er sich ablenken, weil urplötzlich ein Sturm aufzog. Wolken flogen dahin, die Blätter der Bäume rauschten bedrohlich. Jehlen hob den Blick und ließ Atharu innehalten.

»Was ist das?«, fragte er.

»Ich kann nur raten, doch ich denke, deine Schwester hat die wahre Macht erlangt.«

Fast im selben Moment glaubte Atharu, Selanas Gefühle spüren zu können. Das berauschende Gefühl der Magie, die unbeschreibliche Freude, den Triumph, es geschafft zu haben. Und dann – Atharu stutzte – ein Gefühl der Traurigkeit. Er blickte seinen Mentor an, doch dessen Miene blieb unbewegt.

»Was glaubt Ihr, hat ihr die Tür zur Kontrolle eröffnet, Freund Jehlen?«

»Der Atem, Freund Atharu, der Atem!«

Immer wieder hatte Jehlen ihn darauf hingewiesen, aber Atharu gelang es nicht. »Darauf achte ich doch auch. Vor jeder Übung! Ihr habt es gesehen, oder nicht?«

»Sag es noch einmal.«

Atharu schaute Jehlen irritiert an. »Ihr habt es gesehen?«

Sein Mentor stöhnte und hielt Atharu den Zeigefinger vor die Nase. »Was hast du vorher gesagt?«

»Dass ich vor jeder Übung ...«

»Die ersten Worte!« Jehlen trat näher an ihn heran.

»Dass ich vor ...«

»Das letzte Wort!«, unterbrach ihn der Elb noch einmal.

Atharu hatte das Gefühl, Jehlen würde ihn gleich beißen, so dicht stand er vor ihm. »Vor?«

Jehlens Augen weiteten sich. »Denke, Atharu, denke!«

»Ich habe es *vor* jeder Übung gemacht.« Als Atharu das Wort überdeutlich betonte, ging ihm ein Licht auf. »Ich habe es *nur vor* jeder Übung gemacht!«

»Das zumindest, Freund Atharu, könnte der Schlüssel sein. Dein Atem ist Anfang und Ende, das weißt du. Er ist Leben und Kraft. Setze ihn ein – immer!«

All die Übungen, die vielen erfolglosen Versuche, zogen noch einmal an Atharu vorbei, blitzten vor ihm auf wie ein Gewitter der Erkenntnis. Und dann purzelten alle Gedanken und Überlegungen wie von magischer Hand an die richtigen Stellen.

»Ich habe es begriffen.« Fast wollte er darüber lachen. »Ich habe es endlich begriffen!« Wie dumm er gewesen war, wie blind. »Tretet zurück, Freund Jehlen!«

Er konzentrierte sich auf die Quelle seiner Energie, spürte die Macht im Inneren. Dann trat er energisch mit dem Fuß auf den Boden. Diesmal ploppte es nicht. Dieses Mal schossen Flammen zwischen seinen Zehen hervor, schraubten sich vor ihm durch die Luft und ballten sich zu einer Feuerkugel. Er hob den Arm, öffnete ruckartig die Faust. Ein weiterer Feuerball stob in die Luft. Die andere Hand, der andere Fuß. Vier feurige Kugeln schwebten in der Luft. Atharu ließ sie kreisen. Erst um sich selbst, dann um die Speere. Mit eleganten Armbewegungen gab er die Flugbahnen vor, denen die Flammenbälle folgten. Er warf die Hände nach vorn, griff in die Luft, als würde er ein breites Banner packen. Sofort verbanden sich die Feuerkugeln zu einem Flammenball, der von einem Lidschlag zum nächsten die Mitte der Arena ausfüllte.

Atharu genoss die Hitze und lachte. Kunstvoll ließ er die Hände kreisen, schnippte lässig mit den Fingern. Die Kugel brach auf und verformte sich zu einer geflügelten Echse. Ein schauriges Geschöpf, das Ondara ihm einst in den Felshöhlen von Tangris gezeigt hatte, ein Wächter aus den Urzeiten der Welt. An mehr erinnerte er sich nicht. Es war nur eine Malerei gewesen, ein Fantasiebild der Ahnen. Doch es gefiel ihm und nahm hier und jetzt Gestalt an. Feurige Flammenzungen zuckten aus dem Schlund des Echsenwesens, ein grollendes Brüllen rauschte an Jehlen und ihm vorbei. Immer schärfer wurden die Konturen des fliegenden Ungeheuers.

Kühl und klar spürte Atharu die Luft durch seine Lungen strömen. Ein Fingerzeig, und der Feuerdrache raste durch die Arena, schoss über Jehlen hinweg auf ihn selbst zu. Wild und ungestüm landete er in einer Staubwolke vor ihm. Atharu hatte die Hände zum Boden gerichtet, doch mit einem Ruck streckte er sie gen Himmel. Das Ungeheuer explodierte zu einer feurigen Fontäne, die hoch hinaufschoss und in Tausenden strahlender Funken vom Himmel regnete.

Atharu blickte sich in der Arena um. Jehlen stand wie versteinert. Staub hing in der Luft und tauchte die Speere in einen trüben Dunst. Sie waren unversehrt. Eine seltsame Stille breitete sich aus. Dehnte sich, zäh wie das Harz alter Bäume, und blieb in Atharus Ohren kleben, bis nur noch sein eigener Herzschlag zu hören war.

Endlich trat Jehlen auf ihn zu und kniete nieder. »Die Kontrolle ist jetzt die Eure, Atharu – Scheltar des Feuers!«

»Der Mentor sollte nicht vor dem Schüler knien.« Atharu reichte Jehlen die Hand. »Ich bin Euch unendlich dankbar!«

»Ich bin nicht länger Euer Mentor. Doch es war mir eine Ehre, Euch zu unterweisen. Gleichwohl«, der Elb spitzte die Lippen und neigte den Kopf von einer zur anderen Seite. »Es ist noch nicht getan! Niemand kann wissen, was Ihr noch leisten müsst!«

»Danke fürs Mutmachen.« Atharu lächelte. Das Gefühl, Herr über seine Magie zu sein, durchströmte ihn wie ein kraftspendendes Lebenselixier! Ondara wäre stolz auf ihn. Noch vor einigen Tagen hätte er alles dafür gegeben, dass seine Urmutter wieder bei ihm wäre. Er hatte gedacht, nur mit ihr komplett sein zu können. Doch das Gefühl der Verlassenheit, das er nach ihrem Tod empfunden hatte, war vergangen. Er hatte endlich seine Magie gefunden. Und überdies eine Schwester, mit der ihn mehr verband als nur das Blut.

»Ich denke, wir sollten der Fürstin die frohe Botschaft mitteilen. Überdies ist heute der Tag, an dem Ihr die ehrwürdige Mijah-Glajurdah, Scheltar des Holzes, kennenlernt.«

Jehlen sah zum Horizont. »Der Mond wird heute stark sein. Ich spüre seine Macht. Nein ...« Er zögerte und wurde plötzlich ernst. »Da ist etwas anderes. Ein dunkler Zauber ... Kommt, schnell!«

Als der Elb losrannte, hetzte Atharu alarmiert hinter ihm her. Jehlen flog förmlich über die Wege. Vorbei an Felsenhäusern, Gärten und Bäumen. Dann ließen sie die Behausungen hinter sich, Jehlen nahm einen Waldweg, der außen um die Elbenstadt herumführte. Wohin wollte er? Was hatte er gespürt? Es waren keine anderen Elben auf dem Weg. Hatte Jehlen eine besondere Gabe? Plötzlich verlangsamte er das Tempo, blieb stehen und blickte durch die Bäume.

In diesem Moment sah Atharu es auch: Brandan kam ihnen entgegen, langsam, fast schwerfällig. Er trug jemanden auf den Armen. Selana!

Atharu stürzte ihnen entgegen, wollte Brandan helfen, doch jäh drängte Gehlen sich vor ihn.

»Lasst, bitte – ich trage sie. Aber bleibt dicht bei uns!«

Weitere Elben kamen angelaufen. Bewaffnet und in goldenen Rüstungen.

»Brandan, was ist geschehen?«, fragte Atharu.

»Keine Zeit, ich muss zurück zu Aria!« Brandan nickte Jehlen zu. »Könnt Ihr mitkommen?«

»Können Vögel fliegen?«

»Ist Aria auch etwas zugestoßen?« Atharu sah Brandan nach, doch der war schon losgerannt und hörte ihn nicht mehr. Zur anderen Seite entfernte sich Gehlen mit Selana auf dem Arm.

Atharu entschied sich, seiner Schwester zu folgen. Auf dem Weg zum Palast bot er Gehlen an, Selana ebenfalls zu tragen, doch der Elb wollte davon nichts hören. Mit langsamen, festen Schritten trug er sie in den Saal der Elbenfürstin.

Mehlen-Ellanjah empfing sie in der offenen Tür. Sie erkannte die Situation sofort und hieß ihre Untergebenen mit wenigen Zeichen, Quellwasser und Kräuter zu holen. Atharu drängte Gehlen energisch zur Seite. Er war der Heiler und würde seiner Schwester helfen. Ruhig und gewissenhaft achtete er auf ihren Atemrhythmus, spürte dem Puls ihres Herzens nach. Ihre Haut war kalt und schwitzig, doch alles andere schien stabil. Ohnmacht oder magische Erschöpfung? Prellungen und Wunden waren nicht zu erkennen.

»Bringt frisches Wasser. Doch vorsichtig, in ihrer Ohnmacht kann sie nur kleinste Mengen schlucken!«

Wenig später lag Selana auf einem eiligst herbeigebrachtem Bett. Mehlen-Ellanjah hatte ihr die Hand auf die Stirn gelegt. Leise sprach sie magische Formeln in Iljaitt. Atharu stützte den Kopf seiner Schwester und gab ihr von dem elbischen Wasser.

Plötzlich hustete sie und schlug die Augen auf. »Was ist passiert? Wo bin ich?«

»In Erellgorh – und in Sicherheit.« Die Stimme der Elbenfürstin klang so wohlig und warm, dass man darin hätte versinken mögen. »Trinkt mehr von dem frischen Quellwasser. Es erneuert den magischen Fluss. Dann wird es Euch gleich besser gehen.«

Atharu gab Selana das gläserne Gefäß.

»Teehl! Jetzt fällt es mir wieder ein!« Sie schob das Glas von sich weg.

»Du kannst gleich erzählen. Nun trink erst mal!«

»Aber wenn er ...«

Atharu wusste nicht, was sie meinte. Doch er hatte Vertrauen in Brandan und Jehlen. Sie würden sich um alles kümmern.

Gehlen trat vor. »Selana, Scheltar des Windes, ich werde gehen und nach Brandan und Jehlen Ausschau halten, wenn es Euch beruhigt.«

»Ja. Ich danke Euch, Freund Gehlen.«

Der Elb sah zur Fürstin, die sanft nickte. Atharu blickte ihm nach und sah die Augen seiner Schwester feucht werden. Was war das? Er reichte ihr noch einmal das Wasser, diesmal trank sie alles aus. Dann schlief sie wieder ein.

Als Selana erwachte, half Atharu ihr auf. Wenig später berichtete sie, was geschehen war. Von Teehls Suche nach einem geheimen Platz am Ufer des Sees, von seinen Beschwörungen und dem Armreif mit den dunklen Runen. Inzwischen war Jehlen hinzugekommen, und als Selana innehielt, ergriff er das Wort.

»Alle sind wohlauf«, begann er schlicht. »Und auch der Älteste lebt.«

Mehlen-Ellanjah schaute ihn fragend an und neigte den Kopf. Es brauchte nur diese kleine Bewegung, Jehlen schien ihre Frage zu ahnen.

»Ja, ich habe ihn in die untersten Verliese gebracht. Und nein, der Reif lässt sich nicht vom Arm des Ältesten lösen. Er scheint wie verwachsen. Die Runen darauf sind mir fremd, doch ich konnte die dunkle Magie spüren, die in ihnen liegt!«

Die Fürstin schloss die Augen. Auf eine Handbewegung von ihr verließ Fallbihr-Jehlendorh den Raum.

»Ich hatte gleich ein sonderbares Gefühl«, sagte Atharu, als Mehlen-Ellanjah still blieb.

»Das ging mir auch so«, seufzte Selana. »Aber wer hätte so etwas ahnen können?«

»Gefühle und Ahnungen – doch ihr sagtet nichts.« Die Fürstin sprach ganz ruhig. Kein Vorwurf lag in ihrer Stimme, kein Zorn in ihrem Blick. Es reichte die bloße Feststellung, um Atharu die Röte ins Gesicht zu treiben. Auch seine Schwester senkte betreten den Blick.

»Nein, schämt euch nicht. Wie oft fehlen wir bei der Betrachtung unserer Nächsten. Es mag gut oder schlecht sein, doch unsere Schicksale werden sich erfüllen.«

»Aber was, wenn er es schon geschafft hatte, Kontakt herzustellen? Was, wenn der Kreh von den Portalen weiß? Wird seine dunkle Macht ausreichen, eines davon zu öffnen?« Selana sprach eine Befürchtung aus, die sich auch Atharu aufdrängte. Was, wenn Selana zu spät gekommen war?

»Und da ist noch etwas«, setzte sie hinzu. »Es könnte eine Verbindung gegeben haben. In dem Moment, da mein Zauber auf die Runen traf und ich in den Nebel glitt, hörte ich eine Stimme in meinem Kopf.« Sie schluckte.

»Hat sie dich direkt angesprochen? Oder hörtest du nur etwas?« Die Fürstin klang plötzlich alarmiert.

»Es war nur eine Frage, doch ich habe gespürt, dass sie mir galt: ›Wer bist du?‹« Selana blickte Atharu an, und er griff nach ihrer Hand.

»Der Kreh!« Er wandte sich zu Mehlen-Ellanjah.

Sie nickte langsam. »Er ist der Einzige, dessen Macht so weit reichen könnte, dass sie selbst die Nebel von Erellgorh durchdringen mag.« Sie schloss die Augen und schwieg einen langen Augenblick, ehe sie weitersprach. »Aber er weiß nicht, mit wem er es zu tun hat. Vielleicht kennt der Kreh jetzt dein Gesicht, vielleicht auch nicht. Es könnte ihn verunsichern, dass Dinge geschehen, die sich seiner Kontrolle entziehen. Das mag ein Hoffnungsschimmer sein.«

»Kann es nicht auch sein, dass er die Nebel von Erellgorh nur durchdringen konnte, weil die machtvolle Entladung von Selanas Magie eine Art Brücke hergestellt hat?«, warf Atharu ein. Der Gedanke war ihm spontan gekommen, doch dies konnte eine mögliche Erklärung sein. »Eine Überladung der Magie ist ein mächtiger Impuls, oder nicht?«

Die Elbenfürstin nickte noch einmal. »Auch das könnte eine Hoffnung für uns sein. Doch nun, da Fenkorh-Kreh weiß, dass er es schaffen kann, die magischen Nebel zu durchdringen, wird er seinen Geist erneut nach uns ausstrecken. Die Tatsache, dass seine dunklen Runen es bis hierher geschafft haben, wird ihn überdies ermutigen.«

»Dann ist Erellgorh nicht sicher, solange der Armreif hier ist.« Selana straffte sich. »Die Runen müssen fortgebracht werden!«

»Darüber werde ich nachdenken. Und auch darüber, was mit Teehl geschehen soll, wenn der Armreif wirklich mit seinem Fleisch verwachsen ist!« Mehlen-Ellanjah blickte die Geschwister lange und prüfend an, ehe sie sich erhob. »Doch vorerst müssen wir uns anderen Dingen zuwenden. Folgt mir zu den Portalen!«

Pitu
26

Die Stufen knarrten unter seinen Füßen, als er vorsichtig in die Eingangsdiele hinunterstieg. Glücklicherweise war Schwester Epressta nicht am Platz, Pitu konnte vollkommen ungestört in den Tag starten. Er hatte sich vorgenommen, gleich als Erstes den jungen Magister aufzusuchen. Nachdem er eine Nacht darüber geschlafen hatte, kam ihm der Gedanke absurd vor, mit Eldarh könnte irgendetwas nicht stimmen. Der Magister war klug, verständnisvoll und ein Elbenfreund! Er war vielleicht zu jung für die viele Verantwortung mit dem Gesundhaus und dem ganzen Hüterkram. Aber sonst? Nein, dass musste ein Missverständnis sein.

Obwohl – konnte Pitu das überhaupt beurteilen? Er war nicht gerade ein Spezialist in Sachen Verantwortung.

Er ließ die Tür zum Innenhof hinter sich zufallen und trat auf den gepflasterten Gartenweg. Sicher würde sich gleich alles klären. Noch mehr verschlungene Pfade und versteckte

Zusammenhänge könnte schließlich keiner ertragen. Alles war so kompliziert, hing mit irgendwelchen anderen Dingen zusammen und hatte plötzlich Auswirkungen auf was auch immer. Selbst eine diebische Elster beeinflusste mit ihren Raubzügen das Handeln anderer. Eine diebische Elster! *Ich hab es ja verstanden, Velbert, Fludo, Malin, Lieburus und wie ihr alle heißt!*

Er ging am Brunnen vorbei und hielt auf die Rimmpur-Bäume zu. Wahrscheinlich hatte der Magister diese Erkenntnis schon vor langer Zeit gehabt. Er war in das alles hineingewachsen und darauf vorbereitet. Trotzdem: Gesundhaus, Königin, Hüter! Da würden ganz andere rasch einknicken. Und dann noch Sterne deuten, mit den Elben in Kontakt stehen und eine Prophezeiung im Blick behalten. Pitu wurde schwindlig bei dem Gedanken an so viel Verantwortung.

Als er die Tür zu Eldarhs Arbeitsraum erreichte, klopfte er. Zuversichtlich, dass Wanda sich geirrt hatte und Eldarh lediglich etwas überspannt war.

»Einen Augenblick bitte!«

Immerhin klang seine Stimme schon mal so, wie Pitu sie in Erinnerung hatte. Als die Tür sich öffnete, begrüßte ihn ein lächelnder Eldarh. »Pitu! Bei den Seelen, wo bist du gewesen? Komm herein!« Alles ganz normal.

Er streckte Eldarh die Hand hin, der sie freudig ergriff. In diesem Moment wusste Pitu, was Wanda meinte. Er spürte das unstete Pulsieren, das gegen den regelmäßigen Rhythmus seines Herzens anzukämpfen schien. *Nichts anmerken lassen!*

»Eldarh, du machst dir keine Vorstellung! Es tut mir leid, dass ich ohne ein Wort verschwunden bin.«

Zeit gewinnen! Was darf ich sagen, was sollte ich für mich behalten? Außer diesem unguten Gefühl gab es nichts, das den Gedanken an einen Vertrauensbruch rechtfertigte, oder? Andererseits waren diese Zeiten der Hüter, Gellwicks und übermächtigen Schwarzmagier sehr wohl dazu angetan, Dinge für sich zu behalten. Er musste es schaffen, Eldarh zum Reden zu bekommen.

»Es fing damit an, dass ich nach dir gesucht hab. Alle waren mit den Verletzten beschäftigt. Du erinnerst dich?«

Der Magister nickte und schob Pitu einen Stuhl hin.

»Na ja, alle haben nach dem Magister gerufen, wegen der Verletzten, aber das sagte ich ja schon. Tja, und ich dachte mir, bevor ich den anderen zwischen den Beinen rumstehe, wegen Heilung und so – also, ich bin da eher – machtlos.« *Und auch sonst. Nur nicht von Macht sprechen!* »Jedenfalls hab ich mich bei der Suche völlig verlaufen, und dann haben mich Gellwicks überfallen.«

Eldarh erschrak sichtlich und streckte die Hand nach ihm aus. »Aber du hast doch noch deinen Stein?«

Pitu legte schützend eine Hand auf die Brust und nickte.

Der junge Magister schien erleichtert. »Das ist gut.« Er stand auf, ging zu einem kleinen Schrank und goss etwas in einen Becher. »Trink doch erst einmal etwas.« Lächelnd reichte Eldarh ihm das Getränk.

Pitu streckte die Hand aus, zog sie aber wieder zurück. Etwas im Blick des Magisters war anders als sonst. »Danke, ich hab keinen Durst.«

Eldarh hielt ihm das Getränk weiter hin, und schließlich ergriff Pitu den Becher doch, um nicht unhöflich zu sein. Aber er würde nicht davon trinken! Stattdessen erzählte er rasch weiter. Von den Gellwicks, die ihn überfallen hatten, und den Wachen, die ihm geholfen hatten. Es war die gleiche gekürzte Fassung, die Lieburus auch Königin Tulipa aufgetischt hatte, um nicht von Pitus Fähigkeiten zu berichten.

»Jedenfalls war der alte Magister so nett und hat mich ein paar Tage dabehalten, damit ich wieder auf die Beine kommen konnte. Wegen des Überfalls und so. Und hier war ja auch alles voll!« Das war nicht mal gelogen, dachte Pitu und hob den Becher an die Lippen. Es geschah ganz automatisch, weil er ihn eben in der Hand hatte.

Doch als er die Flüssigkeit darin roch, fiel ihm sein Vorsatz wieder ein und er senkte den Arm. Was war das für ein seltsamer Geruch?

»Trink nur, trink nur. Das wird dir guttun!« Die Stimme des Magisters klang plötzlich kalt und drängend.

Pitu tat ganz unbedarft. »Ach, ich Tümpel. Ich wollte doch gar nichts.« Er stand auf, um den Becher auf den kleinen Schrank zurückzustellen.

Aber Eldarh trat ihm in den Weg. »Ich bin der Magister der Königin und oberster Heiler des Gesundhauses. Vertraust du mir etwa nicht? Der Kräutersud wird dir guttun.« Seine Stimme bekam etwas Säuselndes. »Ein sehr gutes Rezept, wie ich dir versichern kann. Trink schon!«

Der Blick des Magisters wurde seltsam stechend. Ihre Gesichter waren kaum zwei Fuß voneinander entfernt, Pitu spürte das unangenehme Pulsieren jetzt stärker. Er hatte das Gefühl, sein Herz müsste stolpern, so sehr irritierte ihn das unrhythmische Trommeln. Es drang ihm in den Geist und hämmerte in seinem Kopf.

Pitu stolperte zurück. Flüssigkeit schwappte über den Rand und einige Tropfen landeten auf seiner Hand. Erschrocken ließ er den Becher fallen.

»Nein!«, schrie der Magister grell. In einer schnellen Bewegung stützte er vor und fing den Becher auf.

»Entschuldigung. Ich ... war ungeschickt!« *Was passiert hier?*

Eldarh hockte sich auf den Boden, hielt den Becher in der Hand und starrte kopfschüttelnd auf die Pfütze.

»Was ... was tu ich?« Er hieb sich mit der Faust an die Schläfe. Wieder und wieder. Dann blickte er auf. »Pitu?« Speichel troff aus seinem Mundwinkel.

»Ich habe etwas Furchtbares getan. Und ich kann nicht mehr zurück. Ich weiß nicht, wie. Mein Geist ist eingekerkert und meine Seele zersetzt sich in einem Sud aus Dunkelheit.« Wieder schlug er sich an die Schläfe. »Aufhören, aufhören!«

Plötzlich hielt Eldarh inne, starrte ihn an und kroch auf ihn zu, Schweißperlen auf der Stirn. Der Becher fiel zu Boden und das Getränk floss über die Dielenbretter. »Du ... du musst mir helfen. Dein Stein kann es, bestimmt! Ich spüre seine Macht. Und *Er* will ihn auch! Er will ihn so sehr. Nein!«

Jäh schrie er auf. »Ich muss widerstehen. Noch kann ich, oder nicht? Hilf mir, Pitu!« Der Magister schluchzte und streckte seine Hand nach ihm aus.

»Nicht mein Stein.« Pitu stolperte zurück. »Du bist doch ein Magister. Bestimmt kannst du selbst was tun!«

Eldarh hob den Blick, die Augen waren blutunterlaufen. Dann zerrte er an seinem Ärmel, schob ihn ungeschickt hoch. Über den Ellenbogen, den Oberarm, zur Schulter.

Pitu stockte der Atem. Ein Armreif schnürte sich in das Fleisch des Magisters. Die Haut war schwarz verfärbt und eine Kruste trockenen Bluts überzog das Metall.

»Er frisst sich in mein Fleisch, in meinen Geist, in meine Seele!«, wimmerte Eldarh. »Manchmal wache ich von Schmerzen gepeinigt auf und weiß nicht, wo ich bin. Oft fehlt mir jede Erinnerung!«

»So nimm ihn doch ab, um der Seelen willen!« Pitu trat einen Schritt vor, wollte helfen, doch der Magister rutschte unbeholfen zurück.

»Nein! Nicht anfassen! Es sind dunkle Runen – schwarze Magie!« Speichel troff ihm aus dem Mundwinkel, sein Gesicht war zu einer Fratze verzerrt. Das war nicht der Eldarh, den Pitu kannte. Nicht der junge Magister, der ihn so freundlich aufgenommen hatte.

»Aber was ... wie ...?« Pitu fehlten die Worte, während der Gefallene durch die Lache der verschütteten Flüssigkeit an die Wand kroch. Das Heilergewand sog den Trank auf und färbte sich dunkel.

»Ich wollte mehr! Nicht mehr den anderen zusehen müssen, wenn sie Magie einsetzten, als wäre es nicht mehr als ein Fingerschnipsen! Die Elben ahnen nicht einmal, wie sehr es schmerzt, so unvollständig zu sein. Begrenzt in dem, was möglich ist. Ich bin doch der Magister der Königin!«, spie er hervor. »Abgespeist mit Schweigezaubern, damit niemand zuhören kann. Ich sollte *mehr* Magie besitzen!«

Begehrlich streckte er die Hand in Pitus Richtung. Seine Augen weiteten sich und sein Blick flackerte. Dann erlosch der Moment so schnell, wie er gekommen war, und Eldarh hechelte. Er hielt sich den Arm, dann die Brust. »Lieburus zeigte mir die Armreife, die sie den toten Gellwicks abgenommen hatten. Ich musste einen davon mitnehmen. Ihn den Scheltar zeigen, damit sie wissen, womit sie es zu tun haben. Aber nachts, als ich mit dem Reif allein war ... Die Magie ist so mächtig. Ich wollte ihn nur kurz überstreifen. Vielleicht einen Zauber damit probieren.«

Seine Augen wurden glasig, er stieß ein irres Lachen hervor. Dann zuckte sein Blick hin und her. »Du musst gehen! Du bist hier nicht sicher. Niemand ist mehr sicher!« Eldarh schaute sich hektisch um. »Da, der Becher. Bitte schenk mir etwas ein. Von dem Trank dort.« Er wies zur Karaffe auf dem Schrank. »Er ist für dich gewesen. Meine einzige Möglichkeit. Ich muss es trinken! Bitte!«, flehte Eldarh.

Pitu zögerte. Was sollte er tun? Auf so etwas war er nicht vorbereitet gewesen. Als der Magister sich stöhnend krümmte, erkannte Pitu, dass Eldarh diesen Kampf nicht gewinnen würde. Schwarze Magie! Sie schien sich in Körper und Geist zu fressen. Es mussten unglaubliche Schmerzen sein, körperliche und seelische. Wenn der Trank ihm helfen konnte, dann musste Pitu es tun. Er hob den Becher auf, ging zum Schrank und schenkte ein.

Der Magister zog eine zerdrückte Pergamentrolle aus dem Umhang. Als Pitu ihm den gefüllten Becher reichte, wedelte er hektisch damit. »Nimm das hier!« Er streckte ihm die Schriftrolle entgegen und griff nach dem Becher. Ein unterdrückter Schmerzenslaut entrang sich seiner Kehle. Sein Atem ging schneller und Schweiß tropfte von seinen Schläfen. Tränen rannen ihm aus den geröteten Augen, sein Kopf schien zu glühen. »Es muss geholfen werden. Kümmere dich darum. Und nun geh. Geh!« Das letzte Wort schrie er. Sein Blick flackerte erneut.

Pitu stolperte zurück. Gab es nichts, was er noch tun konnte? »Ich werde Hilfe holen! Es sind doch Schwestern im Haus, die können bestimmt helfen!«

Eldahr nickte, stille Tränen rannen ihm über die Wangen, während er den Becher hob. »Ich danke dir.« Er kniff die Augen zusammen und trank.

Die Gedanken rasten in Pitus Kopf. Hoffentlich war dieser Trank kein tödliches Gift. Und wenn, so musste es zumindest ein Gegenmittel geben! Er stürzte aus der Tür, lief zur Hintertür des Krankenflügels und blickte sich hektisch um, als er in den Flur hetzte. Keine Schwestern zu sehen.

»Hilfe!«, schrie er.

Der Magister musste doch irgendwie noch gerettet werden können. Bestimmt gab es ein Mittel, ein Kraut, das dem gewachsen war.

»Hilfe!«

Und danach müsste man dem Magister diesen magischen Reif abnehmen. Sicher würde er wieder in Ordnung kommen. Pitu rannte weiter und schrie noch lauter. Wie viel Zeit war vergangen, seit Eldarh getrunken hatte?

Jetzt öffneten sich mehrere Türen fast gleichzeitig und aus einer davon trat der Kopftuchdrache. Pitu hätte nicht gedacht, dass er sich jemals freuen würde, sie zu sehen.

»Schnell, Schwester Epressta! Magister Eldarh will sich vergiften!«

Selana
27

Gestern schon war ihr der Weg in die Tiefen Erellgorhs endlos lang vorgekommen. Doch heute hatte Selana das Gefühl, sie würden es niemals bis zu den Schmieden schaffen. Noch immer war sie geschwächt vom Zusammenstoß mit den dunklen Runen des Kreh.

Schaudernd erinnerte sie sich, wie die Ohnmacht sie in die eisige Kälte gezerrt hatte, an die Augen, die sie suchten, die Stimme, die in ihren Kopf eindrang. »Wer bist du?« Sie hatte nicht geantwortet, starr vor Schreck. Dann war etwas Beängstigendes geschehen: Der andere – der Kreh – hatte versucht, in ihre Gedanken einzudringen. Sie hatte seine suchenden Gedankenfasern gespürt wie Tentakel monströser Fabelwesen. Er hatte herausfinden wollen, wer oder was sie war. Und als ihre Mauer bröckelte, als ihre Kraft dem Drängen kaum mehr standhielt, hatte sie seinen Wissensdurst mit Geschichten ihrer Arbeit in der Burg befeuert. Hatte ihn am Putzen im Schloss von Akralahr teilhaben lassen.

Dann war die Verbindung plötzlich abgerissen. Doch das Gefühl, besudelt zu sein, blieb. Selbst jetzt spürte sie den Empfindungen nach, forschte, ob er wirklich weg war.

»Der Mond ist bereits aufgegangen. Mijah-Glajurdah, die Holz-Scheltar wird uns erwarten!« Mehlen-Ellanjah öffnete das Tor, um sie zu den magischen Schmieden einzulassen. Dorthin, wo die größten Wunder der Welt gehütet wurden, die Portale der Elben!

Endlich spürte Selana das Kribbeln freudiger Erwartung, während sie weiter in die Tiefen gingen. Angekommen im Gewölbe der Schmieden, hob Mehlen-Ellanjah beinahe beiläufig die Arme und schritt auf die hohen Felsnischen zu. Ihr leiser Singsang, ein sanfter Hauch melodischer Beschwörungen. Dann begann das Licht wieder aufzuschimmern. Kleine Punkte wuchsen erneut zu strahlenden Sternen, die alles um sie herum hell erleuchteten.

Als die Elbenfürstin vor eines der Portale trat, konnte Selana bereits das Pulsieren der Magie fühlen. Jetzt erst entdeckte sie, dass der Sockel des Bogens einem mächtigen Baumstumpf glich. Holz! Sie schaute sich um. Ein weiteres der Portale war auf zerklüftetem Stein gegründet. Das magische Erz, die Verbindung nach Crem! Das Tor daneben stieg aus einer steinernen Gischt auf. Sogar ein paar Fische waren schemenhaft zu erkennen. Es musste das Wasser des Jiguelazh sein. Das Portal nach Tangris, in die Stadt, aus der ihr Bruder kam. Und schließlich erblickte Selana auch den Erdhügel, aus dem der letzte der vier Bögen emporwuchs. Löcher wiesen auf typische Höhlen und Gänge von Erdbewohnern hin. Hier und da schauten kleine Nager hervor. Sie wirkten so lebendig, als würden sie bei der geringsten Störung in ihre Behausungen verschwinden. Das Tor nach Gelder!

Beeindruckt von der Leistung der Ersten, der Ahnen aller Elben, wendete Selana sich dem Portal der Mütter der Wälder zu. Das Innere des Bogens schillerte bereits, die Luft schien sich zu verdichten, flirrte wie in der Hitze der Mittagssonne und glich im nächsten Moment der Oberfläche dunklen Wassers. Ein Bild erschien, die Verbindung war vollständig.

Vor ihnen war ein Raum zu sehen. Vielleicht auch ein Plateau, von unzähligen Zweigen umsäumt. Als hätten sich die Triebe einer mächtigen Weide zu einer kunstvollen Laube verwoben. Die Rinde leuchtete in hellem Grün. In der Mitte stand ein hölzernes Bett, in dem eine Elbin auf samtene Kissen gebettet war.

Würdevoll blickte sie ihnen entgegen. Bisher hatte Selana in Erellgorh nur makellose Gesichter gesehen und war davon ausgegangen, dass Elben nicht alterten. Doch die Fürstin von Gohlannbjahr bewies das Gegenteil. Feine Linien durchzogen ihr Antlitz; weißes Haar, in das kleine Zapfen, Nüsse und Zweige geflochten waren, krönte ihr Haupt.

»Mijah-Glajurdah, Mutter der Wälder, *jys bellzhahn tuhl*!«, sagte Mehlen-Ellanjah und kniete huldvoll nieder. Selana und Atharu taten es ihr nach und verbeugten sich.

»Hilja-Mehlen, Fürstin im Nebelsee, sei auch du gegrüßt. Erhebe dich bitte. In meinem Alter sind diese Dinge nicht mehr wichtig. Schon verweben sich Hier und Jetzt mit den Wegen der Seelen. Das Sein wird zu einer mühsamen Last, für das der Nebel des Hinübertretens eine süße Verlockung ist!« Die Stimme der Fürstin der Wälder klang, als würden zwei Seiten eines Buches leise aneinanderreiben. Hell und gleichzeitig rau, tönte wohltuende Wärme aus ihr.

Dies war die letzte Scheltar der Alten, fiel es Selana wieder ein. Sogleich gingen ihr all die Fragen durch den Kopf, deren Antworten so wichtig waren. Wie wurden die Portale aktiviert? Wie könnte sie zusammen mit Atharu ein Portal öffnen und hindurchtreten?

»Ich sehe, du hast Gäste bei dir. Die Hüter sind gekommen.«

»Die Hüter und die wiedergeborenen Scheltar!«

Ein Flackern glitt über die Augen der greisen Elbin. Wie alt mochte sie sein? Welches Wissen ruhte in ihrem Geist und wäre am Ende ihres Weges auf ewig verloren?

Die Fürstin des Nebelsees begann, der Mutter der Wälder alles zu berichten, was sich zugetragen hatte. Angefangen von der Ankunft der Hüter, von den Bruchstücken über die Manifestation der Scheltar-Mächte, bis hin zu den Überfällen der Gellwicks in Tyklahr und dem Ältesten Teehl. Mit kalter Stimme erzählte sie von der Arglist, mit dem sich dieser Handlanger des Kreh in das Vertrauen der Elben eingeschlichen hatte. Mijah-Glajurdah hörte aufmerksam zu und unterbrach sie kein einziges Mal.

Als die Fürstin geendet hatte, ergriff die Greisin das Wort: »Vieles ist geschehen, seit der Mond das letzte Mal die Wipfel der Bäume in sein weises Licht tauchte. Ich gebe dir recht: Einiges mag Hoffnung sein. Doch vieles lässt Schlimmes ahnen. Die Pläne des Kreh sind umfassender, als wir glaubten. Seine Macht ist größer geworden, sein Einfluss reicht weit. Sich die Gellwicks untertan zu machen und nach ihrem Vorbild eine Armee aufzubauen, ist so grausam wie geschickt. Er verbreitet Chaos unter den Menschen. Angst und Schrecken kosten Zeit. Zeit, die wir nicht haben. Und ich kann noch mehr berichten!«

»Du hast das Portal nach Crem geöffnet?« Mehlen-Ellanjah klang alarmiert.

»So, wie ich es ankündigte. Ich musste einen Blick riskieren. Zu wenig wissen wir von dem, was im Westen vor sich geht. Tatsächlich traf ich vor dem Portal einen Menschen an. Einen Greis, der im Keller auf der Suche nach einem geschützten Schlafplatz war!«

Keller? Selana schaute Atharu an. Doch der zuckte mit den Schultern. Woher sollte er auch mehr darüber wissen. Standen die Portale nicht an sicheren Orten? In den Wohnstätten von Fürsten und Königen?

»Ein Risiko, werte Mutter der Wälder. Was, wenn er redet?«

Mijah-Glajurdah lächelte. »Es hat mich ein wenig Kraft gekostet, meinen Elbenzauber durchs Portal sickern zu lassen, aber nachdem ich ihn befragt hatte, ist er selig eingeschlafen. Es wird für ihn nicht mehr als ein Traum gewesen sein.«

Dann wurde sie ernst. »Die Kälte des Kreh ist auf dem Vormarsch. Vor den Toren Crems liegt Schnee, die Menschen verbrennen schon das Holz der leerstehenden Häuser. Einige wenige sollen auf dem Weg zum Kessel der Fruchtbarkeit sein, um dort Schutz zu suchen.«

»Hoffnung!« Das war das einzige Wort, mit dem Mehlen-Ellanjah antwortete.

»Hoffnung für die Menschen, die sich auf den Weg gemacht haben. Aber was ist mit denen, die bleiben? Wann wird die Kälte so weit in ihr Herz gedrungen sein, dass auch sie zu Häschern des Kreh werden? Wer soll sie warnen und aus der Stadt führen? Wie sollen sie erfahren, dass es nicht nur ein früher Winter ist, der über sie kommt?«

Selanas Herzschlag beschleunigte sich. Hatte sie das richtig verstanden? Die Kälte drang in die Herzen der Menschen und ließ sie zu Häschern des Kreh werden? Das sprengte ihre Vorstellungskraft und jagte ihr Angst ein. Wie viel Macht besaß der Kreh denn noch? Auch in Atharus Augen entdeckte sie die schreckliche Erkenntnis und fasste nach seiner Hand. Ihr Puls beruhigte sich fast sofort. Es gab Hoffnung, hatte Mehlen-Ellanjah gesagt. Sie waren die Zwillinge, die verbundenen Scheltar. Es gab eine Möglichkeit, es musste einen Weg zur Rettung geben! Wozu wäre die Prophezeiung sonst gut?

Selana trat vor. »Darf ich sprechen?« Sie blickte die Fürstin vom Nebelsee an, die lächelnd nickte.

»Mutter der Wälder, könnt Ihr uns darüber mehr erzählen? Für Atharu und mich ist der Zusammenhang neu. Wir dachten, dass der Kreh das Wetter beeinflusst, um die Menschen mürbe und handlungsunfähig zu machen. Dass die Kälte andere Auswirkungen hat, hören wir zum ersten Mal. Was bedeutet das für die Völker und für uns Hüter?«

»Selana, Scheltar des Windes. Ich hatte einen Späher ausgesendet, wohl wissend, dass Elben nicht lange unentdeckt bleiben. Er sollte nicht bis ins Herz des Eises vordringen, vielmehr ging es darum, zu erfahren, wie weit die Kälte von Crem entfernt war. Seinerzeit gab es eine Art unsichtbare

Grenze. Die Kälte schien sich vom Grehum nur gen Westen auszudehnen, und unser Späher wollte mit hoffnungsvollen Nachrichten zurückkehren. Doch dann traf er auf Flüchtlinge, Mütter mit Kindern. Von ihnen erfuhr er, was diese düstere Kälte aus den Menschen macht: Sie bemächtigt sich ihrer, weckt ihre animalischen Gelüste, löscht alles Gute aus. Anfangs dachten sie, es wäre nur dem Überlebensdrang geschuldet. Die Kälte und der Schnee hatten die Ernten vernichtet. Das Wild war verhungert, die Menschen wussten nicht, wo sie etwas zu essen herbekommen sollten. Doch das war nicht das Schlimmste. Mit der Kälte zog etwas anderes übers Land. Schwarze Magie, die in die Seelen der Menschen sickerte und sie zu verseuchen suchte. Die Flüchtlinge berichteten meinem Späher, dass besonders Männer empfänglich dafür waren. Sie wurden rastlos und nervös, ihre Blicke düster, ihr Umgangston rauer. Wenige Tage später begannen die Übergriffe. Sie nahmen Frauen, wenn ihnen der Sinn danach stand. Drohten, schlugen und folterten. Immer öfter scharten sich Gruppen zusammen. Eine der Flüchtenden hatte beobachtet, wie Dutzende zusammenstanden und starr in eine Richtung schauten. Sie murmelten und nickten, als erhielten sie eine Botschaft. Dann begannen auch Frauen, sich zu verändern. In kreischenden Rudeln machten sie sich über Männer her, rissen ihnen die Kleider vom Leib und jagten sie nackt durch die Straßen. Angst und Schrecken lähmten diejenigen, die noch bei klarem Verstand waren. Bis schließlich auch die ersten Kinder zu Opfern wurden. Erst da machten sie sich endlich auf den Weg und flohen. Anfangs suchten sie Schutz in anderen Städten und Dörfern. Doch überall herrschten die Entgeisteten. Feuer brannten, in deren Hitze Frauen sich die Kleider vom Leib rissen und ihre Nacktheit feilboten. Wie sabbernde Tiere geiferten die Männer nach ihnen, stiegen aus ihren Hosen und besprangen alles, egal, ob jung oder alt. Andere taten sich zusammen und machten Jagd auf diejenigen, deren Geist standgehalten hatte. Fortan mieden sie alle Ortschaften und schlugen sich durch, bis sie in Crem Zuflucht fanden.«

Die Miene der Fürstin war finster geworden. Ihr Blick fixierte Selana. »Das waren die Nachrichten, die mir gebracht wurden und die mich veranlassten, einen Blick nach Crem zu riskieren.«

Selana fröstelte. Trotz der Wärme, die die Esse ausstrahlte, war ihr kalt. Selbst wenn sie die Gellwicks vor Tyklahr besiegen könnten oder es schafften, ihren Horden auszuweichen, selbst, wenn sie der Kälte trotzten, stünden sie am Ende einer Armee Entgeisteter gegenüber. Und das alles, ehe sie nur in die Nähe des Kreh kamen. Wie sie diesen Namen hasste. Das Böse der Welt, das Unglück aller Völker, verkörpert in diesem einen Namen. Kreh!

Gerne hätte sie erneut nach Atharus Hand gegriffen. Doch die würde ihr keinen Trost spenden. Zu schwer wogen die Neuigkeiten, die sie gehört hatten. Worauf sollten sie ihre Hoffnung gründen? Sie blickte ihren Bruder an – seine Augen funkelten. *Wut!* Wenn der Widerwille nur groß genug war, war es egal, wie viel oder wenig Grund zur Hoffnung blieb. Vielleicht gar kein schlechter Gedanke: Besser dem Problem zornig entgegentreten, als sich der vermeintlichen Ausweglosigkeit zu ergeben!

Die Unterredung mit Mijah-Glajurdah hellte sich etwas auf, als sie Selana und Atharu vom Umgang mit den Portalen erzählte. Die bloße Aktivierung eines Portals, die auch ein Scheltar allein bewerkstelligen konnte, war einfach. Man richtete den gesamten Willen auf die andere Seite, den Ort, den man erreichen wollte, und ließ seine Energie ins Portal strömen, bis das Bild sichtbar wurde. Um die Verbindung aufrechtzuerhalten, brauchte es dann nur noch wenig Magie. Doch die Stelle, in die die Kraft fließen musste, war für jeden Scheltar eine andere. Es galt also, die magischen Anknüpfungspunkte der Portale zu finden. Das konnte eine Blüte sein, ein Insekt oder ein Tier. In jedem Fall etwas, das der eigenen Natur entsprach.

Das vollständige *Öffnen* eines Portals, um hindurchzugelangen, war insofern schwieriger, als dass die Scheltar, die zusammenwirkten, einen gemeinsamen Anknüpfungspunkt brauchten. Einen, der ihrer Verbundenheit entsprach. Oder aber der Summe der Einzelnen. Noch während Mijah-Glajurdah ihnen von diesen Dingen erzählte, trat Atharu an einen der Bögen und begann zu suchen. Auch Selana spürte den Drang, die magischen Tore auszuprobieren. Die Last der Verantwortung und die erdrückende Gewissheit, dass vielerorts Menschen entgeistet wurden, Qualen litten und starben, drängten sie zu handeln. Abwarten machte alles schlimmer.

Doch die greise Elbenfürstin rief sie ins Gespräch zurück. »Eines ist noch wichtig: Die Portale bleiben nur so lange offen, wie eure Magie fließt. Ihr könnt nicht selbst hindurchtreten!«

Selana erstarrte. »Wozu dann das Ganze? Es sollte uns ermöglichen, schneller zu sein. Um uns dem Kampf mit dem Kreh zu stellen. Damit das Elend ein Ende findet!«

»In der Zeit der Ahnen ist es Portalöffnern nur einmal gelungen, hindurchzutreten. Und dann nie wieder – in all den Jahrhunderten!«

»Wie?« Atharu trat vor die Mutter der Wälder. »Wie ist es gelungen?«

Mijah-Glajurdah seufzte. »Durch schwarze Magie!«

Atharu

28

Unzählige Gedanken rasten durch Atharus Kopf, während sie zurückgebracht wurden. Schwarze Magie! Wenn das der einzige Weg wäre, würde er es riskieren. Im Gesicht seiner Schwester hatte er Abneigung und Furcht gesehen. Könnte sie sich trotzdem dazu entschließen? Die Anwendung dunkler Zauber musste nicht gleich zu einer Wandlung führen. Andererseits veränderte sich ein Magier schon mit jedem einzelnen in Wut und Zorn gewirkten Zauber, hatte Jehlen ihn gelehrt. Hatte Selana ihm nicht erzählt, dass sie sich auf ihrer Reise nach Tyklahr dieses Mittels bereits bedient hatte? Wie viel aus Dunkelheit geborene Magie durfte sie sich noch leisten, ehe Düsternis ihre Seele in Besitz nähme und sie für immer der schwarzen Magie verfiele?

Und er selbst? Atharu konnte sich nicht erinnern, Wut oder Zorn als Schlüssel zu seiner Macht genutzt zu haben. Dennoch war er sicher, dass er es könnte. Doch diese Gedanken waren müßig. Die Fürstin der Wälder hatte nicht mehr darüber erzählen wollen. Und von allein kämen sie kaum darauf, wie sie schwarze Magie einsetzen konnten. Immerhin bekämen sie morgen die Gelegenheit, ihre Anknüpfungspunkte zu finden.

Als Atharu die Tür öffnete, kam Brandan sofort auf ihn zu. »Da bist du ja endlich. Hast du von Teehl gehört? Gibt es was Neues?« Sein Freund schlug mit der Faust auf den Tisch, eine Schale voller Obst tanzte zitternd an den Rand. »Ich lauf hier schon eine halbe Ewigkeit rum. Zum Nichtstun verurteilt! Selbst Jiga ist ganz unausstehlich.«

Er zeigte blutige Kratzspuren auf seinem Arm. Selten hatte Atharu seinen Freund so aufbrausend erlebt.

»Wann werden wir endlich aufbrechen und was tun? Seit wir hier sind, ach, was rede ich, seit wir aus Tangris fort sind, erfahren wir täglich von neuen Schwierigkeiten, Problemen und Abscheulichkeiten dieser Krähe! Wenn wir nicht bald was tun, platze ich!«

Das Erlebnis mit Teehl musste in seinem Freund das Fass zum Überlaufen gebracht haben. Brandan raufte sich die Haare. Dann blickte er Atharu an und senkte die Stimme. »Geht es Selana wieder besser?«

Atharu nickte. »Und es ist dein Verdienst, dass ihr so schnell geholfen wurde. Danke!«

Brandan seufzte. Doch gleich darauf war sein Unmut wieder da und fegte die Erleichterung hinweg. Atharu merkte, dass sein Freund es rauslassen musste.

»Zum Helfen bin ich immerhin gut genug. Aber wenn es darum geht, über die Portale zu sprechen, diese Holz-Scheltar-Dings zu treffen, fällt die Tür vor meiner Nase ins Schloss. Ich bin ja auch nur der *Begleiter* eines Hüters. Ein Wunder, dass sie mich überhaupt in diese ach, so perfekte Stadt reingelassen haben.«

Er tigerte durch den Raum, schlug erneut auf den Tisch. Diesmal fiel die Obstschale herunter und zerbrach klirrend. Die Früchte verteilten sich über den Boden, Brandan schien mit einem Mal aus seiner Wut zu erwachen. »Ach du dampfende Kacke! War ich das etwa?«

Atharu, der sich schon gebückt hatte, um die Früchte aufzuheben, sah seinen Freund irritiert an. »Dampfende Kacke?«

»Einer der Lieblingssprüche von Aria«, gab Brandan zu und sah plötzlich nicht mehr ganz so zornig aus. Er kniete sich hin und kümmerte sich um die Scherben.

»Wie läuft es denn so mit Aria?«

»Lenk nicht ab. Sag lieber, was es Neues gibt. Und dass es etwas gibt, seh ich dir an!« Brandan schaute kurz auf und sammelte dann die letzten Scherben ein.

Atharu verstand diesen Blick. Der kurze Gedanke an Aria war sicher gut gewesen, aber er würde sich nicht einlullen lassen. »Wenn du mir versprichst, ruhig zu bleiben und in aller Ruhe darüber nachzudenken, was wir tun können, erzähle ich dir, was ich erfahren habe!«

Brandan nickte und Atharu berichtete. Immer wieder unterbrach sein Freund ihn mit einer Frage oder einem Fluch. Ja, es war Zeit, etwas zu tun, das erkannte Atharu. Doch ohne die Elben könnten sie nichts entscheiden oder voranbringen.

»Wir können dem Kreh nicht entgegentreten, bevor das Medaillon neu geschmiedet ist. Denk an die Prophezeiung! Die Säulen der Macht müssen fallen. Damit kann nur das Grehum gemeint sein. Und das Medaillon ist der Schlüssel, um durch die magische Kuppel zu gelangen!«

»Aber die Menschen! Die vielen Menschen, die keine Ahnung haben, was die Kälte für sie bedeutet!«

Atharu spürte, dass die Machtlosigkeit sich wie ein Ring um seine Brust schnürte und ihm den Atem raubte. Er war der Scheltar des Feuers. Doch den Menschen, die unter dem Kreh litten, konnte er trotzdem nicht helfen.

»Zuerst müssen Selana und ich lernen, die Portale zu öffnen. Und dann mag es vielleicht gut sein, auch etwas über den dunklen Weg zu erfahren!«

»Nein!« Brandan packte ihn bei den Schultern. »Es muss einen anderen Weg für euch geben. Hast du schon mal darüber nachgedacht, was passiert, wenn ihr euch wandelt? Was glaubst du, wie eine Welt aussieht, in der drei Schwarzmagier wüten?«

»Ist ja gut!« Atharu befreite sich aus dem Griff seines Freundes. »Morgen versuchen wir erst einmal, Zugang zu den Portalen zu bekommen. Dann ist immer noch Zeit, über weitere Schritte zu sprechen. In Ordnung?«

»In Ordnung.«

Sie mussten sich in Geduld üben. Und das wurde immer schwerer, denn Atharu wusste, dass ihnen die Zeit weglief. Er spürte, wie sie zwischen seinen Fingern verrann. Sand eines Stundenglases, das sich nicht wieder umdrehen ließ. Wann wären endlich die Leibwächter der Fürstin mit dem dritten Bruchstück zurück? Alles stand und fiel mit dem Medaillon!

»Und morgen, Freund Atharu«, Brandan grinste schmallippig, »morgen werdet Ihr uns mitnehmen. Auf keinen Fall werde ich hier rumsitzen, während du mit Selana Portalspiele machst!« Er zwinkerte und Atharu stöhnte.

»Sie ist meine Schwester!«

»Das hat schon andere nicht abgehalten!«

Atharu boxte ihm in den Bauch. »Dir bekommen die Trainingseinheiten mit Aria nicht. Sie verdirbt dein reines Jägerherz!« Sie lachten und versuchten, den Tag zu beschließen, ohne in den sorgenvollen Themen zu versinken. Als sie sich endlich schlafen legten, war von der Nacht nicht mehr viel übrig.

Dennoch sprang Atharu voller Elan auf, als Jehlen sie am Morgen weckte. Brandan hatte recht gehabt, es wurde Zeit, etwas zu unternehmen. Und heute wäre ein guter Tag dafür. Sie setzten sich und aßen von den köstlichen Leckereien, die ihnen wie an jedem Morgen gebracht worden waren. Diesmal gab es neben frischem Brot und köstlichen Aufstrichen noch einen Teller mit kleinen Kugeln.

»Arbenhonig«, erklärte Jehlen. »Meine Sache wäre es nicht, den Nadelbienen ihren Honig zu stehlen. Aber ich gebe zu, dass er äußerst köstlich schmeckt. Insbesondere natürlich in dieser Form. Zubereitet mit gemahlenen Mumbeln.«

»Nadelbienen?«

»Mumbeln?« Atharu schaute Brandan an. War ja klar, dass der sich nach den Bienen erkundigte.

Jehlen schluckte eine Honigkugel hinunter und lutschte sich an den Fingern. »Fürchterlich klebrig. Aber köstlich! Die Nadelbienen leben in den Kronen der höchsten Arbenbäume. Von deren Nadeln haben sie den Namen. Obgleich auch ihr Stachel dies rechtfertigen würde. Sie leben im offenen Schwarm und horten ihren Honig in Asthöhlen. Sehr schwer heranzukommen. Unlängst stürzten zwei Elben in den Tod, vor gerade einmal fünfzig oder sechzig Sommern. Sie hatten das Bienenvolk gegen sich aufgebracht. Reichlich dumm, wenn Ihr mich fragt. Nun ja. Es ist jedenfalls eine Ehre, etwas so Wertvolles kredenzt zu bekommen!«

Atharu schluckte. »Ich hoffe, die Ernte der Mumbeln ist einfacher.«

»Aber ja.« Jehlen griff sich noch eins der Honigbällchen. »-ie -ummel-üsse -erden -on den Aras ge-ückt.« Er schluckte und leckte sich erneut die Finger.

»Aha«, murmelte Atharu stirnrunzelnd.

»Hm, gut!« Brandan hatte ebenfalls eine probiert, und endlich griff auch Atharu zu.

Jehlen hatte nicht zu viel versprochen. Die Kugeln aus Arbenhonig und geriebenen Mumbeln waren eine Offenbarung. Doch all das konnte nicht von dem ablenken, was heute vor ihnen lag. Sie würden die Portale öffnen. Zumindest eines davon.

Im Palast der Königin trafen sie auf Selana, Aria und Gehlen, der sie in die Schmieden hinabführte. Die Fürstin ließ sich entschuldigen und hatte Jehlen zu sich befohlen. Es war sonderbar, zum ersten Mal ohne Mehlen-Ellanjah vor die Portale zu treten. Als sie vor den hohen Felsnischen standen, ergriff Gehlen das Wort.

»Die Fürstin beweist großes Vertrauen, indem sie Euch allein den Zugang gewährt. Für den Fall, dass Ihr Fragen habt, stehe ich Euch zur Seite. Ich bleibe im Hintergrund, um den Scheltar und ihren Begleitern nicht im Wege sein.«

»Für mich seid Ihr noch immer mein Mentor. Von dem ich in kurzer Zeit mehr lernen durfte als je zuvor!« Selanas Stimme schien leicht zu zittern. War zwischen den beiden etwas vorgefallen?

»Ihr beschämt mich, Selana, Scheltar des Windes!« Gehlen verbeugte sich und trat zurück.

»Oh Mann, das muss ich nicht verstehen, oder?«, wisperte Aria Brandan zu. Zu laut, Atharu hatte jedes Wort verstanden.

Und Selana? Zumindest ließ sie sich nichts anmerken. Allerdings sah sie Gehlen etwas zu lange nach. Beizeiten würde Atharu sie darauf ansprechen.

Jetzt aber trat sie entschlossen auf das Portal der Erde zu. »Ich denke, wir suchen erst einmal die Anknüpfungspunkte, um die Portalaktivierung zu erlernen. Das können wir an verschiedenen Portalen machen, richtig?« Sie sah Atharu an.

»Ja. Bis jeder an jedem Portal seinen Punkt gefunden hat. Und anschließend probieren wir eine Portalöffnung.« Er schritt an das Portal mit den Fischen.

Brandan trat zu ihm und besah sich den Sockel des Bogens. »Ah, Wasser! Wenn ich es richtig verstanden habe, müsste das dann das Tor nach Tangris sein?«

Atharu nickte.

»Und mit Anknüpfungspunkt ist eine Stelle am Portal gemeint, die etwas mit dir oder deiner Magie zu tun hat.«

»Ja, ganz einfach, möchte man meinen. Aber Mijah-Glajurdah konnte sich erinnern, dass es bei einigen Scheltar Tage gedauert hat, bis sie ihren Anknüpfungspunkt fanden.«

»So lange wird es bei dir nicht dauern«, stellte Brandan fest und Atharu schaute ihn fragend an. Sein Freund grinste und begann sein Hemd aufzuknöpfen. »Du hast ja uns!«

Als hätte sie nur auf das Stichwort gewartet, schlüpfte Jiga hervor. Brandan hielt sie fest und flüsterte ihr ins Ohr: »Du kennst doch unseren Freund Atharu. Na gut, *meinen* Freund

Atharu! Ein Heiler und Feuer-Scheltar. An diesem Portal gibt es was, das mit ihm zu tun hat. Du sollst es finden. Los, such!«

»Das meinst du nicht ernst, oder?« Atharu schüttelte den Kopf.

»Was denn? Du kannst auch selber suchen. Aber Jiga muss beschäftigt werden. Und außerdem versteht sie sehr gut, was ich ihr sage.«

»Wenn es dich glücklich macht.«

»Ich sag nur: Medaillon!«, erinnerte ihn Brandan und setzte Jiga auf den Sockel der steinernen Gischt. Sofort kletterte das Frettchen schnüffelnd am Portal herum.

Atharu holte Luft und atmete geräuschvoll aus. Er nahm sich vor, sich nicht weiter ablenken zu lassen. *Mein Atem ist Anfang und Ende, ich habe Kontrolle über meine Magie. Wissen über Ziel und Zweck.* Dann ging ihm durch den Kopf, was Brandan gesagt hatte. Wie so oft, war es eine ganz einfache Feststellung gewesen: Atharu war Heiler und Feuer-Scheltar. Wenn er bedachte, dass er mit seinem Feuer sogar schon geheilt hatte, sollte er sicher etwas in dieser Art suchen. Kurz überschlug er, welche Tier-, Amphibien- oder Insektenabbildungen für ihn infrage kämen. Er war sich fast sicher, dass eine Pflanze sein Anknüpfungspunkt sein müsste.

Sofort nahm er die verschiedenen Blatt- und Blütenformen in Augenschein. Seine Augen glitten an Efeuranken, Arbenzweigen und Ellmächtskraut vorbei. Doch er suchte nach etwas Wirksamerem. Seine Magie war stark. Sie konnte heilen. Und – schoss es ihm durch den Kopf – sie könnte zerstören und töten. Er suchte also nach einem Kraut, das ebenfalls beides bewirken konnte, Heilung und Tod!

Dann sah er sie. Anmutig und grazil in der Blüte, streng und aufstrebend im Blatt. Die Kehlandalilie! Ein Strahlen stahl sich auf sein Gesicht und er schaute nach Jiga, die sich zum oberen Bereich des Bogens hinaufgeschnüffelt hatte.

Dann blickte er zu Brandan. »Ich denke, ich habe es vor ihr gefunden.«

Sein Freund kam zu ihm. »Wirklich? Hast du's schon probiert?«

»Nein, aber ich bin mir fast sicher. Es muss ein Heilkraut sein. Das hattest du ja auch angedeutet. Und die Kehlandalilien«, er deutete auf die kronenhaften Blüten, »entsprechen in etwa der Natur meiner Magie. Warte einen Moment, ich probiere es!«

Atharu atmete tief durch, schloss die Augen und streckte seine Hände vor. Dann rezitierte er die elbischen Worte, die Mijah-Glajurdah ihnen beigebracht hatte.

»Mahjyl perk brian e ezhanjo perk yt kärenn. Hiesfruhr aracham e perk zheazhkahn yn turuhn.« (Die Magie für die Kraft – und die Seele für den Weg. Eine Verbindung zur Erfüllung – und dem Sehenden ein Bild.)

Atharu spürte, wie ein warmer Hitzestrahl aus seinem Körper strömte, eine Flammenzunge, die der Kehlandalilie wie ein glimmender Faden entgegenstrebte. *Ich kenne das Ziel und den Zweck!* Doch plötzlich zerbarst der Faden in schimmernde Fünkchen und verging.

Atharu keuchte. »Nein! Das kann nicht ... ich war mir so sicher ...«

Brandan klopfte ihm aufmunternd auf die Schulter und grinste. »Dein nächster Versuch gebührt der Entdeckung von Jiga, in Ordnung?«

Atharu schnaufte unwillig. »Wenn sie denn etwas findet!«

»Hat sie schon!« Sein Freund zeigte zur oberen Seite des Portalbogens. Jiga leckte eifrig an einer steingewordenen Pflanze und rieb sich daran.

»Fellblättchen?«

»Auch Hundsohr genannt. Gut gegen Flöhe und Zecken«, zitierte Brandan seinen Freund. Atharu stöhnte, als er sich an ihre Ankunft im Garten des Gesundhauses erinnerte. Jiga hatte auch da schon eine Vorliebe für dieses Kraut gezeigt.

»Das ist wohl ehereine Verbindung zu dir und Jiga als zu mir.«

»Probier es einfach – mir zuliebe. Danach kannst du ja selbst weitersuchen.«

Atharu wollte kein Spielverderber sein und fügte sich in sein Schicksal. Noch einmal sendete er den glimmenden

Faden aus. Langsam schlängelte sich die feurige Spur durch die Luft, arbeitete sich empor und strebte auf das Fellblättchen zu. Jiga flüchtete von ihrem Platz.

Funken stoben von der Oberfläche des Krauts und der Flammenfaden ... verging nicht? Nein, er teilte sich, weitere Fäden züngelten über die Ornamente des Portals. Sie glitten zu beiden Seiten um die Öffnung und umschlossen schließlich den gesamten Bogen. Das Innere des magischen Tors schillerte, die Luft verdichtete sich. Wie gestern im Portal des Holzes sah er die dunkle Spiegelfläche, und plötzlich erschien ein Bild.

Atharu musste sich zusammenreißen, um die Verbindung nicht zu verlieren, so sehr überfluteten ihn die Gefühle, als er vor sich das Plateau in Tangris sah. Der Blick aus Ondaras Wohnstätte, der Ort, an dem er zuletzt mit seiner Mutter die Totenwache gehalten hatte. Der Ort, an dem er die schönsten Momente seiner Kindheit verbracht hatte.

»Tangris! Herr der Seelen, unsere Heimat! So dicht ...«, seufzte Brandan.

Atharu blickte sich kurz um, sah Selana und Aria zu ihnen herüberkommen. Dann hörte er eine vertraute Stimme. Doch sie stammte nicht von seinen Begleitern. Es war die Stimme seiner Mutter!

Lara kam ins Bild und trat unsicher näher. »Atharu? Bist du das? Atharpazh sei Dank!« Sie strahlte und lief auf ihn zu.

Das Portal wurde dunkel, doch die Spiegelfläche blieb. Schemenhaft tauchte seine Mutter wieder auf, taumelte zurück und rieb sich die Augen. Einen Lidschlag später war das Bild wieder klar.

»Was ist das? Kannst du mich sehen? Hören?«

»Ja Mutter, ich sehe und höre dich. Bist du allein?«

Lara sah sich um und nickte. »Es ist niemand in der Nähe!«

»Das ist gut. Diese Verbindung muss unbedingt geheim bleiben. Deshalb kann ich das Portal nicht lange offen halten. Brandan und mir geht es gut. Wir sind in Erellgorh, zusammen mit Selana und ihrer Begleiterin Aria. Mach dir keine Sorgen!«

»Selana?« Seine Mutter hielt sich die Hände vor den Mund, ihre Augen weiteten sich. Sie schaute suchend an ihm vorbei. Als sie ihre Tochter entdeckte, stieß sie einen leisen Schrei aus, Tränen traten ihr in die Augen. »Selana, mein Kleines! Vergib mir, dass ich dich fortgeben musste. Ich ...!« Sie brach ab, von ihren Gefühlen überwältigt.

»Mutter, ihr werdet euch wiedersehen. Doch jetzt müssen wir uns verabschieden. Wir werden aufeinander achtgeben. Mach dir keine Sorgen, ja?«

Atharu schnürte es den Hals zu, so sehr nahmen ihn die Tränen seiner Mutter mit. Er spürte, wie der magische Fluss schwächer wurde. Der Flammenfaden begann zu zittern.

»Meine Gedanken sind bei euch. Bei euch beiden, Selana und Atharu. Das waren sie immer schon! Ich liebe euch!«

»Wir dich auch ... Mutter!« Selanas Stimme perlte wie Quellwasser an ihm vorbei.

Der Mund seiner Mutter öffnete sich und sie begann zu lachen – sie weinte und lachte zugleich.

Im nächsten Augenblick brach die Verbindung ab, der Spiegel verschwand. Atharu drehte sich zu seiner Schwester. Tränen glitzerten auf ihren Wangen. Sie hatte ihre Mutter gesehen, zum ersten Mal, seit sie ein Säugling war. Spontan nahm er sie in die Arme.

»Danke«, flüsterte sie. Für einen kurzen Moment genossen beide die tröstende Nähe des anderen. Sanft schob sie ihn von sich. »Ich glaube, ich habe meinen Anknüpfungspunkt auch gefunden.«

Atharu folgte ihr zum Erdportal. Erst war er nicht sicher, auf was sie zeigte. Doch dann erkannte er eine winzige Gestalt, die im Begriff schien, sich auf einer Feder in die Luft zu schwingen.

»Eine Federfliegerin!« Er nickte. Ja, das konnte sein. Diese grazilen Winzlinge glitten schon mit dem kleinsten Windhauch durch die Zweige der Bäume. Kaum ein anderes Lebewesen war so auf die Luft und ihre Strömungen angewiesen. Und überdies waren sie gutmütig und anmutig. Ein Anknüpfungspunkt, der der Scheltar des Windes würdig wäre. Und so viel nachvollziehbarer als sein Fellblättchen. Darüber musste er wirklich noch nachdenken.

Selana hob ihre Handflächen und sprach die alten Worte. Ein fast unsichtbares Flirren ließ den Luftstrom erkennen, der dem Portal entgegenflog. Leichtes Singen ging von dem Faden aus, der nur durch das Verwirbeln feinster Luftpartikel seinen Weg verriet. Als er über die Oberfläche des Portals wanderte, wehte er Staub auf und hüllte die Ornamente in Hunderte kleinster Wirbel. Dann traf er auf den Federflieger und breitete sich von dort übers Portal aus. Die Luft verdichtete sich, dunkles Wasser, einem Spiegel gleich, auf dem sich schließlich ein Bild zeigte.

Als Atharu erkannte, wer auf der anderen Seite stand, sog er scharf die Luft ein!

Pitu
29

Die Schreie würde Pitu niemals vergessen. Und auch nicht den irren Blick, mit dem Schwester Epressta ihn anklagte: Mörder! Ihr Urteil würde ihn verfolgen, ungeachtet der Klarstellungen von Wanda und Kessja.

Er war mit Epressta und einigen anderen zurück zu Eldarh gelaufen. Hatte in der Tür gestanden und alles mit angesehen. Das blau verfärbte Gesicht, das Blut, das aus dem Mund des jungen Magisters rann und dessen krauses Haar verklebte. Am schlimmsten aber waren die Augen: angstvoll geweitet und im Todeskampf erstarrt. Da war kein Leben mehr gewesen – und kein Frieden.

Schwester Epressta war neben Eldarh auf die Knie gestürzt, hatte mit ihrer weißen Robe das Blut aus seinem Gesicht gewischt und versucht, ihn zurückzuholen. Sie hatte nach dem Herzschlag gehört, das Haar gestreichelt, ihn geschüttelt und angeschrien. Schließlich hatten die anderen

Schwestern sie fortgezogen. Aber Epresstas Schreie hallten immer noch durch seinen Kopf!

»Pitu? Ist alles in Ordnung?«, fragte Kessja unsicher.

In Ordnung? Nein, nichts ist mehr in Ordnung! »Ja, klar. Ich war nur ... in Gedanken.« Pitu versuchte ein Lächeln, doch er sah ihr an, dass sie ihm nicht glaubte.

Wahrscheinlich hatte sie in der letzten Nacht ebenso wenig geschlafen wie er. Sie saßen bei Tante Wanda im Zimmer, die immer noch ernst auf das Pergament blickte, das Pitu von Eldarh bekommen hatte. Er selbst konnte nicht lesen. Wanda war seine Vertraute. Außerdem eine Hüterin, und wahrscheinlich die Einzige, die annährend nachempfinden konnte, was in ihm vorging. Überdies war sie nach Eldarh der einzige Mensch, der sich mit allem auszukennen schien. Vertraut mit Magie, wissend um die Prophezeiung und die Scheltar.

Doch in Eldarhs Nachricht ging es um nichts davon. »Die Gellwicks sammeln sich. Ein Sturm der Grausamkeit wird losbrechen, wenn die Brücken der Schlucht nicht gehalten werden!«, schrieb er. Es ging ihm darum, Heiler in Richtung Nehrbor zu entsenden. Seine letzte Nachricht war eine Warnung, ein hilfloser Versuch, einige von Tyklahrs Verteidigern zu retten. »Vergebt mir meine Eitelkeit«, las Wanda die letzten Worte des Magisters und faltete das Pergament. »Dir sei vergeben und nur deine guten Taten sollen überdauern.«

»Mögen die Seelen ihn aufnehmen!« Eine Träne rann über Kessjas Wange. Pitu streckte die Hand aus und strich sie sanft fort. Als ihm die Geste bewusst wurde, schaute er verlegen weg.

»Danke!« Ihre Stimme war kaum mehr als ein Flüstern.

Er hob den Blick und versank augenblicklich im klaren Grün ihrer Augen.

»Es ist nun einiges zu tun!«, unterbrach Wanda diesen zerbrechlichen Moment. »Zum einen muss dieser Brief der Königin vorgelegt werden. Vielleicht ist sie sich der Bedrohung, die von Nehrbor ausgehen könnte, noch gar nicht bewusst. Und ein Versorgungstreck für das Lazarett muss auf den Weg gebracht werden.« Nachdenklich zupfte sie an ihrem Ohrläppchen, ehe sie weitersprach. »Nur sind wir eigentlich nicht diejenigen, die solche Entscheidungen treffen oder gar umsetzen können. Kessja, wer könnte hilfreich sein, um gehört zu werden? Wird Schwester Epressta heute wieder in der Lage sein, zu arbeiten? Wird sie dich anhören?«

Sie zog ihre Stirn in Falten und Pitu spürte die Anspannung im Raum. Er war dankbar, dass Wanda die kleine Lysa in den Hof geschickt hatte, um nach Kräutern zu suchen. Das Mädchen hatte schon so viel Schlimmes erlebt und war gerade erst dabei, sich von all dem zu erholen. *Unsere kleine Seelenflüsterin.* So hatte Wanda sie genannt. Pitu hatte keine Ahnung, was das sein mochte, doch es war ihm egal. Diese Eigenschaft schien Lysa zu stärken, sie weiser zu machen. Er dachte an die Begeisterung, mit der sie von ihren Seelenfreunden erzählt hatte. Doch er konnte sich nicht wirklich etwas darunter vorstellen. Es würde kaum gegen die Macht schrecklicher Erinnerungen oder gegen einen Angriff grausamer Gellwicks helfen.

Angriff – ein zu schwaches Wort. Krieg war wohl der passendere Begriff. Denn der Griff zu den Waffen schien die einzig sinnvolle Antwort zu sein. Eine Armee mit Schwertern, Armbrüsten, Piken und Langbögen. Vielleicht noch der Einsatz von Magie, machtvoller Energie, über die nur Scheltar verfügten. Die jedoch nicht hier, sondern in Erellgorh waren. Bis auf einen! Sein Herzschlag beschleunigte sich.

»Schwester Epressta kann sicher ein Schreiben aufsetzen, um im Gesundhaus auf der myzehrischen Seite um Hilfe zu bitten. Und Schwester Kerellas Mutter ist Priesterin im Seelentempel. Sie wird freiwillige Helfer mobilisieren können.«

»Das hört sich gut an!« Wanda nickte Kessja zu. »Bitte übernimm das und sprich mit Schwester Epressta. Zeig ihr den Brief. Wenn sie mit deiner Idee einverstanden ist, mache ich mich auf den Weg zum Schloss. Und du suchst Schwester Kerella auf und gehst mit ihr zum Seelentempel.« Wanda erhob sich etwas umständlich, Pitu erinnerte sich daran, wie nahe sie dem Tod noch vor kurzer Zeit gewesen war.

»Ich kann dich begleiten! Inzwischen kenn ich den Weg schon ganz gut.« Er versuchte ein Lächeln. Vor allem aber wollte er nicht untätig im Gesundhaus herumsitzen, während Wanda und Kessja im Alleingang die Stadt retteten. Ja, er hatte sich gegen die Reise nach Erellgorh entschieden. Und ja, die Verantwortung, die ihm das Schicksal beschert hatte, war ihm zu viel. Zu groß und zu mächtig. Aber er war einer der Scheltar! Er musste etwas tun. Er wusste nur noch nicht was.

Wanda schüttelte den Kopf.

»Du willst nicht, dass ich dich begleite?«

»Nein, ich werde allein zum Schloss gehen!«

»Aber vielleicht lässt man dich gar nicht vor. Ich hingegen war gerade erst ein paar Tage dort. Man wird sich an mich erinnern.« Ein überzeugendes Argument, wie Pitu fand.

Doch Wanda lächelte milde, und er wusste im selben Moment, dass sie nicht umzustimmen war. »Mach dir keine Sorgen, ich komme zurecht!«

Er zog eine Flunsch und warf Kessja einen hoffnungsvollen Blick zu. »Dann begleite ich dich.«

Aber auch sie schüttelte den Kopf. »Du glaubst nicht wirklich, dass es eine gute Idee ist, mit zu Schwester Epressta zu kommen, oder? Denk dran, du hast Magister Eldarh auf dem Gewissen. Also, aus *ihrer* Sicht natürlich.«

Sie meinte es scherzhaft, doch es versetzte ihm trotzdem einen Stich. Hatte er ihn auf dem Gewissen?

»Na wunderbar. Ich bin also vollkommen überflüssig!« Pitus Stimmung verdüsterte sich. Natürlich hatte Kessja recht. Der Kopftuchdrache würde *ihm* am allerwenigsten zuhören.

»Pitu, es gibt da etwas anderes Wichtiges, um das ich dich bitten möchte«, sagte Wanda. »Lysa sollte einen letzten Ausflug zum Fluss der Seelen machen, und ich würde sie nur ungern von einer der Schwestern begleiten lassen!«

Nicht wirklich das, was er sich unter Helfen vorgestellt hatte. Aber so hatte er zumindest eine Aufgabe und müsste nicht nutzlos im Gesundhaus herumsitzen. Ein Tag mit Lysa würde ihm guttun.

Erst im zweiten Moment begriff er, was Wanda gesagt hatte. »Einen *letzten* Ausflug? Warum? Ist das schlecht für sie?«

»Vielleicht. Wir können nicht wissen, wie stark Lysa ist. Sie ist eine sehr junge Seelenflüsterin. Und in dunklen Zeiten ziehen auch dunkle Seelen mit dem Fluss.«

Wieder so eine Formulierung, die alles und nichts bedeuten konnte. Pitu seufzte, aber er hatte keine Lust, es zu hinterfragen.

»Gut!« Kessja war zur Tür gegangen und öffnete sie. »Dann treffen wir uns nach den Abendgebeten wieder.«

Ein knapper Tag, um alles zu regeln. Viel zu kurz! Und vielleicht zu lange, bis Hilfe auf dem Weg wäre. Entschlossen trat Pitu auf den Gang. Wenn er schon den kleinsten Beitrag unter den Aufgaben zugeteilt bekam, wollte er ihn zumindest möglichst rasch einlösen.

Als Lysa ihm im Garten strahlend entgegengelaufen kam, war seine Enttäuschung vergessen. Sofort spürte er die Verbundenheit und das unendliche Vertrauen, das sie ihm schenkte. Lysa war ihm wichtig! Sie war von so anrührender Unschuld. Wie sollte er ihr erklären, dass es vielleicht ihr letzter Besuch am Fluss war? Auf dem Weg zum Fischersteg tastete er sich sacht an dieses Thema heran. Er wagte nur eine Andeutung, doch sie nickte ihm aufmerksam zu.

»Wenn Tante Wanda es sagt, hat sie einen guten Grund.«

Hätten das nicht eigentlich seine Worte sein sollen? Stattdessen stelzte er um das Thema herum wie ein Straßenkater um ein Schlammloch.

»Aber wie schön, dass du noch einmal mit mir hingehst!«

»Ja, nicht?«

Lysa lachte unbeschwert und Pitu wuschelte ihr durch die roten Locken. Das war wirklich besser, als mit Schwester Epressta oder Königin Tulipa sprechen zu müssen.

Wolken zogen über den Himmel und der Schatten der Mauer kroch langsam näher. Pitu beobachtete Lysa, wie sie auf dem Fischersteg hockte und hin und wieder ins Nichts gestikulierte. Stunden waren vergangen, in denen er den Steg auf- und abgegangen war. Immerhin wusste er jetzt, dass sich ganz am anderen Ende eine kleine Bootsgrotte befand, in der eine außergewöhnlich schöne Barke versteckt lag.

Als Nächstes hatte er in einem der Boote eine Angel gefunden und sich damit ein wenig die Zeit vertrieben, während Lysa sich offenbar glänzend unterhielt. Er wusste jetzt also auch, dass er keinen Spaß am Angeln hatte. Wenn er wenigstens einen Fisch gefangen hätte ...

Dann eben ein wenig entspannen. Er zog sein Hemd aus und legte sich hin. Das Gefühl der Holzplanken war angenehm und die Wärme der Sonne tat ihm gut. Er schloss die Augen und merkte, wie er müde wurde.

Doch plötzlich zog ein Schatten vorbei. Ein sonderbarer Laut erfüllte die Luft. Als Pitu aufblickte, sah er einen grauen Vogel. Wie nannte man diese Tiere noch? Er hatte schon einmal so einen gesehen, auf dem Markt, in einem entsetzlich kleinen Käfig. Der Vogel war von allen staunend begafft worden, weil sein Kopf an ein Gesicht erinnerte. Die Augen nach vorn gerichtet und der große Schnabel wie eine Nase darunter. Das Tier setzte sich auf die Mauerkrone und starrte zu Lysa. Eule! Jetzt fiel es ihm wieder ein. Vögel der Nacht, sagte man. Was machte sie dann um diese Zeit hier?

Ein weiterer Schatten lenkte Pitus Blick gen Himmel. Noch eine Eule. Sie glitt tiefer, flog an der Kleinen vorbei, umkreiste sie und setzte sich zu dem anderen Vogel auf die Mauer. Lysa winkte ihnen und lachte. Mehr geschah nicht, und so döste Pitu weiter träge dahin.

Als die Sonne langsam tiefer sank, zog er das Hemd wieder an und setzte sich auf die Stufen der Treppe. Ungeduldig rutschte er von einer Pobacke auf die andere. Den Tag hatte er sich kurzweiliger vorgestellt. Wo Geduld sowieso nicht seine Stärke war. Plötzlich sprang Lysa auf und schrie. Sofort sprintete er zu ihr.

Ihr Gesicht glühte, sie schaute ihn aus tränenden Augen an. »Da!« Sie zeigte flussaufwärts. »Überall Tote! Die Seelen kommen gar nicht mehr weiter! Wo kommen all die Toten her?«

Lysa schlug die Hände vors Gesicht und Pitu nahm sie schützend in den Arm. Sie bebte am ganzen Körper. Er selbst konnte nichts entdecken. Was hatte sie gesehen?

»Schon gut, ganz ruhig. Nichts ist so schlimm, wie es im ersten Moment erscheint!« Woher hatte er denn den Spruch? Pitu strich ihr sanft über den Rücken und hoffte, dass sie sich trotz seiner hilflosen Worte beruhigen würde.

»Doch!« Lysa machte sich los, die Augen angsterfüllt. Sie blickte sich um. »Es ist noch viel schlimmer! Die Seelen sollten mit dem Wasser ziehen. Aber sie kommen nicht weiter!« Erneut zeigte sie auf den Fluss und wedelte hektisch mit ihren Händen. »Da, wieder eine, die zurückkommt. Sieh doch Pitu, wie entstellt sie ist. Das Leuchten fehlt, und es klaffen Löcher in ihr.«

Plötzlich hörte er die Eulen schreien. Sie flogen dicht über ihre Köpfe und hielten aufs Wasser zu. Ihre Rufe gellten über den Fluss, sie kreisten umher und flogen Attacken auf Ziele, die nicht zu sehen waren.

»Was machen sie da?« Pitu fühlte sich blind und hilflos.

»Sie drängen sie zurück und die Seelen schreien!« Lysa hielt sich die Hände auf die Ohren und schüttelte den Kopf. »Überall Tote!« Die Kleine kniff die Augen zusammen. Ihre Tränen bohrten sich wie Pfeilspitzen in Pitus Brust.

Kurz entschlossen hob er sie auf und trug sie über den Steg, die Stufen hinauf und fort vom Fluss der Seelen. Fort von den schrecklichen Ereignissen, die allein Lysa sehen konnte. Seelenflüsterin! Was immer sie erblickt hatte, es war keine Einbildung gewesen. Die Eulen waren der Beweis. Schlimmes geschah und Pitu musste etwas dagegen tun!

Selana
30

Das leichte Kitzeln in ihren Fingern, das melodische Sirren ihres Windzaubers und das Aufflackern des Portals ließen Selanas Herz tanzen. Ein Gefühl von Macht und Genugtuung durchströmte sie, das für einen Moment alles andere unwichtig werden ließ. Doch mit Atharus Reaktion auf den Mann, der jetzt vor ihnen saß, stürzte alles auf sie zurück. Sie war nicht hier, um Zauberkunststücke auszuprobieren. Sie trug Verantwortung für das Geheimnis der Elbenwege. Wie konnte sie das vergessen? Hilflos schaute sie Atharu an und war versucht, den Zauber sofort zu lösen. Doch ihr Bruder bedeutete ihr, die Verbindung zu halten.

Angespannt blickte sie durchs Portal. Ein kleiner Raum, sehr schlicht eingerichtet. Lediglich die dicken Teppiche auf dem Boden deuteten auf einen gewissen Komfort hin.

»Majestät!« Atharu verbeugte sich, Brandan tat es ihm nach.

»Wie jetzt? Was für eine ... oh, Majestät!« Aria senkte den Kopf.

Plötzlich trat auch Gehlen zu ihnen. Er war so still gewesen, dass Selana gar nicht mehr an ihn gedacht hatte. »Seron von Gelder, König der Geldermark! Verzeiht unser Eindringen!« Gehlen verbeugte sich tief.

Für einen Moment warteten sie auf die Reaktion des Königs. Selana spürte kaum den steten Fluss ihrer Magie, mit dem sie mühelos die Verbindung aufrechterhalten konnte. Die ungewollte Audienz beim König der Geldermark war so überraschend, dass sie ihn fassungslos anstarrte.

Seron von Gelder ging es nicht anders. Die Verblüffung über das sprechende Bild war ihm ins Gesicht geschrieben. Er zögerte offenbar noch, wie er reagieren sollte. Von keinem Menschen wurde mehr Haltung, Tatkraft, Gleichmut und Weisheit erwartet als von einem König! Vom Herrschergeschlecht in Akralahr wusste Selana, dass sie Überraschungen verabscheuten.

Der König räusperte sich. »Atharu der Tangora, Brandan der Tangora, ihr seht mich überrascht. Ich war nicht darauf gefasst, jemanden in den Räumen meines Magisters anzutreffen! Am wenigsten euch.« Er trat näher an das Portal, das Bild verdunkelte sich.

Atharu hob warnend die Hand. »Wir sind nicht wirklich bei Euch, Majestät.«

Selana trat einen Schritt zur Seite, bedacht, die Verbindung zu erhalten. Dies war das Gespräch ihres Bruders.

Seron von Gelder ging ein paar Schritte zurück, das Bild wurde wieder klarer. »Was ist das für eine Narretei. Wollt ihr mir einen Streich spielen? Wo ist mein Hofmagister? Hat er sich das ausgedacht?« Die Brauen des Königs zogen sich bedrohlich zusammen. Er reckte das Kinn. »Bitte erklärt euch, und macht es kurz. Ihr wisst, dass ich nicht der Geduldigsten einer bin!«

Atharu berichtete, dass Lieburus und Pelldor sich inzwischen wahrscheinlich auf dem Weg zurück nach Gelder befanden und jeden Tag eintreffen konnten. Seron schien erleichtert. Doch Atharu sprach gleich weiter, erzählte vom

Angriff der Gellwicks auf Tyklahr und schilderte die Macht des Kreh in bestürzend deutlichen Worten.

Seron von Gelder setzte sich und schwieg. Für einen kurzen Moment wirkte sein Blick müde, doch als er antwortete, schwand dieser Eindruck. Seine Stimme war klar und kräftig. »Das sind wahrlich schlechte Nachrichten. Trotzdem danke ich euch. Im Gegenzug will ich euch wissen lassen, wie hier die Lage ist. Die Gellwicks, die durch unsere Lande streiften, haben wir nach Nordosten zurückdrängen können. Wir haben an den Ufern des Nebelsees Stellung bezogen, um ihre Rückkehr in unser Land unmöglich zu machen. Gleichzeitig erreichten uns Meldungen von einer mächtigen Horde im Westen, die im Begriff war, ins Land der Urda einzudringen. Ich habe eine zweite Armee ausgesandt, um dem friedliebenden Sumpfvolk zu helfen. Es waren blutige Kämpfe, ein Drittel unserer Soldaten ist zu Tode gekommen. Doch wir konnten die Gellwicks zurückschlagen. Nicht zuletzt, weil die Urda selbst zu den Waffen gegriffen haben.«

Der König stand auf, seine Stirn zog sich in tiefe Furchen. »Doch vom Volk der Sümpfe haben wir Beunruhigendes erfahren! Jenseits des Arro-Yrdazh wurden dunkle Schatten gesichtet, die sich Richtung Tyklahr bewegen! Ich bin froh, dass ich die Warnung nun an euch weitergeben kann. Vielleicht wissen die Elben, wie die Tykalden sich der Schatten erwehren können. Die Geldermark, so viel kann ich sagen, scheint für den Moment sicher!«

Selana spürte jetzt doch ihre Kräfte ermüden. Lag es an ihrer Anspannung oder an den beunruhigenden Neuigkeiten? Sie gab Gehlen ein Zeichen, dass sie die Verbindung bald trennen müsste.

Der Elb trat hinzu. »Habt Dank, Majestät. Eure Offenheit ehrt uns. Ich werde die sorgenvollen Nachrichten sogleich unserer Fürstin überbringen. Möge Freund Lieburus mit seinen Begleitern unversehrt nach Hause kommen. Bestellt dem Magister ergebenste Grüße. Dies noch, Majestät: Die Elben stehen an der Seite der Menschen. Wir werden das Unsrige tun!«

Gehlen verbeugte sich und Selana ließ die Verbindung erschöpft abbrechen. Sie schwankte, sofort trat der Elb zu ihr, um sie zu stützen. Für einen Moment herrschte Schweigen.

»Was denn noch?« Arias Frage durchbrach die Stille und kleidete die Lage in schlichte, aber treffende Worte.

Ja, dachte Selana, was denn noch? Gellwicks, unzählige Horden, die mithilfe dunkler Runen zu ganzen Armeen heranwuchsen; entgeistete Opfer, die zu Handlangern des Kreh wurden. Und nun auch noch Schatten, die auf Tyklahr zogen! Magische Geschöpfe, die alles Leben aus einem heraussaugten, gegen die kein Kraut gewachsen war.

Sie dachte daran, dass sie mit Aria beinahe selbst einmal Opfer eines Schattens geworden wäre. Nur die Tatsache, dass ihnen das Medaillonbruchstück abhandengekommen war, hatte sie bewahrt. Die Schatten wurden von Magie angezogen. Sie konnten sie spüren, ihren Schwingungen folgen. Auch dann, wenn die Spur kaum mehr als eine Erinnerung war.

Selana durchzuckte ein Gedanke, sofort schlug ihr das Herz bis zum Hals. Die Schatten kamen von Westen und zogen gen Tyklahr. Sie folgten dem Medaillon, noch immer. Was, wenn sie in die Stadt kämen und der Spur bis zum Gesundhaus folgten?

»Wanda!« Sie sah sich im Kreis ihrer Freunde um. »Die kleine Lysa, Eldarh, Pitu und die ganze Schwesternschaft. Sie sind alle in Gefahr!«

»Sie sind hinter den Bruchstücken her ...«, raunte Atharu unsicher, als wolle er es nicht glauben. »Bist du sicher?«

»Aber ja! Aria«, sie sah ihre Freundin an, »du erinnerst dich an die Nacht in Akra? Der Schatten, der uns entdeckt hatte und dann abgedreht ist. Sein Ziel war das Medaillonbruchstück. Doch Osse hatte es mir gestohlen. Der Schatten muss sich damals auf seine Fährte begeben haben!«

Aria nickte. »Aber sicher, ja. Das wird mir jetzt erst klar. Nur – warum hat der Schatten sie nicht längst eingeholt?«

Gehlen meldete sich zu Wort. »Schatten sind langsam. Sie wollen unentdeckt bleiben und nutzen gern die Nacht, um über ihre Opfer zu kommen!«

»Und Osse und Korrel waren mit Pferden unterwegs, wenn ich Pitus Bericht erinnere«, fügte Brandan hinzu.

»Ich muss zu Wanda und Lysa!«, entschied Selana. »Und ich muss Magister Eldarh warnen!«

»Wenn die Schatten jenseits des Arro-Yrdazh gesehen wurden, ist noch Zeit dafür«, meinte Atharu. »Wir sollten uns erst einmal auf die Portale konzentrieren. Ich habe das Gefühl, dass die geheimen Wege der Elben die einzige Möglichkeit sind, das Schicksal zu wenden. Und sei es, dass wir Menschen aus der Gefahrenzone herausholen könnten!«

Aber ja, dachte Selana. Sie könnte Wanda, Lysa und vielleicht auch den kleinen Urda nach Erellgorh holen. Und wenn es hart auf hart käme, könnte sie mit Atharu ein Portal nach Tangris oder Gelder öffnen. Der Osten schien der sicherste Platz zu sein.

»Du hast recht!« Sie nickte ihrem Bruder zu. »Wir sollten zusehen, dass wir in der Lage sind, die Portale zu öffnen!«

»Mit welchem wollen wir beginnen?« Atharu schaute von einem zum anderen. »Vielleicht sollten wir nicht gleich wieder den König der Geldermark stören.«

»Nein. Nehmt das Portal nach Crem!« Brandans entschlossene Stimme überraschte Selana.

»Warum?« Sie sah ihn forschend an. »Es ist das einzige Portal, das in keinem gesicherten Bereich liegt. Ich weiß nicht, ob das klug ist.«

Atharu nickte. »Da hat Selana recht.«

»Aber das ist es doch gerade«, entgegnete Brandan. »Lieburus ist noch nicht im Schloss, und der König muss nichts davon wissen, dass man durch die Portale auch hindurchgehen kann. Unangemeldet in die Stadt der Waldelben einzudringen, ist aus meiner Sicht auch kein guter Gedanke. In Tangris hatten wir Glück, unentdeckt zu bleiben. Aber du weißt selbst, wie oft die Kräuterfrauen auf das Plateau kommen. In Crem haben wir die Chance, vielleicht etwas Neues zu erfahren.« Er schaute Atharu eindringlich an.

Selana wandte sich an Aria und hob fragend die Brauen.

»Ich finde, Brandan hat recht«, sagte Aria. »Außerdem führt das Portal in einen Keller. Zumindest hast du erzählt, dass die Holzfürstin davon sprach, richtig?«

»Holz-Scheltar«, mahnte Selana ihre Freundin, nickte aber.

»Siehst du. Wie viele Menschen können in einem Keller schon sein? Selbst, wenn welche da sind, könnten wir sie rüberholen und befragen. Vielleicht retten wir sie damit sogar!«

Eindeutig ein Punkt dafür. Vielleicht könnten sie tatsächlich ein oder zwei Menschen, die im Keller Zuflucht gesucht hatten, retten. »Wir sollten das nicht ohne die Elben entscheiden. Gehlen? Was meint Ihr? Sollten wir lieber die Fürstin holen?«

»Alles, was gesagt wurde, hat sein Für und Wider! Die Fürstin ist eine Seherin und in all ihrem Tun liegt ein Sinn. Sie weiß, dass Ihr Euch an den Portalen versuchen müsst. Und ihre Entscheidung, dem nicht beizuwohnen, war gewiss bewusst getroffen. Versucht auch mich nicht, das Schicksal zu lenken. Ihr seid die Scheltar!«

Na prima! Selana sah zum Erz-Portal hinüber.

Dann fing sie den Blick ihres Bruders auf, der entschlossen nickte. »In Ordnung, wir folgen Brandans Vorschlag!«

Selana schloss für einen Moment die Augen und atmete tief durch. Hätte sie noch genug Kraft für eine Portalöffnung? Eine Berührung an ihrer Schulter. Sie blickte Gehlen in die Augen, der ihr eine Flasche mit Quellwasser reichte. Aber natürlich, Wasser erfrischte die Seele und füllte die Magie mit neuer Kraft. Dankbar trank sie und trat dann vor das Portal.

Wanda, was würdest du jetzt tun? So viele Dinge, die es zu bedenken gab. So viele Aufgaben, die vor ihnen lagen. Unlösbare Aufgaben, wie es schien. Es brauchte Siege. Oder zumindest kleine Erfolge! Schritte, mit denen sie vorwärtskamen. Die Öffnung eines Portals war so ein Schritt!

Atharu trat neben sie, ergriff ihre Hand und lächelte sie ermutigend an. Sie nickte und schaute sich die Ornamente des Bogens an. Würde sie auch hier die Federfliegerin finden? Oder müsste sie etwas Neues suchen? Einen Moment dauerte es, denn der Bogen glich dem Erd-Portal nur in der Art, nicht aber in der Ausführung. Endlich entdeckte sie fast schon auf der Innenseite des Portals eine Federfliegerin, die mit ihren ausgestreckten Ärmchen wirkte, als würde sie jeden Moment hindurch- und auf die andere Seite gleiten.

Sie folgte dem Blick ihres Bruders, der immer noch suchte. Für ihn war es schwerer. Die Pflanze, die sein Anknüpfungspunkt war, ging in den vielen anderen Blättern und Blüten sicher unter. Doch er drückte ihre Hand und sie wusste, dass er sie gefunden hatte. Beide streckten ihre freie Hand vor und flüsterten die Worte, die Mijah-Glajurdah, die Fürstin der Wälder, ihnen auch hierfür aufgetragen hatte.

»Yl Hiesfruhr yl pazh perk fellurh perk droijahn gluhn - urlon yn turuhn!« (Die Verbindung der Macht, des Segens der Ahnen gewiss, öffne den Weg!)

Beseelt spürte Selana, wie aus dem Zentrum ihrer Magie ein wohltuendes Gefühl durch ihren Körper strömte. Mit dem Atem lenkte sie die Energie in ihren Arm und dosierte mit dem Geist den luftigen Faden, der aus ihren Fingern züngelte. Leise sirrend bewegte er sich auf die Federfliegerin zu.

Aus den Augenwinkeln sah sie den glimmenden Faden ihres Bruders, der das Portal fast schon erreicht hatte. Er traf auf die Ornamente, glitt darüber und fing sich schließlich an einem kleinen Pflänzchen, von dem sofort kleinste Funken davonstoben. Seine Magie war so warm, so leuchtend, dass es eine Freude war, zuzuschauen.

Doch Selana durfte ihren eigenen Faden nicht verlieren. Im nächsten Moment erreichte er die Federfliegerin und wirbelte nahezu unsichtbar um die anmutige Figur herum. Dann breiteten sich die Wirbel aus, glitten über die Ornamente und nahmen erneut den Staub der Zeiten mit sich. Im oberen Bereich des Bogens tanzten und glitten Luft- und Feuerzauber aufeinander zu. Was würde passieren, wenn sie sich berührten? Selanas Herzschlag beschleunigte sich. Es war ein aufregendes und berauschendes Gefühl.

Dann trafen ihre Zauberfäden aufeinander, und plötzlich stob eine Stichflamme empor. Der Schreck fuhr ihnen in die

Glieder, beinahe hätte Selana Atharus Hand losgelassen. Aber er hielt sie fest, drückte stärker. Die Flamme loderte meterhoch dem Dach der Felsnische entgegen. Irgendetwas lief falsch. Das Portal reagierte nicht, ihre Macht schien mit der Stichflamme zu verglühen.

»Was ist los?« Panik stieg in ihr auf, als sie merkte, wie ihre Beine nachgaben.

»Ich weiß es nicht. Ich muss versuchen, die Verbindung zu trennen, sonst entreißt es mir alle Magie!« Die Stimme ihres Bruders klang angestrengt, verkrampft.

Warum konnten sie die Verbindung zum Portal nicht lösen? Die Flamme über ihnen, durch ihre Magie befeuert, loderte bis an die Gewölbedecke.

»Die Verbindung!«, schrie Aria plötzlich. Aber das schürte die Panik von Selana nur zusätzlich. »Eure Verbindung, habt ihr daran gedacht?«

Nein, erkannte Selana. Sofort lenkte sie einen Teil ihres Energiestromes in den rechten Arm und drückte Atharus Hand. Er wandte sich mit hektischem Blick zu ihr.

»Unsere Verbindung, Atharu!«

Ihr wurde schwindlig und sie wankte. Nein, nein. Nicht nachgeben! Ein Teil ihrer Kraft strömte nun in die rechte Hand und ging auf Atharu über. Dann spürte sie ein Kribbeln in den Fingern, in ihrer Handfläche. Und plötzlich strömte pure Energie in sie zurück. Eine angenehme Wärme fand den Weg in ihren Körper.

Die Stichflamme verging, doch ihre Zauberfäden glitten weiter suchend über die Ornamente des Portals. Selana seufzte erleichtert und fand wieder festen Stand. Die Schwäche, die sie eben noch zu überwältigen drohte, war vertrieben. Vor ihr tanzten Hunderte von Feuerwirbeln über das Portal, krönten Stichflämmchen die Ornamente, während glimmende Staubfunken durch die Luft stoben.

Als jeder Winkel des Bogens mit ihrer Magie überzogen war, verdichtete sich die Luft im Inneren des Portals. Der dunkle Spiegel, den sie schon kannten, erschien, malte ein

Bild und zog sich dann mit einem dumpfen Geräusch blitzartig in den Bogen zurück. Das Portal war offen. Doch was Selana vor sich sah, ließ ihr das Blut in den Adern gefrieren!

Atharu

31

Es kostete ihn alle Willensanstrengung, die Verbindung aufrechtzuerhalten. Ein Kellerraum, auf mehr waren sie nicht vorbereitet gewesen. Vielleicht noch auf ein oder zwei Menschen, die – wie die Mutter der Wälder es berichtet hatte – Schutz vor der Kälte suchten.

Doch vor ihnen lag das Grauen. Sie blickten auf verrenkte Glieder und zerschlagene Körper. Tote Kinder! Er mochte nicht hinsehen und konnte doch den Blick nicht abwenden. Weit aufgerissene Augen starrten ihn aus dem Gesicht eines kleinen Mädchens an, für immer fragend, warum sie nicht früher da gewesen waren. Ein stummer Hilfeschrei, der sich in sein Gedächtnis pflanzte.

Jäh kam ihm die Erinnerung an den verbrannten Weiler, in dem er ähnlich furchtbare Dinge gesehen hatte. Doch damals war er gewarnt gewesen. Durch den Rauch, den Gestank. Hier jedoch hatten sie sich von einem Moment zum anderen in eine Szenerie des Grauens hineinkatapultiert. Atharu hörte Aria schluchzen und spürte Selanas Hand zittern. Doch noch immer hielten sie die Verbindung, das Portal blieb offen.

»Wir können hier nichts mehr tun!« Er wunderte sich, wie rau und fremd seine Stimme klang. »Wir sollten das Portal wieder schließen ...«

»Aber – erst jetzt!« Brandan sprang in den Raum, und Jiga setzte ihm nach. Das Frettchen schnüffelte nur kurz an den Kinderleichen und lief dann zu einer Treppe, die im hinteren Bereich zu sehen war.

»Was soll das? Wenn das Portal sich schließt, bist du in Crem. Das ist Hunderte Meilen von uns entfernt!« Atharu machte einen Schritt auf ihn zu, doch seine Magie erzitterte sofort und er blieb stehen.

»Ich bin mir darüber im Klaren.« Brandan sah ihn aus ernsten Augen an. »Aber ich muss das tun. Ich muss irgendwas tun! Seit du von den Berichten der Fürstin der Wälder erzählt hast, lässt mich der Gedanke nicht los. Wer soll die Menschen aus der Stadt führen? Sie vor der völligen Entgeistung bewahren?« Er blickte sich zu Jiga um, die über die Treppe nach oben verschwand. »Spätestens jetzt hab ich keine Wahl mehr.« Er lächelte.

Atharu dachte an die Rastlosigkeit seines Freundes, die Ohnmacht und die Wut darüber, nichts tun zu können. Ein Jäger im Käfig. »Deswegen wolltest du bei der Öffnung des Portals dabei sein. Du hattest das geplant!«

Sein Freund nickte. »So was ...«, er sah sich um und schüttelte den Kopf, »so was sollte nicht passieren.« Brandan lief zur Treppe, drehte sich noch einmal um. »Ich versuche, morgen wieder herzukommen. Dann weiß ich vielleicht, was hier los ist!« Damit verschwand er.

»Atharu, ich kann meinen Zauber nicht viel länger aufrechthalten.« Selanas Stimme klang zittrig, er sah den Schweiß auf ihrer Stirn.

»Aber wir müssen etwas tun! Wir können ihn nicht ...« Er brach ab. Am liebsten wäre er Brandan hinterhergestürmt. Doch in dem Moment würde sich das Portal schließen. Zornig trat er auf den Boden, ein Flammenstrahl zischte über den Fels. Er war wütend auf sich selbst, weil er nicht gemerkt hatte, wie ernst es seinem Freund gewesen war. Und wütend auf Brandan, weil der ihn nicht eingeweiht hatte.

»Atharu, ich kann nicht mehr!« Selanas Stimme.

Er spürte, wie auch seine Beine zitterten. Warum nur war seine Magie so begrenzt? Er würde den dunklen Zauber erlernen müssen, um das Portal durchschreiten zu können!

Noch während dieser Gedanke in ihm Gestalt annahm, sprang Gehlen an ihm vorbei. »Ich werde auf Euren Freund achtgeben!«, rief er über die Schulter und eilte zur Treppe.

»Nein!«, schrie Selana. »Gehlen! Bringt Euch nicht auch noch in Gefahr!«

Der Elb drehte sich um, ein leises Lächeln glitt über seine Züge. »Ich bin der Einzige von uns, der sich in Crem auskennt! Brandan wird mich brauchen. Ich komme zurück!« Dann verschwand er.

Selana stürzte aufs Portal zu und ließ Atharus Hand los. Im selben Moment begann der Kellerraum zu flirren. Die Kinderleiber verschwammen hinter wässrigen Scheiben und die Magie fiel mit einem dumpfen Knall in sich zusammen.

Die Geräusche verhallten im hohen Gewölbe und eine unwirkliche Stille umfing die Zurückgebliebenen. Fassungslos starrte Atharu auf das Portal. Irgendwo fielen Tropfen, hin und wieder waren leise, blubbernde Laute der Esse zu hören. Doch all das verstärkte nur die Stille, die Einsamkeit, die ihn mit einem Mal umfing.

Selana rührte sich. Ihre Stimme durchbrach die Starre, die Brandan und Gehlen ausgelöst hatten. »Du wusstest es!« Selana zeigte mit dem Finger auf Aria, ihr Blick eine einzige Anklage. »Andernfalls hättest du nicht einfach nur zugesehen, sondern wärst mit ihm gegangen, ist es nicht so?«

Selana sprach Brandans Namen nicht aus. Aber es war klar, wen sie meinte. Aria und Brandan hatte vom ersten Tag an etwas verbunden. Und hier in Erellgorh hatten sie viele

Stunden zusammen verbracht. Stunden, die ein Band zwischen ihnen geknüpft hatten.

»Wir erfuhren durch unsere Mentorin Ihlinn-Saldanah schon von den Gerüchten aus Crem. Brandan war überzeugt davon, dass wir sowieso nicht als Gruppe zusammenbleiben würden. Er sprach immer von einer Jagd im Rudel, wo von verschiedenen Seiten angegriffen wird.« Aria seufzte und wischte sich eine Träne von der Wange. »Ich habe versucht, es ihm auszureden. Aber letztlich hat er mich überzeugt. Wenn nur wenige wirklich wissen, was vor sich geht, muss dieses Wissen an möglichst viele Orte gebracht werden. Nur dann kann von mehreren Seiten zurückgeschlagen werden!«

Sie reckte das Kinn und sah Selana trotzig an. Ob sie wusste, in welche Gefahr Brandan sich gebracht hatte? Es spielte keine Rolle. Aria würde ihre Entscheidung um jeden Preis verteidigen. Wie wollte sie auch sonst weiterleben, wenn ihm etwas zustoßen sollte?

»Ich kann das verstehen«, hörte Atharu sich sagen, obgleich ihm überhaupt nicht nach Verständnis zumute war. Brandan und er waren Freunde, solange er denken konnte. Und trotzdem hatte es hier und heute keinen gemeinsamen Weg gegeben. »Aber wie will er einem Zauber widerstehen, der unsichtbar ist? Was kann er gegen eine magische Seuche ausrichten? Und wie wird er damit zurechtkommen, wenn er seine Waffen gegen die erheben muss, die er eigentlich retten will? Hast du darüber überhaupt nachgedacht?« Atharu merkte, dass er laut geworden war, und schüttelte den Kopf. »Was, wenn er stirbt? Du hattest es in der Hand, ihn zurückzuhalten!«

»Atharu!« Selanas Stimme klang schockiert. »Du willst jetzt nicht Aria die Schuld dafür geben, dass Brandan sich entschieden hat zu handeln?«

»Was weiß denn ich? Offenbar war sie ja die Einzige, mit der er überhaupt darüber gesprochen hat.«

Er sah Aria an, deren Unterlippe zitterte. Sie schaute zu Boden und rang mit ihren Gefühlen. Welches Recht hatte er, seinen Unmut, seine Enttäuschung, seine Wut auf sie zu übertragen? Sein Zorn verrauchte, und mit einem Mal schämte er sich. Hilflos trat er einen Schritt auf Aria zu, doch ihm fiel nichts ein, was er hätte sagen können. *Du bist der Herr deiner Worte, aber einmal ausgesprochen, beherrschen sie dich!* Das hatte Ondara ihn gelehrt. Doch wie schwer das war, wenn die Emotionen ihr Spiel mit einem trieben, verstand er erst jetzt.

Plötzlich hallten Schritte durchs Gewölbe. Jehlen kam auf sie zugerannt. Als er sie erreichte, blickte er sich suchend um. »Die Fürstin schickt mich, doch – wo ist Freund Gehlen? Ich hoffte, ihn bei Euch zu finden!«

»Es ist uns gelungen, ein Portal zu öffnen«, antwortete Selana.

»Das war die Aufgabe. Aber es ist nicht gut, wenn es bedeutet, was ich glaube, das es bedeutet.«

Atharu schnaubte. »Nein, das ist ganz und gar nicht gut! Brandan hat seine eigenen Pläne verfolgt und mich nicht eingeweiht. Er ist nach Crem gesprungen und Gehlen ist hinterher, um ihm seinen Arsch zu retten und womöglich selbst dabei draufzugehen!«

Da waren sie wieder, die Gefühle, die hinter den Zähnen lauerten und unbedachte Worte auf die Zunge warfen. Er atmete tief durch. »Verzeiht, ich habe die Beherrschung verloren.«

Er blickte ins Gesicht seines Mentors und sah, wie sich dessen Augen weiteten. Einen Moment lang wirkte es, als würde der Elb in sich zusammensacken.

Doch dann straffte er sich. »Freund Gehlen weiß, was er tut. Das Portal nach Crem also?«

Sie nickten und hörten, wie Jehlen schwer atmete.

»Nun, er kennt sich dort aus. In früheren Zeiten zumindest. Die allerdings weniger ...«, er schien nach einem passenden Wort zu suchen, »bedrohlich waren, möchte ich sagen! Doch ich bin aus anderem Grunde hier. Hilja-Mehlen-Ellanjah lässt euch bitten. Es gibt noch mehr schlechte Nachrichten, fürchte ich!«

Den Weg zurück nahm Atharu kaum wahr, so sehr flogen die Gedanken durch seinen Kopf. Sprangen hin und her, suchten nach Möglichkeiten, mit der Situation zurechtzukommen, und fanden doch nur Szenarien von Kälte und Tod. Selana hatte ihm tröstende Worte zugeraunt. Er war dankbar, dass sie bei ihm war, konnte jetzt aber keine Nähe ertragen. Ihre Hand hatte er abgeschüttelt und war vorausgeeilt. Er wusste, dass auch sie Trost brauchte, wenngleich sie vielleicht keinen erwartete und er ihr auch keinen geben konnte.

Im Saal der Fürstin strahlten ungewöhnlich viele Lichter von der Decke. Bereits auf den letzten Windungen des Wendelgangs mussten sie ihre Augen schützen.

»Die Fürstin ist erregt und in Sorge«, flüsterte Jehlen, als er sah, wie sie blinzelten. »Ihre Magie sucht sich einen Weg des Ausgleichs.«

Atharu hatte sich bisher nicht vorstellen können, dass die Fürstin überhaupt so etwas wie Erregung kannte, geschweige denn, dass sie sie anderen offenbaren würde. Was war geschehen?

Jehlen gab ihnen ein Zeichen, sich zu setzen, während die Fürstin vor einem der hohen Fenster stand. Ihre samtene Stimme wehte kühl durch den Raum. »Das letzte Fragment wurde nicht geborgen!«

Atharu stockte der Atem.

Mehlen-Ellanjah setzte sich mit versteinertem Blick zu ihnen und fuhr fort. »Unser Plan ist dem Abgrund nah! Wenn wir das letzte Fragment nicht erlangen können, kann das Medaillon nicht neu geschmiedet werden und die Säulen des Grehum bleiben bestehen!«

Es war das Ungesagte, das Atharu einen Kälteschauer über den Rücken trieb: Der Kreh würde die unerschöpfliche Quelle seiner Macht behalten und die Scheltar würden scheitern!

»Aber was ist denn passiert? Wo befindet sich das letzte Bruchstück überhaupt? Es muss doch einen Weg geben!«

Welche Steine warf Atharpazh noch in die Waagschale des Möglichen? Hielt die Prophezeiung womöglich weitere Deutungen bereit, die sie nicht erkannt hatten?

»Das fehlende Fragment ruht im Schrein meiner Mutter – unter der Kuppel von Tondaborgen.«

Tondaborgen! Das Vermächtnis der Fürstinmutter von Erellgorh, Fellen-Kehlanda. Atharus Blick fiel auf den Paravent. Er sah den Ort vor sich, an dem die Völker einst den Schutz der magischen Quellen beschlossen hatten.

»Der Schrein der Fürstinmutter ist gar nicht auf dieser Insel hier? Was soll das denn?«, fragte Aria fassungslos.

»Meine Mutter wünschte, dass ihre sterbliche Hülle an dem Ort zur Ruhe gebettet wird, wo die Völker der Welt sich einst trafen, um für die Magie der Welt einzutreten. Sie wollte ein Zeichen setzen, das sie selbst überdauern würde. Dafür haben die Elbenvölker ihren Schrein mit Magie geschützt. Und in den Schutz dieser Magie habe ich das kleinste der Bruchstücke gegeben.« Mehlen-Ellanjah schloss die Augen. »Drei treue Elbenfreunde hatte ich ausgesendet, das Fragment zu holen. Nur einer ist zurückgekommen. Tondaborgen, oder vielmehr die Stadt Tonda wurde von Gellwicks besetzt. Unsere Freunde sind nicht einmal in die Nähe des Tempels gelangt.«

»Dann ist das Fragment sicher noch da.« Atharu konnte sich nicht vorstellen, dass Gellwicks so einfach die Elbenzauber brechen könnten. Schwarze Runen hin oder her.

»Heute Nacht werde ich die Sterne befragen. Bis dahin wissen wir, dass wir nichts wissen. Doch wenn einige der Gellwicks Magie spüren können, mag es sein, dass sie finden, was sie suchen. Möge es der Bruderschaft gelingen, den Tempel zu halten.« Die Elbenfürstin schaute sich um. »Wir werden die Macht der Scheltar brauchen – aber auch die Kraft der Jäger.«

Sie zog die Brauen hoch. »Der Jäger ist fort!«, stellte sie fest und ihr Blick traf Atharu so klar, dass er den Eindruck hatte, sein Inneres würde nach außen gekehrt.

»Wir haben das Portal nach Crem geöffnet und Brandan ist hindurchgegangen.« Atharu hatte keine Ahnung, wie die Elbenfürstin es aufnehmen würde. »Und in dem Keller ...«

Mehlen-Ellanjah hob die Hand. »Gehlen?« Sie schaute zu Jehlen. »Ich spüre seine Gegenwart nicht mehr.«

Atharus Mentor senkte betreten den Kopf. »Freund Gehlen ist auch gegangen, ehrwürdige Fürstin. Doch er ist weise und kennt Crem aus vergangenen Zeiten. Es ist nachvollziehbar, dass er dem Jäger zu Hilfe eilte. Auch wenn er nicht wissen kann, wie es um die Bürger von Crem bestellt ist. Wir sollten sie morgen wiedererwarten, denn später schwindet die Hoffnung.«

Die schmale Hand der Fürstin ballte sich zur Faust und der Ring an ihrem Finger erglühte. Doch dann erschlaffte ihre Hand wieder. »So ist es denn entschieden, dass die Scheltar das Fragment beschaffen!«

Atharu warf einen Blick zu Selana, die schmallippig auf den Tisch starrte. Sie würde nichts sagen, aber er wusste, was in ihrem Kopf vorging. Sie sollte mit diesem Auftrag nichts zu tun haben. Und er musste eingreifen, wenn er ihr den eigenen Weg ermöglichen wollte.

»Ehrwürdige Fürstin, da ist noch etwas.« Er erzählte von der Unterredung mit dem König der Geldermark. »Darum sollte ich allein gehen. Meine Schwester und ihre Begleiterin müssen nach Tyklahr zurückkehren und die Stadt vor den Schatten warnen.«

Er verbeugte sich und hoffte, sie würde einlenken. Dass es Selana vor allem darum ging, ihre alte Momm zu schützen, gehörte nicht zwingend hierher. Seine Schwester formte mit den Lippen ein stilles »Danke«.

»Freund Atharu muss nicht allein gehen«, wandte Jehlen ein und sein Kopf neigte sich in gewohnter Weise zur Schulter. »Ich werde ihn begleiten. Er braucht einen Führer und ich selbst bin dereinst in Tondaborgen gewesen. Wenn Ihr erlaubt?« Er verbeugte sich vor der Fürstin und sein Kopf neigte sich zur anderen Seite.

»Ich weiß, dass sich niemand anders besser dort auskennt als du, Fallbihr-Jehlendorh! So sei es denn, der Scheltar und sein Mentor.«

Dann wandte sie sich Selana zu. »Und du, Freundin Selana, Scheltar des Windes? Willst du wirklich zurück nach Tyklahr? Was ist, wenn die Schatten bereits dort sind? Bist du sicher, dass ihr den Kampf gegen die Schatten aufnehmen wollt? Dass ihr gegen sie bestehen könnt?«

»Nein«, antwortete seine Schwester ehrlich. »Aber ich würde es mir nie verzeihen, wenn ich es nicht versuchte.«

»Ich ... ähm«, immer noch klang Aria ungewohnt leise, »ist es wahr, dass nur Scheltar die Schatten töten können? Oder kann ich mit den vielen Dingen, die ich hier gelernt hab, auch was ausrichten?«

Eine Augenbraue der Elbenfürstin hob sich leicht. »Schatten sind die Verkörperung schwarzer Magie. Kein Mensch kann etwas gegen sie ausrichten. Weglaufen ist das Einzige, das in einer Begegnung mit einem Schatten Hoffnung verspricht, denn sie bewegen sich nur langsam. Viele Elben, die ihre Kräfte bündeln, könnten vielleicht etwas ausrichten. Aber es ist, wie du sagst: Nur Scheltar können sie wahrhaftig besiegen!«

»Und wie? Was muss ich tun?« Selana beugte sich gespannt vor und blickte die Elbenfürstin mit großen Augen an. Auch Atharus Neugier war geweckt.

Mehlen-Ellanjah erhob sich und ging zu dem hohen Fenster, in dem sich jetzt ihr anmutiges Spiegelbild zeigte. Draußen war es längst dunkel geworden.

»Schatten nähren sich von Magie. Sie saugen sie aus dem Leben. Um sie zu vernichten, muss man ihnen die ihre nehmen. Doch dazu musst du eine Verbindung eingehen.«

Sie wandte sich ihnen wieder zu. Während sie weitersprach, hatte Atharu das Gefühl, die Luft würde sich verdichten. Ihre Stimme erfüllte machtvoll jeden Winkel des Raums. »Die Schatten kommen näher, immer weiter schweben sie auf dich zu. Du wirst die Bedrohung spüren, bevor du sie sehen kannst. Das Pulsieren ihrer schwarzen Magie wird dir das Blut in den Adern gefrieren lassen und die Angst wird dich lähmen. Immer näher kommen sie, kommen auf dich zu!«

Mehlen-Ellanjah trat dicht vor Selana. »Und dann«, ihr Ton wurde fast beschwörend, »musst du ihnen geben, was sie nährt!« Sie schritt zu ihrem Platz zurück. »Es ist ein gefahrvoller Kampf. Und es ist nicht sicher, ob du ihn gewinnen kannst. Denn erst wenn sie begonnen haben, sich von dir zu nähren, kann der Fluss der Magie gewendet werden. In einer Situation, in der du geschwächt bist, musst du stark sein. Stärker als je zuvor!«

Nachdrücklicher hätte die Fürstin nicht sein können. Nun ahnten sie, was ein Kampf gegen die Schatten bedeutete.

Jehlen sprang auf und schüttelte den Kopf. »Nein, das dürft Ihr nicht zulassen! Das kann die Scheltar des Windes unmöglich schaffen! Gerade erst ist ihre Magie erwacht. *Jahre* des Trainings sind notwendig, um den Magiefluss zu wenden. Ihr wisst das!«

Mit einer plötzlichen Bewegung unterbrach die Elbenfürstin Jehlen. Ihre Augen blitzten. »Schweig! Du vergisst dich, Fallbihr-Jehlendorh!«

Pitu
32

Behutsam streichelte er Lysa über den Kopf. Wie schnell Kinder sich beruhigten, wenn man sie in den Arm nahm und einfach nur da war. Auf dem Weg zurück zum Gesundhaus hatte sie sich dankbar an ihn gekuschelt.

»Du weißt, dass du eine besondere Gabe besitzt, oder?«

Die Kleine nickte. Sie saßen in dem Zimmer, das sie sich mit Wanda teilte. Die Tante war noch nicht wieder da, und Pitu musste zusehen, wie er allein mit der Situation fertig wurde. Er hatte eine Schwester nach Kessja gefragt, doch die hatte nicht gewusst, wo die Urda war. Offenbar war auch sie noch unterwegs. Wenigstens hatte die Mitschwester gefragt, ob sie einen Tee wollten. Darauf hätte Pitu eigentlich selbst kommen können.

»Weißt du,« begann er noch einmal, »wir anderen können die Seelen nicht sehen oder mit ihnen sprechen. Vielleicht stelle ich dir deshalb dumme Fragen, aber nur, weil ich es nicht besser weiß. In Ordnung?« Er hatte noch keine Ahnung, wie er der Sache auf den Grund gehen sollte, ohne Lysa erneut zu verängstigen. Dann kam ihm eine Idee. »Wie sehen Seelen eigentlich aus? Also die normalen, nicht die Käse-Seelen.«

»Käse-Seelen?«

»Na klar, Käse-Seelen. Die hatten ja Löcher.«

»Ach Pitu«, gluckste Lysa, »die sehen doch nicht aus wie Käse. Die sind viel dunkler, und die Löcher sind ganz anders.«

»Ach so? Ich nenne sie trotzdem so. Aber wie sehen denn die normalen aus?«

Sie überlegte. »So ein bisschen wie Nebel in Menschenform. Sie schimmern silbrig. Richtig schön. Es ist fast, als würden sie leuchten. Eine hat mir erklärt, dass ihre Form der Abdruck des letzten Körpers ist. Die ganz alten Seelen können sogar in frühere Körperformen wechseln. Das haben mir mal welche gezeigt. Nur für mich.« Sie lächelte stolz.

»Du meinst, unsere Seelen wissen, also, sie erinnern sich an das ...« Er brach ab. Ihm war klar, dass auch in ihm selbst eine Seele wohnte. Eine ziemlich unstete und diebische noch dazu. Aber dass sie womöglich wusste, in wem sie vorher gesteckt hatte, konnte er sich nicht vorstellen. Eigentlich nicht mal, dass es ein Vorher gab.

»Spannend, oder? Bestimmt gibt es einen Weg«, meinte Lysa.

Pitu zog die Brauen hoch.

»Na ja, wenn das Wissen in uns drin ist, muss man doch irgendwie drankommen. Sie haben versucht, es mir zu erklären, aber ich hab es nicht verstanden.«

Das war für Pitu alles zu theoretisch. Er wollte erst einmal herausbekommen, was es mit diesen anderen auf sich hatte. »Und die Käse-Seelen waren also dunkler?«

Lysa nickte. »Das Leuchten fehlte. Sie sahen so ... so unvollständig aus, mit ihren großen Löchern.«

»Und das hat dich erschreckt, richtig? Getan haben sie dir aber nichts?«

»Das können sie doch gar nicht.« Lysa sah ihn kopfschüttelnd an. »Die sind ja in einer anderen Ebene. Sie ziehen durch die Seelenwelt!«

»Ach ja, ich bin aber auch dumm!« Pitu verdrehte theatralisch die Augen und klopfte sich zweimal an den Kopf. Er fühlte sich tatsächlich ein wenig dumm. Wahrscheinlich würde er nie verstehen, wie etwas, das jemand sehen konnte, trotzdem nicht in dieser Welt war. Und überhaupt, in welcher Welt war es dann? Und wo sollte die sein?

»Ich glaube, was mich so erschreckt hat, war, dass die anderen, also die heilen Seelen, solche Angst hatten. Da war plötzlich ein Wehklagen in der Luft, das immer lauter wurde. Und als sie nicht mehr weiterkamen und die Käse-Seelen sie gegen den Strom zurückdrängten, wurde es richtig laut.« Lysa hielt sich wieder die Hände auf die Ohren.

Pitu nickte. »Aber jetzt macht es dir keine Angst mehr?«

Sie schüttelte den Kopf. »Eher neugierig. Es muss doch einen Grund geben, nicht?«

Jäh fühlte er sich an Fludo erinnert, der die Eigenart hatte, fast jeden Satz mit dem Wort »nicht?« zu beenden. Er hätte mit Sicherheit ein paar weise Worte für diese Situation parat. Pitu schmunzelte und wuschelte der Kleinen durch die roten Locken. »Bestimmt gibt es den. Und wir finden ihn heraus.«

Es klopfte. Die Schwester von vorhin kam herein, ein Tablett mit dampfendem Tee und einem Teller Brot in den Händen. Jothoscreme, wenn Pitu es richtig sah. In diesen Brotaufstrich hatte er sich schon in Wullutu verliebt. Killdu, der Diener des Ältesten Malin, hatte ihn dort zubereitet.

»Weißt du was?« Er sprang vom Bett auf. »Du trinkst jetzt erst mal einen heißen Tee und naschst von dem köstlichen Brot. Und ich schaue, wo Tante Wanda bleibt.«

»Ist das etwa die leckere Jothoscreme von Kessja?« Lysa war gleich Feuer und Flamme.

Die Schwester nickte lachend, Pitu überließ ihr den Platz an Lysas Seite. Er schloss die Tür hinter sich und ging in Richtung Innenhof. In seinem Kopf schwirrten die Gedanken. Das mit den Seelen und den Welten musste er nicht verstehen. Aber dass sie plötzlich nicht weiterkamen und einige flussaufwärts strebten, beunruhigte ihn. Es musste etwas Schlimmes passiert sein.

Eine Glocke läutete. *Das Abendgebet ist vorüber!* Ein erleichtertes Lächeln stahl sich auf Pitus Gesicht. Er freute sich auf das Treffen mit Wanda und Kessja.

Im Garten angekommen, schritt er auf den Brunnen zu und blickte sich um. Die Bank war leer. Geduld, mahnte er sich. Sie müssten jeden Moment kommen. Unruhig ging er mal links, mal rechts um das Wasserspiel herum.

»Pitu!« Der Klang dieser Stimme ließ ihn strahlend innehalten. »Hast du schon lange gewartet?«

Kessjas Wangen glühten. Sie sah abgehetzt aus.

»Nein, alles gut.« Er trat freudig auf sie zu, wusste aber nicht, wie er sie begrüßen sollte.

Zu seiner Überraschung fiel sie ihm einfach in die Arme. Eine kurze, innige Umarmung, die ausreichte, seinen Atem zu beschleunigen und sein Herz zum Tanzen zu bringen.

»Ich ... äh ...« Pitu fühlte das Blut in seinen Kopf steigen.

Ihr Lächeln war umwerfend. »Ich freue mich auch, dich zu sehen. Der Tag war lang und so aufregend. Ich kann es dir gar nicht sagen. Aber ...«, sie ließ sich auf die Bank fallen, »es ist vollbracht.«

»Vollbracht?« Er musste erst einmal seine Gedanken sortieren. Eigentlich hatte er sofort von Lysa erzählen wollen. »Das heißt, der Versorgungszug ist schon auf dem Weg zur Festung?«

»So schnell nun auch wieder nicht.« Mit gespielter Empörung stupste sie ihn in die Seite. »Aber in diesem Moment werden bereits die Pferdegespanne zusammengestellt. Zwei junge Heiler und fünf Schwestern, dazu einige freiwillige Helferinnen und Helfer, die die nötigsten Dinge zusammenpacken. Verbände, Kräuter, Schienen und so weiter. Morgen in aller Frühe sollten sie bereits auf dem Weg sein.«

»Großartig! Wie hast du das hinbekommen?«

»Ich konnte die Sympathie von Schwester Kerellas Mutter gewinnen. Und das hatte noch nicht mal etwas mit unserem Plan zu tun.«

Pitu wurde neugierig. »Nun spann mich nicht auf die Folter. Was hast du mit ihr gemacht? Sie ist doch eine Priesterin, wenn ich richtig verstanden hab. Sind die nicht immer so schwierig, weil sie sich stets alle Möglichkeiten für Deutungen offen halten?«

Kessja nickte. »Ich habe ihr und uns geholfen, zwei ziemlich unangenehme Typen loszuwerden. Die Priesterin hatte alle Mühe, sich dem Drängen dieser Kerle zu erwehren.«

»Ihr und uns?« Pitu stutzte.

»Wart's nur ab. Die beiden suchten nämlich nach einer kranken Alten, einem kleinen Mädchen und einem ›Sumpfling‹, wie sie sagten. Kommt dir das bekannt vor?«

Pitus Herz setzte einen Schlag aus. »Der Schönbart und das Stoppelgesicht!« Wie hatte er die beiden nur vergessen können? Inzwischen mussten sie längst den Verlust des Bruchstücks bemerkt haben. Natürlich waren sie längst auf der Suche nach ihnen.

»Sie stellten sich als Korrel und Osse vor. Außerdem suchten sie auch nach zwei Frauen, deren Namen sie sogar parat hatten: Selana und Aria. Ich glaube, du musst mir beizeiten mal erzählen, wie das alles zusammenhängt.«

Pitu nickte. »Das mach ich bestimmt mal, wenn ich es selbst weiß. Aber jetzt sag mir bitte, dass du sie losgeworden bist.«

»Natürlich, ich wollte doch allein mit der Priesterin sprechen. Ich habe sie einfach hierhergeschickt!«

Pitu sprang auf und blickte sich alarmiert um. »Aber dann können sie jeden Moment hier sein!«

»Natürlich nicht!«, gluckste Kessja. »Ich werde solche Ekelpakete doch nicht in unser schönes Gesundhaus lotsen.«

Er sackte seufzend zurück auf die Bank. »Mach so was nie wieder! Sumpfling-Herzen sind klein und sensibel.«

Sie strich ihm tröstend über das Haar, sein sensibles Herz beschleunigte sich.

»Ich habe doch selbst eins davon.« Der Blick ihrer sanftgrünen Augen traf ihn mitten in die Seele. Wie schön sie war. Auch, als ihre Augen plötzlich blitzten und sie die Lippen spitzte. »Zumindest habe ich fast die Wahrheit erzählt. Nämlich, dass wir euch hier gesund gepflegt haben. Und dass ihr von einem Tag auf den anderen verschwunden wart. Als ob jemand hinter euch her wäre. Das ist so gut wie gar nicht gelogen.« Sie zwinkerte.

»Du bist ganz schön hintertrieben!«

»Stell dir vor, sie wussten nicht mal, dass es in diesem Teil der Stadt ein Gesundhaus gibt.«

»Was für ein Glück! Und was werden sie nun machen?«

»Hm, vielleicht habe ich die Wahrheit noch ein bisschen mehr strapaziert. Könnte sein, dass ich sie habe glauben lassen, ihr würdet auf der myzehrischen Seite der Stadt nach einem Händler suchen, um etwas zu verkaufen.« Kessja zog einigermaßen schuldbewusst den Kopf ein.

»Fast bestimmt ein bisschen mehr kaum wenig gelogen, würde ich sagen.« Pitu lachte. Hauptsache, er müsste die beiden nie wiedersehen. Sollten sie sich im Süden der Stadt die Füße wund laufen. Finden würden sie nichts.

»Jedenfalls war mir die Priesterin wirklich dankbar, denn dieser Osse war sehr ausfallend geworden. Sie hat mich in aller Ruhe angehört und war sofort bereit zu helfen.«

Kessja schaute zum Brunnen und zog unvermittelt die Lederriemen ihrer Sandalen auf. Sie grinste, ging barfuß hinüber und setzte sich auf den Beckenrand. Als sie ihre Robe nach oben raffte, konnte Pitu ihre Beine sehen. Sie waren von einer so ebenmäßigen Schönheit, dass ihm die Luft wegblieb.

»Ahhh …« Erst tauchte sie den einen, dann den anderen Fuß ins Wasser. »Mmh, tut das gut!«

Pitu genoss den Augenblick. Kessja war unglaublich. Als sie dann noch ihre Haube abnahm und das dunkle Haar auf ihre Schultern fiel, war es um ihn geschehen. Er konnte an nichts anderes mehr denken als daran, sie noch einmal in den Armen zu halten. Am liebsten wäre er sofort zu ihr gesprungen, hätte sich neben sie gesetzt und sie an sich gezogen. Sein Herz klopfte heftiger, als dieser Wille Gestalt annahm. Das Geräusch der zufallenden Tür und die langsamen Schritte auf dem Weg blendete er einfach aus.

»Atharpazh sei Dank!«

Kessja sah ihn an. Nein, sie sah an ihm vorbei.

»Wie gut, dass ihr schon da seid!«

Moment – die Stimme passte so gar nicht und eigentlich hatte Kessja auch nichts gesagt. Er schüttelte den Kopf.

»Inzwischen bin ich ein wenig zu alt für so was.« Ächzend ließ Wanda sich neben ihm auf die Bank fallen.

Pitu seufzte. Schicksal war so anstrengend. Er dachte an Lysas Seelenwelt, die *da* war – und *gleichzeitig* für sich selbst sein konnte. Jedenfalls wünschte er sich in die Welt zurück, in der er eben noch allein mit Kessja am Brunnen gewesen war. Doch leider hatte Wanda ihn nach Jukahbajahn zurückgeholt.

»Lasst mich ein wenig verschnaufen und erzählt erst einmal, wie es euch ergangen ist.«

Kessja schwang ihre Beine aus dem Becken und trat zu ihnen. »Bestens.« Sie erzählte, was sie mit Schwester Epressta und Schwester Kerellas Mutter auf den Weg gebracht hatte.

Erst danach kam Pitu dazu, von Lysa zu erzählen. Kessja war sofort in tiefer Sorge, doch Pitu beruhigte sie. »Sie ist guter Dinge. Ich hab mit ihr alles noch mal besprochen. Der Schreck war größer als die Angst.«

Wanda nickte wissend. »Gleichwohl sollte die Botschaft, die hinter ihrem Erlebnis steckt, uns Angst machen. Es passt zu den Neuigkeiten, die ich im Schloss erfahren habe. Der Trupp, der die Gellwicks nach Nehrbor zurückgetrieben hat, wurde an der Brücke zur Schlucht fast aufgerieben. Es ist nur der Weitsicht Prawahns zu verdanken, dass die Brücke noch gehalten wird.«

»Der oberste Befehlshaber von Tyklahr. Ich hab ihn im Schloss gesehen«, erklärte Pitu Kessja.

Wanda nickte. »Nachdem er sich von Magister Lieburus über die Macht der dunklen Runen hat aufklären lassen, hat er sofort zwei weitere Hundertschaften ausgesandt. Seine rechte Hand, Hauptmann Kellbjähr, führt sie an.«

»Er soll ein sehr guter Hauptmann sein, erzählt man sich.« Kessja klang hoffnungsvoll.

»Das ist gut, oder?« Pitu sah Wanda an.

Doch ihre Miene blieb ernst. »Es wird nicht reichen. Für jeden geschlagenen Gellwick strömen zehn neue aus der schwarzen Festung. Als hätte sich ein riesiges Heer dort versammelt. Wenn es Kellbjähr nicht gelingt, die Brücke zu halten, ist Tyklahr verloren.«

Stille. Nur das Plätschern des Brunnens und der Ruf eines Vogels.

»Aber das darf nicht geschehen!« Pitu sprang auf. »Will die Königin denn nichts tun?«

»Sie hat Prawahn angewiesen, weitere Soldaten zu schicken und neue Truppen auszuheben. In diesem Moment sind Werber in den Straßen unterwegs. Außerdem werden im Westen Barrikaden errichtet und die Wehrtürme mit Vorräten bestückt. Ich fürchte jedoch, dass es nichts helfen wird.«

»Aber es hört sich nach einem guten Plan an.« Kessja nahm Wandas Hand. »Wir müssen zuversichtlich bleiben.«

»Was auch sonst. Aufgeben? Weglaufen? Das ist wohl keine Lösung.« Pitu raufte sich die Haare. Es durfte nicht so ausweglos sein, wie es sich anfühlte.

»Es gibt noch eine Hoffnung!« Wandas Stimme durchschnitt seine Gedanken.

»Und die wäre?«

»Du! Du bist das.«

Kessja erbleichte. »Was kann Pitu denn da ausrichten? Er ist kein Krieger.« Sie schaute ihn an. »Oder doch?«

»Ich? Nein. Ich bin froh, wenn ich mich beim Essen nicht mit der Gabel verletze.«

»Pitu hat andere Gaben«, sagte die Alte. »Ich werde es dir später erklären.«

»Aber ...« Er wollte etwas einwenden, doch Wanda hob die Hände. Kessjas fragender Blick traf ihn wie ein Vorwurf.

»Pitu hätte es dir selbst gesagt. Sicher hat er nur auf den geeigneten Moment gewartet. Aber dafür ist keine Zeit. Wir müssen jetzt eine Entscheidung fällen.« Wanda sah ihn eindringlich an. »Ich kann das nicht von dir verlangen. Niemand kann das. Aber wenn Tyklahr verschont bleiben soll, muss die Brücke fallen. Sie *muss* zum Einsturz gebracht werden. Du weißt, was ich meine?«

Pitu war wie erstarrt. Da draußen herrschte Krieg. Und er sollte dorthin. Hinein in einen Kampf um Leben und Tod! Langsam sank er zurück auf die Bank.

»Lysas Erlebnis sagt mir, dass es an der Schlucht schon unzählige Tote gibt. Geschändete Seelen, zerfetzt von der schwarzen Magie der dunklen Runen. Alles passt zusammen. Es bleibt nicht mehr viel Zeit! Die Macht der Runen wird die Soldaten der Königin in die Knie zwingen. Nur ihre bessere Ausbildung, ihre guten Rüstungen und Waffen gewähren ihnen bislang die Oberhand. Niemand weiß, wie lange sie uns noch schützen können.«

Die Soldaten kämpften nicht um *ihr* Leben, erkannte Pitu. *Sie kämpfen für uns alle.* Tapfere Männer, die ihr Leben einsetzten, damit er, Wanda und Kessja hier friedlich am Brunnen sitzen konnten, damit Lysa drinnen ungestört ihr Jothosbrot naschen durfte. Seine Lysa, die Kleine, die ihm so ans Herz gewachsen war.

»Wirst du helfen, Pitu-Scheltar?«

Er hob den Blick. Es war dieser Name, der seine Entscheidung besiegelte. »Ja!«

Er hatte eine Gabe und eine Verantwortung. Davor würde er nicht länger weglaufen.

»Ich habe es gehofft!«, seufzte Wanda erleichtert.

»Wann brech ich auf? Wie komme ich überhaupt dorthin?« Pitu war noch nie in Nehrbor gewesen.

»Sofort! Jeder Augenblick zählt.«

»Was?« Kessja schnellte hoch. »Aber wieso? Es gibt hier so viel zu tun, wo Pitu helfen könnte. Lysa braucht ihn auch. Kann nicht jemand anderer die Brücke zum Einsturz bringen?«

Wanda schüttelte den Kopf und presste die Lippen aufeinander. Sie blickte ihm fest in die Augen. »Am Tor wartet bereits ein Vertrauter der Königin auf dich. Er wird dich begleiten und schützen, so gut es eben geht.«

Pitu stand auf. Fragen, Sorgen und Angst wirbelten durch seinen Kopf. Eine Windhose, die sich immer weiter auftürmte, in deren Mitte er sich hilflos und klein fühlte, ohnmächtig vor der Aufgabe, die ihm bevorstand.

Er machte einen Schritt auf Kessja zu. Das Zittern in ihrer Stimme hatte ihn gerührt. »Kessja, das kann wirklich kein anderer tun. Auch, wenn sich das sonderbar anhört. Wanda wird es dir erklären.« Behutsam strich er über ihre Wange, und sie schmiegte ihr Gesicht an seine Hand.

»Ich komm wieder, versprochen!«

Aus ihren Augen rannen Tränen, und plötzlich fiel sie ihm um den Hals. Erst jetzt verstand er, wie viel er ihr bedeutete. Ein warmes Gefühl durchströmte ihn, das sofort an seiner Entscheidung nagte. Ausgerechnet jetzt musste er gehen?

Wanda stand auf. »Du solltest dir ein paar Sachen packen. Eine Reisedecke, einen Umhang, eine Feldflasche. Wir sollten den Freund der Königin nicht warten lassen!«

Pitu löste er sich von Kessja und schaute zur Tür. Es war also beschlossen. Noch einmal fasste er die Urda bei den Händen, versank für einen letzten Moment in ihren Augen und küsste sie sanft auf die Lippen. Mit einem wehmütigen Lächeln wandte er sich Wanda zu. »Ich danke dir für alles!«

Sie nahm seine Hände. »Ich danke *dir*! Ohne dich wären wir nicht hier. Und jetzt wirst du uns erneut retten, da bin ich mir sicher.« Sie ließ ihn los. »Nun aber los, lass deinen Begleiter nicht so lange warten! Sonst musst du am Ende noch alleine gehen.«

»Wer ist denn dieser Vertraute der Königin? Kenne ich ihn?«

»Ich denke nicht. Zumindest kennt er dich nicht. Sein Name ist Semje.«

Selana 33

Unbekannte Vogelstimmen tönten dunkel durch die Nacht, während Selana im Park vor dem Palast umherstreifte. Eine Weile hatten sie noch zu dritt gesprochen, Atharu, Aria und sie. Doch sie brauchte Zeit für sich allein. Zeit, um zu verstehen und zu verarbeiten.

Morgen müssten sie Erellgorh verlassen. Einmal noch das Portal öffnen für Brandan und Gehlen. Sie hoffte, dass beide zurückkämen. Zhanjor-Gehlen, ihr Mentor, ihr Vertrauter, ihr ... Sie musste ihn einfach wiedersehen. Wieder in diese lebendigen, tiefgründigen Augen blicken. Und dann? *Gehlen ist ein Elb! Ein steinalter noch dazu.* Neben ihm war sie nicht mehr als ein Küken. Dennoch kam er so jung, so athletisch daher, und der Schwung seiner Lippen war zum Niederknien. Selana schüttelte den Kopf. *Jetzt klingst du schon wie Aria! Er ist ein Elb und du bist ein Mensch, Punkt.* Außerdem lag eine Aufgabe vor ihr, die keine Ablenkung duldete.

Ihlinn-Saldanah würde sie und Aria nach Tyklahr begleiten. Ihre Freundin hatte wieder Mut gefasst, als die Elbenfürstin ihnen ihre beste Kriegerin zur Seite gestellt hatte. So still, wie Ihlinn war, so versiert war sie in den Kampftechniken der Elben. Aria war aus dem Schwärmen gar nicht mehr herausgekommen, als sie von ihren Unterweisungen berichtet hatte. Vielleicht auch, weil sie bei allen Schilderungen über Ihlinn gleichzeitig an Brandan dachte. Trotzdem war auch ihr die Sorge deutlich anzumerken gewesen.

Brandan und Gehlen hatten nicht einmal Reiseumhänge dabei. Und die Mutter der Wälder hatte von Schnee berichtet. Ganz zu schweigen von den Entgeisteten, die in den Straßen Crems unterwegs waren. Was könnten die beiden in einer Stadt ausrichten, in der Hunderte nicht mehr Herr ihrer Sinne waren und alles zerfleischten, was ihnen vor die Klauen kam? *Nein, red keine Dinge herbei, die vielleicht gar nicht so sind.*

Morgen kämen die beiden zurück, um Atharu und Jehlen nach Tondaborgen zu begleiten. Und sie müsste zusehen, wie Gehlen erneut entschwand! *Reiß dich zusammen, Selana. Wanda und Lysa brauchen dich!* Außerdem mussten Eldarh und Pitu von Crem erfahren, von der schwarzen Magie, die dort wirkte.

Selana schluckte. Und dann war da noch ihr eigentlicher Auftrag. Wie viele Schatten mochten es sein, die in Richtung Tyklahr zogen? Würden sie wirklich in die Stadt einfallen? Bisher hatte man nie davon gehört, dass Schatten in Städte oder Dörfer zogen. Doch was bedeutete das schon in diesen Zeiten! Was, wenn sie tatsächlich kämen? Selana hoffte, sie würde den Mut aufbringen, sich ihnen in den Weg zu stellen. Und dass sie die Magie im richtigen Augenblick wenden könnte, auch ohne das notwendige jahrelange Training. *Danke, Jehlen, nach dem Hinweis werde ich wahrscheinlich kein Auge mehr zubekommen.*

Sie blickte zum Himmel. Eine sternenklare Nacht. Vielleicht wüsste Mehlen-Ellanjah morgen mehr. Selana ging zurück in ihr Gästequartier. Leichter Wind wehte durch ihr Haar, ein Hauch von Arbenduft lag in der Luft. Sie lächelte.

Lysa würden die Zirbelmäuse gefallen. Und die winzigen Federflieger. Mit diesem Gedanken gelang es ihr doch noch, die Sorgen für den Rest der Nacht beiseitezuschieben.

Am Morgen empfing die Elbenfürstin sie in einer weinroten Robe, die schillernd bis zum Boden wallte und eine kleine Schleppe bildete. Das hell schimmernde Gewand darunter war mit Perlen besetzt. Trotz einfachem Schnitt wirkten die Kleider der Fürstin wahrhaft königlich. Sie schmiegten sich an den Körper wie eine zweite Haut. Selana fragte sich, ob sie jemals etwas Ähnliches besitzen würde. Schnell wischte sie den Gedanken beiseite, als Mehlen-Ellanjah das Wort ergriff.

»Die Sterne haben mir Wahrheit und Trug gezeigt. Geschehenes und Mögliches!« Ihre samtene Stimme hatte wieder diesen erhabenen Klang. Melancholisch, doch selbstsicher. Er hatte in Selana schon am ersten Tag gemischte Gefühle ausgelöst. Ehrfurcht, Unsicherheit, Bewunderung und Irritation. Wenn die Fürstin sprach, gehörte der gesamte Raum und alles darin ihr. Ein Zauber ging von ihr aus, den sie bei anderen Elben nicht spüren konnte.

»Die Magie des Schreins ist ungebrochen, das kann ich sagen. Das Fragment ist sicher, obgleich Dunkelheit über Tondaborgen liegt. Eure Reise wird gefährlich, Atharu-Scheltar!«

Selana schaute zu ihrem Bruder und sah seinen entschlossenen Blick. Er nickte, und sie wusste, dass er jede Gefahr auf sich nehmen würde. Trotzig und mutig!

»Die Schatten sind auf dem Weg! Der König hat wahre Worte gesprochen. Doch sie haben die Stadt noch nicht erreicht. Es ist noch Zeit, Selana-Scheltar!« Der Blick der Fürstin schien ihr bis ins Herz zu dringen. »Die Königin der Tykalden muss erfahren, wie sehr der Feind erstarkt. Noch mag Zeit sein, Menschen zu retten und die Schatten zurückzutreiben. Reise heute, wie es besprochen ist.«

Mehlen-Ellanjah blickte in die Runde und fuhr fort. »Ich habe mehr noch gewagt. Denn ich hoffte, die Sterne würden mir einen Blick nach Westen gewähren.« Ihre Stimme schwoll an, und die Luft im Raum verdichtete sich unheilvoll. »Dorthin, von wo Fenkorh-Kreh seine grausame Macht über die Welt schickt, von wo aus er alle Liebe und alle guten Gedanken der Völker auszulöschen sucht! Der Blick ist mir verwehrt.«

Selana glaubte, eine tiefe Traurigkeit zu spüren, als die Fürstin leiser fortfuhr. »Die Dunkelheit breitet sich aus und die Sternenkraft schwindet. Die Wüste Idoteh, die Hochebene Abrinor und selbst der Arro-Ezhanjotäe sind bereits erfasst. Alles liegt im Dunkeln. Doch für Crem mag es Hoffnung geben. Noch reichen die Sterne bis zu den Toren der Stadt.« Sie schenkte Selana ein sanftes Lächeln, nickte Atharu und Jehlen zu.

Eine kurze Pause entstand, in der die Fürstin nachdenklich an ihrem kunstvollen Ring drehte. Ein Funkeln ging von dem kleinen Kristall und der geschliffenen Schneckenmuschel aus. Dann fuhr sie fort und ihre Stimme senkte sich wie Blei auf Selanas Schultern. »Die Feste Nehrbor aber liegt in absoluter Schwärze! Unheil zieht herauf – wir müssen uns beeilen!«

»Ein weiterer Angriff auf Tyklahr? Wie viel Zeit bleibt uns?« Atharus Stimme klang alarmiert.

Er ist mutiger als ich und voller Tatendrang! Bestimmt wäre ihr Bruder am liebsten direkt losgeeilt. Er war Heiler und würde keine Zeit verschwenden, wenn es darum ging, zu helfen! Das hatte ihr im Gesundhaus schon imponiert. Er schien sofort zu wissen, was zu tun war.

»Die Sterne geben es nicht preis und Atharpazh schweigt.« Die Elbenfürstin legte ihre schmalen Hände auf die Tischplatte. Auf dem daumenbreiten Ring schillerten geheimnisvolle Zeichen. »Wir sind auf uns gestellt, und so werdet ihr es sein.« Mehlen-Ellanjah erhob sich. »Es ist Zeit, das Portal nach Crem zu öffnen, um Gehlen und Brandan den Weg zurück zu ermöglichen!«

Sie folgten der Fürstin. Die Schritte auf dem Felsboden hallten in Selanas Ohren. Sie starrte versonnen auf die Schleppe der Elbin, die vor ihr über den Boden glitt. Doch ihre Gedanken waren bei Gehlen. Mit jedem Schritt kam sie ihm näher. Endlich die Türen, die ansteigende Wärme der Esse und da: endlich die magischen Schmieden von Erellgorh, in denen das Medaillon neu geschmiedet werden sollte. Zuerst jedoch mussten sie ihre Gruppe wieder zusammenführen. *Ungeduld ist kein guter Ratgeber*, schalt sich Selana und ging dennoch ungefragt an der Fürstin vorbei, direkt an das Portal nach Crem. Sie blickte sich um und streckte Atharu die Hand entgegen. Entschlossen trat er vor und ergriff sie. Die Fürstin schwieg, und Selana war dankbar dafür.

Die Worte in der alten Sprache kamen ihr leichter über die Lippen als gestern. Der luftige Faden, der aus ihren Fingern züngelte, traf im selben Moment auf die Federfliegerin, in dem auch der glimmende Faden ihres Bruders das Pflänzchen erreichte, von dem sofort kleinste Funken davon stoben. Noch während ihre Zauber sich ausbreiteten, über die Ornamente wirbelten und im oberen Bereich des Bogens aufeinander zustrebten, lenkte sie einen Teil ihrer Magie in die Hand Atharus. Das Kribbeln und die angenehme Wärme signalisierten, dass die Verbindung stand. Fast hätte sie lachen mögen vor Freude, dass es so einfach war. Gleich würden sie Brandan und Gehlen wiedersehen.

Hunderte von Feuerwirbeln tanzten über das Portal, glimmende Staubfunken stoben durch die Luft. Das Innere des Bogens verdichtete sich, der dunkle Spiegel erschien und zog sich mit einem dumpfen Geräusch blitzartig in den Bogen zurück. Das Portal war offen!

Selana hatte im letzten Moment versucht, sich auf das Grauen einzustellen, das sie gestern gesehen hatten. Doch der Raum war leer – die Kinderleiber waren verschwunden. Das immerhin mochte ein gutes Zeichen sein. Sie schaute nach links und nach rechts, suchte nach ihren Freunden. Doch da war kein Gehlen und auch kein Brandan. Atharus Hand drückte fester zu. Sie blickte zu ihm und sah, wie seine Kiefermuskeln sich spannten. Wut? Enttäuschung? Aria trat an ihnen vorbei und blickte fassungslos in den Raum.

»Dokadreck, verdammter! Können Männer nicht mal da sein, wo man sie braucht?«

Sie machte noch einen Schritt. Dann war Mehlen-Ellanjah bei ihr und legte eine Hand auf ihre Schulter. »Sie sind genau da, wo sie gebraucht werden.«

Aria schüttelte sie ab. »Natürlich, klar. Dort, wo sie abgeschlachtet oder hingerichtet werden. Oder wo sich ihr Geist in die Unendlichkeit verpisst. Ich kann das nicht zulassen!« Wieder ein Schritt. Gleich würde sie in den Raum hinübertreten.

»Aria! Tu das nicht! Ich brauche dich hier.« Selana hörte ihre eigene Stimme und wunderte sich, wie fest sie klang. Dabei hätte sie heulen können, so aufgewühlt war sie. Müsste sie nicht eigentlich mit Aria zusammen durch das Portal springen? Ihre Freunde waren dort drüben – ihre Liebe.

Ein Schauer durchzog sie. *Er ist ein Elb!* »Brandan und Gehlen werden sich zu helfen wissen. Sicher haben sie auch dafür gesorgt, dass die Kinder begraben werden.« Wie schwer ihr diese Worte fielen. »Was könntest du tun? Wie könntest du sie finden? Bleib hier, an meiner Seite.«

»Scheiße was! An *seiner* Seite sollte ich sein.« Aria sackte auf den Boden. »Ist das die Zukunft?« Sie wies auf die große, dunkle Lache, dort, wo gestern noch die Kinderleiber gelegen hatten. »Blut? Angst und Schrecken? Und Tod? Immer wieder Tod?«

»Es ist noch Hoffnung!«

Ein schlichter Satz. Doch von der Fürstin gesprochen, schenkte er tatsächlich Zuversicht. Selana blickte zu ihr und sah ein Leuchten in ihren Augen. Dann hörte sie ein leises Geräusch. Tapsende Schritte? Ein Bündel Fell kam die Kellertreppe heruntergesprungen. Jiga schnüffelte am Fuß der untersten Stufe, lief in die Mitte des Raumes und kratzte mit den Pfötchen über den Boden. Als könne sie nicht glauben, dass hier nichts mehr war.

»Jiga!« Aria rappelte sich auf, und das Frettchen sprang sofort auf sie zu. Mit einem Satz wieselte es an ihr hoch.

Selana fing ein Zeichen der Fürstin auf, nickte und ließ gleichzeitig die Hand ihres Bruders los. Die Verbindung nach Crem brach, das Bild flirrte, und mit einem dumpfen Knall schloss sich das Portal.

»Nein!« AtharusSchrei gellte durch die riesige Felsenhalle. »Warum hast du das getan? Wir hätten noch warten können!«

Der Zorn in seiner Stimme erschreckte sie.

»Aber sie waren nicht da.«

»Woher willst du das wissen?« Unbeherrscht stampfte er auf, ein kleiner Flammenstrahl schoss aus seinem Fuß.

Aria stolperte zurück, und das Frettchen fauchte.

»Jiga ist doch auch da. Sicher wäre Brandan jeden Moment die Treppe heruntergekommen! Ein wenig mehr Geduld, war das zu viel verlangt?« Er ballte die Fäuste und Selana sah Funken zwischen seinen Fingern.

»Atharu-Scheltar!« Die Stimme der Fürstin schnitt wie ein Schwert durch die Luft. Forsch trat sie ihm in den Weg und streckte ihm die Hand entgegen. »Zügle deine Macht und denke!«

Ein strahlender Nebel entstieg dem Ring und blendete ihn mit grellem Licht. Selana sah, wie ihr Bruder blass wurde und rückwärts stolperte.

»Er wäre nicht gekommen!« Arias Stimme war leise und voller Traurigkeit. Doch die Gewissheit ihrer Worte ließ alle aufhorchen. »Jiga hat eine Nachricht für uns!«

Atharu
34

Dunkel zog das Wasser an ihm vorüber. Außer der Elbenbarke war es das Einzige, was ihm wirklich erschien. Atharu warf einen Blick zu seinem Mentor und ihrem Begleiter. Nannlohr-Bennzhardizh hieß er, aber Jehlen nannte ihn »Freund Benn«. Ein schweigsamer Elb, dessen Blick ebenso scharf wie unergründlich war. Atharu starrte wieder nach vorn in den Nebel, der sie einhüllte wie ein Kokon. Kalt und trüb, genauso wie seine Gedanken.

Nachdenklich berührte er seine Wange, auf der er noch die sanfte Berührung Selanas zu spüren glaubte.

»Wir können Vergangenes nicht wenden, sondern müssen versuchen, die Weisheit dahinter zu ergründen.« Sie hatte einen Hauch kühler Luft aus den Fingern strömen lassen, der sein Gesicht umweht hatte und sanft über Haar, Nacken und Schultern gestrichen war. »Ich kann dich viel besser verstehen, als du glaubst.«

Auch Jehlen hatte ihn sprechen wollen, ehe sie nach Tondaborgen aufgebrochen waren. »Denkt nicht, dass Eure Gefühle für uns Elben unbegreiflich wären. Wir kennen sie auch, die Abgründe seelischer Verwirrungen, oh ja.«

»Na prima – Ihr kennt also die Abgründe in mir. Ich bin für jede Erklärung offen. Auch wenn mich das wahrscheinlich in keinem würdigeren Licht erscheinen lässt. Atharu-Scheltar – was für ein Witz!«

Jehlens Kopf war auf seine unnachahmliche Art von einer Seite auf die andere gekippt, doch er hatte nicht in seiner üblichen, dozierenden Art gesprochen. Seine Stimme hatte jenen warmen Ton angenommen, den Atharu schon aus der Arena kannte. Und mit dem, was er gesagt hatte, hatte er ins Schwarze getroffen. »Ihr seid zerrissen, weil Ihr Brandan vermisst. Mit ihm fehlt ein Teil von Euch. Ihr fühlt Euch verantwortlich, weil Ihr seine Begleitung zugelassen habt, und Ihr seid zornig, weil Ihr sein Fortgehen nicht verhindern konntet. Ihr glaubt, dass Euch die Kontrolle entglitten ist. Aber diese Kontrolle war eine Illusion. Wir können nur kontrollieren, was wir selbst ganz allein verantworten und entscheiden.«

Dann hatte er seinen Kopf auf die andere Seite geneigt und nach einer kurzen Pause war sein Ton wieder schwülstiger geworden. »Zugegebenermaßen ein schweres Los. Doch wohl eher kein Grund, sich lange zu grämen, Atharu-Scheltar.«

»Den Titel habe ich nicht verdient, so unbeherrscht, wie ich war.«

»Nein, wohl eher nicht.«

Atharu spürte jetzt noch den Stich, den diese Antwort verursacht hatte. Und er erinnerte sich an das leichte Zucken in Jehlens Mundwinkel.

»So etwas nennt ihr Menschen ›einen Spaß machen‹, richtig? Ich glaube, ich könnte Gefallen daran finden.« Dann hatte Jehlen eine Braue hochgezogen und ihm mit einem Lächeln auf die Schulter geklopft. »Nein, keine Angst. Es wird meine Gewohnheit nicht werden. Die Gefahr von Missverständnissen wäre doch zu groß. Wer weiß, was das auslösen könnte?«

Trotz all der Unbill erlaubte Atharu sich ein Lächeln. Es war tröstlich, Jehlen an seiner Seite zu wissen.

Im nächsten Moment musste er an die Elbenfürstin denken. Was waren ihre Worte zum Abschied gewesen? »Mit dem Wissen um den Brief deines Freundes ist die Konzentration auf das letzte Bruchstück ungestört. Hab das Ziel vor Augen. Denn du darfst nicht fehlen!«

Das Wasser gurgelte um den Bug der Barke, noch immer verhüllten feuchtgraue Schleier den Blick nach vorn. Müssten sie nicht längst ein Ufer erreichen? Wie lange waren sie schon unterwegs? *Geduld. Der Weg schafft Erkenntnis!* Fast konnte er Ondaras Stimme bei diesem Gedanken hören. Welche Erkenntnis würde Brandans Weg mit sich bringen? In Crem – so dicht beim Feind!

Aria hatte den Brief bei sich behalten, doch Atharu hatte sich die Zeilen seines Freundes eingeprägt: *»Keine Sorge. Gehlen ist bei mir. Sind nicht mehr allein, konnten die Kinder in einem Garten begraben und haben warme Kleidung bekommen. Verdammt kalt hier. Brauchen noch Zeit – nicht böse sein. Hier sind noch viele Menschen, die gerettet werden können. Und das war ja der Plan. Brandan«*

Darunter hatte er eine Art grinsendes Gesicht gezeichnet, das aber eher wie eine Eule mit Zahnweh aussah. Ein Künstler war nicht an ihm verloren gegangen. Atharu seufzte. Es würde gut ausgehen – es *musste* gut ausgehen!

»Seid Ihr sicher, Freund Benn, dass wir auf die Bucht des Arro-Duado zusteuern? Mich deucht, wir wären zu weit westlich.«

Atharu blickte sich zu seinen Elbenbegleitern um. Jehlen stand am Heck und trieb mit fließenden Bewegungen die Barke an. Nannlohr-Bennzhardizh saß kerzengerade in der Mitte, die Hände nach außen gestreckt und den Blick starr in den Nebel gerichtet. Die Ärmel des Reiseumhangs und der Tunika darunter waren hochgerutscht und hatten ein Muster in sich verschlungener Blumen freigegeben. Auch in Tangris gab es Männer, die sich mit Farbpigmenten Schriftzeichen unter die Haut stachen. Doch so aufwendige Bilder wie dieses hatte Atharu noch nie gesehen. Es war schön und verstörend zugleich.

»Nein.« Kurz, aber bestimmt glitt die dunkle Stimme von Bennzhardizh durch die Luft.

»Ich frage nur, weil wir uns keine Verzögerung erlauben sollten. Die Zeit verrinnt, und unsere Möglichkeiten, das Schicksal zu wenden, schmelzen dahin. Mit jedem Lidschlag sterben Menschen durch die Hand entseelter Gellwicks!« Jehlen kniff die Augen zusammen und schaute sich in alle Richtungen um.

Bennzhardizh sagte nichts.

»Ich dachte, Elben könnten ihre magischen Nebel durchschauen. Ist das nicht so?« Atharu sprach keinen der beiden im Besonderen an, erwartete aber, dass Jehlen antworten würde.

»Nun ja, wir können uns im Nebel um Erellgorh orientieren. Das Ufer jenseits unseres Eilands liegt normalerweise außerhalb des Nebels. Fürstin Mehlen-Ellanjah hielt es allerdings für eine gute Idee, uns Freund Benn zur Seite zu stellen. In eurer Sprache würde man ihn wohl einen Nebelmacher nennen. So er sich nicht davon abbringen lässt, werden wir bis an den Kai von Tonda in seiner düsterdicht gewebten Wolke reisen und blind sein wie die Höhlenfische von Eskrin!«

»Vorsicht! Weiter rechts!«

Erschrocken kam Jehlen ins Wanken und ließ das Ruder ins Wasser platschen. Doch schnell hatte er sich wieder im Griff. »Was war denn? Müsst Ihr mich so erschrecken, Freund Benn?«

»Nein.« Atharu sah ein feines Lächeln auf Bennzhardizhs Lippen und verkniff sich ein Grinsen. Die beiden waren noch gegensätzlicher als Gehlen und Jehlen.

Doch Atharu interessierte etwas ganz anderes. »Das heißt, Freund Bennzhardizh, dass Ihr selbst trotz Eures Nebels alles sehen könnt?«

»Benn reicht, Atharu-Scheltar. Aber ja: Ich sehe – solange es nicht dunkel ist.«

»Spätestens dann könntet Ihr vielleicht Euren Nebel entfleuchen lassen, Freund Benn. Die Gefahren sind auch so schon ... erdrückend!«

»Ich halte es, wie es dienlich ist. Still jetzt! Wir sind nicht weit von der Flussmündung entfernt.«

Jehlen hörte sofort auf zu rudern und horchte. Kein Laut war zu hören, kein Tier, kein Rauschen des Windes in Schilf oder Bäumen. Absolute Stille. »Nichts zu hören.«

»Das muss nichts bedeuten.«

Das Flüstern seiner elbischen Begleiter erinnerte Atharu an das Wispern der Flimmlys am Jiguelazh unterhalb von Tangris. Kaum mehr als ein Säuseln des Windes. Als Jehlen erneut sprach, diesmal lauter, erkannte Atharu Worte der alten Sprache. Aber ja – der Zauber, den Magister Eldarh gewirkt hatte.

»Atharpazh, tuhr brian mahjilazh crun yl ezhanjo labrazh jaln yn garri. Jylna zhenbrehl yn garri e jylnuhn brian.« (Atharpazh, deine magische Kraft durch die Seele der Sprache ist ein Geschenk. Wir empfangen dein Geschenk und unsere Kraft.)

Sein Mentor beschrieb mit den Armen einen Kreis, der Atharu, Bennzhardizh und ihn selbst einschloss.

»Labre e horrezh jaln yn atharu!« (Sprechen und Hören sei ein Geheimnis!)

Befriedigt klatschte Jehlen in die Hände. »Ich denke, so ist es besser. Geflüster erscheint mir immer etwas unaufrichtig und verschwommen.« Er nahm das Ruder wieder auf und beschleunigte die Barke. »Vielleicht könntet Ihr jetzt diese gräuliche Dunstglocke etwas lüften, Freund Benn?«

Bennzhardizh atmete geräuschvoll aus und schloss die Augen. »Dennoch sollten wir still sein.« Er vollführte mit den Händen kreisende Bewegungen, der Nebel lichtete sich.

»Seid unbesorgt, Freund Benn, mein Zauber funktioniert. Niemand kann uns hören!«

»Nur hören *wir* auch nichts, wenn wir fortwährend reden.«

»Oh! Ja, da ist etwas dran.« Jehlens Kopf kippte nachdenklich auf die andere Seite. »Und dennoch – wir können uns warnen und Hinweise geben, ohne jemanden auf uns aufmerksam zu machen. Ansonsten Schweigen! Kein Problem, denke ich.«

»Für mich nicht. Und wir sollten gleich damit anfangen!«

Bennzhardizh wies nach vorn und Atharu sah, wie sie in die Flussmündung glitten. Das Wasser war dunkel, die Ufer nur spärlich bewachsen. Im Licht der untergehenden Sonne hatten sie einen weiten Blick gen Norden. In der Ferne waren Dächer und eine größere Kuppel zu erkennen, es war nicht mehr weit bis Tonda. Plötzlich hob Benn einen Arm. Atharu sah auf und erkannte sofort, was er meinte. Nordwestlich von ihnen zog ein Schwarm schwarzer Vögel auf die Stadt zu!

»Lasst uns den Platz wechseln!« Benn legte ihm eine Hand auf die Schulter und Atharu hockte sich nach hinten zu Jehlen. Trotz der leichten Strömung hatte sein Mentor keine Mühe, die Barke voranzutreiben.

»Warum ist der Fluss so dunkel?« Atharu blickte in das unergründliche Wasser. Keinerlei Bewuchs, am Ufer keine Büsche und kein Schilf. Sogar das Gras schien Abstand zu halten. Ein erdiger Rand zog sich wie ein Kohlestrich am Ufer entlang.

»Der Arro-Duado speist sich aus den Hochmooren des Ocka-Tang und den salzhaltigen Gipfeln des Eskringebirges«, antwortete Jehlen. »Zu sauer und salzig, als dass irgendetwas darin wachsen würde. Ihr werdet auch keine Tiere an den Ufern sehen. Angeblich ist das Wasser sauber genug, um darin zu schwimmen. Doch ich würde es nicht tun. Eine kleine Wunde könnte genügen, um das Fleisch vom Körper zu ätzen!«

Atharu hörte Benn mit der Zunge schnalzen. »Freund Jehlen, Eure positive Art ist unvergleichlich.«

»Danke, Freund Benn. Aber lasst es uns ›Vorsicht‹ nennen!«

Diese Wortwechsel waren zwar ganz kurzweilig, doch Atharu interessierte eher, wie sie in Tonda vorgehen würden.

»Freund Jehlen, Ihr kennt Euch in Tonda aus, richtig?«

»Ja, ich werde Euch führen. Die Stadt ist klein, aber Tondaborgen, der Friedenstempel der Völker, sehr groß. Er liegt im Zentrum, direkt am Fluss. Das macht es schwierig, ungesehen hineinzugelangen. Wir sollten mit Gellwicks an den Zugängen rechnen.«

»Da wir mit der Dämmerung reisen und erst im Dunkeln ankommen, sollten wir es ungehindert bis dorthin schaffen. Und jetzt still!« Die Stimme des Nebelmachers duldete keinen Widerspruch, und sie fügten sich. Es war ohnehin alles gesagt.

Je näher sie der Stadt kamen, umso klarer wurden ihre Umrisse. Die Dächer begannen bereits auf dem Boden und liefen, geschuppt wie die Ähren von Mehlgräsern, nach oben hin spitz zu. Sie strebten in unterschiedliche Höhen, gerade, geneigt oder im Zickzack. Zwischen den einzelnen Schuppen lagen Fenster und Balkone, mit Häuten verhangen. Leider wurde es zusehends dunkler, als sie die ersten Bauten passierten, und Atharu konnte nur erahnen, welche Farben sie haben mochten. Wie verschieden Häuser doch überall auf der Welt waren. Schon Gelder und Tykalden hatten ihn fasziniert. Tonda war noch einmal ganz anders. Es wirkte friedlich.

Als sie weiter in die Stadt kamen, säumte eine Böschung aus wohlgesetzten Steinen das Ufer des Arro-Duado. Etwa alle dreihundert Fuß führten Stufen hinauf. Am oberen Rand konnte Atharu eine niedrige Hecke ausmachen, deren Art er im Dunkeln aber nicht erkennen konnte. Das Säuseln des Wassers klang hohl und hallte unheimlich vom steinernen Ufer wider. Atharus anfängliche Begeisterung über Tonda wandelte sich in Unbehagen.

Auf einem kleinen Platz vor einigen Häusern brannte ein Lagerfeuer, doch keine Menschenseele war zu sehen. Er konnte den Schein weiterer Feuer erkennen, aber aus den Häusern selbst drang kein Licht. Nirgendwo rührte sich jemand, kein Laut war zu hören.

Atharus Sinne spannten sich, er sog die Luft durch die Nase, begierig darauf, einen Geruch wahrzunehmen, der ihm mehr verriet als seine Augen und Ohren. Nichts außer dem Duft des Wassers und dem üblichen Geruch nach Exkrementen, wie er in Städten wohl dazugehören musste. Kein Rauch, keine Verwesung, kein Blut. Und kein Gestank nach stechendem Urin. Erleichtert atmete er aus. Er wollte weder auf Gellwicks treffen noch auf ihre grausamen Hinterlassenschaften. Die Bürger von Tonda schliefen wahrscheinlich nur. So sollte es nachts ja auch sein.

Endlich glitten sie auf Tondaborgen zu. Der Friedenstempel hob sich wie ein riesiger Schatten vom nächtlichen Himmel ab. Links konnte Atharu Treppen erkennen, die zu einem breiten Bogengang hinaufführten. Als sie näher kamen, fühlte er den Boden der Barke über den Grund schaben. Erst jetzt erkannte er, dass der Fluss hier zu einem kleinen See verbreitert war.

»Der Spiegel der Völker«, raunte Jehlen und machte eine ausladende Bewegung. »Der Grund des Flusses wurde angehoben. Kein Schiff kann passieren und keine Barke vorbeifahren, ohne Tondaborgen Beachtung zu schenken.«

Sie stiegen über die Reling ins Wasser und zogen die Barke das letzte Stück bis an die Treppe. Das angekündigte Brennen oder Verätzen des Fleisches blieb aus. Atharu schaute über den Spiegel. Wenn es doch bloß etwas heller wäre.

Eine Wolkenlücke ließ einen Streifen Mondlicht auf die Oberfläche des Sees fallen. »Wozu sind die vielen kleinen Stäbe im Wasser? Oder was ist das?«

Jehlen stutzte. »Die kenne ich noch nicht ...«

Plötzlich kam Bewegung in die Wasserfläche. Die Stäbe erhoben sich – und mit ihnen Dutzende von Körpern.

Pitu
35

Während Pitu seinen Reiseumhang anlegte und noch einmal prüfte, ob Fludos Pfeife und Tabak gut in der Innentasche verwahrt waren, kam Wanda in die Diele. »Hier, Kessja hat dir ein wenig Proviant zusammengepackt.«

»Wo ist sie?«

Wanda schüttelte den Kopf. »Sie mag keine Abschiede.«

Pitu entgegnete nichts. Vielleicht war es besser so. Er war selbst kein Freund davon.

»Nun geh schon.« Wanda drückte ihn an sich und schob ihn dann zur Tür. Er schaute ein letztes Mal in die von rußenden Öllampen nur mäßig beleuchtete Diele. Sein Blick fiel auf den Tisch, auf dem das dicke Buch lag. Zugeklappt, denn um diese Zeit saß hier keine Schwester mehr. Er seufzte. Bei dem Gedanken, an die Front zu müssen, erschien ihm sogar der Kopftuchdrache eine sympathische Alternative. Halbherzig öffnete er die Tür und warf sie sofort wieder zu.

»Was, um der Seelen willen, ist das für ein Monster?«

Ein tiefes Grollen drang von draußen herein.

»Pitu, du wirst doch sicher schon mal einen Dokabullen gesehen haben.« Wanda lächelte kopfschüttelnd.

»Dokabulle? Aber doch nicht mit Hörnern.«

»So sehen sie normalerweise aus. Nein, eigentlich sind die Hörner sogar noch länger und spitzer.« Sie zwinkerte. »Nun geh. Semje passt schon auf. Er hat mich schließlich auch heil vom Schloss hierhergebracht.«

Zögernd trat Pitu durch die Tür. Das Vieh war größer als er selbst. Während er sich vorsichtig an der Wand entlangdrückte, um dem Tier nicht zu nahe zu kommen, drehte der Bulle ihm ruckartig den Kopf zu und schnaubte. Feuchter, klebriger Glibber traf ihn. Er wischte sich mit dem Ärmel den Rotz aus dem Gesicht. *Das fängt ja gut an!*

»Mach dir nichts draus.« Eine tiefe, leicht knarrende Stimme ließ Pitu zum Bock des Karrens hinaufschauen. »Das ist seine Art, Hallo zu sagen.«

Ein dicker Zwerg reichte ihm seine grobschlächtige Pranke entgegen. Graublaue Augen unter buschigen Brauen fixierten ihn. Die Brauen waren ebenso rot wie das Haar und der lange Bart. Darunter ein mächtiger Bauch. An Essen mangelte es dem Zwerg offenbar nicht. Nach kurzem Zögern ergriff Pitu die Hand, die ihn mit stahlhartem Griff schwungvoll nach oben zog.

»Au!« Pitu rieb sich die Hände. »Die brauch ich noch.«

»Himmel, Stein und Felsensalz. Und du sollst der Retter sein, von dem mir die ehrwürdige Wanda erzählt hat?«

Pitu nickte grimmig, das konnte ja heiter werden.

»Ein bisschen schmächtig, wenn du mich fragst.«

»Kann ja nicht jeder so fett sein.«

»Fett, aber wendig!«

Blitzschnell hatte der Rotbart eine Axt in der Hand und hielt ihm die scharfe Schneide vor die Nase. Pitu hielt erschrocken den Atem an, sein Blut raste wild pochend durch die Adern.

»Semje!« Wanda war an den Karren getreten und schüttelte den Kopf.

Der Zwerg steckte die Axt ein. »Ich wollte nur zeigen, womit ich diesen kleinen Retter beschützen werde.«

»Ihr sollt beide aufeinander aufpassen!«, mahnte sie.

»Ja, ja, schon recht.« Der Rotbart gab seinem Doka einen Klaps und der Karren kam rumpelnd in Bewegung.

Pitu drehte sich zu Wanda um. »Gib auf Lysa acht! Und ... und grüß Kessja von mir.«

Wanda winkte. Im Licht der Feuerlampen wirkte sie plötzlich uralt. Hoffentlich würde er sie wiedersehen.

»Lysa ... Kessja ...«, grummelte der Zwerg in seinen Bart.

»Ist was? Nur raus damit. Wir müssen ja keine Freunde werden.« Pitu bereute schon jetzt, auf diesen fetten Zwerg angewiesen zu sein.

»Freunde ... so'n Rührzeug-Schnickschnack ... kannste lang drauf warten!« Der Rotbart ließ die Peitsche durch die Luft knallen und sein Doka schnaubte unwillig.

»Immerhin. Dann sind wir zumindest, was das betrifft, einer Meinung!« Pitu nahm seine Reisetasche vom Rücken und steckte sie zwischen die Beine unter den Bock. Mit verschränkten Armen lehnte er sich zurück. Es gab Wichtigeres, als sich mit Zwergen zu streiten.

Dunkel zogen die Fassaden der Häuser vorbei. Es war kaum einen halben Tag her, dass er mit Lysa zum Gesundhaus zurückgeeilt war. Die Feuerlaternen malten tanzende Schatten auf die Wände. Dunkle Seelen mit klaffenden Löchern. Hoffentlich musste Lysa so etwas nicht noch einmal erleben.

Einige Gassen weiter erkannte er ein Haus, an dem er auf der Suche nach Eldarh vorbeigekommen war. Kurz danach war er links abgebogen. Er erinnerte sich an die glatte Mauer eines Wehrturms. Dort, an der Kreuzung. Aber was war da los?

Vor dem Turm drängten sich Menschen. Als sie näher kamen, erkannte Pitu Soldaten und Marktbeschicker, die Karren entluden. Das große Tor zum Turm stand offen, Säcke und Fässer wurden hineingeschleppt.

»Woll'n hoffen, dass sie es nicht brauchen«, sagte der Zwerg düster und lenkte den Karren nach links.

Schweigend fuhren sie durch die Straßen Tyklahrs. Zweimal sah Pitu Werber mit Federhüten vor Gasthäusern stehen und dröhnend ihre Verse herunterbeten. Von Gold und Ehre sprachen sie, und junge Männer, mal zerlumpt, mal ordentlich gewandet, hingen an ihren Lippen. Ein weiterer Wehrturm, an dem sie links abbogen. Wieder ein Werber, der ihnen mit einer großen Gruppe Freiwilliger entgegenkam. Sie sangen mit stolzgeschwellter Brust, von Heldentaten, die sie vollbringen würden, von holden Mägdelein, die sich verzehrten vor Sehnsucht und die sie dereinst mit offenen Armen wieder empfangen würden. Starke, grölende Stimmen wurden von den Häuserwänden zurückgeworfen – mutig und stolz. Doch in Pitus Ohren klangen sie bedrohlich und düster. Wie Vorboten einer grausigen Zukunft, voller Angst und Schmerz.

Er war froh, als sie endlich die Stadt hinter sich gelassen hatten. Wolken zogen dunkel über den Himmel. Nur manchmal kam der Mond für längere Zeit hervor und warf sein Spiegelbild auf den Fluss der Seelen, der zu ihrer Linken still dahinfloss.

»Wie weit ist es?«

»Weit.«

Pitu stöhnte. »Ich meine, wie lange sind wir unterwegs?«

»Lange.«

»Lohnt es, zu schlafen?« Er konnte den genervten Unterton nicht vermeiden. Doch wahrscheinlich war es dem Rotbart ohnehin egal.

»Nur zu.« Der Zwerg starrte auf den Rücken seines Doka und grummelte etwas in seinen Bart wie »sind noch früh genug da« und »ausgerechnet mir so einen Hänfling ...«.

Pitu schnappte sich kopfschüttelnd seine Tasche, warf einen Blick auf die Ladefläche und kletterte nach hinten. Zwischen Fässern, Strohballen und Säcken fand er einen halbwegs bequemen Platz. Irgendwie schaffte er es, sich in den Schlaf schaukeln und rumpeln zu lassen.

Im müden Schlummer träumte er von einer Bootsfahrt. Er saß im Heck einer Barke und steuerte sie über einen breiten Fluss. Fludo stand vor ihm und schwang einen Stab, in den sich ein riesiger Crullmahr verbissen hatte. Zwischen ihnen lag jemand. Ein Leichnam. Pitu schaute genauer hin. Entsetzt erkannte er das bleiche Gesicht von Velbert. Plötzlich stießen kreischende Rabenvögel auf ihn herab und er warf sich schützend über seinen toten Freund. *Lasst ihn in Ruhe!* Wieder das Kreischen, oder war es ein Schrei? *Schreie!* So laut, so wahrhaftig, dass sie kein Traum sein konnten.

Pitu fuhr hoch und fand sich auf Semjes rumpelndem Karren wieder. Lagerfeuer erhellten behelfsmäßige Zelte. Wo um der Seelen willen waren sie?

»Haltet die Fackel höher. Ich sehe nicht, wo ich schneide!«

Pitu wandte sich um. Ein Mann mit einem blanken Messer beugte sich über einen Soldaten, der blutüberströmt auf einem Tisch lag. Zwei andere hielten Fackeln. Als der Mann das Messer ins Fleisch des Verletzten stieß, schrie der wie am Spieß.

»Endlich wieder wach?« Die knarrende Stimme des Rotbarts lenkte Pitus Aufmerksamkeit nach vorn. Er kletterte zurück auf den Bock.

»Dachte schon, du bekommst gar nichts davon mit.«

Sie überholten einen Planwagen, vor dem zwei Männer standen, die gerade einen Körper in Uniform hinaufwuchteten. Schlaff und seltsam verrenkt blieb er auf den anderen toten Kameraden liegen.

»Was ist passiert?«

»Eine Schlacht. Das ist passiert.«

»Sind wir denn schon ...« Pitu schluckte.

»Ein Stück Weg ist es noch. Aber alles, was noch lebt und nicht mehr kämpfen kann, haben sie wohl vom Schlachtfeld geschleppt und hinter die Front verfrachtet.« Semje wand den Kopf und spuckte aus. »Besser man stirbt im Kampf.«

»Besser man stirbt?« Entsetzt blickte Pitu den Zwerg an.

»Ich für meinen Teil ziehe es vor, ehrenvoll zu den Ahnen zu gelangen, ehe ich als Krüppel mein Dasein friste. Ho!«

Der Rotbart ließ die Peitsche knallen und zog an den Zügeln, um den Doka nach rechts zu lenken. Von vorn kamen Männer, die Pferde am Halfter führten. Sie zogen provisorische Tragen hinter sich her, auf denen weitere Verletzte gebracht wurden. Einige Soldaten liefen nebenher und achteten darauf, dass keines der Opfer hinunterrollte, wenn der Boden zu uneben wurde. Pitus Magen schnürte sich empfindlich zusammen. Am liebsten wäre er sofort umgekehrt.

»Angst?«

Die dunkle Stimme des Zwergs riss ihn aus seinen Gedanken. Doch er schaffte es nicht, auf diese Frage zu antworten.

»Geht mir auch so. Und das nach all den Kämpfen, die ich schon bestanden habe.« Ein heiseres Lachen dröhnte aus dem massigen Körper. »Bei den Pickeln meines Hintern. Die Götter der Himmelsschmiede wissen, wie oft ich mich aus dem Staub machen wollte. Aber was zählt, ist, was du mit deiner Angst anfängst. Nimmst du sie als Warnung und stellst dich ihr, wird sie dich schützen und stärken. Sie kann deine Sinne schärfen. Aber knickst du ein und ergibst dich ihr, wirst du dein Leben lang weglaufen und Opfer sein.«

Ein Leben lang weglaufen, was für ein schrecklicher Gedanke. Doch bis er Fludo getroffen hatte, hatte Pitu genau das getan. Selbst als er schon geglaubt hatte, dieser Teil seines Lebens läge hinter ihm, war Flucht sein erster Impuls gewesen, sobald er mit den Hütern nach Erellgorh hatte aufbrechen sollen. Diesmal wollte er bestehen. Wenn nicht für sich, dann für Lysa und Kessja. Er kletterte zurück auf den Bock.

Semje klopfte ihm mit seiner Pranke auf die Schulter. »Bist vielleicht aus anderem Stein gehauen, als ich dachte.«

Die Feuer lagen hinter ihnen, der Weg führte sie deutlich bergan. Längst war der Mond untergegangen, es wurde bereits hell. Ein paarmal hatten sie noch Verletzte gesehen, doch jetzt war die Straße leer.

Unerwartet lenkte Semje den Karren vom Weg hinunter. Sie passierten einige Felsen und gelangten durch einen engen Hohlweg auf eine versteckte Wiese.

»Was machen wir hier?« Pitu blickte sich um. Das war eine Sackgasse, sie müssten denselben Weg zurück, den sie gekommen waren.

Sein rotbärtiger Begleiter ließ den Doka halten und stieg ab. »Das ist mein bevorzugter Rastplatz, bevor ich durch die schwarze Festung ziehe.« Semje machte sich am Geschirr des Dokabullen zu schaffen.

»Durch die schwarze Festung? Wir wollen aber nicht hindurch. Es geht um die Brücke!«

Der Zwerg richtete sich auf und gab dem Doka einen Klaps. »Eben drum. Wir wollen nicht hindurch. Wir wollen an die Brücke, wo Hunderte Männer im Kampfgetümmel stecken. Mit einem Dokagespann sind wir da fehl am Platz.« Er stapfte nach hinten zum Karren.

»Das heißt ...« Pitu stand auf und drehte sich zu ihm um.

»Das heißt, von hier aus laufen wir. Aber nun mach dich mal nützlich. Mein Doka soll schließlich eine vernünftige Futterstelle bekommen, damit er artig auf unsere Rückkehr wartet.«

Unsere Rückkehr, das hörte sich gut an. Behände kletterte Pitu vom Bock und half Semje, abzuladen.

Nachdem die Arbeit getan war, winkte ihn der Zwerg zu einer Holztruhe, die an der Seite des Karrens vertäut war. »Du kannst sie öffnen!«

Der Zwerg fingerte derweil an den Schnallen seines Umhangs herum und warf ihn schließlich zur Seite. Als Nächstes öffnete er die Schnalle des breiten Ledergurts, der einzig dafür da zu sein schien, seinen mächtigen Bauch oberhalb der Beine festzuhalten. Für einen unsinnigen Moment dachte Pitu, der Bauch fiele ihm gleich vor die Füße.

»Glotz nicht, mach auf!«

Als Pitu endlich den Deckel aufbekam, fand er in der Truhe einen Haufen Zeug, zuoberst ein dick gestepptes Untergewand.

Semje hatte sich inzwischen auch seiner Tunika entledigt und trug nur noch ein Leinenhemd, das bis zu den Knien reichte. Pitu konnte sich das Grinsen nicht verkneifen.

»Was gibt's da zu grinsen?« Der Rotbart mühte sich, das lange Hemd in die Hose zurückzustecken, die ohne den Gürtel aufgesprungen war.

»Ich hatte gerade eine Erinnerung an vergangene Tage.«

»Was für ... eine ... Erinnerung?« Semje stöhnte, während er versuchte, den Gürtel wieder zu schließen.

»Das willst du nicht wissen.« Pitu nahm das Untergewand aus der Truhe und wog es in den Händen.

»Was ... für eine Erinnerung?« Endlich hatte der Zwerg die Hose wieder geschlossen und blitzte Pitu argwöhnisch an.

»Meine alte Heimmutter bei ihrem nächtlichen Toilettengang«, lachte Pitu.

Semje gab ihm einen Klaps auf den Hinterkopf und griff nach dem Untergewand. »Nun gib schon her, sonst zerlege ich dich noch vor der Schlacht!«

Als Nächstes förderte Pitu ein schweres Kettenhemd zutage, das der Zwerg sich ebenfalls anzog. Helm, Schulterklappen und ein mächtiger Gürtel, an dem die beiden Äxte des Zwergs Platz fanden, vervollständigten seine Rüstung.

Pitu ließ den Deckel der Truhe zufallen und pfiff anerkennend. »Jetzt sieht man dir den Kämpfer an, das steht mal fest.« Er blickte an sich hinab. Die Gewänder aus dem Gesundhaus waren bequem, ohne Zweifel. Nur würden sie ihm keinerlei Schutz gewähren.

»Da ist noch eine Klappe, rechts neben dem Rad.«

Semje wies auf seinen Karren. Pitu ging hin und zeigte fragend auf eine Holzplatte.

»Willst du Wurzeln schlagen? Nun mach sie schon auf! Was drin ist, sollte dir passen.«

Sprachlos zog Pitu einen hellen Lederharnisch mit Helm, Stulpen, sogar Beinlingen und Stiefeln heraus. Bewundernd strich er über die Nähte und Wölbungen. Das Leder war außergewöhnlich fest und äußerst kunstvoll gearbeitet.

»Melboleder. Da geht so schnell keine Klinge durch. Es gibt nichts Besseres.« Die dunkle, knarrende Stimme des Zwergs klang fast ein wenig neidisch.

»Aber wieso ... woher hast du das?«

»Ich? Red keinen Unsinn. Ich kannte dich doch nicht mal. Die ehrwürdige Wanda hat es der Königin abgeschwatzt, damit du nicht ungerüstet in den Kampf rücken musst. Nun zieh es schon an, wir haben eine Schlacht zu schlagen!«

Als sie wenig später auf dem Weg waren, fühlte Pitu sich wie ein Prinz. Stolz bewunderte er das grazile Muster, das Brust und Stulpen bedeckte. Die helle Lederrüstung passte ihm wie angegossen. Doch als ihm wieder klar wurde, dass sie in den Kampf zogen, schlug seine Stimmung um.

Er blickte zu Semje. Der Zwerg trug zusätzlich zu den beiden Äxten noch ein Kurzschwert, das quer über den Rücken gegurtet war. Vor der Brust baumelten der Griff und die stachelige Kugel eines Morgensterns, den er lose um den Hals gehängt hatte. Schmerzlich wurde Pitu bewusst, dass er selbst nicht einmal ein Messer hatte. Mit Fludos Pfeife könnte er wohl kaum einen Gegner in die Knie zwingen.

Plötzlich blieb der Zwerg stehen und packte ihn am Arm. »Hörst du das?« Seine Augen funkelten, ein breites Grinsen trat ihm aufs Gesicht. »Wir sind gleich da!«

Selana 36

Die Elbenbarke, mit der sie nach Tyklahr zurückgebracht wurden, war um einiges größer als die, mit der sie gekommen waren. Acht Elben führten die Ruder in geschmeidigen Bewegungen. Die Reling war schlichter. Grazile Schnitzereien gab es nur am Bug und Heck des Schiffes.

Aria und Ihlinn-Saldanah nutzten die Überfahrt, um ihre Kurzschwerter zu schärfen. Jetzt erst verstand Selana, was ihre Freundin in den letzten Tagen alles gelernt hatte. Mit fließenden Bewegungen zog sie den Schleifstein über die glänzende Klinge. Dann fingerte sie ein Tuch aus der Tasche und gab Öl darauf, um die Klinge zu polieren. Es sah schon fast so versiert aus wie bei der Elbin. Beide trugen bronzene Harnische und Hosen aus festem Leder. Aria wurde zur Kriegerin. Ein kalter Schauer lief Selana über den Rücken. Der Tod als tägliches Brot. Wäre das der Weg ihrer Freundin, um mit der Vergangenheit abzuschließen?

Die anderen Elben trugen keine Rüstung, waren aber alle in die gleichen Kleider und Umhänge gewandet. Auch das wirkte wie eine Uniform und Selana kam sich seltsam fremd vor. Die Gewänder, die sie von der Fürstin bekommen hatte, unterschieden sich sehr von denen der anderen. Zwar trug sie passend genähte Hosen und ein Hemd, das sich wie eine zweite Haut an den Körper schmiegte, doch die hellblaue Tunika wirkte eher wie ein Festgewand. Der Stoff war leicht und schenkte ihr den Spielraum, den sie brauchte. Jeder noch so kleine Windhauch vermochte es, mit dem Stoff dieses Kleides zu spielen, ihm Leben einzuhauchen. Passend für die Scheltar des Windes. Aber ob es für einen Kampf mit den Schatten das Richtige war?

Ihre Hand glitt zu dem kleinen Beutel, den sie von der Elbenfürstin bekommen hatte. Auch Ihlinn und Aria trugen einen, gefüllt mit magiegeladenen Kristallen. Sie spürte das Pulsieren durch das Leder hindurch.

»Die Schatten müssen sich von dir nähren, ehe du den Magiefluss wenden kannst. Wenn du fehlst, bist du verloren! Diese Kristalle mögen dir Zeit geben, den Kampf zu bestehen.« So hatte die Fürstin gesagt.

»Und was sollen wir damit?«, hatte Aria gefragt und den Beutel abschätzig in der Hand gewogen.

»Euch Zeit verschaffen, um zu entkommen – sollte die Scheltar scheitern.«

Selana verdrängte diesen Gedanken. Auf keinen Fall wollte sie sich von der Möglichkeit des Scheiterns beeinflussen lassen. Sie wollte sich einfach nur auf das Wiedersehen mit Wanda freuen. Ungetrübt von den unfassbaren und übermächtigen Dingen, die vor ihr lagen.

Als sie in Tyklahr den Steg des Bootsmanns erreichten, atmete Selana auf. Behände sprang sie auf die hölzernen Planken und lief in schnellen Schritten zum Gesundhaus, gefolgt von Aria und Ihlinn. Sie konnte es nicht erwarten, ihre alte Momm zu sehen. Es gab so viel zu erzählen. Wo würde sie nur anfangen?

Das Pflaster der Straße zog unter ihren Füßen dahin, die Häuserzeilen mit den farbigen Fensterläden nahm sie nur aus den Augenwinkeln wahr. Noch einmal nach links, ja, weiter vorn sah sie schon den lang gestreckten Bau, die milchigen Scheiben und die Fensterluken im Dach.

»Selana, langsam.« Aria war dicht hinter ihr, auch die leichten Schritte von Ihlinn-Saldanah waren zu hören.

»Warum? Wir sind doch gleich da.«

»Aber irgendwas ist anders!«

Selana blieb stehen. »Was meinst du damit?«

»Schau dich mal um! Es ist Nachmittag!«

Erst jetzt sah Selana, dass die Fensterläden der Häuser fast ausnahmslos geschlossen waren. Ein unruhiges Gefühl beschlich sie. »Das kann vieles bedeuten, meinst du nicht?« Sie blickte zu Ihlinn, die sich aufmerksam umschaute.

»Es kann bedeuten, dass die Bewohner sich vor der Hitze der Sonne schützen, dass sie ihre Häuser verlassen haben ... oder dass sie sich vor etwas verstecken.«

Selana konzentrierte sich, um vielleicht magische Schwingungen aufzuspüren. Doch außer dem Pulsieren ihrer Kristalle war da nichts. Wenn sie Gehlen richtig verstanden hatte, müsste die Gegenwart schwarzer Magie ihre eigene Energie stören. Nein, das war nicht der Fall. »Es droht uns keine Gefahr. Ich würde es spüren!« Selana wies nach vorn. »Schaut, die Torflügel des Gesundhauses stehen offen. Das ist ein gutes Zeichen.«

Erst, als sie in die Eingangsdiele traten, sahen sie das schwarze Tuch, das über der Tür hing.

Die sonst so herrische Schwester saß am Tisch und weinte in ihre Schürze, während die kleine Urda-Schwester ihr über die Schulter strich. Betroffen blieb Selana stehen. Als Epressta die Besucher bemerkte, stand sie auf und eilte davon.

Kessja blickte ihr einen Moment nach und wandte sich dann seufzend um. »Entschuldigt, sie kommt über den Verlust nicht hinweg.« Sie kam ihnen ein paar Schritte entgegen, und plötzlich wischte ein Lächeln die Sorgenfalten von ihrer

Stirn. »Ihr seid wieder da! Wie gut. Ich habe so sehr gehofft, dass wir Hilfe bekommen. Aber wo ist Euer Bruder? Und der Große mit dem Frettchen? Kommen sie nach?«

»Frag nicht«, knurrte Aria. »Aber immerhin ...«, sie nahm den Rucksack von der Schulter und öffnete ihn, »ist Jiga bei uns.« Sofort streckte sich eine Schnauze schnüffelnd hervor.

»Dann sollten wir in den Garten gehen, damit sie aus dem kleinen Sack herauskann.« Kessja machte eine einladende Geste.

»Ein ausgewachsener Rucksack! Geräumiger als Brandans enges Hemd!« Arias Ton klang tadelnd, doch Selana freute sich, dass sie langsam zu ihrer alten Form zurückfand.

»Das dachte ich damals auch schon: zu wenig Stoff für so viele Muskeln.« Kessja öffnete die Tür zum Garten.

»Keine Ahnung, warum Jiga die Kombination ›viele Muskeln mit wenig Stoff‹ so gefällt«, raunte Aria.

»Ach nein?«, fragte Ihlinn leise. »Ich glaubte, gerade ein Herz schneller schlagen zu hören.«

Erstaunt blickte Selana auf. Die Elbenkriegerin hatte Humor. Sehr schön.

»Und ich glaube, hier wird zu viel geredet!«, knurrte Aria, drängte sich an allen vorbei und stapfte forschen Schrittes in den Garten.

Selana grinste Ihlinn an. »Habe ich schon gesagt, dass ich Euch gut leiden kann?«

Die Elbin macht eine leichte Verbeugung. »Danke, ich gebe das Kompliment gern zurück. Keine schlechte Voraussetzung, um gemeinsam gegen die Schatten zu ziehen.«

Ein Blitz fuhr durch Selanas Magen. Die Worte der Elbin erinnerten sie daran, weshalb sie wirklich hier waren. Wie bereitwillig sie sich doch immer wieder ablenken ließ, jede Gelegenheit nutzte, um sich Normalität vorzugaukeln und ein Lächeln oder Grinsen zuzulassen. Dabei rückte ihre Bewährungsprobe unaufhaltsam näher. Ein Kampf auf Leben und Tod. Und die Schatten waren erst der Anfang. Schaudernd dachte sie an den Abtrünnigen – den Kreh! In ihrem Kopf rührte sich die Angst vor seiner unvorstellbaren Macht, vor der unfassbaren Grausamkeit, mit der er Tausende Menschen entgeistete, zugrunde richtete und abschlachten ließ. Nein, sie durfte sich davon nicht jetzt schon verrückt machen lassen. *Wir gehen einen Schritt nach dem anderen!*

Entschlossen konzentrierte sie sich wieder auf das Hier und Jetzt. »Schwester Kessja, wisst Ihr, wo meine Momm ist? Geht es ihr gut?«

»Aber ja. Sie sitzt am Brunnen. Das ist ihr liebster Platz.«

Tatsächlich, nach ein paar Schritten sah Selana ihre alte Momm und lief ihr entgegen. Wanda erhob sich von der Bank und breitete die Arme aus. Ein warmes Gefühl durchströmte Selana. Es war ein bisschen wie nach Hause kommen. Doch selbst das friedliche Plätschern des Brunnens, das Vogelgezwitscher und der Duft der Hundsrosen konnten ihre Sorgen nicht mehr vertreiben. Es galt, gegen die Schatten zu ziehen!

»Nun lass mir mal wieder Luft zum Atmen«, lachte Wanda, und Selana gab sie aus der Umarmung frei.

Ihre alte Momm schob sie ein Stück von sich und musterte sie mit aufmerksamem Blick. Ihren hellen, blauen Augen entging so schnell nichts. »Selana-Scheltar! Ich kann deine Macht spüren. Und ich sehe eine Weisheit aufkeimen, die in Zukunft alles überstrahlen wird!«

»Nur nicht so dick auftragen. Sonst schnappt sie noch über!«, polterte Aria dazwischen.

Wanda lächelte. »Aria, willkommen zurück. Darüber mache ich mir keine Sorgen, solange Selana Freundinnen wie dich hat.«

»Wer solche Freundinnen hat ...«, hob Selana an.

»Braucht keine Feindinnen? Nur nicht frech werden, ich bin bewaffnet.« Aria zeigte auf das Kurzschwert, das über ihrem Rücken hing.

Alle lachten, doch in Selanas Ohren klang es bemüht. Die Unbeschwertheit vergangener Tage war verschwunden.

»Und Ihr seid?« Wanda blickte die Elbenkriegerin an.

»Ihlinn-Saldanah, aus dem Haus der Elamarh.« Die Kriegerin verbeugte sich.

Wanda reichte ihr die Hand und musterte die bronzenen Harnische von Ihlinn und Aria. Selana sah, wie das Lächeln ihrer Momm gänzlich aus den Augen wich – auch wenn ihr Mund es noch aufrechterhielt. Neben ihr keckerte es frech, als Jiga endlich aus dem Rucksack sprang. Doch selbst das Frettchen konnte Selanas Gedanken nicht mehr aufhellen. *Gegen die Schatten ziehen!*

»Es ist viel passiert, Momm!«

»Ja, das ist es. Und wir müssen darüber sprechen. Sofort!«

Sie nahmen sich die Zeit, die es brauchte. Ihlinn hatte sich auf eine Bank gesetzt und die Augen geschlossen. Aria saß im Sand vor dem Brunnen. Sie hatte angefangen, Jiga mit Kräuterstängeln zu ärgern. Kessja war zurück ins Gesundhaus gegangen, um nach Lysa zu sehen. Selana freute sich darauf, die Kleine wiederzusehen.

Doch erst einmal musste sie die Nachrichten ihrer Momm verdauen. Magister Eldarh war tot! Ein herber Verlust. Nicht nur für das Gesundhaus, sondern auch für alle anderen. Der junge Magister kannte sich bei Hofe und in der Stadt besser aus als jede von ihnen. Sie müssten mehr Menschen einbinden für das, was Eldarh in Tyklahr allein hätte regeln können.

Und noch eine beunruhigende Nachricht hatte Wanda für sie: Pitu war auf dem Weg zur schwarzen Festung! Ein schwacher Trost, dass der Urda von einem Freund der Königin begleitet wurde. Mit ungutem Gefühl dachte Selana an die Worte der Elbenfürstin: »Die Feste Nehrbor liegt in absoluter Schwärze!« Nur nicht darüber nachdenken. Sie hatte ihre eigene Bewährungsprobe zu meistern. Pitu musste ohne ihre Hilfe auskommen.

Dann erzählte Wanda von Lysa. Eine Seelenflüsterin also! Selana hatte keine genaue Vorstellung, was das bedeutete. Aria hatte einmal etwas erwähnt, aber sie wusste nicht mehr genau, worum es ging. Immerhin ging es der Kleinen gut. Sie war im Gesundhaus gut aufgehoben und lernte fleißig von den Schwestern.

Selana berichtete ihrer alten Momm von ihrer Ausbildung. Wanda sollte wissen, dass sie sich nicht sorgen musste. Und tatsächlich hörte sie recht gelassen zu, als Selana ihr von Atharus Aufgabe berichtete. Erst als sie über Teehl und seine Verbindung zu Fenkorh-Kreh sprach, war ihre Momm blass geworden. Welche Macht allein der Name hatte. Alle, die um ihn wussten, erstarrten vor Angst.

»Seine schwarze Magie reicht immer weiter!«, raunte Wanda, ihre Hand umklammerte Selanas Arm.

»Aber er ist allein, oder etwa nicht?« Arias Stimme vibrierte seltsam und Selana hörte auch bei ihr die Furcht mitschwingen. »Ich meine, wir sind viel mehr. Und die Scheltar sind zu zweit.«

Stille – niemand antwortete darauf.

»Nach der Ausbildung in Erellgorh seid ihr jetzt doch noch viel stärker als vorher. Ist doch so, oder?«, setzte Aria nach.

»Die Macht der Elemente ist groß, fürwahr!«

Selana blickte zu Ihlinn. Natürlich war ihre Macht groß. Größer, als sie es sich je vorgestellt hatte. Aber verglichen mit dem Kreh?

»Was hilft die Macht der Elemente, wenn wir sie nur so begrenzt einsetzen können?« Selana sprang auf. »Der Arm des Kreh reicht viel weiter. Die halbe Welt versinkt in Dunkelheit, ohne dass er auch nur in der Nähe wäre! *Das* ist Macht. Unüberwindbare, grausame Macht! Wir sind für ihn nur ein Rauschen im Wind. Fallende Blätter, die durch seine bloßen Gedanken zu Eisstaub zerfallen.«

Die letzten Worte hallten über den Garten hinweg. Erst jetzt wurde Selana bewusst, dass sie geschrien hatte. Betreten schaute sie in die erstarrten Gesichter Arias und Ihlinns.

»Komm her, setz dich wieder zu mir.« Die warme Stimme ihrer Momm war wie Balsam auf der Seele. »Vielleicht ist alles so, wie du sagst. Vielleicht haben wir ihm nichts entgegenzusetzen. Doch niemand ist so allmächtig wie Atharpazh selbst. Auch der Kreh nicht.« Die Stimme ihrer Momm zitterte, und Selana erkannte die Angst. »Wir müssen dennoch hoffen. Hoffnung verschafft uns Kraft, um weiter voranzugehen. Und das müssen wir, wenn wir die Welt retten wollen. Jeder an seinem Platz. Schritt für Schritt.«

Selana nickte. Sie durfte nicht einknicken, während alle anderen durchhielten. Es war an ihr, wenn nicht voller Zuversicht, dann zumindest aufrecht und mutig vorwärtszugehen. Nicht zu zaudern, sondern anderen die Hoffnung auf den Sieg zu schenken.

Eine Zeit lang hingen sie ihren Gedanken nach. Aria drehte mit Jiga eine Runde durch den Garten, Ihlinn-Saldanah streckte sich der Länge nach auf ihrer Bank aus. Vielleicht schlief sie, vielleicht dachte sie über das nach, was vor ihnen lag. Selanas Gedanken waren noch immer umwölkt, konnten sich nicht lösen von dem Ausbruch, der ihr jetzt so kindisch vorkam. Sie müsste noch viel lernen, um zu der weisen Scheltar zu werden, die sie sein sollte – sein musste.

Eine Tür klappte, schnelle Schritte ließen sie aufhorchen.

»Selana!« Lysa kam auf sie zugelaufen und sprang ihr in die Arme. »Oh, wie schön, dass du wieder da bist!«

Kessja kam hinter ihr her und lächelte. »Lysa ist mit ihrer heutigen Arbeit fertig. Und als ich ihr von Eurer Ankunft erzählte, war sie nicht mehr aufzuhalten.«

»Wer sollte so einen Wirbelwind aufhalten wollen.« Selana drückte die Kleine an sich.

Lysa strahlte. Doch plötzlich zog sie die Brauen hoch und sah sich um. »Warum guckt ihr so ernst? Ist was Schlimmes passiert?«

»Aber nein, wo denkst du hin. Erwachsene gucken eben manchmal ernst. Stell dir vor, alle Menschen würden so fröhlich herumspringen wie du.« Selana pikte der Kleinen in den Bauch. »Dann würde die Welt ja anfangen zu wackeln.«

Lysa grinste und sprang von Selanas Schoß, als Aria dazukam. Sie holte sich eine weitere Umarmung ab.

»Genau«, ergänzte Aria. »Und dann würden alle Menschen und Tiere das Gleichgewicht verlieren und kunterbunt durcheinanderpurzeln.«

Sie ließ sich mit Lysa zu Boden fallen, und das Lachen der Kleinen spülte über Selana hinweg wie eine erfrischende Dusche nach einem heißen Tag. Lysa war wie eine Quelle, an der man auftanken konnte.

Einige Zeit später ging Lysa mit Kessja zurück ins Gesundhaus. Sie wollte unbedingt helfen, die Kammern herzurichten, in denen Aria, Ihlinn und Selana schlafen durften.

Selana nahm nach kurzem Überlegen ihre Erzählungen wieder auf. Ein paar Dinge waren noch geblieben, die Wanda wissen sollte. Sie begann mit den magischen Schmieden und senkte dann die Stimme zu einem kaum hörbaren Flüstern, als sie von den Portalen sprach. Sie durfte das Geheimnis der Elben eigentlich nicht preisgegeben. Aber es gab einen guten Grund, warum sie Wanda einbeziehen musste.

Zu ihrer Überraschung nickte ihre Momm wissend. Ondara hatte einstmals etwas in dieser Art angedeutet. Selana atmete erleichtert auf und fühlte sich ein bisschen weniger schuldig. Dann endlich erzählte sie ihr von dem Moment, da sie ihrer Mutter gegenübergestanden hatte. Bei der Erinnerung kämpfte sie mit den Tränen. Es war nur ein kurzer Augenblick gewesen, und doch hatte sie sich die schlanke Gestalt ihrer Mutter eingeprägt. Konnte die leichten Fältchen um Mund und Augen beschreiben, hörte noch immer den Klang ihrer Stimme. Wanda standen Tränen in den Augen, man konnte sehen, wie ihre Gedanken an einen fernen Punkt zurückkehrten.

»Werde ich auch etwas über meinen Vater erfahren?«, fragte Selana und wischte sich eine Träne von der Wange.

Ihre Momm senkte den Blick. »Ich kann dir nur sagen, was du schon weißt. Kurz nach deiner – nach eurer Geburt ist er zu den Seelen hinübergetreten.«

»Aber was für ein Mensch war er? Kanntest du ihn?« Hoffnungsvoll schaute sie in Wandas helle Augen. Schon seit Jahren hatte sie nicht mehr nach ihren Eltern gefragt, weil ihre Momm kaum etwas darüber erzählt hatte.

»Es ist nicht an mir, davon zu sprechen. Das sollte deine Mutter tun. Und es wird wichtig für sie sein, es selbst zu erzählen. Ich bin mir nicht einmal sicher, ob dein Bruder schon alles erfahren hat.«

»Atharu hat nie von unseren Eltern gesprochen.«

»Hast du ihn denn gefragt?«

Betreten schüttelte Selana den Kopf. »Es gab immer so viel anderes. Irgendwie ergab sich nicht die Gelegenheit für so ein Gespräch.« Sie seufzte, Wanda ergriff ihre Hände.

»Wie auch? Ihr habt eine so große Last zu tragen. So viele Prüfungen waren euch schon auferlegt. Die gefahrvolle Reise, eure Magie, die Prophezeiung, die Ausbildung! Welcher junge Mensch würde da über etwas reden, das so weit in der Vergangenheit liegt und für die täglichen Herausforderungen keine Rolle spielt?«

Selana nickte. Es war einfach nicht an der Zeit gewesen.

»Und auch jetzt ist es wichtiger, nach vorn zu schauen.« Die Stimme ihrer Momm wurde ernst. »Ihr müsst euch den Gefahren stellen, die vor euch liegen.«

Selana holte tief Luft und nahm Anlauf für das, was noch nicht erzählt war: die Schatten, die auf Tyklahr zuhielten. Während sie berichtete, wurde Wanda blass, ihre Augen weiteten sich angstvoll. Als Selana schließlich mit der Nachricht schloss, dass sie sich den Schatten entgegenstellen würde, schlug Wanda die Hände vors Gesicht.

Sie blickte zu ihrer Freundin, die unmerklich den Kopf schüttelte. »Was hast du erwartet,« sollte es wohl heißen.

Jiga gab leise gurrende Geräusche von sich, während Aria ihr den Nacken kraulte. Das Plätschern des Brunnens erfüllte die Luft, und eine träge Hummel flog vorbei, lenkte Selanas Blick auf Ihlinn-Saldanah, die sich nicht rührte. Die Elbin saß jetzt kerzengerade da, die Augen geschlossen. Ihr Gesicht gab keinen Hinweis preis, ob sie zugehört hatte oder nicht.

Die Hummel tanzte weiter, ihr Gewicht mit mühsamer Leichtigkeit durch die Luft tragend. Selana schaute ihr nach, sah, wie sie eine Blüte fand, von der sofort ein bunt schillernder Falter empört davonflog. Er suchte das Weite und vermied den Streit. Diese Wahl hatte *sie* nicht.

»Entschuldige.« Wandas Stimme klang müde. »Mir ist der Schreck bis ins Mark gefahren. Ich habe schon früher von den Schatten gehört und weiß um ihre tödliche Grausamkeit.«

Selana sah Tränen in den Augen ihrer Momm, und ihr Magen schnürte sich zusammen.

»Dich in der Nähe auch nur eines dieser dunklen Wesen zu wissen, macht mich krank vor Sorge.«

Mich auch! »Dazu gibt es keinen Grund. Ich habe dir doch von Gehlen erzählt. Durch seine Unterweisung habe ich meine Magie gefunden. Ich bin eine Scheltar! Und die Schatten sollten Angst vor mir haben!« Sie brachte es überzeugender heraus, als sie es selbst empfand.

»Wann wirst du – oder werdet ihr – aufbrechen?« Wanda sah zu Aria und Ihlinn-Saldanah. Mit einem Mal wirkte sie alt und zerbrechlich.

»Wir haben nicht darüber ...«

»Noch in dieser Nacht!« Die Stimme der Elbin klang nur leise, und doch erschreckte sie Selana. Bis eben noch unbewegt, blickte die Elbenkriegerin jetzt scharf zu ihnen herüber. Als hätte sie nur auf ihren Einsatz gewartet. Vielleicht wäre sie vor innerer Ungeduld zersprungen, wenn Selana sich mit Wanda noch länger unterhalten hätte.

»Dann ...«, Aria erhob sich und klopfte ihre Hose ab, »sollten wir vorher was essen und ein Nickerchen machen. Die kleine Schwester hat bestimmt noch was von diesem Jothoszeugs.« Sie grinste, doch niemand reagierte. »Was denn? Hunger haben ist doch wohl erlaubt bei all dem Schlamassel. Und die Sumpfies verstehen echt was vom Kochen.«

Ihlinn-Saldanah erhob sich in einer geschmeidigen Bewegung und stellte sich zu Aria. »Dem kann ich zustimmen«, näselte sie in Jehlen-Manier und legte den Kopf schief. »Das Volk der Urda versteht es, aus den sonderbarsten Dingen die wohlschmeckendsten Speisen zu bereiten. Es mundet außerordentlich, solange man nicht darüber nachdenkt, was darin sein könnte.«

Atharu 37

»Gellwicks!«, schrie Benn.

»Hier entlang!« Jehlen sprang die Treppen hinauf. Atharu und Benn eilten ihm nach – hinter sich die gurgelnden Schreie der Horde. Eine Hetzjagd begann, die Atharu den Schweiß auf die Stirn trieb. Stufen um Stufen jagten sie höher.

»Wie weit noch?« Benn hielt locker mit Jehlen Schritt. Er war schneller als Atharu, verlangsamte aber an jedem Treppenabsatz das Tempo, um zu warten.

»Der Säulengang – hier nach rechts!« Jehlen steuerte in den Schatten des riesigen Bauwerks. Hinter ihnen brüllten die Verfolger. Eine Wand, sie stürmten um eine der Säulen herum, ein paar Stufen nach unten, um einen Anbau – dann wieder Stufen hinauf und erneut in einen Säulengang.

»Gleich müssten wir am Hauptportal sein!« Jehlen bremste.

Atharu blickte sich um. Wegen des Anbaus hinter ihnen klangen die Schreie dumpfer. Doch schon hetzten die ersten

Gellwicks um die Ecke und johlten vor Begeisterung, als sie ihre Opfer erblickten. In ihm ballte sich der Knoten, den er früher so gefürchtet hatte. Jetzt aber wusste er, dass er Macht bedeutete. Er blieb stehen.

»Nicht!« Benn packte ihn am Arm. »Keine Magie in Tondaborgen!«

»Was?« Atharu konnte es nicht fassen. Mühsam drängte er die Energie zurück.

»Hier ist es!«

Die beiden rannten Jehlen hinterher.

Klong, klong!

Wurfmesser flogen und prallten von den Säulen ab. Vor ihnen rüttelte Jehlen an einer mächtigen Tür. Dann hetzte er weiter. Das Portal des Tempels war verschlossen! Was nun?

Sie liefen wie Besessene. Die grausamen Schreie der Gellwicks brandeten hinter ihnen her. Atharu wagte einen Blick über die Schulter. Zu viele! Wo kamen die nur alle her? Wieder eine Wand, um die Säule, Stufen hinunter – erneut ein Anbau.

Als sie für einen Moment aus der Sicht der Gellwicks waren, sprang Jehlen über eine Brüstung. Bennzhardizh und Atharu folgten ihm, ohne zu zögern. Mit einem dumpfen Schmerz landete Atharu auf dem steinigen Grund. Er hatte sich den Fuß verstaucht. *Mist!* Jehlen zog ihn unter einen Vorsprung und legte die Finger auf die Lippen. Schon wollte Atharu ihn an den Zauber erinnern, als ihm die Warnung von Bennzhardizh einfiel: Keine Magie in Tondaborgen!

Wieder wurden die Schreie lauter und Dutzende Füße trampelten über ihnen vorbei. Als es leiser wurde, wagte Jehlen einen Blick nach oben.

»Wenn das Portal geschlossen ist, müssen die Diener des Tempels von den Gellwicks wissen.« Jehlens Flüstern war kaum mehr als ein Atemhauch. »Wir gehen zu einer der unteren Türen. Vielleicht finden wir dort Einlass.«

Benn nickte und Atharu schloss sich an. Was konnte er auch sonst tun?

Vorsichtig tasteten sie sich am Sockel des Bauwerks entlang. Atharus Fuß schmerzte. Gut, dass sie nicht mehr rennen mussten. Nischen und Vorsprünge wechselten sich ab. Immer wieder gerieten sie ins Sichtfeld der Säulengänge. Doch das Brüllen der Gellwicks klang dumpf, als käme es jetzt von der anderen Seite des Baus. Irgendwann veränderten sich die Schreie, einzelne Rufe stachen heraus, noch immer zu leise, um sie zu verstehen. Doch dann wurden sie klarer, lauter. Die Gellwicks kamen zurück!

Atharu riskierte einen Blick, Schwerter und Messer glänzten im Mondlicht. Die drei hingen unter dem kleinen Vorsprung, die nächste Nische war zu weit entfernt. Bewegungslos pressten sie sich ans Mauerwerk. Atharu schloss die Augen und dachte irrsinnigerweise an ein Kinderspiel: *Was ich nicht sehe, sieht mich auch nicht!* Wenn es doch so einfach wäre.

Die Gellwicks liefen langsamer, aufmerksamer. Sie schrien nicht mehr, sie suchten! *Weniger Füße. Sie haben sich aufgeteilt. Wo sind die anderen?* Atharus Herz schlug bis zum Hals. Immer näher kamen die Schritte. Dann hielten sie direkt über ihnen. Staub rieselte herab, seine Nase begann zu jucken.

Plötzlich ertönte ein Pfiff, gefolgt von einem Poltern. Es kam aus einer der Nischen weit voraus. Atharu kniff die Augen zusammen. Suchten die Gellwicks auch auf dieser Ebene? Etwas Helles stürmte aus der Nische und rannte die Treppe hinunter, eine Art Banner hinter sich herziehend – oder ein Tuch. Er konnte es nicht erkennen.

»Hinterher!« Die Stinker über ihnen zögerten nicht, sondern rannten sofort los. Schnell entfernten sie sich, und die Rufe wurden wieder dumpfer, als sie um den nächsten Anbau bogen.

Jehlen schien unschlüssig. »Was war das?«

»Ich konnte es nicht erkennen«, raunte Bennzhardizh.

Die Art, wie das helle Etwas gerannt war, konnte nicht menschlich gewesen sein, schoss es Atharu durch den Kopf. Zu klein. *Aber ja, ein Ablenkungsmanöver!* »Immerhin hat es uns Zeit verschafft, oder? Schnell, wir müssen zu der Nische dort!« Plötzlich war er sich sicher, dass dort die Rettung wartete. Ohne Zögern stürmte er los, ignorierte den stechenden Schmerz, der bei jedem Schritt sein Bein hinaufschoss.

»Wartet! Was macht Ihr?« Jehlens Hand streifte seine Schulter, doch Atharu ließ sich nicht aufhalten.

»Euer Schüler? Ich bin überrascht ...«, hörte er Bennzhardizh. Die Schritte der Elben hinter ihm spornten ihn an. Trotzdem merkte er, dass er mit dem verstauchten Fuß längst nicht so schnell war wie vorher. Hoffentlich hatte er sich nicht geirrt.

Plötzlich wurden Schreie laut. Etwas sirrte durch die Luft. Klong! Wieder diese elenden Wurfmesser. *Nicht denken, laufen!* Schneller, es war nicht mehr weit.

Hinter der Nische, die er anvisierte, kam eine Gruppe mit Fackeln in Sicht. Als die Gellwicks die drei erblickten, brüllten sie und stürmten ihnen entgegen.

Schneller! Atharu rannte um sein Leben. Der Schmerz schoss immer höher durch sein Bein.

Klong! Klong! ... Plock.

»Ah!« Benns Stimme.

Ein paar Schritte nur noch, doch Atharu musste sich umdrehen. Was, wenn der Elb nicht weiterkonnte?

»Alles ... gut.« Benns Stimme klang angestrengt, doch er war noch hinter ihm.

Plötzlich fiel Licht auf den Weg. Eine Gestalt trat aus einer Nische und winkte ihnen zu. Das Gebrüll der Feinde lenkte Atharus Blick noch einmal nach vorn. Die Meute Gellwicks mit den Fackeln war schon bedrohlich nahe.

Dann erreichte Atharu den Lichtkegel. Ein Zugang zum Tempel! Er stürzte hinein, dicht gefolgt von Jehlen und Benn. Eine Tür fiel schwer ins Schloss und eine helle Stimme rief: »Schnell, helft mir!«

Atharus Atem ging stoßweise. Er sah mehrere Fackeln in Wandhaltern, einen Jungen, der sich mit einem Balken abmühte. »Runter ... ging viel ... einfacher!«

Benn lehnte keuchend an einer Wand. Jehlen war schon dabei, dem Jungen zu helfen. Atharu fasste mit an. Im selben

Moment prasselten Schläge von außen an die Tür. Das Holz erzitterte. Der schwere Riegel war eingelegt, bewegte sich aber durch die Vibration. Würde er zu weit nach links oder rechts rutschen, könnte er herausfallen.

»Hier.« Der Junge reichte Atharu einen von zwei groben Bolzen. »Dort!« Er zeigte auf Löcher im Balken und sie steckten beide Bolzen hinein. Dumpfe Schmerzensschreie von draußen, das Vibrieren hörte auf.

»Interessant!« Jehlen zog eine Braue hoch.

Der Junge grinste. »Die Bolzen haben Runen. Die findet man an jeder Tür. Sie machen, dass alles steinhart wird.«

Der Kleine trat zu Benn. »Ist es sehr schlimm?«

Jetzt erst sah Atharu das Blut an der Schulter des Elbs. Benn schüttelte den Kopf.

Jehlen nestelte ein Tuch aus der Tasche. »Hier, Freund Benn. Fest auf die Wunde pressen.«

»Wartet.« Atharu suchte in seinem Reisegürtel nach den Kräutern, die er bei sich trug. »Junge, kannst du die Fackel näher an die Wunde halten?« Er sah zu Jehlen. »Immer noch keine Magie?«

»Nein, ich muss Euch enttäuschen. Am und im Gebäude wendet Magie sich gegen den, der sie wirkt. Es waren einst schwere Zeiten, als unsere Fürstinmutter die Völker der Welt in Tondaborgen an einen Tisch brachte.«

Atharu hatte inzwischen Sternenmoos und Breithornblatt gefunden und versorgte die Wunde von Bennzhardizh.

»Zwergenrunen und Elbenmagie, komplizierte Zauber – aber ...«, Jehlens Kopf legte sich auf seine eigentümliche Art von einer auf die andere Seite, »... höchst wirksam. Auch heute noch, möchte ich meinen.«

Atharu war fertig, und Benn nickte ihm dankbar zu.

»Du bist Heiler?«, fragte der Junge neben ihm.

»Und du bist unser Retter. Wir sind dir zu tiefstem Dank verpflichtet. Du hast dein Leben für uns riskiert!«

»Ach was.« Der Kleine machte eine wegwerfende Geste, doch seine Wangen färbten sich rot. Er trug einen Kaftan aus gelbem Stoff. Sein Kopf reichte Atharu gerade bis zur Brust. Älter als zehn oder elf Winter konnte er nicht sein. Edle Züge, die von einem kleinen Muttermal an der linken Wange noch betont wurden. Was Atharu allerdings erstaunte, war der blanke Schädel.

»Mein Name ist Atharu.« Er wendete den Blick vom rasierten Kopf hin zu seinen Begleitern. »Und das hier sind Freund Benn und Freund Jehlen.«

»Elben mit kurzen Namen?«, fragte der Junge verdutzt.

Atharu lachte. »Nicht wirklich.«

»Oh, da kennt sich jemand aus.« Jehlen legte eine Hand aufs Herz und verneigte sich. »Fallbihr-Jehlendorh, aus dem Haus der Elamarh.«

»Nannlohr-Bennzhardizh, ebenfalls aus dem Haus der Elamarh.« Benn zuckte, als er die Schulter bewegte.

»Jys bellzhahn tuhl e tuhr ezhanjo!« (Ich grüße dich und deine Seele!) Stolz schaute der Junge in die Runde. »Mein Name ist Ayian.«

Der Kleine sprach Iljaitt? Das verblüffte Atharu.

»Yt raell ezhanjotäe jaln ezh tuhn!« (Der Segen der Seelen sei mit dir!) Jehlen neigte den Kopf. »Ich freue mich, einen Tempelschüler von Tondaborgen kennenzulernen.«

Aber ja, das erklärte alles. Im nächsten Moment trat Ayian auf ihn zu. »Du bist doch ein Heiler, richtig?«

»Ja.« Die Antwort kam ihm wie selbstverständlich über die Lippen. Er war Scheltar, aber er war auch ein Heiler. Vor allem ein Heiler.

»Dann kannst du unserem Brudervater helfen.« Der Junge strahlte und zog Atharu sofort am Ärmel. »Ich bringe euch zu ihm, kommt!«

»Ich, äh ... kann es zumindest versuchen.« Atharu warf seinen Begleitern einen hilflosen Blick zu.

Doch Jehlen hob nur eine Braue, und Benn nickte mit gewohnt undurchschaubarer Miene.

Ayian führte sie durch mannshohe Gänge. Sie passierten eine schlichte Holztür, durch geräumige Flure ging es weiter.

Die Böden waren mit dicken Teppichen ausgelegt. Der Tempelschüler löschte seine Fackel und ließ sie in einer Halterung zurück. An den Wänden hingen tönerne Öllampen, die genug Licht spendeten.

Die Flammen waren ruhiger und heller als die einer Fackel. Atharu sehnte sich danach, ihre Essenz zu erkunden. Die Energie zu spüren und in sich aufzunehmen. Manchmal hatte er das Gefühl, er würde süchtig nach der Macht des Feuers. Im Vorbeigehen hob er den Arm, dachte dann aber an Bennzhardizhs Warnung. Keine Magie in Tondaborgen! Was würde passieren? Konnten die Flammen ihm wirklich schaden? Er war doch der Feuer-Scheltar. Dennoch durfte er das Risiko nicht eingehen. Sie hatten einen Auftrag, von dem letztlich alles abhing! Wüssten die Tempelbrüder vom Fragment des Medaillons?

Sie folgten dem Schüler in einen breiten Hof, der um ein riesiges Mittelgebäude führte. Das Mondlicht zauberte melancholische Schatten aufs Pflaster. Säulen und Obelisken standen in unregelmäßigen Abständen und warfen geisterhafte Bilder an die Wände. Sie schienen sehr alt zu sein, viele waren angestoßen und unvollständig. Atharu zuckte zusammen, als ein großer Vogel dicht über seinen Kopf flog. Mit einem »Schu-huu« landete er auf einer der Säulen.

Ayian lachte. »Das ist nur eine der Silbereulen. Man nennt sie auch Seelenwächter. Sie leben hier in Tondaborgen. Kennt ihr sie?«

Atharu schüttelte den Kopf. »Ich habe noch nie von ihnen gehört.« Immerhin hatte er in einem von Ondaras Büchern schon einmal Bilder von Eulen gesehen. Aber von Seelenwächtern hatte sie nie gesprochen.

»Äußerst seltene Tiere«, schaltete Jehlen sich ein. »Einst lebten sie an den Klippen der Hochebene Abrinor über dem Fluss der Seelen. Doch zu den Zeiten der Zwei Kriege, als die Schlacht um Nehrbor tobte, starben sie zu Tausenden.«

»In Tondaborgen haben sie eine neue Heimat gefunden.« Ayian wies auf den Dachfirst der äußeren Gebäude, von dem gerade eine weitere Eule abhob und über sie hinwegflog. »Seht ihr?«

Im Mondlicht konnte man die Umrisse von Dutzenden Vogelpaaren erkennen. Wie zur Bestätigung ging ein heulendes Raunen durch die Luft. Dunkel, schaurig und schön.

»Warum nennt man sie Seelenwächter?«

»Weil sie ...«, hob Ayian an.

»Sie sollen die Seelen auf ihrem Weg zum Grehum vor dunklen Mächten bewahren, heißt es.« Jehlen begann gleichzeitig mit seiner Erläuterung. »Ich bin mir nicht sicher, ob es an dem ist. Immerhin wurden sie als Begleiter von Seelenflüsterern gesehen. Allerdings ist Seelenflüsterei eine sehr seltene Gabe. Ich persönlich glaube nicht daran. Man braucht nur genug verwirrt zu sein oder – wie sagt Ihr Menschen? – einen über den Durst zu trinken, um Mäuse, Doppelbilder oder Seelenkörper zu sehen.«

Benn räusperte sich vernehmlich.

»Nun ja ...«, lenkte Jehlen widerwillig ein, »gleichwohl *könnte* natürlich etwas daran sein. Auch ich weiß nicht alles!«

»Wie weise!«, kommentierte Benn.

»*Ich* glaube jedenfalls daran«, sagte Ayian im Brustton der Überzeugung. »Hier entlang!«

Er führte sie in einen Seitengang auf eine zweiflügelige Tür zu und blieb stehen. »Bitte erschreckt nicht! Die ehrwürdigen Hallen von Tondaborgen sind nicht mehr so, wie sie einst waren. Wegen der Angriffe der letzten Tage haben wir den Menschen der Stadt Obdach gewährt.«

Er fasste mit beiden Händen den eisernen Ring des rechten Türflügels und stemmte sich gegen den Boden. Langsam öffnete sich die Tür, eine Dunstwolke aus Schweiß und Fäkalien wehte ihnen entgegen.

Pitu
38

Die Macht des Schlachtenlärms brandete Pitu und Semje mit Wucht entgegen, als sie die hinteren Reihen der Tykalden erreichten. Ein kräftiger Mann mit wappenbedecktem Helm löste sich aus der Menge und brüllte Befehle. Soldaten mit blutgetränkten Rüstungen kamen herangestolpert. Andere rannten in die Lücken, um ihren Platz einzunehmen. Das dunstige Licht der Morgensonne ließ sie sofort mit der wogenden Masse kämpfender Männer verschmelzen.

Pitus Puls beschleunigte sich. Wie sollte er es anfangen? Und wo war überhaupt die Brücke? Er konnte vor lauter Soldaten nichts sehen, versuchte, auf Zehenspitzen über die Menge zu blicken.

Vor ihnen stieg das Gelände an, oben, am Ende der Steigung, thronte die schwarze Festung. Pitu stockte der Atem, so kalt und abweisend hob sich die finstere Silhouette Nehrbors vom Himmel ab. Hoch aufragende Zinnen starrten düster auf ihn herab. Und aus dem riesigen Tor quoll eine wogende Masse waffenstarrender Feinde.

»Semje!«

Beinahe hätte Pitu den Ruf in dieser Kakofonie aus Schwertschlägen, gebrüllten Befehlen und Schmerzensschreien gar nicht gehört.

»Semje! Bei den Seelen! Bringt Ihr Hilfe?« Der wappenbehelmte Soldat kam auf sie zu.

»Kellbjähr!« Semje reichte ihm die Hand. »Mein Begleiter hier wird diese Hilfe sein. Hoffe ich!«

Kellbjähr ergriff Pitus Hand und sah ihn zweifelnd an. Doch ehe er etwas fragen konnte, ergriff Semje das Wort. »Keine Zeit für Erklärungen. Wir brauchen einen Korridor zur Schlucht in Sichtweite der Brücke. Wie weit stehen Eure Männer? Jenseits der Brücke?«

Die Miene des Soldaten verfinsterte sich. »Dort begannen die Kämpfe. Eine Zeit lang fand die Schlacht auf der Brücke statt. Seit gestern versuchen wir, den Zugang zur Brücke zu halten. Die Gellwicks strömen aus der Festung, als hätte man in einen Ameisenhaufen gestochen. Sie sind angriffslustig und kennen weder Schmerz noch Gnade.«

»Das macht es heute einfacher. Es sollte nämlich keiner Eurer Männer auf der Brücke sein!« Semje wandte sich Pitu zu. »Was für ein Platz wäre gut, um dein Handwerk zu verrichten?«

Schreie lenkten Pitu ab. Einige Gellwicks brachen durch die Reihen und blieben verwirrt stehen, als sie merkten, dass sich hier keine Nachhut befand. Kellbjähr brüllte zwei Befehle und stürmte mit erhobenem Schwert auf sie zu.

»Such dir selbst einen Weg zur Schlucht! Ich werde hier gebraucht!« Semjes Augen funkelten, als er seinen Morgenstern vom Hals nahm. »Gleich regnet es Gulasch. Vorsicht, Kellbjähr!«

Mit wirbelndem Stern lief er auf die Gruppe zu, die gerade dabei war, Kellbjähr einzukreisen. Fünf Gellwicks zählte Pitu. In seinem Bauch machte sich das drückende Gefühl breit, das er schon kannte. Während er fieberhaft nachdachte, wie er helfen konnte, hatte Kellbjähr einen der Stinker bereits mit dem Schwert enthauptet. Blut sprudelte in einer Fontäne aus dem Rumpf, bevor er längsseits hinstürzte. Einer der Feinde strauchelte. Semjes Morgenstern bohrte sich in seine Flanke und zwang ihn auf die Knie. Mit der Linken hatte der Zwerg eine Axt gezogen und spaltete dem Gellwick den Schädel. Pitu kämpfte gegen die Übelkeit, als Hirnmasse aus der Wunde quoll.

Er konnte hier nichts tun. Hektisch sah er sich um. Weiter links schien der felsige Boden abzufallen. Flink lief er hinter den Reihen der Kämpfer entlang – darauf bedacht, einen sicheren Abstand einzuhalten. Wie weit war es bis zur Schlucht? Immer noch Kämpfer und wirbelnde Schwerter neben ihm.

Einer der Schreie übertönte den Schlachtenlärm und Pitu blickte gehetzt zur Seite. Wieder ein Feind, der durch die Reihen gebrochen war. Dieser Gellwick war um einiges größer als die anderen und wirbelte mit seinen Kurzschwertern in einem irren Tanz um die eigene Achse. Keiner der Tykalden kam an ihn heran. Gab es hier keine Piken? Oder Armbrustschützen? Pitu schaute sich um. Sinnlos, es kam keine Nachhut mehr. *Nun tu doch was!*

Der Weg vor ihm war frei. Er sprang in die Hocke und klatschte die Hände auf den Boden. Keine Zeit für große Konzentration. Es musste gleich passieren. Ehe dieser Koloss eine Bresche wirbelte und andere Gellwicks hindurchströmen konnten. Pitu visierte ihn an und ließ die Energie fließen. Er spürte, wie der Fels unter seinen Händen vibrierte. Entschieden drückte er fester zu. Aber wo blieben die Wellen, die er im Schlosspark so einfach hervorgerufen hatte? Pitu spürte, wie seine Magie stockte. *Nein, nein, nein. Es muss funktionieren! Es muss!*

Vor ihm stürzte einer ihrer Männer zu Boden, aufgeschlitzt wie ein Schwein. Der Gellwick brüllte sein höhnisches Lachen über die Menge.

Konzentrier dich! Pitu holte tief Luft. Was hatte Lieburus gesagt? Es kommt auf die Dosierung an? Er schob die Finger zusammen. Energie staute sich in seinen Händen. Ein kurzer Moment nur, dann war der Widerstand gebrochen und seine Magie floss, gebündelt in einen einzigen Punkt. Mit Macht drang sie in den Stein, riss den Felsboden auf. Natürlich! Hier würde sich keine Bodenwelle auf den Gellwick zubewegen. Der Fels war zu spröde. Er barst mit raschem Tempo weiter und der Boden bebte. Fasziniert sah Pitu, wie der klaffende Riss auf den Gellwick zuschoss, einer riesigen Schlange gleich.

Gerade hatte der Stinker einen Soldaten niedergestreckt, als auch er das Beben spürte. Sein grausamer Tanz stockte, seine Angreifer zogen sich zurück. Jäh öffnete sich der Felsspalt unter ihm, ließ den Koloss stürzen. Pitu löste den Kontakt und sprang auf. Er sah die Tykalden auf den Gellwick zustürmen, Fleischfetzen durch die Luft fliegen. Wieder kämpfte er gegen die Übelkeit, hetzte aber weiter zur Schlucht.

Beinahe wäre er in den Abgrund gestürzt, so dicht war er der Klippe schon gewesen. Schwer atmend trat er einen Schritt zurück und sah sich um. Zu seiner Linken konnte er in einiger Entfernung eine Querung entdecken, die einsam im Schatten der Schlucht lag. Er hatte nicht gewusst, dass es noch eine zweite Brücke gab. Doch sie konnte keine Rolle spielen. Die Schlacht tobte zu seiner Rechten.

Als er den Kopf wandte, erkannte er voller Entsetzen das Ausmaß der Bedrohung. Nur ein paar hundert Fuß vor ihm spannte sich eine massive Steinbrücke über den Abgrund. Auf ihr wimmelte es von Menschen. Er sah Lederkappen und Helme, meist jedoch unbedeckte Köpfe und teilweise sogar freie Oberkörper, die lediglich Lederriemen an den Armen oder über der Brust trugen. Die Brücke war zum Bersten voll, und aus der schwarzen Festung drangen immer mehr Krieger nach. Wie irrsinnig schrien sie und schoben sich auf die Tykalden zu.

Er musste das Bauwerk zum Einsturz bringen, aber wie? Diese Brücke schien für die Ewigkeit gebaut, so massiv wirkten die Felsquader, aus denen sie errichtet war. Verzweifelt suchte er nach einem Anhaltspunkt. Doch der Schlachtenlärm blockierte seine Gedanken. Hin- und hergerissen zwischen der Aufgabe und dem Drang, zu fliehen, blickte er immer wieder auf die Männer, die nur ein Stück vor ihm um ihr Leben kämpften. Schwerter schlugen auf Schwerter, Messer wirbelten umher, Beile zogen ihre tödlichen Kreise durch die Luft. Ein gellender Schrei hallte durch die Schlucht, als ein Mann über den Brückenrand in die Tiefe stürzte. Wie gelähmt verfolgte Pitu seinen Flug in den Abgrund. Vorbei an den schroffen Felsen, am riesigen Sockel der Brücke. Ein Sockel, der auf beiden Seiten so massiv war, dass er dem mächtigsten Turm von Tyklahr in nichts nachstand. Nur, dass er sich, im Gegensatz zu den Türmen der Stadt, nach unten verjüngte und am Grund der Schlucht auf einem einzigen massigen Buckelquader thronte. Wenn dieser Quader nicht wäre ...

Ein plötzlicher Stoß warf Pitu von den Beinen. Schmerzen jagten durch seinen Körper. Er krümmte sich und Tränen schossen ihm in die Augen. Was war passiert? Geistesgegenwärtig kroch er ein Stück von der Klippe weg. Er griff an seine Schulter – die Lederrüstung hatte gehalten.

Dann sah er den Gellwick auf sich zukommen. Offenbar hatte der seine Waffe verloren, denn er klaubte einen Stein auf. Pitu warf sich auf die Seite, der Wurf ging ins Leere. Immer schneller kam der Angreifer auf ihn zu. Sein irrer, verzerrter Blick verursachte kaltes Grauen. In Pitu blähte sich die Magie zu einem schwelenden Knoten, der jeden Moment platzen musste. Er hockte sich hin und seine Hände schnellten vor.

Doch dann sah er einige der Tykalden nahe der Kante zum Abgrund kämpfen und hielt inne, die Handflächen nur einen Fingerbreit über dem Fels. Wie viele würden mit in den Tod stürzen, wenn er die Klippe zum Beben brachte? Ein Kampfschrei zu seiner Rechten ließ ihn zusammenfahren.

Semje stürmte auf den Gellwick zu. »Bei der Himmelsschmiede, kümmer dich um die Brücke!«

Pitu biss die Zähne zusammen. Die Schulter schmerzte unerträglich, doch er kroch auf allen vieren bis an den Abgrund. In seinem Bauch staute sich die Energie und wollte hinaus. Kaum konnte er dem Druck standhalten. Aber er musste das Ziel anvisieren, den richtigen Weg durch das Felsgestein der Klippen finden. Hinter sich hörte er Semjes Siegesschrei. Den Seelen sei Dank.

»Jetzt, mach schon. Die Gellwicks brechen durch!«

Todesschreie gellten durch die Luft, ein siegesgewisses Brüllen brandete plötzlich von der Brücke und setzte sich zur Festung fort. Pitu erkannte, dass die Menge in Bewegung kam. *Jetzt! Der Buckelquader!*

Er legte beide Hände aufeinander und drückte mit aller Kraft auf den Fels. Es gab nur diesen einen Versuch, das wusste er. Verzweifelt mühte er sich ruhig zu bleiben, suchte weiter nach dem besten Weg. Dann sah er einen langen Spalt, der sich tief hinab in den Abgrund zog. *Endlich!* Seine Energie könnte ungehindert fließen und es bis zum Quader schaffen. Kraftvoll ließ er die Magie in den Spalt fluten. Er spürte, wie sie immer schneller aus seinen Händen strömte. Fühlte das Beben im Gestein unter sich. Die Magie schoss durch den Felsspalt und traf ungebremst auf den Sockel der Brücke.

Sofort begann das Bauwerk zu vibrieren. Die Horde kam ins Stocken. Pitu riskierte nur einen kurzen Blick. *Konzentrier dich!* Seine Energie pulsierte in einem konstanten Fluss. Aber würde das reichen? Fugen sprengten auf, uralter Mörtel regnete in den Abgrund. Doch die Brücke hielt. Pitu visierte noch einmal den mächtigen Quader an. Warum dauerte das so lange? Dann sah er es. Seine Erdstöße, die wie ein unablässiger Donnerhagel auf den Sockel eindroschen, trafen von oben auf den Stein. Er atmete durch, bewegte die Hände – einen Zoll vor, ein kleines Stück nach rechts. Nun fixierte er die Seite des Quaders und verlieh dem Energiestrom mehr Kraft. Schweiß perlte ihm von der Stirn, seine Arme zitterten.

Da: Der Sockelstein bewegte sich. Zuerst nur einen Fingerbreit – doch dann noch einen und noch einen. Die Brücke begann zu beben. Steine lösten sich aus der Brüstung, die Kampfrufe der Gellwicks wechselten zu angstgeschürten Warnschreien. Bis schließlich das Grollen der in Bewegung geratenen Felsen und Quader so ohrenbetäubend durch die Schlucht hallte, dass es alle anderen Schreie überdeckte. Scheinbar tonlos stürzten Gellwicks mit aufgerissenen Mündern in die Tiefe. An einigen Stellen war die Brüstung bereits völlig zerstört. Immer noch bebte das mächtige Bauwerk, weitere Steine und Felsen flogen durch die Luft.

Dann flaute das Grollen unvermittelt ab, das Beben schien innezuhalten. Pitu stockte der Atem. Sein magischer Strom versiegte und er spürte die Erschöpfung wie Blei auf sich liegen. Dieser eine Versuch, mehr ging nicht. Und jetzt war alles zum Stillstand gekommen. Niemand rührte sich, Tykalden und Gellwicks waren wie erstarrt, unwissend, was hier vor sich ging.

Doch es war nicht vorbei. Das Grollen nahm wieder zu und die Brücke kam in Bewegung. Fast unmerklich neigte sich das mächtige Gemäuer dem Abgrund zu. Panisch begannen die Gellwicks zurückzudrängen. Die Menge riss auseinander, sie versuchten, sich in beide Richtungen zu retten. Angstschreie erfüllten die Luft. Immer mehr Gellwicks stürzten in die Tiefe. Das Bauwerk kippte langsam, beinahe demütig dem Fluss entgegen. Dann plötzlich brach es mit einer solchen Wucht in sich zusammen, dass eine Wolke von Steinen, Wasser und Staub hoch in die Luft stob.

Pitu kroch von der Klippe zurück, fand einen kleinen Fels und sackte erschöpft dagegen. Ein irres Kichern drang aus seiner Kehle. Er hatte es hinbekommen! Wanda und Lysa waren in Sicherheit. Und er würde Kessja wiedersehen!

»Bei den schartigen Schwertern von Nehrbor – du hast es geschafft!« Semje trat breit grinsend in sein Blickfeld. Die Rüstung war blutbefleckt, aber er selbst schien unversehrt. »Hier, trink einen Schluck Wasser und dann Beeilung!«

Dankbar nahm Pitu die Fellflasche entgegen und trank mit tiefen Zügen. »Beeilung?«

»Wir müssen schnell sein. Die Ohnmacht ob dieser Katastrophe wird nicht lang anhalten.« Der Zwerg spuckte aus und sah zu den Trümmern hinüber.

Diesseits der Schlucht flammten die Kämpfe schon wieder auf. Die Gellwicks, die es herübergeschafft hatten, gaben sich keineswegs geschlagen. Semjes buschige Brauen zogen sich zusammen.

Pitu nahm noch einen kräftigen Schluck und korkte die Flasche zu. Das Wasser half – so wie Lieburus gesagt hatte. Er spürte bereits, wie seine Kräfte zurückkehrten. »Glaubst du nicht, dass die Tykalden die letzten Gellwicks bewältigen?«

»Mir machen die Kerle auf der anderen Seite mehr Sorgen. Los jetzt!« Semje griff ihm unter die Arme und riss ihn hoch.

»Aua, Vorsicht!« Pitu machte sich los und hielt sich die schmerzende Schulter. »Wo wollen wir überhaupt hin?«

»Schrundenschwert und Knorzenknüppel! Zur kleinen Brücke natürlich. Oder meinst du, die Gellwicks sind zu dumm, sie zu finden?«

Selana
39

Dumpf hallten ihre Schritte von den Häuserwänden zurück. Ihlinn lief voraus, Selana und Aria folgten ihr. Sie hatten die Brücke über den Fluss der Seelen längst hinter sich gelassen und eilten durch den myzehrischen Teil Tyklahrs. Zweimal war Ihlinn abgebogen, doch die meiste Zeit liefen sie stur geradeaus. Das Pflaster der Straßen war hier sorgfältiger gelegt und sie mussten nicht befürchten zu stolpern. Vielleicht verzichteten die Myzehren deshalb auf die Öllampen, die auf der tykaldischen Seite nachts die großen Straßen und breiten Gassen beleuchteten.

Wolkenschleier zogen über den Himmel, doch die meiste Zeit spendete der abnehmende Mond ausreichend Licht. Wie schon in den anderen Vierteln hatten die Häuser hier Fensterläden, die jetzt alle geschlossen waren. Nur hin und wieder stand einer offen, manchmal mussten sie sogar die Köpfe einziehen oder ausweichen, weil ein aufgesperrter Fensterflügel über die Straße ragte. Dann und wann meinte Selana, leises Schnarchen oder gedämpfte Stimmen zu hören. Einmal beugte sich jemand heraus, neugierig, wessen Schritte so spät durch die Stadt hallten.

Wenn die Myzehren wüssten, wie nah die Schatten waren, wären auch diese Fenster geschlossen. Im Morgengrauen würde Wanda bei Königin Tulipa vorsprechen. Das Königshaus der Myzehren war zu weit entfernt. Doch es war zu hoffen, dass Tulipa dafür sorgte, dass auch auf der myzehrischen Seite Soldaten patrouillierten. Die Menschen wären zwar verängstigt, aber gewarnt, und würden sich in Gegenwart von Uniformierten sicherer fühlen.

Eine Katze kreischte und stob an ihnen vorbei. Selana wäre beinahe das Herz stehengeblieben. *Konzentrier dich auf den Weg!* Ein Haus, eine Gasse, ein Haus, eine Gasse ... Tyklahr unterschied sich deutlich von Akralahr, wo ein Haus direkt am nächsten klebte. Selbst in den unteren Vierteln baute man Wand an Wand. Doch die waren Geschichte. Wie es wohl um ihre Heimat stand? Dort gab es kein Portal, durch das sie einfach nachschauen könnte. Selana wusste nicht, ob sie überhaupt dorthin zurückkehren wollte. Die Strände an der Küste, an denen sie als Kind mit ihrer alten Momm Muscheln gesammelt hatte, die würde sie vermissen. Aber sonst?

Endlich verlangsamte die Elbenkriegerin ihre Schritte. Selanas Atem ging schnell und ihr Puls raste. Ausdauer gehörte nicht zu den Dingen, die sie in Erellgorh trainiert hatte.

»Wir kommen jetzt in den Außenbereich der Stadt«, raunte Ihlinn. »Von hier verläuft die Handelsstraße südöstlich zum Arro-Yrdazh.«

Die Elbin hielt sich dicht an den Häuserwänden. Selana spürte, dass die Kriegerin angespannt war. Immer öfter blieb sie stehen, ehe sie über eine weitere Gasse huschte und sich wieder an einer Hauswand entlangtastete. Es war nahezu windstill, außer ihren Schritten war nichts zu hören. Wenn sie hinter Ihlinn standen und warteten, bis es weiterging, hörte Selana ihren eigenen Herzschlag in den Ohren pochen.

Das nächste Haus hatte nur ein Geschoss und wirkte im Mondlicht etwas heruntergekommen. Die Fensterläden hingen schief in den Angeln und es gab weder Tierhäute noch Stoffe, die die Bewohner vor der Kälte der Nacht schützen konnten. Auch hier drückten sie sich eng an der Wand entlang und Selana fühlte bröckelnden Lehm unter den Händen. Sicher war das Haus schon seit Längerem unbewohnt. Ein Stück weiter gähnte ein dunkles Loch, das einmal der Eingang gewesen sein musste. Die Tür lag zerschlagen auf dem Boden.

Auf ein Zeichen Ihlinns postierten Aria und Selana sich neben dem Eingang, während die Elbin ins Haus schlüpfte. Ein Lichtschein flammte auf. Offenbar beherrschten alle Elben diese Lichtzauber, mit denen sie leuchtende Kugeln vor sich herschweben ließen. Selana hielt den Atem an. Sie wusste aus Akralahr, dass leerstehende Häuser nicht nur von Bettlern besetzt wurden. Ihre zitternden Finger tasteten nach dem Beutel mit den Kristallen aus Erellgorh. Das magische Pulsieren beruhigte sie. *Konzentrier dich! Du bist die Scheltar des Windes.*

Jäh tauchte eine schwarze Silhouette vor ihnen auf. Aria keuchte, als sie Ihlinn erkannte. »Musst du uns so erschrecken?« Ihr Flüstern war eine Spur zu laut.

Die Elbin schüttelte nur den Kopf und legte einen Finger auf die Lippen. »Keine Schatten und keine Leichen.«

Selana schluckte. »Wie beruhigend.«

Ihlinn nickte ungerührt. »Wahrscheinlich ein Unterschlupf von Bettlern. Für einen Moment dachte ich, es hätte sich jemand versteckt. Aber ich habe niemanden gefunden.«

Geschmeidig glitt sie an ihnen vorbei und tastete sich an der Hauswand entlang. An der Ecke blieb Ihlinn stehen und winkte Aria und Selana. Es war das letzte Haus gewesen. Vor ihnen lag nichts weiter als dunkles Land.

»Du hattest eben vom Fluss gesprochen. Der ist aber noch ziemlich weit, oder?« Aria hatte die Karten ihres Vaters wirklich gut studiert.

Die Elbin nickte. »Etliche Meilen. Doch bis dahin müssen wir nicht. Wenn wir den Berichten trauen können, sind die

Schatten inzwischen sehr viel näher. Nach ein paar hundert Fuß gabelt sich die Straße und passiert den Alten Wald.«

Der Alte Wald! Wanda hatte ihnen geraten, sich nicht *dort* auf einen Kampf einzulassen. Zu dunkel, zu böse mahnten die Baumskelette, die ihn umgrenzten. Selana schauderte bei dem Gedanken. Zwischen den knorrigen Stämmen der uralten Bäume könnten sie die Schatten nur schwer ausmachen.

Sie blickte über Ihlinns Schulter. Gerade hoben die Wolken ihren Schleier und der Mond tauchte die Landschaft in dunstig kaltes Licht. Seltsam verlassen zog sich die Handelsstraße zwischen leeren Weiden dahin. Keine Tiere, die hier grasten oder schliefen. Hohle Stille.

Ihlinn trat einen Schritt vor, und über ihnen stob ein Vogel krächzend davon. Diesmal hatte Selana sich nicht erschreckt. Ihr Atem ging ruhig, ihre Sinne wurden schärfer. Sie könnte ein wenig ihrer Magie aussenden, um noch mehr zu spüren. Doch Ihlinn unterbrach diesen Gedanken.

»Ab hier werden wir uns aufteilen.« Selbst im Flüsterton hörte man, dass die Kriegerin gewohnt war, zu befehlen. »Aria, du beziehst hier im Haus Stellung. Vielleicht kannst du aufs Dach ...«

»Nee, klar. Ich bleib allein in dieser Bruchbude, während ihr beide munter zum Wald tapert. So weit kommt das noch.« Aria zog ihr Kurzschwert wie zum Beweis, dass sie keinesfalls zurückbleiben würde.

»Wir müssen nicht zum Wald!« Ihlinn hob den Arm und zeigte in die Dunkelheit. »Die Schatten sind schon da!«

Selana erstarrte. Sofort spürte sie ihre Magie aufbegehren. Fühlte, wie die Erregung durch ihre Eingeweide tobte. *Bleib ruhig!* Angestrengt versuchte sie, im Wechsel aus Mondlicht und Halbdunkel etwas zu erkennen. Doch vor den dunklen Bäumen konnte sie nur Zaunpfähle ausmachen, einige Büsche, eine Art Trog, um die Tiere zu tränken ...

»Geh aufs Dach!« Ihlinn duldete keinen Widerspruch. »Von oben hast du einen guten Überblick und kannst im Notfall die Schatten mithilfe deiner Kristalle verwirren.«

»Der Trog!« Jetzt sah Selana, wie die Form sich bewegte. Ihre Augen hatten ihr einen Streich gespielt. Was sie gesehen hatte, war Dunkelheit. In Gestalt gegossene Schwärze. Doch in dem Moment, da der Schatten sich rührte, waberten kleine Schwaden um ihn, die Form des Trogs verschwamm in ein gleitendes Etwas. Im nächsten Augenblick aber verlor das Mondlicht an Helligkeit und der Schatten verschwand in der Schwärze.

»Los jetzt!« Ihlinn gab Aria einen Stoß, damit sie nicht länger mit geweiteten Augen fassungslos in die Nacht starrte. Endlich reagierte sie und rannte zurück zum Eingang.

Selana fühlte den Kloß ihrem Hals. »Was machen wir jetzt? Wollen wir zwischen den Häusern warten und aus dem Hinterhalt angreifen?« Sie hätten mehr Zeit gebraucht. Sie selbst hätte mehr Zeit gebraucht!

»Auf keinen Fall. Zwischen den Häusern kann der Schatten seine Umgebung viel besser spiegeln. Unser Hinterhalt wäre sein Vorteil.« Selbstbewusst trat die Elbenkriegerin auf die Straße und ging zum Gatter der Weide.

Selana nahm all ihren Mut zusammen und folgte ihr. »Ich sehe nur einen, richtig?« Wenn sie ehrlich war, sah sie gerade gar keinen Schatten.

Ihlinn nickte. »Zumindest bis jetzt!«

Hinter ihnen polterte es, sie hörte Aria fluchen. Es war wohl nicht so einfach, im Dunkeln in einem fremden Haus den Weg aufs Dach zu finden.

Die Elbin blieb stehen. »Du musst deine Magie aussenden. Dann wirst du besser sehen. Das ist der einzige Vorteil, den wir haben.«

»Aber dann wird der Schatten sofort zu mir kommen.«

»Du bist die Scheltar!«

Na prima! Wenn das noch einmal jemand sagte, würde sie schreien. Obwohl auch das wenig helfen würde. Ergeben holte sie Luft und konzentrierte sich auf ihr Innerstes. *Der Atem ist Anfang und Ende meiner Macht.* Langsam zügelte sie ihre Aufregung, ihre Energie bündelte sich zu der warmen, wohltuenden Quelle, die ihr seit Erellgorh so vertraut war. Nur ein Gedanke reichte, und Magie strömte durch ihren Körper, pulsierte in den Armen, kribbelte in den Fingerkuppen.

Sie schnipste, und ein zarter Faden kühler Luft schnellte aus ihren Händen. Mit kreisenden Bewegungen verwob sie die Luft zu einem Netz kleinster Wirbel, das sie vor sich über das Feld schickte. Gräser beugten sich darunter weg, sodass auch Ihlinn sehen konnte, wohin ihre Magie sich bewegte.

»Beeindruckend. Aber zu schmal.« Die Stimme der Elbin klang noch immer gelassen. »Ich weiß nicht, ob der Schatten inzwischen mehr links oder rechts vor uns ist.«

Selana schnipste erneut. Dann noch einmal und noch einmal. Wieder und wieder gab sie ihre Magie frei. Dutzende Fäden kühler Luft wirbelten hervor, schlossen sich dem unsichtbaren Netz an, das sich schemenhaft vor ihnen ausbreitete. Als die Wolken den Mond erneut freigaben, brach das Licht sich tausendfach im luftigen Gewebe ihrer Magie.

»Rechts!«

Ihlinns Warnung ließ Selana herumfahren. Sie wirbelte um die eigene Achse, hätte beinahe ihr Netz fahren lassen. Dann sah sie den Schatten, klar umrissen durch ihre Magie. Er war viel größer, als sie erwartet hatte. Alles Licht schien in ihm zu verschwinden und schuf eine Dunkelheit, der nichts gleichkam. Eisige Kälte durchfuhr Selana, als die Finsternis auf sie zudrängte, das Gewebe aus Luft vor sich herschiebend.

Sie streckte beide Hände vor und verstärkte ihren Zauber. Kurz kam der Schatten zum Stehen. Dann zerfaserten seine Konturen und er blähte sich auf. Ein greller Ton schoss durch Selanas Kopf, sie taumelte zurück.

»Lass das Netz fallen! Zentriere deine Macht!«

Die Stimme der Elbin drang kaum in ihr Bewusstsein, so laut schrillte der Ton in ihren Ohren.

»Beende den Zauber!«

Endlich verstand Selana und brach den Strom ihrer Magie. Das Netz verging in einem Lidschlag. Gleichzeitig rückte das unsagbare Geschöpf vor. Zehn Fuß, acht Fuß ...

Was sollte sie tun? Sie konnte sich nicht aufgeben und zulassen, dass der Schatten das Leben aus ihrem Körper saugte. Unwillkürlich setzte sie einen Fuß zurück. Dann noch einen. In ihrem Bauch ballte sich die Magie und drängte hinaus. Mühevoll hielt sie die Energie im Zaum.

Sechs Fuß, fünf Fuß ...

Alles in ihr wollte davonrennen, schrie nach Flucht.

Vier Fuß ...

Plötzlich brandete die schwarze Magie mit Gewalt in ihren Geist. Selana taumelte, unfähig, ihren Sturz aufzuhalten. Die Zeit dehnte sich, ihre Seele schien zu gefrieren.

Drei ... zwei ...

»Selana! Zentriere deine Macht! Halte durch!« Die Worte der Elbin klangen in ihren Ohren wie ein unlösbares Rätsel.

Als sie vollends das Gleichgewicht verlor, schlug sie hart auf den Boden. Unerträgliche Schmerzen schossen ihr wie Blitze durch den Leib. Um sie und in ihr nur Finsternis. Der Schatten hatte sie erreicht, die Magie in ihrem Inneren begann sich aufzulösen. Sie spürte, wie Fetzen ihrer Kräfte haltlos durch ihren Körper waberten und der Oberfläche zustrebten.

Dann hörte sie den Kampfschrei der Kriegerin, und der Sog des unsagbaren Geschöpfes ließ nach. Nur ein wenig, doch es reichte aus, um klarer zu denken. Immer noch war der Schatten über ihr, peitschte Schmerzen durch ihren Geist und schien alles Licht der Welt zu verschlingen. Selana hörte Ihlinn keuchen. Sie wusste, dass die Kriegerin nur Kraft für einen einzigen Angriff hatte. Dass die Runen des Kurzschwerts dem Schatten keinen Schaden zufügen konnten. Dass die magischen Kristalle, die Ihlinn vielleicht schon von sich geschleudert hatte, nur einen kurzen Moment der Ablenkung verschafften. *Konzentriere dich, jetzt!*

Selana kämpfte gegen die Schmerzen, zog ihren Geist mühsam in ihr Innerstes zurück und sperrte alle Pein aus. *Mein Atem ist der Anfang meiner Macht!* Sie lenkte ihn tief in den Bauch und bündelte alle Energie, die sie fand. Jeden Fetzen, jeden Hauch zog sie an diesen Punkt.

Der Schatten reckte sich, entfernte sich nur einige Fußbreit. Dann sah Selana Ihlinn. Mit geschmeidigen Bewegungen tanzte sie um den Schatten, ließ das Schwert mit der Rechten herumwirbeln und reckte den Beutel der Fürstin mit der Linken empor. Sie hatte ihn nicht fortgeschleudert, sondern behielt ihn in der Hand, riskierte ihr Leben. Das unsagbare Geschöpf würde nicht von ihr ablassen, begierig, alle Magie aufzusaugen. Arme stülpten sich aus der Finsternis, peitschten wie Tentakel nach der Elbin. Ihlinn machte einen Ausfallschritt und stach mit dem Schwert nach vorn. Aber der Schatten nahm keinen Schaden. Wieder und wieder holte Ihlinn aus, drehte sich um die eigene Achse, um an Wucht zu gewinnen, doch ihr Schwert glitt wirkungslos durch die wabernde Finsternis. Immer schneller wirbelten die Tentakel umher. Dann holte Ihlinn mit einem gewaltigen Schlag aus, und ihr Schwert durchschlug einen der schlangenartigen Arme. Sofort verdampfte der abgeschlagene Teil. Im selben Moment wurde die Elbin von einem anderen Tentakel getroffen. Sie schrie auf und ihr Tanz brach ab. Dumpf schlug der Körper auf den Boden.

Nur einen Lidschlag später ließ der Schatten von Selana ab und ihre Schmerzen verebbten. Die Finsternis kroch über die Elbenkriegerin, die leblos auf der Erde lag.

»Nein!« Jetzt war es Selana, die schrie. Aber das finstere Geschöpf reagierte nicht darauf. Gerade hatte sie mühevoll alle Magie in ihr Innerstes gezogen. Doch kurz entschlossen zweigte sie einen Teil ab, streckte den Arm und schoss eine Kugel geballter Luft in die Finsternis. Der Schatten wölbte sich und ein schrilles Seufzen erklang.

»Hier ist die Magie, nach der du suchst!« Sie schmetterte einen weiteren Luftstoß in den Schatten. Endlich reagierte er.

Drei Fuß, zwei Fuß ...

Diesmal war Selana vorbereitet, hieß Kälte und Schmerz willkommen, bannte sie in den entlegensten Winkel ihres Geistes. »Komm nur und koste. Es wird dein Ende sein!«

Dann war der Schatten bei ihr und erneut versank alles in Finsternis. Eingehüllt in Kälte und lähmenden Schmerz, vermochte sie dennoch, ihre Angst zu zähmen. *Der Schatten muss von mir kosten, ehe ich die Magie wenden kann!* Sonderbar klar erinnerte sie sich an die Worte der Fürstin.

Ihr blieb noch Luft zum Atmen. Das war alles, was sie brauchte, um ihre Magie zu lenken. Der Sog des Schattens zerrte an ihren Haaren, an ihrer Haut. Sie spürte die Lebenskraft aus allen Fasern rinnen wie Wasser, das durch ein Sieb sickert. Schnell gab Selana der Dunkelheit einen Strom Energie aus ihrem Innersten preis. Nur einen winzigen magischen Faden. Sofort ließ der Schmerz an ihrem Körper nach – der Schatten stürzte sich auf diese Quelle, gierig darauf, die reine Magie zu kosten.

Dann war die Verbindung da. Selana fühlte die Finsternis in ihren Leib dringen. Alle vernichteten Leben – pure Gewalt, mächtige schwarze Magie, doch auch Spuren weißer. *Jetzt!*

Noch einmal kämpfte sie sich an die Oberfläche ihres Seins und holte begierig Atem. Im Geist das schlichte Bild einer Angel, sich wandelnd zu einem Kescher, webte sie eine Leine, eine Schlinge und schließlich das Netz, das sie schon einmal ausgeworfen hatte. Sie hatte das Mittel gefunden, die Form, die sie brauchte. Mit einem aufbäumenden Schrei ließ sie ihre Energie in den Schatten branden, hielt sie fest, zog dann mit aller Macht, um sie zurückzuerlangen. Sie spürte die Erschütterung des Schattens, fühlte, wie sein Sog nachließ.

Das ist der Augenblick! Mühsam stützte sie sich auf den linken Arm, bedacht, mit ihrem rechten den Strom aufrechtzuerhalten. Sie konnte spüren, wie ihre Kräfte zurückkehrten. Gerade, als sie sich hochgestemmt hatte, mobilisierte der Schatten seine Kräfte aufs Neue, der Sog wurde wieder stärker. Der magische Fluss zwischen ihnen wechselte die Richtung, wechselte sie erneut. Ein Stillstand, bei dem Selana über kurz oder lang verlieren würde. So sehr sie sich aufbäumte, der Schatten hielt ihrer beider Magie im eisigen Griff.

»Neiiiiiiin!« Wut entflammte ihre letzten Reserven. Mit einem Fußtritt schickte sie eine Harpune aus schneidendem Wind durch die Luft, ließ sie einen weiten Bogen beschreiben und wieder auf sich zuschießen. Sie wusste nicht, ob der magische Speer ihr selbst gefährlich werden konnte. Doch ihr Zorn war größer als jede Vernunft. Zum Zögern war keine Zeit.

Schon schoss der Speer durch den Schatten, traf auf Selanas Rechte und strömte mit Wucht in ihren Körper zurück. Der Sog war so gewaltig, dass er die Kraft des Schattens mit sich riss und die Magie wendete. Brüllend bäumte sich das finstere Geschöpf vor ihr auf. Seine Konturen zerfaserten, und mit einem grollenden Stöhnen, unwirklich und erschütternd, sackte es zu Boden. Vor ihren Augen zerfloss der Schatten und bildete eine dunkel glänzende Lache, über der schwarzer Nebel waberte.

Erschöpft vom Kampf, ließ Selana sich zu Boden sinken. Erst, als sie eine schwache Stimme neben sich hörte, hob sie den Blick.

»Nimm die Magie auf, ehe sie entweicht.« Ihlinn hustete.

Selana schaute die Kriegerin verständnislos an. Sie lag noch an derselben Stelle, an der der Schatten sie niedergestreckt hatte. Aber sie war mit dem Leben davongekommen.

»Schnell! Der Nebel, nimm ihn auf. Du wirst die Kraft brauchen.«

Endlich begriff Selana: Der aufsteigende Dunst war die Essenz des Schattens. Pure Energie, nach der sie nur die Hand auszustrecken brauchte. Sie hob den Arm, ballte die Hand zur Faust und öffnete sie mit einem Ruck. Doch diesmal ließ sie keine Magie hinaus, sondern zog sie mit aller Macht in ihr Innerstes.

Und es funktionierte. Der Nebel quoll ihr entgegen, ohne Gegenwehr, ohne Kampf. Die gesammelte Kraft des Schattens floss in ihren Körper. Eine unbändige Freude breitete sich in ihr aus. Unstillbare Euphorie über die Macht, die in sie strömte. Nie zuvor hatte sie etwas Ähnliches erlebt. Was für ein

Gefühl! Jegliche Angst wich von ihr, all ihre Schmerzen vergingen. Es war wie ein Rausch, der sämtliche Blockaden aufhob und alle Schutzwälle sinken ließ.

Plötzlich erschütterte eine Stimme ihren Geist. Eine Stimme, die eisig kalt durch ihre Gedanken hallte: »Wer bist du?«

Atharu

40

Äxte, Stangen und Knüppel. Als Ayian sie in die Eingangshalle führte, reckten die Männer von Tonda ihnen die Waffen entgegen. Sofort hob Ayian beschwichtigend die Arme. Die warnenden Rufe wechselten zu einem mürrischen Raunen und die Männer zogen sich zurück. Atharu sah Stroh, Decken und zusammengeschobene Teppiche. Der Gestank kam vor allem aus einer der Ecken, wo mehrere Eimer standen. Hier verrichteten sie ihre Notdurft? Er schaute in die Runde. Bestimmt drei Dutzend Männer lagerten in dieser Eingangshalle.

»Wie lange sind sie schon im Tempel?«

Misstrauische Augen blickten ihnen aus unrasierten Gesichtern entgegen.

»Acht Tage, denke ich. Aber sie sind nicht immer drinnen. Tagsüber gehen sie in den Hof. Dann machen meine Brüder und ich hier sauber, so gut es geht.«

»Mir scheint, Ihr solltet eine Nachtschicht einlegen.« Jehlen rümpfte die Nase. »Wo Menschen neben ihren Fäkalien ruhen ...«, er warf einen angewiderten Blick zu den Eimern, »kommt es früher oder später zu Krankheiten.«

Benn stöhnte. »Ich denke, sie haben gerade andere Sorgen.«

»Alles in allem läuft es ganz gut. Wir bekommen das hin, denke ich.« Ayian führte sie weiter durch die Halle und steuerte auf eine hohe Tür zu.

»Gibt es keine Frauen und Kinder?« Atharu sah sich um.

»Oh doch.« Ayian blieb stehen und nickte nach vorn. »Da kommen wir jetzt hin.«

Als er die Tür öffnete, machte Atharu sich auf noch mehr Elend gefasst. Aber hier herrschte eine ganz andere Situation. Der Raum glich eher einem breiten Durchgang. Türen führten zu beiden Seiten in weitere Kammern. Dazwischen standen hohe Lehnstühle mit ornamentalen Mustern. Auf einigen saßen Frauen und unterhielten sich. Sie verstummten, als Ayian die drei Fremden hereinführte.

»Seid unbesorgt, ihr Frauen. Das sind neue Gäste des Tempels.« Anscheinend hielt er diese kurze Erläuterung für ausreichend, denn er ging weiter, ohne seine federnden Schritte zu verlangsamen.

Atharus Blick glitt durch den Raum. Steinerne Ranken schmückten die Wände und strebten bis in die spitz gewölbte Decke. Eine schlichte, doch erhabene Schönheit breitete sich aus, wurde vom mäßigen Licht der Öllampen noch unterstrichen. Die Luft war ein wenig schal, aber es stank nicht.

Eine der Türen öffnete sich, eine rundliche Frau mit einem Kind an der Hand trat in den Gang. Das Kleine rieb sich müde die Augen. Beide verschwanden hinter einer Tür auf der anderen Seite, die sich von den anderen in Größe und Farbe unterschied.

»Dahinter sind Abort und Waschraum«, erklärte Ayian stolz. »So sind alle Völkerhallen gebaut. Nur Möbel, Wandschmuck und Farben unterscheiden sich.«

Völkerhallen, aber ja! Atharu erinnerte sich an Ondaras Erzählungen. Jedem Volk ein separater Eingang, um den Versammlungen in Tondaborgen beizuwohnen.

»Hinter den Türen sind sogar richtige Schlafgemächer. Eigentlich für die Gefolgschaften der Herrschenden. Aber jetzt sind die Frauen, Kinder und Alten hier untergebracht.«

Jehlen nickte und neigte den Kopf zur Seite. Gleich würde er sicher eine weitere Erläuterung beisteuern. »Fellen-Kehlanda, unsere Fürstinmutter, hat sehr weise geplant. Sie wollte Streitigkeiten verhindern oder aber den Königen, Fürsten und Stammesvätern Möglichkeiten verschaffen, selbige in kleinen Gesprächsrunden zu schlichten.«

Mit welchem Argwohn mussten sich die Völker nach den schrecklichen Kriegen begegnet sein. Intrigen und Verrat waren an der Tagesordnung gewesen. Von den zahllosen Opfern ganz zu schweigen. Was für eine Leistung, sie trotzdem alle an einen Tisch zu bringen!

»Ayian, entschuldige meine Ungeduld ...« Die dunkle Stimme Bennzhardizhs klang erschöpft, und Atharu schaute besorgt zu ihm hinüber. Er presste noch immer das Tuch mit den Kräutern an die Schulter. War es schon durchgeblutet?

»Wie weit ist es bis zu eurem Brudervater? Wir haben einen Auftrag.«

»Natürlich. Ich führe euch auf dem direkten Weg zu Vater Prynn, ganz bestimmt.« Ayian beschleunigte seine Schritte.

»Wie ist sein Name?«, fragte Jehlen.

»Wolltarh Prynn. Wieso?«

Das fragte Atharu sich auch. Er schaute zu seinem Mentor.

Der wirkte indes so entspannt, als wollte er nur plaudern. »Nicht wichtig. Der Name schien mir nur seltsam vertraut.« Jehlen machte eine wegwerfende Handbewegung. »Sind wir gleich da?«

»Doch, doch. Es ist nur eben sehr weitläufig hier. Unser Brudervater ist im Ratssaal der Iljamoi crun Elamarh.«

Nur selten hörte man die Völkernamen noch in der alten Sprache. Heutzutage erzählte man sich von »den Elben aus

Erellgorh« oder »den Elben vom Nebelsee«. Der Ursprung aller Iljamoi! Atharu machte sich noch einmal voller Ehrfurcht bewusst, dass seine Begleiter diesem Elbenhaus entstammten. Dem ersten Volk Jukahbajahns.

Jehlen schritt an ihm vorbei. »Dann ist es nicht mehr weit.«

Die nächste Tür, noch ein kleiner Flur und schließlich die Doppeltür zum Ratssaal der Elamarh.

Ayian blieb vor Atharu stehen und schaute ihn besorgt an. »Wenn wir gleich bei ihm sind ... Ihr helft ihm doch, ja?«

»Ich versuche es, versprochen!«

Der Tempeljunge klopfte an die Tür. Es dauerte einen Moment, ehe sie geöffnet wurde.

Einmal mehr wurde Atharu überrascht, obgleich er keine bestimmten Erwartungen gehabt hatte. Seit er aufgebrochen war, um Ondaras Vermächtnis zu erfüllen, hatte er eine ganze Reihe besonderer Bauwerke gesehen. Und auch wenn sie nicht so riesig waren wie Tondaborgen, imponierten ihm manche durch ihre Schönheit oder Anmut. Diese Welt bot so vieles zu entdecken, das allein schon Grund genug wäre, sie zu retten.

Der Ratssaal der Elamarh erstaunte ihn auf eine völlig andere Weise. Er glich einer Art Gedenkstätte. In der Mitte des Raums stand ein unvergleichlicher Schrein. Hoch aufragend, in Stufen gesetzt, mit kunstvollen Wölbungen und unzähligen Ornamenten. Um ihn herum saßen Tempelschüler auf dick gewebten Teppichen und schienen versunken in Meditation. Vor ihnen leuchtete der heilige Schrein in warmem Licht. Kerzen, mal kleiner, mal größer, standen zu Hunderten um das Grabmal herum, fanden Platz auf Absätzen, Vorsprüngen und sogar in einigen der fein gemeißelten Bilder und Inschriften.

»Der Schrein unserer Fürstinmutter!« Jehlen und Benn traten vor und knieten ehrfürchtig nieder.

Ayian zog an Atharus Ärmel. »Komm mit mir. Vater Prynn ruht auf der anderen Seite!«

»Wo warst du?« Ein zweiter Junge kam hinter dem Grabmal hervor und sah Ayian an. Er war einen halben Kopf größer, ein leichter Bartschatten über der Oberlippe deutete darauf hin, dass er auch älter sein mochte.

Sofort senkte Ayian schuldbewusst den Kopf. »Ich wollte Heilkräuter suchen. Draußen ...«

»Du warst vor den Mauern? Bist du von allen Seelen verlassen? Was, wenn die Gellwicks hereingekommen wären?«

Er holte mit der Hand aus, um den kleinen Tempeljungen zu schlagen. Doch Atharu fing sie ab. Jetzt erst realisierte der Junge, dass Ayian nicht allein gekommen war.

»Dein Tempelbruder hat uns das Leben gerettet. Das verdient Anerkennung!« Atharu schaute ihn eindringlich an und ließ das letzte Wort einen Moment wirken, ehe er fortfuhr: »Tempelbrüder sollten niemals die Hand gegeneinander erheben! Nun bringt mich zu Vater Prynn!«

Der Junge nickte stumm und führte sie auf die Rückseite des Schreins. Jehlen und Benn schlossen sich an, blieben aber respektvoll im Hintergrund.

Atharu hatte eine Art Lager erwartet, vielleicht eine Matte, zumindest aber etwas Stroh. Doch der alte Mann, der nur mehr flache, brodelnde Atemzüge von sich gab, lehnte am nackten Stein des Grabmals. Ein paar lose Decken lagen unter ihm. Seine faltigen Wangen waren eingefallen und das Hemd klebte ihm, feucht von Schweiß, am Körper.

Sofort kniete sich Atharu zu ihm, fühlte seine Stirn, tastete nach dem Puls. Das Herz schlug nur noch schwach. Der Alte hatte Fieber und seine Augen lagen tief in den Höhlen. Atharu senkte das Ohr auf die Brust des Tempelvaters und lauschte. Giemend und brodelnd kämpfte sich die Luft hinein und hinaus. Atharu musste an Ondara denken. Erneut konnte er nichts mehr tun. Mit etwas Magie hätte er ihm einen kurzen Aufschub gewähren, ihnen einige letzte Worte schenken können. Doch er durfte in Tondaborgen seine Kräfte nicht anwenden. Der Tempelvater würde noch in dieser Nacht sterben.

»Wie lange liegt er schon hier?«

»An dieser Stelle erst seit heute. Eigentlich hatten wir ihm dort das Lager bereitet.« Der ältere Junge deutete auf eine

Ecke des Raumes, wo Atharu eine ordentliche Bettstatt entdeckte. Er nickte wohlwollend. Die Tempelbrüder wussten, was sie taten.

»Und dann kam er plötzlich zu sich und verlangte, dass wir ihn zum Schrein hinüberbringen.«

»Er flehte uns richtig an«, warf Ayian ein. »Wir mussten einfach auf ihn hören. Er ist doch unser Tempelvater. Wird er wieder gesund?«

Die Hoffnung in der Stimme des Jungen rührte Atharu und machte es so viel schwerer, die Wahrheit zu sagen. Aber was würde es helfen, sie zu verheimlichen? Wem nutzte es, umsonst zu hoffen, um dann enttäuscht zu werden? Langsam schüttelte er den Kopf.

Die Augen des Kleinen füllten sich mit Tränen. »Aber du bist doch Heiler, hast du gesagt!«

Ja, ich bin ein Heiler. Und trotzdem machtlos. Ohne Magie konnte er hier gar nichts tun. Es mochte einstmals weise gewesen sein, magisches Wirken im Tempel zu verhindern. Doch dieser Tage kostete es Leben.

»Tu doch was! Irgendetwas!« Ayian wischte sich mit dem Ärmel übers Gesicht und schaffte es irgendwie, nicht in Tränen auszubrechen. Sein Tempelbruder legte ihm eine Hand auf die Schulter. Auch seine Augen waren feucht. Wolltarh Prynn musste ein guter Vater für sie gewesen sein.

Jehlen und Benn schüttelten traurig die Köpfe. Sie erkannten, dass hier nichts mehr zu machen war. Es grenzte ohnehin an ein Wunder, dass der Brudervater in diesem Zustand so lange am Leben geblieben war. Als hielte er an einem letzten Lebensfunken fest, um dem Unvermeidlichen zu entgehen. Was für eine Willenskraft mochte dahinterstecken?

Atharu griff nach dem Reisegürtel und kramte in seiner Kräutersammlung. Etwas würde er noch versuchen, vielleicht könnte er dem Tempelvater die letzten Stunden zumindest erträglicher machen. Während er suchte, kam ihm eine Idee: Er hatte seinen Vorrat mit einigen Pflanzen aus Eldarhs Garten ergänzt. War nicht auch Otempa dabei gewesen? Ja, da lagen die knotigen Blätter. Ein kalter Sud davon würde dem Alten das Atmen erleichtern und seine Schmerzen lindern.

»Habt ihr etwas Wasser?«

Ayian nickte heftig, ging ein paar Schritte und bekam von einem anderen Tempelkind einen Becher gereicht.

»Helft mir, ihn aufzusetzen. Ich werde ihm ein paar von diesen Kräutern geben. Wenn Atharpazh will, wird es ihm Erleichterung bringen.«

Atharu zerrieb die Blätter und schwenkte das Trinkgefäß, bis das Wasser sich braun färbte. Vorsichtig setzte er den Becher an die Lippen des Alten. Mit der anderen Hand stützte er den Kopf. Vater Prynn war nicht bei Bewusstsein und sollte sich auf keinen Fall verschlucken. Ganz langsam, Tropfen für Tropfen, gab er ihm von der Flüssigkeit. Tatsächlich schluckte der Siechende. Noch einmal und noch einmal.

Atharu stellte den Becher hinter ihm auf den Schrein. »Beugt seinen Oberkörper nach vorn. Rasch! Gleich wird er husten und dann muss der Schleim aus seinen Atemwegen abfließen können. Hat jemand Tücher und eine Schale?«

Die Schüler hinter ihm gerieten in Bewegung, dann wurde ein Eimer nach vorn gereicht. Im selben Moment schüttelte ein brodelnder Husten den Tempelvater. Atharu klopfte ihm sacht auf den Rücken, zäher Schleim troff aus dem Mund des Kranken. Ayian reichte ein dünnes Leinen, und Atharu beugte sich vor, um dem Sterbenden den Mund auszuwischen. Er stülpte es über seinen Zeigefinger und versuchte, hinter die Zunge des Kranken zu gelangen. Ein gelber Schleimpropfen löste sich und klebte am Tuch, als er den Finger aus dem Mund zurückzog. Das Husten hörte auf und der Brudervater holte Luft.

»Eine Decke für den Rücken. Gut so. Lehnt ihn wieder zurück.«

Für den Moment war das Brodeln vorbei. Der Atem des Kranken ging tiefer, seine Gesichtszüge entspannten sich.

»Mehr kann ich nicht tun. Wenn sein Atem wieder lauter wird, müsst ihr das wiederholen. Aber vorsichtig, immer nur ganz wenig. Bekommt ihr das hin?« Atharu blickte Ayian und seinen Tempelbruder an. Die beiden nickten. »Es liegt in Atharpazhs Händen, was geschehen wird. Doch wenn euer Tempelvater zu den Seelen übertreten sollte, wird er es ohne Qualen tun.«

Wieder nickten die Jungen.

»Erlaubt eine Frage«, schaltete Jehlen sich ein, »jetzt, wo Vater Prynn Linderung erfahren hat. Als er unbedingt zum Schrein hinüberwollte – hat er da etwas Bestimmtes gesagt?«

»Er redete im Fieber und es klang wirr. Ob etwas noch da sei und dass es noch Hoffnung gebe, oder so ähnlich«, meinte der größere der Jungen.

»Und als ihr ihn zum Schrein hinübergebracht habt? Hat er da noch etwas gesagt?«

Worauf wollte Jehlen hinaus? Atharu konnte sich keinen Reim darauf machen.

»Wir sollten ihn unbedingt genau an diese Stelle bringen.«

»Und er hat das kleine Ding aus dem Türchen geholt«, warf Ayian ein und zeigte auf einige Symbole hinter dem Kranken. »Also, man sieht es jetzt nicht so richtig. Aber als Vater Prynn seine Hand daraufgelegt hat, ging es auf und er holte es da raus.«

»Darf ich mal?« Jehlen schob sich an den Kindern vorbei und legte selbst die Hand an die Stelle. Nichts geschah. »Hm, wie kann er ...«

Dann gab es ein klickendes Geräusch und das geheime Fach öffnete sich. Sofort griff Jehlen hinein, förderte aber nichts zutage.

Endlich begriff Atharu, was sein Mentor suchte. Wie hatte er nur ihren Auftrag vergessen können? Das Fragment des Medaillons musste darin gewesen sein. Natürlich!

Atharu kniete sich neben Vater Prynn und ergriff dessen Faust. Jetzt erst, als er sich darauf konzentrierte, spürte er ein leichtes Pulsieren. Vorsichtig öffnete er die Finger des Tempelvaters und fand das Fragment darin. Die Energie dieses kleinen Bruchstücks mochte der Grund dafür sein, dass der Siechende überhaupt noch lebte. Ja, sie konnte sogar Hoffnung auf sein Überleben bedeuten. Atharu schluckte, als ihm bewusst wurde, was das hieß: Wenn sie ihm diese Magiequelle nähmen, wäre der Tod nicht aufzuhalten!

Jehlen trat näher. »Die Kraft des Medaillonfragments hat Vater Prynn Aufschub gewährt. Doch die Magie muss sich an anderer Stelle entfalten. Wir dürfen es ihm nicht überlassen. Es gilt die Welt zu bewahren!«

Die dunkle Stimme klang bestimmt, und Atharu reichte Jehlen das Bruchstück. Das Wohl der Völker stand über dem des Einzelnen. Er schaute in die fragenden Gesichter der Kinder. Tempelbrüder, die auf den Weg der Erkenntnis geführt werden sollten. Wer übernahm diese Aufgabe, wenn Vater Prynn nicht mehr bei ihnen wäre?

Flüsternde Worte schwebten durch den Raum. Murmelnd wie das Wasser einer leisen Quelle. Die Kinder beteten für ihren Vater und hofften auf Heilung. Das Mittel dazu hatte er ihm gerade genommen.

Atharu dachte an Ondaras Sterbebett. Sie war um so vieles älter gewesen. Und doch hätte er alles getan, wenn es einen Weg gegeben hätte. Er sah zu den Kindern, zu Ayian. Sie alle würden lernen müssen, dass das Leben weiterging. Dass es durch so einen Verlust nicht ärmer wurde, weil die gemeinsame Zeit alles überdauerte. Sicher bräuchten sie in der ersten Zeit noch Trost. Vielleicht ein Andenken, das sie bei sich tragen konnten. Und dann ...

Etwas, das sie bei sich trugen? Warum hatte er noch nicht daran gedacht? Atharu setzte sich und fühlte nach seinem Knöchel. Wie konnte er nur immer wieder vergessen, dass er Ondaras Armreif bei sich trug? Ein schlichter Silberreif, sanft pulsierend von der Magie, die in ihm steckte. Seit seine Mutter ihm den Reif anvertraut hatte, damit Teehl ihn nicht an sich nehmen konnte, trug er ihn an dieser unauffälligen Stelle. Manchmal hatte er das Pulsieren gespürt. Doch die meiste Zeit war er ein unbemerkter Teil seiner selbst. Er brauchte ihn nicht, denn seine Magie konnte aus Flammen genährt werden. Vater Prynn aber könnte der Silberreif vielleicht helfen.

Atharu nahm den Reif ab und schloss ihn ums Handgelenk des Alten. »Ayian, hör mir zu. Dieser Reif enthält Magie. Sie wird eurem Tempelvater etwas Kraft spenden. Sollte er sterben, möchte ich, dass du diesen Reif an dich nimmst. Trage und bewahre ihn, bis wir uns dereinst wiedersehen. Versprichst du es mir?«

Die Augen des Kleinen begannen zu leuchten. Er strahlte ihn voller Hoffnung an. Atharu strich ihm über den rasierten Kopf. Dann schaute er den älteren Jungen an. »Ich habe nur diesen einen Reif. Du verstehst, warum ich ihn Ayian gebe, obwohl du der Ältere bist?«

Der Junge nickte. »Weil er euch das Leben gerettet hat.«

»So ist es. Weil er uns das Leben gerettet hat.« Atharu stand auf und legte dem größeren Jungen die Hand auf die Schulter. »Aber ich vertraue auch auf dich. Wie ist dein Name?«

»Brandan.«

»Was?« Atharu war überrascht. »Ein seltsamer Zufall. Mein bester Freund heißt Brandan.«

»Wirklich?« Der Junge bekam große Augen. »Ich habe bisher noch nie jemanden getroffen, der genauso heißt.«

»Es leitet sich vom Iljaitt-Wort für Stärke ab – *yl brahnda*! Der Brandan, den ich kenne, ist der beste Freund, den ich mir vorstellen kann.« Wehmütig fragte er sich, ob er ihn jemals wiedersehen würde. »Mit diesem Namen sollte es ein Leichtes für dich sein, auf Ayian achtzugeben. Ich bin sicher, du wirst ihm alle Ehre machen.«

Er schenkte dem Jungen ein Lächeln. Dann blickte er zu Jehlen und Benn, deren Mienen unergründlich waren.

»Wir sollten uns auf den Rückweg machen!« Benn nahm das Tuch von der Schulter und prüfte die Wunde. Die Blutung hatte aufgehört.

»Sollten wir, Freund Benn. Je eher, desto besser, möchte man meinen.« Jehlen legte den Kopf von einer auf die andere Seite. »Dennoch müssen wir uns ausruhen, ein wenig schlafen vielleicht. Unsere Kräfte sind nicht unerschöpflich. Und die Nacht mag ein ungünstiger Zeitpunkt sein, um Tondaborgen zu verlassen. Wir würden nicht genug erkennen, um den Gellwicks ausweichen zu können.«

Atharu sah zu Benn, doch der akzeptierte Jehlens Einwand.

»Fürwahr, der Frühnebel sollte ein besserer Zeitpunkt sein. Ich denke, er könnte morgen länger anhalten als gewöhnlich!« Ein Lächeln umspielte Bennzhardizhs Lippen und Jehlen zog eine Braue hoch.

»Dann wollen wir die Gellwicks mal an der Nase herumführen, Freund Benn.«

Pitu
41

Semje stieß einen lauten Pfiff aus und Pitu zuckte zusammen. *Was denn nun noch?*

Der Zwerg winkte dem Hauptmann zu und gab ihm mit ein paar Zeichen zu verstehen, wohin sie wollten. Kellbjähr schien zu erstarren. Es brauchte einen Moment, ehe er nickte.

Ich bin wohl nicht der Einzige, der die andere Brücke vergessen hat.

»Los jetzt!« Der Rotbart gab ihm einen Klaps auf die Schulter und rannte los.

»Aua! Muss das immer sein?« Stolpernd hetzte Pitu hinterher. Der Schmerz zog bis in den Arm hinunter, seine Beine fühlten sich an wie Hirsebrei. Zu allem Überfluss war der Pfad uneben und immer wieder von größeren Steinen oder Felskanten unterbrochen. Er sprang über einen Findling, strauchelte und fing sich wieder. *Nur nicht den Anschluss verlieren.* Der schwergewichtige Zwerg war erstaunlich schnell. Es sah zwar etwas plump aus, wie er mit seinen kurzen Beinen über die Felsen hüpfte, aber er war flink. *Wie alt ist der eigentlich?* Mit dem langen Bart wirkte er irgendwie betagt. Doch er lief und kämpfte wie ein Mann im besten Alter.

Pitu schnaufte und biss die Zähne zusammen. Ein Straßendieb, der sich abhängen ließ, wo gab es denn sowas? Grimmig versuchte er, Semje einzuholen.

Immer wieder schaute der Zwerg auf die andere Seite der Schlucht. Pitu folgte seinem Blick, konnte aber nichts entdecken. Vielleicht waren die Gellwicks noch im Schockzustand. Der Pfad führte näher an die Klippen. Wieder ein Findling, dann eine Felsstufe. Pitu nahm die Hindernisse ohne Probleme. Weiter vorn sah er die kleine Brücke. Sie lag um einiges tiefer als die große.

Es ging jetzt steiler bergab. Semje wurde langsamer, und auch Pitu setzte seine Schritte mit Bedacht. Dieses Wegstück verlief unmittelbar am Rand der Schlucht. Unter ihm glitzerte das Wasser und brach sich an den Felsen. Wer hier fiel, war verloren.

»Verdammte Höhlenbrut!« Semje schaute über den Fluss. »Die Zeit wird knapp!«

Pitu erstarrte. Auf der anderen Seite der Schlucht hetzten die ersten Gellwicks in dieselbe Richtung. Noch lagen sie ein Stück zurück – doch sie holten auf.

»Komm schon!«

Der Zwerg beschleunigte und Pitu eilte ihm nach – immer darauf bedacht, nicht zu dicht an die Felskante zu treten. Endlich lag der steile Abschnitt hinter ihnen. Dann hörte Pitu die ersten Kampfschreie. Sie waren entdeckt! Aber noch konnten sie es schaffen. Es war nicht mehr weit. Von hier würde seine Magie die Brücke sicher erreichen. Doch Semje lief weiter. Was tat der Zwerg da? Pitu blickte zu den Gellwicks. Ihr Vorsprung schmolz dahin.

»Was hast du vor?«

Er rannte dem Rotbart nach, der schon auf die Brücke einbog. Wo um der Seelen willen wollte er hin?

»Du läufst den Gellwicks direkt in die Arme!«, schrie er.

Semje drehte sich zu ihm um. »Dann beeil dich besser! Wir müssen die Brücke von der anderen Seite zerstören!«

Von der anderen Seite? Keine Zeit, nachzudenken. Der Zwerg war schon fast drüben. Aber er war kampferfahren und kannte diese Gegend, sicher hatte er einen guten Grund. Pitu spurtete auf die Brücke, sah die Gellwicks immer näher kommen. Ein paar hundert Fuß nur noch. Er erreichte die andere Seite und blieb wie angewurzelt stehen. Wo war Semje?

Jemand griff nach seinem Bein. Pitu zuckte zusammen.

»Komm schon runter!«

Direkt hinter der Brückenmauer führten steile Stufen hinab. Pitu sprang über die Mauer und machte sich sofort an den Abstieg. So könnten die Gellwicks ihnen zumindest nur einer nach dem anderen folgen. Sein Puls raste. Über ihnen wurde das Gebrüll der Horde lauter. Die letzte Stufe, dann ein schmaler Sims.

Semje drückte sich an die Felswand, schob sich seitwärts weiter. Pitu folgte ihm. Über ihnen rannten die ersten Gellwicks auf die Brücke. Die meisten, ohne Halt zu machen. Doch einige suchten nach ihnen und schauten über die Brüstung.

»Schnell!«

Schnell, schnell – wie sollte das hier gehen? Pitu drückte sich gegen die Felswand, tastete sich seitwärts. Schritt um Schritt. Mehr war nicht drin.

Plong!

Etwas schlug gegen den Fels und fiel in den Abgrund.

Plong, plong!

Messer! Pitu hob einen Arm, um den Kopf zu schützen. »Wie weit denn noch?« Er sah sich zu Semje um.

»Gleich haben wir es geschafft. Hier!« Der Zwerg zog ihn in eine Felsnische. Ein Pfeil zischte an Pitu vorbei. Der Rotbart wischte sich mit dem Arm übers Gesicht und fluchte. Ein Kettenhemd trocknete keinen Schweiß. Er war völlig außer Atem. Pitu presste sich in die Nische, seine Halsschlagader schien bald platzen zu wollen.

»Sieh zu, wir haben keine Zeit. Zu viele Gellwicks!«

»Ich soll die Brücke zum Einsturz bringen? Jetzt? Du weißt aber schon, dass wir auf der falschen Seite sind.« Pitu schüttelte entgeistert den Kopf. »Wie sollen wir zurückkommen?«

Semje packte ihn im Nacken und zwang seinen Blick zur Brücke. Sofort wurden Schreie laut und Pfeile flogen ihnen entgegen. Er zog ihn mit einem Ruck zurück.

»Noch Fragen?«

»Scheiße! Willst du mich umbringen?« Schweiß tropfte Pitu von der Stirn.

»Eben nicht! Nun mach schon dein Brücken-kaputt-Zauber-Dingens. Ich halt dir den Rücken frei!«

Pitu hockte sich auf den Boden und suchte nach seiner Magie. Sein Atem beruhigte sich noch immer nicht, der Puls pochte bis in die Schläfen. Doch er spürte die Energie in seinem Inneren. Kurz warf er einen weiteren Blick zur Brücke. Einer der Gellwicks kletterte die Stufen herunter. Mist, verdammter!

Er legte die Hand auf den Fels. Diese Brücke war wesentlich einfacher gebaut. Ihre Sockel reichten nicht bis zum Fluss hinunter, sondern standen auf Felsvorsprüngen. Er müsste nur den Pfeiler vor ihnen zum Einsturz bringen und die Sache wäre erledigt.

Das Geschrei der Gellwicks veränderte sich, wurde plötzlich rhythmischer. Als feuerten sie jemanden an.

Semje linste um die Ecke. »Wir bekommen Besuch!« In einer fließenden Bewegung packte er die Streitäxte.

Entschlossen ließ Pitu die Magie fließen. Warm suchte sie ihren Weg und strömte durch seine Schulter. Die Schmerzen ließen nach – doch im selben Moment verebbte der Magiefluss. Er versuchte es noch einmal. Zögerlich und kaum spürbar strömte sie in seine Hand. Aber der Impuls war zu schwach, um in den Fels zu dringen.

»Kommt nur! Meine Äxte machen Gulasch aus euch!« Semje trat vor und ließ die Klingen drohend kreisen, ehe er sich wieder zurückzog.

Doch der Pfeilhagel blieb aus. Die Horde wollte wohl nicht die eigenen Männer treffen.

»Die Mistkerle kommen nur langsam näher«, raunte der Zwerg. »Sie wissen, dass sie auf dem schmalen Sims im Nachteil sind. Aber du solltest dich trotzdem beeilen. Inzwischen laufen sie zu Dutzenden über die Brücke und es ist kein Ende abzusehen. Wo bleibt Kellbjähr mit seinen Männern?«

Pitu starrte verzweifelt auf seine Hand, fühlte mit aller Anstrengung in sein Inneres. Er konnte nichts ausrichten. Als wäre jeder magische Funke in ihm verraucht. Wenn die Gellwicks doch noch über die Schlucht gelangten, wäre Tyklahr nicht mehr sicher – wären Kessja, Lysa und die Tante nicht mehr sicher. Er musste etwas tun.

Mit einem Stoßgebet auf den Lippen griff er nach seinem Talisman. Sofort begann der schwarze Stein zu pulsieren. Aber ja! Pitu spürte, wie ein erfrischender Strom purer Energie ihn durchströmte. Zuversichtlich schob er sich ein Stück weiter an den Rand. Er musste die Brücke im Blick haben!

Dann presste er die Rechte fest auf den Boden und ließ die Magie in den Fels schießen. Sofort begann das Gestein zu vibrieren. Die Gellwicks vor ihm nahm er kaum wahr, so euphorisiert war er von der Macht schwarzen Kristalls. Staub wirbelte auf, Felssplitter sprangen vom Sims, während der Energiestrom der Brücke entgegenschnellte. Das Brüllen der Horde verstummte, einzelne Schreie wurden laut.

»Ha!« Semje lachte und ließ seine Äxte kreisen. »Sie flüchten von der Brücke wie feige Hunde!«

Etwas flog von der Brücke in die Höhle hinein, dicht an Pitus Schulter vorbei.

Semje schrie: »Stinkendes Geschmeiß! Meint ihr, ihr könnt mich mit einem Stein besiegen? Kommt nur, kommt! Meine Klingen sind nicht wählerisch. Sie fressen auch Dreck!«

Eine der Äxte zischte über Pitus Kopf hinweg. Der erste Gellwick war in Reichweite, doch er wich aus. Als Pitu in das Gesicht des Kriegers schaute, erkannte er, dass er es nicht auf Semje abgesehen hatte. Der irre Blick des Gellwicks blitzte *ihm* entgegen. Sein Oberkörper war nackt und übersät mit blutigen Striemen. Was Pitu aber vor Schreck erstarren ließ, war der runenbedeckte Reif, der sich in den linken Oberarm gefressen hatte.

Nicht ablenken lassen – nicht jetzt! Pitus Blick glitt nach vorn. Seine Magie nagte schon an der Felsklippe, und die Brücke bebte. Tief holte er Luft, verstärkte den Druck. Im selben Moment trat der Stinker einen Schritt vor. Blut, Urin, Verwesung, was für ein Gestank! Pitu schluckte.

Wieder zischte Semjes Streitaxt gefährlich nah über seinen Kopf. Der Gellwick wich erneut aus, hielt plötzlich ein Schwert in der Hand. Mit einem lauten Schrei führte er den Schlag. Die Zeit dehnte sich, Pitu sah die Schneide auf sich zurasen. Dann die Streitaxt des Zwergs. Funken, als die Waffen aufeinanderprallten, und ein greller Ton, als die Klingen aneinander vorbeischrammten. Seine rechte Hand auf dem Fels und die Schwertklinge, die darauf niederstieß. All das sah Pitu in der Zeit eines Lidschlags. Er ahnte, was passieren würde, ehe es geschah. Und doch blieb ihm keine Zeit, darauf zu reagieren.

Schmerz durchzuckte seinen Körper und ließ die Erdmagie in sich zusammenbrechen. Blut spritzte ihm ins Gesicht, ihm wurde schwindlig. Er hörte Semje triumphieren. Ein schriller Schrei, der Gellwick stürzte in die Tiefe.

Das Gebrüll der Horde verstummte vollends, wurde abgelöst von lautem Grollen und Getöse. Tränen standen Pitu in den Augen, verschwommen sah er, wie die Brücke langsam in sich zusammenstürzte. Breite Risse zogen sich durch die Felswand, der Sims, über den sie hierher geflüchtet waren, rauschte splitternd in die Tiefe und riss die Gellwicks mit sich.

Er robbte zurück in die Felsnische und stöhnte vor Schmerz. Blut rann ihm über den Arm, entsetzt starrte er auf seine Hand. Der kleine und der Ringfinger fehlten!

»Ein verträglicher Preis für einen großen Sieg!« Semje ließ die Streitäxte zu Boden fallen und nahm Pitu den Rucksack ab. Er selbst hatte die Tasche völlig vergessen. Es war ihm egal. Unentwegt fixierte er die blutende Wunde. Er wäre für immer verkrüppelt!

Semje kramte Verbandszeug hervor und kümmerte sich schweigend um Pitus Hand. Als erneut Schreie durch die Schlucht gellten, wussten sie, dass Kellbjähr mit seinen Männern auf die Gellwicks gestoßen war. Einige würden sie zumindest noch abfangen. Doch zu viele hatten es über die Brücke geschafft. Womöglich waren schon Dutzende auf dem Weg nach Tyklahr. Hoffentlich brachten Kessja, Wanda und Lysa sich in Sicherheit. Der nächste Wehrturm war nicht weit.

Pitu seufzte. Es hatte keinen Sinn, darüber nachzudenken. Er saß hier fest. Mit einer verkrüppelten Hand und einem Zwerg, der ihm diese Suppe eingebrockt hatte. Meisterdieb – Taschendiebstahl – das konnte er jetzt wohl vergessen. Na ja, eigentlich hatte er es ohenhin nicht mehr vorgehabt. Schon wegen Kessja. Würde sie ihn trotzdem lieben?

Was für eine unsinnige Frage! Sie waren hier gefangen. Wahrscheinlich würden sie in der Felsnische elend verhungern. Oder sich aus Frust in den Tod stürzen.

Semje hielt ihm die Fellflasche vor die Nase. »Trink!«

Pitu schüttelte den Kopf.

»Nun trink schon! Oder ich schneide dir die restlichen Finger auch noch ab!« Der Zwerg klang wütend.

Pitu nahm die Flasche und trank sie in einem Zug aus. *Um der lieben Ruhe willen.* Semjes Mundwinkel zuckte verdächtig.

»Da gibt es nichts zu grinsen. Du wolltest, dass ich trinke, und ich habe getrunken! Bist du jetzt zufrieden?«

»Zufrieden bin ich, wenn du dein wehleidiges Gesicht dorthin zurücksteckst, wo du es hergeholt hast!«

»Entschuldige, dass ich mich über eine verkrüppelte Hand nicht freuen kann!« Zornig blitzte er den Rotbart an. Was wusste der schon? Der hatte ja noch alle Finger.

»Eine verkrüppelte Hand!«, äffte Semje ihn mit piepsender Stimme nach. »Dir fehlen zwei Finger. Da ist nichts verkrüppelt. Wenn die Wunden heilen, kannst du die Hand fast so gut benutzen wie vorher«, knarzte er ungeduldig.

»Das sagst du!«, spie Pitu ihm entgegen. »Als wenn du es schon mal erlebt hättest.«

»Ich habe schon ganz anderes erlebt, Jungchen!« Jetzt klang Semje zornig. »Der Rest von dir ist doch noch in einem Stück, oder? Wie viel Zoll machen deine Fingerchen denn aus? Der kleinste Zwergenschwanz ist größer als deine fehlenden Stücke.« Er schnaubte. »Reiß dich endlich zusammen! Wir haben noch einen weiten Weg vor uns!«

»Was interessieren mich eure Schwänze.« Pitu starrte auf die Finger seiner gesunden Hand. *Was für ein unsinniger Vergleich.* Dann stutzte er.

»Was meinst du damit: ›Wir haben einen weiten Weg vor uns‹? Gibt es hier einen Ausweg?«

Semje stand auf und lachte sein lautes, rostiges Lachen. »Einen Ausweg? Dachtest du, der alte Rotbart würde dich in eine Felswand führen, um dort zu krepieren? Natürlich gibt es hier einen Weg.« Er klopfte mit der Hand auf den Fels. »Dies hier ist ein Berg! Und ich«, Semje schlug sich auf die Brust, »ich bin ein Zwerg!«

Er reichte Pitu die Hand und zog ihn mit einem Ruck auf die Füße.

»In Ordnung. Wie kommen wir zurück nach Tyklahr?«

Semjes buschige Brauen zogen sich zusammen. »Mit einem *kleinen* Umweg.« Er ging in die Felsnische hinein und kramte in seiner Gürteltasche.

Pitu folgte ihm, konnte in dem dunklen Loch jedoch nichts erkennen. »Was meinst du mit *kleinem* Umweg?«

Er hörte den Zwerg mit etwas hantieren. Funken stoben in die Luft. *Feuersteine!* Nach einigen Versuchen flammte eine Fackel auf, Pitu schirmte die Augen ab.

»Es gibt noch was zu erledigen. Dann bring ich dich zurück.«

»Bitte?« Pitu konnte es nicht fassen. »Und das sagst du jetzt?«

»Ich hatte meine Gründe!« Semje hielt die Fackel hoch und ging voran.

Verblüfft sah Pitu, dass hier ein Tunnel in den Berg führte. Dieser Zwerg war immer für eine Überraschung gut.

Langsam sickerte der letzte Satz in seinen Kopf. »Gründe? *Du* hattest deine Gründe? Und was, wenn *ich* mal Gründe hätte?« Irgendwie lief hier alles aus dem Ruder. Pitu fühlte sich, als würden ihm sämtliche Entscheidungen abgenommen.

»Das kommt darauf an, was für welche es sind«, knurrte Semje von vorn. »Und jetzt sei still! Ich muss mich auf den Weg konzentrieren.«

Pitu drehte sich um die eigene Achse. »Wie anspruchsvoll – ein Tunnel! Ja, besser du konzentrierst dich. Nicht, dass wir vorwärts und rückwärts verwechseln.«

Abrupt wandte der Zwerg sich um und fuchtelte mit der Fackel vor Pitus Gesicht. »Bei den Göttern der Himmelsschmiede! Das hier ist kein einfacher Tunnel. Das ist ein Zugang zu den geheimen Wegen von Abrinor! Er ist ausschließlich Zwergen vorbehalten. Jedes Lebewesen, egal, ob Mensch, Elb oder Urrrda«, mit rollendem »R« kam Semje ihm plötzlich so nahe, dass ihre Nasen sich fast berührten, »muss sterben, wenn es hier eindringt!«

Pitu verstand, dass er zu weit gegangen war. Vorsichtig trat er einen Schritt zurück.

»Du wirst noch dankbar sein, dass *ich* dein Führer bin!« Der Rotbart drehte sich um und ging weiter.

Pitu atmete geräuschvoll aus. »In Ordnung. Entschuldige!«

Kleinlaut folgte er. Semje konnte letztlich nichts dafür. Er hatte weder die Gellwicks erschaffen noch Pitu zum Scheltar gemacht. Der Zwerg war auch nur eine Figur im Spiel um das Schicksal Jukahbajahns. Und an der großen Brücke hatte er ihm das Leben gerettet.

»Angenommen«, hörte er ihn raunen.

Im Grunde war der Rotbart gar nicht so übel, dachte Pitu erleichtert. Wäre Semje nicht gewesen, hätte es ihn womöglich mehr als nur zwei Finger gekostet. Was hatte er gesagt? *Ein kleiner Preis für einen großen Sieg!* Ja, sie hatten den Sturm auf Tyklahr abgewendet. Die Masse der Gellwicks würde nicht so schnell über die Schlucht gelangen.

Seufzend blickte Pitu auf den Verband um seine rechte Hand. In den Wunden pochte es noch immer, aber deutlich weniger als am Anfang. Dafür war seine Schulter wieder in Ordnung und die Schwäche in den Beinen verschwunden. Wenn er sich jetzt womöglich sogar mit dem Zwerg vertrug, konnte es nicht so schlimm werden. Mit jedem Schritt fühlte er sich besser. »Semje?«

»Was willst du?«

»Was ist das für ein Auftrag, den wir erledigen müssen?«

»Erzähl ich dir später«, knurrte der Rotbart.

»Und wohin wollen wir? Dass zumindest kannst du doch wohl sagen!«

»In die tiefen Schmieden von Fullbor!«

Selana

42

Selana blickte sich hektisch um, suchte nach dem Ursprung der Stimme. Doch das Mondlicht gab nichts preis.

»Sag mir, wer du bist!«

Sie hatte diese Stimme schon einmal gehört. Plötzlich wusste sie, welche Macht in ihren Kopf eindrang. Die Erkenntnis trieb pure Angst durch ihre Adern. *Nein!* In ihr war jetzt viel mehr Magie als vor dem Kampf. *Raus aus meinem Kopf!* Sie rappelte sich auf. Sie musste diese Energie zentrieren und dagegenhalten.

»Aber nein, wer wird denn so abweisend sein? Sprich mit mir!« Die Stimme des Kreh klang seltsam hoch. Misstönend und grell, wie der höchste Ton einer schlecht gestimmten Laute.

Selana hielt sich die Ohren zu. *Mein Atem lenkt meine Magie!*

»Ein Lehrsatz der Elben also. So fing ich auch mal an. Aber es gibt viel mehr, viel bessere Wege.«

Er konnte sie hören, ihre Gedanken hören. Selana versuchte, sich dagegen zu wehren. Was konnte sie tun? Verzweifelt mühte sie sich, die neue unbeherrschte Magie in ihrem Innersten einzufangen.

»Lass uns sehen, was du vermagst. Ich spüre viel Kraft in dir.«

»Geh – aus – meinem – Kopf!« Mit sich ringend lief sie im Kreis. Plötzlich packte sie jemand bei den Schultern. Ihlinn!

»Was ist mit dir? Um der Seelen willen, sag es mir!«

Selana verstand nicht, wem sie was sagen sollte, sagen durfte. Am liebsten wollte sie nie mehr sprechen, nie mehr denken. Sich in ein tiefes Loch verkriechen und alle Magie zurücklassen.

»Hast du Schmerzen? Kann ich helfen?«

»Spüren wir die Berührung einer Elbin? So nah sind sie also?« Der Tonfall des Kreh veränderte sich, wirkte nicht mehr schrill und kalt. »Wo sind wir hier? Schau dich um, mein Kind der Macht. Zeig uns, wo wir sind.« Seine Stimme säuselte durch ihren Kopf, beschwor ein Gefühl trügerischer Verbundenheit herauf.

»Zentrier deine Macht! Du hast den Schutzwall fallen lassen. Schließ deinen Geist!« Ihlinn verstärkte ihren Griff, sodass Selanas Schultern schmerzten. Für einen kurzen Moment konzentrierte sie sich nur auf diesen Schmerz, dankbar, endlich ein Ziel zu haben.

»Merkst du, wie sie uns weh tun? Das ist es, was Elben tun: Schmerzen bereiten.« Die Stimme des Kreh wurde leiser. Was passierte? Was meinte er?

»Konzentrier dich. Du musst deinen Geist schützen!« Ihlinn schrie ihr ins Ohr. Dann ließ sie los und schlug Selana hart ins Gesicht. Der Schmerz durchzuckte ihren Kopf.

»Nein!« Bis ins Mark gellte der Schrei, brandete die Wut des Kreh. Sein unstillbarer Zorn, sein Hass. »Sie verfolgen ihre dunklen Pläne!«

Da war es wieder, das misstönende Sirren. Er war verrückt!

Selanas Kopf flog zur Seite, als sie erneut ein Hieb der Kriegerin traf. Reflexartig sog sie alle Magie in ihr Innerstes.

»Vergiss das nie!«, hörte sie die grelle Stimme des Kreh ein letztes Mal. Dann schaffte sie es endlich, ihre Energie zu lenken. Gezielt bändigte sie den Schmerz im Schädel und verschloss ihren Geist. Blitzschnell reagierte sie, als Ihlinn erneut ausholte. Mit festem Griff fing sie die Faust der Kriegerin ab.

Die Elbin keuchte. »Ist er fort?«

Selana nickte, während sie insgeheim magische Fäden in jeden Winkel des Körpers schickte. Sorgsam begann sie, einen Schutz zu weben, der ihr Innerstes auskleidete. Sie würde dem Kreh niemals wieder Zutritt gewähren.

»Wir sollten zurück zum Haus.« Ihlinn klang erschöpft. »Ich muss mich ausruhen. Ein wenig zumindest.«

Es war nicht weit zum Gatter der Wiese und von dort nur ein Sprung zu dem Gebäude, in dem ihre Freundin wartete.

»Aria?« Selana schaute aufs Dach, konnte aber nichts erkennen. Jetzt erst kam es ihr sonderbar vor, dass ihre Freundin sich die ganze Zeit nicht gerührt hatte. Ihlinn hatte zwar von ihr verlangt, im Haus zu bleiben, aber sie musste ihren verzweifelten Kampf mit dem Schatten gesehen oder zumindest gehört haben. »Aria?«

Keine Antwort.

Plötzlich packte die Elbin sie am Arm. »Dort!« Sie zeigte zurück zum Gatter.

Ein weiterer Schatten glitt auf sie zu. Diesmal entdeckte Selana ihn sofort, erkannte die zerfaserten Konturen tiefer Schwärze, in der sich bei Tageslicht alles spiegeln würde wie im Wasser eines dunklen Sees.

»Bei den Seelen!« Ihlinn starrte zur Straße. Noch einer!

Dann krachte etwas im Haus und Selana hörte einen erstickten Schrei. Aria! Ihre Gedanken überschlugen sich.

»Hier, nimm meine Kristalle.« Selana drückte der Elbin den Beutel in die Hand.

»Was soll ich tun?«

»Der Schatten auf der Straße ist noch weit genug entfernt. Mach ihn heiß darauf und wirf sie, so weit du kannst. Das verschafft uns Zeit.«

Die Elbin nickte.

»Und hilf Aria! Ich kümmere mich um den da!« Selana trat entschlossen vor. Auch wenn sie lieber nach ihrer Freundin gesehen hätte – der Schatten war schon viel zu nah. Einen Kampf in der Enge des Hauses wollte sie nicht riskieren. Dann wäre Aria erst recht in Gefahr.

Ihlinn rannte los. Selana konzentrierte sich, sog die Kräfte in ihr Innerstes, darauf bedacht, ihren Schutzwall zu nähren. Sie gab einen winzigen magischen Faden frei und trat dem Schatten entgegen. Die Hand nach ihm ausgestreckt, spürte sie die unsagbare Kälte. Schon brandete schwarze Magie in ihren Geist. Die Zeit dehnte sich, doch Selana hielt stand. Sie war vorbereitet, als die Kälte mit eisigen Fingern nach ihrer Seele griff. Dann war der Schatten über ihr, nur noch Finsternis herrschte um sie herum. Schmerzen schossen durch ihren Leib, peinigten und erschütterten sie. Mit aller Kraft stemmte sie sich gegen die drohende Ohnmacht, hieß die Qualen willkommen, bannte sie in den entlegensten Winkel ihres Geistes.

»Ich bin die Scheltar des Windes!« Selana peitschte dem Schatten ihren Ruf entgegen und überließ sich dem Sog. Sie schrie, als Haare aus ihrer Kopfhaut rissen. Wütend pumpte sie Magie in die Finsternis. Sofort fokussierte der Schatten seinen Sog auf ihre magische Quelle. Noch deutlicher als beim ersten Mal stürzten die Schemen der vernichteten Leben, die Spuren ihrer Magie und die Dunkelheit dieses Wesens auf sie ein.

Jetzt! Das Bild des magischen Netzes stand klar in ihr. Mit einem lauten Schrei ließ sie die Energie in den Schatten branden und zog dann mit aller Macht daran, um die Magie zu wenden. Finsternis flirrte vor ihren Augen, Selana spürte, wie der Sog nachließ. Das unsagbare Geschöpf bäumte sich ein letztes Mal auf, ehe seine Konturen zerfaserten und es mit einem grollenden Stöhnen zu Boden sackte.

Selanas Körper zitterte. Fassungslos blickte sie auf die schwarze Lache. Dunkler Nebel waberte empor. Warme Tränen liefen ihr übers Gesicht, erreichten ihren Mund.

Doch sie schmeckten nach Eisen. Als sie ihren Kopf betastete, erkannte sie den Preis, den dieser Kampf sie gekostet hatte. Entschlossen streckte sie die blutige Hand aus, sog die Magie in ihr Innerstes und die Macht des Schattens in sich auf. Sorgsam achtete sie auf ihren Schutzwall und schaute sich dankbar um, als keine Stimme in ihren Kopf drang.

Ihlinn war nicht zu sehen, der andere Schatten kauerte weit hinten über der Straße. Sie hatte Zeit, nach Aria zu schauen. Als sie auf das Haus zueilte, flammte Licht durch die Fenster. Schreie, krachendes Holz und das metallene Geräusch, wenn Schwerter aufeinanderschlugen.

Selana stürzte durch die Tür. Das Licht der Elbin erhellte den Raum. Aria lag zusammengesackt in den Armen eines bärtigen Mannes. Ehe Selana begreifen konnte, was er tat, schlitterte ihr ein Schwert vor die Füße. Mit einem Satz wandte sie sich um, doch Ihlinn war nicht in Gefahr. Es war das Schwert ihres Gegners gewesen.

Vor der Kriegerin kauerte ihr Angreifer zitternd im Staub. Die Spitze ihres Schwerts schwebte nur einen Fingerbreit über seinem Gesicht. Selana hob das verlorene Schwert auf und stürmte auf den Mann zu, der ihre Freundin umklammerte.

»Lass sofort von ihr ab, oder ich stech dir ...« Das Schwert in ihrer Hand fühlte sich kalt und fremd an. Sie zögerte. Im Innersten wusste sie, dass sie es nicht fertigbringen würde.

Als der Bärtige den Kopf hob, sah sie Tränen in seinen Augen. Dann erkannte sie ihn. »Korrel! Was hast du mit Aria gemacht?«

Seine Augen weiteten sich. Sofort ließ er von seiner Schwester ab und kroch von ihr weg. »Tu mir nichts!« Pure Angst lag in seiner Stimme.

Selana senkte das Schwert. »Was ist passiert?«

Immer noch flackerte die Angst in seinen Augen. Erkannte er sie denn nicht? »Wir wussten nicht, was los war.« Seine Stimme klang heiser. »Im Mondlicht haben wir ... haben wir nur die Rüstung glänzen sehen. Und dann hab ich ... mit meinem Dolch ... ich konnte doch nicht wissen ...«

Selana ließ das Schwert fallen und kniete sich zu ihrer Freundin. Korrel schlug hilflos die Hände vors Gesicht, als Selana Aria behutsam auf den Boden legte. Blut sickerte aus einer Wunde an ihrer Taille. Genau dort, wo Brust und Rückenteil ihrer Rüstung mit Lederriemen verschnürt waren.

Sie blutet! Das bedeutet, dass ihr Herz noch schlägt! Mit fahrigen Händen knotete Selana den Harnisch auf und warf gleichzeitig einen hilfesuchenden Blick zu Ihlinn. »Was kann ich tun? Ich bin keine Heilerin. Du musst mir helfen.«

Die Kriegerin bewegte sich keinen Zoll, ihre Klinge schwebte noch immer über Osse, der jämmerlich vor ihr im Staub lag. Als sie kurz herüberschaute, flackerte ein undefinierbarer Blick durch ihr Gesicht. War es Erschrecken? Oder Erkenntnis? »Was soll mit dem hier geschehen, Scheltar des Windes?«

Selana schob die Rüstung zur Seite und legte ihr Ohr auf Arias Brust. Nur schwach konnte sie den Herzschlag hören. Das Blut lief noch immer aus der Wunde, sie presste verzweifelt die Hand darauf. »Es ist mir egal. Aria braucht Hilfe.«

»Nutze deine Kraft. Lass den heilenden Atem deiner Magie in sie strömen.«

Ihlinn hob ihr Schwert ein Stück und Osse keuchte nach Luft. Sofort fing er an, herumzubrabbeln und um sein Leben zu winseln.

»Aber wie soll ich das tun?« Selana hob die Stimme, um das Gejammer dieser armseligen Kreatur zu übertönen. »Welche Worte muss ich sprechen? Gehlen hat mich noch nicht in Heilung unterwiesen.«

Ihlinn gab Osse einen Tritt und er verstummte. »Du bist eine Scheltar! Ihr braucht keine Worte. Eure Magie reicht aus. Sie reicht sogar, um Schatten zur Strecke zu bringen.«

Natürlich, Atharu hatte ihr doch erzählt, wie er mit seinem Feuerzauber geheilt hatte. Warum sollte sie das nicht können? *Und ich sitze hier und vergeude Zeit!* Behutsam hob sie die Hand von der Wunde. Sofort strömte frisches Blut heraus. Keine Zeit zu zaudern.

Sie dachte an Heilung. An Haut, die vor ihrem inneren Auge zusammenwuchs. Weiche, saubere Hautränder, die sich aneinanderfügten. Mit Zuversicht presste sie die Hand auf die Wunde und ließ ihre Kraft in Arias Körper strömen.

Der heilende Atem ihrer Magie! Das war ein Bild, mit dem sie besser leben konnte. Es war wertvoller als alles, was sie bisher gelernt hatte: die Stunden in der Arena, in denen es um Magie als Waffe gegangen war. Sie wollte nicht töten und zerstören. Doch das war es, was sie in Erellgorh gelernt hatte. »Das ist es, was Elben tun ... Schmerzen bereiten ... Sie verfolgen ihre eigenen dunklen Pläne!« Selana schüttelte den Gedanken ab. Die Worte des Kreh durften sie nicht verwirren. *Konzentriere dich auf die Heilung deiner Freundin!*

Plötzlich musste sie an ihre erste Begegnung vor dem Stadttor in Akralahr denken. An die Tage und Wochen, in denen Aria ihre Stütze gewesen war. Ihr Blick auf die Welt war durch Aria ein anderer geworden. Wäre sie ohne ihre Freundin jemals so weit gekommen?

Prüfend hob Selana die Hand. Der Blutstrom war versiegt, die Wunde geschlossen. Sie sah zu Ihlinn und erlaubte sich ein Lächeln. »Meine Magie reichte schon für *zwei* Schatten!«

Osse nutzte den Moment der Ablenkung und robbte zur Tür.

Die Kriegerin schaute ihm ungerührt nach. »Sollen wir ihn laufen lassen?« Sie hielt sich die Nase zu und blickte auf die feuchte Spur, die er hinter sich durch den Staub zog.

Selana antwortete nicht. Die Frage der Elbin war eine Versuchung! Erinnerungen krochen in ihr hoch. Osses lüsterne Blicke, das pockennarbige Gesicht dicht vor ihrem, saurer Atem und sein steifes Glied in ihrem Schoß. Er hätte sie beinahe geschändet. Es war nicht dazu gekommen, nein, aber es hatte sich trotzdem so angefühlt.

Hass blitzte in ihr auf, Verachtung. Doch sie zwang sich, ruhig zu bleiben. Sie musste diese Gefühle bezwingen, erneut wegsperren, wie sie es damals schon getan hatte. »Er ist es nicht wert, auch nur einen Finger für ihn krumm zu machen!«, sagte sie und wusste, dass er nicht noch einmal davonkommen würde, wenn er ihr je wieder ihren Weg kreuzen sollte.

An der Tür rappelte der Haufen Dreck sich auf die Beine und stolperte ins Freie.

»Danke ...«, murmelte Korrel hinter ihr.

Selana sah sich um. Behutsam strich er eine Haarsträhne aus dem Gesicht seiner Schwester. Er hatte sie aufrichtig gern.

Ein gellender Schrei ließ alle zusammenfahren. Ihlinn stürzte zur Tür und kam sofort zurück. »Der Schatten ist direkt vor dem Haus!«

»Osse?«

Ihlinn nickte. Markerschütternde Schreie hallten durch die Gassen. Spätestens jetzt waren die Bewohner der nächstgelegenen Häuser alarmiert.

»Wir sollten deine Freundin in Sicherheit bringen. Du musst dich ganz auf den Kampf konzentrieren.«

»Es gibt eine Hintertür!« Korrel sprang auf. »Helft mir, meine Schwester hinauszutragen.« Er schob die Arme unter Arias Achseln und Selana gab Ihlinn ein Zeichen.

»Ich werde auf sie achtgeben!« Die Elbin packte die Beine ihrer Freundin. »Du bist einstweilen auf dich gestellt, Selana-Scheltar!«

Selana nickte und schritt zur Tür. Osses Schreie waren verstummt, das Grollen des Schattens sprach von seinem Sieg. Als sie auf die Straße trat, reckte er sich. Eine finstere Gestalt, die zwischen den Häusern seltsam flirrte.

Erst jetzt realisierte Selana, dass der Morgen graute. Es wurde heller. Bald schon könnte das unsagbare Geschöpf seine Umgebung spiegeln. Die zerfaserte Silhouette wölbte sich, genährt von Osses Lebensmagie. Der Gedanke, genau diese Kraft nach dem Kampf in sich aufnehmen zu müssen, war Selana zuwider. Dann jedoch musste sie lächeln. Ein gutes Gefühl, sicher an den Sieg zu glauben.

Sie streckte eine Hand nach dem Schatten und schritt auf ihn zu. Es sollte ein kürzerer Kampf werden, sie hatte in den letzten beiden dazugelernt. Der Schmerz perlte an ihr ab. Sie hatte so viel Macht in sich, dass sie sofort große Mengen ihrer Magie preisgeben konnte. Das finstere Geschöpf würde nichts von der Lebensenergie ihrer Zellen bekommen. Diesmal war sie besser vorbereitet. Dennoch brandete die schwarze Magie in ihren Geist und die Zeit dehnte sich, als eisige Finger nach ihrer Seele griffen. Doch Kälte, Ohnmacht und Pein spielten für Selana keine Rolle mehr.

Kurz ließ sie den Schatten von sich kosten, ehe sie die Magie wendete. Sie feuerte ihr magisches Netz mit Wucht in die finstere Hülle und zog mit aller Gewalt an den Eingeweiden des Schattens. Da war sie, die Magie seiner unzähligen Opfer, bis hin zu Osse. Ein letztes Aufbäumen, dann zerfaserten die Konturen und hinterließen am Ende nur eine weitere Lache, von der dunkler Nebel aufstieg. Selana erschauderte vor der gewaltigen Energie, die in sie strömte. Sie müsste achtgeben, sich nicht irgendwann zu mächtig zu fühlen.

Dann erst hörte sie den Tumult auf der Straße, sah die Menschen, die aus den Häusern stürzten und ins Zentrum der Stadt flüchteten. Eine Frau stand leichenblass vor einer Tür und starrte sie an.

»Der Schatten ist besiegt!«, rief Selana und machte einen Schritt auf sie zu.

Die Frau fing panisch an zu schreien und rannte den anderen hinterher. Selana senkte betreten den Kopf. Das alles war einfach zu viel für die Menschen. Und wenn es schlecht lief, war das nur der Anfang gewesen.

Als ihr Blick in die schwarze Lache des Schattens fiel, gefror ihr das Blut in den Adern. Es hätte ein Spiegelbild ihrer selbst sein müssen. Doch sie erkannte sich nicht wieder. Ihr halber Schädel war kahl, der Rest ihrer Haare weiß, das Gesicht eine blutige Fratze.

Selana taumelte. Die Kämpfe mit den Schatten hatten ihren Preis gefordert und niemand hatte ihr vorher gesagt, wie hoch der wäre. Entschlossen schöpfte sie aus ihrer magischen Quelle und hüllte den Kopf in eine Wolke luftiger Magie. Sie würde sich nicht unterkriegen lassen. Kühl und wohltuend kreiste der magische Wind um ihren Körper. Sie spürte, wie die Wunden sich schlossen. Es fühlte sich gut an.

Als sie erneut einen Blick in den Schattenspiegel wagte, blickte ihr ein Gesicht entgegen, das ihr wieder ähnlich sah. Zwar war der halbe Schädel noch immer kahl und das verbliebene Haar weiß wie Schnee, aber die Wunden waren verheilt. Bestimmt würden auch die Haare wieder nachwachsen. *Ich habe drei Schatten besiegt! Was sind dagegen ein paar weiße Haare ...*

Entschlossen ging sie aus der Stadt in Richtung Handelsstraße. Sie musste sich vergewissern, dass die Bewohner Tyklahrs nichts mehr zu fürchten hatten. Die Weiden lagen verlassen da. Stille pochte in ihren Ohren. Die Sonne kroch über den Horizont, doch das morgendliche Konzert der Vögel blieb aus. Als hätte die Welt das Leben verschluckt. Selanas Sinne waren gespannt wie das Seil einer Balliste. Immer weiter entfernte sie sich von der Stadt. Hielt Ausschau, um den Grund für die unnatürliche Ruhe zu finden. Irgendetwas war hier ... Ihre Augen suchten nach spiegelnden Schemen, doch sie fanden nur Gräser, die sich geräuschlos im Wind bewegten. Aufmerksam horchte sie, lauschte, ob die Naturgeräusche zurückkommen würden – doch alles blieb still. In ihren Ohren nur die eigenen Schritte auf dem Kies der Straße.

Plötzlich, als sie sich dem Wald näherte, brachen klobige Gestalten durch die Zweige. Sie fuhr vor Schreck zusammen. Trotz ihrer Magie hatte sie nichts gespürt. Geräusche von links – sie wirbelte zur Seite. Grobe Formen stiegen aus den Gräsern auf. Erneut fuhr sie herum, als auch von rechts ein Raunen über das Land tönte. Überall tauchten sie aus den Wiesen auf und staksten auf sie zu. Zu viele! Was für ein Kampf sollte das werden? Selana setzte einen Fuß zurück. Noch einen. In der Stadt hätte sie vielleicht eine Chance. Könnte sich auf eine Richtung konzentrieren. Im selben Moment begannen die Gestalten zu schreien!

Atharu
43

Die Steinwand des Tempels drückte kalt gegen seinen Rücken. Atharu wartete mit Jehlen und Benn auf Ayian, der noch mit Brandan, dem anderen Tempeljungen, sprach.

Was Namen auslösen konnten. Atharus Sorge um seinen Freund und Begleiter war stärker denn je. Nachts hatten ihn wirre Träume geplagt. Streit mit dem Tangorajäger – eine unwirkliche Szenerie, die unerwartet in kaltem Schnee versank. Scharfe Kristalle, die auf sie niederprasselten und alles rot färbten. Plötzlich lag Brandan leblos zu seinen Füßen. Wind wirbelte die Flocken umher und tauchte das Bild in eine rosarote Wolke. Er wollte etwas tun, Kräuter verwenden oder Heilzauber sprechen, doch mit einem Mal war sein Freund verschwunden. Wie aus dem Nichts war Selanas Freundin auf ihn zugewankt, mit anklagendem, schreckgeweitetem Blick hatte sie ihm ihre blutigen Hände entgegengestreckt.

Atharu war mit pochendem Herzen hochgeschreckt, hatte sich die Augen gerieben und versucht, die verstörenden Bilder zu verdrängen. Doch er hatte danach keinen Schlaf mehr finden können.

Als die Tempelbrüder später das Frühstück bereitet hatten, war er froh gewesen, dass Jehlen und Benn schwiegen. Vielleicht waren auch sie von bösen Träumen heimgesucht worden? Vielleicht konzentrierten sie sich auch einfach nur auf das, was vor ihnen lag. Sie wollten, nein, sie mussten so schnell wie möglich nach Erellgorh zurück, damit endlich das Medaillon neu geschmiedet werden konnte. Der Schlüssel zum Grehum. Doch zwischen ihnen und der Elbenstadt standen die Gellwicks!

Vater Prynn lebte noch. Das erleichterte den Abschied. Atharu hätte die enttäuschten, trauernden oder vorwurfsvollen Blicke der Tempelbrüder nicht ertragen können. Insbesondere nicht die Trauer Ayians.

In diesem Moment kam der Junge zu ihnen. »Ich habe mich mit Brandan besprochen. Er kennt die Gänge im Friedenstempel viel besser als ich. Wir haben uns einen guten Weg überlegt. Mir nach!«, wies er sie im Brustton der Überzeugung an und übernahm mit federnden Schritten die Führung.

Zurück durch den Schlaftrakt der Frauen, Kinder und Alten und die Vorhalle mit den Männern. Dann durch die schwere Tür in den äußeren Ring. Draußen dämmerte es bereits. Atharu blickte sich nach den Silbereulen um, aber sie waren verschwunden.

»Tagsüber sind sie meist unter den Dächern der Anbauten. Dort gibt es große Hohlräume«, erklärte Ayian, der Atharus suchenden Blick bemerkt haben musste.

Der Kleine lächelte, wahrscheinlich stolz darüber, sein Wissen teilen zu können. *Was für ein aufgeweckter Junge! Er lebt im Hier und Jetzt und macht das Beste aus allem.* Jede Schwierigkeit oder Bedrohung schien für ihn so normal wie ein Schnupfen, der nach einigen Tagen von allein wieder abzog. Wenn man das doch auch von den Gellwicks sagen könnte.

Ayian führte sie vorbei an weiteren Steinmetzarbeiten. Figuren und Säulen, manche grob gemeißelt, manche mit besonders kunstvollen und fein gearbeiteten Oberflächen. Sogar überlebensgroße Statuen hatten ihren Platz gefunden. »Der Ring der Erinnerung. Von allen Völkern wurden dereinst Erbstücke ihrer Kultur gespendet, um sie in Sicherheit zu wissen.«

»Wohl eher als Mahnmal«, raunte Jehlen.

Als sie weiter voranschritten, kam ein Standbild in Sicht, das alle anderen in den Schatten stellte. Atharu hatte noch nie etwas Vergleichbares gesehen. Und doch kam es ihm seltsam vertraut vor. Eine riesige, geflügelte Echse, mit gezähnten Schuppen, das Maul gespickt mit spitzen Zähnen. Der lange Schwanz wand sich um geisterhafte Schemen, die entfernt an Menschen erinnerten. Eine der krallenbewehrten Pranken wies nach vorn, als wollte sie Einhalt gebieten, um die Menschenabbilder zu schützen. Voll Ehrfurcht blieb Atharu stehen.

»Meiner Seelen! Was für ein Kunstwerk ...«

»Ein Drachtarh. Ich würde meinen, Ihr kennt sie schon.« Jehlen war neben ihn getreten und blickte Atharu mit schiefem Kopf an.

»Es kommt mir seltsam vertraut vor, aber ich ...« Dann fiel sein Blick auf die Flügel, und die Erinnerung kam wieder. »Mein Feuerzauber in der Arena!«

Jehlen nickte.

»Ondara hatte mir einstmals eine Höhlenmalerei gezeigt, die ähnlich aussah. Aber was ist ein Drachtarh?«

»Hallo? Kommt ihr?« Ayians Ruf von vorn rief ihn in die Gegenwart zurück.

»Ich denke, Jehlen kann es Euch auf dem Weg erklären!« Bonn gab ihm einen Klaps auf die Schulter und schob ihn an.

»Drachtarh wachten der Sage nach in den Tiefen des Grehum über die Seelen«, sagte Jehlen im Weitergehen. »Die Menschen nannten sie Weltenhunde.«

»Nannten? Jetzt nicht mehr?« Atharu blickte nach vorn, wo Ayian mit einem eisernen Zackenstab winkte, der fast die

Länge seines Unterarms hatte. Er stand vor einer verschlossenen Tür, hatte aber wohl den passenden Schlüssel gefunden.

»Nun, diese Sagen sind so alt wie die Welt«, sagte Jehlen. »Und in den letzten zweihundert Wintern ist nichts geschehen, was ihr Andenken genährt hätte. Ich denke, Ihr Menschen habt die Weltenhunde einfach vergessen. Vielleicht ein Segen, wer weiß das schon.«

Atharu warf einen zweifelnden Blick zurück. Kaum zu glauben, dass solche Wesen in Vergessenheit geraten konnten. Als er sich wieder nach vorn umwandte, konnte er gerade noch rechtzeitig den Kopf einziehen. Diese Tür war viel niedriger als die bisherigen. Zum Glück war die Decke dahinter hoch genug, um aufrecht gehen zu können.

Ayian entzündete eine Fackel und führte sie in den schmalen Gang. Sie mussten hintereinandergehen, Atharu fühlte sich seltsam bedrängt und eingeengt. Doch das richtete seinen Blick wieder auf die Dinge, die vor ihnen lagen. Den Versuch, ungesehen an den Gellwicks vorbeizukommen, Tonda heil zu entfliehen und das letzte Bruchstück sicher nach Erellgorh zu bringen. Er würde Jehlen später noch einmal zu den Drachtarh befragen. Denn wenn er es richtig herausgehört hatte, waren sie bei den Elben nicht vergessen. Vielleicht gab es einen Grund dafür.

Es war kühl zwischen den steinernen Wänden. Auf beiden Seiten gab es niedrige Türen. Vorratsräume, wie Ayian berichtete.

»Die Türen sind extra klein gehalten«, erklärte ihr Freund. »Zum einen sind wir Tempelkinder für die Vorräte und die Küche zuständig. Und zum anderen soll es wohl das Plündern erschweren. Die Leute müssten einzeln und gebückt angreifen.« Ayian leuchtete zur Decke, unter der lange Piken hingen. »Damit könnten wir Räuber über Tage in Schach halten. Aber wer sollte hier schon plündern kommen?«

Hoffentlich niemand, dachte Atharu. Hoffentlich niemand.

Ayian führte sie tiefer in das Gängesystem von Tondaborgen. An den Wänden sah Atharu Symbole. Doch die Fackel spendete zu wenig Licht und ließ gleichzeitig zu viele Schatten tanzen, um Genaueres zu erkennen.

»Wir sind gleich unterhalb des Säulengangs, nicht wahr, Freund Ayian?« Jehlens Stimme durchbrach ihren schweigsamen Zug.

»Stimmt!«

»Ihr wisst es doch. Warum fragt Ihr?«, kam es dunkel von Bennzhardizh.

»Nun, ich könnte mich irren. Und Irrtümer können verheerende Folgen haben.«

Benn stöhnte.

»Zudem erscheint es mir höflicher. Freund Ayian, das ist aber nicht die Ebene, über die wir hereinkamen, richtig?«

»Er wird niemals damit aufhören«, raunte Benn von vorn.

»Stimmt!« Ayians Antwort war unfreiwillig zweideutig, Atharu musste grinsen. »Du scheinst dich in den Gängen des Tempels gut orientieren zu können. Ich habe ewig dafür gebraucht.«

»Nun, weißt du, es ist ...«

»Bitte, Freund Jehlen!« Irgendwie schaffte Benn es, seine Stimme noch tiefer klingen zu lassen.

»Wie auch immer ... wo kommen wir hinaus und wie erreichen wir von dort unser Boot?« Jehlens Stimme klang jetzt seltsam reserviert. Wie schade. Inzwischen mochte Atharu den Singsang seines Mentors, wenn der Freude an einer Unterhaltung fand.

»Wir sind da!« Ayian blieb vor ihnen stehen und presste sich an die Wand. Im Fackelschein erkannte Atharu eine massiv geschmiedete Tür, vor der ein runenverzierter Riegel lag. »Dieser Zugang geht nach Norden. Hier führen keine Treppen nach unten, weil sich direkt die Wiesen und Felder der Bruderschaft anschließen. Linker Hand führt ein Weg um Tondaborgen herum. Auf dem gelangt ihr zu den Treppen und zurück zum Fluss.« Die Stimme ihres kleinen Freundes klang belegt. *Abschiede liegen ihm nicht.* Aber das Leben würde ihm sicher noch viele davon bescheren.

»Verläuft der Weg unter dem Säulengang?«, fragte Benn.

Der Kleine schüttelte den Kopf. »Nein. Er geht etwas im Bogen um den Friedenstempel herum.«

»Das ist gut!«

»Gut?«, rief Jehlen. »Wir werden keine Deckung haben. Die Gellwicks können sich direkt auf uns stürzen.«

Atharu merkte, wie sein Puls sich beim Wortwechsel seiner Begleiter beschleunigte. Die Gefahr lag direkt vor ihnen. Einzig durch diese Tür von ihnen getrennt.

»Nur wenige Schritte aus der Reichweite des Säulengangs und wir können wieder Magie wirken. *Das* ist die gute Nachricht!« Benn ging an Ayian vorbei und packte den Riegel, ehe Jehlen noch irgendetwas dazu sagen konnte.

Also legte der nur ergeben die Hände auf die Schultern ihres kleinen Freundes, während er sich an ihm vorbeischob. »Wir danken dir aus vollster Seele. Es gibt immer Hoffnung.« Sein Kopf legte sich von einer auf die andere Seite, dann wandte er sich Benn zu, um ihm den schweren Riegel abzunehmen.

Atharu nahm Ayian beim Arm und zog ihn zurück in den Gang, damit vorn mehr Platz wäre. Er sah die Augen des Kleinen im Schein der Fackel glänzen und schluckte. »Du darfst uns nicht nachsehen, wenn wir draußen sind. Schließ sofort die Tür, egal, was du hörst. Machst du das?«

Ayian nickte, die Lippen fest aufeinandergepresst.

»Wir kommen zurecht. Du musst uns nicht noch einmal retten. Kümmere dich um Vater Prynn. Versprichst du es?«

Wieder nickte der Kleine. Dann fiel er Atharu ungelenk in die Arme, die Fackel zur Seite gestreckt.

»Ihr müsst noch eine Weile im Tempel aushalten«, flüsterte Atharu ins Ohr des Jungen. »Ich vertraue auf dich, Freund Ayian. Auf dich und Brandan!«

Die Tür knarrte leise und ein Lichtstrahl fiel in den Gang. Sofort ließ Atharu von Ayian ab und drängte Jehlen und Benn hinterher. Schnell duckte er sich durch die Tür nach draußen, damit Ayian hinter ihm den Tempel wieder sichern konnte.

Die Tür schlug zu und Atharu war froh, die Tempelbrüder und Bürger von Tonda in Sicherheit zu wissen.

Noch stand die Sonne niedrig am Himmel, doch da sie aus den dunklen Gängen kamen, blendete das Licht in ihren Augen.

»Zu still«, raunte Benn und trat aus dem Schatten des Tempels.

Jehlen folgte ihm. Vor ihnen eine weite Fläche mit hohem Gras, das sich leise im Wind bewegte. *Im Wind?* Es war gar kein Wind zu spüren ...

Jäh brach die Ruhe in sich zusammen. Heiseres Gebrüll prügelte sich in ihre Ohren, als die Gellwicks aus der Deckung sprangen. Wurfmesser flogen und Benn warf sich auf den Boden. Atharus Herz raste. Seine Energie ballte sich zu einem mächtigen Knoten, der mit Wucht zerbarst, als er die Arme reflexartig nach vorne stieß.

»Nein!« Er hörte Jehlens Schrei, als Flammenspeere aus seinen Fingern schossen. »Weg vom Tempel!«

Entsetzt blickte Atharu auf seine Hände. Keine Magie in Tondaborgen! Aber es hatte funktioniert, oder nicht?

»Neiiiin!« Die dunkle Stimme Benns. »Du Narr!«

Die Feuerlanzen schnellten dahin, in weitem Bogen – und kamen zurück. Schossen direkt auf ihn zu! Die Magie wendete sich gegen ihn, wie sein Mentor und Bennzhardizh es vorausgesagt hatten. Und es gab nichts, was er tun konnte. Jeden Moment würden sie ihn treffen. Hilflos hob er die Arme.

Plötzlich war Jehlen da, warf sich vor ihn – und im selben Augenblick durchbohrten ihn die Feuerlanzen. Seltsam erstarrt hing die hagere Gestalt seines Mentors in der Luft, als nur einen Lidschlag später das Feuer der Lanzen im Körper des Elbs verglomm.

Die Zeit dehnte sich, Atharus Magen schnürte sich zusammen. Entsetzen und Pein jagten ihm durch den Kopf. Das konnte nicht, durfte nicht ... Schmerz durchzuckte seine Seele, als Jehlen zu Boden stürzte und leblos liegen blieb wie ein gefällter Baum. Es raubte Atharu den Atem, ließ sein Herz aussetzen und löschte jede Hoffnung.

Die Schreie der Gellwicks brandeten über ihn hinweg. Zu viel, um es zu begreifen. Schatten flogen durch die Luft, Benn sprang auf und drehte sich wie ein Irrer im Kreis.

Atharu sank auf die Knie, wollte helfen und war doch hilflos. Was hatte er getan? Er sah sich um. Überall kamen ihnen Feinde entgegen. Von allen Seiten! Und Benn tanzte, verzweifelt bemüht, den Nebelzauber zu entfachen. Schon traf ihn ein Wurfmesser an der Schulter, fing sich ein Pfeil in seinem Arm. Aber Benn drehte sich weiter und endlich verdichtete sich die Luft.

Noch immer flogen Messer. Die Gellwicks zielten auf den Nebelmacher, begierig, ihn zu Fall zu bringen. Dann gellten Schreie vom Himmel, und der Angriff stockte. Doch Atharu nahm kaum Notiz davon. Hilflos kniete er neben Jehlen, legte ein Ohr auf seine Brust und horchte. Aber er hörte nur den brüllenden Lärm um sie herum. Fühlte nichts außer dem Verlust, der durch seine Eingeweide tobte.

»Kommt endlich und helft!« Benns Tanz brach ab, er wankte, zog den Pfeil aus seinem Arm und hinkte auf ihn zu. Die dunstigen Schwaden des Nebelmachers bedeckten nur den Boden. Geisterhaft tanzten die Oberkörper und Köpfe der Gellwicks darüber.

Helfen? Wie sollte er helfen? Er hatte Jehlen umgebracht. Seinen Mentor und Freund! Tränen flossen ihm aus den Augen, während er sich über dem leblosen Körper krümmte.

Benn kniete sich ungelenk dazu, untersuchte Jehlen und packte Atharu bei den Schultern. »Ihr könnt ihm nicht mehr helfen. Kommt endlich! Wir müssen hier weg. Aus dem Wirkungsbereich der Runen. Wenn ihre Ablenkung nicht länger hilft, brauchen wir Eure Magie!«

Welche Ablenkung und warum ausgerechnet *seine* Magie? Diese verheerende tödliche Macht.

Erneut veränderten sich die Schreie, Schatten flogen durch die Luft. Das Gebrüll wurde von Schmerzensschreien durchbrochen. Doch Atharu konnte sich nicht konzentrieren.

»Steht endlich auf!«

Kraftvolle Hände zogen ihn auf die Beine. Benns Gesicht nur einen Zoll vor Atharus Augen. Hilflos versuchte er, dem stechenden Blick auszuweichen. Dem Zeugen zu entfliehen, der alles mit angesehen hatten. Fassungslosigkeit und Trauer betäubten ihn. Sein Kopf war wie in dicke Wolle gepackt – fest verschnürt, um die Wahrheit auszusperren.

Dann schlug ihm etwas hart ins Gesicht. Der Schmerz brach durch die dumpfe Schicht des Schocks wie eine Axt durch ein Holzscheit. Der Lärm der Welt brandete mit Wucht über ihn hinweg. Jehlen war tot!

Wieder ein Schlag, Schmerz zuckte durch seinen Kopf. Es war noch nicht vorbei. Die Gellwicks, Selana, Brandan ... Eine Bewegung im Augenwinkel, und Atharu reagierte blitzschnell. Er packte Benns Faust, ehe sie ihn erneut treffen konnte.

»Bei den Seelen, willkommen zurück! Und jetzt kommt endlich! Wir haben Hilfe bekommen.« Benn zeigte über sich. »Die Tempeljungen können ziemlich gut werfen!«

Atharu sah Steine fliegen. Hörte gellende Schreie aus den Reihen der Gellwicks. Zumindest für den Moment hielten sie die Angreifer auf Abstand.

»Aber es wird nicht ohne Euch gehen. Ihr müsst aus dem Bannbereich von Tondaborgen heraus!«

»Und Jehlen? Wir können ihn doch nicht so liegen lassen.«

»Wir können nichts mehr für ihn tun!«

Atharu suchte in den stechenden Augen des Nebelmachers nach Mitgefühl – doch er fand keines.

»Wartet!« Er stürzte zurück an die Tür und pochte kraftvoll dagegen. Dann zerrte er den Körper des Freundes an die Wand. Vielleicht war Ayian noch in der Nähe. Einen letzten Atemzug lang sah er ins Gesicht seines Mentors, blickte in die vertrauten Züge. Der Kopf war zur Seite geneigt, als wollte er ihm noch einen letzten mahnenden Rat mit auf den Weg geben.

Atharu hatte ihm so viel zu verdanken. »Mögen die Seelen mit dir sein, Freund Jehlen!« Mit einem Handstreich schloss er die blicklosen Augen seines Mentors und wandte sich ab.

Pitu
44

Schier endlos zog der Tunnel sich hin, bis sie an eine Kreuzung kamen. Wie weit mochte es sein bis zu den tiefen Schmieden von Fullbor? Und was sollten sie da überhaupt? Aus Semje war nichts herauszubekommen. Er bestand darauf, erst einmal aus der Gefahrenzone hinauszukommen.

»Ich denke, in den Tunneln gibt es nur Zwerge.«

»Normalerweise schon.«

»Normalerweise?«

»Einer der Zugänge, na ja ...« Der Rotbart zögerte.

»Jetzt sag nicht, dass der in der schwarzen Festung ist.«

Pitu stöhnte, als Semje das Gesicht verzog.

Der Zwerg antwortete nicht gleich, sondern untersuchte die Felswände an allen Ecken der Kreuzung und trat dann entschlossen in den linken Gang. »Womöglich ist er seit Jahren verschüttet. Wer kann das schon wissen«, grummelte er.

»Die Zwerge vielleicht? Weil es ihre *geheimen Wege* sind, die sie bis aufs Blut verteidigen?« Pitu konnte es nicht fassen. Wohin hatte Semje ihn geführt? Er sollte doch Bescheid wissen.

»Nun, kann sein, dass ich nicht alles erzählt habe«, rückte der Rotbart zögerlich heraus. »Wofür soll das auch wichtig sein.« Plötzlich klang er gewohnt mürrisch. »Es ist der einzige Weg und fertig!«

Eine Zeit lang gingen sie schweigend durch den Tunnel. An der nächsten Kreuzung nahm Semje eine Fackel aus einem der Halter und ließ die heruntergebrannte in demselben zurück. Wieder untersuchte er die Wände.

Pitu nutzte die Gelegenheit, um zwei unbenutzte Fackelhölzer im Rucksack zu verstauen. Er hasste es, hier unter der Erde zu sein, und mochte sich nicht vorstellen, wie das Ganze im Stockdunkeln wäre.

Erneut entschied sein rotbärtiger Begleiter sich zügig für einen der Gänge. Pitu versuchte, die wegweisenden Zeichen zu erkennen, nach denen der Zwerg vorzugehen schien. Doch er konnte nichts entdecken. Er musste an Fludo denken und lächelte. *Bilder merken, Bilder finden, Weg wissen.* Gegen diese muffige Felsengruft hier waren die Athür das reinste Paradies.

Kurz nachdem sie zwei kleinere Gänge passiert hatten, weitete der Tunnel sich. Vor ihnen hing eine schwere Gittertür schief in den Angeln.

»Oh!« Semje machte ein paar schnelle Schritte darauf zu.

»Oh? Was heißt ›oh‹?« Sofort war Pitu neben ihm, ein ungutes Gefühl im Bauch.

Doch Semje winkte ab und deutete auf den Rost und die Spinnweben, von denen sich gerade einige in der Hitze der Fackel kokelnd verabschiedeten. »Der Zugang ist schon vor mehreren Monden aufgebrochen worden.«

»Und das ist gut?« Pitu schaute sich um. Auf dem staubigen Boden gab es zumindest keine frischen Spuren.

»Das bedeutet, dass wir nicht der Grund dafür waren.«

Pitu schluckte. »Sind wir jetzt etwa unter der Festung? Also, sind da über uns ...« Er verstummte.

»Tausend oder mehr Gellwicks? Ja! Zwei Gänge zurück liegt der Treppenschacht«, raunte Semje und blickte sich horchend um.

Stille. Nur ihr Atmen erfüllte die abgestandene Luft.

»Lass uns lieber noch ein Stück weitergehen, bevor wir eine kleine Rast wagen.« Wie zur Bestätigung knurrte der Magen des Zwergs.

Pitu heftete sich sofort wieder an Semjes Fersen. Der Rotbart hielt die Fackel jetzt höher, und so konnte man erkennen, dass Säulen in die Wände gearbeitet waren, die sich in anmutigen Bögen über die Tunneldecke spannten. Anscheinend kamen sie endlich in wichtigere Bereiche dieses unterirdischen Labyrinths. Wie lange waren sie eigentlich schon unterwegs? Pitu hatte inzwischen jedes Zeitgefühl verloren. Sicher war es schon Abend. Oder Nacht?

Der Säulengang bog nach links und öffnete sich dann in eine größere Halle. Semje entzündete eine weitere Fackel aus einer Halterung in der Wand. »Wir brauchen mehr Licht.« Er reichte sie Pitu.

»Immerhin ist dafür gut vorgesorgt.« Dankbar nahm er sie entgegen und betrat den großen Raum.

»Zwerge hinterlassen stets alles in ordentlichem Zustand! Das hat etwas mit Respekt zu tun. Respekt vor den Ahnen und vor denen, die nach uns kommen!« Die knarrend tiefe Stimme des Zwergs klang feierlich und stolz.

Pitu lächelte, fast ein wenig gerührt. Der alte Haudegen konnte tatsächlich melancholisch sein. Doch als sie auf der anderen Seite der Halle ankamen, erstarb Pitus Lächeln.

»Dann haben deine Leute wohl nicht gewusst, dass hier auch noch welche langkommen!«

Im Fackelschein türmte sich felsiges Geröll.

»Was? Nein!« Semje kam zu ihm gelaufen.

Vor ihnen ragten drei große Torbögen auf. Oder vielmehr das, was noch von ihnen übrig war. Überall lag Geröll, die Bögen waren an manchen Stellen kaum noch zu erahnen. Was immer Semje an den anderen Kreuzungen untersucht hatte, um den richtigen Weg zu finden, hier würde er es sicher nicht finden. Der Zwerg leuchtete zur Decke, ging zur Mitte der Halle und kam dann in weitem Bogen zurück zu Pitu.

»Das war kein natürliches Beben. Es sind zu wenig Risse im Felsen. Die Zugänge sind absichtlich zerstört worden.« Schwerfällig ließ Semje sich auf einen der abgesprengten Steine fallen.

»Welcher der drei Gänge wäre der richtige gewesen?« Pitu kletterte die Trümmer des rechten Gangs hinauf und suchte nach einer Öffnung. Vielleicht ließ sich noch etwas ausrichten.

»Es ist zu lange her. Ohne die Zwergenrunen kann ich es nicht sagen.« Die Stimme des Rotbarts klang plötzlich müde.

Pitu kam ins Straucheln und sog scharf die Luft durch die Zähne, als er sich mit der verletzten Hand abstützte. Wie sehr zwei fehlende Finger doch schmerzen konnten. Vorsichtig kletterte er weiter, suchte immer wieder festen Stand, um an kleineren Trümmern zu ruckeln oder zu drücken. Keine Aussicht auf Erfolg. Dieser Gang war nicht zu retten.

»Und?« Die Frage des Zwergs klang wenig zuversichtlich.

»Nupp, nichts zu machen!« Dennoch ließ Pitu sich nicht beirren und kletterte zum nächsten Gang.

»Nupp? Was soll das denn für eine Sprache sein?« Semje schüttelte den Kopf. »Das ist dem Ernst der Situation wohl kaum angemessen.«

Pitu grinste. »Nupp ist nupp. Nur so ein Wort.« Ächzend hievte er sich auf einen Felsen, darauf bedacht, die Fackel nicht aus der Hand zu verlieren. »Und wie ernst die Situation ist, wissen wir erst, nachdem wir alles untersucht haben.«

Semje grunzte etwas Unverständliches in seinen Bart.

»Ach komm schon, Rotbart!« Pitu blickte dem Zwerg auf den behelmten Kopf. »Mach dich mal nützlich und untersuch den letzten Zugang.«

»Mal nützlich? Mal nütz...lich?« Empört kam der Zwerg auf die Beine. »Komm du mir nur runter. Dann zeige ich dir, was nützlich ist!« Drohend hob er eine Faust – stapfte aber brav zum linken Gang.

Als Pitu seine Suche gerade ergebnislos einstellen und vorsichtig wieder nach unten klettern wollte, hörte er Semjes leisen Pfiff.

»Na, was haben wir denn da?«

Er eilte hinüber. »Was hast du gefunden?«

Dieser Durchgang war noch hoffnungsloser verschüttet als die anderen. Semje trat zurück und starrte lächelnd auf einen breiten Felsquader, der quer unter dem Geröll lag.

»Was ist denn? Ich sehe nichts. Nicht die kleinste Lücke.«

»Noch nicht!« Der Zwerg grinste und zwinkerte ihm zu.

Pitu verstand gar nichts mehr. Er ging hin und her, leuchtete das Geröll ab – nichts! »Was siehst du, was ich nicht sehe? Nun sag schon.«

»Nupp!«

»Nupp?«

Semje befreite sich in aller Seelenruhe vom Gürtel mit den Streitäxten. Dann nahm er die Reisetasche vom Rücken und begann sie aufzuknöpfen. »Erst mal wird gegessen. So hungrig kann ja keiner klar denken.«

Pitu fügte sich schnaubend. Kurz darauf aßen sie Dörrobst und getrockneten Fisch. Dazu reichte Semje Brotscheiben, die nur aus Körnern zu bestehen schienen. In Erwartung eines harten und trockenen Kanten biss Pitu sehr zögerlich hinein. Überrascht blickte er seinen Begleiter an.

»Wo hast du dieses Brot her? Das ist ja köstlich.« Er kaute extra langsam, um den körnigen Bissen ausgiebig zu genießen.

»Ein Zwergenrezept meiner Mutter. Brot ohne Mehl!«

»Ohne Mehl? Wie geht das denn?« Pitu legte das Stück Fisch, das er sich schon genommen hatte, zurück und nahm noch eine Scheibe Brot.

»Flohsamenpulver. Gibt es reichlich unter der Erde.«

Pitu hustete.

»Keine Sorge. Ich meine nicht die Viecher aus deinen Haaren. Wir nennen die Samen vom Schwarzgrottenmoos so. Rein pflanzlich also.« Er klopfte Pitu so fest auf den Rücken, dass ihm ein Stück Flohsamenbrot aus dem Mund flog.

»Sehr witzig.« Pitu griff nach dem Stück und wischte es am Ärmel ab. Erst beim Essen hatte er gemerkt, wie hungrig er war.

Semje lehnte sich an die Wand und klopfte zufrieden auf seinen runden Bauch. »So, ich denke, ich bin dir noch eine Antwort schuldig.«

»Hng, da... glau... i... auch.« Pitu kaute an einem letzten Bissen Brot und sah zum linken Gang hinüber. Er war sicher, dass es etwas mit dem breiten Felsquader auf sich haben musste.

Semje folgte seinem Blick. »Ach das? Nein, alles hübsch der Reihe nach. Erst mal sollst du wissen, was unser Auftrag ist!«

Pitu spülte den Mund mit einem großen Schluck Wasser. »Die tiefen Schmieden von ... von Volldings ...« Er grinste.

Semje gab ihm einen Klaps auf den Kopf. »Fullbor! Die tiefen Schmieden sind der ganze Stolz der Abrindarh. Kein anderes Zwergenvolk hat etwas Ähnliches erschaffen. Man sagt, sie könnten es sogar mit den magischen Schmieden von Erellgorh aufnehmen. Ich denke nicht, dass ein Vergleich möglich ist. Die Schmieden der Elben sind darauf ausgelegt, in mühseliger Fummelei unnötig ziselierte Werkstücke zu fertigen, die niemand braucht. Alles nur hübscher Schnickschnack. Aber die tiefen Schmieden von Fullbor sind wie geschaffen für das Fertigen epischer Waffen.« Die Augen des Zwergs leuchteten und Pitu spürte den Stolz in seiner Stimme. »Der tiefste Fluss, der je erblickt wurde, fließt durch die mächtigen Hallen von Fullbor. Sein Wasser glänzt so silbrig und weiß wie das Haar der Kennluren.«

»Kennluren?«

Semje schaute ihn verblüfft an. »Du hast noch nie von den Geistern der Berge gehört?«

Pitu schüttelte den Kopf.

»Ich vergesse immer, wie wenig ihr Menschen von der Welt kennt. Wenn der Tod in die Berge kommt, steigen die Geister aus den Tiefen empor. Wo immer ein Zwerg sein Leben aushaucht, kommen Kennluren und küssen seine Seele.«

»Wofür soll das denn gut sein?« *Das hörte sich jetzt doch ein wenig schräg an.*

»Das Leben von uns Zwergen währt lange. Unsere Körper sind hart wie der Fels, in dem wir aufwachsen. Sie geben unsere Seelen nicht so einfach frei. Deswegen sagen die Elben von uns, wir seien zu stur zum Sterben.« Er spuckte aus. »Als ob die Langohren da besser wären.«

Pitu ging auf den blödsinnigen Elben-Zwergen-Zwist nicht ein. Der war schon so alt wie die Welt. »Soll das heißen, dass ihr ohne Kennluren überhaupt nicht sterben könnt?«

Semje nickte lächelnd, doch für Pitu hörte sich das etwas zu mystisch an.

»Wie auch immer. Mit dem Wasser des Silberflusses vermögen wir, magische Runen in unsere Werkstücke zu schmieden. Es sind die einzigen Schmieden der Welt, mit denen das möglich ist!« Semje zog die buschigen Augenbrauen zusammen. Seine Augen funkelten, als wollten sie Pitu zu einer Reaktion drängen.

Und der verstand plötzlich. Armeen von Gellwicks, gelenkt durch dunkle Runen schwarzer Magie. Irgendwoher mussten die Armreife kommen. Er riss die Augen auf. »Die Zwerge? Dein Volk schmiedet schwarze Runen für den Kreh?«

Semje zuckte zusammen und blickte sich um. »Hammerrost und Meißelbruch! Musst du diesen Namen hier so herauspoltern? Wer weiß, wie weit seine Macht inzwischen reicht?« Er zupfte sich umständlich ein Tuch aus der Tasche und wischte über die Stirn. »Natürlich machen wir das nicht. Die Schmieden von Fullbor wurden erobert. Besetzt und geschändet mit dunkler Magie!«

Pitu glaubte zu verstehen, was seine Aufgabe in dieser Geschichte wäre. »Und ich soll sie zerstören? Das wertvollste Erbe deines Volkes? Die einzigen Runenschmieden der Welt?«

Semje riss den Helm vom Kopf und raufte sich die Haare. Dann mühte er sich auf seine kurzen Beine. »Das will keiner! Ich am allerwenigsten. Aber wenn wir nur so verhindern können, dass diese Krähe weitere Armeen ins Feld führt, dann soll es so sein. Jedenfalls müssen wir erst mal hin, dann sehen wir weiter!« Der Zwerg packte seine Sachen zusammen und schnallte sich die Streitäxte wieder um die Hüften.

Pitu erhob sich, schnippte die letzten Brotkrümel vom schönen Melboleder seiner Rüstung und schulterte den Rucksack. »Und wie soll's jetzt weitergehen?«

Semje sah ihm in die Augen. »Na, wir haben doch schließlich so einen Erd-Magie-Dingsbums bei uns. Ich dachte mir, wenn du Sachen zum Einsturz bringen kannst, kannst du bestimmt auch welche wieder aufbauen. Oder?«

»Also, ich ...« Was für eine krause Idee war das denn? »Ich hab keine Ahnung, für was du mich hältst. Ich bin nur ein Erdmagier in Ausbildung. Oder besser *ohne* Ausbildung. Kaputt machen kann ich schon ganz gut, aber heil machen?« Pitu zuckte mit den Achseln. Sein Blick fiel auf den Verband. Bisher war die rechte Hand sein wichtigstes Werkzeug gewesen. Die Linke hatte immer nur zur Verstärkung gedient.

»Blablablab, alles Ausreden. Hock dich hin und versuch es. In meinen jungen Jahren war ich ein recht passabler Steinmetz. Wenn ich einen Stein vor mir hatte, wusste ich schon, was daraus werden sollte, bevor ich den ersten Schlag ansetzte. So oder so ähnlich stelle ich es mir mit deiner Magie vor. Konzentrier dich darauf, was du tun willst, und mach's einfach!«

Der Zwerg ging zu dem länglichen Felsquader und legte die Hand darauf. »Wenn du es schaffst, links und rechts Säulen emporwachsen zu lassen, könntest du ein Tor bauen, durch das wir durchkommen müssten.«

Gar nicht so dumm, was der Rotbart von sich gab. Einen Versuch wäre es wert. Pitu dachte an all das, was er mit seiner Magie schon bewirkt hatte. Erde, Steine, Felsen hatte er bewegt und gesprengt. Sogar den riesigen Sockelstein der großen Brücke hatte er beiseite geschoben. Da sollten doch so ein paar Säulen drin sein.

Er kniete nieder und dachte an Lieburus' Ratschläge. Irgendwie fehlte ihm der alte Zausel. Ob er ihn je wiedersehen würde? *Zumindest nicht, wenn du hier Wurzeln schlägst!*

Er konzentrierte sich darauf, seine Sinne zu öffnen, die Wahrnehmung zu schärfen. Und sofort wurde alles klarer. Die abgestandene Luft roch nicht mehr nur muffig. Sie roch feucht, nach Schimmel, Algen, vielleicht auch Moosen. Er befahl seine Magie und sofort flackerte sie in seinem Inneren. Winzige Geräusche wurden für ihn hörbar. Asseln und Schaben, die sich unter den Steinen bewegten. Wasser, das von einer felsigen Decke tropfte. Hier in der Erde erlebte er seine Magie vollkommen anders als draußen. So ungestört von allen oberirdischen Einflüssen.

Er senkte die Hände auf den Boden. Die Linke zuunterst und die verbundene Rechte darüber. Dann leitete er die Energie in einem steten Strom in den Boden. Die Wunden unter dem Verband kitzelten, aber die Schmerzen ließen sofort nach. Der Fels unter ihm begann zu zittern. Pitu dachte daran, wie der Quader aufsteigen sollte. Ja, er brauchte zwei Säulen. Er konnte nicht erst nur eine Seite und dann die andere heben. Das gesamte Geröll würde sich verschieben und alles erneut verschütten. Vorsichtig glitt er mit der rechten Hand auf den Boden. Das Kribbeln in den Fingerstümpfen hörte auf. Erleichtert ließ er seine Energie durch die Hände strömen.

Staub kräuselte sich dort, wo die Magie durch den Felsen kroch. Sorgsam dosierte er seine Kräfte. Immer näher zogen die Staubwirbel an den Felsquader heran. Dann verstärkte Pitu den Druck. In seinem Kopf sah er ein deutliches Bild. Ein Tor, das aus dem Boden emporwuchs und die Trümmer zur Seite drückte. Der Boden vibrierte stärker, der Felsquader bewegte sich und begann, das Geröll mit grollendem Laut nach oben zu heben.

»Bei den Göttern der Himmelsschmiede!« Aufgeregt lief Semje hin und her.

Pitu sah es auf den Augenwinkeln, konzentrierte sich aber sofort wieder auf den kleinen Durchlass, der sich unter dem Felsen auftat. Immer weiter schoben die Säulen sich aus dem Boden und stemmten den Quader Stück für Stück in die

Höhe. Das Schaben von Stein auf Stein knirschte ohrenbetäubend und übertraf das Rumpeln und Grollen der fallenden Geröllteile um ein Vielfaches. Immer wieder polterten größere Brocken herab und Staubwolken fegten durch den Raum.

Doch der Durchlass zum linken Gang war frei! Achtsam füllte Pitu die entstandenen Höhlungen unter den Säulen mit Stein und Fels. Erst, als er wirklich sicher war, dass das neue Tor halten würde, zog er sich zurück und ließ den Strom seiner Erdmagie versiegen. Der Lärm verklang, die letzten Steine fanden ihren Platz. Trotzdem blieb ein leises Geräusch in der Luft hängen, auch der Boden vibrierte noch immer. *Sonderbar.*

Pitu schaute sich nach Semje um. Der Zwerg stand am Eingang der Halle, durch den sie gekommen waren. Dann stürmte er auf ihn zu.

»Gut, dass du fertig bist. Hier wird's gleich ziemlich voll!«

Entsetzt erkannte Pitu das unterschwellige Dröhnen: Die Gellwicks hatten den Weg in die Tunnel gefunden! Sogleich war Semje bei ihm und schob ihn durch die Öffnung. Pitu rannte weiter. Er hatte keine Ahnung, wohin, aber das war auch egal. Um keinen Preis wollte er diesen Stinkern zum Opfer fallen.

»He, hilf mir gefälligst!« Semjes Stimme hallte zornig hinter ihm her. »Du Stümper hast diesen Durchgang nur für Wespentaillen gemacht!«

Pitu eilte zurück: Der Rotbart steckte fest. Offenbar wollte er wegen der Fackel und der Streitäxte seitwärts durchs Tor. Wenn die Situation nicht so gefährlich gewesen wäre, hätte Pitu lachen mögen.

Geistesgegenwärtig nahm er dem Zwerg die Fackel aus der Hand und legte sie zur Seite. Dann packte er seinen Arm. »Bei drei ziehst du den Bauch ein und machst dich schlank!«

»Ich *bin* schlank!«, schnaufte Semje. »Zumindest für einen Zwerg.«

»Eins, zwei, drei!«

Geräuschvoll zog der Zwerg den Bauch ein und stieß die Luft aus. Pitu zog mit aller Kraft, und Semje polterte aus dem Durchlass.

»Und jetzt ...«, umständlich rollte er auf den Bauch und hievte sich wieder auf die kurzen Beine. Er prustete den Staub aus seinem Bart. »Jetzt machst du das Tor wieder zu!«

Pitu blickte ihn verdattert an. »Und wenn ich es danach nicht wiederherstellen kann?«

Semje wies mit einer Hand durch das Tor. Am anderen Ende der Halle flackerten Schatten auf den Wänden des Gangs, das Gebrüll der Gellwicks schwoll an.

In Pitus Bauch ballte sich die Energie. Keine Zeit zu überlegen. Er ließ sich auf den Boden fallen und seine Energie in den Stein schießen. Der Fels sprang auf, der Riss schnellte zu einer der Säulen. Schon stürmten die ersten Gellwicks in die Halle und liefen ungebremst auf sie zu, angezogen vom Licht ihrer Fackeln oder vom Geräusch des berstenden Gesteins. Staub wirbelte durchs Tor, Splitter platzten von der Säule.

Die Gellwicks brüllten vor Zorn, ein Wurfmesser flog dicht an Pitu vorbei. Dann stürzte die Säule in sich zusammen und eine Lawine aus Geröll machte den Rückweg unmöglich.

Selana
45

Die Schreie brandeten über sie hinweg wie eine Flut. Sofort loderte ihre Magie auf. Ein Fingerzeig nur und sie würde die groben Gestalten vor sich hinwegfegen. Vielleicht sollte sie es riskieren. Magie von drei Schatten steckte in ihr. Sie sah sich um. Die Konturen waren hölzern, unterschiedlich, kleiner als Menschen. Schwer einzuschätzen, welche Kräfte die Gestalten ihr entgegensetzen konnten. Unentschlossen machte sie noch einen Schritt zurück. Dann stutzte Selana. Die Schreie klangen so anders ... freundlich? *Blödsinn!*

Entschlossen stampfte sie auf, reckte die Arme vor und gab eine Kostprobe ihrer Macht, eine Warnung an diese hölzernen Wesen. Die Luft toste um sie her, teilte sich in drohende Wirbel, die hoch in den Himmel schossen. Selana spielte mit den Fingern und drehte sich im Kreis. Einige ihrer Windhosen fegten den Gestalten entgegen. Doch sie ließ sie rechtzeitig abdrehen. Immer wieder stoben einzelne ihrer Wirbel auf die Holzgestalten zu, und genauso schnell zog sie sie wieder zurück.

Ihre Widersacher verharrten. Blieben stehen, als wären sie am Boden festgenagelt. Plötzlich brachen ihre hölzernen Fassaden. Oder nein, sie ließen sie einfach fallen.

Selana senkte die Arme, schloss die Hände und der Sturm verging. Hunderte Augen starrten sie an. Dort, wo eben noch kantige Konturen auf sie zurückten, standen einfache Menschen in schlichter Kleidung. Ungerüstet und alles andere als bedrohlich. Sie schauten zu ihr herüber, als wäre sie eine Attraktion – ein Spielmann oder Akrobat. Fehlte nur noch, dass sie ...

Einige fingen an zu lachen, andere strahlten und stießen Frauen oder Männer neben sich an. Und plötzlich brandete ihr Jubel entgegen. Die Menge klatschte und johlte. Selana verstand die Welt nicht mehr. Doch irgendwie war die Freude ansteckend, sie begann zu lachen. Lachte die Anspannung der vergangenen Nacht aus sich heraus, blickte froh in die Runde und verbeugte sich tief vor ihrem Publikum – was ihr wiederum noch mehr Applaus einbrachte. *Ich könnte mich daran gewöhnen!*

Aber wer oder was waren diese Menschen? Für Zwerge waren sie nicht grobknochig genug, und Verstärkung aus Myzehren konnte noch nicht da sein. Von der Größe her erinnerten sie eher an Schwester Kessja. Natürlich: das Sumpfvolk. Warum, um der Seelen willen, war das kleinwüchsige Volk der Athür nach Tyklahr gezogen?

Vor ihr teilte sich die Menge. Ein pummeliger Urda schritt voran, hinter ihm acht weitere, die eine hölzerne Sänfte trugen. Selana konnte sich nicht erinnern, dass das Sumpfvolk einen König oder Herrscher hatte. Andererseits wusste sie zu wenig von der Welt, um es ausschließen zu können.

Als die Gruppe bei ihr war und man die Sänfte zu Boden ließ, hielt sie gespannt den Atem an. Der rundliche Urda trat auf sie zu und machte eine tiefe Verbeugung.

»Yt Zhar ezh tuhn!«

Sie sprechen Iljaitt, ausgerechnet! Selana kramte in ihrem Kopf. Friede sei mit dir, aber ja. Sie kannte die passende Erwiderung. *»E Jigu i jylnuhn!«* Und Leben in uns! *Das kann ja heiter werden.*

»Gestattet, Euch vorzustellen, Ältester der Urda sind mit uns, nicht? Ehrwürdigster Malin.«

Selana seufzte erleichtert, als der Kleine in die landläufige Völkersprache wechselte.

Die Sänfte öffnete sich und der rundliche Urda reichte seinem Oberhaupt die Hand. Doch der schmächtige Alte winkte ihn beiseite. Behutsam stieg er aus und richtete die klaren, grünen Augen auf Selana. Sein Kopf war kahl, das Gesicht von unzähligen Falten bedeckt. Als er lächelte, spürte sie eine unglaubliche Wärme und Sympathie.

»Jys bellzhahn tuhl e tuhr ezhanjo - jyhr adorh jaln tuhr adorh - e yl brian i Atharpazh jaln zhar!«

Dafür brauchte Selana schon länger. Wanda hatte ihr zwar einiges auf Iljaitt beigebracht, aber das war lange her. Und in Erellgorh hatten die Elben in ihrer Gegenwart kaum Iljaitt gesprochen. *Er grüßt mich und meine Seele. Dann noch etwas mit Herzen, Kraft, Atharpazh und Friede. Und was antworte ich jetzt?* Weil ihr nichts Besseres einfiel, wiederholte sie einfach den kurzen Spruch von eben. *»E Jigu i jylnuhn!«*

Der Älteste lächelte. »Habt keine Sorge, wir müssen uns nicht in der hohen Sprache der Elben unterhalten. Es ist für uns nur ein Akt der Höflichkeit und Hochachtung, damit zu grüßen.« Seine Stimme klang ungewöhnlich hell und klar. Viel jünger, als er aussah.

»Ich danke Euch für Eure Nachsicht, ehrwürdiger Malin.« Selana verbeugte sich.

»Malin reicht. Und ich bin es, der zu danken hat. Ihr habt großen Mut bewiesen, Euch den Schatten entgegenzustellen. Wir kamen leider zu spät, um zu helfen.«

»Ihr konntet die Kämpfe aus der Entfernung mit ansehen?« Selana war verwirrt. »Und helfen? Was hättet Ihr tun können?«

»Unsere Augen reichen weit.« Malin lächelte. »Aber es waren meine Späher, die mir berichtet haben. Und wir hätten nicht direkt etwas gegen die Schatten tun können. Das vermag nur eine Scheltar, wie Ihr es seid.«

Der Älteste neigte das Haupt und gab dem pummeligen Urda ein Zeichen. »Doch wir wollten sie von Euch und der Stadt fernhalten. Seht, was unser Freund Fludo mir bringt.« Malin wartete darauf, dass sein Untergebener ihm eine dieser hölzernen Verkleidungen holte.

Der Untersetzte kam schnaufend zurückgelaufen. Mit einer knappen Verbeugung reichte er Selana einen Schild. Das waren also die groben Konturen, die sie nicht hatte zuordnen können. Sie betrachtete die Äste und Zweige, aus denen der Schutz geflochten war. An einigen hingen noch welke Blätter.

»Nicht viel Zeit, wir sonst besser werkeln, nicht?«, entschuldigte sich der Urda.

»Lass gut sein, Fludo«, meinte Malin. »Es kommt auf die Wirkung an, nicht auf die Schönheit.«

Verlegen strich Selana über die kahle Stelle ihres Kopfes. Dann schob sie den Gedanken beiseite und reichte Fludo den Schild zurück. »Er ist stabil und wird einiges aushalten, denke ich.« Sie lächelte.

»Abhalten!«, korrigierte der Älteste sie.

»Die Schatten? Wie soll das gehen?«

»Die Schilde sind aus den Ästen und Zweigen von Jothosbäumen gemacht. Ihr Holz schirmt Magie ab. Das lässt die unsagbaren Geschöpfe förmlich erblinden. Welcher Spur sie auch immer folgen, sie wäre verschwunden. Kein Schatten würde sich jemals einem Jothos nähern. Das ist die Kraft dieser heiligen Bäume.«

Natürlich, die Elbenfürstin hatte davon gesprochen. Und hatte nicht Aria auch schon einmal etwas dergleichen erwähnt, damals, als sie unter einem Jothosbaum genächtigt hatten?

Selana nickte. »Aber das erklärt nicht, warum Ihr hier seid? Woher wusstet Ihr von der Bedrohung für Tyklahr?«

»Das – und sicher noch einiges andere – sollten wir lieber bei einem guten Frühstück besprechen.« Malin zwinkerte ihr zu und Fludo nickte heftig.

»Essen sein gut für die Seele, nicht? Und ehrwürdiger Ältester muss ruhen, nicht?«

Selana konnte den Wunsch gut verstehen. Die Urda mussten einen weiten Weg hinter sich haben. »Ich führe Euch zum Gesundhaus von Magister Eldarh.«

»Das ist sehr freundlich. Meine Sänftenträger und ich kommen gerne mit Euch. Und habt keine Sorge vor weiteren Schatten. Meine Brüder und Schwestern werden mit ihren Jothosschilden jedes dunkle Wesen von der Stadt fernhalten.«

Fludo räusperte sich und Selana sah, wie der pummelige Urda an Malins Ärmel zupfte.

»Aber natürlich, ich habe es nicht vergessen. Verehrte Scheltar, unser Fischer hier würde gern mitkommen, wenn Ihr erlaubt.«

Fludo lächelte schüchtern.

»Er hofft, hier einen Freund anzutreffen, müsst Ihr wissen.«

Selana legte dem Fischer die Hand auf die Schulter. »Was ist in dieser Zeit wichtiger als Freunde? Du bist herzlich willkommen.«

Als sie den Ältesten und seine Gefolgschaft in die Stadt führte, herrschte auf den Straßen ein heilloses Durcheinander. Die Nachricht vom Angriff der Schatten hatte sich wie ein Lauffeuer verbreitet. Viele Bewohner waren Hals über Kopf ins Zentrum der Stadt geflüchtet, um in den Schutz der Wehrtürme zu gelangen. Andere hatten ihr Hab und Gut nicht zurücklassen wollen und waren dabei, es auf Karren zu verladen.

Selana versuchte, die Menschen zu beruhigen. Doch sobald sie auf jemanden zutrat, stolperte der zurück oder schlug entsetzt die Hände vors Gesicht. Was für Gedanken mochte Selanas halbkahler Schädel wohl auslösen? Ganz zu schweigen von den Blutflecken, die wie mahnende Finger des Todes auf ihrer hellblauen Tunika prangten. Immer stärker wurde ihr bewusst, wie sehr die Schatten ihr zugesetzt hatten. Bei einem Blick unter ihren Ärmel hatte sie gesehen, dass die Wunden durch ihre Magie zwar geheilt, aber nicht ohne Narben geblieben waren. Als eine Frau sich kreischend abwandte, betastete Selana ihr Gesicht. Raue Stellen zogen sich vom Ohr bis zum Kinn.

»Du immer noch schön, das Kleid sein, was schreckt, nicht?«

Sie seufzte. Fludo meinte es sicher gut, aber es war trotzdem nur ein schwacher Trost. Was würde Gehlen sagen, wenn er sie wiedersah?

»Selana-Scheltar!«

Ihlinns Ruf riss sie aus ihren trüben Gedanken. Geschmeidig schlängelte sich die Elbin durch eine Gruppe von Älteren, die, sich gegenseitig stützend, durch die Straße humpelten.

Als sie Selana erreichte, nickte sie anerkennend. »Ich wusste, dass du obsiegen würdest!« Dann fiel ihr Blick über Selanas Schulter. »Urda? So weit außerhalb der Sümpfe?«

»Sie sind ab sofort an den Stadtgrenzen von Tyklahr postiert und schützen uns vor weiteren Angriffen.«

Ihlinn zog eine Braue hoch. »Fürwahr, es sind seltsame Zeiten. Möge Atharpazh ihnen gewogen sein.«

»Das wird er. Davon bin ich überzeugt.« Selana nahm sie bei der Schulter. »Später mehr dazu. Sag, wie geht es Aria?«

»Sie lebte, als ich sie in der Obhut der Schwestern ließ. Mehr weiß ich nicht.«

»Dann gibt es Hoffnung«, seufzte Selana. »Das muss genügen. Und ich bin erst mal froh, wenn du uns auf dem schnellsten Weg zum Gesundhaus führst.«

Das war leichter gesagt als getan. Die Innenstadt war voller Menschen. Selbst die Soldaten, die eigentlich für Ordnung sorgen sollten, kamen kaum durch. Selana und Ihlinn schafften es immerhin, einen der Befehlshaber über die Ankunft der Urda zu informieren. Sie hofften, dass man das Sumpfvolk gewähren ließe. Mehr konnten sie nicht tun.

Jetzt galt es, Malin und sein Gefolge wohlbehalten durch die aufgewühlten Menschenmengen zu bringen und ihnen eine vernünftige Rast zu ermöglichen. Wanda und Kessja warteten sicher auch schon ungeduldig auf Nachricht. Wahrscheinlich kamen sie um vor Sorge bei dem, was die Menschen auf den Straßen zu den wahren Geschichten hinzudichteten.

Den Befehlshaber, mit dem sie gesprochen hatten, hatten sie erst einmal von dem Gedanken abbringen müssen, dass die Südstadt bereits von schwarzen Schatten überrannt wurde. Man hatte ihm gesagt, unzählige blutüberströmte Opfer würden orientierungslos durch die Gassen stolpern. Es kostete sie ihre ganze Überzeugungskraft, ihm diese Bilder auszureden. Hätte Ihlinn mit ihrer Elbenrüstung nicht so viel Eindruck gemacht, wäre es vielleicht gar nicht gelungen.

Endlich entdeckte Selana zwischen den Häusern die Mauer zum Fluss der Seelen. Es war nicht mehr weit zur Brücke, und von da nur noch eine kleine Wegstrecke zum Gesundhaus. Besorgt dachte sie an ihre Freundin. Sie wusste sie bei Schwester Epressta in guten Händen. Doch Aria hatte einfach viel Blut verloren, ehe es Selana gelungen war, die Wunde mit ihrer Magie zu verschließen. *Sorgen sind unnötige Hirngespinste! Gedanken und Vorstellungen, die nicht zwingend eintreffen müssen.* Sicher konnte sie erst sein, wenn sie am Bett ihrer Freundin stand. Und dann?

Selana war klar, dass sie nicht lange bleiben durfte. Das Medaillon musste neu geschmiedet werden, und es galt zu entscheiden, wer es tragen würde. Sie war Teil der Prophezeiung und gemeinsam mit Atharu der Schlüssel zu Crem. Jener Stadt, aus der sie die Rückkehr Brandans und Gehlens erhoffte.

Hier in Tyklahr konnte sie nichts mehr ausrichten. Im Gesundhaus lag alles in der Hand der Schwestern, und mit der Ankunft der Urda war auch die Südgrenze der Stadt geschützt. Ob Malin wusste, wie viele Schatten noch auf dem Weg waren oder sich im Alten Wald verbargen? Es gab einiges zu besprechen, ehe Selana mit Ihlinn in die Barke nach Erellgorh steigen konnte.

Ihr graute bei der Vorstellung, dass die Schatten die Stadt umgehen würden, wenn der Kreh es ihnen befahl. Der

Gedanke durchzuckte sie wie eine eisige Klinge. Der Kampf gegen die unsagbaren Geschöpfe und die unmittelbare Präsenz des Abtrünnigen in ihrem Kopf machten die Ahnungen zur Gewissheit. Er besaß wirklich diese unvorstellbare Macht, an die sie nicht hatte glauben wollen. Die nicht nur Tausende von Menschen entgeistete und Armeen von Gellwicks lenkte, sondern auch die tödlichste aller Gefahren befehligte. Er selbst war die Finsternis. Der eisige Herrscher, dessen schwarze Magie über die Welt kam und alles Gute hinwegfegte!

Ihre Schritte wurden langsamer. Sie durfte sich nicht der Angst hingeben. Ihre eigene Macht war zwar bei Weitem nicht so unvorstellbar wie die des Kreh, doch sie war beträchtlich. Überdies war sie nicht allein. Dankbar dachte sie an ihren Bruder, der im Kampf an ihrer Seite stünde.

Vor dem Gesundhaus sah sie sich zu den Urda um und gab ihnen ein Zeichen. Vorsichtig setzten sie die Sänfte ab.

Erst jetzt kam der kleine Fischer wieder in Sicht. Er taumelte um die anderen herum und lehnte sich erschöpft an die Wand. »Ich hoffen ... wir hier ... angekommen?«

Selana nickte und Fludo ließ sich auf den Hintern plumpsen.

»Das ... gut sein, nicht?«

Die Sänfte öffnete sich, Malin setzte vorsichtig einen Fuß auf das Pflaster. Er bedankte er sich bei seiner Gefolgschaft, die ihn so weit getragen hatte. »Ein schwerer Weg liegt hinter euch. Wir wollen sehen, ob wir ein wenig Brot und Wasser bekommen.«

»Brot und Wasser?« Fludo schien noch weiter in sich zusammenzusacken. »Das sein nur wenig nahrhaft, nicht?«

»Es wird uns am Leben erhalten. Sogar einen Fischer, der meine Sänfte nicht einmal tragen musste«, entgegnete Malin streng. Doch ein leises Lächeln umspielte seine Mundwinkel. »Nun raff dich schon auf, lieber Fludo. Wir wollen doch gemeinsam eintreten.«

Zwei der Sänftenträger kamen hinzu und zogen ihren pummeligen Freund grinsend auf die kurzen Beine.

»Es mir ... auch schon ... besser gehen, nicht?«

»Das will ich doch hoffen, mein lieber Freund.« Malin wandte sich Selana zu. Für einen Moment hatte sie das Gefühl, seine stechend grünen Augen würden bis auf den Grund ihrer Seele blicken.

»Ich habe so eine Ahnung, dass unsere Reise hier noch nicht zu Ende ist.«

Es war schon Nachmittag, als Selana und Ihlinn aufbrachen. Aria lebte, es ging ihr den Umständen entsprechend gut. Doch Selanas Wunsch, Wanda und Lysa mit ihr zusammen in die sicheren Gefilde von Erellgorh zu bringen, blieb unerfüllt.

Ihre alte Momm wurde in Tyklahr gebraucht. Sie hatte es geschafft, als Botschafterin der Hüter bei Königin Tulipa Gehör zu finden. Und sie würde dem Ältesten der Urda eine Audienz verschaffen. Neben Lysa würde sie nun auch Aria in ihre Obhut nehmen.

Voller Liebe dachte Selana an ihre Momm. Sie strotzte nur so vor Tatkraft. Und ihre Herzenswärme und Zuversicht nahm jeden für sie ein. Als Selana ihr vor die Augen getreten war, hatte sie nur kurz gezuckt und dann sofort ihre Arme geöffnet. Trotz der Narben, der fehlenden Haare und der blutfleckigen Tunika.

Kessja hatte Selana ein Bad bereitet, ihr das verbliebene Haar gekämmt und neue Kleider besorgt. Der Blick in den Spiegel war dennoch fremd gewesen. Die Urda-Schwester hatte ihr Möglichstes getan, um Selana davon zu überzeugen, dass wahre Schönheit niemals verging, sondern aus dem Inneren weiterstrahlte. Mit den Spuren der Erfahrung wäre die Weisheit verknüpft. Die Worte hatten natürlich nichts an den fremden Gefühlen geändert, Selana aber ein wenig trösten können.

Die Barke glitt lautlos in den Nebel. Niemand sprach ein Wort. Jigas Schnurrhaare kitzelten Selana am Kinn. Das Frettchen schnüffelte immer wieder an ihren Narben. So wenig es vorher von ihr hatte wissen wollen, so sehr war es jetzt in sie verliebt, wie es schien. Atharu wäre neidisch auf diese Liebesbekundungen, dachte Selana lächelnd. Sicher wäre ihr Bruder mit Jehlen und dem letzten Bruchstück schon aus Tonda zurück.

Atharu

46

Nur zwölf Schritte! Zwölf verdammte Schritte, die ihn aus dem Bannbereich von Tondaborgen brachten. Zwölf Schritte, die Atharu hätte gehen müssen, und Jehlen wäre jetzt noch am Leben.

»Verschafft mir Zeit! Ich bin geschwächt.« Benn knickte ein, musste sich setzen. Seine Lederrüstung war mit blutigen Flecken übersät.

Atharu zögerte nicht. Die hellen Schreie vom Dach und die fliegenden Steine schreckten die Gellwicks nicht länger, ihre tanzenden Oberkörper glitten auf sie zu.

Voller Zorn ballte Atharu seine Energie zu einem machtvollen Knoten, sprang vor den Nebelmacher und wirkte eine Feuerwelle, die den Nebel erglühen ließ und den Gellwicks entgegenflutete. Entsetzt stockten die Reihen der Horde, einen Lidschlag später zog sich eine Schneise durch ihre Linie.

Keine Zeit zu überlegen, Atharu musste sofort seine Kräfte neu sammeln. Er wusste, dass die Welle nicht alle erreichen konnte. Zu schmal war ihre Ausdehnung, zu weit der Kreis der Feinde. Er schlug in die Hände, ballte die Fäuste und öffnete sie mit einem Ruck. Flammenbälle stoben in die Luft.

»Nach links!«, hörte er den Nebelmacher rufen.

Atharu drehte sich und warf die Arme in die angewiesene Richtung. Die Feuerbälle stoben davon und suchten sich ihre Ziele. Noch einmal klatschte Atharu, sendete weitere Feuerbälle aus und ergötzte sich an den Schmerzensschreien der Gellwicks. Er sah Körper in den Nebel tauchen, Köpfe mit schreckgeweiteten Augen, die nur einen Lidschlag später verschwanden.

Sie waren die Schuldigen. Nicht er. Sie alle hatten Jehlen auf dem Gewissen. Sein Blick verschwamm, der Verlust klammerte sich wie eine eiserne Kralle in sein Herz. Nur Zorn konnte diesen Schmerz tilgen. Nur Vergeltung würde ihn besänftigen. Die Energie in ihm wuchs zu einem gewaltigen Ball, den Atharu mit einem wahnsinnigen Schrei zum Bersten brachte. Mit einem einzigen Impuls jagte er so viel Magie durch seinen Körper wie nie zuvor und warf die Arme nach vorn.

Riesige Feuerlanzen schossen daraus hervor. Diesmal kehrten sie nicht zurück, sondern fanden ihre Ziele auf dem Schlachtfeld. Atharu spürte seine Seele vibrieren, hörte sich lachen und verfolgte den Flug der Speere, die in weiten Bögen durch die Reihen fegten. Um ihn herum wallte der Nebel, stieg höher und höher, verdichte sich immer mehr. Noch konnte Atharu die Schemen der Angreifer entdecken, sah das Aufblitzen seiner Lanzen, wenn sie durch Köpfe und Körper schossen. Bald aber war es nur mehr ein gedämpftes Glühen, Atharu hatte Mühe, die tödlichen Zauber zu lenken. Dann verloschen seine feurigen Lanzen.

Warum jetzt? Hätte Benn nicht noch warten können? Mit einem Ruck senkte Atharu die Arme und drehte sich zu dem Nebelmacher.

»Was soll das?«, spie er ihn an. »Ich hätte sie auslöschen können. Alle!«

Erschöpft blickte Benn auf. »Atharu-Scheltar, wir müssen zurück. Meine Kraft ist bald am Ende ... das Boot ... Erellgorh ...«

Erellgorh! Der Ort, an dem er seine Magie das erste Mal gänzlich entfesselt hatte. Weil Jehlen ihn die Kontrolle gelehrt hatte. Kontrolle? Noch immer prickelte die Magie in ihm, hallte das berauschende Gefühl der Macht in seinem Geist nach. Das Gebrüll und die Schreie um sie herum aber waren verstummt. Benns Nebel hüllte sie in einen Kokon, der die Welt um sie herum aussperrte.

»Ich brauche ... Eure Hilfe.« Die Stimme des Nebelmachers klang schwach.

Atharu sah, wie das Blut aus klaffenden Schnitten in der Lederrüstung sickerte.

»Könnt Ihr meine Blutungen stoppen? Euren Zauber zum Guten wenden?« Benn begann, den Harnisch zu öffnen.

»Meinen Zauber zum Guten wenden? Er *ist* gut. Natürlich kann ich Euch heilen.«

Atharu kniete sich zu seinem Begleiter und half ihm aus den Kleidern. *Was redet er da? Zum Guten wenden.* Drei Fleischwunden in Schulter und Taille. Ein böser Riss im Oberarm. Atharu wollte seine Hände darüberschieben, doch Benn hielt sie fest.

»Ich habe Eure Augen gesehen, Atharu-Scheltar. Eure Magie war voller Hass und Zorn. Ihr wandelt auf einem gefährlichen Grat. Konzentriert Euch auf das Gute, das Eure Zauber bewirken sollen. Sonst werdet Ihr der Schwärze anheimfallen!«

Die dunkle Stimme und der stechende Blick trieben Atharu die Worte mit Nachdruck unter die Haut, erschütterten ihn – das Gefühl der Macht ergab sich der Scham. Ernüchtert dachte er an seinen Sieg und erkannte die Gräueltaten dahinter. Die Toten, die nun auf seinem Gewissen lasteten.

»Werdet Ihr mich heilen können?« Benns Stimme zitterte. Seine Hand ließ von Atharu ab und sackte zu Boden.

»Ich wollte immer nur Gutes tun. Und das möchte ich auch jetzt noch«, versprach Atharu.

Er atmete tief, konzentrierte sich auf das Gute, das ihm widerfahren war, besann sich auf die Dinge, die er einst von Ondara gelernt hatte. *Die Möglichkeiten deines Lebens entstehen einzig aus deiner Bereitschaft, anzunehmen, was in dir ist.* Noch immer klang die Erinnerung lebendig in seinem Geist. War es das, was nötig war, um das Leben zu meistern? Es galt, seine Gefühle und Möglichkeiten anzunehmen. Doch auch seine Schwächen und Unfähigkeiten. Und letztlich die Dinge, die man nicht ändern konnte.

Er musste nicht länger darüber nachdenken, was ihm helfen könnte, die Gratwanderung zu bestehen. Mit neuer Zuversicht ließ er die Kraft aus dem Körper strömen, unterstützt von den Worten der alten Sprache, die Ondara ihn gelehrt hatte.

»*Atharpazh garri yl fenn - brian jyhr brian fellezh i tuhl - yt raell ezhanjotäe jaln ezh tuhn!*« (Atharpazh gewähre die Gnade – Kraft meiner Kraft fließe in dich – der Segen der Seelen sei mit dir!)

Ein Beben lief durch Benns Körper, ein Seufzen entfuhr seinen Lippen, als sanfte Flammen über die Haut des Elbs strichen und Wunde um Wunde sich schloss. Selbst als alle Blutungen gestillt waren, ließ Atharu weitere Energie in den Elb strömen. Benn war der Einzige, der durch den Nebel sehen konnte, um ihnen den Weg zu weisen. Er musste genug Kraft besitzen, um voranzugehen.

»Halt!« Mit festem Griff packte Benn Atharus Arm. »Das muss reichen. Kraftübertragung ist ein gefährlicher Zauber. In mich passt zu viel Eurer Magie. Ich bin ein Elb und Ihr nur ein Mensch. Es würde Euch ausbluten!«

Benn zog Hemd und Harnisch wieder über und schritt ohne ein weiteres Wort voran. Atharu folgte ihm durch den Nebel. Ein dumpfer, grauer Kokon, der sie wie eine Glocke umschloss. Er konnte nicht weiter als drei Fuß sehen. Aber er wusste, dass Benn alles sah, was um sie war.

Sie waren nur ein paar Schritte gegangen, als der Boden unter ihnen schwarz wurde. Immer wieder wich Benn unsichtbaren Hindernissen aus, mal nach links, mal nach rechts. Irgendwann stolperte Atharu über einen verkohlten Arm und plötzlich wusste er, warum Benn in Schlangenlinien ging. Er wollte ihn schonen. Wollte ihm die schrecklichen Überreste seines Ausbruchs nicht zumuten. Doch er konnte nicht verhindern, dass Atharu noch mehr Leichenteile sah. Zu verheerend war das magische Feuer gewesen.

Annehmen, was ich nicht ändern kann! Atharu schluckte. Sein Inneres rebellierte bei dem grausigen Anblick. Der Geruch von verbranntem Fleisch und verkohlten Haaren drehte ihm den Magen um. Jäh erinnerte er sich an den Weiler, in dem er mit Pelldor zum ersten Mal die entsetzlichen Taten der Gellwicks geschaut hatte. Diesmal war es sein Werk.

»Ganz leise jetzt«, raunte Benn ihm zu. »Wir kommen gleich auf die Treppen. Aber dort hat sich etwas bewegt. Keinen Laut jetzt, der uns verraten könnte!«

Atharu konzentrierte sich. Er würde alles tun, um zu verhindern, dass er erneut so viele Menschen in den Tod riss. Und wären sie noch so grausame Gegner. Es musste einen anderen Weg geben. Einen fairen Kampf vielleicht. Oder noch besser: eine Befreiung derjenigen, die unter dem Bann der dunklen Runen standen.

Vor ihm lag der Treppenabsatz. Hier fanden sich zum Glück keine Spuren seines Feuers mehr. Stufe für Stufe stiegen sie hinunter. Plötzlich blieb Benn stehen. Dumpf hörte Atharu eine Art Flüstern oder Raunen. Wieder Gellwicks. Und sie waren ganz in der Nähe. Penetranter Geruch nach Schweiß und Urin stieg ihm in die Nase.

Benn ging weiter, langsamer, und wartete wieder. Einige Schritte geradeaus, dann auf einer breiteren Treppe noch mehr Stufen. Angespannt horchte Atharu in die Stille. Ein Raunen. Etwas fiel scheppernd zu Boden und eine grollende Stimme fluchte. Benn zog Atharu mit einem Ruck an die Seite. Seine stechenden Augen fixierten ihn, ein Finger über den Lippen. Schritte. Sie kamen ihnen auf der Treppe entgegen. Atharu wagte kaum, Atem zu holen.

»Pass gefälligst besser auf!«, zischte eine Stimme direkt vor ihnen.

»Lag an dem scheißverdammten Nebel«, grummelte ein tiefer Bass.

»Komm schon weiter. Irgendwo sind sie!« Nur ein Flüstern, doch es klang gefährlich nahe.

Dann fühlte Atharu Benns Hand auf der Brust, die ihn noch fester ans Geländer presste. Dumpfe Schritte, Schnaufen. Plötzlich glitt ein Schatten durch die Wand des Nebelkokons, eine Schwertspitze strich wenige Zoll neben ihnen durch die Luft.

Atharu spürte, wie seine Energie sich sammelte. Nein, er durfte die Aufmerksamkeit nicht auf sie lenken. Wollte nicht noch mehr Tode auf dem Gewissen haben. Die Schritte entfernten sich. Benn setzte seinen Weg fort.

Weitere Stufen abwärts, eine längere Strecke nach links, dann eine steinerne Treppe. Kurz darauf hatten sie den Spiegel erreicht und traten ins Wasser. Noch immer war Atharu verblüfft, wie zielsicher Benn sie durch den Nebel führte.

Endlich kam die Barke vor ihnen in den Blick. Der Nebelmacher stieg ein, Atharu ergriff die geschnitzte Reling. Im selben Moment sprang etwas aus dem See und warf sich auf ihn. Er sah noch den Schatten, dann stürzte er unter dem Gewicht des Angreifers. Das Wasser schlug über ihm zusammen.

Hilflos ruderte er mit den Armen, ehe er am Grund des Spiegels Halt fand. Seine Lunge lechzte nach Luft, doch das Gewicht des Gellwicks machte ihm zu schaffen. Seine Magie ballte sich zu einem gefährlich großen Knoten, der jeden Augenblick platzen konnte. Ein Signalfeuer für alle Gellwicks in Tonda, schoss es ihm durch den Kopf.

Plötzlich ließ das Gewicht nach. Atharu stieß sich vom Grund ab und tauchte, nach Luft schnappend, auf. Benn war rückwärts mit dem Gellwick ins Boot gekippt, den Angreifer auf sich. Sofort griff Atharu nach dem Feind und zerrte ihn vom Nebelmacher herunter. Die Tunika des Stinkers riss, doch der Gellwick stemmte sich aus eigener Kraft hoch. Er versetzte

Benn einen kräftigen Hieb, drehte sich zu Atharu und packte mit irrem Blick zu.

Atharu griff nach dem Arm seines Widersachers, verfehlte ihn aber. Plötzlich verlor er den Halt und wankte. Die Hände des Gellwicks umschlossen seinen Hals wie ein Schraubstock und hielten ihn aufrecht. Ihm blieb die Luft weg, seine Kräfte verebbten. Dann jagte ein stechender Schmerz durch seinen Kopf, Bilder fegten durch seine Gedanken. Atharu taumelte und wurde erneut ins Wasser gedrückt.

»Wer bist du?«

Die kalte, seltsam hohe Stimme füllte sein ganzes Denken aus. Die erbarmungslose Gewalt des Gellwicks über sich, das Wasser, die fehlende Luft zum Atmen – all das war nichts gegen das Vibrieren der Stimme in seinem Kopf.

»Wehre dich nicht dagegen. Lass deine Magie hinaus.«

Fenkorh-Kreh! Ich muss mich wehren.

»Du kennst meinen Namen, gut! Und wie lautet deiner?«

Nein. Er wollte keine Zwiesprache halten mit ihm, der Verkörperung des Bösen. Die fehlende Luft zum Atmen peinigte seine Lungen. In den Ohren rauschte es, die Stimme des Kreh wurde leiser. Er musste sich wehren, sie mussten nach Erellgorh ... das Bruchstück ...

»So, nach Erellgorh also. Doch vergiss nicht, dass manchmal diejenigen das Böse wollen, die gut erscheinen. Vergiss das nie!« Sein Kopf vibrierte wie im Wahnsinn. Der Kreh lachte!

Plötzlich erschlaffte der Körper des Gellwicks und trieb zur Seite davon. Kräftige Hände zogen Atharu an die Oberfläche, er blickte in Benns stechende Augen. Er hustete Wasser, schnappte nach Luft, hustete erneut. Mehr wurde er von Benn gestoßen, als dass er selbst ins Boot kletterte. Dann schob der Nebelmacher die Barke an und sprang hinein

Atharu rieb sich den Hals, holte tief Luft und horchte auf die Umgebung. Der Knoten in ihm wurde kleiner, sie glitten unbemerkt durch den Nebel davon.

Eine Weile sprachen sie nicht. Erst kurz hinter Tonda fiel Atharu plötzlich ein, dass er am Schrein das Medaillonfragment an Jehlen übergeben hatte. Wie hatte er das nur vergessen können? Sie mussten umkehren, noch einmal zurück! Ohne das Fragment wäre alles vergeblich gewesen. Wäre Jehlen umsonst gestorben.

Doch Benn beruhigte ihn. Er war so geistesgegenwärtig gewesen, Jehlen das Bruchstück abzunehmen. Und das im Tumult des Angriffs – verletzt und in größter Lebensgefahr. In dem kurzen Moment, da er sich zu Jehlen gekniet hatte, hatte der Nebelmacher das Fragment an sich genommen, durchfuhr es Atharu. *Hat er Jehlen überhaupt untersucht? Oder ist es ihm einzig und allein um das Bruchstück gegangen?*

Atharu schüttelte den Gedanken ab. Sie kämpften alle für die gleiche Sache. Benn hätte einen Mann seines Volkes nicht hilflos zurückgelassen. Nicht, wenn noch Leben in ihm gewesen wäre. Aber nein, da war kein Leben mehr gewesen. Er selbst hatte nach dem Herzschlag des Elbs gehorcht und nichts gehört. *Und ich habe ihn auf dem Gewissen!*

Die Überfahrt schien endlos. Irgendwann jedoch lagen Tonda, der Flusslauf des Arro-Duado und schließlich auch der Nebelsee hinter ihnen. Es war Nacht geworden, als die Barke in Erellgorh anlegte. Auf dem Weg hinauf in die schlafende Elbenstadt schaffte Atharu es kaum, einen klaren Gedanken zu fassen. Er müsste sich vor der Fürstin verantworten. Aber wie könnte er erklären, was geschehen war? Und wie sollte er mit dieser Schuld weiterleben? Jehlens Tod würde ihn auf ewig verfolgen.

So wie die Stimme des Kreh, die erneut grausam in seinen Kopf eingedrungen war. Der Abtrünnige versuchte immer wieder, eine Verbindung herzustellen. Atharu war sich sicher, dass der Kreh laut gelacht hatte. Doch was hatte er erfahren? Welche Information hatte er bekommen, die ihn so irrsinnig freute? Atharu konnte sich nicht erinnern, was sein Geist freigegeben hatte. Zu mächtig war das drohende Ersticken gewesen. Das Rauschen in den Ohren, das Gewicht auf dem Körper. All diese Erinnerungen musste er abschütteln, zusammen mit den anderen furchtbaren Dingen in einer dunklen Ecke seines Geistes vergraben. Sich auf das konzentrieren, was vor ihm lag.

Am liebsten wäre Atharu sofort in den Saal der Fürstin gestürmt, um es hinter sich zu bringen. Er wünschte, das Medaillon wäre längst neu geschmiedet und die Säulen des Grehum bereits gefallen. Die unsägliche Macht des Kreh musste endlich ein Ende haben.

Doch im Palast war kein Licht mehr. Benn brachte ihn ins Gästehaus, damit er sich ausruhen konnte.

Dort angekommen, fühlte Atharu sich wie gefangen. Ohne Brandan fehlte ihm der Halt, den er jetzt brauchte. Die Sichtweise des Jägers, klar und abgeklärt. Er setzte sich in den kleinen Garten und lauschte dem Plätschern des Brunnens. Selbst Jiga vermisste er. Das Fauchen, wenn er seinen Freund ärgerte. Das Blecken der spitzen Zähne. Geschnappt hatte sie schon oft nach ihm – wirklich gebissen noch nie. Wie sie wohl ohne ihren Gefährten zurechtkam?

Und wie mochte es Brandan ergehen? Dort draußen in Crem, in der Kälte. Konnte Gehlen ihm helfen, sich zurechtzufinden? Vielleicht war es auch andersherum und sein Freund würde Gehlen helfen. Schließlich war Brandan ein Tangorajäger, er wusste immer, was zu tun war. So wie Atharu es wissen sollte.

Geräusche ließen ihn hochschrecken. Inzwischen dämmerte der Morgen, er musste auf der Bank eingeschlafen sein. Die Elben brachten ihm köstlich duftende Speisen, und Atharu merkte plötzlich, wie hungrig er war. Seine letzte Mahlzeit lag einen ganzen Tag zurück. Hastig schlang er das Essen hinunter, wusch sich und zog saubere Kleidung an. So wie er ausgesehen hatte, hätte er nicht vor die Elbenfürstin treten können. Auch Selana und Aria hätte er mit der blutbefleckten, zerrissenen Tunika sicher verschreckt.

Beschämt dachte er an seine Schwester. Die ganze Zeit hatte er keinen Gedanken für sie übrig gehabt. Dabei hatte sie die schwerere Bürde auf sich genommen. Sie war aufgebrochen, um eine ganze Stadt zu warnen und zu schützen. Ein einsamer Kampf gegen die Schatten. Hoffentlich war alles gut gegangen. Mit Schaudern erinnerte Atharu sich an die unheilvollen Worte der Fürstin.

Doch wenn er jemandem zutraute, Schatten gegenüberzutreten und Magie im Angesicht des Todes zu wenden, dann Selana. In der kurzen Zeit, in der er sie erlebt hatte, war sie immer voller Anmut und Würde gewesen. Nachdenklich, klug und mit außergewöhnlicher Macht beschenkt. Sicher war sie wohlbehalten zurückgekehrt.

Atharu ertappte sich, wie er in den Räumen hin und her lief. Er musste an sich arbeiten, die Ungeduld zügeln, seine Gefühle unter Kontrolle bringen. Entschlossen setzte er sich im Hof auf die Erde und besann sich auf die Meditation. Sie würde helfen, die Gedanken und Gefühle zu ordnen. Wie Ondara es ihn gelehrt hatte.

Als es klopfte, fühlte er sich etwas besser. Sofort sprang er auf und lief zur Tür.

Ihlinn stand vor ihm. »Eure Schwester ist zurück. Und die Fürstin erwartet Euch. Heute noch wird das Medaillon neu geschmiedet!«

Epilog

Semje sah sich um. Der Urda hatte eine unglaubliche Ausdauer. Während er selbst das Gefühl hatte, seine Beine würden langsam versteinern, trabte das Jungchen frisch wie ein junges Fohlen hinter ihm her. Pitu war erstaunlich, das musste er zugeben. Nicht besonders klug, aber erstaunlich.

Als Semje diese alte Wanda zum ersten Mal getroffen hatte, mochte er ihr nicht glauben. Ein gebrechliches Menschenweib, das viel zu freundlich dreinschaute. Sie hatte nicht wie eine Hüterin gewirkt, die ihm Geheimnisse zum Schicksal der Völker offenbaren könnte. Doch wem sah man das schon an? Je länger er ihr zugehört hatte, um so wahrhaftiger wurden ihre Worte. Alles machte Sinn und ergänzte die Dinge, die er selbst beobachtet und erfahren hatte. Die Welt war im Wandel. Regen, Kälte, dunkle Schatten und die riesigen Horden von Gellwicks. Das alles entsprang dem unstillbaren Machthunger Fenkorh-Krehs!

Sobald Semje nur den Namen hörte, lief ihm ein kalter Schauer über den Rücken. Schwärzeste Magie, genährt vom heiligsten Ort der Völker, dem Grehum! Was für ein Hohn! Sauer stieg ihm der Zorn in die Kehle, er ballte die Fäuste. Wenn er diesen Kreh nur einmal in die Hände bekäme ... eine Gänsehaut zog ihm über den Körper. Nein, er könnte nichts gegen ihn ausrichten. Die finstere Macht des Abtrünnigen würde ihn verlachen und in den Staub treten, ohne einen Gedanken an ihn zu verschwenden. Semje schluckte schwer, sein Magen rebellierte. Der Kreh machte ihm Angst.

Allein die Wolken, die sich dunkel über Nehrbor türmten. Als wollten sie alles verschlingen. Unersättlich wie das Böse selbst. Er hätte lachen können, so unwirklich kam ihm das vor. Doch er brachte nur einen trockenen Husten heraus.

Dann dachte er an die Prophezeiung, über die er gerne mehr erfahren hätte. Vielleicht wüsste er dann, ob seine eigenen Pläne richtig waren. Aber nicht einmal die ehrwürdige Alte hatte ihm etwas darüber sagen können. Das hatte ihn tatsächlich enttäuscht. Sie war eine Hüterin, wenn er ihr glauben schenken durfte. Wenn nicht einmal sie Bescheid wusste, hatten die Langohren ganze Arbeit geleistet.

Immerhin hatte sich bestätigt, was sie über den Urda erzählt hatte. Die Macht dieses unbedarften Jungen war wirklich die Rettung für Tyklahr gewesen. Und sie würde auch seinen Plänen den Erfolg sichern.

Ruß biss in Semjes Augen, er blinzelte. Seine Fackel würde bald ausgehen. Er konzentrierte sich auf den Säulengang. War es der richtige Weg? Oder hätten sie doch einen der anderen nehmen müssen? Es war Dekaden her, dass er die geheimen Wege genommen hatte. Hatte nehmen müssen! Und er hatte damals inständig gehofft, nie wieder in so einen Schlamassel zu geraten.

Endlich endete der Gang. Vor ihnen eine schwere Eisentür. Semje trat dichter heran und erkannte bronzene Runen, die sich um ein geschmiedetes Symbol wanden. Geräuschvoll atmete er aus. Seine Erinnerung hatte Lücken, doch das hier kam ihm glücklicherweise bekannt vor. Lächelnd nestelte er einen Schlüssel unter dem Kettenhemd hervor.

Der Urda trat neben ihn und grinste. »Ich dachte schon, ich muss wieder was zum Einsturz bringen.«

»Keine Sorge, ich sag schon, wenn!«

Mit einem lauten Klacken löste sich der Riegel der Tür. Warme Luft wehte ihnen entgegen. Es roch nach Metall und Öl. Gerade, als die Tür hinter ihnen ins Schloss fiel, verlosch Semjes Fackel.

»Ehrlich jetzt? Wir sind da und das Licht geht dir aus?«, fragte Pitu mit dünner Stimme.

Semje grinste. Er kannte die Abneigung der anderen Völker gegen die Unterwelt der Zwerge. Es musste wohl an ihren schlechten Augen liegen. »Wie kommst du darauf, dass wir da sind?« Seine Stimme hallte kraftvoll und dunkel durch den Raum. Das fühlte sich gut an.

»Es ist hier wärmer und riecht nach Metall. Das deutet doch wohl auf eine Schmiede hin, oder nicht?«

Das Erd-Magie-Jungchen hatte ja keine Ahnung!

»Die Schmieden von Fullbor liegen weit im Norden der Hochebene. Noch hinter den Zackenbergen und tief unter dem Gebirgsschild.«

Der Urda stöhnte. »Was bedeutet das nun wieder? Wie weit, wie tief und wie lange willst du mich noch durch diese muffigen Tunnelgänge jagen? Wir können doch nicht ewig so weiterlaufen.« Der schmächtige Bursche klang jetzt richtig mürrisch. »Und könntest du beizeiten vielleicht mal deine Feuersteine aus der Tasche holen? Ich hab noch Fackelhölzer da.« Er streckte ihm eins entgegen.

»Hier braucht es keine Fackeln!« Semje tastete über die Wand. »Und was das Laufen anbelangt«, er fand, wonach er suchte, und senkte die Hand in eine Mulde. Schon spürte er die vertrauten Runen. »Dafür habe ich mir auch schon etwas anderes überlegt!«

Über ihnen begann es zu funkeln. Ein kleines Licht, das sich schnell zu einem weißen Leuchten ausdehnte und hell auf sie herabstrahlte. Dann ein weiteres zu seiner Linken, noch eins zu seiner Rechten, und wieder eins links und eins rechts, wieder und wieder.

Der Urda stieß einen anerkennenden Pfiff aus. »Ich hab ja nichts erwartet, aber du hast es übertroffen!«

Bleib dabei!

Dies war der zweite Teil der Trilogie. Die Reise der Helden steuert unaufhaltsam ihrem Höhepunkt entgegen. Im dritten Band erwarten dich neue Abenteuer, überraschende Wendungen, mächtige Magie und der alles entscheidende Kampf!

Erellgorh
Geheime Pläne

Neues zur Entstehung des dritten Bandes und vieles mehr zu den Büchern, der Vorgeschichte und zu aktuellen Terminen erfährst du auf

www.erellgorh.com

Mein persönlicher Dank ...

... gilt im Besonderen Frank, ohne den ich diesen Traum nicht leben könnte und ohne den ihr dieses Buch wahrscheinlich nicht in der Hand halten würdet!

... gilt allen, die mich so unermüdlich und tatkräftig unterstützen und motivieren. Ich möchte hier nicht einfach die Danksagung des ersten Buchs wiederholen, aber tatsächlich waren es eben diese Menschen, die für mich und meine Arbeit auch jetzt wieder da waren. Die immer ein Ohr hatten, mir wertvolle Rückmeldungen gaben, für jede Schwierigkeit Hilfe zur Selbsthilfe boten und mir Probleme zeigten, von denen ich gar nicht wusste, dass ich sie hatte. ;-) Danke, Anna, Marc, Meike, Nadia und Sophie!

... gilt Cathrin, die mich auf eine Reihe von Dingen gestoßen hat, die ich bei der Überarbeitung noch ergänzen konnte.

... gilt Lena, die mich davor bewahrt hat, dass mein Humor in der einen oder anderen Szene die Spannung weggelacht, -gegluckst oder -gegrinst hätte.

... gilt einer sehr sympathischen Kellnerin, deren Eulen-Tattoo mich zu den Silbereulen inspiriert hat. Magische Grüße nach Schwerin! ;-)

... gilt der NaNoWriMo-Gruppe in Hamburg, die mich mit ihrem Elan, ihrer Kreativität und ihrer unerschöpflichen Fantasie immer wieder inspiriert.

... gilt dem Fantasy-Stammtisch in Hamburg, der mich in seinen Reihen aufgenommen und mit Ideen zu Lesungen und Veranstaltungen für einen vollen Kalender gesorgt hat.

Und natürlich den über 5.000 Leserinnen und Lesern, die *Erollgorh – Geheime Mächte* bisher »verschlungen« haben, wie mir viele schrieben. Ihr seid mein wichtigster Antrieb! Eure Nachrichten, Posts, Mails und Leserbriefe sind das größte Geschenk für mich. Danke!

www.erellgorh.com

www.facebook.com/Erellgorh